Te DARÉ la TIERRA

Te
DARÉ
la
TIERRA

CHUFO LLORÉNS

Grijalbo

Te daré la tierra

Primera edición en España: febrero, 2008
Primera edición en México: julio, 2008

D. R. © 2008, Chufo Lloréns Cervera

D. R. © 2008, de la edición en lengua castellana para todo el mundo:
Random House Mondadori, S. A.
Travessera de Gràcia, 47-49. 08021 Barcelona

D. R. © 2008, derechos mundiales de edición en lengua castellana:
Random House Mondadori, S. A. de C. V.
Av. Homero núm. 544 Col. Chapultepec Morales,
Del. Miguel Hidalgo, C. P. 11570, México, D. F.

www.randomhousemondadori.com.mx

Comentarios sobre la edición y el contenido de este libro a:
literatura@randomhousemondadori.com.mx

Random House Mondadori México: ISBN 978-970- 810-332-9

Random House Inc.: ISBN 978-030-739-229-9

Tapa dura 978-970-810-561-3

Impreso en México / *Printed in Mexico*

Distributed by Random House, Inc.

*A mi mujer, Cristina, a quien debo,
además del premio de compartir sus días,
el maravilloso oficio de escribir.*

*A mis nuevos nietos
Santi Triginer Valentí y
Nachete Valentí Mercadal,
así como a la hermanita
de este último, Micaela,
que han aportado a mi vida
nueva savia.*

Dramatis personae

SECUNDARIOS

INFANCIA DE MARTÍ

Emma de Montgrí. Madre de Martí.

Mateu Cafarell. Viejo criado que desde siempre acompañó a Emma de Montgrí.

Tomasa. Vieja ama de Emma de Montgrí.

Guillem Barbany de Gorb. Padre de Martí, soldado de frontera al servicio de los Berenguer.

Don Sever. Párroco y primer maestro de Martí.

Jofre Ermengol. Amigo de la infancia de Martí.

Rafael Munt, llamado Felet. Amigo de la infancia de Martí.

CORTE DE BARCELONA

Ramón Borrell. Conde de Barcelona y esposo de Ermesenda de Carcasona.

Ramón Berenguer II. Hijo de Ramón Berenguer y Almodis de la Marca.

Berenguer Ramón. Hermano gemelo del anterior, asimismo conde de Barcelona y heredero de su padre.

Pedro Ramón. Primogénito de Ramón Berenguer I, fruto de su unión con Elisabet de Barcelona. Hermanastro de los anteriores.

Inés y *Sancha.* Hermanas de los gemelos Ramón Berenguer y Berenguer Ramón.

Elisabet de Barcelona. Primera esposa de Ramón Berenguer I y madre de Pedro Ramón.

Blanca de Ampurias. Segunda esposa de Ramón Berenguer I, repudiada por éste para poder casarse con Almodis.

Hugo de Ampurias. Conde de Ampurias.

Marçal de Sant Jaume. Poderoso aristócrata y amigo de Ramón Berenguer I.

Gilbert d'Estruc. Gentilhombre de confianza de Ramón Berenguer I y fiel servidor de su esposa Almodis.

Olderich de Pellicer. Veguer de Barcelona.

Gualbert Amat. Senescal. Caballero de confianza de Ramón Berenguer I.

Odó de Montcada. Obispo de Barcelona.

Guillem de Valderribes. Notario mayor.

Ponç Bonfill i March. Juez de Barcelona.

Eusebi Vidiella i Montclús. Juez de Barcelona.

Frederic Fortuny i Carratalà. Juez de Barcelona.

Lionor. Primera dama de Almodis.

Doña Brígida y doña Bárbara. Damas acompañantes.

Hilda. Aya de los gemelos de Almodis.

El Call

Rivká. Esposa de Baruj y madre de sus tres hijas: Esther, Batsheva y Ruth.

Esther. Hija mayor de Baruj Benvenist.

Batsheva. Hermana de la anterior.

Binyamin Haim. Esposo de Esther.

Ishaí Melamed. Novio de Batsheva.

Shemuel Melamed. Padre del anterior.

Eleazar Bensahadon. Segundo preboste de los cambistas.

Enosh. Comerciante.

Avimelej. Cochero de Baruj.

Asher Ben Barcala. Respetado cambista.

Yuçef. Tratante de esclavos.

Entorno de Bernat Montcusí

Conrad Brufau. Secretario de Bernat Montcusí.

Fabià de Claramunt. Antiguo administrador de la masía fortificada cerca de Terrassa.

Edelmunda. Sirvienta de Montcusí.
Luciano Santángel. Sicario albino.
Adelaida. Ama de cría de Laia.

CORTE DE TOLOSA

Ponce III de Tolosa. Esposo de Almodis de la Marca.
Robert de Surignan. Consejero de Ponce III.
Abad Sant Genís. Confesor de Almodis en Tolosa.

CUERPO DE CASA DE MARTÍ BARBANY

Omar. Padre de familia comprado por Martí.
Naima. Esposa de Omar.
Mohamed. Hijo de Omar.
Amina. Hija recién nacida de Omar.
Mariona. Cocinera.
Andreu Codina. Mayordomo.
Caterina. Ama de llaves.

VIAJE

Yeshua Hazan. Preboste de los mercaderes judíos de Sidón.
Hugues de Rogent. Explorador al mando de la expedición que va
    de Sidón a Persia.
Basilis Manipoulos. Capitán del *Stella Maris.*
Hasan al-Malik. Habitante de Famagusta.
Rashid al-Malik. Hermano del anterior, residente en Mesopo-
    tamia.
Elefterios. Cochero de Famagusta.
Nikodemos. Cuñado del anterior. Mesonero.
Marwan. Criado camellero de Martí.

Abenamar, Abu Bakr ibn Ammar. Poeta famoso, ministro de al-Mutamid de Sevilla y embajador en la corte de los Berenguer.

Roger de Toëny. Mercenario normando, yerno de Ermesenda, casado con su hija Estefanía.

Víctor II. Papa.

Cardenal Bilardi. Camarlengo del papa Víctor II.

Oleguer. Centinela de palacio.

Florinda. Curandera.

Cugat. Ladrón y amigo de Edelmunda.

CASA CONDAL DE BARCELONA

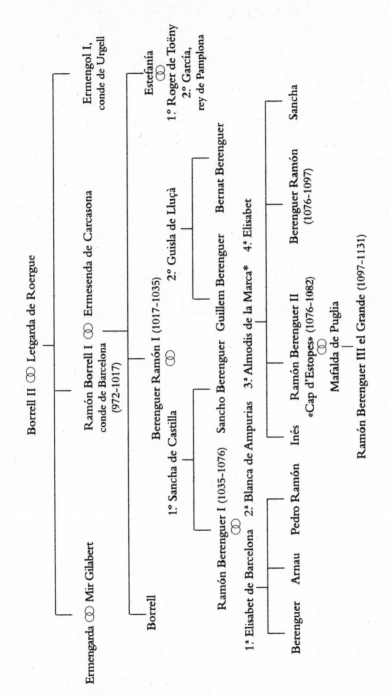

Borrell II ⚭ Letgarda de Roergue

Ermengarda ⚭ Mir Gilabert

Ramón Borrell I ⚭ Ermesenda de Carcasona
conde de Barcelona
(972-1017)

Ermengol I,
conde de Urgell

Borrell

Berenguer Ramón I (1017-1035)

Estefanía
⚭
1.° Roger de Toëny
2.° García,
rey de Pamplona

1.° Sancha de Castilla   Sancho Berenguer   Guillem Berenguer   2.° Guisla de Lluçà

Bernat Berenguer

Ramón Berenguer I (1035-1076)   2.ª Blanca de Ampurias   Inés   3.ª Almodis de la Marca*   4.ª Elisabet

1.ª Elisabet de Barcelona   Ramón Berenguer II   Berenguer Ramón   Sancha
⚭   «Cap d'Estopes» (1076-1082)   (1076-1097)

Berenguer   Arnau   Pedro Ramón   Mafalda de Puglia
⚭

Ramón Berenguer III el Grande (1097-1131)

* Casada anteriormente con Hugo el Piadoso de Lusignan y Ponce de Tolosa, con los que tuvo cinco hijos, entre ellos Guillermo IV
y Ramón IV, condes de Tolosa.

PRIMERA PARTE

Pasión e inocencia

1

La jauría

Condado de Gerona, mayo de 1052

aía la tarde. Un grupo formado por cinco jinetes adustos y malhumorados cabalgaba por una vereda bordeada de hayas que separaba el condado de Ampurias del de Gerona. De su aspecto se deducía a la legua que no eran cazadores avezados, sino un puñado de mercenarios de los que tanto abundaban por aquellos pagos, dispuestos a alquilar su espada a cualquier señor que quisiera recurrir a aquel tipo de tropa para invadir una marca o disputar un predio al conde vecino. Habían partido muy de mañana para matar el tedio, con la idea de que asaetear un venado o cazar un gorrino salvaje sería una tarea mucho más sencilla que degollar a un prójimo en una batalla. Sin embargo, su inexperiencia los delataba: no tenían en cuenta la dirección del viento ni sabían moverse por la espesura sin partir ramas o hacer ruidos innecesarios, por lo que la cacería había resultado un fiasco. De manera que, agotados, hambrientos y ariscos, regresaban a Gerona con la sospecha de que, desde el interior de la floresta, ciervos, ardillas, jabalíes y urogallos se mofaban de ellos y proclamaban a gritos su falta de pericia.

De repente, el que parecía mandar la tropa alzó la diestra para detener al grupo. El segundo, un gigantón barrigudo de poblados bigotes, se aproximó hasta él.

—¿Qué es lo que ocurre, Wolfgang?

El así llamado señaló hacia delante y replicó:

—¡Gente!

A una indicación del jefe, todos desmontaron y siguieron a pie, sujetando a los caballos por el ronzal. Poco después, percibieron olor a humo. Se pararon en un claro del bosque y, tras atar los caballos a los árboles, avanzaron agachados y, ahora sí, poniendo mucho cuidado en no desmochar una rama, ni emitir sonido alguno. Cuando llegaron al límite de la floresta, detuvieron sus pasos y se dispusieron a observar. La escena les alegró los ojos: presentían que la fracasada partida de caza podía tener un final feliz. Ante ellos se alzaba una cuidada masía de cuya chimenea salía humo; sus habitantes estaban plenamente ocupados en las faenas del campo. Dos hombres dedicaban sus esfuerzos a herrar un percherón de hermosa planta. Estaba el animal atado por la brida a un gancho de la pared. El más joven sujetaba su pata posterior izquierda y la mantenía doblada para facilitar al otro la operación, mientras el viejo, ataviado con un mandil de cuero, golpeaba con un mazo las cabezas planas de los clavos tratando de fijar la herradura al casco del noble animal. A la derecha, una niña provista de un pequeño látigo azuzaba a un asno que, con los ojos vendados, recorría indolente el eterno camino que rodeaba la noria. En la era, una anciana cardaba lana en una rueca mientras otra mujer, en avanzado estado de gestación, tamizaba granos de trigo en un gran cedazo, removiéndolo al compás del vaivén de sus caderas.

La voz del tal Wolfgang sonó contenida.

—Gunter, ¿estás viendo lo mismo que yo?

—Diría que sí, y se me ocurre que tal vez todavía podremos salvar la jornada. ¿Te das cuenta de cómo mueve el culo la muchacha?

—Habrá tiempo para todo. Di a Ricardo que venga.

El llamado Gunter se giró y, con un gesto breve que indicaba premura y silencio, reclamó la presencia de uno de los dos compinches que seguían acuclillados detrás. Éste obedeció en absoluto silencio.

Cuando el primero lo sintió a su lado, preguntó:

—¿Tienes lista la ballesta?

—Siempre la tengo, Wolfgang.

—Observa bien y dime, ¿eres capaz desde aquí de hacer blanco en el hombre que sujeta la pata del animal?

—¿Te refieres al más joven?

—A ese mismo.

—¿Puedo ponerme en pie?

—Sin salir de la espesura y cuando yo dé la orden.

El individuo midió la distancia con la vista, tomó la ballesta y, tras extraer una flecha del carcaj, la colocó en el mecanismo y tensó la cuerda.

—Dalo por muerto.

—No esperaba menos de tu pericia.

En un susurro, impartió órdenes a los otros tres.

El plan era sencillo y la sorpresa constituía un factor primordial. La finalidad: la rapiña de animales y bienes y, si además podían proporcionarle un regocijo al cuerpo, mejor que mejor. Tal vez así pudieran olvidar la aciaga jornada de caza.

Cuando comprobó que todos habían ocupado sus posiciones, el tal Wolfgang dio la señal. El arquero se puso en pie, apuntó la ballesta y apretó el gatillo. Un silbido atenuado rasgó la paz del momento y, ante la sorpresa del hombre mayor, el más joven cayó al suelo en tanto una gran mancha de sangre empapaba su camisa. Un concierto de ladridos sacudió el crepúsculo.

Los soldados se apresuraron a salir de la espesura. La mujer mayor, aterrada, soltó la rueca y se puso en pie sin saber qué hacer; la preñada acudió corriendo junto a su marido, y apoyando la inerte cabeza contra su pecho, se dirigió a la niña a gritos: «¡Huye, Maria, huye!». El cloqueo ensordecedor de las gallinas que corrían enloquecidas por la era se unió a los balidos asustados de los corderos desde el aprisco. Uno de los hombres se abalanzó sobre la criatura a fin de sujetarla y ésta, con el rebenque con el que azuzaba al pollino, le atizó un tremendo fustazo en la cara y salió corriendo hacia el bosque. El gigantón apartó a la mujer mayor, apoyó el extremo afilado de una daga en el gaznate del hombre del mandil y, con un raro acento, exclamó:

—Vamos a estarnos quietos. Si colaboráis, nos iremos pronto y seguiréis con vida; en caso contrario, no viviréis para contarlo.

—Y, dirigiéndose al que parecía mandar al grupo, añadió—: ¿Qué hacemos ahora, Wol…?

La voz del tal Wolfgang le interrumpió con furia.

—¡Imbécil! ¡Te he dicho mil veces que no me nombres!

El otro farfulló un «lo lamento».

En ese momento, un inmenso can, cruce de mil razas, que estaba alejado vigilando el vallado de las yeguas preñadas, salió de la espesura y se abalanzó sobre el ballestero. Le agarró el brazo derecho con sus poderosas fauces y sacudió la cabeza, como si intentara arrancárselo de cuajo. El llamado Wolfgang se acercó por detrás y, de un certero tajo, rebanó el pescuezo del perro. Los gritos del hombre herido se mezclaron con los alaridos de la niña, que pataleaba desesperada en brazos de su captor, que lucía un costurón cárdeno en el rostro, consecuencia del fustazo. Wolfgang ordenó:

—La preñada y la cría al pajar. Llevad al hombre adentro para que os muestre el ladrillo bajo el que oculta sus ahorros. No le hagáis daño si no es necesario. Y encerrad a la vieja con él.

El grupo se separó: Gunter y Ricardo, el arquero, que intentaba contener la sangre que manaba de su maltrecho brazo con un trapo, se dirigieron a la vivienda, mientras Wolfgang y los otros dos individuos arrastraban a la embarazada y a la niña al interior de la cuadra. En cuanto los primeros cruzaron la puerta, el viejo fue conminado a entregar sus ahorros.

—Habéis matado a mi hijo, que era el único tesoro de esta casa. Lo que veis es lo que hay, llevaos todo y dejadnos en paz. Mi nuera está embarazada.

—¡Maldito hijo de perra! ¿Nos tomas por imbéciles? ¡Muestra el ladrillo donde guardas tus ahorros o sabrás lo que es la ira de un normando!

—Os repito que nada tengo.

—¡Ya verás como haces memoria!

Y, tras pronunciar su amenaza, el llamado Gunter rasgó el corpiño de la mujer, dejando al descubierto sus pálidas carnes.

El hombre, que en sus años mozos debió de ser un individuo fornido, se encaró con el ultrajador de su mujer, pero el ballestero derribó al campesino de un golpe de azada en la espalda. La mujer chillaba despavorida. El otro se ensañó con el caído y comenzó a golpearlo sin pausa ni medida hasta reducir su cabeza a un amasijo de sangre y carne.

—Condenados avaros, prefieren perder la mujer y la vida antes que soltar los dineros.

El llamado Ricardo, aún con el mango del azadón en la mano, resollaba debido al esfuerzo.

—Atad a la mujer a la silla y vayamos a ver qué decide el jefe.

—Ve pasando, yo me quiero dar un homenaje.

—¿Con ese saco de huesos?

—Ya sabes lo que dice el refrán: «Gallina vieja hace buen caldo». Además, en tiempos de penuria, malo es tener remilgos. ¡En peores puestos he hecho guardia!

La mujer sollozaba en un rincón.

—Allá cada cual con sus regodeos. De cualquier manera no te demores, aún hemos de recoger el botín.

Gunter salió y dirigió los pasos a la cuadra. Cuando llegó, sus ojos divisaron una estampa que, no por conocida, resultaba menos estimulante.

La mujer preñada, arrodillada en el suelo, suplicaba a Wolfgang.

—¡No hagáis daño a la niña! ¡Apenas tiene doce años y es virgen! ¡Tomadme a mí, por caridad!

—Eres poca hembra para todos. Además, así el hombre que la despose estará satisfecho: se la ahormaremos para que pueda gozarla mejor.

Y comenzó a desabotonarse los calzones.

Tiempo después salieron de la masía los cinco forajidos llevando colgados del arzón de sus cabalgaduras dos sacos llenos de gallinas y conejos descabezados. Atrás quedaba un rastro de fuego y horror: dos muertos y tres mujeres mancilladas. Una de ellas, de apenas doce años, quebrada en el suelo del pajar, era consolada por su madre, que le acariciaba el pelo lleno de barro, paja y sangre.

2

Ermesenda de Carcasona

Gerona, mayo de 1052

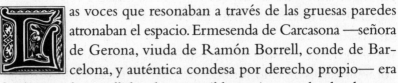as voces que resonaban a través de las gruesas paredes atronaban el espacio. Ermesenda de Carcasona —señora de Gerona, viuda de Ramón Borrell, conde de Barcelona, y auténtica condesa por derecho propio— era famosa por los estallidos de su temible genio cuando algo la contrariaba. Ante su presencia, el gigantesco Roger de Toëny, a cuyo cargo estaban las huestes que defendían la plaza, aparecía encogido, cual infante sorprendido hurtando el cuenco de las frambuesas.

—El hecho de que seáis mi yerno no sólo no os autoriza a cometer desafueros, sino que, muy al contrario, os obliga a dar ejemplo. Y, en cambio, vuestra inoperancia parece otorgar una especie de beneplácito a los desaguisados y tropelías que comete día sí y otro también la chusma que tenéis a vuestras órdenes.

El jefe de las compañías normandas que acampaban en los aledaños de la capital estaba en pie con el yelmo apoyado en el antebrazo. El cimbreante penacho que adornaba la celada denotaba la nerviosa actitud del guerrero, poco acostumbrado a encajar rapapolvos de nadie.

—Veréis, señora, no es fácil dominar a mesnadas de hombres curtidos que se aburren en cuanto no guerrean y que, al no tener dineros para sus dispendios, se arrogan a veces el derecho de tomarse lo que desean por su cuenta. Hace ya tiempo que se repartió el último botín, y la inactividad, en lugar de relajarlos, sólo los encrespa.

—¿Queréis decirme que prefieren la guerra a la molicie y a la buena vida que llevan en mis tierras? —preguntó a gritos la condesa.

—Señora, intentad comprender: son guerreros... ¿Qué otro oficio les cuadra más que el que han escogido? —dijo Roger de Toëny, intentando aplacar los ánimos de la dama.

—La tarea de tenerlos entretenidos es responsabilidad vuestra. Podéis proporcionarles saltimbanquis, encantadores de serpientes o volatineros, pero sabed que no voy a consentir que ocurran hechos como los de la otra tarde. Mis súbditos deberían estar protegidos por esa horda de salvajes... ¡Y en su lugar se ven obligados a guardar sus bienes bajo siete llaves y a encerrar a sus mujeres en sus casas!

—Entiendo vuestro sentir, pero mal puedo yo prever que unos hombres hartos de vino, forzados por la inactividad y faltos de mujeres, cometan de vez en cuando alguna picardía.

—¿Osáis llamar picardía a asaetear a un hombre, apalear a otro hasta la muerte y violar a las mujeres que habitaban el dominio, una de ellas, por cierto, de sólo doce años? Tened por seguro que, si no sois capaces de mantener a raya a estos bellacos malnacidos, lo tendré que hacer yo... ¡Y a fe mía que no dudaré en hacerlo!

El normando permaneció en pie como quien aguarda algo.

—Os diré lo que vais a hacer —prosiguió la condesa—. Averiguaréis quiénes han sido los autores de esta honrosa gesta y cuando los descubráis los colgaréis en la horca que montaréis en el campo de armas en presencia de toda la tropa, para escarmiento de osados y aviso para rebeldes.

Roger de Toëny dibujó en sus labios una torcida sonrisa.

—Y decidme, señora: ¿de verdad creéis que alguno de mis hombres va a delatar a un compañero de armas?

—¿Me tenéis acaso por estúpida? ¡Me importa un comino si lo hacen o no! Si no aparecen los culpables, colgad a dos de los más significados y asunto concluido. Os diré la verdad: prefiero que callen. Así sabrán que nadie tiene la cabeza segura sobre su cuello. Espero que no ocurran más hechos lamentables, pero si así fuera ya veréis cómo salen rápidamente los nombres de los autores del desafuero.

—Pero, señora —protestó el normando—, van a pagar justos por pecadores.

—Decidme entonces, si hiláis tan fino, qué culpa tenían mis agraviados súbditos. Si necesitáis justificaros ante vuestros capitanes atribuid el hecho a una… «picardía» de la vieja condesa.

Un sonoro silencio se instaló entre ambos personajes. El guerrero recuperó la compostura, estiró su inmenso corpachón y, tras una leve inclinación de cabeza, salió de la estancia a grandes zancadas. A sus espaldas resonó la voz de la vieja Ermesenda.

—En cuanto a vos, mejor haríais en acudir alguna vez al lecho de Estefanía en lugar de consumir las noches en francachelas con vino y dados. Mi hija es tonta de tan buena… ¡Conmigo deberíais haber topado!

El señor De Toëny no pudo reprimirse y, antes de abrir violentamente las hojas de la puerta de entrada, giró rápidamente sobre sus talones de forma que el penacho de su casco se balanceó a uno y otro lado, y desde el fondo del salón alzó su poderosa voz que rebotó en las paredes.

—¡Antes muerto, señora! ¡Antes muerto!

Y, dando un sonoro portazo, salió de la estancia.

Cuando se quedó a solas, la vieja condesa tomó su libro de horas, maravillosamente miniado por los expertos dedos de algún monje, que le había regalado su hermano Pere Roger, obispo de Gerona, y se dispuso a leer. Vano intento: su mente deambulaba inquieta por los parajes de su apasionada vida y no le permitía concentrarse. Se levantó de su sitial y, dirigiéndose a un pequeño canterano que ocupaba uno de los rincones de la estancia, tomó de su interior una frasca y se sirvió una generosa ración de un licor de cerezas que ella misma se ocupaba de destilar en un cuartito cercano a la bodega provisto de alambiques y redomas. Luego se instaló junto a un ventanal lobulado de dos cuerpos, en un sillón de tijera de noble madera taraceada y elegante cuero repujado, sujeto a la madera con tachuelas de brillante latón, y dejó que su mente divagara, decidida a defender, a costa de lo que fuera, los derechos de su esposo Ramón Borrell sobre los condados de Gerona y Osona como gabela de esponsales.

Corría entonces el año de gracia de 992. La legación barcelonesa que acompañó a Ramón Borrell a Carcasona era en verdad llamativa. Los nobles a caballo escoltaban las carretas, engalanadas con guirnaldas de flores, donde viajaban las damas. Destacaban los arreos de las caballerías, relucientes los resaltes de metal y lustrado el cuero de las guarniciones, y las blancas acaneas de los clérigos. Las puntas de las lanzas de los soldados parecían hechas de plata pura, los atabales y la trompetería atronaban el espacio: los timbaleros llevaban el compás y los clarines lanzaban sus acordes al aire, mientras flameaban sus banderolas. La comitiva podía competir en gala y donosura con la de cualquier monarca de la tierra. El buen pueblo, en prietas hileras a pie de calle y desde las ventanas, agitaba palmas y aplaudía asombrado, lanzando a su paso una cascada de pétalos de rosa. El pelirrojo señor que presidía aquel majestuoso cortejo iba a desposar a su joven condesa y esa fecha pasaría a los anales de Carcasona.

En aquella jornada la iglesia mayor le pareció a Ermesenda más solemne que nunca. La nobleza se apretujaba en los ornados bancos, mientras el pueblo se arracimaba junto a las casas, intentando ver el paso de su condesita. Cuando del brazo de su padre traspasó la entrada del templo y oyó las notas del órgano, le pareció que el cielo se abatía sobre su cabeza. A través del tupido velo que cubría su rostro pudo observar sin ser observada al impresionante caballero de largos cabellos rojos que, vestido con una principesca armadura en cuyo peto refulgía un magnífico collar de oro del que pendía un camafeo de coral con el bajorrelieve de un jabalí, la aguardaba a pie firme delante del altar. El tiempo se detuvo y por un instante creyó que volvía a ser la niña que soñaba en su cama con momentos como aquél. Ermesenda llegó hasta él. Su padre la descolgó de su brazo y se instaló a un costado del presbiterio. Tras una reverencia, Ramón Borrell se colocó a su izquierda. De repente la música detuvo sus brillantes acordes y un impresionante silencio se apoderó del templo.

Ermesenda recordaba todos y cada uno de los detalles de la ceremonia. Dos obispos dirigían los oficios: el de Béziers y el de Barcelona, además del deán de Carcasona; una pléyade de importantes clérigos de ambas vertientes de los Pirineos, magníficamente ataviados con albas casullas y mantos bordados en oro, hacían las veces de simples acólitos. El momento culminante llegó, a la manera romana: uno de los ministros le indicó que colocara las manos a modo de cuenco y entonces Ramón Borrell depositó en ellas las arras de plata cuyo simbolismo tan bien conocía. Todo sucedía muy deprisa. Tomaron su mano izquierda, que asomó tímida y blanquísima por la ajustada bocamanga de su traje, y mientras Ramón Borrell introducía la alianza, ella escuchó sus palabras.

—*Ego Raimundus Borrellius comes civitatis Barcinonensis, accepto te Ermesenda sicut uxor mea et promisso cavere te, omni perículos, rispetare et cautelare vos a malo et esere fidelis in salute et malaltia usque tandem Deus Dominus nostro cridi me al seu costat at finem dels meus dies.* *

Pese a que en aquel momento estaba en juego su destino, la mente de Ermesenda registró un cúmulo de hermosas y sonoras palabras que desconocía pero que, mezcladas con el latín, resonaron alegres dentro de su cabeza. Luego ella hizo otro tanto. Comenzó la música y las campanas iniciaron un volteo sin igual, acompañándola con su solemne y sincopado repique hasta que, junto a su marido, atravesó el rastrillo del castillo de Carcasona, momento en el que las gruesas paredes mitigaron el estruendo.

Descendió del carruaje y, mientras llegaban los invitados, fue conducida en volandas a sus habitaciones donde, junto a su aya, la

---

* El autor inventa una lengua romance mezclada con catalán primitivo y latín vulgar para acercarse a la época en la que tal cosa era lo común, pues las lenguas de raíz románicas estaban naciendo. «Yo, Ramón Borrell conde de la ciudad de Barcelona, te acepto como mi esposa y prometo guardarte de todos los peligros, respetarte y preservarte de todo mal y serte fiel en la salud y en la enfermedad hasta que finalmente Dios Nuestro Señor me llame a su lado al fin de mis días.»

aguardaba un ejército de damas y sirvientas que le quitaron el traje que había lucido durante la ceremonia. La perfumaron y, tras peinarla y cambiarle el tocado por una diadema de perlas que había pertenecido a su abuela, la vistieron con un brial de color malva cuyo escote se abría en forma de uve mostrando el nacimiento de sus senos y cuyas mangas volaban en torno a sus brazos como alas de mariposa; después le ciñeron un dorado cíngulo que, ajustado a sus caderas, descendía en ángulo remarcando las curvas de su cuerpo. Al observarse en el bruñido bronce de su espejo, la joven tuvo la impresión de que estaba en cueros vivos.

—Ama, ¿así me he de presentar ante mis invitados?

—Así, niña mía —confirmó el aya en tono cariñoso.

—Pero me siento desnuda… —protestó la joven.

—Una dama casada ha de prometer sin permitir, ha de sugerir sin entregar. Vuestro esposo os ha de ver como mujer, no como niña; si no, esta noche él no sabría cómo trataros.

—¿Qué es lo que me pasará esta noche, ama?

—Lo que dicta natura. No os preocupéis: si mi instinto no me engaña, vais a tener buen maestro.

Ermesenda la miró con ojos de impotencia.

—Pero ama…

—Dejaos llevar, niña mía. Las ovejas se fían del pastor y no preguntan. Venga, poneos esto.

El aya le entregó una liga azul.

—¿Qué es lo que me dais?

—No preguntéis tanto: colocadla sobre vuestra media sin que os vean esas metomentodo. —Y señaló a las tres damas que estaban entretenidas recogiendo el desorden de la cámara—. En mi tierra, la Cerdaña, dicen que augura fortuna; aquí dirán que es brujería.

Ermesenda la miró a los ojos, se descalzó rápidamente de uno de sus escarpines y se colocó la liga en el muslo, ciñéndose el lazo; luego se bajó la saya, el refajo y después la falda.

—Si me dijerais que me tirara al río lo haría. ¡Os quiero mucho, ama! Si no os pudiera llevar conmigo a Barcelona no me habría casado. Sin vos me siento perdida como una niña en el bosque…

Entonces en su mente se formaba una nebulosa, y las imágenes se sobreponían una sobre otra en un laberinto que la confundía y que, a pesar del tiempo transcurrido, todavía conseguía azorarla.

El salón del banquete en el que se habían reunido los invitados de ambas cortes presentaba un aspecto deslumbrante. La inmensa mesa llegaba a ambos extremos atiborrada de manjares a cuál más opulento y selecto, separados entre sí por gruesos candelabros que iluminaban las suculentas fuentes. Enormes soperas de las que partían aromas exquisitos, bandejas con venados casi enteros ensartados en espetones, pescados traídos de las cercanas costas mediterráneas conservados en hielo y un sinfín de copas preparadas para acoger a los más diversos y afamados caldos de la región. Justamente en el centro de la mesa había cuatro regios sitiales dispuestos para acomodar a sus padres, Roger I y Adelaida de Gavaldà, y a los de su esposo, Borrell II y Legarda de Rouergue; a ambos lados, dos sillas más pequeñas: la de su marido, junto a la de su madre, y la suya junto a la de su recién estrenado suegro. Desde la tribuna los músicos iniciaron a su entrada una alegre tonada. Los condes ocuparon los puestos de honor y los invitados se dispusieron a situarse en los lugares que se les habían asignado, observando un rígido protocolo en función de su categoría y parentesco.

Ermesenda se sintió transportada a su lugar en la gran mesa; recordaba que al principio de la ceremonia ni se atrevía a posar la mirada sobre sus invitados. La cena fue transcurriendo, y las frecuentes libaciones hicieron que cada cual fuera a lo suyo y se entregara al condumio con verdadera fruición. Entonces, y solamente entonces, sus recuerdos se fueron ordenando y las escenas finales de aquella singular velada adquirieron una nitidez notable. Al poco, los brindis y homenajes a la pareja aumentaron, la música elevó el tono y el mundo pareció desentenderse de ella. En toda la velada apenas pudo dirigir una mirada a su esposo, de tal modo que, cuando las damas vinieron a buscarla para preparar su noche de bodas, a duras penas lo había visto. Las risas, el barullo y el jolgorio eran tan intensos que desbordaban los límites del salón; los criados iban y venían de las cocinas en un continuo tráfago, trayendo y llevando los postres y, a excepción de su madre, que cruzó con ella una intensa mirada, nadie pareció darse cuenta de que se retiraba. Cuatro dueñas la aguardaban en la entrada de la cámara nupcial. Se abrieron las puertas y Ermesenda se halló ante el lugar donde iba a realizar el acto más importante de su vida hasta entonces. Los artesonados del techo, los tapices que cubrían y sellaban todas las aperturas evitando cualquier posible e indiscreta mirada, los gruesos cortinajes que ocultaban el inmenso tálamo, que tan bien conocía de sus correrías infantiles con su hermano Pere. Allí estaba el motivo de que hubieran bautizado la estancia como el cuarto de la barca: un enorme lecho con dosel, en forma de nave, suspendido sobre cuatro gruesas columnas doradas y al que se debía acceder mediante una escalerilla.

Su ama aguardaba circunspecta junto a la bañera humeante, poseída del importante papel que aquella noche iba a desempeñar en la vida de su pupila. Ermesenda sintió cómo varias manos femeninas le iban retirando los ropajes hasta dejarla en cueros vivos; luego, tras introducirla en la bañera y frotarla, la ungieron con aceites y perfumes traídos de extrañas tierras para arrancar de su piel los humos y olores de los manjares del banquete. Finalmente las damas se retiraron y se quedó a solas con Brunilda, su aya. Ésta recogió su cabellera con peines de concha de tortuga y suavemente le pasó por la cabeza un camisón exquisitamente bordado. Sin más dilación, la condujo frente a un espejo, obsequio de su esposo, traído de tierras musulmanas por mercaderes catalanes, una sola pieza de bruñido metal en la que se reflejaba su cuerpo entero. Ermesenda observó una hendidura vertical, adornada con pasamanería a ambos lados, que se abría en su camisón justamente a la altura de su sexo. Ante su inquisitiva mirada su ama respondió:

—Es bueno que la primera noche la novia se muestre recatada. La abertura permitirá a vuestro esposo yacer con vos sin que medie ofensa; no olvidéis que sois la depositaria del honor de Carcasona. Sólo una barragana se exhibiría desnuda.

—En qué lugar más extraño de mi cuerpo ha depositado su honor Carcasona, ama.

—Así son las cosas, niña mía. No he improvisado nada; todo es como debe ser. Ahora subid al lecho y aguardad. Yo debo retirarme. Y… no olvidéis que lo que ahora puede ser dolor, mañana será gozo.

Ermesenda dio un beso y un fuerte abrazo a su aya y ascendió la escalerilla de su particular tabernáculo. La buena mujer se retiró tras apagar todos los candelabros, dejando encendida únicamente la palmatoria que iluminaba una imagen sagrada de la Virgen. La niña se quedó sola en la penumbra, aguardando en el tálamo, temerosa y expectante, la llegada de su esposo. Su memoria adornaba el lejano recuerdo con el aroma inmarcesible de la distancia, su mente vagabundeaba y evocó la jornada en la que su madre le habló por vez primera del que habría de ser su marido.

—El hombre a quien estás predestinada es el conde Ramón Borrell de Barcelona, cuya sangre desciende de un tronco común a nosotros, la del conde Bello I de Carcasona y Barcelona, que data de antes de 812. Nada que ver, como comprenderás, con los advenedizos francos del norte, puesto que ya entonces nuestra bendita tierra formaba parte de la Septimania, que había aceptado la cultura latina.

»Cuando Almanzor se apoderó de Barcelona, pasamos verdadera zozobra. Fueron tiempos terribles, en los que temimos que el moro no se pararía en los Pirineos. —Su madre había adoptado un tono de voz solemne—. A Carcasona le conviene tener el flanco sur bien cubierto, sobre todo cuando se trata del islam, y la moneda de cambio eres tú: la futura señora de Foix y de Narbona. Tu futuro esposo es conde de Barcelona, Gerona y Osona, un valeroso guerrero muy capaz de defender nuestras fronteras, con más ahínco aún si son las de la casa de su esposa.

Ermesenda recordaba todo aquello mientras reposaba su fatigado cuerpo en el salón contiguo a la torre del homenaje. Su espíritu inquieto deambulaba por los recónditos recovecos de su memoria. La escena era tan vívida que le dolía el corazón al recordarla.

Entonces le vino a la mente una frase de su madre:

—No importa, hija mía, que todavía no le ames. Yo no conocía a tu padre cuando me casaron con él y he sido muy feliz. Sólo te diré una cosa: cuando te abras de piernas, piensa en Carcasona.

3

Martí Barbany

Barcelona, mayo de 1052

manecía sobre el mar y Barcelona se desperezaba como una doncella ilusionada en la mañana de su noche de bodas. Las barcas de los pescadores regresaban a la ribera, rebosantes de peces plateados; los saludos alborozados de los marineros se entremezclaban con chanzas y burlas, cuando alguien se percataba de que las capturas de un rival eran más escasas que las propias.

La multitud de campesinos, siervos, mendigos, clérigos y comerciantes que se arremolinaba en el Castellvell y el mercado era ingente; los medios de transporte, variados: pesadas carretas tiradas por bueyes, galeras atiborradas de cajas sujetas con cuerdas, mulos, caballos. Dentro de las primeras y en las alforjas de los segundos, toda clase de productos con los que se desease negociar, cambiar o vender en el mercado instalado junto a las murallas. La única ventaja de esta puerta respecto a la de Regomir, situada al lado de las atarazanas, era que el olor que emanaba de la mercadería era soportable; en la otra, por donde entraba todo el pescado que consumía la ciudad, el hedor era insufrible, sobre todo cuando se acercaba el verano y aumentaba por los efluvios que subían de la riera hasta el Cagalell, y más aún cuando se removían sus fondos y se abría el canal hacia el mar con el fin de vaciarla. Los guardias de las puertas, sudorosos bajo sus cotas de malla, coseletes y cascos, no se andaban con remilgos a la hora de tratar a las gentes: desde emplear el zurriago para ordenar a la muchedumbre hasta sacar de la misma a golpes, con el asta de la alabarda, a todo aquel que intentara provocar un desbarajuste, cualquier medida era buena, sobre todo si servía para que aquel tráfago de hombres y bestias fueran avanzando. Un remedio infalible, en casos de desacuerdo respecto al turno, consistía en apartar a quienes discutían y enviarlos al final de la cola entre denuestos y votos a Dios o al diablo.

Todo este trajín lo motivaba el hecho de que los encargados del fielato tenían que calibrar la mercancía a fin de cobrar la renta que los *prohomes* del municipio habían convenido como canon reservado al conde para la canalización del Rec Comtal, que traería el agua del río Besós a la ciudad, y que era la mejora que en aquellos días se intentaba concluir en Barcelona.

En medio de la multitud, montando un buen caballo ruano, castrado y tranquilo, cabalgaba un joven jinete de mediana estatura, tez curtida como la de un hombre, con las facciones cinceladas por la intemperie, ojos marrones, larga melena negra y aspecto agradable; como rasgo destacable, una barbilla prominente y hendida que delataba un carácter tenaz y una voluntad decidida, y que por cierto daba sentido al patronímico de su familia, ya que su apelativo atañía a dicha peculiaridad: Martí Barbany era su nombre. En la cruz de su cabalgadura llevaba dos alforjas aseguradas a la silla mediante sendas correas y aguardaba paciente a que llegara su turno, dando palmadas al cuello de su ruano. De vez en cuando se palpaba el pecho para asegurarse de que su faltriquera, donde guardaba junto a sus tesoros la carta de la que dependía su futuro, permanecía en su lugar. Vestía calzones largos rematados por dos polainas ligadas con tiras de cuero a sus pantorrillas, camisola de tejido común y un sobretodo de sarga pasado por la cabeza y ceñido a su cintura por una correa, que le cubría hasta los muslos. En los pies, borceguíes de piel de venado, y en la cabeza un gorro verde de los que usaban los cuidadores de aves de rapiña y algún maestro de cetrería.

Forzado por la lenta progresión dejó que su pensamiento calibrara de nuevo si la decisión de abandonar la casa paterna, del modo y en las circunstancias en que lo había hecho, había sido una medida acertada.

Tres días había durado su viaje, que había comenzado en los aledaños de Empúries y que Dios mediante iba a terminar en Barcelona. ¡Qué lejos estaba de imaginar en aquellos momentos los vericuetos por donde andaría su vida a lo largo y ancho de los años y la extraordinaria peripecia que le depararía el destino! Su mente le condujo a través de sus recuerdos a parajes lejanos y queridos. Había nacido en una pedanía cercana a Empúries, en la masía que el generoso conde Hugo había cedido a su familia, después de que ésta, dos generaciones antes y proveniente del Conflent en su límite con la Cerdaña, hubiera mostrado su voluntad de vasallaje desbrozando el bosque asignado: aquella masa de follaje incontrolado se había convertido en doce *feixas* y tres *mundinas** de tierra de cultivo. Martí era el único hijo del matrimonio entre Guillem Barbany de Gorb y Emma de Montgrí, unión desigual e indeseada por la familia de la mujer, ya que Guillem Barbany no era más que un soldado de fortuna, deudo de la regente Ermesenda de Carcasona, como antes lo había sido de su esposo, Ramón Borrell conde de Barcelona, hasta su muerte; como tal, estaba obligado a llevar a cabo cabalgadas en la frontera dedicado al pillaje y al asalto de pequeños predios solitarios, e incursiones en los territorios del rey moro de Lérida. Todo eso mientras no se reanudaran las frecuentes hostilidades con el conde Mir Geribert, que se había llegado a proclamar príncipe de Olèrdola. En cambio, su madre pertenecía a una familia acomodada de la misma capital de la Garrotxa, que renegó de ella cuando se empeñó en casarse con aquel guerrero de fortuna al que consideraban poco más que un forajido salteador de caminos; su madre, que era *pubilla*, fue desheredada y todos los bienes de su familia donados al monasterio de Cluny que presidía el territorio. Emma hubiera deseado que Martí entrara en la Iglesia, pero su vocación no iba encaminada hacia los altares. En su recuerdo siempre emergía la figura entrañable de su abuelo paterno, que desde niño fue una referencia importante. El viejo mostraba una ostensible cojera de

* Medidas catalanas de superficie.

la pierna izquierda y jamás hablaba de las circunstancias que la originaron. Sin embargo, cuando ya desde muy pequeño Martí se quejaba de que su padre jamás estuviera en casa y de que se pasara la vida guerreando, el anciano invariablemente le excusaba con el argumento de que muchos hombres debían cumplir con su deber en tareas que les habían sido impuestas, forzados por las circunstancias de la vida. Estas y muchas otras charlas llegaron a su fin cuando una aplopejía dejó al anciano como un leño babeante instalado al lado de la gran chimenea del hogar. Una tarde, al volver del campo, lo hallaron muerto como un pajarillo. Al día siguiente lo cargaron en un carro de macizas ruedas y lo llevaron al cementerio que lindaba con la *sagrera** de la iglesia de Castelló donde, tras el consabido responso, lo enterraron rodeado por el calor de sus vecinos y amigos, que le acompañaron en tan triste y último trance. Su madre presidió la ceremonia. Martí recordaba que éste fue el primer gran disgusto de su vida; tenía siete años. En aquel momento supo con certeza que su mundo no se reduciría a ir a los mercados y ferias de la comarca a vender los productos que cultivaba su familia. No quería deslomarse de sol a sol, como había hecho su abuelo, para terminar bajo un montón de tierra mientras un clérigo entonaba su monocorde miserere.

Los años de su infancia fueron pasando y un ansia de nuevos conocimientos creció en su interior. Su madre, cuya cabellera se iba llenando de hebras de plata, insistió, en la esperanza de que aquella actividad le acercara a la Iglesia, en que un par de veces por semana montara en Muley, un viejo asno asmático retirado de toda actividad, y se acercara a la rectoría del pueblo donde don Sever, el párroco que ostentaba la canonjía de Vilabertrán, había accedido a enseñarle las cuatro reglas y los fundamentos de la gramática, a cambio de pobres emolumentos consistentes en productos de la tierra y algún que otro pollo o conejo. Para todo ello tuvo que pasar por las clases de catecismo y por la vida de los santos comentada por doctos hagiógrafos, que el buen hombre le daba a leer a fin de despertar

* Los treinta pasos alrededor de una iglesia eran lugar sagrado donde nadie podía ser atacado, bajo pena de excomunión.

su vocación, tarea que aceptó con gusto por miedo a que le retiraran de aquella actividad que tanto le interesaba.

—Martí —le decía el buen hombre—, si te aplicas podrás ser un hombre de Iglesia. Ten en cuenta que un abad o un obispo es tanto o más que un conde o un marqués, y tú eres muy listo...

Y sumando a las obligaciones contraídas la voluntaria de desbrozar su educación, comía con él en la rectoría y le enseñaba normas de cortesía, urbanidad y buena crianza y la manera de comportarse en cualquier mesa por encopetada que fuera. Entonces se acabaron las apasionantes excursiones hasta el golfo de Rosas montado en el pollino y los emocionantes recorridos por las calas de la zona nadando con sus amigos Felet y Jofre, entrando en cuevas sumergidas, imaginando aventuras y sobre todo escondiéndose en los cañizos de la ribera con el fin de observar cómo algunas mozas se quitaban el corpiño y las sayas para chapotear en la orilla entre risas y jolgorios.

Antes de la muerte de su abuelo, cuando iba a cumplir los cuatro años, le habían contado que el buen Dios se había llevado a su progenitor en una de las algaradas habidas en la guerra que el patrón de su padre mantenía con el «príncipe» de Olèrdola, cerca de Vic. Por lo visto, una azagaya le entró entre los omóplatos atravesando el almófar y segándole la vida. Recordaba perfectamente al mensajero que, acompañado del cura de su parroquia, trajo la mala nueva. Era al anochecer de un gélido día de noviembre; la tramontana aullaba endiablada llevándose por medio cualquier objeto que no estuviera a resguardo o bien aferrado, arrancando postigos que en algún descuido alguien hubiera dejado abiertos e incluso abatiendo grandes árboles. La techumbre de la casa crujía y se quejaba como un animal herido, cuando alguien golpeó la puerta. La lumbre estaba encendida en la chimenea, y los leños crepitaban su cálido mensaje. Junto al hogar estaban cenando los tres aparceros de la finca, y en la mesa larga, apartada a un costado y presidida por su madre, el ama Tomasa, el fiel Mateu Cafarell, que desde el día de su fracasada boda había acompañado a Emma, y él. Una algarabía de ladridos advirtió a los comensales allí reunidos que algo extraordinario ocurría en el exterior, y una voz familiar acompañó al ruido de la aldaba golpeando el portalón.

—Abrid, Emma, soy don Sever.

El viejo jardinero, que hacía las veces de mozo y de cochero, apartó a un lado su escudilla y, alzando un candil en la diestra, se encaminó a la puerta con paso vacilante, mientras el ama, inquieta, se secaba las manos con un trapo de cocina y cruzaba una mirada llena de temor con su madre. A indicación de su dueña, el hombre apartó el grueso travesaño de roble y descorrió los cerrojos; el portalón se abrió, la llama flameó un instante urgida por la corriente de aire y en el quicio apareció la esmirriada figura del cura, acompañado por un guerrero cuyo porte y altura impresionaron a Martí, quizá por el contraste. Nada más verlo supo, por la expresión del rostro de su madre, que era portador de malas nuevas. La voz, que aún resonaba en el oído de su memoria, corroboró su sospecha.

—Martí, ve a tu cuarto.

Recordaba que se escabulló rápidamente, tomando a Sultán, su pequeño cachorro, en los brazos, pero nada más traspasar la portezuela que separaba su cuartucho de la pieza principal, pegó su oreja a la madera y escuchó una mezcolanza de voces en las que sin duda, además de las conocidas de su madre y de su maestro, se sumaba la grave y solemne del mensajero. Le impresionó el frío comentario de su madre tras escuchar la mala nueva:

—Demasiado ha tardado en pasar lo que yo hace mucho que esperaba.

Al cabo de un buen rato se retiró el cortejo, volvieron a resonar las fallebas y el lastimero gemido de los goznes y pudo escuchar el murmullo de la conversación de su madre con el ama y con el viejo mozo. Martí, intuyendo que su madre entraría a darle las buenas noches, se desvistió rápidamente, y después de ponerse una camisa de felpa que le cubría hasta las corvas, se introdujo bajo las frazadas esperando acontecimientos que no se hicieron esperar. La puerta se abrió y la luz temblorosa de una candela precedió a su madre marcando en las losas del suelo un arco iluminado. Ella, tras dejar la palmatoria en una mesa, se sentó en el borde de la cama y Martí sintió su cálida mano apoyada en la frente y, con los ojos entrecerrados, observó la enorme sombra de la mujer proyectada en la pared del fondo. Los tiempos y las circunstancias la habían endurecido. Su voz sonó queda y neutra como la de aquel que anuncia algo irremediable, que por esperado ya es viejo.

—Martí, hijo mío, aunque siempre lo has sido, ahora eres realmente huérfano. Tu padre ha muerto haciendo lo que más le gustaba: la guerra. Su única herencia es un anillo que queda en mi custodia y que te he de entregar cuando cumplas dieciocho años. Antes de que la fecha venza, recibiré instrucciones acerca de lo que debes hacer con él y adónde debes dirigirte.

Aunque el hombre fallecido era su padre no sintió pena ni quebranto. Sin saber bien por qué, se incorporó en la cama y abrazó a su madre. Las convulsiones de su generoso pecho le indicaron que aquella mujer fuerte, que había presidido los días de su infancia, estaba llorando.

Aquélla fue la noche en la que decidió que un día u otro partiría: no estaba dispuesto a resignarse a ser toda la vida un campesino; su ambición era grande, y sus horizontes, si no se iba, estrechos. Sin embargo, antes de partir habrían de ocurrir muchas cosas, ya que el hombre propone y el destino dispone. A los dieciséis años descubrió el amor, o eso creyó entonces. En una de las ferias a las que acudía conoció a Basilia, una joven *pubilla* de su edad, de una masía de campesinos ricos; y en un pajar tuvo la gloria de tener en su mano un seno de muchacha. Creyó que aquello era el fin del mundo, y aunque sus amigos se rieron de él, no le importó y se dispuso a solicitar la autorización de su madre para cortejarla. Emma se lo tomó en serio y se informó; al cabo de poco le dio el gran disgusto de su corta vida, la muchacha estaba prometida a un rico *hereu* y ni en sueños iba a permitir su padre que un don nadie como él torciera sus planes.

Los días fueron pasando, transformándose en meses y años, y borraron de su mente la impresión de aquel fracaso amoroso. Al cumplir la edad establecida, su madre le entregó el anillo y un breve pergamino que, sin que él lo supiera, alguien había traído a su casa hacía relativamente poco tiempo. En él se leía un nombre y una dirección en Barcelona.

—Hijo, hace un mes alguien trajo esta misiva; debía entregártela a tu mayoría de edad. En ella leerás las instrucciones que debes seguir cuando llegues a la ciudad. Es algo así como un salvo-conducto, que, si no he entendido mal, te abrirá las puertas hasta la persona que lo ha enviado. Ya eres un hombre y, aunque un sentimiento egoísta me impele a pedirte que permanezcas a mi lado, mi amor materno me indica que debo favorecer tu partida para no ser un obstáculo que se interponga en tu destino. No quiero ser un estorbo: marcha y no vuelvas la vista atrás. Aquí no tienes ya nada más que hacer.

—Madre, he esperado mucho tiempo, nada hay que no se pueda demorar unos meses: está por llegar la cosecha y no partiré dejándoos a vos sola con este trabajo. Cuando regrese, porque os juro, madre, que regresaré, habré sido digno de vuestros esfuerzos. Si no vuelvo, es que he muerto en el empeño.

El día de su partida abrazó a la encallecida mujer, que a pesar de sus lágrimas mantenía la entereza de siempre, y marchó a la aventura. Se volvió una última vez, y observó cómo las figuras de su madre, del ama Tomasa y de Mateu se empequeñecían en la distancia y al mismo tiempo crecían en su corazón. Azuzó a su montura y al ritmo monocorde de sus cascos se alejó de todo aquello que hasta aquel momento había constituido su mundo. Tenía dieciocho años y tres meses.

La cola fue avanzando y ya entrada la mañana llegó su turno. Uno de los soldados que controlaban la puerta le pidió razón de quién era y qué pretendía. Martí Barbany extrajo de su faltriquera el documento que portaba para uno de los canónigos de la catedral y el hombre, tras consultar al jefe de puerta y ver quién era el destinatario, le franqueó la entrada. Espoleó a su cabalgadura y en medio de la riada humana se introdujo en la gran ciudad, ascendió por una concurrida calle y, tras atravesar la plaza ante la que se encontraba el Palacio Condal y asombrarse ante la magnificencia del mismo, llegó al Hospital de la Catedral, la Pia Almoina, donde tenía su residencia el arcediano Llobet, a quien debía mostrar el documento que alguien había entregado a su madre. Descabalgó en la entrada, y tras atar a su cabalgadura en la barra de madera que se hallaba allá dispuesta a tal efecto y darle una moneda a un muchacho que se ofreció a vigilarla, se introdujo en el portal y se acercó a una mesa donde un joven clérigo recibía las visitas que se aproximaban a la casa para despachar cualquier asunto que dependiera de los canónigos y altos dignatarios que allí residían. El religioso le iba a atender cuando las campanas de la Pia Almoina comenzaron a sonar anunciando el Ángelus, y el repique de los badajos en las espadañas de los demás conventos e iglesias de Barcelona y alrededores hicieron lo propio. Toda actividad se interrumpió y la calle quedó paralizada: las gentes detuvieron su atareado ir y venir y, gorro en mano los hombres y cubiertas por mantones y mantellinas las mujeres, aguardaron a que los ecos del campaneo se detuvieran; entonces se reanudó la actividad.

—¿Qué se os ofrece?

El religioso había cobrado vida y con una voz cantarina y amable más propia de un chantre de coro preguntó a Martí Barbany su nombre y el motivo de su visita.

—Traigo una carta, un salvoconducto para el arcediano Llobet. Si sois tan amable, quisiera verlo.

Martí mostró la credencial y el clérigo, tras aproximar a su ojo derecho un grueso cristal soportado por un mango de madera, se dispuso a leer las letras del documento.

—Tened la bondad de aguardar un momento.

Hizo sonar una campanilla que estaba sobre su mesa y al punto compareció un tonsurado jovencito, que esperó órdenes.

—Llevaréis esta misiva al padre Llobet.

Martí Barbany intervino.

—Preferiría entregársela yo mismo, si no os importa: es mi credencial.

Y con estas palabras extendió la mano para que el otro le devolviera la carta. El hombre examinó detenidamente al resuelto visitante y se dijo que aquel muchacho, pese a su juventud y su aspecto un tanto pueblerino, debía de ser alguien singular.

—Como gustéis, pero creo bastante improbable que os atienda. El padre Eudald está muy solicitado y aunque tengáis una presentación, no acostumbra a recibir visitas sin previa audiencia.

—Decidle a su paternidad que Martí Barbany desea verle.

Entonces, el monje, como excusándose, aclaró:

—Lo que él decida escapa, como comprenderéis, a mi autoridad.

Al poco regresó el aprendiz de clérigo diciendo que el arcediano recibiría al visitante.

El monje miró con curiosidad al joven y añadió:

—Ya lo habéis oído. En todo el tiempo que llevo en esta portería es la primera vez que el arcediano recibe a alguien sin cita previa. ¡Por san Bartolomé que sois un hombre afortunado!

4

El obispo Guillem de Balsareny

Barcelona, mayo de 1052

a tarea que se le presentaba al buen obispo no era precisamente agradable ni sencilla. Debería emplear a fondo sus mejores dotes de diplomático si pretendía salir indemne de aquella aventura que se mostraba harto difícil. De un lado, su lealtad a la condesa Ermesenda de Carcasona, estimulada sin duda por la munificencia que la señora tenía a bien prodigar sobre su diócesis de Vic; del otro, la buena causa que para él representaba todo aquello que favoreciera a los condados de Gerona y Osona de los que Ermesenda era usufructuaria, por expreso deseo de su difunto esposo el conde Ramón Borrell, en tanto el buen Dios la mantuviera en este mundo, aunque el titular del condado de Barcelona en aquellos momentos fuera su nieto: Ramón Berenguer I.

Las noticias viajaban lentamente en aquellos días. Sin embargo, los mensajes que el papa Víctor II deseaba enviar a sus obispos y abades a través de la nutrida red de monasterios que mediaban entre las respectivas diócesis y Roma corrían con rapidez, y a fe que hubiera preferido mil veces no haber recibido el último.

El obispo Guillem era un hombre de Dios: se preocupaba de los fieles a él encomendados, ejercía la caridad y mediaba en todas aquellas cuestiones que requirieran su intervención con justo criterio y probada rectitud, a fin de evitar conflictos, ya fuere entre vecinos nobles que disputaran por un predio, ya fuere un siervo que se sintiera agraviado por la dote injusta aportada por la familia de la prometida de su *hereu* u otro que hubiera sido atacado mientras trabajaba la tierra en la *sagrera*. La cola que todas las mañanas se formaba a la puerta de su residencia a la espera de que sus servidores sacaran el caldero con el que se repartía la sopa de los pobres era en verdad nutrida y variopinta.

El mensajero había llegado por la noche, extenuado, y tan urgente se anunció el recado que su coadjutor no dudó en despertarle pese a que apenas había descansado después de la oración de laudes. Cuando un emisario del Papa traía algo realmente inaplazable la contraseña era: «El gallo cantará tres veces». Ante esta clave sus secretarios tenían órdenes de despertarle o buscarle en cualquier momento. Se vistió deprisa; no convenía a su elevado rango que un correo le viera sin su solemne vestimenta: el hábito sí hace al monje, y las apariencias mueven a la mayoría de los humanos a la consideración y al respeto. Se miró fugazmente en su bruñido espejo de cobre. Éste le devolvió una figura magnificente revestida de una solemne hopalanda morada y una cabeza cubierta por un pequeño solideo que ocultaba la tonsurada coronilla. Satisfecho de lo que se reflejaba en la pulida superficie, hizo pasar al enviado a sus aposentos privados. Venía el individuo cubierto aún del polvo del camino, de manera que su rostro era una máscara irreconocible; se arrodilló ante el abad, y tras besar su anillo extrajo de su escarcela un pergamino sellado y se lo entregó. Ordenó al lego que lo había introducido que le dieran alimento y descanso y se quedó solo en la estancia, dispuesto a leer la intempestiva misiva. Decía así:

Dado en Sant'Angelo. Roma a 16 de mayo de 1052

Estimado hermano en Cristo:
El mensaje que os hago llegar es de suma importancia y requiere un tratamiento absolutamente discreto. No conviene, dadas las actuales circunstancias, que las noticias que os comunico se divulguen y lleguen a oídos indiscretos que propalen el contenido de esta misiva. Confío, pues, en vuestro atinado criterio y en vuestra probada discreción.

El equilibrio de poderes es en esta ocasión demasiado importante para que algún desaprensivo enemigo de la Iglesia haga uso indebido de esta información y cause grave daño a la auténtica fe, ya que el ejemplo de los príncipes es fundamental para el buen gobierno de los súbditos y un mal ejemplo sería nefasto, no sólo para el condado de Barcelona sino para toda la cristiandad, enfrentada como está al inmenso poder de las hordas del profeta. Asimismo, es sumamente importante evitar cuantas ocasiones haya para que los condados catalanes, siempre en precario equilibrio, batallen entre ellos en vez de hacerlo contra el auténtico enemigo que aguarda agazapado tras el río Ebro, frontera natural frente a la belicosidad de las taifas de Lérida y Tortosa, gobernadas en la actualidad por los belicosos hijos del prudente Ibn Ahud de Zaragoza.

Han llegado a mis oídos, de fuentes fidedignas —no olvidéis que el confesor de la condesa Almodis es el abad Sant Genís—, nuevas, ciertas sin duda, que podrían originar fuertes enfrentamientos entre la condesa Ermesenda y su nieto, el conde de Barcelona; y éstos no convienen a la Iglesia, ya que todo lo que represente menoscabo de la autoridad y desorden e incite a los súbditos a la desobediencia no es bueno ni ayuda en forma alguna a la causa de la cristiandad.

Mi querido abad, tenéis bajo vuestra jurisdicción un grave problema que conviene atajar de raíz, ya que de no hacerlo podríamos tener embarazosas contrariedades. A vuestro criterio dejo la forma de mejor allegar los medios para ello. Yo me limito a poneros en antecedentes.

Resulta ser que vuestro conde Ramón Berenguer I de Barcelona, viudo de la condesa Elisabet y actual esposo de Blanca de Ampurias, se puso en camino hace ya un año hacia Oriente, pues debía tratar asuntos de importancia para el condado de Barcelona y de paso a su regreso informarme de primera mano y darme su opinión sobre temas del islam que él bien conoce por tener cerca enemigo tan peligroso y astuto. El caso es que, de vuelta, y tras nuestra entrevista, hizo posada en el castillo de Ponce III de Tolosa, donde ocurrieron hechos innombrables: vuestro fogoso conde tuvo relaciones adúlteras con la señora del castillo, Almodis, hija de Bernardo y Amelia de la Marca. Esto, ya de por sí grave, no nos asusta: sabemos de las debilidades del alma humana y lo frágil que llega a veces a ser la carne, pero lo que sí nos preocupa es la consecuencia que todo ello puede llegar a acarrear, ya que nos consta que vuestro señor ha concebido tal insana pasión que pretende repudiar a su esposa, con la que contrajo nupcias apenas ha un año, y amancebarse, ya que otra cosa no cabe, con la que sin duda sería una barragana; todo ello para escarnio y perjuicio de la cristiandad, que se mira siempre en el espejo de sus príncipes. Hasta aquí como comprenderéis el asunto es grave, pero pensad además en la frágil relación de la condesa Ermesenda con su nieto y la actitud que tomará sin duda ante el repudio de Blanca de Ampurias, su protegida, ya que suya fue la idea del enlace. Eso sin considerar la respuesta del conde Ponce de Tolosa, al que sin duda afectará que le intenten hurtar a su consorte y con ello su honra. A nadie conviene la guerra que se declararía entre abuela y nieto, un hecho que desguarnecería el flanco sur y dejaría expedita la frontera a merced de los enemigos de la cristiandad. Mención aparte merece la actitud que tomarían los diversos condados catalanes, unos guerreando a favor de la una y otros a favor del otro por diversos motivos más o menos dignos, lícitos o soterrados, ya que, como sabéis, a río revuelto, ganancia de pescadores. Nos consta que Urgell, Cardona, Tost y Besalú se inclinarían por el conde, en tanto que el Conflent, Carcasona, Osona, Gerona y en fin la Septimania en pleno, lucharían al lado de la condesa.

En vuestras sabias manos dejo la resolución de tan espinoso asunto y os urjo para que os entrevistéis con Ramón Berenguer en primer lugar por ver de hacerlo desistir de tan abyecta y descabellada inclinación, y caso de no convencerlo, acudáis a la condesa Ermesenda, plato que no os envidio, pues sé y me consta lo susceptible de su carácter.

En fin, mi buen abad, poneos en camino y enfrentad el envite «a pecho descubierto», ¿no es así como se dice por esas tierras? Creedme que no envidio vuestra embajada y tened por cierto que aguardaré en vilo vuestras noticias. Mis oraciones os acompañarán desde Roma y en tanto recibid un fraterno abrazo de...

Vuestro hermano en Cristo.

VÍCTOR II, Papa

Guillem de Balsareny se acomodó en su sitial y, tras enjugarse con el dorso de su mano derecha las gruesas gotas de sudor que perlaban su frente, se dispuso a releer de nuevo la sorprendente misiva.

5

Ramón Berenguer y Almodis

El pertrechado jinete alzó la mano. La escolta que le acompañaba se detuvo al instante, envuelta en un mar de relinchos y tascar de bocados. Desde uno de los puestos que guardaba la entrada del puente levadizo una voz interpeló:

—¿Quién va?

—Quien viene de hacer un largo camino desde Roma y espera ser recibido por Ponce III de Tolosa como cree merecer por su rango y alcurnia. Soy Ramón Berenguer, conde de Barcelona, y vuestro señor me aguarda.

Con un chirriar de cadenas, el pesado puente comenzó a abatirse entre el crujir de maderas y el acompañamiento de voces, mientras en lo alto de la muralla un trompetero anunciaba la llegada de un ilustre visitante. Los cascos de los caballos resonaron sobre el maderamen del puente y posteriormente sobre el enlosado patio interior de la fortaleza. Un palafrenero sujetó la brida del garañón del conde y éste puso pie a tierra ordenando a sus hombres que hicieran lo propio. Con el guantelete de cuero se sacudió el polvo del camino de las grebas que protegían sus muslos. Al instante llegó hasta él el oficial de guardia, cuya voz quedaba amortiguada por el tumulto que formaban los hombres de la escolta al descabalgar. El conde de Barcelona entregó la celada del casco a su

47

lugarteniente y, desembarazándose de la capucha de la cota de malla que perfilaba su rostro, atendió al hombre del castillo.

—Perdonad, ahora estoy con vos.

—Os saludo, conde, en nombre de mi señor y os ruego tengáis a bien seguirme. Os acompañaré hasta el alcaide del castillo y él os atenderá.

—Cuidad de mi tropa y dadles lo que requieran para su descanso y el de sus cabalgaduras.

—Así se hará, señor —concedió el hombre con voz teñida de respeto—. La hospitalidad es una cualidad que distingue a la casa de Tolosa.

Partió el conde de Barcelona detrás del oficial, seguido por su escudero, al que había entregado su espada y su escudo en señal de confianza y reverencia como era norma cuando un noble visitaba a un pariente o a otro noble de igual alcurnia.

El castillo de Tolosa era más alcázar que fortaleza. Su arquitectura era noble: la trabajada piedra de las balconadas así como el marco de sus lobuladas ventanas y la riqueza y el boato de las estancias por donde iba pasando la comitiva denotaban un gusto y un refinamiento que contrastaba con sus rústicas fortalezas de Barcelona, Gerona y Osona, cuyo principal atributo era la seguridad que requería la cercanía del islam y la agresividad de los condados vecinos. El oficial se detuvo en la covachuela del alcaide y, tras ser presentado y relevado por éste, siguieron adelante. Finalmente llegaron frente a una gran puerta de roble magistralmente trabajada, en cuya madera la cuchilla y el formón de un hábil carpintero habían labrado un hermoso relieve con el escudo de armas de la casa de Tolosa. A ambos lados figuraban dos centinelas, alabarda en ristre en la diestra y en la zurda la picuda rodela, custodiando la entrada. A la vista del alcaide cuadraron su postura esperando órdenes.

—Avisad al chambelán de que el ilustre huésped ha llegado.

El primero de los centinelas abandonó el sitio y abrió una de las hojas del portón. Tras pronunciar unas palabras, la cerró de nuevo y se dirigió al oficial.

—Ya he dado cuenta de vuestra presencia. Tened la bondad de aguardar unos instantes.

Apenas pronunciadas estas palabras, el portalón se abrió de nuevo y por él asomó la calva cabeza de Robert de Surignan, gran consejero del conde Ponce de Tolosa.

—Pasad y sed bien recibido, mi señor. El conde Ponce de Tolosa y la condesa Almodis de la Marca os aguardan.

El gentilhombre dio tres golpes con la cantonera de su báculo en la tablazón del suelo y anunció su nombre.

—Mis señores, reclama audiencia Ramón Berenguer I, conde de Barcelona, Gerona y Osona.

El visitante dio un paso al frente entrando en la regia sala.

La estancia era realmente fastuosa. El conde barcelonés fue consciente de que jamás había visto algo parecido. La pieza era alargada: seis aberturas por lado cubiertas por decorados tapices mantenían el calor que provenía de dos grandes chimeneas laterales en las que ardían inmensos troncos; las paredes estaban ornadas con escudos de armas y entre ellos había unos gigantescos ambleos que soportaban el peso de los gruesos hachones que alumbraban la gran sala; pero lo que más atrajo su atención fueron las pulidas superficies de metal que, colocadas alrededor de los encendidos pabilos, apantallaban la luz y la multiplicaban hasta el infinito. Por último, colgaban de los altos techos tres lámparas doradas de varias coronas concéntricas de estilo carolingio, asimismo circunvaladas de candelas y sujetas mediante gruesas maromas, que, pasando por sendas poleas, se sujetaban a unos pivotes de hierro laterales que facilitaban las tareas de limpieza y acondicionamiento. Al fondo, en sendos tronos colocados bajo un baldaquín dorado, aguardaban el conde y la condesa de Tolosa.

Ramón avanzó, gentil la apostura y gallardo el ademán, el paso firme y acompasado. Pero a medida que se aproximaba al trono, la suntuosidad del salón, la calidez del ambiente, el fulgor de las candelas e inclusive la figura de su anfitrión quedaron diluidos debido a la presencia de la condesa Almodis. Al llegar frente a ella hincó la rodilla. La roja melena, los verdes y misteriosos ojos que formaban un conjunto perfecto con el dorado remate de encaje que ribeteaba su escote e intentaba cubrir el canal de sus rotundos pechos, apresaron sus pupilas: ya no pudo ver cosa alguna que no fuera ella.

Quedó atrapado en el hechizo que emanaba de la sensual presencia de la condesa.

El conde Ramón Berenguer se puso en pie con torpeza, y a requerimiento de Ponce de Tolosa ocupó un sitial frente a la pareja.

—Bien llegado seáis, conde, a esta humilde mansión donde los hijos de vuestro padre serán siempre bienvenidos. ¿Cómo están vuestros hermanos Sancho, Guillermo y Bernardo?

—Sancho es prior en Sant Benet. Por lo que se refiere a mis otros hermanos, Guillermo y Bernardo, hijos de la segunda esposa de mi padre, doña Guisla de Lluçà, y con quienes me une un gran afecto, aún no han contraído matrimonio. Son muy jóvenes.

Después de este preámbulo de cortesía se adentraron en el verdadero motivo de su presencia en el alcázar.

—Tengo entendido que habéis realizado un largo viaje por Levante.

—Efectivamente, he ido para establecer relaciones comerciales con Bizancio y acercarme a Jerusalén. Los asuntos de Tierra Santa andan revueltos y el Santo Padre me requirió para que a la vuelta acudiera a Roma y le informara de primera mano. A su criterio, los gobernantes de territorios que, por proximidad, hemos tenido y tenemos pleitos con el islam conocemos mejor que nadie el trato que debemos dar a los infieles, su forma de actuar y los entresijos de su diplomacia. Por eso solicitó mi humilde consejo.

Durante todo ese tiempo la condesa no despegó los labios. Sin embargo, Ramón Berenguer notaba en la piel la insistencia de su mirada, verde y subyugante.

Tras un buen rato de conversación, el señor de Tolosa se excusó.

—Sabréis perdonarme, ya que he incumplido todos los protocolos del buen anfitrión: os he hecho acudir a mi presencia sin siquiera haber tenido la cortesía de permitiros descansar, pero pocas son las ocasiones que aquí tenemos de departir con gente informada. De cualquier manera, intentaré compensar mi falta de delicadeza. Mi viejo esqueleto no está para largas veladas; a estas alturas los demás días ya me he retirado a mis habitaciones. Si no os importa, mi querida esposa os hará los honores durante la cena.

A Ramón Berenguer el corazón comenzó a latirle aceleradamente ante la oportunidad de poder compartir la velada en compañía de tan misteriosa criatura. Lo que a continuación añadió Ponce de Tolosa menguó su entusiasmo.

—Mi chambelán y el confesor de la condesa os acompañarán sin duda de buen grado. Su cultura y su conversación os sorprenderán y harán más grata vuestra estancia entre nosotros.

La condesa Almodis había asistido impertérrita al diálogo sostenido entre su esposo y el gentil invitado. A sus treinta y cuatro años, su vida había sido un cúmulo de situaciones vinculadas a las conveniencias que los intereses de su casa iban generando y cuya moneda de cambio invariablemente la habían constituido ella y sus hermanas Llúcia y Rangarda. La primera, después de un fallido matrimonio con Guillem de Besalú, se había casado con Artal, conde del Pallars; la segunda lo había hecho con Peire Roger, conde de Carcasona. A ella le había tocado en suerte la parte más amarga de la historia. Casó a los doce años con Guillermo III de Arles, y aunque el Santo Padre invalidó el matrimonio por la temprana edad de la contrayente, no por eso dejó de sufrir en su carne el asalto a su virginidad, experiencia que había marcado su destino hasta traumatizarla. Luego la entregaron a Hugo el Piadoso, señor de Lusignan, que tras hacerle un hijo la repudió y le arrebató a la criatura: negocio de Estado, le dijeron esta vez. Finalmente se encontró en el lecho del conde Ponce de Tolosa. De la unión nacieron cuatro vástagos: tres varones y una hembra. Ponce le llevaba veinticinco años, y era un hombre experto y libidinoso que calentó su lecho, y pese a que la avanzó en los intrínsecos laberintos del sexo, ella no conoció jamás la romántica pasión que cantaban los trovadores en las veladas de palacio y siempre supuso que la unión entre hombre y mujer escondía algo que a ella se le escapaba. Hasta aquel día sus únicas distracciones en el alcázar fueron sus damas, las fiestas corteses y sobre todo Delfín, su querido y contrahecho bufón.

Almodis se retiró a sus estancias para preparar las galas que debería lucir durante la cena. Mientras sus criadas la atendían, ella se abandonó a sus pensamientos, y sabiendo quién era el visitante recordó la profecía que había tenido siempre presente a lo largo de su azarosa existencia.

Aunque los sucesos databan de veintidós años atrás, los recordaba tan vivamente como si hubieran acaecido el día anterior.

La ciudad había amanecido cubierta por un blanco manto de nieve que desfiguraba el perfil de las cosas. Los copos caían lentos y dubitativos, flotando en el aire como plumas de cisne. Almodis se asomó al ventanal de su habitación y fue consciente de que el paisaje que veían sus ojos, y que había sido durante doce años su único escenario, iba a cambiar definitivamente a partir de aquel día. Alzó la vista hacia la torre del campanario de la iglesia mayor, atraída por el alegre repiqueteo de los bronces que parecían celebrar su matrimonio con Guillermo III, futuro conde de Arles y observó cómo las gárgolas de hielo parecían derramar lágrimas de agua sobre los tejados de las casas vecinas, sollozando por su despedida. En su alma se enfrentaban una legión de sentimientos encontrados. De una parte la añoranza de una niñez que se alejaba sin remisión, llevándose consigo los dulces paisajes de su amada región, los juegos infantiles con sus hermanos, los caudalosos ríos, sus maravillosos atardeceres, los dorados trigales y las cabalgadas en primavera por los espesos bosques. Una voz interior le decía que todas aquellas sensaciones pasarían, desde aquel mismo día y en cuanto pronunciara las obligadas palabras de su compromiso, a ocupar un lugar querido pero cada vez más lejano en los arcanos de sus más íntimos recuerdos. Sin saber por qué, tales pensamientos la deprimían. En cambio, un aura de esperanza parecida a un arco iris que se perdía en el horizonte le auguraba grandes momentos que sin duda se aprestaba a vivir y que colmarían su espíritu aventurero. En aquel instante recordó el extraño episodio que había vivido una tarde de aquel invierno. Había salido al bosque en compañía de su hermano Adalberto a montar por vez primera a su yegua Hermosa. Cuando por la mañana la vio enjaezada esperándola en el patio de armas del castillo como regalo de tan significado día de parte de su padre Bernardo de la Marca, su tierno corazón brincó de contento. Era blanca como la nieve que en aquel momento estaba cayendo, la cabeza pequeña, la mirada inteligente y los cuatro extremos de sus patas, negros como mitones. Presintió que nacía una extraña simbiosis entre ella y el animal. La tarde era perfecta: la luz se filtraba entre el ramaje del bosque repleto de carámbanos creando enigmáticas figuras de una extraordinaria belleza. Un céfiro blando, huésped eterno de aquellos pagos, silbaba en sus oídos propiciado por el suave galope de la yegua. Adalberto, que corría tras ella, apenas podía darle alcance, así que Almodis detuvo al animal para aguardar a su hermano. La yegua irguió las orejas, relinchó suavemente y arañó el boscaje con su pata diestra; su hermano, con un fuerte tirón de bridas, detuvo su montura junto a ella.

—¡Mira! ¡Allí, Almodis!

Alzó la mirada y a menos de media legua divisó una fina columna de humo blanquecino que ascendía perezosa hacia el cielo; jamás hasta aquella tarde, pese a haber recorrido muchas veces aquel trozo de bosque, habían observado los hermanos nada parecido.

—Vamos, hermano, veamos qué habita en nuestro bosque.

Lo de «nuestro» era adecuado: ambos consideraban aquel reducto como una propiedad. Sin dar tiempo a que Adalberto pusiera objeción alguna, azuzó a su yegua y ésta partió como el viento en la dirección adecuada.

Al llegar a las proximidades del claro de donde procedía el humo, desmontaron, y tras atar sus cabalgaduras a una de las ramas bajas de un alcornoque prosiguieron a pie su inspección con sumo sigilo. La progresión fue lenta: Adalberto iba en cabeza cuidando de no dejar excesivamente atrás a su hermana; ella avanzaba más despacio porque la maleza le trababa las sayas. Era como si cientos de manos trataran de impedir que el éxito coronara su intento. Finalmente una autoritaria señal de la diestra de su hermano la detuvo en seco: el muchacho había separado las ramas que impedían la visión y observaba atento lo que la floresta había ocultado con tanto celo. Almodis dio los últimos pasos hasta llegar a la altura del muchacho y se acuclilló a su lado para observar mejor. A unas cuarenta brazas de donde se hallaban se podía ver un gran árbol en el que, a una considerable altura sobre el suelo, en el cruce de tres frondosas ramas, se alzaba una cabaña hecha con troncos, brezos, ramas y hojarasca y por cuya primitiva chimenea salía la columna de humo que había requerido su atención. Todavía no habían tenido tiempo de tomar decisión alguna cuando la cortina que guardaba la entrada de tan curioso refugio se abrió, y del interior de la peculiar choza asomó un hombrecillo que no alzaría una cuarta del suelo y cuyo leve y curvo cuerpo se sustentaba sobre dos cortas piernecitas. Vestía una camisola de un desvaído tono pardusco ceñida a la cintura mediante una soga, y cubría sus cortas extremidades con unas ajustadas calzas, breves como un suspiro, amarradas a sus flacas pantorrillas por sendas cintas de piel que morían en unos diminutos borceguíes; una zamarra de piel de cordero abrigaba su torso y su larga cabellera, tan enmarañada como la barba, le caía sobre la arqueada espalda. Recordaba Almodis que Adalberto le dio un leve codazo y que llevó a sus cerrados labios el dedo índice pidiendo silencio. El enano, impertérrito, se giró hacia ellos, y alzando una aguda voz que estaba en patente consonancia con su cuerpo, habló alto y claro.

—Enaltecidos señores, estáis en los dominios del amo de este bosque. Sean bien recibidos si venís en son de paz y que el infierno se os trague si vuestras intenciones son aviesas y el mal anida en el fondo de vuestros corazones.

Adalberto se quedó mudo, pero ella salió de su escondite y avanzó hasta situarse en el claro y a los pies del gran árbol.

—¿Sabes quién soy?

—Almodis de la Marca, la joven condesa de estos pagos, cuya evidente curiosidad la ha conducido hasta mis territorios y que acude hasta aquí acompañada de su hermano, al que invito a salir de la espesura y a mostrar su rostro.

Almodis vio que Adalberto salía del bosque y se acercaba a su lado, más asustado de lo que quería reconocer.

—¿Y quién eres tú?

—Como podéis colegir, sé más yo de vos que vos de mí. Pero conversaremos mejor si hacéis la merced de aceptar la hospitalidad de mi palacio.

Diciendo estas palabras el enano desenganchó una sencilla escalera de cuerda que descansaba a su lado y la lanzó por el tronco de alcornoque hasta que el último travesaño de la misma cayó junto a los pies de la asombrada pareja.

Ambos hermanos se acercaron a la base de la escalerilla que pendía entre los dos. El hombrecillo había abandonado la plataforma y había entrado de nuevo en la cabaña. Adalberto vaciló un instante, y cuando se disponía a comentar a su hermana que tal vez fuera más prudente abandonar el lugar, vio que ésta, con las sayas recogidas, ya había comenzado la ascensión e iba por el tercer travesaño. La base de la escalera culebreaba a su lado, y en vistas de lo inútil de su intento se limitó a apoyar el pie derecho en el extremo del artilugio para sujetar la escalerilla y facilitar la subida de su hermana. En un santiamén se hallaron ambos sobre la plataforma que soportaba la cabaña. Vistas desde aquella altura las copas de los árboles formaban un mar blanco a sus pies. Las dimensiones de la choza eran otras. La puerta estaba cubierta por una especie de cortina de saco y en el interior se escuchaba el trajinar de alguien que arrastraba algún objeto. De repente una mano pequeña apartó la cortina y el hombrecillo, con su aguda voz, invitó a sus huéspedes a entrar en su habitáculo. Almodis no dio tiempo a Adalberto a emitir una sola palabra: en el acto encogió su espigada figura y accedió al interior. Su hermano hizo lo propio, y el enano, que había salido a recoger la escalera, los siguió. El techo de la cabaña estaba hecho con hojas de palma que formaban un pico central, de manera que ambos muchachos pudieron incorporarse sin problema. Almodis observaba curiosa la estancia y el enano acompañaba la inspección con una mirada socarrona e inteligente. Adalberto permanecía a un lado, encogido y expectante, todavía incrédulo ante la situación que estaba viviendo.

—Como podéis observar —dijo el enano—, mi casa no es adecuada para recibir visitas y el tamaño de mis cosas está proporcionado a mi persona, pero sentaos en mi catre, pues así las cabezas de vuesas mercedes no tocarán el techo.

Los hermanos intercambiaron una mirada y se sentaron en el camastro del enano, que yacía arrumbado a una de las paredes; su anfitrión hizo lo mismo en un minúsculo escabel junto a la mesa del centro. Los ojos de Almodis captaban hasta el último rincón del chamizo alumbrado por la difusa luz de un candil e iban desde el fuego del pequeño fogón hasta el ventanuco del fondo, y de la mesa del centro hasta la jaula de madera desde cuyo interior los redondos ojos de una pequeña lechuza la observaban con curiosidad. El hombrecillo se dio cuenta.

—¿Os place mi refugio?

—Nos sorprende en gran medida. Hemos recorrido el bosque en mil ocasiones y no habíamos atinado en dar con él hasta hoy. —Fue Almodis quien tomó la palabra, ya que Adalberto permanecía a su lado sin atreverse a abrir la boca.

—Veréis, ésta es mi pretensión. El lugar está alejado de cualquier sendero, la leyenda habla de brujas y genios del bosque que habitaban en una de las grutas que abundan por estos pagos hace ya mucho tiempo. Yo, por cierto, jamás he visto ninguno; los lugareños son reacios ante la sospecha de encontrarse seres vivos o muertos que se aparten de lo común, y yo no acostumbro a provocar humo que conduzca hasta mi persona si no es éste mi deseo. Para ello quemo la madera apropiada. Por lo demás, mi cabaña se disimula entre el follaje y las gentes más bien miran hacia abajo, pues pocos son los peligros que puedan venir desde lo alto.

—Has dicho: «Si no es éste mi deseo». ¿Acaso tenías la intención de que nosotros encontráramos tu escondrijo?

—Es evidente; jamás traigo a nadie a mi casa y si me he de entrevistar lo hago en una gruta que tengo habilitada para ello.

En aquel instante Almodis oyó la voz dubitativa de su hermano, que se atrevía a intervenir en la conversación.

—Y ¿cuál es la finalidad de nuestro mutuo conocimiento?

El hombrecillo posó sus ojos en el rincón donde Adalberto estaba instalado.

—Voy a explicaros mi verdad. Al fin y a la postre, por eso os he conducido hasta aquí.

Hubo un largo silencio y luego el hombrecillo habló.

—La naturaleza fue mezquina conmigo en lo físico, pero compensó ciertas carencias con otros dones que, usados de manera prudente, pueden reportarme grandes beneficios; por contra, si los utilizo mal, pueden acarrearme no poca desgracia.

—Ni sé quién eres, ni adónde quieres ir a parar.

—Mi nombre es Delfín, no tengo familiar alguno, y mi desencanto al respecto de la caridad entre los hombres es inmenso. Es por ello por lo que hace ya muchos años decidí vivir de la manera que lo hago: no tengo espíritu para servir a quien no lo merezca, y sé lo que me esperaría, con este desmedrado cuerpo que me dio natura, caso de continuar cerca de quien no sea capaz de valorar mis virtudes. En cambio, también sé que mis capacidades ocultas me conducirán, si sé hacerlo bien junto a las personas adecuadas, a desempeñar un brillante papel en este angustiado mundo en el que vivimos.

—¿Cuáles son esas capacidades a las que aludes?

El enano pareció meditar sus palabras y comenzó con su relato.

—Nací en Besalú. Según me han contado, mi madre murió en el parto, y a mi padre, que creo que fue titiritero ambulante, no llegué a conocerlo. La Providencia cuidó de mí y mi tamaño ínfimo vino en mi ayuda: un hombre atendió mis necesidades con la esperanza de que si me sacaba adelante, podría con el tiempo ser para él una saneada fuente de ganancias. Con la ayuda de una cabra a la que le sobraba leche y que en realidad fue mi nodriza, logró su propósito. Los enanos se vendían bien para divertir a los labriegos en las ferias, y si eran inteligentes y lucían una hermosa joroba, hasta podían entrar en la corte de cualquiera de los condados con el fin de entretener, junto al hogar, las largas veladas de invierno. Yo vi lo que me deparaba el destino y no me interesó el envite. Pasé el fielato del puente de Besalú escondido en la alforja de la mula de un comerciante que aquella noche había trasegado vino en demasía y confiaba a la sagacidad de su caballería el retorno a su casa. En cuanto hizo el hombre la primera parada a fin de vaciar su vejiga, me escabullí y me oculté en la floresta. Aquella zona está llena de escondrijos. Luego, de salto en salto y de mata en mata, fui pasando pueblos, villas y ciudades, y llegué a la conclusión de que el ser humano está hecho más para el mal que para el bien, y de que si no podía lograr una posición de preeminencia más valía vivir apartado de los hombres. Crucé los Pirineos, llegué hasta estos pagos; desde entonces vivo en el bosque.

—Dado que no somos otra cosa que humanos, no veo por qué has tenido interés en conocernos —preguntó Almodis.

—Hasta aquí os he contado los pasos de mi existencia, pero no os he hablado de ese poder que bien empleado me ha de sacar de la miseria y me servirá para conseguir la vida a la que aspiro, amén de rendir grandes ventajas a la persona que me proteja.

La perplejidad se dibujó en el rostro de Almodis.

—Cada vez entiendo menos tu exposición, pero prosigue: al menos tu conversación me agrada y entretiene.

—Está bien, mi señora. Aunque la circunstancia os haya distraído, sin duda recordaréis que, sin saber quiénes eran los que cruzaban el bosque, os he anunciado y os he llamado por vuestro nombre.

—Lo recuerdo, y el hilo de tu relato me ha apartado de mi primera intención, pues ésa era una de las cosas que quería preguntarte.

—Ésa es mi cualidad. En determinadas circunstancias, puedo ver el futuro de las gentes y lo hago sin alharacas: sin examinar vísceras de aves, ni mirar su vuelo; ni echar aceite sobre agua para ver los dibujos que se forman, ni tampoco verter en un cuenco la sangre de un cabrito por ver cómo coagula. Por tanto, os repito que si cerramos el trato a lo largo de vuestra vida, que, tengo la certeza, va a ser apasionante, tendréis a vuestro lado un augur que os anticipará, si no todas, muchas de las incidencias que os han de suceder de manera que podáis preveniros de las gentes que os querrán mal, que van a ser muchas, pues cuanto más alto lleguéis más envidia habréis de suscitar. Me consta que vuestra vida ha de transcurrir por vericuetos insospechados y harto comprometidos que hoy por hoy ni podéis conjeturar; si me tenéis junto a vos podréis, pues, prever las intrigas y añagazas que vuestros enemigos intentarán tenderos. Eso sin olvidar que soy harto ingenioso y muy capaz de entretener vuestros ocios en las noches de invierno.

—No es nada extraordinario que nos hayas reconocido —intervino Adalberto—. A los hijos de los condes de la Marca los conoce mucha gente. Si no muestras en mayor medida esa cualidad que dices poseer, nos iremos por donde hemos venido. Por otra parte, mi hermana está destinada a casarse, a formar una familia y a tener hijos, ¿qué enemigos le aguardarán en su camino y de qué glorioso destino estás hablando?

El enano prosiguió sin hacer caso al muchacho.

—Voy a plantearos mi proposición. Podéis sin duda pensar que soy un loco, un soñador o un insensato. Voy a daros prueba de mi honradez, anticipándoos hechos que van a jalonar vuestra vida. No tengo prisa: si tal sucede venid a buscarme que aquí me hallaréis; si por el contrario me equivoco, dejadme abandonado a mi suerte.

—Habla, te escucho —le urgió Almodis.

—Por el momento os proporcionaré una huella del pasado, para que podáis creer en mis palabras. Eso ya es comprobable, el futuro es una entelequia.

Los ojos de los hermanos eran dos interrogantes.

—Hoy cumplís años. Esta mañana os han regalado una yegua, a la que habéis bautizado con el nombre de Hermosa. En vuestro muslo derecho tenéis un blanca cicatriz fruto de una herida que os hicisteis encaramándoos a uno de los merlones del contrafuerte de la muralla interior de la torre del homenaje, debido a un empujón que os propinó vuestro hermano. Se trata de una circunstancia que sólo conocéis vosotros dos: ocultarlo fue un pacto de silencio que hicisteis por temor a que fuera castigado y al que jamás habéis faltado.

Ella y Adalberto se miraron asombrados. En los ojos del muchacho se reflejaba el temor; en los de su hermana, curiosidad. Ambos recordaban perfectamente aquel pacto.

—Dime entonces qué es lo que me deparará el futuro —le pidió Almodis.

—¿Quiere esto decir que aceptáis el trato? —preguntó el enano.

—Tienes mi palabra.

El hombrecillo fue hacia un rincón; abrió una cajita de madera y de su interior extrajo una fina aguja de hueso y un pañuelo blanco.

—Dadme vuestra sangre en señal de alianza.

—¡No lo hagas, hermana! —exclamó Adalberto.

—¡Déjame! —Y, tras lanzar una mirada desafiante al muchacho, extendió la mano.

El hombrecillo pinchó levemente la yema del dedo corazón de

su diestra; en el acto manó una gota de sangre con la que impregnó el paño. Tras doblarlo con cuidado, fue a guardarlo todo en la caja.

—Tengo vuestra sangre, dadme ahora vuestra mano.

La muchacha alargó su blanca mano y el hombrecillo la tomó por la punta de los dedos, examinándola detenidamente.

—Ahora atended. Tras largos vericuetos que no logro ver, por ahora cumpliréis vuestro destino final. Vuestra sangre será la transmisora de una dinastía allende los Pirineos; seréis enemiga de papas, pero el peligro más terrible vendrá de alguien muy cercano a vos. La historia os concederá un lugar destacado. Si no es así, mandadme quemar, pero si mis conjeturas son verdad requiero mi parte del beneficio y deseo vivir a vuestro lado y en vuestra corte los sucesos de vuestra apasionante existencia.

—Deliras. Mi hermana se va a casar dentro de unos meses con Guillermo III de Arles.

El enano se volvió hacia Adalberto.

—He dicho tras largos vericuetos, no he afirmado que tales acontecimientos ocurran de inmediato.

—Deja, Adalberto —dijo Almodis—, me interesa este hombre. Está bien, Delfín: si yo cumplo mi destino, me encargaré de que tú cumplas el tuyo. Que así sea.

Estos hechos seguían presentes en su memoria como si hubieran acontecido el día anterior.

Recordaba Almodis la coyuntura que supo aprovechar para que Delfín entrara en su vida. La tarde anterior al gran día había tenido una conversación con su señor padre, el conde Bernardo de la Marca. La escena se desarrollaba en la sacristía, tras el ábside central de la iglesia mayor, donde habían acudido a ensayar los pormenores de la boda. El conde, eufórico como tal vez jamás lo había visto anteriormente, le habló en la misma tesitura. Sus frases todavía resonaban huecas en algún rincón de su mente.

—Mira, hija mía, vas a cumplir mañana uno de los designios más preclaros a los que puede estar predestinada toda mujer noble que se precie de servir a su familia, a su rango y a los intereses de su estirpe. Tu unión con Guillermo de Arles sellará el destino de nuestra casa. Nuestra sangre se unirá a otra de su misma alcurnia con la que nos sentimos unidos por lazos que se remontan al tronco común de ambas ramas, que mañana enlazarán su destino. Debo decirte que la Providencia te ha reservado una misión que me enorgullece y que honrará a vuestros hijos y a los hijos de éstos. Ayer, en presencia de los notarios de ambos condados y con el testimonio de grandes señores entre los que se hallaban los obispos de Arles y de la Marca, se firmaron vuestros *sponsalici*.* Te puedo adelantar que en estos instantes aventajas en rango y jerarquía a tu propio padre. Almodis, desde ayer eres futura condesa consorte de Arles y, por legación de esponsales y por vida, de Montpellier y de Narbona. En verdad, debo admitir que te debería vasallaje y obediencia.

En el laberinto de su mente todavía resonaba su respuesta.

—Padre y señor mío, jamás me atreveré a ordenaros cosa alguna, ya sea condesa de Arles, de Montpellier y de Narbona o reina de Jerusalén. Estoy orgullosa y agradecida de devolver a mi tierra y a mi familia una ínfima parte de la deuda que con ella he contraído por el mero hecho de ser quien soy y de haber nacido donde he nacido. Algo os quiero suplicar en tan señalado día. Sé y me consta que pese a marchar hacia mi destino gozosa y honrada, y pese a que en mi comitiva irán varias damas de compañía además de mi aya, quiero suplicaros que deis vuestro permiso para incluir en ella a mi querido hermano Adalberto y a un bufón que entretendrá mis ocios durante las largas veladas de invierno en la lejana Montpellier. Pienso que, si sobre todo en los comienzos tengo junto a mí a gentes que hablen mi lengua y compartan mis costumbres, la añoranza de los míos se mitigará y se hará más llevadera la ausencia.

Tal era la euforia del conde que ni tan siquiera indagó quién de entre los bufones de la corte era el escogido para acompañar a su hija en aquella procelosa aventura y sin más dio su aprobación. Al cabo de algún tiempo, su hermano Adalberto entraba por el puente levadizo del castillo acompañado de un hombrecillo a lomos de un pollino, que entre aquella barahúnda de damas, caballeros,

---

* Documento en el que se reflejaba la dote que se establecía antes de contraer matrimonio y que se hacía en presencia de testigos.

soldados y escuderos, pasó totalmente inadvertido. Delfín había entrado en su vida y ya nunca más saldría de ella.

Las damas andaban presurosas por la estancia trayendo y llevando potes de albayalde y vasijas llenas de pomadas de distintas tersuras y colores. El óvalo de su rostro había quedado perfecto, su roja melena destacaba sobre el níveo reflejo de su piel, la curvatura de sus cejas había sido resaltada con un lápiz marrón cuya sustancia se extraía de un marisco de la costa dálmata; sus labios habían sido tintados de rojo cereza y en ellos resaltaban unos puntos brillantes de un producto denominado *argentium* de Numidia, traído desde aquellas lejanas tierras por mercaderes que hacían la ruta desde Sevilla a la Galia pasando por la Septimania. El efecto de su rostro era impresionante. Su primera camarera sujetaba frente a ella el inmenso y bruñido espejo de metal, regalo del conde e importado de allende el Mediterráneo, en el que se reflejaba toda su figura. Una dama pulsaba un arpa de nueve cuerdas mientras canturreaba una antigua romanza, y las criadas recogían la pequeña bañera de cobre.

En ello estaban ocupadas todas cuando unos golpes resonaron en la puerta. Una de las damas se acercó a ella y abrió media hoja. Se escuchó un murmullo en la estancia. La dama regresó junto a la condesa y le susurró al oído unas palabras:

—Es Delfín, señora, que pide audiencia.

—Hacedle pasar.

La muchacha se acercó a la elaborada puerta y dio paso al enano, que entró inusualmente pálido. Al verlo Almodis, que tan bien le conocía, dio una orden seca y apremiante.

—Retiraos todas.

Las mujeres desaparecieron como por ensalmo.

Delfín se arrodilló a sus pies, y tomando en sus manos el vuelo de su brial lo besó.

A la condesa le extrañó su actitud: no era aquél su natural, proclive a la alegría, al sarcasmo y al gozo. Cada vez que el enano se había acercado a ella en tal tesitura había sido augurio de sucesos importantes.

—¿Qué ocurre, Delfín?

—Señora, no sé si atreverme…

—Como hayas entrado en mis aposentos con esta prisa y no me expliques el motivo, haré que azoten con una buena vara de fresno tu espalda hasta enderezarla.

El hombrecillo dudó unos instantes.

—Señora, lo que tanto tiempo he esperado va a suceder. El hombre que dará sentido a vuestra vida ha llegado al alcázar.

6

El padre Llobet

Barcelona, mayo de 1052

l eclesiástico acompañó a Martí Barbany a través de las estancias de la Pia Almoina, que a éste, comparadas con las que había visto hasta aquel entonces, le parecieron de una majestuosidad imponente. Lo que más le asombró fueron los altos techos artesonados, pues acostumbrado como estaba a las techumbres de las masías de su tierra, le parecieron soberbios y se preguntó cómo se podían llevar a cabo semejantes prodigios arquitectónicos. Al llegar a una antesala, el religioso le pidió que aguardara, no sin antes indicarle otra vez que, si se obstinaba en no entregarle la carta para que él a su vez la entregara a su destinatario, era muy probable que allí terminara su gestión. Martí dudó un instante, pero ante la proximidad de su destino final decidió ceder y entregó la misiva al eclesiástico. El hombrecillo atravesó una puerta que se abría a su derecha bajo un arco de piedra y desapareció de su vista. Apenas había tenido tiempo de echar una ojeada a su entorno cuando la puerta se abrió de nuevo y apareció en su marco un personaje que no cuadraba con la idea que él tenía de un religioso y que despertó en su memoria el fogonazo de una imagen que no le era del todo desconocida. Enfundado en una túnica y ceñido por un cíngulo, se adivinaba un corpachón inmenso, más propio de un guerrero que de un hombre de Iglesia; la colosal cabeza tonsurada, el cabello rasurado al cepillo, los ojos despiertos, las cejas hirsutas y pobladas, y en las manos, que asomaban por las amplias bocamangas y que denotaban una fuerza inusual, la carta que él había recibido de su madre. Martí se puso en pie ante la inspección a la que le sometían los inquisidores ojos del clérigo, que le escudriñaban desde la punta del pelo hasta los pies. Ante el exhaustivo examen, Martí se inquietó y sólo se tranquilizó un poco al percatarse de que aquellos ojos sonreían abiertamente.

—Entonces, vos sois Martí Barbany.

—En efecto, paternidad —dijo el joven, con una leve reverencia.

—Hace ya tiempo que esperaba vuestra visita, os habéis retrasado un poco.

—El día de mi partida era algo que no sólo dependía de mí. Soy, o mejor dicho era, el único hombre de la casa hasta hace pocos días y mi madre es ya mayor.

—Quien es buen hijo seguro que es buen hombre —sentenció el clérigo—. Y vos, como digno hijo de vuestro padre, debéis de serlo sin duda.

—Si lo soy, no será gracias al ejemplo de mi padre —replicó con firmeza Martí.

El clérigo observó extrañado la ácida respuesta del joven.

—No emitáis juicios de valor sin conocer todos los hechos… Pero pasad, pasad a mi refugio. No es este lugar apropiado para recibir al hijo de un amigo tan querido.

Precedido del eclesiástico, Martí se introdujo en una pieza en la que tres de cuyas cuatro paredes estaban literalmente atestadas de libros y pergaminos; aparte de ellos sólo se veía un modesto despacho y un reclinatorio adosado a la pared frente a una cruz de basta madera. La luz entraba por una ventana y en la base que ofrecía el grueso muro había dos grandes macetas llenas de flores muy cuidadas, que sin duda revelaban una afición a la botánica por parte del clérigo.

El eclesiástico se aposentó en su aparatoso sitial e invitó a Martí a que lo hiciera delante de él. Tomó una pluma de ganso en su diestra y comenzó a juguetear con ella.

—De manera que vos sois el hijo de Guillem Barbany de Gorb.

—Por tal me tengo, aunque para no faltar a la verdad, debo decir que hasta el día de la fecha poco me ha importado, y el beneficio que tal condición me ha brindado, ha sido completamente nulo.

—¿Por qué decís tal cosa? —preguntó el sacerdote.

Martí respondió con absoluta franqueza:

—Apenas tengo un vago recuerdo de su persona, y no creo que a él le importáramos demasiado ni mi madre ni yo. Para mí fue un extraño y creo que yo lo fui para él. En toda mi vida llegué a verlo dos o tres veces, a lo sumo.

—Mal hacéis al juzgar a un hombre sin conocerlo, ni informaros de las circunstancias que concurrieron para que él se viera obligado a actuar como lo hizo.

—Opino que el primer deber de un padre y de un esposo es cuidar de su familia.

—Evidentemente, cuando las circunstancias permiten una cercanía directa, pero en ocasiones se puede procurar más por los parientes y amigos estando lejos por cumplir una obligación adquirida, que regalándoles una mucho menos fructífera, aunque cercana compañía.

—Cuando un hombre toma estado y paternidad —objetó Martí—, es de suponer que acepta las servidumbres que tal decisión comporta. Si antepone a ellas otras obligaciones y compromisos, entonces no debiera tomar mujer y mucho menos hacerle un hijo.

El sacerdote se removió incómodo en su silla y, cuando habló, su voz tenía una nota de severidad.

—Juzgáis muy a la ligera una situación que desconocéis. Un hombre, por nacimiento o compromiso, puede verse obligado a asumir unas tareas que tal vez impliquen alejarse de su familia. Temo que, a día de hoy, esta posibilidad indudablemente se os escapa.

—Si tenéis a bien explicarme en qué consisten las obligaciones de un hombre casado por encima de cuidar de los suyos tal vez entienda lo que me queréis justificar. —Martí hizo una pausa, y luego prosiguió, con voz trémula por la emoción—: Sin embargo, cuando un niño recuerda a su madre levantándose al alba y marchando a los campos todos los días de su vida, helándose durante los inviernos y cociéndose durante los veranos, roturando los campos agarrada a la yunta de bueyes, clavando la cuña del arado para desbrozar la tierra y rompiéndose el espinazo recogiendo las cosechas en el estío, tal justificación es algo peregrina.

El arcediano guardó un breve silencio que a Martí le pareció una eternidad, dejó sobre la mesa la manoseada pluma y acariciándose la tonsurada coronilla se dispuso a hablar.

—Creo que deberé de explicaros muchas cosas.

—Os escucho atentamente, comenzad si gustáis.

—Yo no he sido siempre un clérigo. Antes fui guerrero, y en el transcurso de esta actividad conocí a vuestro padre.

A Martí se le iluminó el recuerdo, y entre las brumas de su memoria infantil apareció la silueta imponente del hombre que muchos años atrás había comparecido en medio de la noche acompañando al párroco en su casa de Empúries, aunque desde luego ataviado de muy otra guisa; por el momento nada dijo y se limitó a escuchar con atención. El clérigo prosiguió:

—Fue en los días del aprendizaje de este terrible oficio. Vuestro padre, por cumplir un compromiso adquirido a su vez por el padre del suyo, entró al servicio de la casa condal de Barcelona. Ya su abuelo había servido a Ramón Borrell, conde de Barcelona, Gerona y Osona y esposo de Ermesenda de Carcasona. No le fue fácil, ya que a la guerra se dedicaban los hombres de la guerra y, para que un campesino fuera aceptado, amén de poseer un caballo, se requería una gran fortaleza física y una disposición natural. Así iniciamos juntos nuestra andadura y pasamos por el adiestramiento hasta que nos consideraron aptos para incorporarnos a la hueste de Elderich d'Oris, senescal de la condesa viuda Ermesenda, de nuevo regente del condado tras el fallecimiento de su hijo, el Jorobado, y en la minoría de edad de su nieto Ramón Berenguer I. Nos incorporamos a las algaras que llevaba a cabo en la frontera sur el senescal de la condesa, al que estábamos obligados a servir continuando el vasallaje que habían rendido nuestros respectivos antepasados en pago de no sé cuántos favores. Es por ello por lo que digo que fue un buen hijo: allí aprendimos realmente a pelear y, sobre todo, nos habituamos a la crueldad de la guerra. Nuestros corazones se insensibilizaron frente al dolor ajeno y el incendio de poblados, y la muerte de seres humanos llegó a ser tan habitual como el comer y el beber.

Martí bebía el relato del clérigo como quien va a descubrir una faceta oculta e insospechada de alguien muy cercano al que tenía en muy otra consideración.

Al ver que había captado el interés del muchacho, el sacerdote prosiguió:

—En el campo de batalla se unen y entrelazan las más fuertes amistades y debo decir que vuestro padre fue mi camarada, que viene a ser como un hermano escogido y por ende mucho más querido. Recuerdo que una noche me habló de vuestra madre y de vos y de cómo las obligaciones adquiridas por su bisabuelo le habían alejado de su familia e impulsado a aquel tipo de vida. Estábamos acampados junto a una hoguera cuando, movido por un impulso, extrajo de su faltriquera un pergamino y me dijo: «Si me ocurriera algo, tomad las medidas pertinentes para que mi hijo, que ahora es un niño pequeño, se presente ante vos con este anillo», acompañó a la palabra el gesto y me mostró el sello que portaba en el anular de su siniestra, «... que vos haréis llegar a mi mujer en cuanto ocurra lo que está escrito. Así lo reconoceréis cuando sea mayor de edad, entonces os ruego que le contéis mi historia y que le entreguéis a su vez mi testamento y esta llave que ahora os doy. Yo tengo otra igual». Tras decir esto último, me entregó el pergamino lacrado con el sello que ahora luce en vuestro dedo y una llavecilla que llevaba colgada de una guita en el cuello y que, a decir verdad, no sé lo que abre, ni siquiera ahora. De cualquier manera, en cuanto al anillo, que tan bien conozco pues yo mismo me encargué de entregárselo a vuestra madre, no me hubiera hecho falta verlo, ya que os he observado con detenimiento y sois su vivo retrato.

Ahora sí que Martí estaba prendido en el relato.

—Pese a que le dije a santo de qué venía aquello —continuó el arcediano Llobet— después de haber corrido tantos peligros y pasado por tantas vicisitudes, recuerdo que me respondió: «Un hombre responsable debe hacer estas cosas un día u otro, y sé que mi momento ha llegado». Guardé el documento en lo más hondo de mi escarcela y coloqué ésta en lugar seguro como cualquier guerrero antes de entrar en combate; asimismo colgué la llavecilla de mi cuello, ignorando el paso terrible que iba a vivir al poco tiempo y que si estoy aquí para contarlo lo debo, y me reafirmo en ello, a aquel maravilloso camarada que para mí fue vuestro padre.

Martí, embebido como estaba en la narración, intervino por vez primera.

—¿Cuál fue entonces el suceso que os hace tildar a mi padre de maravilloso camarada?

Don Eudald entornó los párpados como el que hace un esfuerzo por recordar. El rayo de luz que entraba por la ventana posterior incidía en su cabeza conformando un aura misteriosa acorde con el momento del relato.

—Veréis, habíamos partido al amanecer e hicimos un largo camino que nos condujo a las proximidades de Vallfermosa. Allí nos esperaba la tropa del conde Mir Geribert, con el que nuestra condesa tenía por aquel entonces pleitos pendientes, pues se hacía nombrar príncipe de Olèrdola, dignidad que ella no admitía. Nos preparamos para acampar porque nuestra avanzadilla nos comunicó que el enemigo todavía estaba muy lejos y que al menos faltaba un día para entrar en combate. Montamos un campamento provisional y quedamos a la espera hasta recibir la orden pertinente. El cuerno nos despertó bruscamente a la hora de prima; nuestro alférez nos anunció que el enemigo había avanzado durante la noche para sorprendernos, que de haberlo conseguido le significaría una desventaja, pues sin duda, las tropas llegarían agotadas antes de iniciar las hostilidades. A vuestro padre y a mí nos sorprendió tanta falta de pericia, ya que uno de los mandamientos de todo buen estratega es conseguir que la tropa inicie la pelea descansada y a punto. Cada hombre preparó sus armas, y vuestro padre y yo desayunamos frugalmente algo de torta de pan de trigo y tocino embutido, porque si malo es tener debilidad cuando empieza la contienda peor es comenzarla con el buche lleno, pues las heridas en el vientre siempre son peores; anudamos a nuestros cinturones unos pequeños odres hechos con pellejos para almacenar algo de agua y ocupamos nuestro lugar en la formación, contando con que el sol saldría a nuestras espaldas, un detalle que nos favorecía porque deslumbraría al enemigo. En tales circunstancias un hormigueo visita el estómago y ni siquiera los veteranos se libran de sentirlo. Nuestra avanzadilla anunció que el enemigo estaba escasamente a una legua de distancia. Entonces aconteció lo imprevisto. Al parecer, Arnau de Ruscalleda, señor de Vallarta, había concertado una alianza con Mir Geribert, y saliendo del castillo de Fals, cuyo señor recientemente le había rendido vasallaje, nos atacó por la retaguardia. Nuestra hueste dio media vuelta y nos encontramos con el sol de frente... La confusión fue notable: las flechas caían del cielo como nubes de insectos furiosos, y los peones de Arnau de Ruscalleda, muy avezados en los combates contra el rey moro de Lérida, responsables de haber recuperado la franja de Tortosa, se abalanzaron sobre nuestras tropas. Una flecha me atravesó el escudo de cobre forrado de piel de muflón y se alojó en mi cuello. Mirad. —Y al decir esto último el clérigo, ahuecando el escote de su túnica, mostró un feo costurón que le ocupaba la base del cuello hasta la clavícula—. Casi perdí el mundo de vista y di con mis baqueteados huesos en el suelo. La barahúnda era infernal, los gritos de los combatientes se mezclaban con los gemidos de los moribundos, los lamentos de los heridos y las jaculatorias y reniegos de los contendientes según les fuera el baile. Los peones chapoteaban en sangre. De repente, un moro inmenso, mercenario del de Ruscalleda, se abalanzó sobre mí y creí llegada mi última hora. Ya encomendaba mi alma a María Santísima cuando apareció vuestro padre y con su enorme hacha de combate cercenó la cabeza del infiel. Entonces, el cuerno tocó retirada; la línea estaba rota y nuestro grupo había quedado como un islote incomunicado entre las filas enemigas. Vuestro padre se echó a la espalda el tiracol, cargó al hombro mi maltrecho cuerpo, se desprendió de su hacha y tomó en su otra mano la espada corta, una falcata ibérica que tan buenos resultados daba en el cuerpo a cuerpo. Repartiendo tajos y mandobles a diestro y siniestro, se fue acercando a nuestras filas mientras cercenaba miembros de enemigos como el hocino del leñador desmocha el bosque. Ya llegábamos... Yo había perdido mucha sangre, el asta de la flecha sobresalía de mi cuello. Entonces juré a Cristo que, si salía de aquélla, en cuanto cumpliera mi compromiso entraría en religión: fue como una señal del cielo para recordarme siempre la promesa. Vuestro padre cayó y yo rodé a su lado junto a nuestra avanzada. Entonces, para impedir que al-

70

canzáramos nuestro objetivo, una lluvia de azagayas comenzó a caer a nuestro alrededor. Vuestro padre, que ya estaba herido, cubrió mi cuerpo con el suyo. Un ruido seco y sordo y la expresión de su rostro me indicaron que uno de aquellos venablos había penetrado entre sus omóplatos. Noté vagamente que sus manos buscaban la mía, las últimas palabras que pude escuchar antes de perder el conocimiento, fueron: «Cuidad de mi hijo…».

Un silencio no truncado se instaló durante un breve espacio entre ambos. El clérigo, con la mirada perdida, siguió hablando.

—La lucha fue encarnizada, no hubo en aquel paso honroso vencedores ni vencidos. Cuando el sol se apagó y las sombras cubrieron el campo de batalla, cada uno procuró retirar a sus muertos. Elderich d'Oris ordenó hacer una pira y quemar los cuerpos de aquellos que habían caído en combate. A mí me habían recogido y estaba junto a otros, a punto de subirme a la barca de Caronte. Los cirujanos no daban abasto amputando miembros, restañando heridas y componiendo huesos; los religiosos daban la extremaunción a los moribundos, y yo en mi delirio sentí en mi anular un roce desconocido. Alcé la mano izquierda y me di cuenta de que vuestro padre, antes de morir, había colocado en mi mano el anillo que ahora lleváis en la vuestra. Entonces, antes de desmayarme, entreví a un sacerdote que inclinado sobre mi cuerpo pronunciaba las palabras para encomendar mi alma en su último viaje. A él le confié mi secreto, rogándole que si no salía de aquélla cumpliera el mandato que se hallaba en la escarcela, y me señalé el pecho. No lo supe, pero me condujeron a uno de los castillos de mi señor. Al despertar al cabo de dos días me encontré desnudo: tenía vendado el pecho con tiras de trapo. Al instante pensé que no iba a poder cumplir el encargo de vuestro padre, pero cual fue mi alivio al observar que la escarcela se hallaba junto a mí con la llavecilla en su interior. Un alma caritativa, pensé… Luego me dijeron que un clérigo la había traído hacía unos días después de informarse de que me estaba recuperando de mis heridas. Mi convalecencia fue larga, pero apenas recuperé las fuerzas pedí permiso a mi señor y acudí a vuestra casa para cumplir los deseos de mi camarada. Recuerdo, como si fuera hoy, aquella noche. Hallé a vuestra madre destilando la amargura de alguien que ha apostado su vida a los dados y ha perdido; le entregué el anillo y le dije que recibiría noticias mías sobre dónde, cuándo y de qué manera deberíais buscarme. En esos momentos aún ignoraba qué era lo que iba a hacer con mi vida y dónde me hallaría cuando vos fuerais mayor de edad; pero de haber contraído alguna enfermedad ya habría instruido los medios para que alguien en mi nombre cumpliera el compromiso que había adquirido con vuestro padre. En aquellos instantes sabía que me dedicaría al servicio de Dios, cumpliendo mi promesa, sin embargo no tenía ni idea de los caminos que debería recorrer y por tanto dónde podríais localizarme. Al destinarme mis superiores a este lugar envié una misiva a vuestra madre, indicándole que me buscarais y asimismo que llevarais puesto en vuestro anular el anillo de vuestro padre, tal como habéis hecho.

Martí se quedó callado, observando ensimismado el anillo que lucía en su dedo. Luego comenzó a hablar.

—Realmente entiendo lo que decís: no se puede juzgar a nadie sin haber oído la historia en su totalidad.

—Querido, vuestra madre ha arrastrado toda su vida la amargura que le costó el ser desheredada por los suyos y no recibir la compensación de una vida en compañía del esposo cuya elección tan cara había pagado. Entended que un hombre se debe a otras obligaciones, antes que a las propias de su estado, si quiere mantener incólume el honor de sus mayores.

Martí permaneció en silencio un breve lapso.

—Perdonad, pero dentro de mí se amontonan un cúmulo de ideas.

El clérigo abandonó su sitial a la vez que iba hablando.

—Pronto aclararéis muchas dudas. Voy a entregaros el pergamino del que he sido depositario durante estos años. Si lo preferís, os dejaré solo para que lo leáis con calma. Cuando terminéis, tocad la campanilla que hay sobre mi mesa y mi secretario me buscará.

El hombre de Dios se acercó a un cofrecillo disimulado en un anaquel, e introduciendo en su cerradura una llave que extrajo del hondo bolsillo de su loba, retiró el cierre de hierro y lo abrió. A continuación rebuscó entre los documentos que allí se hallaban y, finalmente, extrajo un pergamino que amarilleaba debido al paso del tiempo y una pequeña llave; cerró de nuevo la tapa del cofre y depositó ambas cosas en la mesa, frente al muchacho.

—Tomaos el tiempo que necesitéis, no hay prisa. Estaré en la biblioteca, poniendo al día muchas cosas que he ido posponiendo. Cuando hayáis terminado, mandadme llamar.

El eclesiástico se retiró con un paso infinitamente más silencioso del que podría esperarse de persona tan corpulenta. Martí se quedó frente a los interrogantes de su pasado que, sin él saberlo, tanto iban a condicionar el futuro que le aguardaba.

7

La cena

Tolosa, diciembre de 1051

amón Berenguer aguardaba ansioso la llegada de la condesa en tanto era agasajado por el confesor de ésta, el abad Sant Genís, y por el chambelán del alcázar Robert de Surignan. Había vestido para la ocasión sus mejores galas: túnica corta de damasco dorado por cuyas aberturas laterales asomaban las ajustadas mangas de una fina camisa carmesí, ceñida por un adornado cinturón, del que pendía una daga, en cuya empuñadura de ónice negro destacaba la figura perfilada de un oso pirenaico; ceñidas medias azul cobalto y en los pies, finos escarpines de piel de gamo. De su cuello colgaba una gruesa cadena de oro rematada con un esmalte en el que se veía cincelado el escudo de Barcelona. Había recogido su melena al modo de los pajes. Ramón sabía que su aspecto era sobrio, a la par que elegante. Oía más que escuchaba la conversación con la que el abad Sant Genís y el chambelán de Ponce de Tolosa intentaban entretener la espera, pero su mirada no se apartaba del marco de la puerta por donde debía aparecer Almodis de la Marca. La estancia era discreta y soberbia a la vez. Sus anfitriones le explicaron que era el comedor de invierno preferido de la condesa, siempre que se tratara de una reunión íntima. Presidía la estancia una inmensa chimenea en la que chisporroteaban los leños. Sobre ella brillaba el escudo de armas de la casa de Tolosa, flanqueado por sendos tapices de lujosa factura en los que se veían representadas imágenes de cacerías: un jabalí destripando con sus afilados colmillos uno de los lebreles que había osado ponerse a su altura en tanto la jauría lo cercaba en un claro del bosque; una tropa de escuderos que, golpeando sus escudos con adargas, intentaban hacer salir de la espesura a un grupo de venados con el fin de acercarlos a las ballestas de sus señores, que aguardaban agazapados entre la espesura.

En medio del salón se había dispuesto una mesa para cuatro comensales cubierta por un hermoso lienzo y equipada con platos de porcelana y fina cristalería, porque así le agradaba a la condesa cuando eran pocos los invitados, pues opinaba que la conversación se tornaba menos solemne y más directa que la que se podía sostener en el inmenso comedor del castillo, donde cabían más de treinta personas. A un costado había un aparador cubierto ya de olorosos manjares, en cuyo centro destacaba una composición de mármol que representaba a una mujer vestida con finas telas mirando su imagen en un riachuelo. Sobre el aparador lucía una sopera de plata en la que bullía un condimentado caldo con ostras y albóndigas de pescado; más allá, una enorme fuente de verduras, y junto a ella otra con pequeñas piezas de aves, codornices, perdices y tordos, además de salseras de plata con diferentes jugos para sazonar a gusto cualquiera de las viandas. A un lado, ensartado en un espetón sobre un lecho de brasas, se asaba lentamente un lechón. De pie junto a la pared, como sombras, se hallaban varios pajes atentos a las órdenes de su superior, en tanto que otros dos preparaban jarras de vino y frascas de agua de tallado vidrio, dispuestas para ser escanciadas en cuanto el copero mayor lo ordenara.

La conversación versaba sobre temas variados, que iban desde la política hasta el problema que representaban los piratas en el Mediterráneo, una práctica que no era exclusiva del infiel sino también de los marinos de diversas zonas, a los que era más rentable atacar bajeles que ejercer de honrados navegantes expuestos por pocos dineros a los peligros de las travesías y a las inclemencias del mar. En aquel instante Ramón se interesaba por la salud del anciano conde de Tolosa.

—Y decidme, chambelán, ¿cuáles son los males que aquejan

a vuestro señor y que nos privan, en velada tan grata, de su compañía?

Robert de Surignan respondió:

—Veréis, señor: la edad no perdona y los achaques se agudizan, las heridas habidas en el campo de batalla pasan factura. El conde de Tolosa sufre además ataques intermitentes de gota y los dolores que ésta le ocasiona son terribles. Los físicos del alcázar ya no saben qué hacer.

Súbitamente, por el pasillo, rodeada por el círculo de luz que varios hombres portaban, surgió la comitiva de la condesa Almodis de la Marca, enaltecida su impresionante figura por un brial verde y dorado que realzaba su talle y resaltaba el contraste de su roja melena, tocada con una diadema de verdes esmeraldas. A Ramón le volvió a suceder lo mismo que la primera vez. Su alma quedó en suspenso y todo a su alrededor se borró: las conversaciones se tornaron en murmullo y ya no tuvo ojos ni oídos para nada que no fuera aquella impresionante criatura.

Lo que en aquellos momentos no podía ni intuir era que a Almodis, condesa consorte de Tolosa, le sucedía lo mismo. Desposada cuando era una niña, por cuestiones de alta política; repudiada la segunda vez, y finalmente entregada a un hombre mucho mayor que ella y que en la actualidad ya era un viejo. La presencia del garrido caballero catalán, su hidalga figura y el brillo de su mirada, hizo que naciera en ella algo hasta aquel instante totalmente desconocido. El niño ciego asaeteó con dardo certero su corazón y la condesa sintió que en su alma nacía una pasión que, cual lava de volcán, inundaba sus entrañas y se desbordaba hasta penetrar en el tuétano de sus huesos.

Tras las convencionales frases que ordenaba el protocolo de la buena crianza, se dispusieron a cenar. Almodis colocó al conde de Barcelona a su diestra, al abad a su izquierda y a Robert de Surignan frente a ella. Los criados comenzaron a comportarse como espíritus transparentes, yendo y viniendo atentos a la menor indicación de sus superiores. La sopa se sirvió en unos pequeños cuencos, las albóndigas que en ella flotaban se tomaban entre el pulgar y el índice, al igual que las ostras. Sin embargo, al terminar, Ramón observó cómo al lado de cada comensal aparecía un pequeño tazón lleno de agua olorosa en el que se veía una rodaja de limón, y cada uno enjuagaba sus pringosos dedos introduciéndolos en la jofaina y exprimiendo el cítrico. Luego, cuatro atentos pajes ofrecían un paño de lino a cada uno de los comensales, para que pudieran secarse las manos.

Cuando llegó el turno de las aves y del lechoncillo, observó cómo la condesa manejaba diestramente una pequeña horquilla de oro de tres puntas, que utilizaba para llevarse a la boca sin mancharse pequeñas porciones de vianda, que anteriormente había troceado un trinchador. Él, sin embargo, viendo cómo el abad y el chambelán utilizaban pequeños cuchillos que les habían proporcionado los sirvientes, se sirvió de su daga cortando y pinchando los manjares que pusieron frente a él como era su costumbre.

La cena transcurría amena y distendida, pero una corriente misteriosa se estaba estableciendo entre Ramón y la condesa. Un criado fue apagando los pabilos de los hachones que iluminaban la estancia hasta dejarla en penumbra. Al fondo aparecieron dos sirvientes portando unas parihuelas en las que se veía una magnífica tarta con una vela en el medio que iluminaba el escudo de Barcelona hecho con frambuesas silvestres y crema de repostero que cubría la masa de un esponjoso bizcocho. Ya se iba a levantar el conde para agradecer el delicado homenaje cuando sintió un roce suave como el aleteo de una mariposa que le acariciaba la pantorrilla. Se volvió hacia la condesa y la vio sonreír: estaba claro que aquella caricia no era otra cosa que su pie desnudo oculto por el faldón del mantel. Entonces, en el fondo de sus verdes ojos vio el resplandor de un mensaje inconfundible que sólo pueden leer los elegidos a los que la misma flecha de Cupido ha atravesado. «Os deseo», decían, a la vez que la condesa extraía de su estrecha bocamanga una vitela doblada y se la tendía, con disimulo, aprovechando la oscuridad del momento. Ramón alargó la mano y tomó la pequeña misiva, que ocultó enseguida en uno de los bolsillos de su casaca. El abad y el chambelán parecían distraídos, con la atención puesta en el pastel y en las maniobras de los criados que se aprestaban a encender de nuevo las candelas.

Después, cuando ella se hubo retirado y estuvieron acomodados los tres hombres junto al confortable fuego de la chimenea, su mente fue incapaz de seguir la conversación que le brindaban el abad Sant Genís y Robert de Surignan. Sólo deseaba retirarse a sus habitaciones para poder leer con calma la nota.

8

La revelación

Barcelona, mayo de 1052

artí tomó en sus manos el sellado pergamino que le tendía el sacerdote. Era tal su emoción que apenas sintió los pasos que se alejaban. Había sido una mañana de revelaciones y sospechaba que el conocimiento del papiro que estaba a punto de examinar, sin duda iba a cambiar su vida. Con un cortaplumas rasgó el sello de lacre. La vitela estaba cuarteada y en algún punto se leía con dificultad, pues el tiempo había medio borrado ciertas partes. Bendijo a su madre y al empeño de don Sever de enseñarle las letras y recordó sus palabras: «Un abad o un obispo son tanto más importantes que un marqués o un conde». Martí se retrepó en el sitial y comenzó la lectura.

Hoy día del Señor de 3 de mayo de 1037

Querido hijo:

Ignoro cuánto tiempo habrá de transcurrir hasta el día que tus ojos se posen en esta carta, que por otra parte es mi testamento. Por tanto, es mi voluntad y deseo que se cumpla en todos y cada uno de sus términos. Ello querrá decir que mis días en el mundo habrán recorrido el camino que todos tenemos marcado, pues algo me dice que los latidos de mi corazón están a punto de terminar su ciclo.

Pocos recuerdos tendrás de mi persona, ya que las circunstancias hicieron que tu madre y tú gozarais en contadas ocasiones de mi compañía, pero un hombre tiene su tiempo limitado y mal puede hacer dos tareas cuando ambas se solapan y hasta a veces se contraponen. Tuve que escoger entre gozar de los míos al calor del hogar y de una vida tranquila, y mi honor de vasallo que me obligaba a cumplir lo establecido por mis antepasados, y en la disyuntiva escogí esto último. Creerás tal vez que me equivoqué, es posible, pero una fuerza interior me obligó a actuar como lo hice. Te dirán asimismo que fui un soldado de fortuna y que me gustaban las correrías en la frontera. Nadie en su sano juicio que haya vivido la guerra te dirá tal cosa: la guerra es terrible y los gritos y lamentos que se escuchan en un campo de batalla roban el sueño y el descanso de los desgraciados que los oyen y les siguen y atormentan de por vida. Tu bisabuelo adquirió un compromiso de *convenientia* con el conde Ramón Borrell, y lo estableció en su nombre y en el de sus descendientes, de manera que a mí me tocó este servicio que mi padre y el suyo desempeñaron en el pasado, hasta que el tiempo o alguna herida de guerra lo impidiera, y siempre que el mayor de sus hijos, al alcanzar la edad madura, ocupara su lugar. A cambio de ello, nuestra familia obtuvo licencia para desbrozar unas tierras que les fueron entregadas por permuta en el término de Empúries y que al cabo de los años fueron haciendo suyas; como supondrás, éstos son los predios en los que has crecido, junto a tu abuelo, hasta su muerte, y al cuidado de tu madre. A mí me tocó la parte más ingrata de la historia. Me perdí tu infancia y di la razón a la familia de tu madre, que siempre tuvo de mí la idea de que su hija se había casado con un irresponsable que prefería las cabalgadas por la frontera a cumplir con sus deberes conyugales: ésta ha sido mi vida, aunque no por mi gusto y complacencia, ¡vive Dios!, sino por mi honor y el bien de los míos.

Bien, Martí, hijo mío, ahora entenderás por qué yo no he sido lo que dicen de mí y lo que acostumbran a ser los hombres de frontera. Si bien, como te digo, la guerra es terrible, tiene un punto, al igual que la piratería o el corso, que atrapa a los incautos que creen que los muertos que quedan en el campo de batalla son y serán siempre los otros y que ellos sobrevivirán siempre. Craso error: el herrero, tarde o temprano, forja la flecha o la azagaya que lleva en su asta el nombre de cada uno, y entonces, en el embroque de ambos, sus destinos quedan ligados para siempre. En el ínterin, la borrachera de la sangre, la embriaguez de la victoria, la humillación del vencido, el saqueo de sus despojos y la violación de sus mujeres e hijas y los dineros que tocan a cada uno en el reparto del botín son el trofeo del vencedor, que se diluye al poco tiempo en francachelas propias de soldados: en vino, juegos y mujeres... Y entonces la rueda vuelve a girar. Nada te diré de los castigos que se imparten después de una batalla cuando algún avispado pretende engañar a los contadores del conde hurtando alguna cosa: éstos buscan bajo las cotas de malla, ocultas en las celadas y bajo los yelmos o los morriones, cualquier rapiña que algún incauto llegara a pensar que iba a pasar inadvertida; y cuando sorprenden a los que han intentado quedarse algo antes del reparto, pueden hasta colgarlo para escarmiento y ejemplo de futuros manilargos amigos de lo ajeno.

Debo decirte, y en ello va mi palabra, que si bien hice la guerra jamás abusé de mujer alguna, siempre respeté al vencido y únicamente tomé, a lo largo de tantos años, lo que en justicia era mío y me correspondió en la partición según mi grado. Éste ha sido mi terrible oficio, y lógicamente, lo que he obtenido desempeñándolo, ha sido mi justa retribución y lo único que he podido dejarte en herencia. Tómalo sin rubor, pues a tu madre le he cedido los latifundios cuyo usufructo gozará hasta su muerte y luego pasarán a ti. Te asombrará lo que un padre cabal y previsor puede ahorrar a lo largo y ancho de su vida si no malgasta el fruto de sus esfuerzos en cosas baladíes a las que tan dadas son las gentes de la guerra. Asume mi herencia sin reparos pues, cumpliendo el más terrible de los oficios, la he obtenido en buena ley, y si algo lastima los escrúpulos de tu conciencia, empléala en obras buenas como mejor te plazca, para compensar las malas que haya podido hacer yo. Celebra para el descanso de mi alma el número de misas que creas me son debidas y lleva una vida en paz y provecho; sé prudente, no mates a nadie si no es en tu defensa o la circunstancia atente a tu honor o al de los tuyos; no seas pendenciero y cede en las cuestiones que no conciernan a tu buen nombre, pero si has de empuñar la daga hazlo hasta el final, a los enemigos hay que dejarlos, si quieres vivir en paz, en el campo santo, ahí es donde no podrán perjudicarte; hazte respetar y que los que se enfrenten a ti entiendan que delante tienen a un hombre.

Mi mensaje te llegará a través de alguien que fue para mí más que un hermano, en la duda recaba su consejo. Sabe finalmente dónde encontrarás el fruto de tanto sacrificio y tantos años. Busca al judío Baruj Benvenist, a la entrada del *Call* de Barcelona. Él fue mi cambista y tiene mi testamento, que nadie podrá abrir si no se adjunta esta carta y la llave que te entregará mi compañero Eudald Llobet. Éste es el nombre del que fue mi amigo y el que habrá puesto los medios para que lleguen a tu conocimiento mis instrucciones, junto con la sortija que me perteneció y que te hice llegar a través del mismo a fin de que siempre pudieras identificarte como mi heredero.

Me despido de ti hijo mío; lleva mi apellido con honor, cuida de tu madre, que ha debido suplir mi ausencia con grandes sacrificios, y jamás hagas nada que repugne a tu conciencia; a mi pobre entender, el único pecado es aquel que perjudica a un prójimo. En resumen, sé un hombre cabal, de bien y de paz, si es posible. Sirve fielmente a un solo señor, porque a dos no se puede, y sabe que el gran tesoro de un hombre es su palabra.

Ahora que has conocido la verdad de mi existencia, si mi explicación te satisface, te ha hecho mella y ha conseguido que algo cambie en tu consideración hacia mí, sabe perdonarme y conoce que el último pensamiento que de seguro me ha asistido en mi postrer trance ha sido tu imagen y la de mi esposa, tu madre, a la que a través de ti suplico perdón.

Hasta la otra vida si es que llego a ella por la misericordia del altísimo,

GUILLEM BARBANY DE GORB

Martí dejó el pergamino sobre sus rodillas, se enjugó una lágrima que pretendía escapar de sus ojos y permaneció un tiempo cavilando ensimismado. Tan absorto estaba en sus pensamientos que de nuevo sintió a su lado una presencia sin antes haber oído sus pasos. Alzó la vista y la figura se materializó; desde su altura, los ojos indulgentes del padre Llobet observaban su desconcierto interior. El clérigo ocupó de nuevo su sitial y reflexionó en voz alta.

—Es duro ver que en lo más profundo de nuestro corazón se derrumban edificios que creíamos firmemente asentados al descubrir nuevas aportaciones a nuestros conocimientos que alumbran cosas que creíamos inamovibles, con una nueva luz.

—¿Qué queréis decir?

—A través de la carta de vuestro padre estoy seguro de que habrá variado vuestra opinión al respecto de él y de su vida.

—Hoy he aprendido una lección que jamás olvidaré.

—¿Cuál es?

—No volveré a formular un juicio de valor sin tener todos los datos reunidos, y si es un litigio, sin escuchar a ambas partes.

—Sabia decisión. ¿Qué es lo que vais a hacer ahora?

Martí respondió con una pregunta.

—¿Conocéis al cambista Baruj Benvenist?

—¿Quién no lo conoce? Creo que la mayoría de los habitantes de Barcelona han oído hablar de él.

—He de hallarlo: él tiene el testamento de mi padre; de ser posible os agradecería infinitamente que me acompañarais.

—Lo haré de mil amores, pues es buen amigo mío, dentro de las limitaciones que tiene ser amigo de un judío importante y mi principal proveedor de esquejes para mis tiestos —dijo esto señalando las flores de su ventana—, pero no hagamos un viaje en vano. Es un hombre muy ocupado; dejadme concertar una cita y cuando la consiga os lo haré saber. ¿Dónde os alojáis?

—Todavía en ningún lugar, he venido a veros en cuanto he llegado a la ciudad.

—Está bien, os entregaré una carta de presentación para el propietario de unas viviendas. Está en el arrabal, cerca de la puerta del Bisbe, allí podréis alojaros en tanto buscáis acomodo. Os localizaré en cuanto haya acordado la cita con Baruj Benvenist.

—No quisiera causaros enojo, ya me arreglaré.

—No es ninguna molestia y estaréis mejor allí que en ningún albergue o posada. Así, además, me será más fácil encontraros.

—Sois extremadamente amable conmigo.

—Solo me limito a honrar el recuerdo de vuestro padre que estará presente siempre en mi memoria. Ahora me siento redimido de la promesa que le hice, pues ha sido para mí, durante estos años, como llevar al cuello una pesada losa.

Tras decir esto se dispuso a escribir.

9

Durante la noche

Tolosa, diciembre de 1051

amón Berenguer medía con pasos apresurados las losas de su estancia. Sin apenas esperar a que sus ayudas de cámara se retiraran, extrajo la nota de su bolsillo y se dispuso a leerla junto al candelabro que adornaba la mesa central. Sus dedos torpes e impacientes desplegaron la vitela. La nota decía así:

> Si en vuestro corazón se ha alojado el mismo sentimiento que ha anidado en el mío, os ruego que sigáis esta noche las instrucciones que en breve os haré llegar por medio de una persona de mi entera confianza. Cuando hayáis leído esta nota, espero de vuestra cortesía que la queméis.

El mensaje iba sin firma.

Los nervios atenazaron su estómago y el temblor de sus piernas le obligó a tomar asiento al borde del lecho. Releyó la misiva una y otra vez sin atreverse a destruirla y sin saber qué hacer. Entonces, en la duda, se dispuso a agotar la espera aunque el mensajero llegara en la madrugada. Tuvo que soportar una prolongada espera hasta que finalmente un rumor sutil alertó sus sentidos: alguien se movía junto a su puerta. Sin hacer el menor ruido, abrió una de las hojas y miró a su altura; pensó que sus sentidos, ofuscados por la emoción y la duda, le habían jugado una mala pasada y que el mismo deseo le había confundido. Nadie se veía en el largo pasillo, pero cuando se disponía a cerrar, una sombra menuda salió de detrás de una cortina y, llevándose el índice a los labios, le indicó que guardara silencio. El hombrecillo se coló casi entre sus piernas y el conde de Barcelona, como un rufián que teme a la guardia, miró a un lado y a otro y volvió a entrar en su estancia con el corazón desbocado, al igual que lo hiciera la primera vez que se enfrentó a la turba morisca. Entonces, desde detrás de una de las esculturas que ornaban el cruce de los pasillos asomó la negra figura de un monje que, tras cerciorarse de que su presencia había pasado inadvertida, y de que Delfín, el bufón de la condesa, se había introducido en las estancias de Ramón Berenguer, partió a dar la novedad a su superior, el abad Sant Genís, por cuyo mandato había estado vigilando los aposentos del ilustre huésped.

El enano se presentó al conde de inmediato.

—Señor, soy Delfín, secretario de la condesa Almodis y su único hombre de confianza; mi fidelidad la ha seguido, aun a veces a riesgo de mi vida, a través de su azarosa existencia. Del séquito que la acompañó al salir de la Marca, cuando se concertó su primer matrimonio y junto a su aya, soy el único superviviente.

Tras esta presentación Ramón se quedó expectante y algo desconcertado; sin embargo, acostumbrado a las intrigas cortesanas de su propio entorno, decidió ser prudente, recelando de que alguien pretendiera tenderle una trampa que le indispusiera gratuitamente con el de Tolosa.

—Dime, hombrecillo, ¿quién te envía en realidad? Más pareces un bufón que un hombre de confianza: dame una prueba de que lo que eres se ajusta a lo que dices ser y de que tu verdadero cometido no es distinto del que pretendes hacerme creer.

El enano se incomodó, más por la desconfianza del conde que por el epíteto que le había asignado.

—Mi estatura puede ser pequeña, señor, pero siempre he entendido que la verdadera altura de un hombre se mide por la distancia que media entre sus cejas y el nacimiento de sus cabellos; mi frente es amplia y creo que mi cabeza aloja un cerebro mucho mejor dispuesto que el de muchas testas coronadas, ya sea con corona condal o ducal. Si me creéis proseguiré, en caso contrario me iré por donde he venido.

Ramón, comprendiendo que no le convenía indisponerse con el minúsculo y quisquilloso personaje, cambió la tesitura de su discurso.

—Entenderás que no es común que, estando invitado en casa de un noble, se llegue a mis estancias a altas horas un criado que se presenta como tú lo has hecho.

—Tampoco es mi gusto hacerlo, y quien expone sus espaldas al rebenque del verdugo, si no a otra cosa, caso de ser sorprendido, no sois vos precisamente. Claro que si no os fiáis de mí, no tenéis más que llamar a los guardias.

—Dame una prueba.

—Bien, señor, voy a hablaros de algo que solamente pueden conocer dos personas, y caso de que otra lo supiera, es que una de las dos se lo ha comunicado; y como evidentemente no sois vos, comprenderéis que lo que os he dicho al respecto de ser el hombre de confianza de la condesa es una verdad absoluta.

Tras una pausa para reforzar la tensión, Delfín prosiguió su razonamiento.

—Esta noche os han entregado una misiva en la que se os comunicaba, a riesgo de quedar a vuestra merced y en el más espantoso de los ridículos, que erais amado por la más excelsa de las criaturas, y además os anunciaba mi visita. Antes de continuar quiero explicaros algo. La condesa, a la que sirvo fielmente desde mi escasa estatura, es el ser más desdichado que existe; no ha conocido el amor y sus matrimonios han sido cuestión de Estado; ha parido hijos y, aunque los quiere, está dispuesta a dejarlo todo por vos si es correspondida.

Al oír esto último la sangre desapareció del rostro del conde. El hombrecillo prosiguió.

—Si decís que sí, perseveraré en mi cometido siguiendo las instrucciones de mi señora; si es que no, me retiraré y le comunicaré vuestra respuesta, pero si me engañáis y la lastimáis en lo más profundo de sus entrañas, por mor de tomarla como un pasatiempo, entonces, consideradme vuestro enemigo.

Ramón a punto estuvo de responder a aquella impertinencia, pero se contuvo ante la confirmación de aquella maravillosa nueva. Si el hombrecillo conocía el contenido de la misiva era señal inequívoca de que su encomienda era cierta y que podía considerarse el más afortunado de los mortales.

—Te creo. En cuanto he posado mis ojos en ella esta mañana he sabido que algo muy fuerte nacía entre nosotros. Dime, ¿qué debo hacer?

—Yo también os creo y debo deciros que lo sabía antes de conoceros.

Ante la mirada interrogante del conde el enano añadió:

—Sería largo y complicado hablar de ello en este momento, todavía quedan muchos cabos que atar esta noche.

Ramón vio cómo el personajillo se dirigía hacia una de las paredes de la estancia, allí tanteó con sus ágiles dedos una de las molduras, y oprimiendo una de las hojas de acanto de un ornamentado florón, observó extrañado cómo uno de los paneles se deslizaba y ante él se abría una oscuridad profunda. El enano, tomando el candelabro de la mesa central, ordenó más que dijo:

—¡Seguidme, señor!

10

Baruj Benvenist

esde tiempo inmemorial los judíos de los diversos condados catalanes vivían apartados de los cristianos por múltiples razones. De una parte, los consejos de la Iglesia en este sentido eran tajantes: todo lo que pudiera contaminar la verdadera fe debía ser visto con recelo. A ello se añadía el hecho incuestionable de que de esta manera se podían prevenir los desmanes del populacho; cuando no se tenía a un chivo expiatorio para endilgarle cualquier desgracia (ya fuere una epidemia de peste, una plaga de langosta o un desastre de la naturaleza, como una sequía), siempre podía culparse a los judíos. Por otro lado, teniendo en cuenta que los mismos rendían grandes servicios al conde como cambistas, recaudadores de impuestos o físicos, su protección estaba más que justificada, y resultaba una tarea mucho más fácil si se los concentraba en un barrio que pudiera vigilarse.

Estas circunstancias se sumaban a otras atribuibles a la misma idiosincrasia del pueblo hebreo: ellos preferían vivir apartados, su religión era otra, sus costumbres distintas, y sabían que los cristianos los acusaban de haber crucificado a su Dios, lo que había marcado su relación con ellos, amén de que tampoco querían en modo alguno contaminar sus propias tradiciones tratando a los que ellos consideraban infieles, de no ser para negociar. Sus hábitos eran completamente endogámicos: se casaban entre ellos según su ritual, tenían sus sinagogas, sus casas de préstamos, sus *micvá* y sus alimentos, elaborados según los ritos *kosher.* Todo ello contribuía a que tuvieran fuertes lazos de hermandad y que fuera tarea imposible, para cualquiera ajeno a ellos, entrar como asociado en alguno de sus negocios o actividades. Los barrios donde estaban confinados en todos los territorios catalanes recibían el nombre de *calls.* Se accedía al de Barcelona a través del portal de Castellnou que, por lo mismo, también se llamaba del *Call.*

El viernes siguiente a la mañana del primer encuentro, Martí Barbany, acompañado del padre Llobet, se dirigía desde su alojamiento hacia la entrada del *Call,* el cual a aquella hora hervía de actividad. La vivienda, que se encontraba en la calle más cuidada, era una sólida casa edificada al modo de las residencias señoriales de los cristianos.

Constaba de dos cuerpos de diferentes alturas; la puerta del principal era un arco de medio punto ornado con piezas irregulares de mampostería, y a la altura del primer piso se podían ver dos grupos de cuatro ventanales germinados cerrados con vidrieras emplomadas que se repetían en el segundo en un solo conjunto sobre el que se asentaba la buhardilla, abierta al exterior sólo por tres amplios tragaluces. La cubierta era a una sola agua y estaba terminada con teja árabe. El cuerpo de la derecha, destinado sin duda al servicio de la casa, constaba de una puerta que daba a un patio interior al final del cual estaban las cuadras; en la parte superior se veía otro grupo de ventanas de menor rango y sobre ellas una galería de siete aberturas cuyas ocho columnas soportaban un tejadillo, también de teja árabe. Todos los accesos que daban paso a carros o galeras estaban protegidos por cantoneras de piedra para impedir que las ruedas de los carruajes dañaran el basamento.

Martí y el inmenso clérigo se acercaron al quicio de la puerta principal, y después de tirar de la cadena de la campanilla se dispusieron a esperar.

—¿Qué es eso? —inquirió el joven, señalando una disimulada portezuela situada en la parte superior derecha del dintel y que parecía ocultar un escondrijo.

—Es la trampilla que oculta la *mezuzá*.*

Algo iba a indagar Martí cuando la mirilla de la puerta se abrió y, tras la protectora rejilla de hierro, aparecieron los ojos inquisidores de un criado que los observaba con desconfianza.

—¿Quiénes sois y qué queréis?

—¿Está en la casa Baruj Benvenist? —le preguntó el padre Llobet.

—Depende.

—¿De qué?

—De quién lo busque y para qué.

El clérigo era consciente de las precauciones que tomaban los judíos del *Call* antes de abrir sus puertas a extraños. Sin embargo, Martí se sorprendió del trato desabrido del sirviente, ya que en los pueblos no sucedía lo mismo.

El arcediano, al percibir su extrañeza, consideró:

—No es manera de tratar a unos visitantes y no está en consonancia con la tradicional hospitalidad hebrea.

—Me limito a cumplir órdenes: los tiempos son difíciles. Ayer mismo hubo un muerto en una reyerta al lado mismo de esta casa. Yo sólo soy un fiel mandado.

—Está bien, decid a vuestro amo que, tal como quedamos, don Eudald Llobet viene acompañando al hijo de un buen cliente suyo.

—Tened la bondad de aguardar aquí.

El fámulo, antes de cerrar la mirilla y desaparecer, decidió mostrarse algo más respetuoso, pensando que si su patrono se había citado con aquellas gentes seguro que su rango, sobre todo el del clérigo, correspondía a personas de importancia, con lo que su desconfiado proceder podía causarle en breve embarazosas complicaciones. La espera fue corta, y tras un ruido de trajinar cerrojos y cadenas, una hoja del portal se abrió y apareció el sirviente

---

* Pequeña y fina hoja de cuero labrado de animal *kosher* sobre la cual se escriben pasajes del Deuteronomio. Se oculta en la entrada de la casa, en el lado derecho y superior, a fin de que siempre sirva de recordatorio al morador y la vivienda quede protegida de los demonios.

exhibiendo un talante mucho más cordial que el que había mostrado momentos antes.

—Me dice el amo que os conduzca a su gabinete.

Pasaron los visitantes y, tras cerrar la puerta, el criado los guió a través de un largo pasillo hasta las dependencias del cambista, que ocupaban la parte posterior de la casa, mientras aprovechaba la circunstancia para excusar su anterior comportamiento.

—Entendedme, en los tiempos que corremos toda precaución es poca.

—No es necesario que os justifiquéis. Comprendemos perfectamente vuestra actitud y nos congratulamos de que mi dilecto amigo goce del afán de tan escrupuloso servidor.

El padre Llobet era partidario de granjearse las simpatías de los sirvientes, y había llegado a la conclusión de que en muchas ocasiones el mejor vehículo para abrir puertas eran los subalternos.

La estancia en la que fueron introducidos era amplia y estaba amueblada con un gusto exquisito. Delante de las estanterías atiborradas de pergaminos y textos talmúdicos se veía un atril de roble trabajado que soportaba una Torá ricamente taraceada en cuero y plata, y opuesta a él, simétricamente colocada al otro lado de la gran mesa de despacho, una *menorá*. Al fondo, tras el sitial del cambista finamente tapizado y repujado en buen cuero cordobés, sin duda traído de tierras de al-Andalus, se abría una ventana de tres cuerpos, desde la que se divisaba una extensión de terreno que parecía ser una plantación de frutales donde asomaba el brocal de un pozo artesano elevado sobre un alto sillar de piedra. El sirviente se retiró, dejándolos a la espera de que el atareado personaje viniera a su encuentro.

Los dos forasteros se miraron extrañados al oír desde el exterior una voz autoritaria, aunque amortiguada por los ricos cortinajes de la habitación y la cantidad de libros que guarnecían las paredes, que parecía reprender a otra persona. Luego llegó hasta ellos el rumor de unos pasos que se aproximaban y el roce de una tela gruesa y de calidad, y sin solución de continuidad, se abrió la puerta y apareció en su marco la figura de Baruj Benvenist. Era un hombre menudo y enteco, de piel muy blanca, ojillos sagaces, finas facciones, nariz que denotaba su origen hebreo y nívea barba. Traía fruncido el entrecejo y los observó detenidamente, con mal disimulada curiosidad, hasta que enfocó la imagen de Eudald Llobet, al que reconoció al instante. Entonces su expresión se relajó, tendió hacia el clérigo unas cuidadas y pequeñas manos que asomaron repentinamente de las anchas bocamangas de su hopalanda morada y se precipitó sobre el eclesiástico.

—¡Mi buen amigo! ¿Por qué me habéis castigado tanto tiempo sin vuestra impagable compañía? ¿Es que también vos huís acaso de los viejos amigos por sus creencias?

Los dos hombres se habían encontrado en el centro de la estancia y se tomaban las manos, según pudo observar Martí, con auténtico afecto. El contraste de la pareja era notable.

—De ninguna manera; lo que ocurre es que los días se suceden sin sentir y los trabajos nos agobian al punto de que carecemos de tiempo para dedicarlo a nuestros afectos. Sabéis que nada me puede complacer más que entablar una controversia con vuestra merced cualquier noche de verano tomando uno de vuestros excelentes caldos en vuestra incomparable terraza.

—En eso aventajamos a los mahometanos, cuyo Corán prohíbe las bebidas fermentadas. Y os digo lo mismo: es difícil encontrar un adversario de vuestra talla para debatir temas de altura y lograrlo, aunque las espadas queden en alto, es néctar divino para el intelecto. Sin embargo, envidio vuestro celibato: mi tiempo está limitado por una esposa y tres hijas que son la reencarnación de Lilith y que parecen conchabadas contra mi persona. Creed que cuando me han anunciado vuestra visita tenía un auténtico problema doméstico. La pequeña es un torbellino y su madre se pone indefectiblemente de su parte en contra de mi autoridad. ¡Hasta Job debía de tener sus limitaciones! A veces me siento acorralado en mi propia casa… Pero perdonadme la digresión, presentadme por favor a vuestro joven amigo y sentaos. Malparada está quedando hoy mi hospitalidad ante sus ojos.

—Bien, aproximaos, Martí.

Al punto, el joven se acercó a la pareja que se hallaba en medio de la estancia. El sacerdote, tomándolo afectuosamente por el hombro derecho, anunció:

—Martí Barbany, hijo de Guillem Barbany de Gorb. Por lo que yo sé, vos tenéis su testamento.

El anciano judío tomó la mano derecha del joven entre las suyas y examinó despacio su rostro, entornando sus astutos ojillos como para ajustar la perspectiva.

—¡Por los benditos nombres de Adonai! Muchos testamentos me han sido confiados y mi memoria no da para almacenarlos todos, pero el de vuestro padre fue tan singular que quedó grabado en mi recuerdo con letras de fuego. Pero acomodaos; intuyo que nuestra charla de hoy puede alargarse sobremanera.

Baruj ocupó el sitial tras la mesa y los visitantes se instalaron frente a él, en dos sillas de igual calidad.

El viejo cambista se acomodó, cruzó los brazos y, escondiendo sus pequeñas manos en las bocamangas, entornó los párpados como aquel que hace un esfuerzo por recordar.

Martí no podía contener los nervios, sabedor de que con toda seguridad su futuro dependía de las palabras de aquel hombre.

—Veréis, amigo mío, recuerdo vivamente aquella tarde. Llovía a mares, los caños de agua que vomitaban las gárgolas producían auténticos boquetes en el suelo formando gigantescas pozas, las gentes se resguardaban en sus casas y a mí me extrañó que alguien, en medio de aquel diluvio, anunciara su visita, y así se lo hice saber. Luego pregunté a vuestro padre por qué yo era el escogido. Él era un *goim*,* y me pareció extraño que recurriera a un humilde *dayan*** del *Call* de Barcelona, sobre todo con aquellas prisas, en vez de requerir para lo que hubiere menester a un escribano de la ciudad. Otra cosa hubiera sido de haber venido en busca de consejo médico, pues la fama de los físicos hebreos es notable y hasta el conde usa nuestros servicios. Mis oídos recuerdan, como si hubiera sido ayer mismo, su respuesta.

»A lo primero respondió: "Soy un soldado, estoy de paso, carezco

---

* Nombre que los judíos daban a los cristianos.
** Cargo parecido al de alcalde entre los cristianos.

de tiempo y no desearía que el fruto de mis años de servicio en la frontera, que he ganado con mi sangre, fuera a parar a las manos de un deshonesto escribiente; no únicamente son mejores los físicos judíos, pues a pesar de que sé lo dura que puede llegar a ser una transacción con gente de vuestra raza, me consta lo serios que son en los negocios y el respeto que muestran en lo tocante a cumplir las disposiciones de los difuntos. Por eso he decidido haceros depositario de mis bienes, pues no me fío de escribientes venales, que son los que más abundan, y no me sobra tiempo para dedicarlo a encontrar a alguien que me inspire la confianza que vos me inspiráis y cuya fama sea tan palmaria como la vuestra al punto que ha trascendido las fronteras". ¿Quién no se habría sentido abrumado ante tal cúmulo de parabienes? "Me halagáis", respondí, "y no creo merecer tanto elogio, pero os agradezco la opinión que tenéis de los de mi raza. Si fuera compartida por todos los cristianos, nuestra vida sería mucho más placentera y asimismo, menos peligrosa". Éstas fueron más o menos sus palabras y las mías, de esta manera comenzó nuestra larga conversación de aquella tarde. Vuestro progenitor me confió un extraño testamento, que se haría efectivo cuando su heredero compareciera llevando el anillo que lo identificaría y una llave. Por eso recuerdo vivamente aquella circunstancia, pero en cuanto a la exactitud de las condiciones, dejadme que busque el rollo correspondiente y os lo lea al pie de la letra. Mi memoria me juega a veces malas pasadas y no quisiera caer en inexactitudes: son muchos los legajos que veo a lo largo de los días y su cantidad rebosa en mucho mis capacidades.

—Pero ¿por qué decís que fue un testamento raro?

—Cuando os haya leído sus disposiciones entenderéis el porqué de mis palabras.

Benvenist se levantó de su asiento y se dirigió a uno de los armarios del despacho, extrajo un arillo lleno de llaves del fondo del bolsillo de su ropón, escogió una, la introdujo en la cerradura del mueble y dio medio giro. El sordo ruido de la falleba al desplazarse tronó en los oídos de Martí, tal era el ansia que le invadía en aquellos momentos; después, el hombre abrió la hoja derecha del mueble y mostró una hilera de estantes en los que se acumulaban en aparente desorden pergaminos de distintos tamaños. Benvenist rebuscó entre ellos hasta que extrajo uno, cerrado con un sello de lacre.

—Este documento trae a mi memoria un sinfín de recuerdos. Si sois tan amable, permitidme vuestro anillo.

Martí, extrañado ante la demanda del anciano y sin dejar de observar su rostro, se sacó del anular de su zurda el sello y, a través de la mesa, se lo entregó. Benvenist se excusó:

—Como comprenderéis es un mero formulismo pero la confianza otorgada a mi persona por vuestro padre exige que mi comportamiento se ajuste exactamente a lo que marca la ley y sea particularmente meticuloso.

Tras este preámbulo, abrió una escribanía y de ella tomó una barra de lacre que calentó en el pabilo encendido de una candela; una vez reblandecido lo hizo gotear sobre una superficie de vitela blanca, y tomando la sortija por el arillo la presionó sobre el derretido material, haciendo una copia exacta de su huecograbado. A continuación comparó la huella de los dos sellos. Entonces, como si buscara el consentimiento del canónigo, le mostró el resultado.

—Ved que ambos precintos son exactos. Ahora podemos abrir el documento. Sed vos mismo el que rompa el sello. Al fin y a la postre, a vos está destinado el contenido del pergamino.

Tras pronunciar estas palabras entregó a Martí una pequeña daga, en cuyo mango de marfil tenía grabada una estrella de David, y con una inclinación de cabeza le indicó que procediera. Martí, sin dejar de pensar en lo mucho que estaba cambiando su vida, tomó la daga, rasgó el sello y abrió lo que podría ser su caja de Pandora, devolviendo al judío el pergamino abierto.

El anfitrión de la casa lo cogió con la mano derecha y asió con la zurda el mango de una lente hecha con un topacio amarillo; se la acercó al ojo derecho y se dispuso a leer con voz lenta y grave, de persona acostumbrada a hacerlo en público. Procuraba marcar las inflexiones para que los oyentes captaran la importancia y el significado del documento.

Yo, Guillem Barbany de Gorb, en pleno uso de mis facultades y mi libre albedrío, sin presión alguna y por mi único deseo, confío en esta acta mis últimas voluntades al *dayan* del *Call* de la ciudad de Barcelona, Baruj Benvenist. Para que llegado el tiempo las haga llegar a mi único hijo Martí Barbany de Montgrí, en su mayoría de edad y después de comprobar que es él en persona quien ha recabado la apertura de este mi testamento.

En este punto el cambista se extendió en aclarar los términos en que quedaba la posesión de las tierras de Empúries, aportando el justificante de las mismas otorgado por el antiguo conde a cambio del vasallaje prestado por la familia Barbany a lo largo de tres generaciones. Asimismo quedaba aclarada la situación de uso y disfrute de dichas tierras para que su mujer gozase en vida de los frutos de las cosechas de los campos, aunque la potestad de poder venderlas quedaba condicionada a la aprobación de Martí.

Hasta aquí no había nada extraño en el documento. Martí ya conocía estas disposiciones a través de la carta que le había entregado el padre Llobet, y por lo tanto no alcanzaba a comprender lo que tuviere de peregrino para haber quedado marcado de tal modo en la memoria del judío. La pausa del hombre y el hecho de que alzara la vista del pergamino para llamar su atención le hizo suponer que el nudo del asunto estaba a punto de llegar. Y así fue.

Dado que lo hasta ahora testado no difiere en nada de lo que pudiera determinar cualquier buen padre de familia, paso a explicar los motivos que me han impulsado a obrar de esta manera, así como los bienes que me han correspondido a lo largo de mi agitada existencia y que me han obligado a confiar lo que otorgo a continuación en las manos del *dayan* del *Call* de Barcelona, Baruj Benvenist.

En mis largos años de servicio en la hueste del conde de Barcelona, ya sea a sus órdenes o a las de Ermesenda de Carcasona, regente en dos ocasiones (tutelando en primer lugar la minoría de edad de su hijo, Berenguer Ramón I, y luego la de su nieto, Ramón Berenguer I), alcancé el cargo de guía de milicia de a pie por méritos en combate, lo que me concedió acceso al reparto de los botines y capturas correspondientes. Dichos bienes me pertenecen por derecho, y los ahorré y conservé para cumplir con mi hijo para que, por si acaso alguien se los reclamase, cosa harto improbable, pueda demostrar que lo que posee es suyo por herencia y que el compromiso de *convenientia* que alcanzaba a la tercera generación ha caducado conmigo. Deseo que este patrimonio le sirva para rescatar su vida de la servidumbre en que ha quedado la mía, y habida cuenta de que la existencia de un soldado le impide cautelar y ocuparse de bienes inmuebles y que lo único que puede controlar es aquello que puede tener cerca, tuve la oportunidad de hacerme, hace muchos años, con la valija apropiada para guardar cuantas cosas me correspondieran en los repartos de botines de guerra. Esto es, hijo mío, lo que he podido conservar a lo largo de todos estos años y lo que puedo entregarte como legado. Dadas las penurias que he pasado, me enorgullezco de mi esfuerzo sabiendo que todo ello habrá servido para convertirte, si lo administras con tiento, en un hombre libre y respetado, que tal vez, con el tiempo, llegue a ser uno de los *prohoms* de Barcelona.* Todo ello ha quedado en poder de Baruj Benvenist y a él corresponde entregártelo. Espero que mi decisión sea la apropiada y que hagas buen uso de mi esfuerzo para de esta manera compensar los años que como padre te he escatimado.

Adiós, hijo mío. Cuando leas este documento, ya no estaré en este mundo. Reza mucho por el descanso eterno de mi alma.

Firmado: Guillem Barbany de Gorb

A continuación y al margen en vertical, se veía la complicada rúbrica de Baruj Benvenist.

Tras escuchar las palabras del judío, Martí reclamó el testamento a fin de releerlo personalmente. Se quedó unos instantes pensativo, entregó la vitela al padre Llobet para que él a su vez hiciera lo propio y dirigió su mirada expectante al *dayan*. Éste, entendiendo

---

* Consideración de los ciudadanos de Barcelona que tenían un rango importante y especial y que, junto a los feudales, los clérigos y el conde consiguieron tener una representación en los órganos de mando e influencia.

tácitamente el mensaje, se levantó de la mesa y salió de la estancia. Al cabo de un breve tiempo regresó acompañado de un sirviente portador de un raro cofre que depositó sobre la mesa y luego se retiró. Nada más verlo, el padre Llobet, que había levantado la vista del pergamino, exclamó:

—¡Por las reliquias de santa Eulalia! Yo conozco bien este cofre. Le correspondió a vuestro padre en el reparto del botín que hubo tras la campaña de Lérida en 1022, de la que el conde regresó triunfador.

La arquilla era un baúl de roble reforzado por cuatro cinchas de hierro de forja de la mejor calidad y presentaba una anomalía que la hacía diferente a cualquier otra.

—En mi larga vida de persona dedicada a guardar cosas extraordinarias jamás me había hecho nadie depositario de un objeto así.

El que así habló fue Baruj Benvenist, que acompañó sus palabras con un gesto hacia los cierres de la arquilla. Evidentemente, el cofre presentaba algo insólito: carecía de bisagras, estaba cruzado por cuatro flejes de hierro colado de un extraordinario grosor y en cada lado presentaba una cerradura que los sellaba, de modo que debía abrirse a la vez por los cuatro costados si se quería retirar la tapa. El judío, extrayendo una llave de extraña sierra del bolsillo de su hopalanda, aclaró:

—Vos habéis de tener la otra llave. Cuando abra yo dos fallebas y deje la llave colocada, vos deberéis abrir las otras dos.

—Recuerdo como si hubiera sido ayer el día en que vuestro padre me explicó el mecanismo del invento. Al parecer, se trataba del arca de seguridad del rey moro de Tortosa cuando éste partía de viaje. Si no están las dos llaves asentadas en las correspondientes cerraduras opuestas, de dos en dos, el mecanismo no se puede abrir. Fue un fino trabajo de los cerrajeros reales —añadió el padre Llobet.

A indicación de Benvenist, Martí se puso en pie y se acercó al cofre con manos temblorosas. Baruj Benvenist colocó su llave en una de las cerraduras e indicó a Martí que hiciera lo propio en la opuesta. Giró la llave, pero el mecanismo permaneció fijo; entonces Martí hizo girar su llave, y los cerrojos de ambas fallebas sonaron a la vez al descorrerse al unísono. A continuación retiraron las llaves e hicieron la misma operación con las otras dos cerraduras, con idéntico resultado. La reforzada tapa quedó libre y Martí, consciente de la solemnidad del momento, se dispuso a apartar la cubierta que soportaba los flejes. Ante la mirada expectante de los tres, apareció el fruto del esfuerzo de un hombre que guerreó en las fronteras durante toda su vida. Sobre un fondo de monedas cuya suma a simple vista se podía apreciar claramente que excedería los mil o mil quinientos mancusos de oro sargentianos,* destacaba una colección de joyas de un valor notable, aderezos y pendientes de oro, una pulsera rematada por un zafiro azul y sobre todas ellas una diadema que debió de pertenecer a una reina. Era de oro y piedras preciosas, y en su centro alojaba un rubí en forma de lágrima que refulgía a la llama de las velas como una inmensa gota de sangre.

—A fe que vuestro padre os ha hecho un hombre rico —dijo el judío.

—Empleadlo con cordura y no dilapidéis los años de esfuerzo y penuria de vuestro progenitor —apostilló el padre Llobet.

Martí, a quien resultaba difícil creer lo que veían sus ojos, se concedió un momento para pensar antes de tomar la palabra.

—Pongo a Dios por testigo que emplearé este legado en cumplir los deseos de mi padre, para lo cual pido vuestra ayuda y consejo; destinaré este inesperado beneficio de un trabajo honrado y perseverante e intentaré que todo ello haga el bien de mucha gente a fin de compensar a la que él, por la triste realidad de su oficio, sin duda perjudicó. Si lo cumplo, que el Señor del cielo me lo premie, y si no que me castigue por ello.

---

* Los mancusos equivalían a treinta y cinco dineros cada uno de cuatro gramos de oro. Los había sargentianos o de Zaragoza; jafaríes, de Jafar Almudis, y de Mansur Ceptis o de Ceuta. Finalmente se acuñaron en Barcelona, tarea que fue encomendada al judío Bonhom. Así se llamaron de Barcelona, o del buen hombre hebreo, y eran de siete onzas de dos con setenta gramos.

11

El encuentro

Tolosa, diciembre de 1051

l pasadizo era largo y tortuoso, salpicado de bifurcaciones que debían conducir a otros aposentos o al exterior. En un momento dado, y alumbrado por la estela de luz del candelabro que portaba el hombrecillo, ambos ascendieron un tramo de varios escalones tallados en la roca viva. Supuso el conde que habían llegado a la altura del patio de armas, pues el ruido que se oía sobre sus cabezas provenía de la francachela que formaban los soldados del cuerpo de guardia. Luego, el sonido de la algarabía se disolvió en la noche y el conde observó cómo el enano tanteaba la pared que cerraba el final del pasadizo. Por fin dio con el resorte y ante los asombrados ojos de Ramón el tabique se corrió, permitiéndoles el acceso a un confesionario adosado al muro e instalado en uno de los laterales de una pequeña capilla.

—Es la capilla privada de la condesa —explicó Delfín—. Nadie puede llegar hasta aquí si no conoce el pasadizo o viene a través de los aposentos privados de mi señora.

El conde de Barcelona no salía de su asombro. El enano, después de abrir la portezuela del confesionario e invitar al conde que saliera del mismo, prosiguió:

—Ahora debéis aguardar aquí. Voy a avisar a mi ama.

Sin más, Delfín desapareció tras una cortina lateral llevándose el candelabro y dejando a Ramón Berenguer, conde de Barcelona, asombrado, transido de esperanza y debatiéndose entre la dicha y la culpa de quien abusa de la hospitalidad de un aliado intentando robarle la mujer.

La luz del sagrario teñía de rojo la escena. Los ojos del conde se fueron acostumbrando a la penumbra y al cabo de poco rato ya podía adivinar el perfil de las cosas. Ramón Berenguer se arrodilló en el último banco y oró.

«Dios y Señor mío, el destino me arrastra. Has puesto ante mí a esta mujer y no me es dada otra posibilidad que amarla. Tú la hiciste así para que encandilara mis ojos y anulara mi voluntad. Te pido clemencia para lo que me dispongo a hacer si ella lo acepta; perdóname… Estoy dispuesto a arriesgar mi alma al fuego eterno.»

En ese momento, aureolada por la luz que procedía de la pequeña sacristía situada detrás del altar, apareció Almodis de la Marca, vestida con una discreta túnica propia del dormitorio de una dama y portando en la mano izquierda un candil cuyo tembloroso pabilo iba despejando a su paso las sombras de la capilla.

La condesa de Tolosa divisó a Ramón en pie al fondo del oratorio y fue a su encuentro. Éste se adelantó y, doblando la rodilla, se inclinó para besar la mano que ella le tendía. Luego se incorporó y ambos cruzaron una mirada intensa que no necesitaba palabras.

Almodis, despacio y sin soltar la mano del conde, le obligó a seguirle. La luna proporcionaba una luz muy tenue que entraba por el rosetón policromado de la capilla; sin dejar de mirar fijamente a un hipnotizado Ramón Berenguer, lo condujo hasta sus habitaciones a través del aposento que había tras el altar y que servía para que los oficiantes se vistieran antes de las ceremonias litúrgicas. Allí lentamente se adelantó y ante los asombrados ojos del conde, alumbrada por el resplandor de las veinte bujías de dos inmensos candelabros, se deshizo de sus ropajes: fueron cayendo al suelo la recamada túnica, las sayas y la camisa. Por último se soltó la gruesa trenza que recogía su abundante cabellera rojiza y se ofreció a los ojos del conde en su perfecta desnudez. Ramón Berenguer, que hasta la fecha había hecho el amor con sus dos esposas a la débil luz de una vela, las imágenes de los santos vueltas hacia las paredes y siempre con la camisa de noche puesta, no podía dejar de mirarla. La condesa ascendió los escalones de su adoselada cama, extendió la mano y con un gesto le invitó a seguirle. Torpemente, el conde se despojó de sus ropajes y se encaramó al lecho, como quien asalta la almena de un castillo enemigo. Cuando iba a cumplir bruscamente con el papel que la natura ha asignado al macho de todas las especies, ella lo detuvo.

—Tened calma y gocemos de este momento que tal vez sea único.

Y, apoyando suavemente la mano derecha en su hombro, lo obligó a recostarse. Entonces se encogió sobre él y cubierto el perfil de su rostro por la espesa, roja y desparramada cabellera, lo tomó en su boca. Ramón Berenguer, conde de Barcelona, Osona y Gerona, pensó que moría de placer y que ratos como aquéllos justificaban la renuncia a cualquier gloria eterna. Que el Señor se la guardara para sí, a él ya no le interesaba.

12

Proyectos de futuro

Barcelona, mayo de 1052

artí estaba sumido en un profundo desconcierto. La convicción de que su padre le había abandonado a su suerte para vivir la vida que le era grata se había resquebrajado y desmoronado como un castillo de arena. A través de los últimos testimonios había llegado a varias conclusiones: la primera, que lo que hizo su progenitor no fue otra cosa que cumplir con un deber que le vino impuesto por pactos y acuerdos llevados a cabo por sus antepasados y que su honra le impelió a obedecer; además, y al contrario de todos los hombres de armas de su tiempo, fue, dentro de la concepción que de la guerra se tenía, un hombre de honor que procuró ejercer su duro oficio sin caer en bárbaras costumbres. La segunda, que ni tan siquiera quiso enriquecerse a su beneficio y que todos sus logros los había acumulado pensando en aquel hijo al que apenas conocía.

Una única recomendación había indicado en su testamento, y fue que honrara su memoria haciendo, con el legado, obras dignas para resarcir el daño que por su oficio hubiera podido inferir a otras personas. Podía decirse que, gracias al esfuerzo de su progenitor, podría comenzar con ventaja una aventura en aquella apasionante ciudad, algo que jamás hubiera podido imaginar ni en sus sueños más felices.

Cinco días hacía que había llegado a Barcelona cargado de ilusiones, con pocos dineros, un anillo y una carta de presentación, y a día de hoy podía decirse que era un hombre afortunado. En tanto ordenaba sus ideas tomó dos decisiones. En primer lugar, se dispuso a enviar un mensajero para comunicar a su madre tan buena nueva, a fin de que la mujer paliara sus rencores; luego encargó al arcediano Llobet cien misas por el descanso eterno del alma de su padre. Cumplidas ambas tareas y antes de pensar a qué finalidades destinaría su recién adquirida fortuna, se planteó cuál era la mejor manera de guardarla, pues aquel patrimonio no podía ir dando tumbos en sus alforjas mucho tiempo más. Para ello pidió ayuda al anciano Benvenist, sabedor de que su honradez estaba avalada por la confianza que en él había depositado su padre.

—Veo que os gusta madrugar y que tenéis ligero el sueño —le saludó el cambista, tras recibirle a la puerta de su casa.

—Decid mejor que no lo he conciliado. Es difícil asimilar tanta revelación como la que me prodigasteis antes de ayer: esta mañana llegué a creer que todo había sido un sueño.

El anciano tomó del brazo a Martí y le condujo hacia su gabinete, donde ambos se acomodaron.

—Pues no, querido amigo, no ha sido un sueño. Veréis, cuando vayáis poniendo años, cómo esas cosas singulares que cambian el rumbo de una vida no suceden a menudo, pero suceden y aprenderéis a no asombraros. La compasión de Yahvé alcanza a todos los hombres.

—Esta nueva situación me desborda, aunque pienso que me acostumbraré: es mucho más fácil amoldarse a ser rico que, siéndolo, habituarse a ser pobre.

—No lo creáis: ser rico de repente conlleva ciertos peligros, si no se tiene la cabeza bien asentada en los hombros.

—No temáis por ello, he sido siempre fiel cumplidor de mis compromisos y los deseos de mi padre pesarán sobre mí como una losa.

Benvenist lo observó con atención.

—Bien, vayamos a lo que nos ocupa. En primer lugar, ¿qué queréis hacer con vuestro dinero en cuanto a su salvaguardia se refiere? Hasta que lo tengáis decidido no podéis andar por el mundo con él encima.

—Por eso estoy aquí. Mi deseo sería que vos lo custodiarais en tanto tomo las decisiones pertinentes. También desearía vuestro consejo; creo que en la herencia de mi padre éste iba incluido.

—Me honráis, pero es mi obligación recordaros que soy judío.

—Eso para mí no sólo no es óbice, sino más bien cualidad. ¿No aconsejáis acaso a la casa condal? Soy un hombre de pueblo, pero aprendo rápidamente. Me limito a observar lo que hacen aquellos a los que debo imitar: si los más poderosos requieren los servicios de los judíos y les otorgan su confianza en cosas tan delicadas como la salud y la hacienda, ¿por qué no debo hacerlo yo?

El judío se acarició la barba con parsimonia.

—Está bien. Antes de preocuparnos de qué es lo que debéis hacer con él y las inversiones en las que os conviene diversificar vuestro capital, veamos primero dónde y cómo lo guardamos para que quede a buen recaudo y podáis disponer de él siempre, aunque yo no estuviere en la ciudad o en el caso peor de que algo me ocurriera.

—Y ¿qué es lo que aconsejáis?

—Si os parece bien, podríamos guardarlo en el sótano de mi casa, donde también guardo mis bienes. Es un lugar seguro y muy discreto, que casi nadie conoce, una tahona del tiempo de los romanos horadada en la piedra que yo amplié. Tanto que incluso nuestro conde, sea porque también lo cree, sea porque le interesa guardar algo lejos de la curiosidad, me confía asimismo sus caudales.

Martí sonrió.

—Me parece excelente lo que me proponéis, pero antes de llevar a cabo vuestra propuesta me interesaría concretar un poco qué creéis que debo hacer para llegar a ser un día ciudadano de hecho de Barcelona.

—Querido joven, vais muy deprisa. Ser ciudadano reconocido de esta urbe requiere en primer lugar tiempo, y en segundo, y durante el mismo, sentar las bases de honradez y laboriosidad necesarias para el reconocimiento de los demás moradores. Creedme que una cosa es ser vecino o habitante y otra ciudadano.

—Aclarádmelo, si no os importa —pidió Martí en tono obstinado.

—Veréis, en estos territorios es notoria la herencia visigoda y por ende romana. Puedo deciros que en los dominios que conformaron la Marca Hispánica van muy por delante, en cuanto a leyes, de los demás reinos peninsulares, tanto cristianos como moros. En el resto de reinos puede decirse que hay tres estamentos a considerar: el rey, la nobleza o si lo preferís los feudales, y el clero. Pues bien, en esta bendita tierra existe un cuarto poder, los ciudadanos, y a fe mía que cada día alcanzan cotas de mayor influencia. Es por ello por lo que conseguir la ciudadanía de pleno derecho, si no se ha nacido dentro de sus murallas, es un logro no precisamente fácil de alcanzar. ¿Me vais comprendiendo? Me atrevo a auspiciaros que llegará un tiempo en que ese título tendrá el mismo valor que tuvo en la antigüedad ser ciudadano de Roma.

Martí, que no había perdido detalle de la explicación del judío, se quedó un instante pensativo.

—Pero habrá un camino para los nacidos fuera de la ciudad.

—Lo hay, pero es largo y tortuoso y depende de muchos factores, entre ellos la suerte y desde luego el matrimonio con alguna mujer que tenga la categoría de ciudadana.

—Si otros lo han conseguido yo lo he de conseguir también, y en cuanto a suerte, vos me habéis demostrado que la fortuna, los astros o lo que sea me son propicios —repuso Martí, con una mezcla de ingenuidad y confianza en sí mismo.

El judío observó al joven con ojos escrutadores, luego las miríadas de finas arrugas de sus astutos ojos se distendieron y su boca ensayó una sonrisa.

—Me gusta la gente de vuestro talante: no sé si lo conseguiréis, pero lo que sí os auguro es que en el empeño seréis feliz.

—Jamás me han asustado los retos. Bien al contrario, me estimulan. Llevo trabajando toda la vida y no sé hacer otra cosa. La honradez, dadla por supuesta, y el tomar matrimonio es algo que tarde o temprano deberé considerar.

—El tiempo será el mejor valedor de vuestras palabras.

—Pasemos pues si os place a trazar el camino comenzando por el principio —dijo Martí en tono firme.

—Bien, vamos allá: en primer lugar debéis estableceros cuidando de aparentar la honorabilidad que requiere la consideración de vuestros vecinos, ello os ayudará a encontrar esposa. ¿Lo comprendéis?

Martí asintió con un leve movimiento de cabeza.

—Entonces hoy mismo, si os parece, os acompañaré al mercado de esclavos que se instala en el llano de la Boquería, extramuros, y escogeremos lo que más convenga para el servicio de vuestra casa, y de momento los dejaremos allí en custodia en tanto nos preocupamos de vuestro alojamiento.

—¿Esclavos decís? —Martí hizo un gesto de desagrado.

—Dará mucho más lustre a vuestro apellido tener esclavos además de siervos. Vuestros vecinos no entenderían que un hombre de rango careciera de esclavos. Además, tened por seguro que no os engañarán: uno de los principales mercaderes es pariente mío y os aconsejará un buen género. A la hora de comprar es importante tener en cuenta, amén de su utilidad, su salud y carácter y diferenciar claramente el trabajo al que deberán ser destinados.

—Bien —accedió Martí, algo a su pesar—, seguiré vuestra recomendación. En cuanto a la vivienda, ¿qué es lo que me aconsejáis?

—Hasta que encontremos lo que os conviene viviréis alquilando una mansión que cuadre a vuestras necesidades, en cuestión tan importante no conviene precipitarse. Pero no pongamos el carro delante de los bueyes y empecemos por el principio.

El judío se levantó de su asiento e indicó a Martí que lo siguiera. Martí inspeccionó el santuario de sus caudales y quedó satisfecho.

—Os doy las gracias y espero poder devolveros tanto favor algún día.

—Pues yo espero que ese día no llegue nunca.

—¿Por qué decís tal cosa? —replicó Martí, algo ofendido.

—Mala cosa es para los de mi raza tener que pedir favores a los cristianos de estos pagos.

13

Al día siguiente

Tolosa, diciembre de 1051

a mente de Ramón evocaría una y otra vez todo lo sucedido aquella noche como algo irreal y difícilmente repetible. Recordaba que al cabo de un tiempo unos discretos golpes en la puertecilla que daba al pasadizo de la capilla avisaron a los amantes que el tiempo se había agotado. La condesa saltó del lecho, y tomando al desgaire un ligero sobretodo se lo echó sobre los hombros para cubrir sus voluptuosas curvas. Los hechos se agolpaban en su memoria y perdía el hilo del orden cronológico de los sucesos; recordaba vagamente el bisbiseo de Almodis, y por la posición encogida de su figura supuso que hablaba con el enano. A una indicación de la condesa, él se vistió de nuevo, y, tras un prolongado beso, se arrancaron uno del otro como la piel se separa de la carne. Sus últimas palabras resonaban como un eco en su cabeza: «Mañana al mediodía Delfín os conducirá hasta mi jardín privado. Debemos aclarar muchas cosas».

El enano recorrió con seguridad el camino de vuelta, y cuando llegaron a sus habitaciones le precisó la cita del día siguiente; recordaba haberle preguntado por su señor, el conde de Tolosa. «No os preocupéis, a esa hora está tomando el baño de aguas sulfurosas que le alivia de su mal. Hasta pasadas las dos, no regresará al castillo», le respondió el hombrecillo. Luego, ya acostado en el gran lecho y en el más absoluto de los insomnios, comenzó a pergeñar un plan que de cualquier manera dependía de lo que Almodis le dijera al día siguiente, un plan que no por arriesgado resultaba menos realizable. Por lo pronto, cuando él partiera hacia Gerona para entrevistarse con su abuela, un gentilhombre de su confianza, Gilbert d'Estruc, se dirigiría a galope tendido directamente hacia Barcelona con órdenes concretas.

El amanecer le sorprendió asomado a la ventana de su cámara, plenamente convencido de que un hermoso e irrepetible sueño había iluminado su noche. Este sentimiento le persiguió hasta que, llegado el momento, Delfín vino a recogerle para conducirlo al jardín privado de la condesa. Era éste un recoleto rincón situado entre el ábside de la capilla y su salón particular, al que se accedía bien desde la misma o bien desde una pequeña y balaustrada escalera que descendía desde el primer piso. Un banco de piedra, que se alzaba entre unos arriates y bajo un frondoso magnolio, constituía, según le dijo el enano, el confesionario de su ama. El sonido de un cantarín regate de agua era el telón de fondo del confortable rincón. Discreto como una sombra desapareció Delfín, y Ramón Berenguer, conde de Barcelona, permaneció a solas, nervioso y aturdido cual soldado ante su primer combate. Cuando la condesa Almodis apareció en lo alto de la escalera sintió que los pulsos se le detenían ante la confirmación de que su sueño no era tal. Un brial violeta con las mangas abullonadas en los hombros y ceñidas a sus brazos, amarradas a su dedo corazón mediante sendas cintas y rematadas con pasamanería dorada, realzaba su egregia figura. La espléndida cabellera roja, recogida en una gruesa trenza, caía desmayada sobre su hombro derecho. Ramón creyó que una visión de otro mundo se le aparecía. Almodis llegó a su lado sonriente y segura y alargó su mano para que se la besara; luego, sin soltarse y casi sin darse cuenta, se halló a su lado sentado en el banco de piedra.

—Señora, ¿es éste un lugar seguro?

—El más seguro de palacio. Es aquí donde acostumbro a confesarme. Únicamente el abad Sant Genís acude aquí a requerimiento mío.

Almodis de la Marca era hermosa, le apasionaba la política y tenía una sola ambición: controlar su futuro destino para no incidir en situaciones que la decisión de otros le habían hecho padecer. Ella, tras un instante que a Ramón le pareció una eternidad, tomó la palabra.

—Sé que sabéis tan bien como yo por qué estamos aquí.

—Señora…

—No habléis todavía, conde, dejad que lo haga yo.

Ramón, tembloroso, tomó ambas manos de Almodis y aguardó.

—Lo que ayer nos sucedió es cosa de textos antiguos y hasta hoy, creí siempre que historias de trovadores y cantares de poetas. Estoy cierta de que vos sentís lo mismo; no me preguntéis cómo lo sé, pero desde el momento en que atravesasteis la puerta del salón del trono ayer por la mañana supe que contra esto no se puede luchar. Si es un corazón el que aloja este sentimiento todavía cabe el resistirse, pero si ambos coinciden, entonces el destino es el que dicta la última palabra. Nunca conocí la felicidad, pero no es ésta la causa de mi desasosiego: soy una mujer adulta y hasta ayer no había invadido mi corazón sentimiento semejante. Fui casada una vez y mi matrimonio fue anulado, otra fui repudiada y nada causó en mi alma angustia semejante a la que he sentido esta noche. Mi vida, conde, carece de sentido si no albergo la esperanza de veros de vez en cuando.

Ramón Berenguer creía que de un momento a otro se despertaría de aquel hermoso sueño y la realidad sería muy otra; ni a respirar se atrevía por miedo a romper aquel sortilegio. Al ver que ella había interrumpido su discurso se atrevió a hablar.

—Creedme si os digo que mi espíritu no flaqueó ni cuando, aún muy joven, entré en liza contra el moro. Tampoco yo he conocido el amor hasta ayer y, como a vos, también a mí me han casado dos veces. Era apenas púber cuando, al quedar huérfano y por conveniencias de Estado, mi abuela y regente del condado, Ermesenda de Carcasona, me buscó esposa entre las mujeres nobles de Barcelona. No conocí el amor y en mi inocencia creí que aquel sentimiento, mezcla de gratitud y de afecto, lo era. Elisabet me dio hijos y hace dos años me dejó. Todos insistieron en la conveniencia de casar de nuevo y otra vez fue mi abuela la que arregló el matrimonio: la elegida fue esta vez Blanca de Ampurias, y hasta el día de hoy me era indiferente seguir viudo o tomar esposa. Como podéis

110

ver, al igual que vos, hasta ahora no he podido escoger a voluntad a la persona con quien deseo compartir mi vida.

»El sentimiento que ha nacido súbitamente entre nosotros es algo tan avasallador e imprevisible que a partir de este momento mi vida, si no es con vos, carecerá de sentido y será un tormento insufrible.

—Pienso igual que vos, conde, y estaría dispuesta a todo con tal de amanecer cada día a vuestro lado. Pero pensad en lo que está en juego, no me perdonaría que por mi culpa perdierais vuestro condado y tal vez la vida. Nos separa un juramento sagrado, el enfrentamiento de dos naciones y el ejemplo que daremos a nuestros súbditos.

—Os lo repito, señora, mi vida carece de valor si no es para vivirla junto a vos.

Un breve silencio se estableció entre ambos. Luego, de nuevo, habló Almodis.

—Me conformaría con saber de vos de vez en cuando y asimismo, de tiempo en tiempo, compartir unas jornadas a vuestro lado en cualquier refugio de algún vasallo que nos brindara la hospitalidad de su castillo, con la excusa de una cacería o de un torneo.

Ramón Berenguer se engalló.

—Tal vez vos os conformarais, yo no. Soy el conde de Barcelona. ¡Voto al diablo que nunca más nadie tomará decisiones por mí! Venceré, si el premio sois vos, cualquier obstáculo que se interponga en mi felicidad. Os he conocido, Dios os ha puesto en mi camino, y no he de renunciar a vos de ninguna manera.

—Me duele, señor, haber hablado. Es todo tan tremendamente difícil que no se me alcanza la manera de salvar tanto escollo. Estoy casada, he tenido hijos, la Iglesia de Roma no anulará mi matrimonio, Tolosa se opondrá y nuestras vidas serán un infierno.

—Señora, si vos me dais ánimo, sabré vencer todas las dificultades que surjan. Partiré, pero pronto tendréis noticias mías; repudiaré a mi esposa, prepararé vuestro rapto y os llevaré conmigo a Barcelona, pese a quien pese, y cuando os tenga allí nada ni nadie se atreverá a intentar ni tan siquiera rozar la orla de vuestra saya.

En contra de su voluntad, y a pesar de que su deseo era continuar, Ramón Berenguer se detuvo en Perpiñán por indicación de su senescal, Gualbert Amat, ya que la tropa, tras la dura jornada, estaba extenuada e inquieta. El conde de la zona, Bertrand de Saint-Rémy, era deudo de la casa de Barcelona y, aunque partidario de la condesa Ermesenda, cuya amistad le convenía en grado sumo dada la vecindad de ambos territorios, su jurisdicción había caído en manos del conde de Barcelona en el reparto que éste hizo con su abuela de los territorios.

El grupo fue atendido como era de ley por los moradores del castillo de Perpiñán. Después de las consabidas muestras de respeto y tras atender las necesidades de la embajada, el conde de Barcelona se retiró a sus habitaciones sin entretenerse en cortesías, ya que su espíritu le exigía soledad para poder poner en orden sus pensamientos.

El tiempo transcurría lento y espeso como aceite de candil, y por la noche el conde se dedicó a observar la blanca luna, testigo de los enamorados, tras los merlones de la amurallada fortaleza y a imaginar que, a la vez y desde la lejana Tolosa, Almodis compartía con él la misma visión. Cuando ya de madrugada se retiró a su alojamiento, combatió su insomnio pensando en las vicisitudes de su existencia e hizo planes para el futuro, decidido a que, a partir de aquel instante, ni su abuela Ermesenda ni ninguna otra persona interfiriesen en su vida.

Su mente iba anotando recuerdos y repasando los hechos.

El año anterior había firmado dos paces de gran calado para el futuro del condado y de gran trascendencia para su futuro personal. Los interminables enfrentamientos con su vecino del Penedès, el conde Mir Geribert, habían dado paso a un punto de entendimiento en el que ambos habían cedido en sus pretensiones y que por el momento garantizaban una tregua que le permitiría dedicar sus afanes a empresas de más alta consideración para el condado, así como afianzar en grado sumo la seguridad de la ciudad, ya que en un tiempo, el presuntuoso conde, que se había apropiado de la herencia de su hermano Sanç, había llegado a dominar dos de las torres de la muralla. Las causas de sus conflictos venían de muy lejos; muchos de ellos habían sido heredados de anteriores pleitos con su padre Berenguer Ramón el Jorobado, al que no había conocido, y que a la muerte de éste se habían mantenido con su abuela Ermesenda, enfrentada al joven conde del Penedès. Los motivos de sus diferencias eran variados: unos de gran calado político, ya que su vecino había tenido la osadía de proclamarse príncipe de Olèrdola en detrimento de la autoridad condal, y otros fomentados por la tozudez de su abuela, que se negaba a abdicar de la *potestas** que le era debida por defunción de su esposo, Ramón Borrell. Aunque no cabía duda de que lo había hecho por defender los derechos de Ramón y de sus hermanos, éste entendía que estas cuestiones eran de otros tiempos y que en el siglo XI este asunto, más bien de amor propio que de otra cosa, podía resolverse con un tratado de *convenientia* mucho más grato a los ojos de la levantisca nobleza feudal.

Las vicisitudes por las que había transcurrido su existencia habían sido muchas, y ello hacía que en ocasiones se sintiera mucho más viejo de lo que correspondía a su edad. Aún púber, su abuela Ermesenda de Carcasona lo había casado con Elisabet de Barcelona, que con el tiempo le había dado tres hijos de los que a su muerte le sobrevivió uno, Pedro Ramón. La primera sólo le había dado satisfacciones; no así el segundo, cuyo carácter áspero y violento le había creado ya de niño un sinfín de contrariedades. Al enviudar, lamentó la muerte de su esposa. Aunque no la había amado, ella fue una buena y leal compañera que le secundó sin desfallecer en cualquier empresa y que pasó a su lado, sin amedrentarse, incontables angustias y peripecias en las que no dudó en arriesgar su vida. Por ejemplo, en la noche en que el palacio condal fue apedreado por la sedición del vizconde Eudald II y el obispo Gilabert, parientes del señor del Penedès, una sedición promovida por éste y que fue abortada gracias a la intervención de los ciudadanos, que apoyaron a su conde y restablecieron su autoridad. Para asegurar la paz de Barcelona hubo que pagar una gabela importante, aunque no le importó en demasía. A la muerte de Elisabet, hacía ya dos años,

---

* Relación de sumisión que se establecía entre un noble superior y otro de menos rango y que comportaba cierto número de obligaciones.

su abuela quiso poner a su lado, era de suponer que con el fin de controlarlo, a una mujer de su confianza, Blanca de Ampurias, algún año mayor que él. Recordaba la fecha perfectamente: el 16 de marzo de 1051. El enlace se llevó a cabo en el monasterio de Sant Cugat, uno de los lugares predilectos de Ermesenda; pero eso fue antes de que la Providencia pusiera en su camino a aquel ángel al que no estaba dispuesto a renunciar.

De hecho, el plan acordado ya estaba en marcha. Gilbert d'Estruc, siguiendo sus órdenes, habría comenzado a actuar, y él, ajustando fechas y contando con que a su regreso debía detenerse en Gerona con el fin de entrevistarse con su abuela para componer las disensiones que le separaban de la vieja y puntillosa condesa, iniciaría sus maniobras tan pronto como llegara a Barcelona.

14

El mercado de esclavos

Barcelona, mayo de 1052

espués de cumplir con todos los requisitos exigidos a fin de guardar su recién adquirida fortuna, Martí se dirigió al mercado de esclavos decidido a aprovechar el trayecto en compañía de su amigo judío para ir adquiriendo conocimientos sobre cómo y cuándo invertir sus dineros.

Salieron de la ciudad abandonando el *Call* por el portal de Castellnou, y después de dejar atrás la muralla dirigieron sus pasos al llano de la Boquería, atravesando un puente de madera tendido sobre la ancha riera que se anegaba cuando el agua bajaba de las montañas hasta embalsarse en el Cagalell, cuyos olores en la canícula eran insoportables. Allí era donde se desarrollaba la compra y venta de esclavos, traídos tanto desde las fronteras de la Marca cerca del gran río Ebro como de los aledaños de la playa en la falda de Montjuïc, donde, desde tiempo inmemorial, las naves que poblaban el Mare Nostrum descargaban sus mercaderías, que en muchas ocasiones se componían de carne humana recogida en todos los puertos del Mediterráneo, desde Constantinopla hasta las Columnas de Hércules.

La curiosidad de Martí era inagotable, y el judío, satisfecho del interés del joven, daba cabal respuesta a cuanto le cuestionaba.

—Veréis, no hay buenos ni malos negocios, son las personas que los regentan las que los hacen buenos o malos. Si tenéis paciencia y los ojos bien abiertos, os daréis cuenta de que existen dos maneras de mercadear: aquellas que requieren la presencia continua del amo y aquellas otras coyunturas que se presentan esporádicamente y que vuestra visión u osadía os llevarán a aprovechar.

—Decidme, Baruj, ¿por qué no hacéis los judíos los negocios que con tanto tino aconsejáis a los demás?

—La respuesta es muy fácil: porque no nos lo permite la ley. Los de mi raza únicamente pueden llevar a cabo aquellas transacciones y oficios que están estipulados. Si ya de esta manera la envidia, que es hija de la ineptitud y de la malquerencia de los mediocres, hace que cada tanto las aguas se desborden y tengamos que recluirnos en nuestros *calls*, imaginaos qué sucedería si entráramos en competencia con los cristianos. No, querido amigo, la vida es un bien demasiado hermoso para evaluarla en más o menos riquezas. Los de mi raza nos limitamos a los negocios que nos están autorizados, y esa venia nos cuesta buenos dineros.

En estos trajines andaban cuando a lo lejos apareció el arco que limitaba la puerta del mercado de esclavos. A medida que se acercaban, el asombro afloraba a los ojos del recién llegado. Jamás, ni en la más importante de las ferias de Gerona a las que había concurrido Martí, llevando la cosecha de sus tierras, había podido ver la cantidad de carros, carretas y caballerías que pululaban por los alrededores de aquel inmenso mercado. Los gritos de los carreteros abriéndose paso, las imprecaciones de los guardias, algún denuesto de los postillones o el restallar del látigo de los cómitres que iban al cargo de los carros galera, llenaban el aire. Martí se fijó en estos últimos particularmente. Tirados por troncos de cuatro acémilas avanzaban lentamente, mecidos por los desgarrados lamentos de los desdichados esclavos, que estaban sobre las inmensas plataformas, con grandes jaulas de madera de gruesos barrotes donde se hacinaban. En cada una de ellas lucían pintados los colores distintivos de los propietarios que regentaban aquellos negocios y que se correspondían con los que también ornaban los ergástulos del fondo, donde se descargaba ordenadamente la atormentada mercadería.

Más o menos en el centro del espacio se alzaba, a modo de patíbulo, una gran tarima elevada sobre unos caballetes de roble, con

116

un faldón de verde y ajado terciopelo que circundaba su estructura y cubría sus patas. En el centro de la misma se veía un poste de hierro del que pendían multitud de argollas, y, arrancando de la parte posterior del tablazón, un pasadizo enjaretado cubierto, también de barrotes, que unía el tablado con las mazmorras. Al ver la mirada inquisidora que Martí dirigía al mástil, Baruj aclaró:

—Es para sujetar a los esclavos con cadenas. Los hay muy levantiscos. Pensad que en su tierra eran hombres libres y hasta que aceptan su nueva condición acostumbran a provocar conflictos.

Alrededor de la tarima y tras unas livianas vallas de madera se iban concentrando los postores de la subasta; en el perímetro exterior del espacio se veía alguna que otra carreta de macizas ruedas y cerrada estructura tirada por caballerías de más empaque, con las cortinillas de cuero o gruesa tela echadas porque su propietario prefería no someterse a la mirada del populacho, y alguna que otra silla de manos. Una en particular llamó la atención de Martí: era de un lujo extremado, los porteadores eran negros de grácil musculatura y grandes proporciones, y su dorada cabina tachonada de florones verdinegros tenía echadas las cortinillas.

—¿A quién pertenece ese palanquín? —indagó Martí.

—Los colores son los de los Montcusí. El patriarca Bernat es uno de los hombres más influyentes de la ciudad y, ¿por qué no decirlo?, de los más malcarados. No es un noble feudal, pertenece a la clase de los ciudadanos, pero ved si es importante que, sin ser de noble cuna, es desde hace ya tiempo uno de los consejeros preferidos del conde y el encargado de las tareas menos gratas: cuando hay que decir un no a uno de los nobles es Montcusí quien se encarga de ello. ¿Recordáis que os expliqué cuán difícil era alcanzar el título de ciudadano?

Martí iba a lo suyo.

—¿Por qué lleva las cortinillas echadas?

—Sin duda la persona desea pasar inadvertida y seguramente es una dama. Cuando una señora precisa de una esclava para su servicio particular, viene a escogerla personalmente, pero puja por medio de uno de los postores. La dama en cuestión jamás se significa ni asoma la cabeza.

—¿Todos los desgraciados que acaban de llegar van a ser subastados?

—No ahora. Los lotes que van a salir han llegado hace ya días. Los esclavos deben ser preparados y acicalados, las pieles negras untadas con betún de Judea mezclado con ungüento de palma para que brillen; los que han sufrido los rigores de la travesía y han llegado macilentos y desmedrados, deben ser recuperados y engordados en lo posible. Hay que acicalar a las muchachas: ungir sus cabellos de aceites aromáticos, abrillantarles las dentaduras con polvo de azumbre y suavizar los callos de sus pies y manos con piedra pómez. A mucho comprador bisoño le dan gato por liebre, y el aspecto es primordial, sobre todo el de las mujeres. Los mercaderes son tan avispados que son capaces de colocar a cualquier viejo lujurioso una vieja cascada como si fuera una joven virgen.

Martí no salía de su asombro.

De repente sonó un cuerno y en el fondo comenzaron a moverse los cortinajes. Los cómitres estaban con los rebenques prestos a los lados del enjaretado pasadizo. Los esclavos iban apareciendo engrilletados uno a otro con cadenas, asustados e intentando cubrirse los ojos con la mano libre para acostumbrarse al súbito resplandor del día. Primero aparecieron cinco hombres cubiertos por un escueto taparrabos anudado a la cintura; uno de los sayones fue sujetando sus cadenas al poste central en cuanto ascendió al tablado, en tanto que otro, con el mango de madera de un chuzo, les obligaba a colocarse de manera que sus cuerpos quedaran expuestos a la mirada escrutadora de la gente. Un individuo gordo vestido con una túnica que le llegaba a las corvas, provisto de unos escarpines de punta caracolada y cubierta su cabeza por un turbante en cuya parte frontal lucía un topacio amarillo de grandes proporciones, subió resoplando al estrado acompañado de un negrito ágil como un mono que portaba un azafate en el que se veía un puntero rematado en su extremo con una pluma de avestruz teñida de rojo y una bocina de latón que en uno de sus remates llevaba una embocadura para que se ajustara a los labios mientras el otro se ampliaba como una trompa.

—La subasta parece importante. De no ser así no se encargaría de ella Yuçef, que es uno de los mejores subastadores del mercado —susurró Baruj al oído del joven.

El gordo personaje tomó la bocina en su diestra y el adornado puntero en su otra mano, y acercando la boquilla a sus gruesos labios, comenzó la perorata.

—¡Nobles señores, autoridades de Barcelona, componentes del clero catedralicio, damas, si las hay, y ciudadanos en general! —Aquí la muchedumbre se calló ante los siseos de los del fondo, que no podían oír lo que anunciaba el subastador—. Hoy es día de fiesta y jolgorio. Va a comenzar la feria del mercado de esclavos que se produce una vez al mes y por cierto que en esta ocasión la mercancía es excelente; en ella encontrarán sin duda vuestras mercedes lo que necesiten. Porteadores de palanquines fuertes y resistentes como robles, tanto blancos como negros originarios de las heladas regiones del norte o de las ardientes tierras de Numidia; jardineros que sabrán cuidar vuestros huertos y jardines y que, como buenos magrebíes, son maestros en el arte de aprovechar las aguas; cocineras, muchachas aptas para cualquier servicio, niños que aprenderán fácilmente el oficio de paje, cuatro bayaderas cordobesas que podrán deleitar vuestros ratos de esparcimiento y muchas otras sorpresas. ¡Aligerad vuestras bolsas, señorías, de mancusos, dineros o sueldos sobrantes, que hay género de todos los precios asequible a cualquier escarcela!

El gordo tomó resuello y se dirigió a los cinco negros que estaban a su espalda, tal que si hubiera reparado en ellos en aquel momento.

—Ved, señores, lo que tenemos aquí. Recién llegados de Tebas, fuertes como bueyes y ya amansados por el látigo, cinco hermosos ejemplares a los que se podrá exigir cualquier trabajo por duro que sea, ya que no tienen alma; aptos para aprender cualquier oficio, frugales en cuanto a la calidad de su alimentación, aunque no así en la cantidad. —El público prorrumpió en risas ante la evidente chanza del subastador—. Comen como caballos, pero su pitanza será el sobrante de vuestras mesas; podéis comprar el lote o uno a uno, dos o tres. Claro está que su dueño hará un precio especial si se adquieren todos de una vez. El precio de la unidad comienza en dos sueldos por pieza, el lote completo sale a subasta en tres mancusos. ¡Haced vuestras ofertas, señores!

La voz, aumentada por la bocina de latón, llegaba ahora a todos los rincones del zócalo nítida y potente. Las ofertas se sucedían una tras otra y el hábil subastador se las ingeniaba para incitar el amor propio de los licitadores a fin de aumentar las cantidades qe se ofrecían.

Martí observaba curioso aquel espectáculo, tan nuevo para él. Su mirada iba del entarimado a la litera que al principio había llamado su atención, y tardó poco en darse cuenta de que la persona que se ocultaba en su interior de vez en cuando asomaba un pañuelo por debajo de la cortinilla; señal que era percibida por uno de los postores y que inmediatamente encarecía la licitación en función del color del pañuelo. La subasta fue avanzando y el cambio de mancusos, sueldos, o dineros de variado valor y origen, prosiguió. En aquel instante ascendía la escalerilla una mujer joven de facciones nobles y mirada altiva.

—Ahora tenemos a una muchacha que hará las delicias de cualquier dama. Habla latín y griego, recita bellos poemas en varios idiomas y toca diversos instrumentos. De hecho puede ser una magnífica compañía.

La puja comenzó en dos sueldos, pero subió rápidamente al haber varios licitadores interesados por la muchacha que aumentaron sus ofertas.

La persona que se ocultaba en el palanquín asomó un pañuelo verde por la escotadura de la ventanilla. El gordo iba a rematar la oferta última del hombre que obedecía las señas de la litera.

Durante la subasta, Baruj había aconsejado a Martí en varias ocasiones. Por eso le extrañó que en esta oportunidad el joven actuara sin mediar su recomendación.

La voz de Martí sonó fuerte.

—Un mancuso por la mujer.

Martí sintió las miradas de los licitadores fijas en él: el precio ofrecido era evidentemente excesivo.

Cuando Baruj escuchó la voz del joven subiendo la apuesta de la última puja observó extrañado que Martí la elevaba sin mirar al tablado, sólo pendiente de la blanca mano que asomaba por la apertura del palanquín. Tras dos pañuelos más y dos nuevas pujas, la voz de Yuçef otorgó a Martí la propiedad de la muchacha. Esta vez se abrió algo más la cortinilla, y cubriéndose un poco con ella a modo de pañuelo asomó un rostro cuyos grises ojos destilaban una tristeza infinita y que desde aquel instante iba a presidir los sueños de Martí.

—¿Qué os ha hecho pujar de esta manera? —preguntó Baruj—. La mujer no vale lo que habéis ofertado.

—Si incluyo la gloria de ver los ojos que he visto, me he quedado corto.

—¿Os referís a la dama del palanquín?

—A ella me refiero.

—Si no me equivoco, es la hijastra de Montcusí. La madre de la muchacha era viuda cuando se casó con el consejero y aportó al matrimonio una hija que es sin duda la dueña de los ojos que tanto os han impresionado —explicó sonriente el viejo judío—. Muy caro habéis pagado el gusto de observarla.

—Es muy poco dinero si consideráis que voy a casarme con ella.

—Una tarea imposible. Más de uno se ha acercado al viejo Montcusí pidiendo su mano y ha salido escaldado. Es el ojito derecho de su padrastro.

—¿Acaso la conocéis?

—La conozco bien, pese a que sale en contadas ocasiones de su casa y siempre acompañada de amas y custodiada por más de un criado.

—Ello no será obstáculo; vos os las ingeniaréis para que desaparezca este inconveniente.

—Sois tan atrevido como vuestro progenitor. Lo que pretendéis es tarea imposible.

—No diría yo tanto, contando con los amigos que he encontrado, con mi tenacidad y mi suerte.

Tras este incidente, Martí observó que los porteadores del palanquín tomaban las varas del palanquín y se ponían en marcha para abandonar el mercado. La subasta prosiguió y la voz de Yuçef resonó de nuevo limpia y vibrante, aplacando los murmullos de la multitud.

—Vamos a ver qué tenemos ahora aquí.

Un grupo de tres personas que, por sus rasgos, parecían andalusíes, subió al tablado. La mujer estaba encinta y el niño no tendría más de diez o doce años. La presentación no se hizo esperar.

—Aquí tenemos una familia al completo, que podrá ser adquirida en su totalidad o por miembros, como de costumbre, según convenga a vuestras mercedes. El hombre es un hábil cultivador de viñas, la mujer conoce el arte de la cocina y es una estimable tejedora, diestra con la rueca, y del niño se podrá hacer un buen paje o en su caso un mozo de recados hasta que crezca y se haga fuerte. Además por el precio de tres os podréis llevar cuatro, pues la mujer lleva uno dentro, o quizá dos. Está encinta de seis lunas, y la comida que consuma durante tres meses dará buenos réditos, amén de que ella se podrá emplear también como nodriza.

Al comienzo se pujó por el lote completo, pero luego se disgregó la oferta y se licitó por los miembros del grupo por separado. Prosperó una oferta por el niño y el hombre, y este último, al presentir o entender que iban a separar a su familia, pasó el brazo que tenía suelto por los hombros de la mujer. El gesto enterneció a Martí y al instante recordó la recomendación de su padre de hacer con la herencia cosas que aliviasen el mal que su progenitor hubiera podido causar a otras personas. Ni cuenta se dio del gesto de Benvenist aprobando su intervención y acto seguido subió la puja de manera que nadie consideró que fuera negocio hacerse con el lote.

Cuando la vara de Yuçef golpeó el tablado para cerrar la puja, los ojos del padre de familia rebosaban gratitud.

15

El plan

n joven monje que frisaría la treintena, jinete en una mula y con un distintivo blanco anudado en el brazo derecho, estaba detenido junto al estribo de la fortaleza del conde de Tolosa, aguardando que el puente levadizo se abatiera y le dieran alojamiento aquella noche. Todo transcurrió según lo previsto: tras desmontar la mula, entregar el ronzal a un mozo y darse a conocer al sargento de guardia, fue acompañado por un subalterno hasta el cubículo donde debería pernoctar. Al aviso de la campana acudió sin demora al refectorio, donde frailes y soldados exentos de servicio compartían las viandas de la cena. Se acomodó en un rincón del recinto destinado a los transeúntes, y aguardó tranquilamente a la persona que debía acudir a su encuentro.

Había ya dado cuenta de la modesta escudilla que le habían servido cuando su aguda vista distinguió a la entrada del amplio comedor la figura desmedrada y enteca del personaje que sin duda le aguardaba; éste a su vez lo divisó y sorteando mesas y obstáculos que, dado su diminuto tamaño, eran verdaderas montañas, se acercó a su lado y se encaramó más que se sentó en el banco que quedaba a su derecha, apartado de la ruidosa compañía.

—¿Qué tal viaje habéis tenido, señor?

—Bueno hasta los Pirineos. El paso del puerto, vestido de esta

123

guisa y con la montura que me han asignado, ha sido un tanto dificultoso, pero lo importante es que ya estoy aquí.

—Sed bien llegado; creed que la condesa no ha dejado de martirizarme ni un solo día de estos cinco meses: me ha hecho subir hasta lo alto de la fortaleza una y otra vez y hasta que he distinguido la cinta anudada a vuestro brazo y he descendido a comunicarle la noticia, no me ha dejado vivir. Los días se me han hecho eternos y más de una vez he pagado su mal humor. Si alguien se alegra en verdad de vuestra llegada es el que os habla.

—No creas que es fácil coordinar tantos cabos sueltos. Mi señor es un hombre muy ocupado, pero lo importante es que estoy aquí con órdenes precisas para poner en marcha el proyecto.

—El plan ha de ser seguro. Por parte de la condesa no existe posible retorno; vuestra paternidad y los hombres que intervengan, caso de fracasar, deberían arrostrar la ira del conde en cuanto llegaran a Barcelona, pero mi señora caería en el mayor de los desprestigios y a mí me cortarían sin duda la cabeza. Y a fe que con el paso del tiempo le he cogido afecto —dijo el enano, medio en broma, medio en serio.

—Si tú y tu ama cumplís vuestra parte, contad que ya estáis en el palacio de mi señor; si algo falla, vive Dios que no será por nuestra culpa.

—Bien, aunque la confianza que tiene en mí es infinita, en ocasión tan excepcional quiere oír de vuestros labios el conjunto de ardides que se han preparado.

—Por supuesto. Dime cuándo y dónde.

—Ahora es el momento. Mi ama se ha retirado a su gabinete y tiene costumbre, cuando así le place, de recibir a gentes de otras tierras que le traen noticias y novedades del mundo exterior.

—Pues entonces no perdamos más tiempo.

El enano saltó ágilmente de su asiento y, tomando la delantera, indicó el camino.

—Seguidme.

Discretamente salieron del concurrido comedor sin despertar curiosidad alguna, dado que los presentes estaban ocupados en yantar, en jugar a las tabas o en juntarse en corros más o menos grandes y comentar las novedades del día o escuchar las nuevas traídas por algún viajero recién llegado.

El hombrecillo, que conocía los recovecos del alcázar como el forro de sus diminutos bolsillos, condujo al monje hasta las habitaciones de la condesa.

Al oír el sonido de los cascabeles del gorrillo del jorobado, la guardia no se inmutó: conocían la libertad con la que se movía Delfín y habían aprendido a evitar cualquier roce con el influyente enano; dejaron, pues, paso franco al menudo personaje en tanto el monje aguardaba en el pasillo junto a la estancia. El enano desapareció tras los espesos cortinajes, que tras la puerta impedían las corrientes de aire y amortiguaban el sonido de las conversaciones, para reaparecer al instante.

—La señora os aguarda, acompañadme.

Con paso firme que denotaba su marcial apostura, Gilbert d'Estruc, el hombre de confianza de Ramón Berenguer, pues no otro era el monje, se adentró en el gabinete privado de Almodis de la Marca, señora de Tolosa.

La condesa, cosa totalmente inusual, aguardaba en pie en medio de la estancia estrujando en sus manos un diminuto pañuelo que denunciaba la desazón con la que había esperado aquel encuentro.

El supuesto monje hincó su rodilla ante la dama.

—Alzaos, señor, he aguardado vuestra llegada con la desazón del náufrago que ve en la lejanía la silueta de la costa. No perdamos el tiempo en vanos protocolos. Seguidme; en mi gabinete estaremos mejor y más seguros.

El monje siguió a la señora admirando su apostura y la osadía con la que había entrado en materia. El hombrecillo estaba a punto de retirarse.

—Delfín, alcanza un escabel y siéntate junto a nosotros. Quiero que estés al tanto de todo lo que yo sepa y espero de tu percepción que captes cualquier matiz que me pase inadvertido.

El enano arrastró con esfuerzo un asiento y se acomodó junto a su señora. Gilbert d'Estruc lo hizo frente a ella.

—He esperado este día desde que vuestro señor partió y estoy dispuesta a todo; decid lo que debo hacer.

—Veréis, señora, voy a relataros punto por punto lo que debéis conocer. Cosas habrá que por vuestra seguridad no os podré explicar y que iréis sabiendo a medida que la trama del plan urdido se vaya cubriendo.

—Si así lo ha determinado vuestro señor, que así sea —cedió Almodis—. Hablad.

—Tenéis el verano para cumplir la parte que os corresponde. En caso de que no podáis prepararos, deberéis decírmelo para que a mi vez pueda retrasar otros asuntos: todo deberá desarrollarse como una cadena en cuya secuencia no puede fallar eslabón alguno. Si no estáis de acuerdo con algún detalle del plan o lo veis como algo imposible, os ruego que no dudéis en comunicármelo.

—Os escucho —dijo Almodis, que apenas conseguía disimular su impaciencia.

—En la fecha que me indiquéis, pasado el verano, deberéis partir, con el séquito más reducido que podáis, a visitar a alguna dama o pariente de un castillo que se halle a más de cincuenta leguas y cuyo camino transcurra por el extenso bosque de Cerignac, que se extiende entre Tolosa y Narbona a la altura de Raveil. Llevaréis poca escolta y os acompañarán las damas que escojáis, que habrán de ser de vuestra absoluta confianza. En el pescante, un cochero; y el postillón irá montado en el caballo guía. En cuanto a la escolta, insisto en este punto, procurad que sea lo menos numerosa posible.

—Y si mi esposo me asigna más soldados de los convenientes, ¿qué debo hacer?

—Todo está previsto, señora. Si tal ocurre, tendréis que lucir vuestras dotes de comediante.

—Si no os explicáis mejor, me cuesta entenderos.

—Veréis, señora. En un punto exacto en medio de la floresta os aguardarán los caballeros de mi señor, emboscados y vestidos como vulgares bandoleros. Dos lazos anularán al cochero y al postillón, y en tanto dos caballeros sujetan las riendas del tronco de caballos, tres más se acercarán a la portezuela de vuestro carruaje y otros varios cortarán la retirada.

Almodis negó con la cabeza.

—Mi escolta peleará hasta la muerte.

—Ahí es donde luciréis vuestras dotes de comediante. Se os sacará violentamente del coche y se os pondrá un cuchillo en el pecho. Si vuestra escolta es inteligente no se moverá creyendo que su señora está en peligro de muerte. Después se desenganchará el tiro de caballos y se les ahuyentará con un par de antorchas. Entonces el grupo partirá con vos, Delfín y las damas que designéis, cuyo número deberéis decirme antes de mi partida. A vuestra escolta se le hará creer que se trata de una partida de bandoleros de los muchos que frecuentan aquellos parajes en busca de un buen rescate. Y en cuanto vuestro esposo reciba la nueva no moverá pieza alguna, aguardando que se le haga llegar el precio de dicho rescate. Intentar enviar hombres tras nuestras huellas será tarea imposible: el suelo es rocoso y la zona está llena de cuevas y escondrijos. Todo ello nos dará el tiempo suficiente para llevar a cabo la segunda parte del plan.

—¿Cuál es esa segunda parte, mi señor?

—No estoy autorizado para revelárosla, pero tened confianza, pues lo más dificultoso ya estará hecho.

—¿Y si la escolta lucha?

—Los caballeros que envía mi señor son lo más granado del condado. Vuestros soldados, entregados desde hace tiempo a la inactividad, entre la guardia de vuestro castillo y las cacerías, no serán enemigo de consideración para el aguerrido grupo que envía mi señor, acostumbrado a pelear en las fronteras del condado, ya contra el moro de Lérida ya contra el de Tortosa. Tened confianza, señora: todo está previsto.

16

Laia Betancourt

Barcelona, mayo de 1052

l palanquín, balanceándose al compás del movimiento de los que portaban sus varas, atravesó el torrente del Cagalell y se introdujo en el recinto amurallado de la ciudad a través de la puerta del Castellnou; desde allí se dirigió, dejando a un lado el *Call* y pasando junto a la catedral, que estaba siempre en obras, a la mansión que poseía Bernat Montcusí junto a la muralla. Dentro de la lujosa litera, una frente a otra, iban dos mujeres: la primera, sentada en el sentido de la marcha, era una muchacha bellamente ataviada, vestida como una mujer mayor, con un sobrepelliz de tonos marfileños que conjugaba perfectamente con su blanca piel; la cabeza tocada con una cofia adornada con pequeñas perlas grises que realzaban sus ojos y que también remataban los escarpines que calzaban sus pies cubiertos por blancas medias. La dama de compañía situada frente a ella tendría unos cuarenta años: era de recia complexión, vestía tonos oscuros y cubría su cabeza un tocado blanco que enmarcaba el óvalo de su arrugado rostro; su mirada era severa y su ademán adusto.

—Laia, me parece que hacéis un drama de cualquier contrariedad. Bien sé que os gustaba aquella esclava que pretendíais comprar para acompañar vuestros ocios, pero vuestro padre ha dado una orden y nos hemos atenido a ella.

—Ama, jamás pido nada ni nada deseo. Bernat no es mi padre,

128

fue el marido de mi madre y ésta ya ha muerto. Si de mí dependiera preferiría vivir en Puigcerdà en casa de mis tíos. Aquí me siento prisionera, no puedo salir, no tengo amigas y mis días transcurren entre estudios y obligaciones que en nada me atañen y que tal vez correspondieran a mi madre, a la que yo no supliré jamás: me paso el tiempo atendiendo a mi padrastro y a gentes mayores que yo... Por eso quería a una esclava joven que me hiciera compañía.

—No os quejéis —reconvino el ama—, don Bernat Montcusí os adora y tiene miedo de perderos. Por eso vela por vos.

Los labios de Laia dibujaron un mohín de contrariedad.

—¡Ya! Cuando le conviene me trata como una mujer, y cuando no, lo hace como si aún fuera una niña. Tengo casi catorce años, no voy a ningún lugar donde acudan jóvenes de mi edad. ¿Cómo queréis que encuentre marido que quiera desposarme?

—No tengáis prisa, niña. Vuestro padre escogerá por vos llegado el momento y lo hará con mucho tiento. Vais a ser la heredera de uno de los patrimonios más importantes del condado y es normal que siendo hija única revoloteen a vuestro alrededor una nube de cazadores de fortuna y aves de variados plumajes. ¿Quién mejor que vuestro padre para cribarlos y tamizarlos a fin de asegurar vuestro porvenir?

—Yo no quiero que nadie me busque marido —contradijo Laia—. Quiero hallarlo por mí misma. No deseo que me quieran por mi fortuna, el dinero no me interesa. El hombre que se case conmigo ha de amarme a mí.

—Además de una niña sois una ingenua: la mujer se debe desde que nace a su padre, y cuando es mayor a su esposo. Éste es nuestro sino desde que nacemos. Consideraos afortunada: vuestro padre proveerá por vos y eso es lo mejor que os puede ocurrir.

Pero Laia no daba su brazo a torcer.

—No tiene derechos sobre mí: es mi padrastro, os lo he repetido mil veces, y jamás se ganó mi afecto cuando era niña.

—No digáis vaciedades: el carácter del señor de Montcusí es adusto con todo el mundo porque es su natural, pero ha hecho por vos todo lo que ha podido y desde siempre.

Era una discusión que ya habían mantenido otras veces, así que Laia decidió cambiar de tema.

—Bien, ama, dejémoslo. La esclava que quería comprar me complacía; ha dicho el subastador que tocaba varios instrumentos y recitaba en varios idiomas, ¿Conocéis el nombre del que ha licitado contra mí?

—Barcelona no es muy grande, Laia, pero ¿acaso pretendéis que sepa el nombre de las casi tres mil almas que habitan en ella?

—Pues haced por enteraros.

—¿Qué pretendéis?

—Quiero comprarle esa esclava.

17

Roma dixit

Barcelona, mayo de 1052

l obispo Guillem de Balsareny llegó a Barcelona con el ánimo alterado. La doble misión que el Santo Padre le había encomendado era en verdad espinosa. Buen conocedor de las flaquezas humanas era consciente de que si el intentar contradecir a un hombre cuando se encelaba era ardua tarea, se convertía en algo imposible si éste además era un príncipe todopoderoso acostumbrado a hacer su real gana, habituado al halago fácil de los cortesanos y a disponer de honras y haciendas. Su séquito se detuvo a las puertas del Palacio Condal y después de encomendarse a María Santísima se dispuso a afrontar su complicada misión.

Al distinguir la enseña de su carruaje y el inconfundible tiro de las cuatro mulas blancas, el oficial formó la guardia, ante la evidente incomodidad del abad. Al punto apareció en la puerta el camarlengo de cámara que aquel día estaba de servicio. El obispo Guillem descendió al punto del carruaje ayudado por el postillón, que se había precipitado a colocar a sus pies una peana para facilitarle el descenso. Ascendió lentamente la escalinata del palacio viejo apoyado en la cruz abacial y, conducido por un paje, fue introducido en la sala de espera del salón del trono en tanto el camarlengo anunciaba su visita. Salió el hombre al punto excusando la espera.

—Señor obispo, de haber sabido que veníais os hubiéramos recibido de inmediato.

—No importa. Si mi hábito no me inspirara la virtud de la paciencia no sería digno de llevarlo.

—El conde ha ordenado que entréis en cuanto haya despachado con el *Comes Consili*. La sesión está a punto de terminar.

El prelado se acomodó en el tapizado banco de los visitantes distinguidos. Al poco el ujier le vino a buscar. Las puertas se abrieron; una voz anunció su entrada y, con paso lento y solemne, siempre apoyado en su báculo, el obispo Guillem de Balsareny atravesó la estancia y se encontró ante Ramón Berenguer I, conde de Barcelona. Llegado a su altura se inclinó respetuosamente sin asomo de servilismo y aguardó, como dictaba el protocolo, a que el conde le dirigiera la palabra.

Ramón Berenguer se dirigió a él en tono eufórico.

—Bienvenido, Guillem. Tomad asiento y decidme, ¿qué oportuna circunstancia ha motivado que abandonéis vuestro retiro de Vic y os adentréis en esta atareada Barcelona que tan incómoda os resulta? Además, parecéis haber adivinado mis deseos, pues era mi intención convocaros en breve.

El obispo, recogiendo el vuelo de su hábito, tomó asiento en el sitial que un paje había acercado y, aprovechando el pie que le daba el conde, respondió:

—No sabéis cuánto me alegro, conde. Espero que esta coincidencia sea augurio de buen entendimiento.

Un imperceptible alzamiento de cejas avisó al prelado de que Berenguer intuía algo y se colocaba a la defensiva.

—Explicaos, Guillem.

El obispo intentó sondear las intenciones del conde con prudencia.

—Algo me dice que no es casualidad la necesidad de mi presencia y vuestra intención de convocarme.

—Ignoro vuestra finalidad; hablad y os diré después si coinciden los intereses de ambos, o más bien difieren, aunque del mismo asunto se trate.

El obispo Guillem se dispuso a iniciar el diálogo sobre el espinoso asunto que le había traído hasta la corte.

—Como gustéis, conde. Ha llegado a oídos de la Santa Madre

Iglesia que estáis a punto de cometer uno de los más grandes dislates que pueda cometer príncipe alguno, cristiano y siervo del Papa.

—¿Cuál es este desafuero al que aludís? —preguntó, displicente, Ramón Berenguer.

—Desde el momento en que no os alarmáis algo me dice que sabéis a qué me refiero.

—Obispo, no nos andemos con subterfugios. Ambos sabemos la historia y mejor será que afrontemos los hechos como hombres de mundo.

—Está bien —dijo el abad, dejando escapar un suspiro—. Era mi intención obrar con prudencia y diplomacia, mas si preferís que vaya directo al grano así lo haré. Se me ha ordenado directamente desde Roma que, como representante del Santo Padre, acuda ante vos y os ruegue que apartéis de vuestra mente la descabellada idea de repudiar a doña Blanca para amancebaros con la esposa actual del conde Ponce de Tolosa.

Pese a que ya esperaba algo semejante, la claridad del prelado sorprendió al conde, que se revolvió colérico.

—¿Qué es lo que induce a Roma a inmiscuirse en asuntos que únicamente a mí me atañen, y más aún hacerlo cuando todavía nada ha sucedido?

La voz del obispo sonó paciente.

—Vos sabéis que sí ha sucedido y que se ha urdido un plan que incluye varias perversiones. Para empezar, el inmerecido repudio de una esposa a la que desposasteis apenas hace un año. Luego, intentar arrebatar la mujer a un conde que tuvo la gentileza de recibiros como huésped en su castillo para terminar amancebándoos con ella, ya que ésta y no otra es la última intención que preside este malhadado asunto.

La voz de Ramón, aunque contenida, tenía un matiz amenazador.

—En primer lugar, debo deciros que creo me corresponde por derecho gobernar por vez primera mi vida en cuanto a mis afectos se refiere. Roma sabe que he sido un súbdito fiel que ha sacrificado gran parte de su juventud en beneficio de la conveniencia política del condado y que ha tenido muy en cuenta los intereses de la Iglesia. He tomado esposa en dos ocasiones a gusto y complacencia de mi abuela, que tan buenos tratos mantiene con Roma. En segundo lugar, Roma no puede conocer mis intenciones por bien informada que esté. Como cualquier príncipe de la cristiandad pretendo que mi matrimonio actual sea anulado, al igual que el de la condesa Almodis, algo que, por cierto, Roma ya ha hecho en su caso en dos ocasiones y que es plato común entre las casas nobles de toda la cristiandad. No creo merecer por parte del Papa un trato menos favorable y discriminatorio.

—Conde, entiendo vuestras razones, pero creo que estáis colocando el carro delante de los bueyes. Respeto que, pese a lo anómalo de la situación, deseéis divorciaros tras tan corto tiempo; nadie sabe lo que acontece tras las paredes de la alcoba nupcial, pero debéis observar las reglas canónicas y aportar al tribunal correspondiente las pruebas o al menos los argumentos para ello. Una vez conseguida la anulación, entendemos que dada vuestra juventud queráis tomar de nuevo esposa; pero entended que el hecho no debe ocasionar menoscabo a la cristiandad dando un ejemplo deleznable e intentando robarle la mujer a otro conde, que por otra parte es fiel súbdito de Roma.

—Mi buen obispo, como buen hombre de Iglesia poco entendéis de pasiones humanas. Podréis tener la teoría de las cosas pero qué poco sabéis del infierno que representa estar enamorado de una mujer y tener que compartir el tálamo con otra.

—Comprendo vuestro problema, pero hace un año no erais precisamente un niño y ante toda la cristiandad aceptasteis un compromiso que implicaba a varias partes. Como hombre y como príncipe no podéis ahora desdeciros del mismo por un capricho que tal vez sea pasajero. Los príncipes gozan de muchos privilegios, pero asimismo adquieren, por serlo, otras responsabilidades de las que carece un hombre del pueblo.

Ramón se engalló.

—¡Roma no se ocupó de mí cuando autorizó mi primer matrimonio siendo yo aún menor de edad! Y, además, ¿qué sabréis vos, Guillem, de caprichos y de pasiones? Me casaron con Elisabet de Barcelona siendo casi púber, hasta el extremo que hasta años des-

134

pués no pude consumar el matrimonio; enviudé, y mi abuela Ermesenda, a la que como sabéis es difícil llevar la contraria, escogió para mí una condesa: Blanca de Ampurias, que jamás me despertó sentimiento alguno. Acepté, más por sus conveniencias políticas que por las mías; a mi abuela le interesaba, como titular regente de Gerona, estar a bien con Ampurias. Yo nada ganaba en el envite y cedí porque nada me importaba, ya que nunca había conocido el verdadero amor. Ahora, y gracias a un bendito viaje del que jamás podré arrepentirme, el dardo de Cupido se me ha clavado en el pecho. Si únicamente hubiera sido yo el herido, tal vez desistiría, pero el caso es que a la condesa de Tolosa y a mí nos asaltó el mismo sentimiento. Os juro que en esta ocasión no voy a renunciar al amor, pese a quien pese.

El obispo mansamente argumentó:

—¿Sois consciente de que os estáis jugando el reino?

—Todos los condados del mundo me jugaría de ser necesario.

—No me refiero a reinos de este mundo, me refiero al reino de los cielos.

—Os voy a decir algo, mi buen Guillem. El señor dijo a Lázaro: «Levántate y anda», ¿no es así? Pues debería haberle dicho: «Levántate y habla». Así nos habríamos podido enterar de dónde está y en qué consiste el reino de los cielos. Los islamitas al menos lo tienen muy claro; a los cristianos no nos han hablado de huríes, ni de prados verdes, y la verdad no me veo sobre una nube entonando salmos. Por el momento he encontrado la gloria junto a la condesa Almodis, y he sabido lo que es el goce supremo en este mundo. Y pese a quien pese, y por inconvenientes y obstáculos que tenga que vencer, decid a quien corresponda que no pienso renunciar a ella —remachó Ramón, consciente de que, mientras mantenían esta entrevista, su fiel caballero Gilbert d'Estruc detallaba a la condesa de Tolosa los planes de su huida.

18

La suerte de los osados

Barcelona, verano de 1052

a actividad de Martí durante aquel período fue incesante. Jamás hubiera imaginado que el hecho de ser rico le ocasionara tal cantidad de problemas. Por supuesto que su riqueza era limitada y relativa, era consciente de que de su esfuerzo y tesón dependería que sus dineros aumentaran o menguaran, pero en comparación a su anterior condición le parecía poseer la fortuna del rey Midas. Continuaba morando en la vivienda del convento que la amabilidad del canónigo Llobet le había proporcionado, pero en su cabeza germinaba la idea de comprar una casa.

De cualquier manera, tras adivinar más que ver el rostro de la muchacha del mercado de esclavos, le costaba infinitamente concentrarse en sus cosas, ya que a cada instante su pensamiento volaba una y otra vez hacia el recuerdo de aquella vaga y apenas intuida presencia. De momento ya conocía su nombre, Laia, y quién era su padre, Bernat Montcusí, uno de los *prohomes* de la ciudad, cuya inmensa fortuna la hacía todavía más inaccesible. Pero eso no era impedimento para que su mente cavilara la manera de poder cruzar unas palabras con ella, y dentro de su cabeza crecía una idea que poco a poco iba tomando cuerpo y que, de ser posible y contando con tener el valor para llevarla a cabo, le acercaría, sin duda, al objeto de sus desvelos. Todo ello le acuciaba a conseguir lo antes posible una casa digna de un hombre que acariciara grandes proyectos y que aspirara a convertirse, mediado el tiempo, en ciudadano de Barcelona.

La urbe progresaba y la laboriosidad de sus habitantes hacía que reventara por las costuras, de manera que el recinto amurallado, al no poder alojar el flujo de gentes que, atraídas por las posibilidades de medro que brindaba el futuro, pretendían instalarse dentro de su perímetro, servía de apoyo a casuchas, barracas y corrales que se apuntalaban en las murallas, de modo que nuevos arrabales se iban arracimando a su vera.

Un vinatero que había enviudado y que no tenía descendencia pretendía vender su casa situada extramuros, en el camino a Sant Pau del Camp. El problema era que el hombre pretendía vender su prensa y asimismo unas viñas de buena tierra que poseía en el término de Magòria, y que más o menos le proveían de la uva indispensable para su negocio. Martí sopesó la circunstancia y dos hechos avalaron y precipitaron su decisión. El primero fue que, atendiendo a una charla de la que fue testigo en La Espiga de Oro, bodegón al que acudía con cierta frecuencia, supo que uno de los molinos situado en los aledaños de las viñas objeto de sus dudas y vacilaciones se vendía a buen precio; y el segundo, el casual descubrimiento de que Omar, el esclavo que había comprado en la Boquería junto a su familia, era un experto en todo lo referente a la traída de aguas y al tema de la canalización y el regadío. Otra sorpresa fue saber que el hombre hablaba varios dialectos del Magreb, así como el latín y una especie de jerga propia de los beduinos del desierto y que asimismo sabía de números y de escritura. Al indagar el motivo de que tales cualidades no se hubieran citado en la subasta, Omar alegó que pensó que mejor convendría así, a fin de lograr que su familia permaneciera unida. El hombre no sabía cómo agradecer el hecho y se esforzaba en el servicio de aquel joven que le atendía como si se tratara de un hombre libre y no un esclavo. Su mujer Naima había parido una hija, de modo que Mohamed, el muchachito que completaba el lote, tenía una hermanita.

La cosa aconteció una mañana en el pórtico de la Pia Almoina, en constantes obras, mientras comentaba con Eudald Llobet sus dudas en tanto que Omar, siempre silencioso, sujetaba a una prudente distancia las bridas de su caballería.

—La cuestión es que la casa me conviene tanto en ubicación como en precio, pero el hombre la quiere vender junto con las viñas, y el motivo no es otro que la tierra. He indagado, y no tiene la suficiente agua para otros cultivos.

—¿Y el molino del que me habéis hablado?

—Dista media legua.

—Perdón, *sayid* —intervino Omar en tono respetuoso—. El agua se puede traer.

Los dos hombres se volvieron hacia el esclavo.

—¿Qué dices? Dista más de media legua y el terreno que separa el molino es de otro propietario.

—Si es por eso, se puede comprar —apuntó Eudald.

—¿Y si el propietario no quiere vender?

—Si el agua se puede traer, se arrienda el uso de paso.

—¿Eso se puede hacer?

—Es completamente legal.

—¿Qué dices tú, Omar? —preguntó Martí.

—Digo, *sayid*, que se puede traer.

Ambos dirigieron la mirada al esclavo.

—Está demasiado lejos. Aun en el supuesto de que comprara el latifundio intermedio, la pérdida por la porosidad del terreno sería excesiva.

—No, si se canaliza debidamente, mi señor. —Omar parecía muy seguro de lo que afirmaba.

—Dejad que se explique, Martí.

El caso fue que Martí Barbany se encontró al mes y medio propietario de una casa junto a la muralla, unas viñas ampliadas por un terreno intermedio de regadío, un molino y una canalización, desde el ingenio a las mismas, hecho con teja árabe curva e invertida y unida con mampostería, a modo de canalillo, y un juego de compuertas manejadas con cadenas, que hacía que a voluntad de Omar, el agua arribara hasta el último rincón del predio.

La casa del vinatero se apoyaba en la muralla; el tejado era a una sola agua, tenía dos alturas en el cuerpo principal y en el primer piso dispuso Martí su vivienda; en los bajos estaba la entrada del establecimiento y el espacio reservado a las botas de roble para almacenar los caldos. La arcada de la puerta central estaba ornada por un remate de piedras desiguales, el suelo era de losas grandes. Al costado derecho de la casa se añadía un patio de tierra limitado por un muro con su correspondiente entrada. A un costado, el brocal de un pozo artesano que suministraba el agua al conjunto, y al otro lado la pequeña estancia donde se alojaban Omar y su familia. A su vera, una cuadra con tres caballerías, un mulo y dos caballos y dos corraleras con animales domésticos, gallinas, conejos; de todo ello se ocupaban el pequeño Mohamed y Naima. Por eso desistió de su primitiva idea de poner una pocilga, conocedor del rechazo y la repugnancia que producen los cerdos a los musulmanes.

Martí bendecía a diario el momento en que decidió hacerse con la propiedad de su esclavo. Era éste diligente, previsor y muy entendido en la labor de las nuevas viñas, así que la cosecha se presentaba espléndida. Por otra parte, a la compra del primer molino sucedió la de tres más, por los que pagó la exorbitante cantidad de setecientos mancusos, y la conducción de agua que Omar había diseñado hasta tal punto fue beneficiosa que mediante un sistema de compuertas pudo vender el codiciado riego a varios convecinos, que le pagaban en metálico circulante o mediante la cesión de parte de sus cosechas.

Martí estaba siempre ocupado. Atendía cualquier pleito que surgiera a propósito del uso del agua; se movía por los corrillos de comerciantes para olfatear nuevas oportunidades de negocio; visitaba a su consejero, el judío Baruj, o se iba a ver al canónigo Llobet, al que acribillaba a preguntas respecto a lo que le convenía hacer para medrar en su obsesiva idea de llegar algún día a ser ciudadano de pleno derecho de aquella ciudad cuyo pulso alteraba el suyo y que desde el primer día había conquistado su corazón.

Habían bajado ambos dando un paseo hasta la vera del mar, la tarde era espléndida y el movimiento de barcas entre las galeras y la playa descargando mercancías que llegaban de los más alejados puertos era incesante. El canónigo, siempre metido entre pergaminos, resmas de papiros y tinta, adoraba aquel inocente esparcimiento de los sábados y, acompañado por el hijo de su difunto amigo, se acercaba a la orilla del Mediterráneo y saturaba su olfato de los variados olores: salitre, brea, cáñamo, y de las más heterogéneas especies, sobre todo en la primavera, charlando, en el ínterin, de las más diversas cuestiones.

—Me decís que estáis satisfecho del cuerpo de casa que habéis adquirido.

—En efecto, Eudald. Ahora lo que me convendría sería hallar un ama de llaves que me aliviara de dirigir las pequeñas tareas domésticas que me restan tiempo para otras cosas y que supiera gobernar a la gente. ¿No conoceríais por un casual a alguien apropiado?

—Dejadme pensar, tal vez tenga a la persona.

—Os escucho.

—Tengo entre mis penitentes a una viuda de grandes prendas pero en precaria situación. Hace tres años su marido, que era cantero, murió aplastado por una gran piedra y su único hijo partió hace un año en una caravana que iba a Berbería y no ha regresado ni se ha sabido más de él.

—¿De qué vive en la actualidad?

—Podríamos decir que malvive de hacer un servicio aquí o allá haciendo faenas sueltas el día que hay suerte y si no la hay, acudiendo para ayudarme a repartir a los menesterosos la sopa de los pobres en la Pia Almoina todos los días y auxiliándome para organizar todo aquello. Es una mujer muy capaz, de una honradez acrisolada, y además tiene dotes de mando.

—¿Cuál es su nombre?

—Caterina. Llegó de una aldea del norte con su padre; aquí conoció a su marido y luego de contraer matrimonio se establecieron en la ciudad. La vida no ha sido fácil para ella y creo que os vendría como anillo al dedo.

—Hablad con ella, y si la adornan la mitad de las virtudes que me habéis anunciado, decidle que ya tiene casa.

De un tema pasaban a otro y las tardes volaban para ambos. Aquel día a Martín le bullía en la cabeza otro tema que quería consultar con su amigo.

—Se me ha ocurrido una idea que de ser factible creo me rendiría grandes beneficios.

—Decidme, ¿cuál es esa idea?

—Veréis, Eudald. Me han dicho que hay muchos bienes de los que adornan las moradas de nuestros ciudadanos más prósperos que éstos sólo pueden adquirir cuando alguna nave genovesa o pisana las trae a nuestras costas, y que a veces lo hacen, no porque son las que ellos buscan, sino porque son las únicas que hay. Pienso que si estos ciudadanos supieran que estas piezas podrían encontrarse en algún lugar de nuestra ciudad no dudarían en hacerse con ellas aquí. Yo, sabiendo qué es lo que más reclaman nuestros clientes, podría comprarlas en su lugar de origen a buen precio y venderlas a uno muy superior, con una excelente ganancia. Ya he hablado de esto con Baruj y él lo aprueba.

—¡Por mis barbas que me asombráis! Vuestro padre fue un guerrero osado, pero vos me estáis resultando un hombre de paz intrépido. No me atrevo a adivinar hasta dónde os conducirá vuestro buen olfato.

—Únicamente me asalta una duda.

—¿Cuál?

—Imagino que habrá alguien en la corte que deberá autorizar un proyecto de tal envergadura, me será difícil llegar hasta él.

El arcediano se acarició la poblada barba.

—Quien debe autorizaros a poner en marcha vuestro propósito es Bernat Montcusí, *prohom* de Barcelona. Creo que ya os he hablado de él en alguna ocasión. Además de ocuparse de todo lo relativo al abastecimiento de la ciudad, es uno de los privados del conde: no es amigo mío, su talante me desagrada, pero tengo con él alguna influencia, acostumbra a acudir a mi confesionario a arreglar sus cuentas con Dios. Descuidad que yo sabré mover los hilos para que lo conozcáis, aunque debo reconocer que es hombre adusto y muy ocupado.

Martí contuvo un instante la respiración e intuyó que el viento del destino soplaba de nuevo hinchando sus velas.

19

El obispo y Ermesenda

Gerona, junio de 1052

El obispo Guillem de Balsareny, sin siquiera desprenderse del polvo del camino, esperaba audiencia en la antesala de la poderosa condesa, regente *in pectore* de Barcelona y Osona, que pese a poder morar en cualquiera de los condados que habían sido de su esposo Ramón Borrell, en la actualidad, de no tener cometido concreto que hacer en algún lugar de sus dominios, prefería vivir en su condado de Gerona.

Había acudido pues a la residencia habitual de la señora, a galope tendido y reventando a las monturas, a fin de ponerla al corriente del delicado asunto que la misiva del papa Víctor II le había encomendado. Los hombres de su escolta, tan agotados como sus cabalgaduras, habían sido recibidos en el puesto de guardia en tanto que sus sirvientes en aquellos momentos recibían las pertinentes atenciones de los criados del castellano.

La condesa Ermesenda tenía por costumbre obligar a hacer antesala durante un tiempo, fuera quien fuese el visitante, dependiendo de la categoría o rango del mismo, a fin de marcar bien las distancias y dejar entrever al recién llegado que iba a ser recibido por la más importante señora de los condados catalanes, y también, caso de ser un embajador que no conociera personalmente, hacerle avanzar lentamente acompañado por un chambelán a lo largo de la roja alfombra para tener tiempo de observarlo durante el trayecto que mediaba desde la puerta de la entrada hasta llegar a su trono.

El salón denominado por ello de «embajadores», donde acostumbraba a recibir a los notables, era una pieza lujosa. Un pequeño trono convenientemente almohadillado presidía la estancia; a la diestra del mismo, una silla curul de tijera donde se sentaría el visitante caso de ser invitado a hacerlo, tapices y panoplias eran las piezas más destacadas del recinto, tres ventanas lobuladas al fondo y a ambos lados sendas chimeneas que en aquel instante estaban apagadas.

Los años y su natural orgulloso la hacían ser consciente de su prosapia, y la altura de su linaje la obligaba a recordar siempre y en cualquier ocasión lo preclaro de su abolengo, del que era extremadamente celosa. Su estirpe se remontaba a los visigodos, pues la Septimania no arrancaba del mismo tronco del que provenían las advenedizas casas de los condados francos. Ella era de aquel país y siempre, aun antes de su boda con Ramón Borrell, su más íntimo yo se inclinaba mucho más hacia los condados catalanes de allende los Pirineos que hacia los vastos y bárbaros condados del norte: su lengua era la de oc. Sus padres, Roger I el Viejo y Adelaida de Gavaldà le habían inculcado el orgullo de pertenecer a la casa de Carcasona al igual que a sus hermanos Benito y Pedro.

Tras una espera no muy prolongada, aunque al eclesiástico se le hizo eterna, la contera de la pica del ujier resonó en el entarimado anunciando la presencia del obispo ante la egregia señora. Se abrieron las dos hojas de la puerta de entrada y el prelado avanzó hacia el trono donde aguardaba la dama cuya fama conseguía que ante su sola presencia se cohibieran propios y se atemorizaran embajadores. Vestía ésta un brial morado ribeteado con dorada pasamanería, de ajustadas mangas, y adornaba sus recogidos cabellos con dos prendedores de oro. El obispo, descubierto tal como indicaba el protocolo y tras una reverencia, se acercó y esperó a que Ermesenda le dirigiera la palabra.

—Y bien, mi buen obispo, ¿qué empresa tan importante os trae por estas tierras y os obliga a abandonar vuestra querida y tranquila diócesis de Vic para llegaros hasta mi persona?

—Señora, es la obligación del cuidado de vuestros asuntos lo que me trae hasta aquí desafiando las incomodidades del camino. Antes he estado en Barcelona llevado por el mismo afán y a fe que cada día me incomoda más esa ciudad: son ya más de quinientos sus fuegos, que no cesan de acudir al reclamo de su fama y de la oportunidad que creen de hacer negocio, feriar y cultivar lo más cerca posible del mercado y en las cercanías del poder. A fe mía que no comprendo a aquellos que pudiendo vivir una vida de sosiego y de paz en el campo se empeñan en gozar de las incomodidades de la gran urbe, cuyo solo olor ofende mi olfato y cuyo vocerío perturba el descanso del alma más templada.

La señora lo observó con cuidado, y viendo el desaliño de su atuendo, comentó:

—En verdad que vuestro asunto debe de ser de suma importancia, ya que creo que no es vuestro natural presentaros ante mí de esta guisa.

Los ojos de Guillem de Balsareny parpadearon levemente, circunstancia que no pasó inadvertida a la condesa.

—Perdonadme, señora, pero es tal mi preocupación que no he atinado a ponerme en camino con suficiente equipaje.

—Entiendo. ¿Y bien? Os escucho.

Sabiendo que los poderosos tienen la mala costumbre de arremeter contra el mensajero que trae malas noticias, el obispo obró con cuidado.

—¡Señora, la misión que me trae hasta vos es penosa y no me atrevo…!

—¡Guillem! Nada se arregla con circunloquios. Explicadme qué es lo que turba hasta tal punto vuestro ánimo que os lleva a adoptar postura tan floja, impropia de vuestro natural digno y prudente.

El prelado recuperó el pulso y a una indicación de la condesa ocupó el sitial que había al lado del trono.

—Veréis, señora, el caso es que hasta mí han llegado tristes noticias que afectan a la seguridad de vuestros dominios y que debéis conocer de primera mano, no por mi capricho sino por indicación del Santo Padre, que es quien me ha encomendado esta misión.

—Me alarmáis, señor obispo. Id al grano, os lo ruego. Cuanto antes me deis cuenta de vuestra encomienda, más tiempo tendré para paliar la desgracia.

Las manos del obispo estrujaban sin piedad su capelo de viaje.

—El caso es, señora, que vuestro nieto, el conde de Barcelona, está a punto de cometer un desafuero de incalculables consecuencias.

Ermesenda le escuchaba sin pestañear.

—Proseguid, padre. Os confieso que me tenéis en vilo, aunque nada ya me puede extrañar de ese insensato.

—Señora, el año pasado vuestro nieto partió hacia tierra de infieles con dos misiones. La primera atañía a los intereses de Barcelona en cuanto a proteger su comercio con las tierras dominadas por turcos e islamitas, y la segunda consistía en dar cumplida información a Su Santidad de cuantas noticias pudieran atañer a la Iglesia, considerando que dada su vecindad, su experiencia en las costumbres e intenciones de estas gentes es indiscutible. Podemos decir que el Papa piensa que sobre este tema vuestro nieto es una autoridad por sus conocimientos y frecuentes tratos con el islam.

Ermesenda se quedó unos instantes pensativa. Luego preguntó:

—Y bien, ¿qué es aquello que tan graves consecuencias puede tener para el porvenir de mis dominios?

—Vuestro nieto se casó como sabéis el pasado invierno con Blanca de Ampurias, enlace que supuso una serie de ventajas para los condados de Barcelona y de Ampurias, y de resultas para el de Gerona, al favorecer una paz ventajosa para todos, dado el intemperante carácter del padre de la desposada, el conde Hugo de Ampurias, y su perniciosa inclinación a provocar conflictos.

El rostro de Ermesenda se tornó impenetrable.

—Imagino que no habréis hecho tan largo camino para comentarme obviedad tan notoria. Bien sabéis que quien promovió este enlace fui yo misma y que, además de mis trabajos, me costó buenos dineros, pues tuve que ceder al conde los terrenos de Ullastret que me pertenecían por herencia de mi esposo y por los que mantuve pleitos con el conde Hugo durante años.

El obispo palideció.

—Por ello, señora, es por lo que lo acontecido tiene gravísimas connotaciones.

—Me estáis importunando, señor obispo, id al fondo de la cuestión y acabemos de una vez.

—Como sabéis no vengo de mi diócesis de Vic, sino de Barcelona, pues por indicación del Santo Padre he intentado arreglar el asunto con vuestro nieto sin tener que recurrir a vos, pero mi intento ha sido baldío.

La voz de la condesa resonó en la estancia.

—¡Basta ya, señor! Estáis acabando con mi sosiego: decidme de una vez qué es lo que ocurre.

El obispo Guillem tragó saliva y se dispuso a afrontar las consecuencias de su misión.

—Señora, vuestro nieto está a punto de repudiar a su esposa, Blanca de Ampurias, para amancebarse con la consorte del conde Ponce de Tolosa a la que, según he sabido de sus labios, está dispuesto a recibir en Barcelona para tomarla, si es necesario, como barragana, caso de que el Papa no anulara su anterior matrimonio.

Las cejas de la condesa Ermesenda se alzaron amenazadoras y una abultada vena, augurio de grandes males como bien sabía el buen obispo, cruzó su frente.

La voz sonó en esta ocasión queda y destemplada como el silbo de un áspid.

—Explicádmelo todo con pelos y señales.

Guillem de Balsareny expuso la situación durante un largo rato y finalmente mostró a Ermesenda de Carcasona la carta del Santo Padre.

La condesa, tras leerla detenidamente, dejó en su regazo la alarmante misiva y se dirigió al desolado prelado, que aguardaba inquieto la decisión de la señora, consciente de su determinación de proteger los condados por ella heredados y que tan ímprobos sacrificios le habían ocasionado a lo largo y ancho de su vida; se había esforzado mucho para mantenerlos unidos frente a la levantisca nobleza y los había preservado intactos, primero para su hijo y después para su nieto.

—¿Qué se habrá creído ese insensato? He sacrificado mi vida

para cumplir los deseos de mi esposo y ahora, ¿qué pretende? ¿Por mor de una pasión inmoral e indecente sacrificar el condado de Barcelona que sin duda se rebelará contra la impudicia que está a punto de cometer? ¿O ceder a las pretensiones del miserable Mir Geribert, que osó proclamarse príncipe de Olèrdola intentando eludir la *potestas* que me era debida por herencia y que sin duda aprovechará la coyuntura para llevar el agua a su molino? ¡Ni en sueños! No os preocupéis, obispo, que yo lidiaré las dificultades con mi vecino de Ampurias y obraré en consecuencia para que el cabeza loca de mi nieto vuelva al redil. Al primero le enviaré recado por mi yerno, Roger de Toëny, que no es santo de mi devoción pero que me es muy útil en estos menesteres, para que sus huestes, que por lo visto se sienten incómodas cuando gozan de un desmesurado descanso, gocen de un peculiar entretenimiento arrasando sus campos y quemando sus cosechas, caso de que no quiera avenirse a una paz honrosa. En cuanto a mi nieto, tendrá noticias mías en cuanto haya hablado con el Papa de este miserable suceso.

—El Santo Padre está en Roma y por cierto me consta que muy ocupado. No creo yo que Su Santidad tenga en proyecto visitaros, condesa.

—No soy tan vieja. Me gustará acudir a Sant'Angelo, y espero que el Papa me reciba con el mismo respeto con el que yo le recibiría. Que yo sepa hay las mismas leguas de Roma a aquí que de aquí a Roma; mis mulas son buenas corredoras y mis naves cruzan veloz y frecuentemente el Mediterráneo.

20

Los trabajos y los días

Barcelona, verano de 1052

artí Barbany había conseguido lo que tanto anhelaba. Estaba citado, por razón de la influencia de Eudald Llobet, en las dependencias donde el regidor de los mercados y consejero de finanzas de Ramón Berenguer I, Bernat Montcusí, despachaba los asuntos pertenecientes a su jurisdicción. Aquellos días el personaje estaba harto ocupado. El *prohom* recibía en una edificación de tres alturas y Martí tuvo conciencia de su importancia al observar la cantidad y el porte de los ciudadanos que pugnaban por obtener una audiencia. Desde el patio de carruajes ascendía una escalera de mármol con balaustres de hierro forjado y pasamanos de madera noble que desembocaba en una galería de soportales a la que se asomaban varias puertas, custodiadas cada una de ellas por un sirviente que tomaba los nombres de las personas que pretendían visitar a los diversos consejeros que allí acudían para tratar asuntos pertinentes a sus negociados. Martí ascendió los peldaños que conducían al primer piso y se dirigió a la penúltima puerta por indicación de Eudald Llobet que, con antelación, había concertado la entrevista. Martí se halló en un salón regiamente ornado, donde diversos grupos de ciudadanos charlaban en tono amistoso mientras esperaban a ser llamados. Su innato instinto curioso le hizo reparar en la circunstancia de que, si bien todos ellos tenían un común denominador, tendían a agruparse por oficios: los comerciantes no se mezclaban con los terratenientes ni éstos con los caballeros. De vez en cuando asomaba por la puerta del fondo un servidor y, a viva voz, convocaba de dos en dos a los presentes; en un principio no dio con el motivo, mas cuando le tocó la vez se hizo cargo al instante de que el tiempo del personaje era demasiado valioso para soportar la menor espera: de esta manera los visitantes aguardaban en su antesala y apenas había salido el primero ya entraba el siguiente. Su compañero de viaje no fue afortunado, ya que al llegar su turno le tocó soportar una reprimenda del subalterno secretario que cribaba las visitas del *prohom*, pues al parecer no llevaba conformado un documento que por lo visto ya se le había exigido anteriormente. A veces, pensó, se debía tener más miramientos con los sirvientes de los poderosos que con los mismos personajes, pues la condición humana hacía que cuanto más humilde fuera un hombre, más necesitado de consideración se manifestara. El ciudadano se retiró sin conseguir su propósito y Martí se esforzó por caer en gracia a tan quisquilloso individuo, y a su algo desabrida pregunta sobre quién era y qué pretendía, respondió:

—Veo que estáis muy ocupado y no quisiera entorpecer vuestros numerosos e importantes cometidos.

El secretario cambió de tono ante el halago.

—Sin duda vuestra pretensión estará bien documentada, pero pierdo lamentablemente mi tiempo en empeños vanos que no son de mi incumbencia. En la primera antesala debieran hacer una criba de los aspirantes a ser recibidos que no reúnan las condiciones requeridas, pero debo hacerla yo, lo que me hace perder un tiempo que necesito para otros menesteres. Las gentes son muy obtusas y mi labor no consiste en repetir una y mil veces cómo se debe presentar una solicitud. Si algún pliego llega a la mesa de mi señor sin estar debidamente conformado y sellado ni que deciros tengo quién sería el amonestado.

—Lo entiendo perfectamente y no voy a abusar ni de vuestro tiempo ni de vuestra probada competencia —prosiguió Martí, viendo que las zalamerías surtían su efecto.

—Estoy seguro de ello, vuestro aspecto lo pregona. Y decidme, ¿cuál es vuestra pretensión?

—Tengo una cita con el *prohom*, consejero de abastos y mercados, Bernat Montcusí. El padre Eudald Llobet ha concertado la entrevista.

El tono y el talante del personajillo se hicieron comedidos y respetuosos.

—¿Me hacéis la merced de vuestro nombre?

—Mi nombre es Martí Barbany.

—Perdonad un instante que consulte en el libro de audiencias.

El bedel manejó un montón de vitelas sujetas por un cordoncillo que se hallaba a su diestra, y con eficiencia y prontitud respondió:

—No teníais por qué esperar turno. Si me hubierais dicho quién sois y de parte de quién venís, no hubierais tenido que aguardar en la antesala. La persona que ha concertado vuestra entrevista es muy querida y respetada en esta casa.

—No tiene importancia, Dios me guarde interrumpir vuestro trabajo.

—Tened la bondad de sentaros. No tardo ni un instante.

El hombre, ufano y engolado, abandonó su sitio tras la mesa y después de una breve reverencia desapareció por la puerta que había a sus espaldas con el aire y la donosura de un senescal. La espera fue muy breve; al poco reapareció el personaje y con voz altisonante anunció:

—Don Bernat Montcusí, ilustrísimo señor consejero de abastos y mercados, os aguarda.

Martí se levantó y sintió al punto un ligero temblor de piernas.

—¿Cuál es vuestra gracia?

—Conrad Brufau.

—No dudéis que no olvidaré vuestro nombre, ni vuestra eficiencia.

El subalterno le invitó a seguirle. Fueron ambos pasillo adelante, y ante una artesonada puerta, el hombre se detuvo; en ella un centinela uniformado apartó su pica y permitió que el ujier se adelantara. El hombre, tras demandar la venia, introdujo a un asustado Martí en la estancia y se retiró.

Cuando la puerta se cerró y en ausencia del consejero, Martí contuvo los acelerados latidos de su corazón y se dispuso a observar.

Era ésta una pieza de contenida pero sobria riqueza. Todo lo que en ella había era de una calidad excelente y, sin embargo, nada pretendía ser ostentoso. Se notaba que la persona que en ella trabajaba estaba acostumbrada a manejarse entre piezas de la mejor factura importadas de lejanos reinos.

Bernat Montcusí era uno de los consejeros íntimos de la casa condal, aupado al cargo por la antigua regente Ermesenda de Carcasona, y se decía que ésta, en tiempos, visitaba su casa. Tenía fama de hombre duro, que sin embargo se rendía fácilmente al halago y era muy amante del brillo del oro. Una gran chimenea apagada que tenía la altura de un hombre presidía la pieza; en la repisa que la ornaba se podían ver objetos de distinta factura de un exquisito gusto. Llamó su atención un inmenso reloj de arena con doce marcas en cada uno de sus husos de vidrio soplado que indicaban las horas del día y de la noche, sujeto en su estrangulamiento por una abrazadera metálica y ésta a su vez fijada al muro, de modo que la persona que cuidara de tal menester pudiera dar, todos los días, el oportuno giro a fin de que la fina arenilla pasara de uno a otro sector. Frente a él había tres bancos de madera tallada revestidos con cómodos almohadones. Las paredes estaban guarnecidas con costosos tapices; a un lado de la estancia y frente a una ancha y redonda balconada, se alzaba una gran mesa de trabajo equipada con todo lo necesario: iluminada por un candelabro de ocho brazos y provista de plumas, tinteros, carpetas y polvos secantes.

Martí se aproximó y su pulso, ya de por sí apresurado, comenzó a galopar. Frente al sitial que presidía la mesa y montada en un pequeño caballete de pintor, se veía un menudo boceto y Martí reconoció al instante la mirada triste de la muchacha de los ojos grises que había presidido sus sueños muchas noches y de nuevo su memoria reprodujo le escena. Eran los mismos que le habían observado intrigados desde el palanquín el día que compró a Omar y a su familia, y por los que había osado pujar por la esclava.

Una voz resonó a sus espaldas.

—Imagino que no habéis venido a examinar dónde trabajo. Si

sois tan amable, sentaos y explicadme el motivo de vuestra visita. Mi tiempo es limitado y si os he recibido sin espera se debe a las recomendaciones de mi confesor, Eudald Llobet, que vertió sobre vuestra persona encomiables opiniones.

Martí giró rápidamente sobre sus talones y se encontró en la presencia de una figura notable. El consejero era un hombre orondo, blanco de carnes, prácticamente sin cuello, ya que su doble papada se apoyaba en el pecho; una orla de pelo circunvalaba su calva y sus ademanes, lentos y solemnes, le indicaban que tomara asiento mientras le observaba atentamente con ojillos taimados y astutos. Martí no daba con las palabras justas para el momento que con tanta desazón había aguardado. Tomó asiento frente al personaje después de que éste hiciera lo propio.

—Bien, joven, si atesoráis la mitad solamente de las virtudes que el arcediano os supone, cosa que dudo, haréis en Barcelona una muy singular carrera.

Martí atinó a hablar.

—Eudald Llobet fue un gran amigo de mi padre y sin duda me trata con benevolencia.

—Conozco bien a vuestro valedor y no es hombre que prodigue lisonjas graciosamente por el recuerdo de una antigua amistad. Pero dejémonos de divagaciones, que el tiempo apremia y solamente podré dedicaros un rato. Ampliadme ese proyecto del que me ha hablado Eudald.

Martí inició sus palabras con voz vacilante, que fueron ganando en contundencia a medida que proseguía en su explicación. Al final, su tono ya no era el de un joven timorato sino el de un adulto que sabía de lo que hablaba. Bernat Montcusí atendió a su disertación con los sagaces ojos semicerrados, con la testa apoyada en el respaldo de su sitial.

—… Así conseguiríamos que el lujo de las viviendas de nuestros ciudadanos más ilustres produzca la admiración a los que nos visitan y dé prestigio a la ciudad.

Y con esta frase dio por cerrada Martí su intervención.

Tras una pausa que le pareció eterna, el consejero habló.

—Exposición brillante la vuestra, a fe mía, debo deciros que me habéis sorprendido: vuestra claridad y concisión son notables. Nuestro común amigo el padre Llobet no ha exagerado en sus apreciaciones al respecto de vuestra persona.

—Me abrumáis, señor.

—Y decidme, ¿cómo creéis que me podré justificar, en el supuesto que os dé los oportunos permisos para abrir vuestro negocio, ante la lluvia de reclamaciones que sin duda me lloverán por parte de los que se sientan perjudicados en los mercados y en las ferias por vuestra competencia?

Martí sonrió, ya que había previsto esta pregunta.

—A los que perjudicaría sobre todo es a los extranjeros. Pienso que no debería negarse el derecho de un vecino a comerciar con lo que mejor le convenga, emplear el beneficio de sus horas como mejor le parezca, amén de que los impuestos que habré de pagar por pasar los fielatos y tener un negocio dentro de las murallas redundarán en beneficio del tesoro.

—Notable, joven, notable. Dejadme que lo piense, y dentro de pocos días tendréis una cabal respuesta a vuestra solicitud. Decid a mi secretario dónde vivís y os prometo que nos volveremos a ver. Creo que mejor sería reunirnos en mi casa y aclarar algunos términos: hay situaciones y circunstancias que preferiría tratar fuera de este despacho. Como comprenderéis, todo tiene un precio, y el intentar llevar a buen fin vuestra iniciativa me costará el trabajo de convencer a algún reacio que otro, enemigo de cualquier novedad, y al que sólo el brillo del oro compensará su disposición natural de oponerse frontalmente a vuestra brillante iniciativa. Este gasto tendrá que salir de vuestra bolsa, pero pensad que es mejor un buen asunto entre varios que la miseria para uno solo: la caridad consiste en compartir con los demás, sobre todo si de ellos depende nuestra buena estrella, los frutos de un negocio.

Martí creyó que su oído le jugaba una mala pasada.

—Me honráis sobremanera, señor, no merezco la distinción de vuestra hospitalidad.

—No os preocupéis, tengo la certeza que en tiempo no muy lejano, no únicamente seréis digno de ella sino que superaréis con creces tal honor.

El ilustre personaje se puso en pie dando por finalizada la entrevista. Martí se despidió, inclinando la cabeza con un medido gesto que indicaba respeto aunque no sumisión. Al retirarse pudo lanzar de refilón una mirada al reloj de arena de la chimenea y se dio cuenta de que uno de los hombres más influyentes de la ciudad le había dedicado más de una hora de su valiosísimo tiempo. A la salida saludó amablemente a Conrad Brufau, que lo miró asombrado al constatar que el ilustre consejero había destinado a aquel visitante más del triple del tiempo que acostumbraba a emplear en despachar a cualquiera que entrara en sus dependencias en demanda de algo. Cuando ya llegaba al pie de la escalera que daba al patio de carruajes Martí Barbany se detuvo un instante; no sabía bien si su entrevista había sido franca y positiva o tenía alguna faceta que por el momento se le escapaba y que le iba a introducir en un juego harto peligroso.

21

El Papa de Roma

rmesenda de Carcasona embarcó en Cadaqués con destino final en Ostia, el puerto de Roma, de paso para el castillo de Sant'Angelo, residencia del pontífice Víctor II. Lo hizo en compañía del obispo Guillem de Balsareny y en una nave de un palo y vela cuadra con bandera del condado de Gerona, cuya navegación tenía justa fama de ser de las más seguras del Mediterráneo. Sabedora de que dicha plaza estaba bajo la influencia de Hugo de Ampurias, al que la intolerable actitud de su nieto, que había repudiado a su hija, había irritado hasta el paroxismo, se hizo acompañar por una mesnada de los normandos de Roger de Toëny cuya sola presencia intimidaría al más osado de los combatientes y que posteriormente habría de acudir a su encuentro en el puerto de Ostia para escoltarla en su periplo por la bota itálica. Llegaron a Cadaqués al amanecer del tercer día y la compañía de normandos se desplegó en herradura para proteger el embarque. Ermesenda y el obispo fueron conducidos a bordo en una chalupa, empujada por la boga de ocho remeros, hasta la nave. La pequeña embarcación se acercó a la más grande; Ermesenda fue ascendida en un inmenso cesto de mimbre hasta la cubierta del barco. Una vez aupada, el artilugio descendió y subió varias veces hasta que el venerable clérigo y las damas de compañía de Ermesenda, que venían en una segunda barca, estuvieron a bordo. La nave se había dis-

155

puesto para que la condesa viuda de Gerona gozase a bordo de las máximas comodidades. El capitán, viejo lobo de mar de experiencia contrastada, le cedió su cabina y colocó a las damas en un compartimiento arreglado junto a la segunda cubierta. Al obispo lo instaló en el castillo de popa, en el camarote del contramaestre, y en el sollado la escolta armada que la acompañaba. La travesía transcurrió sin novedad y al cabo de nueve días la condesa y su séquito arribaban a su destino. La tropa de sus caballeros la aguardaba y el gran normando ya tenía preparadas dos carretas con los correspondientes servidores para conducirla hasta el castillo de Sant'Angelo. El trayecto duró dos jornadas. A la vista de la tremenda fortaleza con sus torres redondas, sus inacabables almenas y sus poderosos merlones, el ánimo de los viajeros se estremeció. No así el de Ermesenda, que observaba imperturbable a su yerno Roger de Toëny y al obispo.

—¿Qué es lo que os acongoja? ¿Acaso turba vuestro ánimo un montón de piedras más o menos grande? Si así es, os diré que cualquier farallón de mis Pirineos es más importante que este castillo, y ha sido hecho por la naturaleza, así que no hay por qué amedrentarse.

Poco tiempo después de que llegaran al castillo y fueran convenientemente alojados, recibieron la noticia de que el Pontífice los recibiría de inmediato.

Ermesenda vistió sus mejores galas sin descuidar detalle alguno: el Santo Padre debía encontrarse ante una mujer poderosa, aunque a la vez humilde y afligida por una tremenda angustia. Escogió para ello un brial ricamente recamado de perlas, de escote cerrado hasta el cuello y de severo color negro; las mangas iban ceñidas a sus brazos y ajustadas a sus muñecas. Presentaba un rostro demacrado, sin una gota de albayalde en sus mejillas. Cuando el bruñido metal del espejo reflejó su imagen, la condesa se sintió altamente satisfecha. Unos golpes discretos sonaron en su puerta.

—Pasad, Guillem.

El obispo apareció ante ella. Su aspecto era el de un hombre realmente acongojado.

—Señora, ¿estáis preparada?

—Evidentemente, obispo. No me he vestido de esta guisa para asistir a un baile de carnaval.

—Pues vamos ya, señora. El protocolo indica que debemos estar en la antesala del camarlengo un tiempo antes de ser recibidos por el Pontífice.

—Aguardad un instante, Guillem.

Un autoritario gesto indicó a una de las damas de compañía que debía clavarle en el pelo un prendedor negro que sujetaba una mantilla de encaje gris que cayó desmayadamente sobre su rostro, como si fuera una cortinilla.

—¿Os parece bien mi atuendo, Guillem?

—Excelente: decoroso y sencillo. El toque final de ocultar vuestro rostro me parece un detalle que denota una modestia y un recato que sin duda serán gratísimos a ojos del Pontífice.

—Y que además me servirá para observar sin ser observada. ¡Qué incauto sois! —Ermesenda ahogó una carcajada irónica—. Claro que en vuestra diócesis de Vic no necesitáis usar estratagemas de alta política. Adelante, estoy lista.

El asombrado religioso partió detrás de la condesa. En la puerta de la cámara les aguardaba un monje y dos guardias: el primero les haría de cicerone y los segundos cautelarían su paso por las dependencias de Sant'Angelo. Pasillos, salones, escaleras sin fin, todas ellas vigiladas por guardias que se turnaban en sus paseos ante las infinitas estancias.

Tras el largo deambular llegaron ante la cámara del cardenal Bilardi, secretario pontificio y camarlengo. El sacerdote acompañante habló unas breves palabras con el oficial que guardaba su puerta y éste, tras consultar con alguien que no estaba a su vista, les introdujo en la salita donde el alto eclesiástico recibía previamente a los visitantes del Pontífice. Pese a estar avisada del lujo que presidía la residencia de los papas, Ermesenda no pudo dejar de admirar los ricos artesonados de los techos, los soberbios tapices que ornaban las paredes y los maravillosos lienzos y esculturas que jalonaban el recorrido.

Después de una breve espera, el camarlengo apareció en la puerta de su despacho, solemne y mayestático, vistiendo una túnica de holgadas mangas, ceñida a la cintura por una ancha faja de terciopelo grana. De su pecho colgaba una cadena de oro provista de un hermoso y trabajado crucifijo. El eclesiástico se adelantó hasta la condesa y el obispo palideció al observar que ésta lo recibía sin alzarse de su asiento, como si estuviera en Gerona recibiendo la pleitesía de un clérigo de poco rango de cualquiera de sus parroquias.

El avezado secretario, haciendo gala de su mejor estilo florentino y como si no se hubiera dado cuenta de la descortesía, entendiendo que procedía de una poderosa condesa catalana que regía de facto aquella complicada tierra, cuyos enrevesados conflictos de poder, marcados por pactos feudales y lazos de parentesco, eran tan difíciles de interpretar, la saludó gentil y caballeroso.

—Mi querida condesa, ignoro las circunstancias que os han obligado a visitarnos, pero celebro que con tal motivo gocemos los romanos de vuestra presencia.

La condesa, misteriosa y solemne, respondió:

—Mi querido Bilardi, hasta hoy solamente os había conocido por referencias a través de las nuevas que me trae de Roma mi buen servidor Guillem de Balsareny. Desde hoy podré afirmar sin desdoro que el camarlengo del Santo Padre es un caballero que no desentonaría como embajador en cualquier cancillería europea.

Ermesenda se había ya apuntado una victoria empleando el viejo subterfugio del halago al que tan sensibles son los hombres, incluidos, cómo no, los que dedican su vida al servicio de la Iglesia. Pero Bilardi se dio cuenta de inmediato.

—Señora, soy consciente de que el ser humano puede subsistir treinta días sin comer, tres sin beber agua y uno sin ser halagado, y esto último también reza para los clérigos cuya gran mayoría, aquí en Roma, peca de vanidades mundanas. Sin embargo, agradezco vuestra cortesía. Pero decidme, condesa, ¿a qué debemos el honor de vuestra visita?

—No quisiera creer que el cardenal camarlengo no está al corriente de los mensajes que el Santo Padre envía a sus feligreses por medio de sus servidores a lo largo de toda la cristiandad.

Guillem parecía descompuesto. Bilardi, el temido y poderoso secretario pontificio, no estaba acostumbrado a aquel lenguaje directo que empleaba Ermesenda.

—Señora, el Papa tiene su forma de actuar en cada momento.

—No creo yo que lleve su correspondencia personalmente. El Pontífice me envió aviso de un suceso de suma gravedad y aquí estoy para arreglar en lo posible el desaguisado. Os rogaría que no me obligarais a explicar dos veces la misma historia y me gustaría que estuvierais presente en la entrevista que está a punto de producirse, ya que vuestro consejo y experiencia pueden ser muy valiosos tanto para el Papa como para esta pobre y angustiada viuda.

Bilardi meditó un momento. Jamás nadie en toda su larga experiencia al servicio del Pontífice se había atrevido a ser tan claro ni concluyente, saltándose los laberínticos ceremoniales y los crípticos mensajes a que tan proclives eran los embajadores de todos los reinos que visitaban al Santo Padre.

—Está bien, condesa, si éste es vuestro deseo… Mi intención era conocer la trama que afecta a Barcelona desde el punto de vista político para exponer al Santo Padre la historia de manera que gañáramos tiempo. Comprended que el Santo Padre acostumbra a despachar en una jornada no menos de veinte visitantes y por ende procuro tener a Su Santidad previamente informado.

Ermesenda no dio su brazo a torcer.

—Monseñor, desde muy pequeña aprendí que nadie como el que la sufre es capaz de explicar la historia. Asimismo me consta que el único capital irrecuperable que tiene el hombre es el tiempo. No os preocupéis, llevadme ante el Vicario de Cristo y dejad que hable con él.

—Que así sea.

Guillem cruzó con el camarlengo una mirada expiatoria pidiendo perdón en nombre de su señora y ambos se dispusieron a comparecer en audiencia privada ante Víctor II.

Bilardi indicó con un autoritario ademán al capitán de la guardia pontificia que no era necesaria su escolta y caminó ante la condesa y el obispo hasta las imponentes puertas que protegían la sala de audiencias.

Tras hacerse anunciar, y apenas el mayordomo de día hubo

pregonado la presencia de los augustos huéspedes, las hojas de las puertas se abrieron y entraron en el magnífico salón los visitantes catalanes.

La distancia que mediaba entre el quicio y el trono era considerable. Ermesenda calculó que sería más o menos el quíntuplo del salón más grande que ella hubiera conocido anteriormente. El trono papal estaba instalado en una plataforma separada del suelo por cinco escalones y bajo un dosel blanco y dorado. Todo ello recordaba al visitante su pequeñez y le invitaba a arrodillarse ante el representante de Cristo en la tierra. Víctor II lucía en todo su esplendor vestido con una inmaculada sotana alba y cubría su cabeza con la tiara papal, que reservaba para recibir a los altos dignatarios de la tierra a fin de recordarles que él era el rey de reyes, el máximo poder establecido y que cualquier poder terrenal estaba bajo su imperio.

Ermesenda ascendió los escalones e inclinó la cabeza ante el Pontífice y el obispo Guillem lo hizo un peldaño por debajo. El Papa les dio a besar su anillo pastoral y, pese a conocer exactamente quiénes eran sus visitantes, permitió que Bilardi hiciera la presentación oficial de los mismos.

Un profundo silencio se hizo en el gran salón, pues el protocolo obligaba a aguardar a que el Santo Padre abriera el diálogo.

La voz del Papa sonó rotunda y sus ecos retumbaron en la inmensa bóveda. Víctor II no era, como Bilardi, un diplomático. Consciente de su poder, podía permitirse ir al fondo del asunto sin perder el tiempo en vanas divagaciones.

—Me alegro de veros, hija querida, y os agradezco la premura con la que habéis acudido a mi reclamo. Nuestro servidor y sin embargo amigo, el obispo De Balsareny, se ha mostrado como siempre competente y eficaz. Hablemos, pues, del delicado asunto que nos concierne y sabed que he recabado vuestro consejo, pues sois la persona más informada en lo concerniente a lo que conviene a aquella querida tierra de Cataluña, tan amada por mí desde el sitio de Barbastro donde, por cierto, este vuestro nieto, que tantos motivos de preocupación nos causa ahora, dio muestras de un valor ejemplar que no se corresponde con la torpeza que ha cometido después. De ser el bastión que guarda a la cristiandad frente al poder sarraceno ha pasado a ser un ejemplo pernicioso que a todos perjudica. Hablad, Ermesenda, y procurad exponer libremente cuanto tengáis en vuestra cabeza sin tener en cuenta ante quien estáis. Sed lo más escueta y clara posible.

La condesa, consumada diplomática y avezada comediante, comenzó con un inmenso suspiro acompañado de un sollozo.

—Calmaos, Ermesenda, estáis ante el pastor que cuida a sus ovejas. Alzad vuestro velo y no lloréis, habéis llegado al final de vuestro camino.

La condesa retiró de su rostro la red de encaje que velaba sus ojos y miró al Papa frente a frente.

—Gracias, Santo Padre, pero cuando una débil mujer ha luchado con todas sus fuerzas para resguardar la única y verdadera fe frente a enemigos poderosísimos, y ve cómo al final de sus días un retoño de su propia sangre pone en riesgo lo conseguido con tantas tribulaciones y trabajos, entonces el desánimo y la angustia se apoderan de su alma y piensa en rendirse.

—Querida hija, sabemos de vuestras luchas y quebrantos, y no consentiremos que tal ocurra. Os enviamos mensaje acerca de las nuevas que recibimos, con el fin de que pudierais comprobar de manera fehaciente nuestras sospechas. Decidme pues qué es lo que está ocurriendo en Barcelona.

—Santidad, si no lo remediáis, viviremos tiempos de locura. Mi nieto Ramón Berenguer ha concebido una pasión infame por una mujer casada, para más escarnio, esposa del conde Ponce de Tolosa, cuestión que podrá traer no pocas y graves consecuencias políticas en la Septimania. Se dispone a vivir en concubinato con ella, para escándalo de sus súbditos y perjuicio de la religión.

—Nada nuevo me decís, pero recalco: lo que me contáis, ¿ya ha sucedido?

—Por el momento y antes de mi partida todavía no. Había ya repudiado a Blanca de Ampurias, dama de grandes cualidades con la que había contraído nupcias apenas ha un año, hija del conde Hugo, vecino de Gerona, con quien durante una eternidad mantuve incontables pleitos. La ofensa ha sido inconmensurable y me ha situado en una posición precaria de por sí insostenible que sé bien querrá aprovechar. Pero aquí no acaban los problemas políticos. Perdonadme que les dedique tanto tiempo, pero el conde Mir Geribert, que tiene la osadía de proclamarse príncipe de Olèrdola, ante la debilidad que tal situación provocará en el condado de Barcelona, se burlará de los derechos de mi otro nieto Sancho Berenguer y se apoderará del Llobregat. Creedme, santidad, que estoy desolada.

Víctor II meditó unos instantes en silencio.

—¿Qué es lo que proponéis, condesa, y qué es lo que puede Roma hacer para aliviar esta situación y defender la cristiandad de vuestras gentes?

—Santo padre, me habéis convocado ante vos, por lo que imagino que esta situación inquieta a la Iglesia. Creo que de vos depende sajar la herida e impedir que esta gangrena lo emponzoñe todo. Vos, paternidad, tenéis el arma capaz de atajar este mal.

—¿Cuál creéis que es esa arma, vos que conocéis tan de cerca a las buenas gentes de Cataluña?

Ermesenda no se arredró y musitó, en voz baja pero firme:

—La excomunión, santo padre.

Víctor II frunció el entrecejo en señal de profunda preocupación.

—No pensaba yo llegar a tanto. Lo que me proponéis es muy grave, condesa.

—Más graves serán sus consecuencias si no obráis con celeridad.

—¿Qué opináis de la propuesta de la condesa de Gerona, Bilardi?

El camarlengo, que estaba a un lado, expectante, respondió en tono moderado y político:

—Si no hubiera otra solución me plantearía la posibilidad, pero es tan grave que tal vez sea peor el remedio que la enfermedad. Creo que es mejor meditar algo más el tema: no es bueno tomar decisiones en caliente.

—¿Y vos, obispo?

Al ser interrogado, Guillem de Balsareny se planteó la disyuntiva de ayudar a la condesa o mostrar un talante más conciliador. Finalmente optó por lo primero.

—Paternidad, no soy yo, pobre sacerdote, la persona adecuada para opinar en asunto de tal trascendencia, pero ya que me preguntáis y como sujeto enterado de las cuestiones de Cataluña, creo que la Iglesia no debe permitir que una ofensa tal ocurra en su jurisdicción. ¿Qué opinarán los súbditos si esa licencia se otorga a los poderosos? ¿Quién no osará repudiar a su mujer si el precio de ese hecho es ínfimo?

Ermesenda aprovechó el apoyo de su obispo.

—Veréis, santo padre: si excomulgáis a mi nieto y a su barragana, otorgaréis a sus súbditos el derecho a la desobediencia, y un príncipe si pierde la *auctoritas* queda desarmado e inerme ante sus enemigos.

—Está bien, condesa. Sea. Guillem, tenedme puntualmente al corriente de cuanto suceda en Barcelona. Si las sospechas que todos abrigamos se cumplen, excomulgaremos a esa pareja de insensatos. Entonces, condesa, cuando todo el poder recaiga en vuestras manos, no olvidéis jamás quién os lo ha otorgado y obrad en consecuencia.

—Pero santidad… —terció Bilardi.

Víctor II respondió.

—No es tiempo de sutilezas, cardenal. Hay demasiadas cosas en juego y la autoridad del Papa puede quedar en entredicho. —Luego se dirigió a Ermesenda—. Si lo que intuís sucede, contad con mi beneplácito y ayuda.

—No dudéis jamás de mi persona. Amén de fiel creyente cumplidora de los mandamientos de la ley, soy persona agradecida.

—Entonces, condesa, id en paz y que Dios os guarde.

—Que Él quede con vos.

Mientras Bilardi se disponía a acompañar a Ermesenda y al obispo a sus habitaciones, la condesa hizo descender sobre su rostro el borde de su velo. Si Guillem hubiera podido ver su semblante hubiera observado cómo una sonrisa triunfal amanecía en sus labios.

22

El bosque de Cerignac

Tolosa, septiembre de 1052

l grupo no era precisamente numeroso. Dos jinetes trotaban delante de un pesado carruaje de cuatro ruedas que en sus portezuelas lucía el escudo del condado tolosano; las bajadas cortinillas de cuero encerado impedían ver el interior y a la vez salvaguardaban a los pasajeros del polvo del camino. De su baste tiraba un tronco de seis caballos; en el pescante había un cochero, látigo en mano, y montado a horcajadas sobre el primer animal, un joven postillón. Tras el carruaje y cubriendo la retaguardia, ocho soldados con lanza y broquel, luciendo asimismo, en las gualdrapas de sus caballos, los colores de Tolosa, y tras el último hombre y en reata, sujeta a su arzón mediante una cuerda, trotaba Hermosa, la yegua de la condesa. Habían dejado atrás el Garona, que bajaba crecido, y llevaban viajando casi todo el día. Habían realizado ya dos cambios de cabalgaduras. El capitán que mandaba la tropa oteaba inquieto el horizonte temiendo que un cielo gris en panza de burro que se cerraba amenazante se abriera de repente para descargar un aguacero que presumía temible. Conociendo el carácter de su ama, no osaba ordenar una parada en busca de refugio, porque la orden que había recibido a la salida era la de atravesar el bosque de Cerignac antes de que oscureciera. Dentro del carruaje se acomodaban la condesa Almodis, el bufón Delfín y Lionor, su primera camarera. La condesa de Tolosa había escogido con sumo cuido a esta última de entre toda su corte, por ser una dama en la que depositaba su plena confianza y que había optado, pese al riesgo que ello acarreaba, por acompañar a su señora y seguir su destino.

—Delfín, creo que el momento ha llegado —susurró Almodis.

El enano se removió, inquieto.

—Ciertamente ama, estamos llegando a la mitad del bosque. Según nos informó el caballero Gilbert d'Estruc, poco ha de faltar para el encuentro. ¿Estáis preparada?

—Desde el lejano día que visitó el castillo el conde, estoy más que dispuesta. Es la espera lo que está acabando conmigo —respondió Almodis con un suspiro.

—¿Creéis que todo saldrá bien, señora? —preguntó Lionor, visiblemente pálida.

Cuando Almodis se disponía a contestar a su camarera, el carruaje crujió sacudido por un frenazo brutal. Un sinfín de juramentos se escucharon en el exterior, seguidos de un batir de cascos. De lo alto de la arboleda habían caído sendos lazos que aprisionaban al cochero y al postillón, prendiéndolos por la cintura, manteniéndolos en vilo sobre el carruaje; la portezuela del lado del camino se abrió de golpe y por ella apareció el rostro ennegrecido de Gilbert d'Estruc, acompañado de otro individuo barbudo y de aspecto peligroso.

Unas breves órdenes los conminaron a descender del carruaje. En cuanto Almodis puso el pie en tierra, supo por la actitud de Gilbert d'Estruc que su escolta estaba dispuesta a defender a su condesa y que por lo tanto se ponía en práctica la segunda opción del plan. Todo sucedió en un instante. El asta de una flecha fue a clavarse en la axila del jefe de los hombres de Tolosa. Un grupo de facinerosos rodeaba a la tropa; los hombres que habían galopado delante del carro estaban desmontados y desarmados. Lionor y Delfín habían descendido y aguardaban a su lado sin atreverse a musitar palabra alguna. De las ramas bajas de los frondosos árboles se descolgaron tres ballesteros con el arma a punto y el carcaj repleto a la espalda. Detrás de Almodis se habían colocado Gilbert d'Estruc y su barbudo compañero: el primero la sujetaba por la cintura y le había colocado una afilada daga en la garganta.

—Como podéis ver, capitán, luchar y resistirse sería un desatino. Creo que vuestro señor podrá pasar un tiempo sin su querida esposa, tal vez incluso le sirva de descanso, antes de desembolsar una cantidad que para él no es nada y que a nosotros nos arreglará el invierno.

Los soldados aguardaban órdenes de su jefe, que sangraba profusamente por la herida de la ballesta en tanto que los atacantes, vestidos todos a cuál más andrajoso, se mantenían alerta atentos a la menor indicación del hombre que amenazaba a Almodis.

—A nada conducirá que intentéis defenderme, capitán —exclamó la condesa con un hilo de voz—. La partida está perdida. Estos malandrines no quieren otra cosa que un rescate… —Al ver que el capitán titubeaba, añadió—: No os preocupéis, en cuanto sea libre diré a mi esposo que he dado yo la orden de rendición. Ahora haced lo que os digan, por Dios bendito.

El soldado aún dudaba.

La voz de D'Estruc sonó autoritaria, aunque preñada de cierta sorna.

—La dama dice bien, capitán. Vuestro honor quedará a salvo, más que si volvéis a Tolosa con el cadáver de la condesa.

El capitán abatió su espada y dio orden a la escolta que hiciera lo mismo.

—Eso está mejor, habéis obrado con prudencia. Hoy la fortuna no os ha sido propicia, pero vuestra actitud ha hecho que exista un mañana y otra nueva oportunidad que en caso contrario no hubierais tenido.

A continuación todo transcurrió con rapidez. Los hombres fueron desmontados, el tronco de caballos desenganchado y espantado mediante el fuego de unas antorchas. En cuanto desaparecieron, arrastrando bridas y cadenas, cada uno de los asaltantes ató al arzón de su silla un caballo de los sorprendidos soldados; luego, tras serles arrebatadas todas las azagayas y las flechas, D'Estruc dio órdenes para que se les respetaran las dagas y las espadas y el cochero y el postillón fueron liberados de sus ataduras.

—Ved que nos portamos como auténticos caballeros y no os dejamos en medio del bosque inermes a merced de cualquier bestia que os pueda salir al paso. Lo único es que el camino se os hará más largo, cosa que nos conviene para tener tiempo de realizar nuestros planes. En fecha próxima, si el conde de Tolosa se porta tan juiciosamente como su capitán, podréis tener la alegría de recibir en el castillo a vuestra condesa.

El capitán de la tropa ni tan siquiera se dignó responder a aquel facineroso, y sujetándose la base del asta que sobresalía de su axila con la otra mano, se dirigió a su señora en tono abatido pero con una nota de orgullo.

—Condesa, de no mediar vuestra orden, sabéis que hubiera muerto por vos. Comunicaré a vuestro esposo el resultado de tan aciaga jornada y aguardaré con ansia la ocasión de devolver el golpe a esa ralea de desalmados.

—Id, capitán, y sabed que vuestra honra quedará indemne. Los acontecimientos decidirán por todos nosotros, no somos más que hojas movidas por el viento del destino —respondió Almodis, intentando mostrar una tristeza que estaba lejos de sentir.

La partida de bandoleros montó en sus respectivos caballos y a la grupa de los equinos de Gilbert d'Estruc, Perelló Alemany y Guillem d'Oló lo hicieron Almodis, su dama Lionor y el pequeño Delfín, al que no le llegaba la túnica al cuerpo. Hermosa iba sujeta a la silla de uno de ellos.

23

Socios peligrosos

Barcelona, septiembre de 1052

a mansión del consejero del conde, Bernat Montcusí, estaba situada en los aledaños del Castellvell. Uno de sus costados se apoyaba en la muralla de la ciudad, de manera que al camino de ronda de la misma se accedía desde su residencia. Su construcción, solidez y altura contrastaba con las de los edificios vecinos, que a su lado parecían casas de labriegos. Constaba de planta y dos pisos, más una galería cubierta por un tejadillo soportado por arcos simétricos. A la entrada se abría un arco que daba a un pequeño patio de armas, provisto de dependencias para la guardia. En la parte posterior, y rodeado por una tapia de piedra ornada por una espesísima enredadera, lucía un jardín poblado de arbustos, parterres frutales y caminos que conducían a un estanque artificial en el que unas carpas saltarinas hacían las delicias de los visitantes. En el ángulo más alejado de la casa, una pérgola cubierta de enramada hacía las veces de comedor de verano cuando la canícula atormentaba la ciudad. Hacia esta mansión encaminó los pasos de su caballo un Martí Barbany que todavía no acababa de creerse la buena estrella que presidía su suerte desde que había pisado Barcelona. Al llegar al portal descabalgó y entregó las riendas de su cabalgadura a un palafrenero que acudió desde el interior a hacerse cargo de ella y que, avisado de que alguien venía a almorzar con su amo, demandó su nombre y condición.

—Soy Martí Barbany y estoy citado con el consejero del conde.

—El muy ilustre Bernat Montcusí os aguarda en la glorieta del jardín. Si sois tan amable y tenéis la gentileza de seguirme…

El criado se adelantó y entró en el patio de carruajes llevando de la brida la montura de Martí y éste, sacudiéndose el polvo de las perneras, siguió tras él. Llegando al arco que delimitaba la entrada de las caballerizas, el hombre entregó el animal a uno de los mozos de cuadra que salió a su encuentro y con un leve gesto indicó al joven que le acompañara. Traspasaron ambos el fresco umbral de la vivienda y entraron en un pasadizo de ladrillo cocido que rodeaba la mansión y desembocaba directamente en el jardín. Allí, su acompañante cedió su cuidado a la atención de un mayordomo sin duda de mayor rango que, tras hacerse cargo de su ligera capa y de su sombrero de felpa, le condujo hacia la glorieta. A medida que avanzaba, Martí observaba con ojos curiosos de hombre de campo aquella maravilla de simétrico vergel. Los sombreados caminos, los regates de agua, los ordenados parterres… Todo requería unos cuidados que únicamente podían prodigar las manos de gentes traídas de otras latitudes y expertas, al igual que su Omar, en el uso del agua.

Sus ojos divisaron al consejero que, sentado bajo el emparrado de la glorieta, soportaba el rigor de la canícula sorbiendo una bebida que le servía de una frasca de cristal veneciano un muchachito que por su tez quizá fuera andalusí, mientras otro de aspecto parecido venteaba suavemente el aire con un inmenso abanico de plumas de marabú.

De nuevo un hormigueo creciente le atenazó las corvas, que cedió sin embargo al ver la ancha sonrisa que asomó a los labios de Bernat Montcusí. El criado desapareció con una inclinación de cabeza y dejó a un atribulado Martí frente al hombre tal vez más influyente en la corte de Ramón Berenguer I, conde de Barcelona, tras el senescal Gualbert Amat, el veguer Olderich de Pellicer y el notario mayor, Guillem de Valderribes.

—Estimado joven, habéis tomado posesión de vuestra casa.

A Martí no dejó de extrañarle la favorable predisposición que intuyó en un hombre tan importante.

—Me hacéis un inmenso honor al permitir que invada vuestra intimidad cual si de un recién llegado y lejano pariente se tratara.

—Sabéis que los amigos del padre Eudald lo son míos, más aún tratándose de alguien que tan favorable opinión merece. Pero tomad asiento, que las normas de la buena crianza no me permiten hacerlo a mí antes que vos y estas viejas piernas se quejan de continuo, maltratadas por la maldita humedad de esta ciudad.

Sin apenas darse cuenta, Martí se encontró situado de igual a igual frente a su poderoso anfitrión.

Tras un prólogo convencional fruto de las elementales normas de cortesía, el consejero entró en materia.

—Bien, querido Martí, he hablado con las personas a las que atañe de alguna manera vuestro proyecto y si salvamos unos inconvenientes que sin duda entenderéis, el consejo es proclive a otorgaros un permiso condicional para comerciar durante un año y que pondrá a prueba vuestras capacidades.

El corazón de Martí comenzó a latir aceleradamente.

—Pero mejor que pasemos al refrigerio. El vino tomado con mesura no hace daño y ayuda a unir voluntades.

Martí creyó entrever una segunda intención en estas últimas palabras.

El consejero se alzó de su sitial y se dirigió a una mesa preparada para dos comensales y dispuesta en el centro de la glorieta. Martí lo siguió al punto sin saber el papel que debía desempeñar durante el ágape, y decidió seguir las pautas que marcara su anfitrión y no adelantar opinión alguna hasta que éste descubriera sus ocultas intenciones. Dos fámulos aparecieron al instante y se colocaron a la espalda de ambos, disponiéndose a acercar los asientos a los comensales. Martí esperó a que su anfitrión lo hiciera y se sentó a continuación. El día era caluroso y el emparrado brindaba un delicioso y perfumado oasis de sombra. La mesa presentaba un aspecto magnífico: los platos eran de fina porcelana y las copas, de vidrio veneciano trabajado en color verde.

La conversación se hizo fácil y al cabo de un poco, a Martí le pareció que el consejero le era mucho más cercano. Sin embargo, su instinto le advertía que aquella muestra de confianza era una argucia del astuto viejo para crear el clima que le conviniera.

El tiempo transcurrió sin sentir y la charla anduvo por mil vericuetos distintos.

A llegar al postre Martí supo que el momento clave de la entrevista había llegado: el consejero e inspector de mercados y de ferias se disponía a aclarar las cosas. Tras despachar a los sirvientes, habló en tono claro y conciso.

—Joven, el otro día en mi despacho me di cuenta de que podéis ser la persona que andaba buscando.

Martí asimilaba y escuchaba, intentando captar todo cuanto dijera para poder ordenarlo después.

—El servicio del conde es muy honroso pero poco productivo, pues me ata las manos de forma tal que numerosas ocasiones que, bien aprovechadas, podrían rendir pingües beneficios, pasan por mi lado y nada me aportan. Sin embargo, si encontrara a la persona indicada y ésta me sirviera lealmente, podría hacerla rica sin menoscabo de mi honra ni mi influencia.

Martí guardaba silencio, pues no quería precipitarse ni en asentir ni en negar.

El otro prosiguió:

—No creáis que es fácil: cualquier miembro de una de las destacadas familias de la corte no me sirve. Esta gente ignora que el fruto del trabajo ennoblece al hombre y toman como desdoro el dedicarse al comercio. Además, mi cargo es codiciado por muchos y, caso de que pudieran, me tenderían una celada para que mi persona cayera en desgracia delante del conde.

Martí optó por aparentar cierta inocencia y preguntó:

—Y ¿qué puedo hacer yo, pobre recién llegado a la corte, para ayudaros en tan estimulante empeño?

—Eso precisamente es lo que más me interesa. Veréis, sois un joven al que aún no conoce nadie; tenéis ambición y la opinión del padre Llobet os avala. No sois ciudadano de Barcelona y cualquier cosa que hagáis que pueda despertar envidia quedará compensada por mi influencia. Creo, por tanto, que el trato os conviene más a vos que a mí.

—Pero, con todo respeto, señor, ¿en qué consistirá dicho trato?

—Es muy fácil: he entendido, tras la charla del primer día, que sois un joven emprendedor y con inquietudes, y que a lo largo del tiempo intentaréis desarrollar cuantas iniciativas creáis oportunas. Pues bien, todas aquellas que requieran de un permiso especial que de mí dependa, ya sea el permiso en sí o la posibilidad de lograrlo de instancias más altas, estarán gravadas por una gabela que irá variando en función de la rentabilidad del negocio.

El pensamiento de Martí trabajaba como un torrente: si se negaba, se indispondría con uno de los más influyentes personajes de la corte; en cambio, si transigía tendría una vía mucho más abierta en cuantos negocios quisiera emprender. Nada le impedía ser socio de nadie, no le quedaba otra salida y se decidió rápidamente.

—No sólo acepto vuestra generosa oferta, sino que os agradezco infinitamente la oportunidad que me brindáis.

—No necesito deciros que nuestro pacto es reservado y que únicamente vos y yo conoceremos el alcance del mismo.

—Lo entiendo perfectamente. No os preocupéis, sé guardar un secreto.

Por vez primera la cara del viejo adquirió un rictus amenazador.

—Si os equivocarais, no soy yo precisamente el que debería preocuparse.

Pero su expresión se distendió enseguida. Se puso en pie y, alzando su copa, invitó a Martí a brindar.

—Por nuestros grandes proyectos y mejores negocios.

Martí imitó a su anfitrión, y las copas se rozaron levemente en un suave brindis.

Tras indicarle que al día siguiente acudiera a su despacho, la charla transcurrió sin más altibajos. Un rato después, el consejero Montcusí se dispuso a acompañarlo a la salida. Habían ya atravesado la zona de los parterres y cuando iban a entrar en el pasadizo de ladrillos a Martí se le paró el pulso: acompañada de una adusta ama y airosa como un cedro del Líbano, avanzaba hacia ellos la muchacha de los ojos grises que apenas había entrevisto en la subasta. Al llegar a su altura el viejo irremediablemente tuvo que presentar a la doncella.

—Mirad, Martí, os presento a mi hija, Laia. Hija, éste es mi nuevo amigo Martí Barbany.

El joven hizo una torpe reverencia y musitó:

—Quedo rendido a vuestros pies, señora.

Las mujeres continuaron su camino y Martí las siguió con la mirada, condición que le impidió observar la que el consejero le dirigió a él con ojos aviesos y taimados.

Bernat Montcusí pasó la tarde encerrado en su despacho. La noche había caído, los criados habían iluminado la estancia con cirios y velones. Su mayordomo le sirvió a petición suya un ligero refrigerio y la servidumbre se retiró a sus aposentos. Ni un solo ruido se oía en el palacete. Bernat Montcusí tomó un candelabro que iluminaba su escritorio y se dirigió a una pieza del segundo piso que permanecía siempre cerrada a cal y canto. Extrajo del bolsillo de su bata una pequeña llave y tras abrir la puerta se introdujo en la estancia. Dejó sobre una mesilla el candelabro y se echó sobre el entarimado. Sus manos tentaron una falsa pieza, que se deslizó sobre una guía bajo la presión de sus dedos. El pequeño agujero que cubría la tablilla quedó al descubierto y el hombre clavó su ojo derecho en él. En aquel momento, Laia se desprendía de sus sayas; luego hizo lo mismo con sus calzas de algodón. La muchacha se quedó un momento ante él en su púber desnudez.

Bernat Montcusí, consejero del conde, llevó la mano izquierda a su entrepierna y comenzó a masturbarse.

24

El embarque de Almodis

Tolosa, septiembre de 1052

a partida salió del bosque de Cerignac al cabo de un tiempo. Gilbert d'Estruc mandó detenerse a la tropa y se dispuso a atender a Almodis en cuantos deseos expresara al respecto de un merecido descanso o un alto en el camino para ocuparse de las urgencias del incómodo viaje para gentes poco acostumbradas a largas cabalgadas. Los semblantes de Lionor, la dama de compañía, y del enano eran un poema: el polvo surcaba sus rostros dejando en ellos regueros de apelmazado sudor.

—Señora, llevamos una gran ventaja aun en el supuesto de que alguien nos hubiera seguido. Si queréis, podemos descansar un rato para que podáis recuperar fuerzas.

—Yo no necesito descanso, aunque mi dama y Delfín tal vez sí. En cuanto se hayan repuesto seguiremos camino. Lo que me urge es llegar pronto a mi destino.

Doña Lionor se acercó a su señora y le habló al oído.

—Señora, me urge hacer un aparte. Mi organismo requiere una parada, la naturaleza tiene sus necesidades… Y creo que a Delfín le ocurre lo mismo.

—Está bien, Gilbert —cedió la condesa de mala gana—, haremos un alto y continuaremos. En tanto mi dama se aparta un poco, os ruego, si es que ya podéis, que me notifiquéis la parte del plan que nos queda por cumplir.

—Ahora ya puedo, señora. El peligro mayor ya ha pasado y es momento de que sepáis todo cuanto ha decidido mi señor. Veréis, dentro de unas pocas leguas llegaremos a una masía fortificada en la que nos aguardan un grupo de caballeros catalanes fieles a nuestro señor conde Ramón Berenguer, que nos escoltarán durante el resto del viaje. Allí descansaréis y os prepararéis para la segunda etapa del itinerario. Mi señor ha considerado el riesgo que representaría atravesar los Pirineos por uno de los desfiladeros de la montaña, ya que son lugares proclives a emboscadas, y ha decidido que lleguéis a Barcelona por mar. Una nave fletada por judíos tortosinos nos aguarda en una de las radas que hay junto a Narbona. Allí embarcaréis oculta en un gran baúl, y en otro lo hará Delfín, cuya figura llama notablemente la atención. Vuestra dama, vestida con hábito de monja, lo hará junto a vos para atender cualquier cosa que se os ofreciera en vuestro escondrijo. No conviene que alguien os reconozca y lleguen noticias a Tolosa antes de lo conveniente. Una vez a bordo gozaréis, dentro de los límites que marca una nave, de cuantas comodidades os han sido hurtadas hasta este momento. Entonces, si el cielo nos es propicio, no tardaréis más de cuatro o cinco días en llegar a Barcelona, donde mi señor os aguarda, consumido por la espera.

—Entonces, buen caballero, no seré yo quien le haga esperar. Soy poco dada a melindres y subterfugios propios de damiselas para hacer valer su condición femenina. Os ruego que me exijáis el mismo esfuerzo que demandéis a vuestros hombres.

—Señora —dijo el caballero D'Estruc con creciente respeto—, creo que en toda mi vida no he conocido dama más esforzada que vos ni más dispuesta a arrostrar peligros propios de soldados.

Doña Lionor y Delfín ya regresaban, cada uno por un lado, de lo más hondo de la floresta, y el grupo se dispuso a proseguir. En esta ocasión habían preparado las cabalgaduras para que Almodis y doña Lionor pudieran montar en sillas laterales, que proporcionaban una comodidad de la que hasta aquel momento habían carecido. La primera lo hizo en Hermosa y la segunda en una mansa yegua, en tanto que Delfín montaba en un caballejo proporcionado a su altura.

Una galera permanecía anclada frente a la rada. La luz de tope brillaba en la punta del palo mayor por encima de la cofa del vigía, y la del fanal de popa titilaba en las tranquilas aguas de la pequeña ensenada. La galera había enviado a la playa dos chalupas dispuestas a hacer cuantos viajes fuera menester entre la nave y la orilla a fin de transportar a bordo todo lo que fuera necesario. A ésta se acercaba un grupo de gentes a pie y a caballo, portando los primeros sendos baúles: uno de considerable tamaño y el otro más reducido. Ni un pescador de los que cosían redes o se afanaban en tareas propias de las gentes de mar, y que estaban a punto de salir en barcas provistas de fanales de mecha para ir a la pesca de cefalópodos, se extrañó de la original comitiva. Nadie curioseaba en la mercancía que se trasegaba desde la costa a las embarcaciones que anclaran en aquellas latitudes, pues siendo aquella ribera costa de contrabandistas no era conveniente meter las narices en negocios que no concernieran directamente a cada uno. No era bueno indagar en demasía, ni importunar embarques que las más de las veces correspondían a gentes poderosas. La comitiva llegó hasta la orilla. Las órdenes las daba un caballero de buen porte cuya voz revelaba autoridad.

—En primer lugar, llevad a bordo el baúl grande, y vos, madre —dijo, refiriéndose a la religiosa que de pie y a un lado aguardaba—, ocupaos de que sea transferido con todo cuidado y alojado en el lugar más seguro de la galera.

Los hombres de pie, ayudados por los remeros y servidores de la chalupa, se afanaron en obedecer y colocaron, no sin gran esfuerzo, el inmenso arcón en la proa de la nave. Los viajes fueron produciéndose sin interrupción y, una vez cargado todo el equipaje, subieron a bordo los seis caballeros de más rango. Los demás tomaron por la brida el resto de las cabalgaduras y desaparecieron de la playa a toda prisa, tal como habían llegado. Gilbert d'Estruc, Bernat de Gurb, Guerau de Cabrera, Perelló Alemany, Guillem de Muntanyola y Guillem d'Oló acompañaron a la que sería su señora dispuestos, si las circunstancias lo requerían, a dar la vida por ella.

25

Proyectos y ambiciones

Barcelona, septiembre de 1052

artí andaba hecho un mar de incertidumbres y perplejidades. Una y otra vez su cabeza devanaba la conversación que había mantenido con Bernat Montcusí, consejero áulico del conde. Aclarar sus dudas requería una elevada dosis de prudencia, pues cualquier desliz que llegara a oídos de tan conspicuo personaje entrañaba un innegable peligro, por lo tanto debía de ser astuto y comedido. Pensó en primer lugar pedir consejo a Eudald Llobet, pero al punto desistió ya que, al ser éste una persona allegada al consejero, cualquier desacuerdo podría acarrear incómodas consecuencias para ambos. Después de mucho meditar, decidió recurrir a Baruj Benvenist, que desde el primer momento le había tratado con mesura y cordialidad. Después de indicar a Caterina, que ya ejercía en su casa las funciones de ama de llaves con celo y pulcritud, que llegaría tarde a cenar, encaminó sus pasos hacia la iglesia de Sant Jaume para desde allí dirigirse hacia el portal de Castellnou y llegarse hasta la morada de Benvenist. Al arribar volvió a admirar la solidez del edificio y la disimulada riqueza de los materiales empleados para levantar aquella casa. Recordando la primera visita que había realizado en compañía de Eudald Llobet, buscó la disimulada cadenilla que accionaba la campana y tiró de ella. Casi al punto el rumor de unos breves pasos fue aumentando y cuando aguardaba que, como la anterior vez, se abriera la mirilla, lo que se abrió fue la puerta y en ella apareció el pícaro y pecoso rostro de una niña que no habría alcanzado todavía la pubertad y que se quedó ante su presencia más sorprendida que él mismo.

—Que Elohim os guarde.

—Que Él esté contigo —respondió Martí—. ¿Está en casa don Baruj Benvenist?

—Mi padre está en su gabinete, pero si tenéis la amabilidad de aguardarlo sin duda os recibirá —explicó la niña, sin dar la menor muestra de timidez—. Mi nombre es Ruth, soy su hija pequeña. Pero pasad, no os quedéis en la puerta.

Martí, divertido ante el desparpajo de la muchacha, se atrevió a añadir:

—El mío es Martí Barbany. No tengo cita previa; he venido al albur de no ser recibido, pero debo tratar con él un asunto urgente. Por favor, consúltalo con tu padre, y si él decide que no procede, aguardaré a verlo en mejor ocasión.

—Mi padre ha hablado de vos en muchas ocasiones y siempre con buenas palabras. Si tenéis la amabilidad de seguirme, haré lo posible para que la espera os sea grata y breve. Venid.

La muchacha aguardó a que Martí atravesara el quicio de la puerta y tras cerrarla le indicó que la siguiera. El joven fue tras la niña sin dejar de admirar la donosura de su paso, la brevedad de su talle y la longitud de sus trenzas. Recorrieron el camino que Martí ya conocía y al llegar a la bifurcación del pasillo cuyo ramal derecho conducía al despacho del judío, la niña tomó la dirección contraria que llevaba directamente al jardín. Los olores transportaron a Martí a su última visita a la mansión de Bernat Montcusí y no pudo impedir el comparar ambos jardines. Sin duda el del *prohom* era mucho más fastuoso, pero el buen gusto, la frescura de los arbustos, la distribución de los árboles y lo singular del pozo de éste eran infinitamente más gratos a los sentidos.

La niña condujo a Martí bajo un frondoso castaño que, al caer la tarde, proyectaba en la hierba una sombra alargada y acogedora. Bajo el inmenso árbol se veían cuatro asientos y un banco rodeando una gran mesa de pino; colgada de una de sus ramas y sostenida por dos cuerdas adornadas con florecillas permanecía quieta la plancha de madera de un columpio.

—Aquí podréis aguardar a mi padre sin que os agobie el calor húmedo de la ciudad. Yo siempre que puedo me vengo aquí: es mi lugar favorito.

A Martí le hizo gracia la actitud de la niña y cuando se disponía a responder que aguardaría al cambista en cualquier lugar, ella se adelantó.

—Os voy a traer una limonada que os refrescará. La hago yo misma, y de paso comunicaré a mi padre que estáis esperándole.

Sin dar tiempo a que Martí pudiera darle las gracias, la muchacha desapareció de su vista con el grácil caminar de una gacela.

Desde la perspectiva del jardín, Martí observó la casa. Desde donde estaba pudo observar la galería que correspondía al despacho del judío y, más allá, dos entradas que supuso corresponderían a habitaciones particulares; a continuación la casa hacía un ángulo y las dependencias subsiguientes deberían ser las cocinas. En este cometido andaba su mente cuando ya regresaba la chiquilla, cargada con una bandeja sobre la que había una frasca colmada de un apetecible líquido amarillo y dos copas.

—Si no os importa, os acompañaré. Siempre es mejor beber en compañía que hacerlo solo.

Al tiempo, colocó en la mesa la bandeja y tomando la frasca, colmó las dos copas de limonada.

—Gracias —dijo Martí con una sonrisa—, eres muy gentil, pero no quiero que pierdas el tiempo conmigo. Cuando he llegado me ha parecido que te ibas a hacer algún recado. Por favor, no hagas cumplidos: yo esperaré a tu padre.

—No os preocupéis, mi recado puede esperar. Bebed y decidme qué os parece mi limonada.

Martí se llevo a los labios la copa y tras probarla halagó justamente a la muchacha.

—Deliciosa y refrescante, como tú.

La niña, con una soltura que no correspondía a su edad, comentó:

—Gracias por vuestro cumplido. Así es como yo creo que deben ser las muchachas si pretenden agradar a alguien. Lo que espera un hombre al llegar a su casa es un poco de paz y sobre todo alegría.

—Créeme si te digo que si practicas lo que dices no tendrás problema alguno en encontrar, cuando llegue el tiempo, un buen marido.

La muchacha ensayó una sonrisa encantadora.

En aquel momento la puerta que correspondía al despacho de Baruj se abrió y apareció en el marco la figura del judío, recogiendo el vuelo de su ropón bajó los escalones que mediaban entre la casa y el jardín. En tanto se aproximaba iba hablando en tono afable:

—Querido amigo, ¿a qué debo el honor de vuestra visita? Mi hija me ha comunicado vuestra presencia y he despachado en cuanto he podido mis diligencias para poder atenderos.

Martí se había puesto en pie y dejando la copa en la mesa se adelantó a su encuentro.

—He estado aguardando en deliciosa compañía. Debo felicitaros: vuestra hija es una encantadora criatura y una atenta anfitriona.

—Gracias por el cumplido; creo que tanto su madre como yo hemos pretendido enseñar las normas de la buena crianza a nuestras tres hijas, aunque a veces me pregunto si son tan bien aprendidas como han sido enseñadas.

La niña aguardaba sonriente. El judío se dirigió a ella.

—Ruth, por lo visto en esta ocasión lo has hecho muy bien. Por una vez y sin que sirva de precedente, estoy orgulloso de ti, aunque no me cabe duda que nuestro huésped ha sido de tu agrado; si no, ya hubieras buscado la excusa para traspasar la misión a alguna de tus hermanas. Ahora, si eres tan amable, despídete y ve adentro. Tu madre te espera.

La chiquilla, con un mohín caprichoso, preguntó a su padre:

—¿Puedo acabarme la limonada en vuestra compañía? Vos siempre me habéis dicho que no es norma de buena crianza dejar que un huésped beba solo.

—Ruth, no me vengas con argucias de mujer. Yo atenderé a nuestro huésped. Trae otra copa y retírate.

Martí observaba la escena divertido en tanto la muchacha tomaba la bandeja con su copa y tras una breve genuflexión se retiraba hacia la puerta de la cocina.

—Sabed excusarme. Nadie conoce la cruz de un padre que buscando al hijo ha traído al mundo a tres mujeres.

—Si sus hermanas son tan encantadoras como esta pequeña, os auguro una vejez dorada.

El judío sacudió la cabeza.

—Tengo mis dudas. La mujer es un espejo de mil facetas y en cada circunstancia y ocasión, a su absoluta conveniencia, muestra una u otra. Hoy le ha ilusionado vuestra compañía: tal vez la habéis tratado como a una mujer y a sus apenas once años, esto ha colmado su felicidad y ha mostrado su cara más amable. Pero ¡ay de mí cuando pretendo enfrentarme a las tres hermanas que, conchabadas con su madre, son más fuertes que yo! Antes de comenzar sé y me consta que tengo la batalla perdida.

En aquel momento regresaba Ruth con la copa para su padre. La dejó en la mesa e insistió:

—¿No permitís que me quede? Estaré callada y aprenderé sin duda muchas cosas. Vos habéis dicho en infinidad de ocasiones que el señor Barbany era un joven inteligente, y su conversación pura delicia.

El judío se dirigió a Martí.

—Ya veis que he hablado bien de vos; pero si así no fuera, esta lenguaraz habría comentado lo contrario sin el menor empacho. —Luego se dirigió a su hija—. Ruth, el señor Barbany ha venido a esta casa para algo concreto, e imagino que sus problemas no son aptos para que una jovencita de once años se entretenga. Hazme el favor de retirarte inmediatamente.

La muchacha no parecía demasiado dispuesta a obedecer, pero en aquel momento llegó hasta ellos una voz de mujer que la llamaba. Ruth, visiblemente contrariada, soltó un suspiro de exasperación y, tras un gracioso mohín, fue a reunirse con su madre, que la esperaba en la puerta.

Los dos hombres se quedaron frente a frente. El judío se sirvió una copa de limonada e invitó a Martí a sentarse.

—Bien, querido amigo, ponedme al corriente del motivo de vuestra visita, que intuyo importante cuando os habéis llegado a esta casa sin antes anunciaros. Veo además que habéis acudido en esta ocasión sin la compañía del padre Llobet, cosa que atribuyo a que son mis oídos los únicos destinatarios de vuestros desasosiegos.

Martí, admirando una vez más la notable perspicacia del cambista, respondió:

—Veréis, mi afecto por el padre Llobet y mi gratitud hacia él han hecho que en esta ocasión requiera vuestro consejo sin comunicarle parte de mis inquietudes. Creo que dada su situación es mejor que no sepa ciertas cosas que os voy a confesar y que a él pudieran comprometerle, caso de ser sabidas por otras personas.

—Entiendo. Soy todo oídos.

Martí se extendió a lo largo de un buen rato y puso al judío en antecedentes de sus intenciones al respecto de sus negocios y la extraña propuesta recibida por parte del consejero del conde. Al finalizar, Baruj, que no le había interrumpido una sola vez, se acarició su larga barba y tras una pausa habló.

—Me pedís un consejo harto complicado. Los de mi raza conocemos muy bien la forma de actuar de ciertos personajes venales, que venden sus influencias y sin cuya aquiescencia es casi imposible prosperar en esta ciudad. Al iniciar cualquier negocio nosotros siempre consideramos que tenemos un socio amagado que se lleva siempre una parte del pastel sin nada hacer ni nada arriesgar. Son como las sanguijuelas. Lo que hay que hacer es usarlos con mesura e inteligencia, pues al igual que estos asquerosos bichejos, si se les utiliza oportunamente pueden rendir beneficios realizando una sangría que os salve la vida; sin embargo, si os excedéis, pueden dejaros sin sangre.

Martí bebía las palabras de aquel hombre sabio. Éste prosiguió:

—En cualquier transacción mercantil, media un contrato a cuyas cláusulas se deben ajustar ambas partes, pero en el trato con estos personajes que, no debéis olvidar, abundan en la corte, no caben papeles, pues como es lógico ellos jamás ponen su rúbrica en documento alguno que les pueda comprometer. Si no les dais su parte, ya podéis hacer el hatillo e iros a otras tierras. Y remotas, muy remotas, pues su largo brazo llega muy lejos...

—Entonces, ¿qué puedo hacer?

—Usadlo cuando os convenga —replicó Baruj con una sonrisa traviesa.

—No os comprendo.

—¿No me decís que deberéis guardar su parte siempre y en cualquier negocio que deba de mediar su firma para su autorización?

—Eso he dicho y en eso he quedado.

—Pues recalcad bien el trato y procurad hacer negocios que no requieran de su visto bueno. Teniendo, eso sí, que darle su parte en otros, de manera que resultéis para él una buena inversión y que comprenda que si os corta las alas perderá unos pingües ingresos. Es decir: que si pretende toda la torta puede perder la tajada que le corresponde.

—¿Insinuáis que debo hacer un doble juego? —preguntó Martí, empezando a entender la propuesta.

—En efecto, enceladlo: que vea que si os permite prosperar en varios frentes, él se llevará su parte en algunos de ellos, pero no en todos. A vuestra discreción dejo que sepáis poner en el anzuelo suficiente carnaza para que os considere rentable y de esta manera os permita moveros sin reclamar parte alguna de los negocios que emprendáis sin su concurso.

—Me admira vuestra sutileza, Baruj. —Los labios de Martí dibujaban una sonrisa franca.

Benvenist hizo un gesto displicente.

—No creáis que es fruto de un día: son largos años los que han enseñado a los de mi raza a navegar por aguas procelosas. Los humanos son como lobos y para subsistir entre ellos hay que seguir las normas de Horacio el romano, que siguiendo el consejo de su maestro Epicuro recomienda la *aurea mediocritas*, es decir, vive lo mejor posible sin despertar la envidia de los demás.

—Y ¿en qué dirección creéis que debo de moverme para hurtarme de su influencia?

—Todo cuanto emprendáis en la ciudad pasa por su jurisdicción de una forma o de otra. Diferente es que os dediquéis al mar y que vuestra principal actividad se desarrolle extramuros: ahí no llega su influencia, pues chocaría con los intereses de los navegantes. Y creedme que el gran dinero, no exento de riesgos, claro, está en la navegación y en la importación de productos de allende los mares, y la autorización para este comercio en todas sus facetas depende del conde.

—Nada sé de ello y no me gusta intentar quimeras. ¿Veis manera de medrar en este campo sin estrellarme al primer intento?

—Podría ser. —El judío titubeó un instante, pero al final se decidió a proseguir—. Los míos están ensayando un tipo de actividad que podríamos estrenar con vos, lo que, si os soy franco, podría convenirnos también a nosotros, pues sin algún cristiano de confianza que sea la cabeza visible del negocio no nos será posible llevar a cabo el proyecto.

—Si tenéis la amabilidad de explicaros... —pidió, intrigado, Martí.

—Veréis. El gran riesgo de la navegación es que la mercancía, el barco o ambas cosas se pierdan. ¿Me seguís?

—Hasta ahí sí. Pero...

—Dejad que continúe. En primer lugar se debería comprar un barco de carga o tener, por lo menos, una tercería en alguno; esto correría de vuestra cuenta aunque yo os pueda asistir. Luego está vuestro tino para elegir la carga y el puerto o puertos en donde se deposite y recoja la mercancía.

—Os sigo, proseguid.

—Vos deberéis adelantaros. El comercio que os propongo no es el que se estila en nuestros días y que consiste en comprar en lugares lejanos y transportar la carga a Barcelona. —Martí escuchaba atento las palabras del judío—. El comercio del futuro consistirá en aprovechar al máximo las condiciones del tiempo y la capacidad de carga de las bodegas de los barcos y estudiar qué es lo que conviene suministrar en cada parada del viaje a las gentes que habiten aquel territorio. Atended: imaginad que os habéis adelantado un año al periplo de vuestra nave y habéis hecho tratos en varios reinos para transportar y a la vez cargar la mercancía que deberéis desembarcar en la siguiente estación. Os pongo un ejemplo: salís de Barcelona y os detenéis en Perpiñán, donde desembarcáis los productos que interesen a esta región y cargáis los que vuestro próximo destino requiera. En Palermo hacéis la misma operación; repetís en Brindisi y acabáis en Ragusa, y al regresar remacháis la operación en Barcelona, portando todo aquello que requiera y pueda comprar la ciudad. De esta manera aprovecháis la capacidad de vuestra nave al máximo, a la ida y a la vuelta, y le habéis sacado a la singladura un rendimiento pleno. No he de deciros que cuando vuestra nave regrese, ya deberéis estar viajando y comprando todos aquellos productos que representarán la carga del siguiente viaje.

Martí no cabía en sí de asombro.

—Pero decidme, señor, ¿qué os impide hacer el negocio vosotros mismos?

—Sería demasiado arriesgado: necesitamos gentes resueltas, de confianza y dispuestas a correr riesgos que por nuestra condición de judíos nos están vetados.

—¿Cuál sería entonces vuestro beneficio?

—Ahora llego. El mar está lleno de peligros, la naturaleza es ingobernable, las tempestades, las excesivas bonanzas, los piratas y los enemigos están al acecho. Nuestro negocio es el siguiente: uno de nuestros asociados os comprará en cada puerto la mercancía que embarquéis, a un precio pactado, y también el barco. Caso de que una tempestad os arruine el viaje, nada perderéis, pues ni la carga ni la nave serán vuestras: la pérdida por tanto será para nosotros.

—No os comprendo.

El judío prosiguió como si no hubiera sido interrumpido.

—Pero en caso de que lleguéis a buen fin, al arribar a puerto volveréis a comprar el barco y la mercancía a un precio superior: el diferencial será nuestro beneficio. Si conseguimos tener varios navíos en el mar, caso de que uno se pierda, los demás compensarán dicha pérdida y a la larga los riesgos serán mínimos. A vos os asegura un beneficio calculado del flete que será vuestro negocio; el nuestro es comerciar con la seguridad de los navíos, lo que con el tiempo nos rendirá ganancias.

—¿Y qué ocurriría si el primer viaje fracasa?

—Somos un pueblo que trabaja pacientemente y sabemos que a la larga este proceder nos dará resultados.

Martí partió de la casa de Benvenist con la cabeza llena de proyectos y habiendo ya calculado con éste cuánto podría invertir de la herencia de su padre para hacerse con la mitad de un barco que cubriera sus expectativas.

26

La travesía

a nave cabeceaba violentamente zarandeada por las olas del temporal, como si fuera un corcho a merced del viento. El mar se había cubierto de blancas crestas de espuma y el plomizo cielo se abría, rasgado por rayos, vomitando una lluvia que impedía la visión de algo que estuviera a más de un palmo de las narices de la aterrorizada tripulación. Nada quedaba en su lugar al haberse roto la eslinga de la estiba. En cubierta, los hombres se esforzaban intentando acondicionar los bultos sueltos que se deslizaban de proa a popa y de babor a estribor sin control alguno, y a la vez cumplir las órdenes del capitán que, desde el castillo de popa, luchaba por que su voz llegara hasta ellos venciendo el ruido infernal de la tempestad, a fin de realizar la maniobra. El piloto permanecía amarrado a la rueda obligando al timón de respeto a luchar con la inercia del barco. La orden había sido clara y terminante. Todo el velamen había sido arriado y sólo el foque de proa permanecía izado. *La Valerosa*, cuyas cuadernas crujían doloridas como el costillar de un inmenso animal herido, intentaba hacer una bordada y, dando la popa al temporal, acercarse a la costa para intentar refugiarse en alguna de las muchas calas que se abrían en aquel litoral. A media maniobra uno de los gruesos cabos que obligaban al barco, mediante un polipasto, a obedecer al gobernalle, se había partido y la galera quedó unos momentos de través. En estas condiciones la maniobra era sumamente arriesgada. El cómitre, gritando como un energúmeno y haciendo restallar su látigo sobre las espaldas de aquella turba de desgraciados, intentaba atender las órdenes del capitán. Los remos de babor batían el mar mientras los de estribor permanecían dentro del agua para ayudar al timón de respeto. La tramontana alzaba montañas de agua y el castigado casco alzaba el mascarón de proa intentando superarlas para a continuación descender hasta la sima de aquel infierno líquido que amenazaba con tragarse aquella cáscara de nuez como si fuera un juguete roto. La nave hundía su proa en el mar, y sin tiempo para recuperarse era barrida de nuevo por la siguiente embestida. La noche, iluminada por relámpagos, mostraba una claridad casi diurna y algo fantasmagórica. El capitán, veterano y oriundo de aquellas latitudes, intentaba en los momentos de claridad y haciendo visera con su diestra para proteger sus ojos de los rociones de mar y lluvia, otear la costa por ver si conseguía intuir la entrada de una de aquellas calas que tan bien conocía desde su niñez, con el fin de resguardar su nave y salvar de esta manera la preciosa mercancía que le habían confiado. Finalmente, su instinto le indicó que había doblado el cabo, pues al punto amainó el empuje de las olas y el maderamen de la nave disminuyó sus crujidos. Todas las miradas de la marinería convergieron en el castillo de popa aliviadas y agradecidas al hombre que por el momento había salvado sus vidas; más aún la de los galeotes que, amarrados de un tobillo a los respectivos bancos mediante cadenas, eran conscientes de que su destino estaba inextricablemente unido a la suerte que corriera el navío. Fueron adentrándose en la rada que ya el capitán había identificado como cala Montjoi, y una vez a cubierto ordenó la boga avante, maniobrando para que el bajel quedara proa a la salida; luego prescribió alzar remos, a la vez que el proel echaba el rezón de proa y soltaba cadena suficiente para que sus zarpas se aferraran al limo del fondo. Cuando comprobó que el hierro no garreaba hizo enrollar los restos destrozados del aparejo principal; afirmó la botavara y observó el estado en que se hallaba la cubierta del barco. Entonces ordenó amarrar los bultos sueltos a los lugares respectivos a fin de asegurar de nuevo la estiba destrozada por la fuerza del temporal.

La noche, allá dentro y protegida la rada por la punta del cabo, se había tornado mansa: el temporal huía por poniente con tanta prisa que se hacía imposible creer que poco antes el bajel hubiera estado a punto de bajar a los infiernos; entonces, después de hacer prender el fanal de popa y ordenar el resto de operaciones que harían que aquel desbarajuste volviera a convertirse en un navío, el capitán descendió la escalerilla que conducía al camarote situado en popa bajo su cabina y con los nudillos golpeó la puertecilla que guardaba la intimidad del pequeño aposento. Una voz sonó queda e interrogante.

—¿Quién es?

—El capitán, señora.

Se oyó un murmullo y finalmente la puerta se abrió.

La pieza era relativamente amplia: a ambos lados había dos catres amarrados con pernos a las respectivas amuras; en medio, una mesilla baja sujeta a la tablazón del suelo; sobre ésta, una ventana de pequeños cristales emplomados en la parte superior de la obra muerta del casco permitía que la luz iluminara la estancia en las horas diurnas y a la vez observar la estela que la nave iba dejando en su avance sobre las aguas. Se apreciaba desde ella el mástil en el que ondeaba el gallardete con el escudo de Barcelona y, firmemente aferrado sobre el codaste, el fanal que alumbraba la popa del bajel y que, junto a la luz de tope que lucía en la punta del palo mayor, indicaba la presencia del navío en las noches cerradas para de esta manera prevenir los posibles percances y choques propios de las atracadas en puntos donde la confluencia de barcos fuera numerosa. Al otro lado de la cámara y junto a la puerta, se hallaban un armario y un cofre inmenso dentro del cual habían subido a bordo a una de las pasajeras y que en aquellos momentos contenía todos sus efectos personales.

A la luz que entraba por el ventanillo el capitán observó a las dos mujeres. El semblante de la dama de compañía evidenciaba el tremendo pánico que había pasado; en cambio el de la condesa, pese a mostrar en su talante las señales de la angustia sufrida, aparecía sereno.

—Al llegar a Barcelona se os sabrá agradecer, capitán, la pericia y la serenidad que habéis mostrado en tan comprometido envite —dijo Almodis con voz amable.

—Creo, señora, que ésta es la obligación de un marino responsable y no he hecho otra cosa que cumplir con ella.

—Vos sabéis que en ocasiones no es fácil y no todo el mundo es capaz de ello.

—Me abrumáis, señora. Conozco bien a quien me confió vuestra custodia, mal podía yo defraudarlo.

—Decidme, capitán, ¿qué ha sido de mis hombres?

—Ha sido un mal trago para todos: si a los hombres de mar el temporal los ha afectado, poco acostumbrados a estar sobre la cubierta de un barco han debido pasarlo muy mal. De cualquier manera, debo deciros que los caballeros de vuestra escolta han demostrado un valor singular.

—Os ruego, capitán, que mandéis llamar a Delfín y al caballero Gilbert d'Estruc.

—Al instante, señora. Si no ordenáis otra cosa espero que descanséis esta noche. Mañana, si Dios lo quiere, llegaremos a Barcelona.

Doña Lionor, la dama de compañía de Almodis, aún no se había recuperado del tremendo susto cuando los nudillos del capitán sonaron en la puerta.

—Adelante —ordenó Almodis.

Don Gilbert d'Estruc se personó ante Almodis gorra en mano y pálido el semblante.

—Perdonad a vuestro secretario: no está en condiciones de levantarse de su camastro, y lo comprendo. Mis hombres también están afectados por el temporal. En cuanto a mí, debo deciros que pese a haber navegado en otras ocasiones jamás había pasado por trance semejante. Por cierto, señora, que os veo poco afectada.

—Señor d'Estruc, en mi situación los problemas que me acucian son demasiado importantes para que un balanceo más o menos fuerte me llegue a turbar.

En aquel instante la voz del vigía instalado en la cofa llegó, distante y sin embargo clara.

—¡Botes a estribor!

Cuando el caballero se precipitó hacia el ventanal de popa para tratar de observar la certeza del anuncio, ya la voz del segundo contramaestre se hacía oír en cubierta.

—¡Todo el mundo a las armas!

De entre la niebla, llegadas desde tierra con la pala de los remos envuelta en arpillera para disimular el chapoteo, aparecieron dos chalupas con más de veinte hombres armados hasta los dientes, cuya actitud presagiaba otro peligro inminente.

Gilbert d'Estruc se hizo cargo al momento del peligro que amenazaba a su señora.

—¡Condesa, no hay tiempo que perder! ¡Resguardaos de nuevo en el baúl y no salgáis hasta que pase el peligro o todos hayamos sido muertos!

—Mi señora, haced lo que os dice el capitán y dejadme vestir vuestras ropas —intervino Lionor, pálida como un cadáver—. Así pensarán que soy yo la dama y podréis ganar tiempo.

Almodis se volvió hacia su dama de compañía con una sonrisa de agradecimiento.

—Gracias, mi dama, has tenido una feliz ocurrencia. Señor, dadme vuestra daga y contadme entre vuestros caballeros.

—Señora, me ponéis en un brete, las disposiciones son…

—Ahora, señor, quien dispone soy yo… ¡Y rápido, que el tiempo apremia! Dádmela, id a cubierta y disponed la defensa de la nave.

Gilbert d'Estruc, después de entregar el puñal que llevaba al cinto a su señora, abandonó la cámara. Sus caballeros, ya recuperados, aguardaban en la puerta de la cabina. Bernat de Gurb, Guerau de Cabrera, Perelló Alemany, Guillem de Muntanyola y Guillem d'Oló pasado ya el efecto del temporal permanecían, espada en mano, aguardando órdenes, dispuestos a entregar su vida por la condesa.

La marinería se había pertrechado para defenderse; en sus manos llevaban hierros, dagas, bicheros, calabrotes y cuantos instrumentos contundentes o cortantes hubieran podido hallar en la nave. Cuando las dos mujeres se quedaron solas, Almodis ordenó:

—¡Vístete con mis mejores galas y colócate al fondo de la cabina! ¡Presto!

Un gran tumulto invadía la nave Los asaltantes se encaramaban por la borda mediante cuerdas lanzadas que mordían cualquier punto de la goleta con los curvos garfios de sus ganchos de abordaje. Almodis, a través de la mirilla de la puerta de su cámara, observaba los acontecimientos. Los hombres de Gilbert d'Estruc se batían sin arredrarse. Pronto se dio cuenta de quién era el que comandaba aquella tropa de facinerosos. Prototipo de piratas, o mejor de bandidos, ya que el ataque provenía de tierra, no de otro bajel. El hombre esgrimía en una mano un alfanje moruno y en la otra una gumía, un parche tapaba uno de sus ojos y un rojo pañuelo cubría su cabeza. La batalla se desencadenaba a todo lo largo del barco y las fuerzas andaban equilibradas. En un momento dado, los avatares de la lucha obligaron a Gilbert y a sus caballeros a desplazarse para defender el castillo de popa, ya que si éste caía en manos de los atacantes la suerte del barco estaba echada. En aquel momento, y viendo que el corsario se acercaba al camarote dispuesto a entrar en él, Almodis ordenó a Lionor:

—Voy a abrir la puerta. Deja que te ataque. Es un mal menor… Y no temas, no te voy a dejar sola en este envite.

Tras este discurso y después de descorrer la tranca, la condesa abrió la tapa del inmenso baúl y se ocultó en su interior sin dejar de observar la cámara a través de las rejillas que habían dispuesto como respiradero. El bandido, con la cimitarra presta, entró en el camarote; cuando vio a una mujer ricamente ataviada al fondo de la cámara, una aviesa sonrisa se dibujó en su torcido rostro. Bien podía representar un suculento rescate, además de la posibilidad de probar unas carnes exquisitas. El facineroso atrancó la puerta, envainó la daga y dejó el sable sobre uno de los lechos; de inmediato se precipitó sobre una aterrada dama que en aquellos momentos entendió que su última hora había llegado. Cuando estaba ya dispuesto a rasgar el brial de la pobre doña Lionor, el rostro del pirata adquirió el pálido tinte de la muerte. Almodis, amparándose en el creciente barullo exterior, había salido del arcón y sin pensárselo dos veces había clavado la daga que le había suministrado Gilbert d'Estruc entre los omóplatos del pirata. Éste se desplomó, aferrado a las ropas de doña Lionor y arrastrándola en su caída.

—Lionor, no es tiempo de desmayos: álzate y alcánzame el sable de abordaje que está tras de ti.

La aterrorizada mujer no sabía lo que pasaba por la cabeza de su ama.

—Pero, señora, ¿qué vais a hacer ahora?

—Aprovechar la ventaja que nos ha deparado el destino. ¡Dámelo! No me hagas perder un tiempo precioso.

La aterrorizada dueña alcanzó el inmenso sable y se lo entregó a su señora.

La condesa lo aferró firmemente y, descargando un terrible mandoble sobre la nuca del caído, desgajó la cabeza del tronco. Un torrente de sangre inundó el camarote, salpicando las ropas de la dama de compañía.

En el exterior la lucha era encarnizada; ninguna de las dos partes conseguía hacerse con la iniciativa del combate. Se luchaba cuerpo a cuerpo en todas las secciones de la nave. Súbitamente un asombrado Gilbert d'Estruc observó cómo la condesa Almodis ascendía por la escalerilla que conducía al castillo de popa portando sujeta por los cabellos la cabeza sangrante del jefe de los asaltantes. Llegando a lo alto se colocó tras la barandilla que separaba el castillete, y en la oscuridad de la noche, alumbrada por el reflejo del fuego que ardía tras ella, como un ser salido de las profundidades del averno, mostró el sangriento despojo y gritó:

—¡Mirad, insensatos, lo que les ocurre a los que osan atacar a la condesa de Barcelona!

Como por ensalmo la lucha se fue deteniendo y al poco se hizo un torvo silencio que abarcó la nave en su totalidad; luego, los gritos victoriosos de los unos contrastaron con los aterrados lamentos de los otros que, viendo a su jefe abatido, se lanzaban al mar. Los que no murieron fueron hechos prisioneros y encerrados en la bodega del barco. Los heridos propios fueron atendidos dentro de las capacidades del momento. Poco a poco se recuperó el orden, se repararon los aparejos y se sustituyeron las rasgadas velas. Para que la castigada nave volviera a ser navegable se necesitó una jornada entera. Apenas se abrió el segundo día, el capitán ordenó poner rumbo a Barcelona. Al atardecer, y cuando ya se divisaban las murallas de la ciudad, un asombrado Gilbert d'Estruc, acodado en la amura de estribor, comentaba con Guillem d'Oló, uno de sus esforzados compañeros que, con la cabeza vendada y un brazo en cabestrillo, había salido con bien de la batalla:

—A fe mía que no he conocido mujer igual. Más valdrá en el futuro tenerla como amiga.

—Se me da que es una mujer desconfiada que difícilmente otorga su amistad a recién conocidos. Creo que su único amigo es el enano que la acompaña.

—Ni tan siquiera; durante el ataque se ha escondido dentro de un barril que había servido para almacenar arenques, y después de pasado el peligro, ha pretendido entrar en la cámara de la condesa. Almodis lo ha expulsado de su presencia con cajas destempladas. «¡Aparta de mi lado, boñiga!», le ha dicho. «¡Vete a vivir a la letrina, maldito, que es el sitio apropiado para alguien como tú!»

27

El negocio está en el mar

Barcelona, otoño de 1052

os ideas fijas asaltaban la mente de Martí e impedían su descanso nocturno. La primera afectaba a sus sentimientos, mientras que la segunda tenía que ver con el porvenir. Pese a tratarse de inquietudes de índole bien distinta, intuía que si daba en el clavo en la segunda su acierto influiría en la primera. Desde la ventana de su dormitorio divisaba el mar, y en las noches de luna se deleitaba oteando el horizonte. La imagen de Laia, la hija de Bernat Montcusí, presidía sus disparatados sueños; la mirada de sus ojos grises parecía querer decirle algo. Martí no era un iluso y comprendía que si pretendía acercarse a ella debía conseguir ser ciudadano de Barcelona y ganarse la consideración de su padre, lo que pasaba por rendir al importante personaje buenos beneficios. Sus asuntos marchaban viento en popa: las viñas de Magòria y sobre todo el arrendamiento de aguas de sus molinos le dejaban cada mes unas saneadas rentas; el desembolso de los setecientos mancusos, cantidad resultante de la compra más la adecuación del sistema de riego, estaba ya amortizado. En cuanto a su establecimiento, ya estaba en marcha y creía que después del invierno rodaría a pleno rendimiento, máxime teniendo en cuenta que se había dedicado a comprar dos inmuebles vecinos a su futuro negocio y que cuando éste abriera sus puertas duplicarían o triplicarían su valor. Pero, desde la conversación con Baruj, algo en su interior le decía que su gran futuro estaba en el mar. La semana anterior había acudido a la casa del cambista y había capitalizado sus tesoros. El conjunto de la herencia de su padre después de los gastos habidos le daba, según Baruj, para adquirir la mitad de una galera y quedarse con un remanente por si alguno de sus negocios necesitaba apuntalarse. La empresa era harto dificultosa, pues no únicamente consistía el asunto en la compra y el acierto de encontrar un socio honrado que le permitiera poner en práctica su proyecto, sino que además era evidente que el barco tendría que ser gobernado por alguien de confianza y buen marino, esforzado y capaz de cumplir los compromisos en el tiempo aproximado, contando con las dificultades y las inclemencias del tiempo. Su tarea consistiría en partir cada temporada con gran antelación para contratar las cargas y las consiguientes compras y ventas a fin de que la nave estuviera siempre en servicio, amén de que cualquier mercancía que llegara más tarde que los competidores perdería parte de su valor. El negocio de armador era muy complejo, pero su ambición, juventud y la ilusión de cumplir un sueño eran un bagaje importante. De las dos ideas que presidían sus insomnios una la puso en marcha la Providencia; la otra, el impulso de su corazón.

Una circunstancia casual le aclaró uno de los pasos y pensó que su padre, desde donde estuviere, guiaba la rueda de su destino. El caso fue que una tarde se dirigió hacia la playa situada a los pies de la montaña de Montjuïc, donde los *mestres d'aixa*, carpinteros de ribera y calafateadores desarrollaban sus tareas construyendo o reparando las naves que luego surcarían los mares. El trabajo que se desarrollaba junto a un panzudo barco llamó su atención, hasta el punto de que su curiosidad le obligó a aproximarse para admirar de cerca aquella faena que tanto le interesaba. La quilla del casco, cuyas cuadernas estaban ya medio cubiertas por tablones de roble, yacía asentada en el carril que cubría el fondo de un agujero alargado cavado en la arena en forma de alberca, que abarcaba desde la roda hasta el codaste y cuyos muros estaban forrados por maderas, a fin de que no se vinieran abajo las paredes de la fosa y así permitir que los operarios realizaran sus faenas apoyando sus escaleras en los laterales de la nave a la altura del resto de la playa. Todo aquel trajín le recordó el incesante ir y venir de las hormigas: allí cada uno iba a su avío sin entorpecer el trabajo de los demás. La silueta de un hombre le resultó vagamente familiar; resaltaba entre un grupo de cordeleros que se dedicaban a retorcer finas hebras para formar gruesos cabos y el caldero de alquitrán puesto en la forja, donde dos hombres con sendas pértigas removían el espeso líquido a fin de que no se solidificara. Martí se acercó al grupo y observó atentamente al individuo.

La imagen de un muchachito desnudo que se chapuzaba en el agua desde las rocas en una de las calas cercanas al golfo de Rosas asaltó sus recuerdos. El hombre llevaba un pañuelo anudado a la cabeza, una barba castaña cubría su mentón y un aro de oro adornaba su oreja derecha; a pesar del tremendo cambio experimentado, Martí reconoció el perfil de su amigo Jofre, que en su niñez tantas y tantas tardes junto a Felet le había acompañado en sus juegos.

Entre dubitativo e ilusionado, Martí se acercó y lo llamó:

—¿Jofre?

El individuo se volvió, y entornando los ojos escudriñó al prójimo que había pronunciado su nombre. Poco a poco una ancha sonrisa fue ocupando su rostro y respondió en el mismo tono.

—¿Martí?

No hubo más diálogo: se precipitaron uno hacia el otro y se fundieron en un fuerte abrazo. Al cabo de un instante se separaron, mirándose intensamente a la cara como si no pudieran creerse tan feliz reencuentro.

Al cabo de un rato se hallaban sentados ante sendas jarras de vino en un figón de la playa apodado El Viejo Tritón. Las palabras se atropellaban entre una catarata de recuerdos y preguntas, y cuando sonaba el rezo de las diez en las campanas de las iglesias cercanas, ante la cantidad de nuevas que uno y otro se iban relatando, decidieron seguir su intercambio de noticias. Martí propuso a Jofre que dejara la pensión en la que se alojaba y se instalara en su casa durante el tiempo que estuviera en Barcelona encargado de la construcción de la nave que Martí había visto en la playa y que pertenecía en parte a su recién reencontrado amigo. Luego, instalado ya Jofre en su casa, al caer la noche y bajo los soportales de la terraza, continuaron poniendo al día sus vidas.

El que en aquellos momentos se explicaba era Jofre.

—Pues verás, yo no tuve tanta suerte como tú y nadie me dejó una herencia. Mi pasión, como bien sabes, siempre fue el mar: la amaba intensamente como se ama a una hembra voluble y caprichosa que te encela al mismo tiempo que te resulta insoportable. Sabes que nunca serás capaz de vivir alejado del sonido de sus olas. Éste ha sido mi sino. Un buen día me despedí de mis gentes y me fui a Rosas, vagabundeé por su puerto durante más de tres meses y malviví cargando y descargando barcos que llegaban de otras latitudes. Ahí acabé de forjar mi vocación: las historias que se oían en las tabernas del puerto, enturbiadas por las libaciones a las que tan dadas son las gentes de mar, encandilaron mi imaginación. Un buen día llegó una nave genovesa cargada hasta los topes; descargar aquella ballena del mar fue un trabajo de varios días. Fuere porque le caí en gracia a su capitán, o porque en mi compañía podía ponerse de vino hasta las trancas, ya que yo, desde la primera noche, cuando se quedaba dormido sobre la mesa del figón, lo acompañaba hasta el barco en una pequeña chalupa que me prestaba un amigo, el caso fue que al cabo de los días me ofreció embarcar en calidad de asistente de mastelero. Ni que decir tengo que el cielo se abrió aquel día sobre mí y empecé mi cortejo con la mar.

Martí escuchaba atentamente las peripecias de su amigo. Éste prosiguió su relato:

—No te voy a aburrir con mi vida a lo largo de estos años e iré a lo que te concierne, según me has contado. Serví en varias naves y recorrí todos los puertos del Mediterráneo, desde las Columnas de Hércules hasta Constantinopla; he pasado peripecias sin fin e incontables peligros. Un día decidí que en la mar es mucho más rentable perseguir que ser perseguido y de liebre pasé a podenco. En una de las últimas travesías recalé en Mahón y allí conocí a Joan Zaforteza, que hacía el corso entre Menorca y Sicilia. La suerte me fue propicia y por una vez la Providencia estuvo de mi parte. Un año después en un encuentro con un navío pisano, mi capitán fue abatido. Lanzamos su cuerpo al agua como es norma según las leyes del mar y la marinería me escogió para mandar la nave hasta el regreso a la isla, como es ley entre los piratas. En este tiempo apresamos dos naves que se dirigían una a Blanes y la otra a Ceuta. Caprichos de la fortuna, el capitán de un barco pirata tiene derecho a quedarse con una parte por cada dos de la tripulación. Volvimos a la mar al cabo de tres meses y el mando ya era mío por derecho. En este peligroso oficio me he mantenido durante algunos años y, tras la última singladura y con suficiente dinero ahorrado para intentar la aventura de ser patrón de mi propio barco, decidí realizar el sueño de mi vida y, como ya te he relatado, me metí en la construcción del barco que has visto en sociedad con la viuda del que fue mi jefe, Joan Zaforteza, en agradecimiento a lo que por mí hizo su marido. El caso es que en su actual situación, la mujer, con cuatro bocas que alimentar, la suya y las de los tres hijos pequeños de su hijo mayor, que se ahogó hace cinco meses en el fragor de una tempestad, no puede aportar más capital, y este mal paso me ha puesto en un brete y al borde de la ruina, ya que si no consigo ponerla a flote antes de la temporada de fletes, la nave que has visto frente a las atarazanas ya no navegará conmigo, pues tendré que vender mi parte y dedicarme a otros menesteres.

Ahora sí supo Martí que su padre desde el más allá le indicaba el camino.

—Dime, ¿cuál es el motivo de la original forma del casco de tu barco?

—Siempre ha estado en mi recuerdo la mercancía que llegué a descargar de la embarcación cuyo capitán me dio mi primer empleo en Rosas, y a lo largo y ancho de los mares me he topado con estas naves infinidad de veces. No hay navío que pueda alojar en su vientre más mercancía que éste, y decidí copiar sus características.

—¿Dices que la viuda quiere vender su parte?

—Irremediablemente, los dineros que dejó su marido ya no fluyen como antes, pues sus gastos han aumentado y los míos ya se han acabado, de manera que cuando la nave esté dispuesta y aparejada surcará los mares con otro propietario.

—Si te parece, Jofre, ése puedo ser yo mismo: si la viuda vende su parte, considérame tu nuevo socio.

Así de sencillo fue todo. Al día siguiente, en presencia de un notario amigo de Baruj, se cerró el trato. Ambos amigos se constituyeron en propietarios de una nave que todavía no había recibido el bautismo del mar. Martí se hizo con dos terceras partes y Jofre con la otra. Sin embargo, este último cumplió su sueño de pisar la cubierta de la nave como dueño y capitán.

28

La llegada a la corte

Barcelona, otoño de 1052

a nave había ya rebasado Iluro y enfilaba el último tramo de su viaje. El bajel navegaba lentamente debido a la sobrecarga y que llevaba amarrada a su popa una de las dos chalupas arrebatada a los asaltantes. En la otra habían huido los que habían podido escapar del descalabro. La marinería trabajaba a destajo para habilitar todo el aparejo posible dentro de la precariedad de la nave, y ésta avanzaba impulsada por los remos de los galeotes y por todo el trapo que pudieran aguantar los mástiles. La condesa Almodis iba instalada a proa, inmóvil, sus cabellos rojos al viento, y oteando el horizonte, como si fuera el mascarón de la nave.

Ramón Berenguer, conde de Barcelona, medía con sus pasos la playa frente a la puerta de Regomir, intentando distraer la espera, consciente, por las señales de fuego y humo, de que *La Valerosa* se acercaba al final de su viaje. Un caballero arribó galopando por la playa a lomos de un veloz corcel cuyos hollares estaban blancos de espuma. Llegado a su altura y sin aguardar que el noble animal detuviera totalmente su paso, saltó junto al conde y le entregó un escrito que portaba en un tubo de cuero que llevaba en bandolera.

—Mi señor, éste ha sido el último parte.

Ramón Berenguer detuvo su paso al igual que lo hicieron los

hombres de su escolta, desplegó nervioso el escrito y comenzór a leer para sí:

Avistada *La Valerosa* a la altura de Arenys, andadura aproximada cinco nudos. La nave viene herida y parece tener alguna dificultad, pero navega por medios propios. A la actual estopada y si el viento no rola, puede estar en Barcelona al atardecer, sobre la hora de vísperas.

La mirada de Ramón repasó de nuevo el escrito y dirigiéndose al veguer, Olderich de Pellicer, exclamó:

—Si todo continúa igual y el viento no calma, llegarán al final del día. Iniciad el plan previsto. Cuando la nave tire el hierro, quiero estar a su lado.

—Recordad, señor, que el obispo Odó de Montcada y el notario mayor Guillem de Valderribes, que han anunciado su presencia, aún no han llegado a la playa.

—Como comprenderéis, Olderich, después de las tribulaciones y duelos que me ha ocasionado este lance, no voy a demorar el encuentro con mi dama porque el obispo, y sospecho que no por casualidad, haya retrasado su presencia. Sé que no debo inmiscuirme en sus cosas y que Roma es la que manda sobre él, pero tampoco él tiene derecho alguno a entrometerse en mis asuntos ni a juzgar mis actos.

—¿Y el notario mayor que ha de dar fe del encuentro? ¿Qué me decís?

—Tenía mis órdenes, y en caso de no llegar a tiempo le acusaré de desacato. Es un súbdito como otro y, aunque distinguido, se halla bajo mi autoridad. Cumplid pues vuestro cometido.

Olderich se separó del conde y se dirigió diligentemente al encuentro del contramaestre de la playa que, junto a la falúa condal, que flotaba mansamente a escasa distancia de la arena, aguardaba las órdenes pertinentes.

Era ésta una embarcación de treinta pies, pintada de azul y plata, servida por doce pares de remos, con la caña del timón a popa y algo alzada, que mostraba a la altura del través y a media eslora una cabina regia forrada con panes de oro, en la que se podían acomodar hasta ocho personas, cómodamente instaladas en regios asientos tapizados de damasco granate y amarillo, los colores del condado de Barcelona. Los bateleros, vistiendo túnicas cortas con los colores de los Berenguer y calzones azules, aguardaban inmóviles en sus respectivos bancos a que el conde y sus distinguidos acompañantes tuvieran a bien subir a bordo. En la orilla misma, y con las calzas arremangadas hasta media pierna, aguardaban los porteadores de las angarillas que por parejas conducirían a los nobles señores hasta la falúa a fin de que no se mojaran los pies.

En ello estaban cuando un grito de júbilo escapó de las gargantas de los presentes cuando la silueta de *La Valerosa* asomó en el horizonte.

Aguardaron un buen rato antes de embarcar.

Realizada la embarazosa maniobra de subir a todo el cortejo en la falúa, los bateleros introdujeron sus remos en la mar y, al ritmo que marcaba el timonel, comenzaron a bogar hacia la boya flotante pintada con los colores condales que mediante una cadena estaba sujeta a una gran piedra que permanecía fija sobre el fondo arenoso. Cuando la falúa llegó al punto de encuentro, la galera estaba echando ya el hierro al fondo. Las embarcaciones quedaron abarloadas y desde la cubierta de la galera lanzaron una escalerilla de cuerda que se deslizó hasta el guardamancebos de la pequeña embarcación. Sin tener en cuenta el protocolo, el conde Ramón Berenguer I de Barcelona se precipitó enloquecido hacia el primer travesaño sin esperar a que un caballero de su escolta sujetara la culebreante escalerilla. Tras él fueron todos los demás. Al llegar a bordo, los caballeros que tantas penalidades habían sufrido por cumplir con su deber de vasallaje dedicaron a su señor una calurosa ovación; los abrazos y los parabienes entre la escolta del conde, que iba ascendiendo desde la falúa, y los recién llegados fueron interminables y efusivos. Gilbert d'Estruc, Perelló Alemany, Bernat de Gurb, Guerau de Cabrera, Guillem de Muntanyola y Guillem d'Oló fueron literalmente estrujados por sus compañeros.

Después de las efusiones y tras abrazar a sus caballeros uno por uno, Ramón Berenguer hizo un aparte con Gilbert d'Estruc.

—¿Dónde está la condesa? —preguntó, con la voz teñida de impaciencia.

—Componiéndose en su cámara para recibiros. Me ha dicho antes de atracar que hasta que su dama os avise, no entréis en su alcoba.

—Entonces, mientras tanto, contadme, mi buen Gilbert.

—Mi señor —respondió éste, cuyo rostro acusaba el cansancio del viaje—, largo y farragoso será el relato. Tiempo habrá para iros dando cuenta de nuestras vicisitudes durante tantas jornadas, pero algo os diré: de no haber sido por el valor y la entereza que ha mostrado la condesa, este grupo de hombres avezados en la lucha y de esforzados marinos tal vez hoy no estaría aquí para contarlo.

—¡Contadme qué pasó, por Dios! Así se me hará más llevadera la espera.

D'Estruc explicó a su señor punto por punto la actuación de Almodis durante el terrible ataque pirata.

—Sin duda puedo afirmar, mi señor, que además de una esposa habéis ganado un esforzado caballero que honrará vuestras huestes.

La puertecilla del camarote se abrió y apareció en ella doña Lionor.

—Mi señor —dijo con una reverencia—, la condesa Almodis os recibirá ahora.

El poderoso soberano de Barcelona se introdujo en la estancia con el talante de un joven que tiene su primer encuentro amoroso.

La pareja estuvo encerrada en la cámara del capitán durante un largo rato. Al anochecer, la chalupa condal, rodeada por las iluminadas barcas de los pescadores repletas de gente, llegaba a la playa donde el pueblo, enterado del hecho, aguardaba paciente para acompañar a su nueva señora hasta enfrente de la iglesia de Sant Jaume. Llevaban cirios y velones, y las ovaciones eran tan fuertes que, después de llegar a palacio, Almodis se vio obligada a salir a saludar a la multitud. La guardia se las vio y se las deseó para controlar con sus alabardas a la enfervorizada muchedumbre.

Una sola persona permanecía ajena al general regocijo de la plebe: Pedro Ramón, primogénito de Ramón Berenguer y de su primera esposa, la difunta Elisabet de Barcelona, observaba, oculto tras un espeso cortinaje y desde un balconcillo lateral del segundo piso, el perfil de la barragana que pretendía usurpar sus derechos y que en aquellos momentos correspondía con la mano alzada a los vítores del populacho.

SEGUNDA PARTE

Tierra y mar

29

Una petición rechazada

Barcelona, 1053

artí decidió aprovechar la coyuntura de que los negocios que de alguna manera compartía con Bernat Montcusí iban viento en popa para osar acercarse al importante personaje con una petición que guardaba una segunda intención en la trastienda de su mente. Tocó la campanilla del saloncito donde acostumbraba a planear sus negocios y al instante compareció Caterina.

—¿No está Omar?

—Ha salido, amo.

—No me llaméis amo, Caterina, que no me agrada; ¿sabéis dónde ha ido?

—Creo que a los molinos, pues lo he visto partir a caballo y si va a una encomienda dentro de los muros de la ciudad, lo hace a pie.

—Está bien, preparadme la túnica azul y las calzas grises, y decid a la cocina que no me esperen.

—Al momento, amo... perdón..., señor.

Al cabo de un rato salía Martín, hecho un brazo de mar, a su comisión.

Conrad Brufau, el secretario cuya voluntad se había ganado desde el primer día, sabía que su jefe siempre recibía a Martí sin necesidad de que éste hiciera antesala.

—Mi señor os recibirá apenas salga de su despacho el intendente general de palacio.

Un noble provinciano que aguardaba ser recibido se atrevió a protestar.

—Eso será después que yo exponga mi queja al consejero de abastos de la ciudad.

Conrad Brufau se encaró con él.

—¿Pretendéis enseñarme mi trabajo?

—Solamente sé que es mi vez y que si el señor quiere entrar será después de mí.

—Si estáis dispuesto a que vuestra pretensión, sea la que sea, termine denegada, entonces entraré en el despacho del consejero y le comunicaré que por encima de su orden se ha impuesto vuestra voluntad y que don Martí Barbany está aguardando. Entonces veréis cómo os despacha con una negativa inmediata y hace pasar a este caballero que tiene la prioridad de acceder ante mi señor apenas se presente. Si así lo preferís, os anunciaré de inmediato.

—Perdonad mi pretensión —murmuró el caballero—. Ignoraba que las órdenes del consejero fueran tales y admito que los asuntos del condado están por encima de las necesidades de un particular.

Martí, que había aprendido a manejarse entre los cortesanos, asistía impertérrito a la discusión que se había establecido entre el visitante y el funcionario.

Brufau partió a anunciar al visitante y el provinciano quedó asombrado cuando observó que el encopetado personaje aparecía en el quicio de la puerta de su gabinete para recibir al recién llegado, que se presentaba ante él llevando una bolsa en bandolera.

A la vez que cerraba la puerta, el consejero tomó a Martí familiarmente por el brazo y le acompañó de esta guisa hasta una de las dos sillas que había frente a su mesa.

—¡Qué agradable sorpresa, querido joven! Tal vez seáis la única persona del condado que en cada ocasión que solicita audiencia me transmite una alegría.

Martí, despojándose de su sobretodo y depositándolo en la silla que quedaba libre, respondió:

—Eso procuro, señor. En primer lugar porque los negocios me dejan poco tiempo para molestaros y en segundo, porque sé y me consta lo escaso del vuestro.

Bernat Montcusí se repantigó en su silla, cruzó las manos y dijo:

—Y bien, os escucho.

En aquel momento Martí tuvo que hacer un esfuerzo sobrehumano para no delatar su zozobra. Sin embargo, la escasa experiencia que tenía hasta el momento le hizo abordar el discurso halagando la avaricia del consejero. Primeramente, se despojó de la bolsa que portaba en bandolera y la depositó sobre la mesa. Ante la mirada interrogante del otro aclaró:

—Aquí tenéis, señor, vuestra parte del pacto que sellé con vos.

Al pronunciar estas palabras, empujó la bolsa hacia el consejero.

—¿Qué es lo que me traéis aquí?

—Vedlo vos mismo.

Montcusí, sin dejar de mirarle a los ojos, desató cuidadosamente las guitas que cerraban la embocadura y abrió con sumo cuidado la bolsa. Martí pudo observar un taimado brillo en sus ojos de zorro.

—¿Qué es esto?

—La porción que os pertenece según lo estipulado.

—Así a bulto, puedo deciros que es mucho más de lo que me corresponde.

—Cierto, mas como debo dejar mis asuntos en manos de personas de mi confianza, pues voy a ausentarme un tiempo, pienso que es de justicia adelantaros la participación que os corresponderá el próximo año; si a mi vuelta fuera más, ajustaré la cuenta, pero en ningún caso deseo que mi ausencia repercuta en vuestra parte.

—¿Debo entender que vais a conocer mundo en el barco que habéis comprado a una viuda mallorquina?

El rostro de Martí acusó el efecto de la noticia.

—No exactamente, la nave aún no está a punto, pero sí, voy a embarcar... ¿Cómo sabéis tal cosa? No he dicho nada a nadie.

—El viento que trae y lleva lo que sucede en Barcelona llega fácilmente a mis oídos.

Martí entendió la sutileza.

—Creo que el ayudar a un amigo de la infancia que estaba en un mal paso no compete a nadie, amén de que el padre Llobet predica siempre que lo que hace la mano derecha no debe conocerlo la izquierda —afirmó Martí.

—Evangélica respuesta.

—Pues sí, quiero conocer mundo y mejor ocasión no se me va a presentar. Los negocios marchan viento en popa, en el condado reina la paz y tengo a las personas adecuadas para cuidar de mis asuntos.

—Querréis decir nuestros —corrigió Montcusí con una débil sonrisa.

—Por supuesto. Ya veis que os entrego por adelantado los ingresos que todavía no se han producido.

—Y decidme, ya que en parte me concierne, ¿quiénes son estas personas?

—Mi esclavo Omar, que es ducho en todo aquello que concierne al *agri.** El mismo padre Llobet, que cautelará mis dineros, y un competente *dayan* del *Call,* avispado hombre de negocios, que velará por las compras y las ventas de nuestro mercado.

—Lo conozco bien y me complace vuestra elección. Por lo que a mí respecta, me satisface que dejéis nuestro asunto en manos de Baruj Benvenist, pero entended que no admitiré que se refiera a mi persona para nada: si no es con mi físico no quiero tratar con judío alguno.

A Martí no le extrañó que el consejero de abastos conociera la identidad del judío y se apresuró a replicar:

—Por eso os he liquidado los posibles beneficios antes de mi partida, y sabed que asimismo, por si algo me sucediera, he dispuesto en mi testamento que el padre Llobet, el albacea, os entregue la parte que os correspondiera.

—Sabia medida.

Martí supo que en aquel instante iba a poner en juego su futuro.

—Y bien, joven, ¿cuándo pensáis partir?

* El *agri* y el *campi* eran nombres de extensos cultivos.

212

—Dentro de unos meses.

El consejero se dispuso a levantarse de la silla.

—Está bien, si no necesitáis nada más de mi persona...

A Martí se le subió el corazón a la boca.

—Veréis, señor. Se me había ocurrido que dado que me habéis honrado con vuestra confianza y he tenido el honor de comer en vuestra casa varias veces, me gustaría corresponder a tanta gentileza haciendo llegar a vuestra hija una muestra de mi más rendida admiración y respeto.

El rostro del consejero cambió ligeramente.

—Os escucho.

—La primera vez que mis ojos vieron a vuestra hija no fue en vuestra mansión.

—¿Dónde pues? —preguntó Montcusí, cuyo tono dejaba entrever una mezcla de desconfianza y curiosidad.

—Hace ya tiempo, en el mercado de esclavos al que acudí para proveerme de servicio.

—¿Y bien?

—Pues aquel día me encapriché de una musulmana, una excelente cantante que ha alegrado muchas de mis veladas a lo largo del verano.

—¿Y qué tiene eso que ver con nosotros?

—El caso es que vuestra hija pujó contra mí en aquella ocasión, pues también quería a Aixa, que así se llama, pero al fin fui yo el que se hizo con ella.

—Proseguid.

—He pensado que como voy a estar ausente mucho tiempo y como prenda de gratitud a vuestra persona, me placería sobremanera que Aixa alegrara las veladas de vuestra hija, ya que a mí no va a poder rendirme sus servicios durante mucho tiempo y es una pena que cualidades tan excepcionales, que como veréis son muchas, se desperdicien neciamente.

La pausa que hizo Bernat Montcusí pareció durar una eternidad. Luego habló claro y despacio:

—Mi querido joven. Me rentáis grandes beneficios y me agradaría que nuestra relación fuera plácida y duradera. Si así lo entendéis será mucho mejor para los dos. Mi hija, que debo deciros es mi hijastra, pues me casé con su madre siendo ésta viuda, se ha constituido, al faltarme ésta, en el centro de mi vida. Cierto es que un día u otro deberá tomar esposo si es que no quiere entrar de novicia en un convento, cosa que por otra parte me colmaría de gozo. El hecho de aceptar vuestro ofrecimiento no quiere decir que os dé la menor esperanza de llegar a representar algo para ella. Sois un joven al que adornan las mejores prendas, pero no sois ciudadano de la ciudad. Quiero que entendáis que en tanto no consigáis la ciudadanía en Barcelona, cosa harto complicada, no podréis aspirar a su mano. ¿He hablado claro?

—Desde luego, señor.

—Yo no soy noble feudal —prosiguió Montcusí—, y mi esfuerzo me ha aupado hasta el lugar que ocupo, así que desde hace muchos años soy ciudadano de pleno derecho de Barcelona, lo cual es casi como tener escudo de nobleza, cosa por otra parte única que no se da en ninguna otra ciudad del Mediterráneo. El conde me honra con su confianza, y su servicio ha sido siempre la última finalidad de mi vida. Como comprenderéis, un advenedizo no puede aspirar a acercarse ni siquiera a la sombra de Laia. Pretendo que mi pupila despose a alguien que le aporte alcurnia y respetabilidad y ése, lamentablemente, porque creed que me agradaría, no sois vos.

Martí sintió que el corazón se le partía en dos, pero, animado por el empuje que le caracterizaba, replicó:

—Lo comprendo, pero, si no os habéis de sentir ofendido y en aras de la amistad que me habéis mostrado, os diré que dedicaré mi vida a merecer el rango que habéis alcanzado vos y que, cuando sea ciudadano de pleno derecho, volveré, con todo respeto, a insistir.

—Intentadlo. Estáis en vuestro derecho. El camino es largo y proceloso, pero tiene mal pronóstico. Para ello hacen falta muy buenos padrinos y vos sois apenas un recién llegado, cierto que dotado de mucho tesón y no poca audacia, cosa que yo celebro. Pero una cosa son los negocios, que estaré siempre dispuesto a compartir con vos, y otra muy diferente son los parentescos. En fin, Martí, en nombre de nuestra buena amistad os recomendaría que dedicarais vuestros esfuerzos a mejorar nuestra economía. Ya veréis cómo estas pasiones juveniles se desvanecen con el tiempo.

—Os agradezco el consejo —contestó Martí, algo ofendido por la condescendencia de su interlocutor—, pero tened en cuenta que me tenéis por hombre tenaz. Yo no sé hacer distingos: quien es obstinado, lo es en cualquier ámbito. Por tanto os digo sin que veáis en ello descaro alguno que pretendo hacerme digno de la mano de vuestra hijastra.

La voz de Bernat Montcusí resonó en la estancia.

—Y yo os aseguro que al respecto de este asunto, y en tanto no consigáis la ciudadanía, me hallaréis siempre enfrentado a vos.

—¿Puedo entender que aceptáis mi obsequio?

—Será bienvenido —cedió el consejero con un suspiro—. Y ahora… Gracias por el detalle de adelantarme mis beneficios. Os deseo de todo corazón que tengáis un buen viaje.

Martí, consciente de que Montcusí no deseaba seguir hablando del tema, se levantó de su asiento.

—Quedad con Dios, consejero.

Tomó el muchacho su capa y su bolsón y salió del despacho de aquel hombre al que necesitaba pero cuya personalidad le resultaba cada día más desagradable.

30

Ponce III de Tolosa

obert de Surignan y el abad Sant Genís departían con su señor Ponce III, conde de Tolosa. Éste yacía recostado en un sencillo lecho, acosado por un ataque de gota fulminante, con una montaña de almohadones bajo su pie derecho. La gran chimenea era alimentada por grandes leños que con esfuerzo notable iba colocando su bufón, Batiston Patas Cortas, en tanto que, siguiendo una inveterada costumbre, escuchaba el diálogo que su amo mantenía con el monje y su consejero.

—La conclusión es evidente. La pareja de infames se puso de acuerdo cuando él estuvo aquí acogido a mi hospitalidad, y todo lo del bosque de Cerignac fue una burda pantomima para que mis hombres no defendieran a la condesa.

—Parece evidente, ya que de no ser así y si de unos vulgares maleantes se hubiera tratado, de una u otra forma la demanda de rescate se hubiera llevado a cabo a los pocos días —respondió Robert de Surignan.

El abad Sant Genís intervino.

—Ya os di noticia este verano pasado, al advertir ciertas conductas sospechosas de la condesa. Recordad que me respondisteis que eran manías de vieja y que veía fantasmas por todos lados. Menos mal que guiado de mi intuición informé al Santo Padre del asunto para que la Iglesia tomara las medidas que creyera oportunas. El adulterio no es cosa baladí y si de príncipes se trata, y además cristianos, la cosa tiene graves connotaciones.

—Os agradecí en su día la acción y reconozco que jamás hubiera creído a mi esposa capaz de tamaña felonía. Me estoy haciendo viejo y confiado por demás, pero juro por Dios que el ataque a mi honra va a costarle caro a la pareja. El honor de Tolosa está por medio y en entredicho.

—Señor, sorprendieron vuestra buena fe obrando cual villanos; de haber asistido a la cena aquella noche, tal vez os hubierais dado cuenta de que algo se cocía en el ambiente —intervino Surignan.

—Ahora es tarde para lamentaciones. Es mejor actuar para intentar salir de este mal paso con el menor daño posible. Si no obramos con presteza, seré el hazmerreír de toda la Septimania. Abad, traed un amanuense; voy a dictar una carta para el Pontífice y que un mensajero parta para Sant'Angelo cuanto antes.

Los dos hombres abandonaron la estancia; quedó el conde en compañía de su bufón, con el que tenía gran confianza y cuyas ironías le entretenían sobremanera.

—Y tú, Batiston, ¿no observaste nada raro aquella noche? ¿Nada te dijo el bufón de la condesa al respecto?

—Delfín podía ser mi amigo, pero era el perro fiel de su dueña: jamás la hubiera traicionado; sin embargo, si me lo permitís, señor, y ahora que nadie me oye, quisiera deciros algo que tal vez os sirva de consuelo.

—Te escucho, Patas Cortas.

—Señor, en donde yo nací había un dicho.

—Déjate de circunloquios y suéltalo.

—Pues ahí va: «La ventaja del cornudo es que la mujer se la queda el otro». Creo, señor, que el lastre que habéis soltado lo ha recogido el conde de Barcelona.

—Tal vez tengas razón, Batiston, pero si se te ocurre comentar el refrán con alguien de palacio, te partiré este bastón en la cabeza.

Y al decir esto Ponce de Tolosa esgrimió en el aire la estaca que le ayudaba a poner el pie en el suelo cuando le acometía el ataque de gota.

La carta que a los pocos días recibió el camarlengo papal monseñor Bilardi decía así:

Dado en Tolosa a 2 de febrero de 1053
De Ponce III de Tolosa para Su Santidad Víctor II

Santidad:

Acudo a vos en demanda de justicia como siervo fiel de la Iglesia, cuyo honor ha sido mancillado.

Hace un tiempo alojé en mi castillo al conde de Barcelona Ramón Berenguer I cumpliendo con mi obligación de buen cristiano y anfitrión de iguales. Sé que estáis al corriente del asunto por el abad Sant Genís y no pretendo robar vuestro precioso tiempo reiterándoos el argumento, debo añadir sin embargo que la pareja que forman el conde y mi adúltera esposa vive en Barcelona en clamoroso concubinato; por ello me atrevo a pedir vuestra intervención al respecto de la anulación de mi matrimonio con Almodis de la Marca, a la que desde este momento repudio ante la nobleza entera de la cristiandad, para escarnio de su nombre y reparación del mío.

Os ruego encarecidamente tengáis a bien atender mi justa demanda y obréis en consecuencia.

Poned en la balanza la influencia de Tolosa y las buenas relaciones que mi condado ha observado desde siempre con la Santa Sede. He sopesado muchas vías de actuación durante estos meses, pero hay circunstancias que la prudencia y el buen gobierno de un territorio aconsejan soslayar para no aumentar un escándalo cuyas salpicaduras pueden repercutir en otros reinos cristianos. Pero no estoy dispuesto a consentir que lo sean a costa de mi honra; de manera que Tolosa puede considerarse ofendida y las consecuencias, si no lo remediáis, serían imprevisibles.

Vuestro humilde siervo, que acude a vuestra paternidad en la esperanza de que atendáis su justa y angustiada reclamación.

PONCE III, conde de Tolosa

Bilardi, tras leer la misiva, quedó pensativo. De no obrar con mesura aquella disparatada acción podía reportar graves complica-

ciones a la Iglesia. Su fino olfato y su probada experiencia le decían que las divergencias entre uno y otro lado de los Pirineos acostumbraban a acabar en guerras, y más de una había comenzado por
un banal incidente de refajos y sayas.

31

Aixa

artí Barbany no se hacía a la idea de que parte del cuerpo de su casa fueran esclavos. Aunque la fortuna le hubiera sido propicia y sus negocios fueran viento en popa, trataba a sus servidores como asalariados y colaboradores. Nuevas gentes habían entrado a su servicio, a las órdenes de Caterina: Mariona, una payesa venida del Berguedà, era la jefa de los calderos, y Andreu Codina, recomendado también por Eudald Llobet, hacía las veces de mayordomo y hombre de confianza, contratando libremente a mozos de cuadra, cocheros, palafreneros, postillones, cultivadores de viñas y a cuanto personal requiriera. Martí no acababa de creer la buena fortuna que le había sonreído desde que pisó Barcelona. Su vida estaba plenamente dedicada a cuidar de sus múltiples negocios, visitar al padre Llobet, entrevistarse con Baruj Benvenist y últimamente llegarse cada atardecer a la playa frente a las atarazanas para hablar con Jofre y atender las necesidades que fueran surgiendo en la construcción de su nave. Su mente, sin embargo, no paraba de dar vueltas a cómo aprovechar la aquiescencia de Bernat Montcusí para ofrecer a Laia las cualidades artísticas de su esclava cantora, Aixa.

Una tarde, estando bajo los soportales de la terraza porticada en la que tenía por costumbre retirarse al terminar de cenar, ordenó a Caterina que trajera a la esclava a su presencia. Aixa compareció ante él con su *oud*, creyendo que a su amo le apetecía escuchar sus bellas melodías.

Aixa, por primera vez en su triste vida, era feliz. Siendo muy joven la habían raptado a las afueras de un mercado al que había acudido con su familia y vendido a un tratante de esclavos que, tras marcarla con su hierro, un pequeño trébol de cuatro hojas, bajo la axila derecha por no abaratar la mercancía, la vendió a su vez al eunuco que suministraba mujeres para el harén de un emir en donde había sido terriblemente desgraciada. Cuando éste se cansó de ella, fue de nuevo vendida a un comerciante catalán para ser subastada en el mercado de Barcelona; renegó de su suerte, mas luego bendijo su destino, ya que su nuevo amo a nadie trataba como esclavo; era bueno y gentil, de modo que, aunque esclava, se consideraba afortunada en su nuevo hogar y procuraba por todos los medios corresponder con su trabajo a que aquella armonía continuara.

—Amo, ¿me habéis mandado llamar?

—Sí, Aixa, deja tus instrumentos y siéntate.

A la muchacha le extrañó sobremanera que el amo la hiciera sentar en su presencia, cosa que jamás había ocurrido de no ser para pulsar su *oud* en su pequeño escabel. Obedeció al punto y aguardó respetuosa la palabra de aquel joven amo que desde siempre la había tratado con singular delicadeza.

—Verás, Aixa, debo pedirte un favor.

—¿Un favor, amo? Yo únicamente estoy aquí para obedeceros en todo cuanto mandéis.

—Verás, voy a liberarte: serás una mujer libre, de manera que lo que te voy a pedir deberás acatarlo o no libremente.

Aixa no acababa de comprender lo que su amo le decía.

—No os comprendo, amo. ¿Por qué vais a renunciar al elevado precio que pagasteis por mí?

—Voy a contarte mi secreto —dijo Martí, que ansiaba confiar sus cuitas amorosas a un oyente atento—. Te conozco y sé que eres buena y leal. Cuando pujé por ti, lo hice para tener ocasión de conocer a cierta persona que desde aquel día ha presidido mis sueños. No sé si te has dado cuenta, pero muchas noches, cuando endulzabas mis veladas con tus bellos romances, mi pensamiento estaba muy lejos, al punto de que de vez en cuando me decías: «¿Queréis que continúe, amo?».

—Sí que lo recuerdo —admitió Aixa con una sonrisa—, y mi corazón de mujer me avisaba de que mis baladas iban dedicadas a otra persona.

—Tu corazón de mujer no te engañaba.

—Conozco este sentimiento, amo. Siendo yo una niña, amé desesperadamente a un joven de Mesopotamia. Soy árabe, la vida me separó de él, pero todas las noches de mi existencia lo he recordado.

—Pues si lo deseas y me ayudas en mi empeño, serás libre de acudir junto a él.

—No, amo. —La esclava emitió un suspiro de resignación—. Hace ya demasiadas lunas que esto ocurrió. Ahora él será un acomodado padre de familia y no tiene sentido pretender que todo vuelva a ser como antes. Prefiero seguir viviendo mi sueño que despertarme en una amarga realidad. Si regresara, al no ser virgen, deshonraría a los míos, que no me perdonarían la afrenta y hasta podría ser apedreada. A vuestro lado he recobrado la paz y jamás podré olvidarlo.

—Está bien, Aixa, sabes que de no ser por las conveniencias sociales que me obligan a tener esclavos, mañana mismo os concedería a todos la libertad.

—Entonces, amo, ¿por qué me la ofrecéis a mí?

—Porque es mi deseo que libremente me hagas el favor que voy a pedirte.

—Para mí siempre seréis mi amo y siempre estaré en deuda con vos.

Martí se tomó un respiro.

—El día que te compré no sabía de tus cualidades más que de oídas, y lo hice para tener la ocasión de conocer a la mujer que también licitaba por ti. Desde aquel día, cada vez que me dedicabas tus bellas melodías, mi pensamiento, cual golondrina, volaba a su lado transportado por tu voz.

—Me honráis sobremanera, amo. Nada puede alegrar más a un artista que servir de espejo a sentimientos tan hermosos. Pero dispensad si no comprendo cuál es la misión que me deparáis.

—Dentro de unos meses partiré hacia lejanas tierras, Aixa, y por mucho tiempo. Me sentiría muy mal si encerrara tu canto de alondra en una jaula de manera que durante muchos meses nadie escuchara tus trinos. Me gustaría que en mi ausencia alegraras las veladas de la dama de mi corazón y le hablaras de mí, a fin de ayudarme a conquistar su amor. Pero quiero que lo hagas libremente, sin que te obligue el hecho de ser mi esclava.

—Amo, vuestra magnanimidad me abruma. Haré de buen grado lo que me pidáis, pero no me hagáis libre: no sabría qué hacer con mi libertad.

—Mi corazón ya te la ha concedido. Será un secreto entre tú y yo, pero has de saber que acudiré a un notario para que dé fe de tu manumisión. En mi ausencia, Caterina guardará el documento: ignoro lo que la vida te deparará, pero quiero que sepas que no perteneces a nadie y que podrás contar con mi eterna gratitud si consigues que en el ánimo de mi amada nazca un sentimiento de correspondencia hacia mí, y que mi recuerdo vaya creciendo en su alma.

A los tres días, y al toque de las vísperas, una carreta tirada por un caballo y conducida por Omar, transportaba a la mansión de Bernat Montcusí a la manumitida esclava, que lucía sus mejores galas. El criado portaba una misiva lacrada destinada al dueño de la casa, en la que le agradecía su licencia para obsequiar a su hijastra con el arte de Aixa, y otra, que ésta ocultaba en sus entretelas, destinada a Laia y hurtada a las miradas de su padrastro.

32

Bernat Montcusí

l atardecer, una de las puertas posteriores de la tapia que rodeaba la mansión del Castellvell se abrió y salió por ella un hombre modestamente vestido, que tras mirar a uno y a otro lado de la calle y después de guardar, en uno de los amplios bolsillos de su ropón, la pesada llave con la que había vuelto a cerrar la balda, se envolvió en su capote, se caló el gorro hasta las cejas y encaminó sus pasos, siguiendo el perímetro de la muralla, hacia una calle famosa por sus tahonas. Después de recorrerla con la mirada baja por miedo a que alguien le reconociera acicalado de aquella guisa, acortó por un pasaje y desembocó en la plaza donde estaba la iglesia de los Sants Just i Pastor. Las campanas repicaban dando el toque de vísperas y las feligresas iban saliendo después del oficio. El embozado aguardó a que la plazoleta se despejara, y cuando consideró que el paso estaba franco, se acercó a la puerta de la iglesia que al ser empujada gimió como un gato al que pisan la cola, y se introdujo en el templo. El olor a cera e incienso aún flotaba en el ambiente.

El visitante esperó a que sus ojos se acostumbraran a aquella penumbra y, cuando estuvo habituado a aquel entorno, fue a situarse en uno de los bancos con reclinatorio que se hallaban próximos a uno de los elaborados confesonarios de madera repujada. El hombre se arrodilló, y por el rabillo del ojo vigiló a que el confesor saliera de la sacristía del fondo y ocupara su lugar. No tuvo que aguardar mucho tiempo. Al cabo de un momento, el roce de unas sandalias le alertó de la proximidad de un clérigo alto y desgarbado de larga barba que abrió la portezuela del confesonario, besó la cruz de una estola que pendía de un gancho y, tras colgársela al cuello, cerró a continuación la portilla. El hombre aguardó un tiempo prudente, y cuando lo consideró oportuno se adelantó hasta el frente del confesonario y esperó a que la cortinilla que cerraba la portezuela se abriera.

Una voz peculiar le saludó desde el interior.

—Ave María Purísima.

—Sin pecado concebida.

—Decidme, hijo mío, qué pecados habéis cometido.

—Muchos, padre.

—Pues comenzad a enumerarlos, que a eso habéis venido; veréis que el hacerlo aliviará vuestra alma.

Bernat Montcusí, que para la ocasión había recurrido a un sacerdote desconocido para no acudir a su habitual confesor, el arcediano de la Pia Almoina Eudald Llobet, comenzó a desgranar el saco de faltas que acarreaba su conciencia.

—He faltado contra el segundo mandamiento, pues he tomado el nombre de Dios en vano; he mentido; he codiciado bienes ajenos; me he valido de mi cargo para acumular bienes.

El religioso escuchaba, inmóvil como una estatua.

—¿Qué más, hijo mío? ¿Has faltado contra el sexto mandamiento?

—Padre, desde que falleció mi esposa he caído en el onanismo en infinidad de ocasiones.

—¿Has ido con mujeres de mala vida frecuentando mancebías? ¿O te has arreglado con alguna esclava?

—Lo primero no, padre: temo a las enfermedades que tales mujeres contagian. En cuanto a lo segundo, no me es grato que dentro de mi casa alguien crea que tiene un derecho adquirido por el hecho de encamarse con el dueño.

—Entonces, hijo mío, tu pecado de masturbación aunque no es grato a los ojos del Señor, es de alguna manera comprensible. De manera que voy a ponerte en penitencia…

—Todavía no, padre.

—¿Queda algún rescoldo que atormente tu conciencia?

—Sí, padre, y es ello lo que me ha hecho esta tarde acudir a vuestro consejo.

—Decidme, hijo mío, os escucho.

Un momento de silencio se estableció entre el confesor y el penitente.

—Veréis. El caso es, como os he dicho, que soy viudo. Mi esposa aportó al matrimonio una hija del suyo anterior, que ahora ha cumplido trece años. Es hermosa como una gacela; sus formas se insinúan bajo su túnica aunque todavía no están definidas, sus senos son dos fresones salvajes...

—No sigáis por ese camino, pero continuad.

La voz de Montcusí prosiguió, con voz ronca y desgarrada.

—El amor filial que sentí por ella mientras vivió su madre se ha convertido en una pasión aniquiladora. Se me subleva la sangre cuando veo que le ha llegado el tiempo de merecer y pienso que puedo matar al que se acerque a su lado y la pretenda.

El sacerdote escuchaba atentamente.

—¿Qué puedo hacer, padre? —preguntó el consejero, cabizbajo.

—Debéis apartarla de vuestro lado. La proximidad de la mujer es tremendamente nociva. Desde que nacen son las grandes tentadoras; ved que Adán fue feliz en el paraíso hasta que el Señor creó a Eva. Tienen el mal en las entrañas y desde niñas gozan de la malignidad de la serpiente. Os aconsejo que la obliguéis a entrar en un convento. Allí moderarán sus ansias de pecado porque, aunque la creáis una criatura inocente, ella conoce muy bien la forma de tentaros, y vos, pobre pecador, estáis inerme ante su descaro.

—Padre —replicó Montcusí, casi sin voz—, no me veo capaz de apartarla de mí.

—Entonces os condenaréis, y si no tenéis un propósito de enmienda no podré daros la absolución.

—Padre, aunque arda en el fuego de los infiernos no soy capaz de vivir sin ella. Mis días transcurrirán grises y monótonos, sin motivo alguno. Si mis ojos no pueden gozar de su presencia, entonces me convertiré en un muerto en vida.

—Hijo querido, luchad contra la tentación que se ha instalado en vuestra vida. No es vuestra la culpa, es que así es la natura. Para el hombre la edad no importa: una niña, en cuanto pesa treinta libras, es una mujer. El Señor, que en nada puede equivocarse, dijo al crear al hombre «creced y multiplicaos». Por tanto, en cuanto a una hembra le llega la flor, es que es tiempo de merecer y por tanto de preñarse. ¿Por qué no la desposáis? Nada como el matrimonio para mitigar los ardores de la pasión carnal.

—No puedo, padre. En su día la prohijé y es sabido que la Santa Iglesia no permite ayuntamiento carnal entre padrino y ahijada.

—Pero existen bulas y licencias; podéis demandar una de ellas.

—Debo deciros que ella jamás consentiría.

—Entonces, hijo mío, mala solución tiene vuestro dilema. Sin embargo, aunque hoy sin vuestro propósito de enmienda no puedo daros la absolución, no dejéis de venir a verme: veremos con el tiempo cómo trampeamos esta contrariedad. Rezad mucho, hijo mío: la oración es el único escudo contra el maligno, que adopta en infinidad de ocasiones el cuerpo de la mujer.

33

Sueños y esperanzas

aia estaba arrebatada: su nueva esclava colmaba de felicidad sus noches y sus canciones llenaban de alegría sus antes tediosos atardeceres. Aixa, eternamente agradecida a Martí, no perdía ocasión de hablar de él a la doncella en tonos encomiásticos, de manera que en el tierno corazón de Laia fue naciendo un sentimiento hasta aquel momento desconocido y que predisponía su espíritu hacia aquel joven que tan gentilmente había renunciado a Aixa en su beneficio y cuyo rostro había entrevisto en dos ocasiones: la primera en el mercado de esclavos y la segunda la tarde en que se topó con él acompañando a su padrastro a la salida del pasadizo que desembocaba directamente en el jardín sin pasar por la casa.

Hacía tres meses que Aixa había entrado en su vida y jamás hubiera imaginado, ni en sus sueños más peregrinos, que hecho alguno adquiriera la importancia que el regalo de Martí Barbany había representado para ella. La esclava se había ganado su corazón; desde que muriera su madre, a nadie había entregado sus afectos como a aquella adorable criatura.

La carta destinada al consejero del conde era una respetuosa muestra de gratitud agradeciendo su licencia y presentando nuevamente sus respetos. Cuando Bernat Montcusí posó sus ojos sobre la misiva no intuyó las consecuencias que su venia iba a traer a su vida.

Al ilustre Bernat Montcusí, *prohom* de la ciudad e intendente general de mercados, ferias y abastecimientos del condado de Barcelona.

Ilustrísimo señor:

La carta que os envío es para agradeceros de nuevo la venia que me habéis otorgado para ofrecer a vuestra hija el arte de mi Aixa. Como os dije la última vez que tuve el honor de ser vuestro invitado, es una excelente tañedora de cítara amén de cantante de extraordinarios registros, cuyo arte se hubiera desperdiciado en mi ausencia que, como os expliqué, va a ser larga. Partiré, Dios mediante, para lejanas tierras el mes próximo cuando reciba la licencia para la navegación.

Aprovecho la ocasión de reiteraros mi más rendida pleitesía, y sabed que en mi ausencia todos mis negocios quedan cautelados con igual celo que si estuviera yo frente a ellos.

Vuestro seguro servidor,

MARTÍ BARBANY

Aixa, por su parte, hasta que tuvo la certeza de que se había ganado la confianza de su nueva ama, guardó la otra carta entre sus enseres y se dedicó con toda el alma a ganarse su voluntad. Poco a poco y verso a verso, el arrullo de su canto fue como un bálsamo que ayudó a cicatrizar la herida que la muerte de su madre había dejado en el corazón de la muchacha. Aquella primavera, las noches en las que la niña, bajo el emparrado de la glorieta, escuchaba las bellas melodías que cantaba la esclava, se fueron convirtiendo para ella en el motivo esencial de su existencia y Aixa, lentamente, se fue transformando en su confidente y amiga.

—Pero ¿es tan gentil como me dices?

—Más aún. Si a mí, que soy menos que nada, me ha tratado tan bien, ¿qué no estará dispuesto a hacer por la dama que ha cautivado su corazón?

—Pero si casi no me conoce.

229

—Cuando el amor aparece, no tiene en cuenta razas, credos ni alcurnias. Creedme si os digo que esta pócima no necesita de días ni conocimientos: os vio y os amó, así de sencilla es la historia.

—Aixa, ¿cómo puedo yo saber que todo lo que me cuentas no es otra cosa que fantasías?

Aixa se quedó un momento muda, dudando entre si debía o no entregar la misiva.

—¿Por qué no me respondes?

—Señora, tengo una misión acerca de vos que no es precisamente cantar bellas melodías.

Laia no comprendía.

—Veréis, voy a entregaros algo que guardo para vos desde el día que llegué a esta casa, pero, si vuestro padre lo descubre, peligrará mi cabeza.

—Te he dicho mil veces que Bernat no es mi padre: fue el marido de mi madre y he quedado bajo su tutela hasta que cumpla veintiún años. Entonces seré libre, recibiré la herencia de los bienes que fueron de mi verdadero padre y que mi madre recibió en usufructo, y dispondré de mi vida.

—Pero por ahora le pertenecéis en cuerpo y alma, y por ende yo también. Por lo tanto, puede hacer con nosotras lo que le venga en gana.

—Aixa, déjate de circunloquios. Si tienes algo para mí, entrégamelo.

La esclava, sin decir palabra, partió para su tabuco, que estaba en el sótano de la casa.

Al poco regresó, mirando a uno y a otro lado, con la carta de Martí escondida entre sus ropas.

—Tomad, os entrego mi vida, ved lo que hacéis.

Laia saltó del banco y tomando la misiva que le entregaba la esclava, respondió:

—Jamás le he debido tanto a nadie. Me habrán de matar y ni así te traicionaré. Luego te mandaré buscar. Voy a leerla en lugar seguro, no pienso correr ningún riesgo.

Partió la joven hacia sus aposentos y Aixa se fue a las cocinas.

Cuando estuvo encerrada en ellos con la balda echada, rasgó el lacre y leyó:

Para Laia.

Luz de mis ojos, anhelo de mis días. Desde que os vi en el mercado de esclavos no he vivido. El recuerdo de vuestros ojos grises ha presidido mis días y mis noches, y mi vida, sin la esperanza de hablaros, carece de sentido. Soy el ciego que busca a tientas la copa que saciará su sed. Si me dais una esperanza, trabajaré sin fin para merecer la dicha de conquistar vuestro corazón; envidio el aire que respiráis y quisiera ser la suela de vuestros chapines porque, aunque sea en el polvo, os acompañan.

Como sin duda sabéis, parto para un largo viaje. De vos depende que la esperanza guíe mis días o éstos transcurran anodinos y sin sentido. Si me concedéis la dicha de poder hablaros antes de mi partida, seré el más feliz de los mortales. De no ser así, mi vida habrá valido la pena únicamente por el gozo de haberos visto aunque fuera un instante. Hay instantes, sin embargo, que valen por una eternidad. Si me otorgáis el deleite de un encuentro, mi alma os quedará eternamente agradecida. Será cuando dispongáis y donde queráis.

Con vuestro nombre en el pensamiento, en el corazón y en los labios, espero ansioso vuestras noticias.

MARTÍ

Laia apretó la misiva contra su joven pecho y una lágrima hecha de ilusión, de anhelos y de quimeras, asomó al balcón de sus ojos grises nublando su visión.

34

Festejos

arcelona estallaba de fiestas. Unos meses después de su unión con Almodis, y aprovechando la llegada de la primavera, el conde Ramón Berenguer, con muy buen criterio, había adoptado la estrategia vieja como el mundo que ya empleaban los emperadores de Roma cuando necesitaban distraer a la plebe y predisponerla a su favor, y que se resumía en tres palabras: «Pan y circo». En cuanto el pueblo tenía una ración de más para llevarse a la boca y podía cerrar las contrapuertas de sus negocios para correr a las múltiples distracciones que ofrecía el veguer en nombre de su señor, las buenas gentes se olvidaban de sus problemas cotidianos y se dedicaban al vino, al juego y a los espectáculos. Bernat Montcusí, intendente general del conde, había recibido la orden de suministrar un celemín de trigo, una libra de magro, una ración de carne de vacuno y tres dineros a cada cabeza de familia por cada persona que tuviera a su cargo. Se entregó al clero una generosa suma y las campanas de Santa Eulàlia del Camp, Sant Vicenç de Sarrià, Sant Gervasi de Cassoles y Sant Andreu del Palomar mezclaban sus alegres repiques con las de la Seo, que comandaba aquella algarabía de badajos intentando ahuyentar la excomunión que planeaba sobre la pareja condal.

Bernat, como de costumbre, consiguió desviar parte de aquel improvisado donativo hacia su propia bolsa.

Los fastos tenían dos vertientes muy diferenciadas, la primera iba dirigida a la plebe y la segunda a la nobleza fiel a los Berenguer.

En calles y plazas se agolpaban los espectáculos callejeros. Mimos, saltimbanquis, barberos, sacamuelas, forzudos y comediantes llenaban sus bolsas, pero lo que más fascinaba al pueblo llano eran las justas y torneos que se celebraban cada día en una explanada de la Vilanova, al otro lado de las murallas. Los premios en dinero contante eran cuantiosos, y caballeros renombrados de toda la Septimania acudían a medir sus fuerzas y habilidades atraídos por las cuantiosas recompensas y por la honra de lucir en el antebrazo el pañuelo de su dama. Ramón Berenguer y Almodis de la Marca, presidían el festejo. El palco principal, con su toldo de estrechas franjas rojas y amarillas, estaba situado en el centro exacto de la carrera que debían recorrer los campeones. Dos magníficos tronos presidían el palco; más abajo y a sus costados, en un plano inferior, las casas nobles lucían sus blasones. Enfrente y a la misma altura, al lado contrario, estaba instalada la tribuna de jueces que velaban por el respeto de las normas del torneo y cuidaban de que ningún caballero luchara con ventaja. A cada extremo del dividido palenque se hallaban dispuestas las tiendas de los diferentes campeones que iban a reñir aquella mañana, con los colores respectivos de cada uno ondeando en el gallardete que cubría el redondo techo de las mismas, y finalmente, sudorosos y atareados, iban y venían los escuderos, puliendo las brillantes armaduras de relucientes yelmos empenachados; las lanzas que se iban a romper en el envite descansaban en perfecto orden sobre caballetes de madera.

Laia, que desde el instante que sus ojos se posaron en el mensaje que le había entregado la mora, andaba en deseos de conocer a su enamorado, urdió con Aixa un plan, aprovechando la coyuntura de que su padrastro estaba sumamente atareado intentando aunar sus intereses con los del conde, y andaba de aquí para allá, controlando puestos de venta y licencias para organizar juegos y espectáculos en las calles. El intendente mayor se desplazaba incesantemente, acompañado de sus alguaciles, desde la iglesia de Sant Jaume hasta el Castellnou y desde allí hasta la puerta del Bisbe y el Castellvell, para dirigirse por los Aladins a la puerta de Regomir. Nada escapaba a su control, y su bolsa se llenaba poco a poco de toda clase de monedas circulantes. Cuando algún feriante discutía sus órdenes, era inmediatamente detenido y conducido a los calabozos del veguer, y si comerciaba en la calle, su tenderete era derribado sin contemplaciones. Todo esto lo sabía Laia al dedillo, y sin perder tiempo decidió aprovechar la ocasión que el destino le deparaba. Aixa la había puesto al corriente de los pasos que daba cotidianamente Martí en la ciudad, y entre las dos coligieron que lo más seguro sería ir al encuentro de Omar, el intendente de Martí, cuyo cometido se desarrollaba todos los días entre la factoría comercial intramuros y las viñas de Magòria, y entregarle una carta para que éste a su vez la llevará a su amo. Laia redactó el escrito y Aixa sin dilación partió para la plaza con la misiva oculta entre sus amplias ropas. Caso que se tropezara con alguien de la casa, a nadie extrañaría que una criada fuera a cumplir un encargo de su señora.

Cuando Aixa llegó al mercado, no vio a Omar, pues aquella mañana éste había tenido que ir a uno de los molinos cuyo encargado había optado por celebrar los festejos en honor a la condesa en vez de acudir a su trabajo.

Al cabo de un rato lo vio llegar con su inconfundible paso cansino y su ademán pausado. El moro, al divisar a la muchacha, aceleró su caminar.

—Ya desesperaba, Omar; pensaba que tu jornada comenzaba más temprano.

—Y así es, amiga mía, pero mis cometidos, que ya son muchos, se multiplican en días como éste.

—¿Cómo están Naima, Mohamed y la pequeña Amina?

—Todos muy bien. Jamás le agradeceré bastante a Alá, que siempre sea alabado, el amo que nos ha concedido. Reconoce que es pura fortuna, pues aquel bendito día dependimos del capricho o de la bolsa de los otros licitadores…

—Yo también bendigo ese día. Sólo junto a él he conocido la paz.

—Y ahora, ¿eres feliz? —preguntó Omar.

—Como jamás lo fui anteriormente. Más que ama tengo una amiga, y lo que es mejor, puedo devolver a nuestro amo algo de lo que ha hecho por mí.

—Bien, Aixa, ¿cuál es el motivo de este encuentro?

La mujer rebuscó entre sus refajos y extrajo de entre ellos el mensaje de Laia.

—Toma, nuestro amo la aguarda con impaciencia. Supongo que sabes de quién procede…

—Dile a tu señora que esta misma tarde estará en poder del amo —respondió Omar con una sonrisa.

Partió Aixa tras desear buena suerte a su compañero.

Omar, que conocía las entrañas del asunto, en cuanto tuvo en su poder el pergamino, partió para la playa de las atarazanas, donde sabía estaba su señor. Cuando llegó, Martí estaba inspeccionando con Jofre los progresos de la embarcación, y apenas llegado a su altura le hizo una imperceptible señal, aprovechando que el marino estaba de espaldas, indicándole que traía una comanda urgente y en extremo privada.

—Dispénsame un momento, amigo mío, tengo que ocuparme de mis otros negocios. Me parece que mi secretario me trae nuevas, y como estos días con los festejos anda todo revuelto, resulta que casi todo es urgente.

—Ve tranquilo, Martí —dijo Jofre—. En cuanto a lo que me dices, puedo dar fe. Nuestro *mestre d'aixa* se las ha visto y deseado para que los calafateadores, carpinteros y torcedores de cabos vinieran a trabajar, y ni que decir tengo que hoy se han doblado los sueldos. Ya lo notarás en mis órdenes de pago: de no ser así habríamos perdido una semana más, y el tiempo en el Mediterráneo no espera.

—En un momento estoy contigo.

Omar aguardaba a prudente distancia. Martí llegó hasta él.

—¿Qué recado urgente te ha hecho dejar tu puesto en el mercado y buscarme en la playa en día tan especial? —preguntó Martí, contradiciendo el tono imperativo con una franca sonrisa.

El moro sonrió a su vez.

—Señor, si creéis que el motivo no es suficiente me resignaré a ser azotado. Tomad.

Buscó Omar en su bolsa la carta y se la entregó a su amo.

Martí no identificó por el momento la caligrafía de su nombre pero al ver la traviesa sonrisa de su criado comprendió.

Sin poder contenerse, se hizo a un lado, rasgó el sello, desenrolló el papiro y leyó:

Barcelona, 20 de junio de 1053

A don Martí Barbany:

Dilecto amigo, mi agradecimiento por vuestro regalo es infinito. Jamás alguien me hizo beneficio más inmenso. Aixa es, por encima de una excelsa cantante, una amiga que vuestra generosidad me ha otorgado. Las palabras acerca de vuestros sentimientos me han conmovido. Pensar que he inspirado impresión tan noble en alguien que no me conoce me hace estremecer, y temo el momento de conoceros por no ser merecedora de vuestro juicio y que éste varíe al verme. Soy sólo una mujer de casi catorce años que ansía febrilmente tener un amigo en quien poder confiar. Si os parece, podría veros el miércoles, que es el día del torneo principal, al que asistirá todo el servicio de mi casa. Me será más fácil, pues, evadirme del control a que mi padrastro me tiene sometida. Nos veremos, si os place, a la hora nona en la casa de Adelaida, mi ama de cría, a la que visito de vez en cuando. Está detrás de la iglesia de Sant Miquel, enfrente de la puerta de la sacristía.

Vuestra amiga,

LAIA

Martí guardó la misiva en el bolsillo interior de su chaleco y sin poderse contener saltó sobre Omar y abrazándolo le dijo:

—En justicia, si tengo que pagarte el precio del mensaje en proporción a la alegría que me has proporcionado ya puedo vender la parte del navío que me corresponde.

35

La cita

las dos en punto de la tarde un Martí acicalado para la ocasión y casi flotando en el aire dirigía sus pasos hacia la iglesia de Sant Miquel, por debajo del antiguo *Cardus* romano.

Omar, que siguiendo la rutina de todos los días le había ayudado a ataviarse, le había dicho:

—Señor, os habéis cambiado de túnica tres veces, si eso hacéis hoy, qué no haréis el día de vuestros esponsales.

—Déjame, Omar —le había respondido—. Ignoro si ese día llegará alguna vez. Permíteme gozar el presente; el mañana es dudoso, sólo Dios lo conoce y está cargado de arcanos.

Antes de partir se enfrentó al metálico espejo de su dormitorio y éste le devolvió la imagen de un joven curtido, de mirada noble y ademán aplomado, que vestía una túnica verde, adornada de pasamanería portuguesa negra, medias granates, escarpines de fino cuero cordobés y cubría sus cabellos, cortados al modo carolingio, con una airosa gorrilla florentina. Llegó a su cita con antelación y, tras identificar la vivienda, se puso a pasear calle arriba y abajo, aguardando a que las campanas de Sant Miquel dieran la hora para subir las escaleras hasta el único piso y allí encontrar a la dueña de sus sueños. La casa era una humilde vivienda con una única salida a la calle cubierta con un tejadillo y a cuyo costado se veía un muro con entradas de aire triangulares para airear un local que bien podría servir para almacenar cereales que requirieran de ventilación. Martí

237

se introdujo en la agradable penumbra del portal y el fresco ambiente remansó su ánimo. Sentía los alocados latidos de su corazón batiéndole en la boca, a la que por cierto le faltaba saliva, hasta el punto de que percibía su lengua cual si fuera de esparto. Subió la escalera saltando los gastados escalones de dos en dos y llegó al descansillo del único piso. Martí, tras una profunda inspiración, golpeó la puerta. Unos pasos acelerados acudieron a su llamada y tras una brevísima demora, en la que se sintió brevemente observado, la puerta se abrió. Una mujer sonriente, de mediana edad, rostro agradable y cabello cano, apareció en el quicio de la puerta y más que preguntar afirmó:

—Martí Barbany, sin duda.

El joven, descubriéndose, respondió:

—El mismo.

—Os aguardan dentro, pasad.

Martí obedeció, y después de cerrar la puerta, la mujer añadió:

—Tened la bondad de seguirme.

Caminaron por un estrecho pasillo hasta llegar a una puertecilla de pequeños cuarterones de madera. La mujer golpeó la puerta con los nudillos y en el interior respondió una voz que a Martí le pareció la de Aixa.

—Señora, el visitante ha llegado.

La pequeña puerta se abrió una cuarta y apareció en el entreabierto resquicio el rostro sonriente y luminoso de su antigua esclava.

La mujer mayor se excusó.

—Yo me avío, tengo muchas cosas que hacer.

Aixa añadió:

—En unos instantes estaré con vos. —Luego, abriendo la puerta de par en par, se dirigió a Martí—: Señor, podéis pasar, os aguardan.

Martí entró en la estancia que estaba en penumbra y sus ojos no pudieron ver otra cosa que el perfil de la muchacha que se encontraba de pie, a contraluz, junto a la ventana cuyos postigones estaban ajustados.

La voz de Aixa resonó a su espalda.

—Mi señor, ésta es Laia. Si para algo os he servido, mi alma salta de contento. Laia, éste es, ha sido y será el mejor amo que me ha sido dado a conocer a lo largo de mis días.

Luego, la criada salió discretamente cerrando la puerta.

Los jóvenes se hallaron frente a frente. Los ojos de Martí se habían acostumbrado a la penumbra y la muchacha le pareció como una aparición de otro mundo. Vestía una saya de color azul marino, con el escote cuadrado muy alto, ceñido bajo sus jóvenes senos; las mangas le arrancaban desde los hombros y se ajustaban a sus muñecas. Una amplia pañoleta le cubría la espalda y en la cabeza la cabellera recogida en dos moños laterales y una crencha recta repartía el tirante cabello en dos partes iguales; sobre él y cual si de una corona se tratara, una gruesa cuerda forrada de damasco azul claro con hilos de plata entretejidos en ella. Ambos, como si se hubieran puesto de acuerdo, se acercaron al banco que se hallaba en el centro de la estancia y, sin dejar de mirarse a los ojos, se sentaron.

—Señora —empezó Martí, con el rostro lleno de emoción—, desde el día que mis ojos divisaron el óvalo de vuestro rostro apenas intuido, en el mercado de esclavos, vuestra imagen ha perseguido mis sueños alterándome los pulsos. Si me dais esperanzas, trabajaré sin descanso hasta merecer vuestra mano; si no es así, desapareceré de vuestra vida y no regresaré nunca más.

La muchacha, cabizbaja, atendía arrebolada a las palabras de Martí. Luego, muy despacio, alzó la vista hasta él.

—He adquirido una deuda con vos que, aunque viviera mil años, jamás podría pagar. En primer lugar, me habéis proporcionado el consuelo más grande de mi vida. Sabed que desde que murió mi madre, a nadie había confiado mis cuitas hasta que me enviasteis a Aixa. En segundo lugar, me habéis honrado escribiéndome una misiva que no creo merecer, ya que no sabéis cómo soy ni me conocéis. Sin embargo, debo deciros que es la primera vez que alguien se ha dirigido a mí en estos términos y me he sentido por ello inmerecida e inmensamente halagada.

—Laia, los sentimientos son incontrolables: he podido conocer a diversas gentes mucho tiempo y jamás nadie había despertado en mi corazón tales gozos. Me acuesto y lo último que imagina mi mente es el brillo de vuestros grises ojos; si me despertara mi criado y estuviera soñando con vos, lo haría apalear. Al despertar lo primero que me viene a la mente es vuestro recuerdo. Vivir de esta manera es un sin vivir, solamente quiero saber si puedo esperar algo.

—Tengo casi catorce años y no quisiera hacer daño a quien tanto me ha favorecido.

—¿Me queréis decir que no abrigáis hacia mí sentimiento alguno?

La muchacha saltó vivamente.

—¡No, Martí! Quiero deciros que mi padrastro no permitirá jamás que os acerquéis a mí.

Martí tomó entre las suyas las manos de la muchacha.

—¿Significa eso que puedo albergar alguna esperanza?

—Martí, es muy fácil admiraros, y es por ahí donde empieza el amor. Aixa me ha hablado de vuestras virtudes y os he empezado a amar, pero es inútil. Mi padrastro antes de entregarme a alguien que no sea ciudadano de Barcelona, me recluirá en un convento.

—¡Dadme una esperanza y levantaré el mundo! Saldré de viaje un año o más; a mi vuelta seré rico, y si sé que me aguardáis, no habrá barrera capaz de detenerme.

—Os aguardaré todo el tiempo que sea necesario y antes de entregarme a otro ingresaré en el convento por propia voluntad.

—Hasta que regrese de mi sueño quiero que me retengáis junto a vos, porque vivir lejos de vos será morir.

Luego la tomó tiernamente por la barbilla y la besó.

36

Delfín y Almodis

acía varios meses que Almodis había llegado a Barcelona, y su unión con Ramón Berenguer había transcurrido en medio de angustiosas situaciones. La excomunión anunciada por el obispo Odó de Montcada y aún no consumada, sumía en la inquietud no sólo a la noble pareja sino a todo el condado, y las algaradas callejeras entre los partidarios de la vieja condesa Ermesenda y de Almodis se sucedían ininterrumpidamente. El carácter de ambas mujeres no era precisamente el apropiado para establecer una relación pacífica entre ellas. Mientras tanto, la vida de la pareja condal se desarrollaba con dificultad, pues cada cual dedicaba sus afanes a las tareas propias de su estado y condición y por tanto las circunstancias tendían a separarlos. El conde andaba metido en hechos de guerra junto a su primo Ermengol d'Urgell, ya que ambos habían acudido en ayuda de Arnau Mir de Tost, señor de Ager y vasallo de Ramón, pues los hermanos Ahmad al-Muqtadir y Yusuf al-Muzaffar, que reinaban en Zaragoza y Lérida respectivamente, habían atacado la plaza de Ager y amenazaban la ciudad de Manresa. Fuera por ayudar a un noble amigo cuya fidelidad premió el de Barcelona cediéndole posteriormente la plaza de Camarasa, o para velar por sus derechos condales en contra de la levantisca nobleza, que muy paulatinamente iba cediendo sus prerrogativas y pretensiones a la más poderosa casa de todos los condados catalanes, el caso era que los amantes disfrutaban de pocos ratos de intimidad. La condesa, mientras tanto, dedicaba sus horas a obras pías: fundación de monasterios, atención a viudas y mendicantes, visitas de las obras de la nueva Seo, y a hacer las veces de juez presidiendo tribunales que atendían a pleitos por razón de propiedades, lindes y posesiones, o bien de bienes, derechos o esclavos. Cuando el tema atañía a sus propias tierras, se constituía en abogada defensora de los derechos que creía poseer ante las pretensiones de alguna que otra familia nobiliaria que se creía igual en alcurnia a los Berenguer, ya fueran los Sant Jaume, los Montcada, los Gelabert, los Folch o los Alemany.

Corrían tiempos revueltos y a las inquietudes propias de los mismos se añadía una circunstancia que agravaba la situación. La excomunión anunciada por Roma planeaba como un espectro y a muchos se les antojaba presagio de grandes calamidades e inclusive del fin de la independencia del condado y tal vez de una nueva invasión sarracena. En tahonas, tugurios y corrillos, no se hablaba de otra cosa. El clero, obedeciendo consignas de Roma, propalaba negros auspicios y en cualquier hecho natural se creía ver un mal vaticinio. Desde los púlpitos se mentaba al rey David y se comparaba la historia bíblica con la actitud del conde y se anunciaba que a su concupiscencia se debería cualquier maldición que recayera sobre Barcelona. En resumen, la situación se deterioraba por momentos y las peleas entre los partidarios del Papa y los del conde aumentaban día a día.

Almodis anhelaba un hijo que colmara las esperanzas de su esposo, ya que consideraba al primogénito, Pedro Ramón, habido de su unión con Elisabet poco menos que un inútil. Sus dos puntales en la corte barcelonesa eran Lionor, su dama de compañía a quien confiaba todos sus afanes, y Delfín, el enano que aliviaba sus ocios y con el que entablaba largas conversaciones que invariablemente versaban sobre el hecho de quedar embarazada. Dado que el abad Sant Genís se había quedado en Tolosa, había adoptado como nuevo confesor al padre Llobet, al que había conocido gracias a uno de sus cortesanos y que quizá era la única persona, de entre los nuevos conocidos, a la que había otorgado su confianza: no se fiaba de los untuosos y halagüeños cortesanos que diariamente la asediaban, y la imagen recia, más de guerrero que de clérigo, de aquel sacerdote que siempre decía lo que pensaba y que no acostumbraba a plegarse a su voluntad, era de su agrado.

Aquella mañana la condesa departía con Lionor en tanto ambas mujeres remataban un tapiz con hebras de colores.

—Dime, Lionor, ¿cuándo crees que voy a ser madre?

—Son cosas de natura, señora, y nada se puede predecir. Lo que sí os diré es que cuanto menos os preocupéis más fácil será que se completen vuestros deseos.

—Sin embargo, hay una condición que de no cumplirse hace imposible tal pretensión. Mi señor anda siempre en la guerra, y en la distancia es imposible la coyunda.

—En cambio cuando regrese se ha de volver el más fogoso de los amantes.

La condesa suspiró. Mirando a su alrededor, para asegurarse de que estaban a salvo de oídos indiscretos, prosiguió en voz baja:

—Cierto, Lionor, pero quiero hacerte una confidencia. Sé que no debiera y si mi madre estuviera aquí a ella me dirigiría, pero para hablar de ciertas cosas solamente te tengo a ti.

—Os escucho, señora. Ya sabéis que soy una tumba.

—Verás, cierto es que mi señor esposo se llega a mí lleno de fuego, pero…

—Pero ¿qué, mi señora?

—No sé cómo explicarme, pero me consta que estas cosas requieren su tiempo y…

Lionor la miró expectante.

—Pues que es como un volcán y su pasión se derrama sin dar tiempo a que sus humores cuajen dentro de mí. ¡Ea, ya lo he dicho!

La mujer se quedó unos instantes meditabunda.

—Cierto, señora, tendréis que remediar esa circunstancia.

—¿Y qué puedo hacer?

—Frecuentarlo, señora, que el hecho de teneros no constituya un acontecimiento, de esta manera se remansará y pondrá más pausa al acto.

—Pero Lionor, ¿qué puedo hacer yo si lo veo de uvas a brevas? ¿Acaso debo ir a la frontera a guerrear con el infiel?

—No habéis dicho ninguna tontería: los hombres son muy

extraños y si os constituís en el reposo del guerrero y descansa en vos cada noche, no me he de equivocar si regresáis a Barcelona con el vientre ocupado. A veces un catre de campaña es mejor que el más mullido de los lechos.

La obsesión del hijo atosigaba a Almodis, pues sabía que la consolidación de sus derechos se haría firme en cuanto diera al conde un heredero, al punto que a raíz de la conversación con su dama, aprovechaba cualquier coyuntura para hablar del tema ya fuere con Delfín o con el padre Llobet. A cada uno de ellos asaeteaba con preguntas pertinentes a la idiosincrasia de su carácter o a la peculiaridad de su oficio.

La mañana de un lluvioso día en el que el enano la ayudaba a abonar sus plantas en el invernadero, lo cercó a preguntas al respecto de la obsesión que la acuciaba.

—Y, dime, Delfín, ¿qué piensas que ocurrirá cuando venza el tiempo? ¿Seré madre de un heredero o resultaré yerma? ¿Qué te dice tu instinto?

La voz aflautada del hombrecillo resonó por la bóveda.

—Ya os he dicho mil veces que mis pálpitos son repentinos. A veces versan sobre cosas intrascendentes y raramente acuden a mí cuando quiero forzar mi mente pretendiendo saber alguna cosa que realmente me interese o despierte mi curiosidad.

—Bien que lo sé, pero contesta, ¿no has tenido presagio alguno que me oriente al respecto?

—Un sueño, únicamente he tenido un sueño que no puedo considerar como augurio.

—¡Por Dios santo, Delfín! Cuéntame ahora mismo lo que has soñado. ¿No es cierto que José interpretó los sueños del faraón y que éstos resultaron ser un presagio?

A Delfín aún le escocían las frases que la condesa le espetó la noche que, tras el tremendo susto del ataque pirata, se introdujo en su camarote.

—Bien, si os interesa saber lo que sueña un cobarde, os lo diré.

—Delfín, créeme que no estoy para sutilezas. Si pretendes darme una lección te corresponderé de la única manera que todo el mundo entiende. Si lo prefieres, te vuelvo a preguntar lo mismo tras una tanda de latigazos. A ver si estás para juegos de palabras.

—Señora, me llamasteis boñiga delante de doña Lionor.

—En aquel momento te merecías lo que te dije y más aún, por cobarde, y no agotes mi paciencia que va siendo mucha. Explícame de una vez ese sueño.

El enano conocía muy bien sus límites, que eran unos cuando actuaba ejerciendo de bufón y otros mucho más ajustados cuando hablaba seriamente con su ama.

—Veréis, una noche, recién llegados, libé, quizá en demasía, de ese vino dulce propio de estas tierras y que llaman moscatel. Es un caldo traidor, pues aletarga el espíritu y no avisa, así que, cuando quise darme cuenta, ni fuerzas tuve para recluirme en mis aposentos y me quedé tirado sobre las balas de paja que guardan para dar de comer a las caballerías. Al punto mis luces se apagaron y tuve un extraño sueño.

—Déjate de rodeos, Delfín, y ve al grano.

—Está bien, señora, el caso es que estabais vos y doña Lionor en vuestro gabinete cuando un llanto agudo llamó vuestra atención. Al fondo, donde tenéis el tambor con el cañamazo en el que estáis trabajando, se veía un gran moisés con capacidad para varias criaturas. Vos y la dama os inclinasteis sobre él y observasteis cómo en su fondo había dos bultos. Al apartar la sabanita que los cubría pudisteis ver aterrorizadas cómo uno de los recién nacidos que allí había arañaba el rostro del otro, llenándolo de sangre.

—¿Y qué es lo que deduces de este desvarío?

—Yo nada, señora. Vos me habéis preguntado y yo os he explicado. Queríais saberlo y ya lo sabéis, éste fue mi sueño. Sin embargo, aún permanece en mi memoria el pálpito que os comuniqué allá en mi bosque el día que hicimos nuestro pacto de sangre, ¿recordáis? Seréis origen de una dinastía y creo que ha llegado el momento.

—Pero para eso debo ser madre.

—Desde luego.

La condesa se quedó unos instantes pensativa, pero luego, tras pasar su diestra por el rostro como quien quiere apartar algo, preguntó:

—Y bien, Delfín, tú que sales de palacio libremente y frecuentas figones, posadas y ventas, que te mezclas con el pueblo llano, ¿qué opinan las gentes de mí? ¿Me quieren o me odian?

—Depende, ama, de quien se trate.

—No seas tan misterioso y habla de una vez. ¿De qué depende?

—De la condición y de la cultura de cada quien.

—¿Y?

—Veréis, señora: el pueblo llano está asustado, teme perder la paz del condado; unos achacan al conde sus miedos y otros al Papa; al primero por yacer con vos sin estar debidamente casado y al segundo por meterse en asuntos que no son de su incumbencia, ya que afectan no a una sola familia, sino a muchas. Pero unos y otros andan poniendo su alma en paz con Dios por si acaso y gastan sus dineros en rogativas, ayunos y rosarios, pues su tranquilidad depende de la paz del condado: sin paz no hay comercio, y si la autoridad, por mor de vuestra presencia, se resiente, temen que el moro vuelva a atreverse a atacar Barcelona y de esa manera lo pierdan todo. Hay gentes que nunca habían confesado sus culpas en las iglesias y que ahora no se apartan del confesonario. De todo ello no son ajenos los clérigos que, desde los púlpitos, fomentan sus miedos y observo frecuentemente que los penitentes, apenas han lavado sus culpas, se acercan al cepillo de las ánimas y depositan su óbolo en el mismo. Es una manera como otra de recabar la indulgencia del Altísimo y pedir que guarde al condado del islam. Hay algunos que tienen en su mente, todavía, el recuerdo de Almanzor.

—Pero ¿crees que, caso de que finalmente se concretara la pena de excomunión, eso afectaría hasta este punto al porvenir del condado?

—Mi instinto me dice que de ninguna manera, pero los clérigos abusan de la candidez de las gentes y auguran un sinfín de desórdenes y de calamidades. Recuerdan que un conde o monarca excomulgado puede ser desobedecido y que, si tal cosa sucede, provocará la anarquía y el dinero carecerá de valor, de modo que se paralizará todo y la ciudad languidecerá, aunque por lo visto para ellos esto no reza: si creyeran que tal cosa va a ocurrir, ¿de qué les iban a servir las caridades que los fieles hacen en las iglesias por promesas hechas para salvaguardar la paz o como penitencia por sus confesada culpas? Los dineros, que yo sepa, solamente sirven en este mundo. No creo yo que san Pedro cobre la entrada en el cielo en mancusos sargentianos o jafaríes.

—No te puedes imaginar cuánto me agradaría poder salir alguna noche contigo y mezclarme con el pueblo. Te diré más: el gobernante que no pone los medios para conocer de primera mano la opinión de sus súbditos, por muy buenos consejeros que tenga, siempre acabará errando.

—En eso os doy la razón, señora, pero es una quimera pretender salir de palacio de tapadillo burlando a vuestra ama, a vuestras camareras y a la guardia.

—No diría yo tanto, cosas más improbables han acaecido y de haberlas sabido antes, las hubiera tildado de imposibles.

—Todo está escrito, si algo ha de suceder sucede, pero vuestra pretensión, os repito, es asaz improbable.

—De cualquier manera no está de más poner los medios, siempre he creído en la facultad del ser humano para forzar el destino.

—Perdonad que os lo diga, pero seguís siendo la misma muchacha osada que conocí en la Marca.

37

Los consejos de Benvenist

 a fiebre que acometió a Martí para iniciar su viaje tras el encuentro con Laia fue un tormento. Se pasó el verano yendo y viniendo de las viñas de Magòria a sus molinos, de éstos a su almacén intramuros y de allí a las atarazanas vigilando la puesta a punto de su bajel, para acabar cada noche en la casa de Baruj recabando información de mil detalles fundamentales si quería llevar a buen puerto sus empeños. El cambista era un pozo sin fondo de conocimientos y Martí sabía que su experiencia iba a resultar vital para llevar a cabo sus propósitos. Durante esos meses de actividad febril, y gracias a la colaboración de Aixa, mantuvo varios encuentros con Laia en la casa de su vieja aya en los que su incipiente amor fue afianzándose poco a poco.

Aquella noche estaba Martí sentado en el jardín del cambista, bajo el frondoso castaño, ante dos copas del excelente caldo que guardaba Baruj en su bodega, y asaeteaba a preguntas a su interlocutor, bebiendo de sus palabras y tomando buena nota de sus consejos.

Rivká, la esposa de Baruj, iba y venía trasegando una frasca de fino cristal, rellenado las copas; al otro lado de la puerta, una oculta Ruth aprovechaba la ocasión para escuchar lo que su padre conversaba con aquel amable y apuesto joven.

Benvenist hablaba en aquel instante.

—En primer lugar quiero deciros que según mis cuentas os podéis considerar un hombre rico. Muchos de los que se acercan al conde presumiendo de caudales, no tienen la liquidez de que gozáis vos.

—En vos tengo depositada toda mi confianza. Mi oficio es el trabajo, tal como me indicó que hiciera mi padre en su testamento, y la tranquilidad que representa saber que vos guardáis mi hacienda hace que me pueda dedicar plenamente a mi cometido, pero, os lo ruego, proseguid con la información que os demando.

—Veréis, Martí, no toda mercancía es de libre tránsito. Hay cosas que se pueden exportar a una ciudad o a un reino y en cambio llevarlas a otro está totalmente prohibido.

—Y ¿de qué depende?

—De muchas circunstancias, como si se está en guerra con algún aliado de los condados de Barcelona, Gerona y Osona; si esta exportación puede llegar a significar una futura competencia o meramente si a algún gran comerciante no le parece oportuno.

—Y lo que embarque en un puerto, ¿quién deberá controlarlo?

—Deberéis someteros a las leyes de cada reino visitado, y en ese punto radicará el gran beneficio de vuestra singladura, ya que lo que prohíbe Barcelona lo autoriza Génova, y lo que ésta obsta, conviene a Venecia o a Constantinopla. La mercancía de cada viaje es competencia del puerto donde se carga y, por ende, del condado, ciudad o reino donde éste se halle. Vuestra responsabilidad será debida a cada uno de dichos puertos, de manera que por encima de la pericia del capitán de la nave, que el viaje sea un éxito o un fracaso dependerá de la habilidad comercial del armador, en este caso de vos.

—¿Y si durante la planificación del viaje surgiera la ocasión de mercar algo cuyo transporte no figurara en ninguna relación de cosas prohibidas? ¿Qué es lo que debo hacer?

—Declararlo a su desembarque. Nada os podrán objetar ni os podrán aplicar sanción alguna.

—Y ¿cómo puedo yo valorar una nueva mercancía para asegurarla según nuestro trato si al ser nueva desconozco sus peculiaridades y el peligro de su transporte?

—No os apuréis por ello. En cada puerto al que arribéis hallaréis a personas de nuestra nación, que ponderarán el riesgo y el coste de la mercancía que queráis embarcar; en cualquier caso nosotros avalaremos su decisión y la palabra empeñada. Lo que ellos determinen será ley para nosotros.

—Otra cosa me inquieta, maestro.

—No me llaméis así. Los conocimientos que os puedo transmitir son más fruto de la experiencia de los años que del estudio. Pero, decidme, ¿qué duda os asalta?

—Veréis, ¿cómo me entenderé para poder llevar a cabo mis transacciones?

—Allá donde vayáis, los nuestros os proporcionarán un truchimán, pero para desempeñaros en el tráfico normal de cada día, con vuestro latín os sobra. En todos los pueblos del Mediterráneo donde Roma impuso su presencia se habla un latín más o menos adecuado a cada uno de ellos. Conociendo el de estos pagos, entenderéis todos los demás.

Las preguntas con las que Martí atosigaba a su amigo eran múltiples y referidas a mil situaciones y lugares, y las respuestas del mismo abarcaban todos los campos.

—Perdonad mi insistencia y el abuso que hago de vuestra persona —le decía Martí, cuyo afán por saber no parecía tener fin.

—No tengáis reparo alguno. De alguna manera los nuestros van a ser vuestros socios. Y ahora, si me excusáis un instante, mi vejiga no admite espera, es algo que con los años se torna en vergonzante esclavitud de la que no escapan ricos ni pobres, ni condes ni mendigos.

—Por favor, Baruj, estáis en vuestra casa y yo no soy más que una molestia que vuestro cálido verbo atonta hasta el punto que se me pasa el tiempo sin tener en cuenta que las más elementales reglas de cortesía señalan que un huésped no debe jamás demorar su partida cuando el sol se ha puesto.

El cambista se levantó y, tras asegurar a su joven invitado que nada le causaba más placer que sus visitas, partió a aliviarse.

Apenas lo había hecho cuando Ruth entró en la estancia y, a pesar de la severa mirada que le dirigió su madre, se acercó a Martí y le ofreció otra ronda del dorado líquido de su frasca.

—Me ha parecido oír que partís para un largo viaje —dijo la muchacha, como si no hubiera oído los mil detalles de éste.

—Así es. Me he metido en un negocio que me es desconocido y he de poner mi empeño para dominarlo. Por eso necesito del buen consejo de tu padre para mejor llevar a cabo mi propósito.

—¿Os vais muy lejos?

—Tan lejos como el tiempo y las circunstancias de la mar me permitan.

—Qué envidia me dais —dijo la niña, entrecerrando los ojos—: conoceréis mundo y viviréis experiencias que enriquecerán vuestros recuerdos. Si vuelvo a nacer quiero ser hombre. La vida de una muchacha judía es aburrida y monótona. Depende además de la voluntad de su padre y del capricho del destino que le aporte un buen marido o un viejo.

Rivká fue a intervenir, pero Martí se le adelantó.

—No creo yo que tu padre te imponga a alguien que no sea de tu agrado. Tienes la suerte de ser la hija de un hombre excepcional y muy condescendiente.

En ese momento, se oyó un estrépito en la cocina y Rivká, no sin lanzar antes una mirada de advertencia, de la que Ruth fingió no darse cuenta, fue a ver qué había sucedido.

—Podéis tener razón, pero sé que si me enamorara de un cristiano jamás daría su consentimiento —dijo la chica, ahora que ninguno de sus progenitores estaba delante.

—Pero lo normal es que te atraiga más un joven de tu religión que tenga tus mismas costumbres en vez de otro que sea ajeno a ellas; además, seguro que conocerás a más judíos que a gentiles.

—No es condición segura —dijo la niña, con un mohín—. Por ejemplo, os he conocido a vos que frecuentáis esta casa y que sois grato a los ojos de mi padre.

A Martí la naturalidad de la muchacha le amilanaba y conseguía ponerlo nervioso.

—Eres una niña adorable y de infinitas cualidades, pero has aludido anteriormente a la posibilidad de casarte con un viejo, y no quisiera añadir al problema que representa mi religión el agravante de mi avanzada edad comparada con tus jóvenes años.

—Yo nunca diría que sois viejo.

Martí ya no sabía qué argumentar ante la intrepidez de la audaz jovencita cuando la voz de Baruj le sacó del apuro.

—Ruth. ¿Qué es lo que haces, molestando a nuestro huésped?

—Nada, padre mío. Me estaba explicando el maravilloso viaje que va a emprender y yo le atendía gustosamente para intentar paliar el tedio de vuestra ausencia, pero ya me voy. ¿De verdad que no deseáis que vuelva a llenar vuestra copa? —anunció ofreciendo la frasca.

—Nuestro huésped no quiere nada más y yo lo único que deseo es que te retires —argumentó el judío.

La muchacha se retiró tras un gracioso saludo.

—Perdonadla, es muy joven, tiene la cabeza llena de pájaros y no conoce todavía la medida de las cosas.

—Es una encantadora criatura y no deberéis pasar el menor inconveniente para encontrarle el apropiado marido.

—Mucho me temo que de las tres hijas que tengo, ésta va a ser la que me cause mayores contratiempos al respecto de casarla con quien convenga. La mayor contraerá matrimonio el próximo año con un muchacho de Besalú de inmejorables informes cuyo padre regenta el negocio de los baños; a la segunda la casaré con el hijo mayor del rabino Shemuel Melamed, con quien ya he acordado la boda, pero temo que esta pequeña rechazará a cualquier hombre que le propongamos yo o su madre. Y estoy seguro de que, si éste no es de su agrado, ella acabará saliéndose con la suya.

38

Confesiones

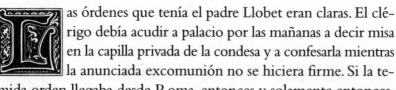as órdenes que tenía el padre Llobet eran claras. El clérigo debía acudir a palacio por las mañanas a decir misa en la capilla privada de la condesa y a confesarla mientras la anunciada excomunión no se hiciera firme. Si la temida orden llegaba desde Roma, entonces y solamente entonces, dejaría de hacerlo, ya que una persona excomulgada no podía acercarse a los sacramentos. Pese a todo ello, su conciencia le dictaba otra cosa.

El sacerdote había aceptado su nuevo cargo por el fallecimiento de su antecesor. Cuando su superior le ordenó tal cometido, su reacción primera fue rechazarlo, pues la experiencia adquirida a través de su agitada vida le aconsejaba mantenerse alejado de los poderosos y de influencias mundanas que no traían otra cosa que problemas que solamente compensaban a aquellos que pretendieran medrar a costa de lo que fuere, lo que no era su caso.

No podía negarse a sí mismo que acudió a la cita con prevención. La manera de llegar a la corte de la condesa Almodis no era precisamente la más apropiada; sin embargo, sus convicciones cristianas se resintieron al conocerla y, a través de su trato, su alma de soldado entendió que aquella mujer, si salvaba el escollo de la excomunión, iba a ser infinitamente más útil para el condado de Barcelona que la repudiada Blanca de Ampurias. Hasta sus oídos había llegado la historia de su encuentro con los piratas y, pese a ser consciente de cuánto se agrandan los hechos al pasar de boca en boca, tuvo ocasión, dada su vieja amistad, de entrevistarse con Gilbert d'Estruc, jefe de la expedición, que le relató punto por punto lo ocurrido la infausta noche del abordaje en cala Montjoi. Su viejo instinto de guerrero se estremeció ante el demostrado valor de la condesa y desde aquel momento la trató con admiración y simpatía.

Su tarea comenzaba muy de mañana. Tras los rezos de prima acudía a palacio y se disponía a aguardar en el banquillo del confesonario de la recoleta capilla privada a que su única feligresa acudiera a su encuentro. Ésta aparecía puntualmente acompañada por sus damas de honor y por un hombrecillo, Delfín, se llamaba, enano y contrahecho, que al parecer gozaba de toda su confianza. Sus entrevistas eran meras conversaciones, pues desde el primer día quiso Llobet dejar clara su postura.

—Mirad, señora —le dijo—. Vos y yo sabemos que estáis viviendo en adulterio flagrante con el consabido escándalo de vuestros súbditos. Pese a ser consciente de que mi decisión puede acarrearme consecuencias funestas, quiero que sepáis que no os daré la absolución si no mostráis dolor de contrición y propósito de enmienda de no volver a caer. Como sé que no vais a cumplir las condiciones que requiere el sagrado sacramento, para nada sirve que os arrodilléis ante mí. Hasta que anulen desde Roma vuestro anterior matrimonio, cosa por lo visto bastante asequible para vos, pues ya lo habéis conseguido otras dos veces, y contraigáis sagrado vínculo con el conde, si es que también éste consigue lo mismo, no contéis con mi anuencia. Si no os parece bien, me daré por despachado el primer día, y otro clérigo más complaciente, que sin duda encontraréis, se ocupará de la paz de vuestro espíritu.

La respuesta altiva de la condesa sorprendió al padre Llobet.

—En primer lugar, a partir de hoy mismo, vos y yo hablaremos sentados a la misma altura en sendos escabeles, ya que al no ser digna de recibir la absolución, no me estoy confesando con un ministro del Señor y en este caso la que hace el honor de sentar a su altura a un simple clérigo es la condesa de Barcelona. En cuanto a si os quedáis o no, la que debo decidirlo soy yo: ni siquiera el conde de Barcelona intervendrá en cosa que solamente a mí atañe. Quiero además que sepáis que, desde este momento, os tomo como consejero espiritual y que si algo jamás me ha gustado es el talante de falsa servidumbre que adoptan casi todos aquellos que se acercan a los poderosos. Me ha gustado sobremanera vuestra claridad y me agradaría que con el tiempo llegarais a ser mi amigo.

Desde aquel día las charlas con la condesa constituyeron para el padre Llobet, junto con las que mantenía de vez en cuando con Baruj Benvenist, una pócima beneficiosa para su intelecto. La inteligencia de sus argumentos y la agudeza de sus réplicas sorprendían día sí, día también al muy erudito arcediano que anteriormente había sido un hombre de guerra. Recordaba la aguda argumentación de Almodis al respecto de sus pecados.

—Tengo una duda que me asalta y quiero consultárosla.

—Os escucho, condesa.

—Sé bien que no podéis absolver mi pecado, pues no pienso ni por ensalmo apartarme de Ramón; sí, en cambio, estoy arrepentida de otras faltas que me atormentan, como por ejemplo de haber matado a un hombre. ¿Podéis perdonar esta falta que creo me aparta de Jesucristo y dejar a un lado lo que tanto preocupa a la Iglesia y que en cambio en nada afecta a mi conciencia?

—Señora, el sacramento de la confesión no es feria donde se pueda adquirir aparte la mercancía que más os convenga. Los pecados forman un todo y no podemos discernir unos de otros; el sacramento de la confesión tiene sus normas y no podemos adecuarlas a nuestras conveniencias, al igual que se ajusta la ropa.

—El Señor dice: «Los pecados que retengáis serán retenidos y los que perdonéis serán perdonados». ¿Por qué no me retenéis uno y me libráis de todos los demás, sobre todo aquel que corroe mi conciencia? Si algo me ocurriera ya explicaré allá arriba a quien corresponda que me casaron sin mi consentimiento la primera vez y la segunda me entregaron a un viejo por cuestión de Estado. ¿Es que una mujer no tiene derecho a decidir su vida y ha de estar siempre sometida a la conveniencia de los hombres?

—Señora, las cuestiones de alta política no entran en los negocios de este pobre clérigo. Si cada princesa o señora de estos reinos tuviere la capacidad de romper a su capricho el sagrado vínculo por no estar conforme con el destino que le ha sido asignado, todo el andamiaje de la cristiandad se vendría abajo como castillo de arena.

—Pero comprended que es mi vida, que solamente la voy a vivir una vez y que mi humilde persona no es quién para sostener sobre sus débiles hombros todo el armazón de los reinos de este mundo. Cuando en mi tumba coloquen una lápida en la que se lea un bajorrelieve que diga «Aquí yace Almodis», mi paso por este valle de lágrimas habrá finiquitado y es mi deseo que, a partir de este momento, sea lo más grato posible. Mi ración de lágrimas ya se ha consumido.

Ésta y otras argumentaciones tan agudas como coherentes desarmaban al clérigo, que en multitud de ocasiones no sabía qué argüir.

De todas maneras, a menudo la condesa terminaba refiriéndose a la cuestión sucesoria y asediaba al clérigo demandando su opinión desde un punto de vista profano.

—Y decidme, mi buen canónigo, y ahora os hablo desde la conveniencia política de lo que mejor sea para el condado. Supongamos que ha llegado desde Roma la anulación de nuestros matrimonios anteriores y que el conde de Barcelona y yo somos marido y mujer. Es *vox populi* que Pedro Ramón, el primogénito de mi esposo, y permitidme la digresión pues ésta es mi opinión, no goza de un justo raciocinio y su carácter es inestable y dado a la molicie. ¿Creéis que porque sea el primo nato debe reinar? Si yo pudiera dar un heredero a Barcelona, ¿no pensáis que sería justo que el conde cambiara su testamento para bien del condado y beneficio de sus súbditos de manera que reinara el más apto?

—Señora, no es mi misión opinar sobre estas cosas y cuando así me habláis me colocáis ante un verdadero compromiso.

—Llobet, os interrogo como hombre versado que sois y antiguo soldado que sirvió mucho tiempo a los Berenguer. ¿Qué de malo tiene que la condesa de Barcelona se aconseje de quien considera más cercano y experimentado? Os ruego, y si es necesario os ordeno, que respondáis a mi pregunta.

El religioso dudó un instante.

—Podría salir del paso engañándoos.

—Pero no lo haréis, no va ni con vuestra religión ni con vuestro talante de hombre de bien. Contestadme.

—Pues bien, señora, si el fruto, por ahora, pecaminoso de vuestro amor gozara de las cualidades políticas y el demostrado valor de su madre, tal vez fuera conveniente.

39

Nocturnidad

elfin temía la tenacidad de su señora en cuanto una idea se le metía entre ceja y ceja. Almodis, obsesionada sin duda por el empeño de concebir un heredero, había imaginado un plan, y cuando tal ocurría, el enano era consciente de que su dueña arrasaría con cuantos obstáculos se interpusieran en su camino hasta culminar su deseo. La cual cosa era harto comprometida para él, ya que de descubrirse el intento, las consecuencias irían indefectiblemente a recaer sobre él porque la condesa iba a estar siempre a salvo de cualquier posible castigo: en primer lugar por ser quien era y en segundo, por el amor desaforado que por ella sentía el conde, que la ponía a salvo de cualquier desfavorable coyuntura.

Delfín gozaba de dotes proféticas pero, en contra de la opinión de la condesa, era ajeno a cualquier poder, hechizo o magia que predispusiera a los astros a favor de cualquier empeño; sin embargo, siempre y en cualquier ocasión se movía cercano a gentes proclives a estos menesteres, ya fuera de buena fe o meros farsantes que se aprovechaban de los temores y ansias de las buenas gentes para esquilmar la bolsa de los incautos.

El caso fue que un malhadado día cometió la insensatez de hablarle a Almodis de una vidente ciega, amiga suya, muy visitada por mujeres infértiles y mozas a las que hubiere que reconstruir el himen para que su familia no cayera en el deshonor y que presumía de tener buena mano para estas cosas. La había conocido visitando el figón que regentaba su cuñado extramuros del Castellnou. Supo de ella al indagar sobre la cantidad de gentes disimuladas y hasta embozadas que, pasando de largo por el lugar atestado de mesas en donde los parroquianos libaban sus consumiciones, se dirigían a una disimulada puerta situada al fondo del establecimiento y que daba a la trastienda del almacén.

La respuesta de la condesa no se hizo esperar.

—Bien, amigo mío, vas a pedirle una entrevista para mí. Sus conocimientos me son necesarios y su ceguera me conviene. La semana que viene, por consejo de doña Lionor, voy a acudir al encuentro del conde, que se halla asediando Tortosa y quiero poner todos los medios a mi alcance para no perder la ocasión y salir preñada del embroque.

—Pero, señora... —se atrevió a argumentar el hombrecillo—. Florinda únicamente recibe durante las noches y vuestra escolta llamará la atención acudiendo a lugar tan singular.

—Pero ¿qué es lo que crees, insensato? ¿Que la condesa Almodis de la Marca acudirá a tan delicada cita con acompañamiento de tambores y añafiles?

—¿Pues cuál es vuestro plan, señora?

—Acudiremos tú y yo y, como procede, lo haremos de tapadillo.

—La vida me podéis quitar, mas no el espanto que siento si por cualquier causa se descubre vuestra añagaza y somos sorprendidos. Estoy cierto que la ira del conde recaerá sobre mis espaldas.

—Eso solamente es una posibilidad y lo que te anuncio es una certeza. Si no me obedeces, será mi ira la que caerá sobre tu espinazo y juro que mi rebenque te lo enderezará.

Delfín se sintió atrapado en aquel incómodo enredo y optó por la opción menos peligrosa. Despachaba Florinda sus transacciones en la trastienda del figón que se llamaba Venta del Cojo, por el defecto que caracterizaba a su patrón. Estaba emplazada entre dos casas de vecinos y apoyaba su deteriorada estructura en el estribo de la vieja muralla. Para llegar hasta ella había que recorrer un peligroso trayecto adobado por la falta de luz que reinaba en la ciudad, sobre todo en los arrabales, lugares propicios para que los asaltantes amigos de lo ajeno hicieran sus tropelías en las oscuras noches. Florinda era consciente de que gran parte de su éxito radicaba en lo que le decían sus visitantes, ya que su fina sensibilidad suplía con creces su carencia de vista, de modo que cuando Delfín acudió a ella, sin decir nada, desde luego, al respecto de quién era la persona que demandaba sus servicios, la hábil mujer acostumbrada a entresacar información de cualquier coyuntura, aprovechó el envite para conocer algo del futuro cliente.

—Y ya que no me decís quién es la persona que demanda mis oficios, informadme al menos de cuáles son sus cuitas a fin de que, si es menester, me provea de algunas cosas que me son útiles para remediar ciertos males, no vaya a ser que pierda el viaje por una imprevisión vuestra.

El enano recelaba.

—Nadie ha discutido vuestro precio, que por cierto no es escaso, pero condición inexcusable es que la mujer acudirá a vos embozada, pues le crearía singular perjuicio el ser reconocida.

Florinda coligió que era una dama y de calidad la que reclamaba sus ayudas, pues en una ciudad como Barcelona no era común que a altas horas de la madrugada y por aquellos arrabales alguien reconociera a alguien.

—¿Se trata de interrumpir una gestación? Los medios que requiero para ello no son el común de cada día.

—Precisamente lo contrario, y no me hagáis hablar más de la cuenta. En su momento se os informará de lo que sea menester.

Y así quedaron después de ajustar la noche y el momento.

A la de ya de por sí peligrosa salida de palacio se unía el asunto de ir embozados, a deshora y sin escolta alguna. Delfín había planeado la escapada cuidando hasta la exageración los detalles, y la generosa bolsa que la condesa había puesto a su disposición había contribuido a ello.

La guardia de palacio hacía una ronda periódica y el jefe de la misma recorría los puestos al frente de los hombres que debían relevar a cada uno de los centinelas. Éstos se distribuían por las cercanías de la muralla y custodiaban asimismo todas las salidas de palacio. Delfín supo, en una de las partidas de tabas que jugaba con la soldadesca apostando sus pagas, que uno de los centinelas cubriría la segunda guardia en una portezuela que daba a la parte de atrás del palacio. El hombre andaba justo de pecunio y acababa de ser padre por tercera vez. De modo que oportunamente le abordó y le propuso un trato.

—Veréis, Oleguer. —Así se llamaba el individuo—. El caso es que, de poder hacerme el favor que os voy a pedir, os quedaría eternamente agradecido.

—Si está en mi mano y no he de correr peligro alguno, podríamos hablar.

—Veréis, soy el criado de un mayordomo de llave, y hete aquí que, siendo casado, se ha encaprichado de una moza de taberna, de manera que a pesar de estar de servicio de cámara desearía salir de palacio a la hora de completas de un modo discreto y sin llamar la atención del oficial de noche y regresar posteriormente antes de que su señor solicite sus servicios.

—¿Y en qué me concierne este negocio?

—Vos entraréis de centinela a la hora de completas, os relevarán a maitines y, tras descansar en el puesto, volveréis a entrar a la hora prima; en este momento, ni antes ni después, mi amo regresará y vos le facilitaréis de nuevo la entrada.

—Pero sin duda, al volver a entrar de guardia me asignarán otra puerta.

—Mi amo y yo iremos dando la vuelta a la muralla hasta que encontremos una puerta en la que se haya colocado un pañuelo rojo, cosa que deberéis hacer vos al regresar.

—Y ¿cómo sabéis tantas cosas de mí?

—La pesquisa, querido amigo, es fundamental si queréis sobrevivir en el proceloso mundo de palacio.

—Supongamos que acepto. ¿Qué beneficio saco yo de este arriesgado negocio?

—Una bolsa de cinco dineros a la salida, otra igual al regreso y la certeza de que alguien poderoso os deberá un favor. Mi amo es consciente de que quien algo quiere, algo le cuesta.

—¡Pardiez! No dejo de admirar cuán cerriles somos los hombres. No hay brida ni bocado que sujete mejor a un varón encelado que una moza que se resiste.

—Así son las cosas y de esta manera funcionan los negocios del sexo.

De tal manera quedaron. En el tiempo acordado la condesa Almodis, vestida con los ropajes de un varón y embozada en una capa con capucha, portando además un antifaz, acompañada del enano, saldría por una excusada puertecilla de la muralla de palacio dispuesta a quemar las naves al respecto de dar al conde y al condado de Barcelona un heredero que mereciera la consideración de tal, en detrimento del inútil primogénito habido de la coyunda de su esposo con la fenecida Elisabet de Barcelona.

40

Florinda la Ciega

os sombras arribaron junto a la puerta que guardaba Oleguer. El centinela, lanza en ristre y adarga colgada a la espalda mediante el tiracol, paseaba nervioso arriba y abajo por el corto pasillo. La sombra menuda se le acercó en tanto la más alta quedaba a prudente distancia. El diálogo se hizo susurrante.

—Aquí estamos. Concluyamos nuestro negocio.

—¿Habéis traído lo pactado?

La diminuta sombra echó mano a la faltriquera que ocultaba bajo la capa y extrajo de ella el precio acordado.

—Aquí lo tenéis, podéis contarlo.

El centinela tomó en sus manos el saquito de piel, y tras sopesarlo, desató la tira de cuero que ceñía la embocadura y acercándose al fanal que tenía en la garita, contó los dineros.

—He hecho el negocio de Pedro con las cabras; si tuviera cabeza debería deshacer el trato.

—Entonces perderíais la cabeza que decís no tener. Si me falláis en esto juro que no cejaré hasta acabar con vos.

El otro pareció repensarlo.

—Bien está lo que está bien. Yo soy cabal y cuando doy mi palabra, acostumbro a cumplirla.

El enano parecía aliviado, ya que el compromiso en que le metía el otro, caso de fallar el invento, era de órdago.

La sombra más alta aguardaba aparte el fin de las negociaciones.

—Concretemos, Oleguer. Cuando volváis a entrar de guardia colocaréis en la puerta de la muralla que os corresponda un pañuelo rojo.

—Aquí lo tengo. —El centinela, del bolsillo interior de la casaca que cubría su loriga, sacó un trapo y se lo mostró a Delfín.

—Y vos antes de entrar me entregaréis la segunda parte del pago.

—Así lo acordamos y así será.

Tras estos prolegómenos, el centinela retiró la tranca de la reforzada puertecilla y se hizo a un lado para que la sombra más retirada saliera al callejón seguida de Delfín.

Barcelona era una ciudad paupérrimamente iluminada y las gentes de mal vivir aprovechaban el crepúsculo para sorprender a los incautos viandantes que osaban asomarse a las calles a aquellas horas para desvalijar sus bolsas y esquilmar sus caudales.

—Señora, en cuanto lleguemos a los arrabales pondremos en marcha mi idea.

La voz de Almodis sonó ronca tras el embozo.

—Haz lo que quieras, pero avía. Y no seas tan timorato, que las sombras no muerden.

—Ama, más vale prevenir que curar. Los cementerios están llenos de temerarios, que no de prudentes, y yo no tengo ningún interés en adelantar mi cita con la parca.

La condesa y su enano caminaban con paso acelerado procurando confundirse entre los salientes de la muralla y los soportes de los arcos de las plazas. Embozados como estaban, la desigual pareja era asimismo evitada, ya que nadie a aquellas horas inspiraba confianza.

Pronto abandonaron las cercanías del palacio; pasaron por delante de Sant Jaume y, bordeando el *Call*, llegaron al Castellnou. Al llegar a este punto, Delfín extrajo de su bolsa una carraca y comenzó a caminar delante de Almodis, haciéndola sonar. A partir de la hora de vísperas se autorizaba el desplazamiento por ciertos sectores de la urbe a todo aquel que padeciera una enfermedad infecciosa a condición que delante llevara a un criado, pariente o amigo, haciendo sonar una carraca de hueso o madera. En tales circunstancias se abría, ante los desgraciados enfermos un círculo de miedo y de aprensión de tal manera que podían atravesar las calles al igual que un cuchillo caliente se abre paso en la manteca y hasta el punto que, caso de encontrarse a la ronda de alguaciles, éstos se hacían a un lado prudentemente por miedo al contagio. La lepra o la peste causaban más espanto que las turbas moriscas que acechaban tras el Ebro. De esta guisa atravesaron la puerta.

La Venta del Cojo tenía un herrumbroso cartel de madera carcomida en el que se leía el nombre del establecimiento, alumbrado por la raquítica luz que emitía un tronado fanal. Las voces de los ruidosos parroquianos, unos ya beodos y otros a punto de estarlo, se oían desde el exterior. Un inusual escalofrío sacudió la espalda de Almodis, cosa que intuyó Delfín.

—Señora, si os da reparo lo dejamos.

—Si buscas una excusa para huir, no cuentes conmigo. Soy la misma que cortó el cuello a un pirata y tú el mismo que se ocultó en un barril de arenques, o sea que adelante y no andes con juegos, que cada uno sabemos quién es cada quien.

El enano supo que la suerte estaba echada y decidió mostrarse a la altura de las circunstancias. Empujando la batiente puerta dio un paso al frente y se introdujo, seguido de Almodis, en el figón. Al traspasar la puerta el alboroto se hizo insoportable. Las gentes alzaban la voz para entenderse e inclusive se lanzaban pullas y mofas de mesa a mesa. Algún parroquiano era disuadido del intento de agresión por la acción decidida del patrón, que no estaba dispuesto a que le arruinaran el establecimiento. La entrada de los dos embozados personajes ocasionó un momentáneo silencio que alertó al cojo, que se giró al instante. El hombre, al que su cuñada había anunciado la visita, reaccionó al punto, y presuroso y servil, se llegó a la desigual pareja.

—Señores, si tenéis la bondad de seguirme os conduciré a lugar menos ruidoso y más propio. Mi establecimiento goza de reservados dignos de gentes de calidad.

El hombre, dándose media vuelta, les indicó con el gesto que fueran tras él. Almodis y Delfín así lo hicieron, yendo tras el peculiar personaje que iba abriendo camino entre las mesas de la achispada clientela, caminando con un original escorzo que recordaba la andadura de un bajel en medio de un fuerte temporal.

A la trastienda de la Venta del Cojo se llegaba descendiendo una breve escalerilla de tan sólo tres peldaños. Florinda cuidaba muy mucho la puesta en escena y procuraba que el visitante estuviera en la luz, de manera que una hilera de velones iluminara el pasillo que conducía hasta el fondo, en tanto que ella permanecía en la penumbra y de esta manera solemnizaba el encuentro y ganaba en importancia ante el visitante. Su fina intuición y su agudo oído le dijeron que la pareja que conducía su cuñado era singular y, pese a su dilatada experiencia, eso no la dejó indiferente. El típico caminar del marido de su hermana le era de sobra conocido; el que había ajustado con ella era sin duda un bulto pequeño, pues oía por separado sus menudos pasos; en cambio le sorprendió la zancada segura y el aplomo que denotaba la otra presencia. El cojo, al llegar a la mesa hizo las presentaciones.

—Florinda, éstas son las nobles personas que han requerido tus servicios. Yo me retiro. —Y, dirigiéndose a la pareja, añadió—: Si algo falta a vuestras mercedes que yo pueda servir, no tenéis más que decirlo.

En tanto Delfín respondía negando cualquier necesidad, la sombra embozada ya había tomado asiento en uno de los dos desvencijados bancos situados frente a la mesa de la mediadora, y lo había hecho al desgaire, como si aquella covachuela fuera realmente su casa.

Florinda escuchó el crujir doliente del asiento e intuyó que aquella noche su tarea iba a ser asaz complicada, ya que no podía contar con la temerosa reverencia que mostraban, por lo general, las gentes que acudían a su consulta.

La curandera habló.

—Tengo por costumbre ver el rostro de mis solicitantes y si no os molesta me gustaría ver el vuestro.

—Me han dicho que eres ciega. Un velo pálido cubre tus ojos.

—Percibo sombras, pero mis dedos se conforman con palpar el óvalo del rostro de mis visitantes. Os asombrará saber con cuánta exactitud os podré describir después de hacerlo.

266

Delfín, en tanto tomaba asiento, se disponía a intervenir. La condesa no le dio tiempo.

—Yo soy la que he contratado tus servicios y desde luego también decidiré cómo se lleva a cabo este negocio.

La mujer se desconcertó un punto.

—Señora, es vital para mí saber con quién trato.

—Pues para mí es vital lo contrario. De cualquier manera, voy a quitarme el embozo: el calor de esta covachuela es insoportable. Pero no podrás tocarme.

—Entonces, mal podré auxiliaros.

—Buena mujer, de mi persona nada más vas a ver. Si no te interesa la bolsa de oro que recibirás si quedo contenta, dilo ahora y abreviemos la visita.

Florinda entrevió que el hermoso asunto se desvanecía y su espíritu mezquino pudo más que la honrilla de llevar el asunto como tenía por costumbre. De cualquier manera tuvo la certeza de que aquella mujer era alguien muy importante.

Se oyó a sí misma responder:

—Sea, de momento es suficiente. Vayamos al avío que os ha traído hasta aquí, pero tened en cuenta que al no permitirme tocaros, os tendré que importunar preguntándoos muchas más cosas de las que tengo por costumbre y que vuestro físico me revelaría.

—No pases fatiga por ello. Estoy dispuesta.

—Entonces vayamos al grano. Describidme todo lo referente a vuestro actual estado y a vuestros deseos.

Almodis entendió que no debía andarse por las ramas y propuso de frente su negocio.

—Veamos, soy una mujer casada de una edad en la que la maternidad es algo complicada y diría yo que hasta fortuita. Necesito tener un hijo que asegure mi vejez. Si no lo consigo, la herencia de mi esposo pasará íntegramente al primogénito de su primera mujer y me quedaré en la pobreza. Por ello es necesario que me quede en estado de buena esperanza… Además, ése no es mi único problema.

—Vayamos por partes, pero hablad como si estuvierais en un confesonario. Debo conocer todos los hechos para poder atacar el problema en todos sus perfiles. Hay cosas que afectan al espíritu y otras que se pueden arreglar de forma más material, y si debo atender a todas las facetas, como comprenderéis, debo conocerlas. Procedamos. En primer lugar comencemos por vos. ¿La rosa roja ya os ha abandonado o todavía os mancha?

—Viene y se va irregularmente. Este mes, por ejemplo, aún no ha acudido.

—¿Habéis tenido otros hijos?

—En mi anterior matrimonio sí los tuve.

—Entiendo que vuestro marido, según me decís, también ha sido padre.

—Así es.

—¿Cada cuándo hacéis ayuntamiento carnal?

—Mi esposo viaja con frecuencia. No siempre está a mi lado.

—Perdonad la pregunta: ¿en la coyunda os ponéis debajo?

Delfín interrumpió horrorizado.

—Señora, ¿queréis que aguarde afuera?

Florinda respondió:

—Quizá fuera mejor, tal vez así de esta manera responderíais a mis preguntas, que todavía han de ser más íntimas, más aliviada.

—Me es indiferente: este enano es como mi sombra, a veces mis damas lo expulsan de mis habitaciones cuando me baño y yo ni siquiera me he dado cuenta de que se halla presente.

La respuesta de la condesa confirmó a Florinda que la consultante era dama de preclaro linaje y que había acudido a su consulta de tapadillo por miedo a ser reconocida. Este último descubrimiento la estimuló a ser todavía más precavida.

—De cualquier manera considero que sería mejor que estemos solas vos y yo.

—Que así sea, si así te place.

Delfín tomó sus prendas y antes de salir, aclaró:

—Señora, os aguardaré junto a la escalera. Si algo queréis de mí, estaré al alcance de vuestra voz.

Y sin más salió de la estancia.

—Prosigamos, señora. Aclaradme lo de vuestra postura.

—Provengo de la Septimania. Mi patria es otra, mucho más adelantada en costumbres. Conocí a mi esposo en uno de los viajes que como comerciante estaba realizando: ambos éramos viudos y decidimos unirnos en matrimonio.

—Esto no aclara nada de lo que os pregunto.

—A ello iba. Las costumbres de mi país han sido desde siempre mucho más liberales, los Pirineos son mucho más que una mera frontera natural. De manera que cuando lo conocí íntimamente me di cuenta de que un estudiante de Carcasona o de Tolosa tenía más experiencia sexual que mi esposo. En resumen, he tenido que enseñarle casi todo.

—Eso no es malo, pero no llegáis al fondo de lo que me interesa.

Almodis prosiguió.

—Mi esposo yace frecuentemente conmigo pero no se demora en el acto.

—Os he preguntado algo importante para mí y no me respondéis.

—Cuando lo conocí la coyunda era harto monótona. Tuve que esmerarme para darle variación y debo añadir que fue alumno aplicado.

—Señora, voy a ser clara, ¿yacéis debajo de él o lo montáis, o tal vez copuláis como los canes?

Almodis enrojeció a su pesar. La voz de la vidente la colmó de asombro.

—No os arreboléis, señora, estamos solas y a nadie importa lo que comadrean dos mujeres.

—Él iba al acto directamente y se saltaba los protocolos del amor. Una pareja debe saber contenerse mientras juega y mi esposo no conoce lo que ello representa para una hembra.

—Entiendo que os posee sin más y no os aguarda.

—Eso he querido decir.

La ciega meditó un buen rato y Almodis aguardó paciente su respuesta.

Florinda habló.

—Tres problemas tenemos: en primer lugar conocer si la tierra donde se realiza la siembra es buena todavía o ha estado demasiado tiempo en barbecho, eso os atañe a vos. Luego conocer si la semilla del sembrador es fértil, y finalmente si la siembra se hace en la estación y con los medios oportunos.

Las dos mujeres hablaron largamente.

—Y hete aquí que llegamos a varias conclusiones. En primer lugar, deberéis yacer con vuestro esposo toda una noche, en el primer plenilunio a los veintiún días de haber terminado vuestro período. Deberéis vaciarlo dos veces sin yacer debajo, para que la tercera sea más lenta, ya que al ser más reposada tendrá más arraigo y fundamento, para lo cual os facilitaré una pócima que emplearéis según las instrucciones que os daré. Para ello deberéis estar sola; os será fácil: los hombres, en según qué situaciones, creen lo que cualquier mujer les diga, y finalmente él y vos, antes de trabar el tercer ayuntamiento, tomaréis un bebedizo que tiene efectos afrodisíacos y estimulantes para la fecundación. En esa tercera coyunda, yaceréis debajo y con vuestras piernas abrazaréis su torso a la altura de sus caderas, apretándolo contra vos. Si todo esto hacéis tenéis muchas probabilidades de volver a ser madre. Si no funciona, será inútil obrar, ya que cuando la natura se obstina nada hay que hacer.

La mujer se alzó de su asiento y con una seguridad impropia de una persona ciega se dirigió al fondo de la estancia, donde ante unos anaqueles llenos de frascos y damajuanas se hallaba una mesa en la que se veían redomas y alambiques. La invidente trajinó un buen rato calentando mezclas en un hornillo alimentado por pequeños carboncillos, mientras sus labios pronunciaban extraños sortilegios. Después destripó un pescado cuyo fuerte olor se propagó por la estancia, y extrajo de entre sus vísceras las huevas, que machacó junto con hierbas de diferentes potes: apio, semilla de nuez moscada, dátiles, clavo, trufa, ajos y aceite de lino, hasta macerarlo en un mortero, y tras hacer una pomada lo colocó en un pequeño recipiente que selló con un tapón de cera y lacre derretido; luego, tomando otros productos elaboró un bebedizo que envasó de igual manera. Cuando hubo acabado regresó junto a Almodis, que asistía impertérrita a sus manejos, llevando en sus manos dos pequeños tarros.

—Hete aquí lo que deberéis hacer. Visitaréis a vuestro esposo donde mejor os convenga. Sin embargo, os negaréis a yacer con él durante varios días con sus noches hasta encelarlo al máximo. Le pondréis alguna excusa y le señalaréis un requisito, de modo que él conozca el premio que va a tener el día que cumpla la condición. Llegado este día ayuntaréis con él tres veces: las dos primeras sin yacer debajo, como os he indicado; después de la segunda alegaréis una excusa y haréis un alto. En él le ofreceréis la pócima que os entrego a base de vino dulce en el que he disuelto azafrán, albahaca, cilantro, enebro y apionabo, y le aseguraréis que el bebedizo aumentará su gozo. Vos os retiraréis y en la intimidad untaréis vuestro interior con el ungüento de este otro pote, no os equivoquéis Cuando regreséis a su lado oleréis más a hembra que nunca y su olfato lo acusará cuando os penetre por tercera vez. Ya antes os he explicado el cómo, y cuando comience a actuar como un ariete, también actuará la mezcla con la que os habréis untado la entrepierna y cuanto más empuje más se impregnará. Su polución será más lenta pero más intensa y no debéis permitir que ni una gota caiga fuera del recipiente que la natura dio a la mujer. ¿Me habéis comprendido?

Almodis, tras depositar sobre la mesa de Florinda una bolsa repleta de dineros y prometerle que, si sus consejas, untos y bebedizos obraban, recibiría otro tanto, se embozó de nuevo en su capa y partió seguida de Delfín, que tras ella iba haciendo sonar la carraca de hueso en una mano en tanto que en la otra portaba un saquito con las fórmulas que la invidente había fabricado para Almodis.

41

Despedidas

Se acercaba el día de su partida, y Martí, como última misión, se impuso el deber de despedirse de su madre. Tomó el mejor de sus caballos, al que colocó unas alforjas llenas de aquellos presentes que sabía iban a agradar a los suyos, y partió hacia la masía. Hizo el camino en cuatro jornadas, y en cada una su cabalgadura cubrió ocho leguas. Al distinguir el predio desde el altozano sintió que su alma se expandía de gozo y sintió que había cumplido como hijo la recomendación que en su testamento le había encomendado su padre. Lo que había sido tierra casi yerma ahora era un floreciente campo y la finca por todas partes denotaba actividad. Varias eran las familias que ahora trabajaban para su madre. La compra de una finca colindante, muy rica en agua, había mejorado la condición de las tierras y la campiña era una sinfonía de colores. Nada más verlo, Sultán, que lo reconoció al punto, se precipitó a su encuentro y con sus alegres ladridos alertó a todos que el jinete que bajaba desde la colina era el joven amo. Las gentes salieron al camino y su madre, avisada, asomó a la puerta de la masía secándose las manos con un trapo. Mediante un seco golpe de talones, espoleó los ijares del noble corcel y de un corto galope se plantó Martí en medio de la era; saltó de la cabalgadura y antes de pensarlo estaba ciñendo el ligero cuerpo de su madre en un apretado abrazo.

Los saludos, los parabienes y la gratitud de las buenas gentes se hicieron patente al momento. Los viejos servidores, Mateu y Tomasa, presumían ante los nuevos aparceros de la confianza con el amo y éstos se hacían lenguas de los progresos de las tierras y de la bendición que había representado la abundancia de agua. Luego, ya calmados los ímpetus y acomodados ante lo que había sido una surtida mesa, Emma y Martí se quedaron a solas.

—Entonces, hijo mío —dijo la mujer en tono preocupado—, te vas muy lejos.

—Adonde me lleve el destino: quiero conocer el mundo en que vivo como vos conocéis la era de esta casa.

Emma no consiguió disimular una sonrisa.

—Desde niño, siempre tuviste esta idea en la cabeza.

La mujer se pasó la mano por la frente como quien espanta un mal augurio y cambió de tema.

—Basilia se casó y ya es madre. La semana pasada nos vimos en la feria de Besalú.

Martí cambió de tema para informarse. Un leve recuerdo como de algo vivido hacía muchísimo tiempo asaltó su memoria.

—¿Hasta allí fuisteis, madre?

—Se pagan mejores precios que en los mercados, y las ferias son más seguras y duran varios días.

—¿La visteis feliz?

—Eso parece.

—Me alegro, nunca se olvidan esos recuerdos de niñez. El amor es otra cosa.

—¿Lo has experimentado?

—Es posible.

—¿Puedo saber quién es la escogida?

—Todavía no. Cada cosa a su tiempo.

—Pero, sin embargo, partes para un largo viaje.

—Eso no es obstáculo, madre. El tiempo y la distancia lo ponen a prueba. Es como el fuego y el viento; si la hoguera es pequeña la apaga y si es firme la aviva, lo mismo ocurre con el amor.

—Yo no pienso igual. El amor es algo que hace que dos personas quieran estar juntas pase lo que pase. Si prefieres partir a permanecer junto a la persona amada es que tu amor no es suficientemente fuerte.

—Madre, hasta que no desterréis la amargura que anida en vuestro pecho, no seréis feliz.

—Fueron muchos los años que estuve sola y yo dejé, en mal momento, todo por tu padre.

—Gracias a él puedo ayudaros ahora, como lo hago.

—Hubiera preferido pasar estrecheces y tenerlo siempre a mi lado como cualquier mujer.

Martí no quiso insistir. Siempre que se rozaba el tema de su padre acababa discutiendo con su madre y no era ni el día ni el momento oportuno.

Pasaron la jornada juntos, viendo las mejoras hechas mediante los envíos de dinero que Martí había realizado. Al día siguiente después del almuerzo, partió para Barcelona con un amargo regusto en los labios y la sensación de que aquella despedida era por mucho tiempo.

—Explicadme, amigo mío, a qué se debe vuestra expresión de gozo —decía el arcediano Llobet a Martí, que había ido a despedirse del sacerdote al regresar a Barcelona.

—Me conocéis demasiado bien, no puedo ocultaros nada. Eudald, me he enamorado de la criatura más hermosa que han visto mis ojos. Y ella me corresponde.

El hombre de Dios lo miró con sorna.

—¿Y quién es aquella afortunada dama que preside vuestros sueños?

—Laia, la hija del consejero Montcusí.

—¡Ay, amigo mío! Conozco bien al consejero y me consta que jamás consentirá en que un advenedizo le quite a la niña de sus ojos. Creedme, partid para vuestro viaje y comprobaréis que el tiempo y la distancia harán que veáis las cosas desde otra perspectiva. Dejad todo como está y no tentéis a la fortuna que hasta ahora os ha acompañado.

—Me pedís un imposible. Mis sentimientos son firmes, así que mis propósitos también lo son —zanjó Martí con enojo y se marchó.

Por fin llegó el día en que Martí se vio preparado para abordar su reto.

La nave estaba prácticamente acabada, y ya puesta en el mar aguardaba a que los diversos oficiales remataran aquellas funciones que requerían que el casco estuviera ya a flote. Había conversado con Jofre sobre el tiempo que iba a mediar desde el momento que conociera la carga que habría de alojar en su nave y el instante de levar anclas. Jofre establecería el rumbo en cuanto supiera los puertos que debería tocar según los planes que determinara Martí durante su periplo. Ya acordados todos los detalles, fijaron un plan para comunicarse a través de mensajes que Martí iría enviando por medio de capitanes amigos de Jofre con los que establecería contacto al llegar a los diferentes puertos.

Tras todo esto, únicamente faltaba despedirse de Laia, hallar un barco que se ajustara a sus deseos y que navegara en cabotaje. Jofre, que conocía a todos los marinos que surcaban el Mediterráneo, halló el que convenía. Era una nave de aspecto muy marinero que debería de andar como el viento. Se dedicaba al transporte de pequeñas mercancías que requerían un traslado rápido y eficaz. Su carga era escasa y la bodega estaba ocupada únicamente por velas de repuesto. Su capitán era un griego, viejo lobo de mar, de aspecto algo simiesco, cuadrado como un barril y patizambo, cuyos pies se agarraban a la tablazón de la cubierta cual ventosas de cefalópodo y que olía las tempestades horas antes de que estallaran. Había surcado a lo largo de su vida todos los mares conocidos. Basilis Manipoulos era su nombre, y el *Stella Maris*, su barco. El 1 de septiembre de 1053 zarparían de Barcelona.

42

Lisístrata

Campamento de Ramón Berenguer, noviembre de 1053

a temida excomunión papal había llegado antes de que terminara el año, y la necesidad de dar al condado un heredero era para ella más acuciante que nunca. Así que, harta de las ausencias de su marido, proyectó un viaje, para muchos descabellado.

El campamento estaba instalado en un altozano desde el que se dominaba el río Ebro. Ermengol d'Urgell había acudido a la llamada de su primo Ramón Berenguer I de Barcelona para ayudarlo en su lucha contra el califa Muhammad II de Tortosa, que se negaba a pagar las parias convenidas. Las tropas catalanas eran numerosas y los mejores y más ilustres nombres de la nobleza le acompañaban en aquella aventura que iba a ser, a la vez que rentable, una cumplida venganza contra el islam, que un año antes había invadido las tierras del Penedès y destruido la ciudad de Manresa. Un mar de tiendas se extendía desde la ribera del río hasta el altozano, y la intención del conde era llegarse hasta las murallas de Tortosa y hacer tal exhibición de hombres y de máquinas de guerra que el califa considerara que sería más rentable acordar una paz honrosa y pagar las parias que asistir impotente a la destrucción de su ciudad.

Un grupo reducido de jinetes se acercaba. La condesa Almodis, su dama de confianza Lionor y su diminuto confidente viajaban dentro de un carruaje tirado por un tronco de seis caballos con el auriga encaramado en el pescante y un postillón a horcajadas sobre el primer cuartago. Su escolta, constituida por ocho jinetes, cabalgaba rodeando al pesado carromato. La condesa, apartando la cortinilla de cuero que cubría una de las ventanillas, asomó la cabeza e interrogó al caballero cuyo estribo quedaba a la altura de la portezuela:

—Mi buen Gilbert, ¿cuánto tiempo nos queda de camino hasta llegar al campamento?

El señor d'Estruc, que tantas aventuras y sinsabores había sufrido al servicio de la condesa, había sido nombrado por Ramón Berenguer jefe de la guardia de Almodis.

—Señora, los estandartes ya se divisan. Si seguimos a este paso, antes del anochecer estaremos en el campamento.

—Decid al cochero que arree a los caballos. Quiero sorprender a mi marido antes del crepúsculo.

—Lo que ordenéis, condesa.

Almodis bajó la cortinilla y el restallar del látigo sobre las cabezas de los equinos y los gritos del auriga estimulándolos le indicaron que había sido obedecida.

El centinela de la puerta principal dio la voz reglamentaria y el oficial de guardia acudió al instante para ascender por la escalerilla hasta el puesto levantado en lo alto de la estacada y observar, desde allí, quiénes eran los miembros del grupo que se aproximaba. Apantalló sus ojos con la mano izquierda y divisó una carreta de viaje rodeada de hombres armados; afinando la vista, observó que a la altura del pescante y en la punta de la lanza de uno de los caballeros lucían los colores de la casa condal de Barcelona en dos airosos gallardetes.

Su voz resonó desde lo alto.

—¡Guardia, a formar!

Los hombres, que estaban descansando, salieron precipitadamente de sus tiendas sin tiempo de ajustar yelmos, lorigas, petos y espaldares. Al que no se le desajustaba una cosa lo hacía la otra; alguno formó con las grebas sueltas sin tiempo para fijárselas. Cuando el grupo llegaba a la entrada del campamento, el cuerpo de guardia, lanza en ristre, formaba junto a ella. El capitán de Almodis y el jefe de la tropa intercambiaron las voces reglamentarias.

—¡Ah de la guardia!

—¿Quién va?

—La condesa de Barcelona, doña Almodis de la Marca, y su escolta.

—Tengan sus mercedes el sosiego de aguardar a que cumpla con lo establecido y realice la comprobación.

Cuando el oficial se preparaba para descender de la pequeña atalaya, Almodis asomó por la ventanilla del carruaje y apuntó:

—Miradme bien y dadme asimismo la oportunidad de veros. Quiero ver el rostro del oficial que tras este agotador viaje está demorando mi encuentro con mi esposo, el conde de Barcelona.

El hombre, demudado y sin apearse de su lugar, gritó más que ordenó:

—¡Abran las puertas! ¡Que suenen los tambores y las trompetas saludar a Almodis de la Marca, condesa de Barcelona!

Siguiendo la costumbre romana y visigótica, la inmensa tienda de Ramón Berenguer, junto a la de su primo, Ermengol d'Urgell, ocupaban el centro del campamento justo en el cruce de las dos vías principales. Ambos pabellones eran redondos, con el techo cónico, pero el del conde de Barcelona tenía además, en su parte posterior, un salón cuadrado, oculto por un grueso cortinón de damasco, en el que había una antesala en cuyo centro se veía una gran mesa que servía para celebrar las reuniones con sus capitanes; un amplio biombo de cinco hojas, que ocultaba su lecho de campaña, y a un costado, un pequeño altar en el que se celebraban las victorias y se pedía ayuda celestial antes de entrar en combate.

En aquel instante, los dos primos estaban junto a sus ingenieros, que les mostraban unos pergaminos extendidos sobre la mesa en los que se detallaban máquinas de guerra y tres torres de asalto.

El sonido de las trompetas y tambores les indicó que un suceso anómalo turbaba la rutina de los tediosos días de espera.

El conde llamó a Gualbert Amat, que acudió presto a su reclamo.

—Id a ver lo que ocurre y decidme a qué se debe que se toquen honores a estas inusuales horas.

—A vuestras órdenes, señor.

Partió Amat a cumplir la diligencia y ambos primos continuaron su tarea.

El ruido del grupo visitante se adelantó al senescal, y cuando éste se asomó a la puerta principal de la tienda de su señor, se encontró con que Almodis, sin esperar siquiera a que el postillón colocara el pequeño escabel junto a la portezuela del carruaje a fin de facilitarle el descenso, ya bajaba. La dama le indicó, llevándose el índice a los labios, que guardara silencio.

La expresión de asombro del noble divirtió a la condesa.

—Mi buen Amat, os agradeceré infinitamente que me ayudéis y guardéis silencio. Vos sabéis como buen soldado que la sorpresa es la mitad de la victoria. En cambio, sí os pido que os ocupéis de mis hombres: proporcionadles descanso, alimentos y pienso para los caballos.

Un asombrado Amat, sin opción ante la reconocida autoridad de la condesa, saludó a Gilbert d'Estruc, que observaba divertido la escena desde lo alto de su silla, y se dispuso a obedecer las órdenes recibidas.

Sin oposición alguna, Almodis se introdujo en la tienda de su esposo. Antes de llegar al cortinón que separaba la sala de reuniones del resto de la estructura, se compuso el tocado ante el bruñido metal que presidía la antesala; se sacudió las ropas y ahuecó su escote hasta que el canalillo, que anunciaba el origen de sus poderosos senos, asomara provocador. Las voces que llegaban desde el interior le indicaron que el conde se hallaba completamente ajeno a la sorpresa que iba a recibir. Almodis hinchó el pecho y expiró el aire despacio. Luego, con un gesto rápido, apartó la cortina. Aunque el viaje hubiera sido mucho más fatigoso y desapacible, la expresión de asombro de su esposo y de todos los presentes le compensó con creces el esfuerzo.

Un pesado silencio se instaló entre todos; luego, como si hubieran recibido una orden, los ingenieros recogieron sus planos y todos fueron saliendo, dando por sobreentendido que la condesa no

279

había hecho aquel largo y agitado camino para entrevistarse con ellos.

La pareja condal se quedó frente a frente.

—Amada mía, ignoro si vivo una realidad o mi ofuscada mente me está proporcionando el más hermoso y enfebrecido de los sueños.

—No soy un espejismo, esposo mío: existo.

Ramón se adelantó y tomándola en sus brazos la condujo hasta el lecho.

Cuando ya se iba a desembarazar de sus vestiduras, Almodis colocó la mano derecha sobre el pecho de su esposo y lo detuvo.

—Ahora no, Ramón —murmuró—. Hay tiempo para hablar y tiempo para hacer, y el tiempo de hacer aún no ha llegado.

—Pero…

Almodis acarició mimosa los labios de su esposo y le espetó:

—Cada cosa a su tiempo. Habéis venido a algo, ¿no es cierto? Si me queréis a mí, traedme las parias de Tortosa, y esa misma noche seré vuestra como nunca lo haya sido hasta ahora.

TERCERA PARTE

Oriente y Occidente

43

El periplo de Martí Barbany

Febrero de 1054

artí, situado en el castillo de popa del bajel y protegido por la toldilla, rememoraba una y otra vez los últimos aconteceres antes de su partida, de la que ya hacía cinco meses. La mar estaba en calma y la nave ya había sobrepasado la punta de la bota itálica. Al atravesar el estrecho de Mesina tuvo la fortuna de poder contemplar en la madrugada la Fata Morgana y pensó en el milagro de su vida. ¿Quién le hubiera podido decir dos años antes que viviría aquel momento, en vez de estar acudiendo a las ferias de los pueblos colindantes, con los carros de la masía de su madre, a vender los productos de la tierra y los animales del corral? Hasta aquel instante había visitado nueve puertos y en todos y cada uno de ellos había hecho negocio siguiendo los consejos de Baruj en cuanto a la legalidad de los mismos, y sintiéndose en todo momento atendido por los socios del barcelonés, que le informaron de lo que era más conveniente mercar teniendo en cuenta la ruta que su embarcación al mando de Jofre, su amigo y socio, iba a comenzar desde Barcelona. En cada escala tuvo buen cuidado de realizar las operaciones referidas a asegurar la nave siguiendo puntualmente las instrucciones dadas por el sabio cambista. En alguno de los puertos, y aprovechando que la nave iba a estar cargando y descargando varios días, se había desplazado al interior, abarcando de esta manera más posibilidad de negocio. En aquellos momentos navegaba hacia Ciprius.* Su mente le devolvía a la última vez que, sin ver a Laia, tuvo noticias de ella.

Aguardaba nervioso en la puerta de la casa de Adelaida, observando el principio de la misma, alimentando la esperanza de ver la sombra inconfundible de su amada. Súbitamente, una embozada avanzó mirando con recelo a uno y a otro lado, temerosa sin duda, de encontrarse a alguien. Al observar más detenidamente reconoció el caminar de Aixa, que acudía a la cita sin su ama. Todavía recordaba sus palabras: «Amo, mi señora no puede acudir. En casa se han torcido las cosas y creo que también a mí me vigilan. Os traigo una misiva».

La carta de Laia estaba destrozada de las veces que la había leído, de modo que la podía recitar de memoria. Una vez más la extrajo del bolsón que siempre llevaba en bandolera y se dispuso a leerla por enésima vez.

25 de agosto de 1053

Queridísimo Martí:

Éste tal vez sea mi último recado. Algo ha ocurrido que desconozco y que ha hecho que mi padrastro me haya recluido en esta cárcel que, aunque sea de oro, es para mí una mazmorra. Es por ello por lo que, con gran riesgo, os envío a Aixa para que os entregue esta misiva. Ni que deciros tengo que si es descubierta pagará muy caro su ayuda. Vais a partir y no podré despediros. Intuyo que tras todo esto que me está sucediendo, estáis vos. No me digáis cómo lo sé, pero estoy segura de que mi padrastro lleva algo entre manos. Nada os dirá porque le sois muy útil, pero le conozco bien y sé que algo bulle en su cabeza y que en el fondo os atañe.

En estos meses en que he tenido la dicha de conoceros, he sabido lo que es el amor. Mi vida os pertenece y aunque me enclaustren, la cual cosa puede suceder, nadie os arrancará de mi pecho. Si tras vuestra partida y en vuestra ausencia, mis cadenas se aflojan, será sin duda la señal de que mi intuición no yerra.

Desde cualquier sitio en el que os detengáis, enviadme noticias

* Antigua denominación de Chipre. El nombre provenía de sus minas de cobre.

mediante los capitanes de los barcos que se dirijan a Barcelona. Me consta por mi padrastro que las gentes del mar son muy solidarias porque se necesitan unos a otros; vuestro criado Omar las trasladará a Aixa y ella me las entregará. Si algo malo sucede y la cadena se rompe, se detendrá en vuestro criado, que ya está al corriente, pues Aixa le ha hablado y caso de que no pueda salir de casa y acudir a la de mi vieja ama de cría Adelaida a recoger vuestras noticias, Omar sabe que no debe dar a nadie una misiva vuestra. A mi vez, si tengo ocasión, os haré saber de mí; mis noticias harán el recorrido a la inversa y os aguardarán, si ello es posible, en alguno de los puertos que toquéis en el futuro. Omar se ocupará de ello. No sufráis por mí, lo peor que me puede ocurrir es que me internen en cualquiera de los conventos que circundan Barcelona.

Veo las golondrinas y los vencejos desde mi ventana cómo levantan el vuelo y parten libres hacia donde quieren, ¿qué he hecho yo para ser menos que ellos? Si pudiera, no dudéis que tardaría en llegar a vuestro lado menos tiempo del que demoro en pensarlo.

Os aguardaré siempre, y vuestro recuerdo se alojará para descansar cada día en el nido de mi pecho.

Os ama hasta el infinito,

LAIA

De nuevo Martí guardó su tesoro en la faltriquera y con paso lento se dirigió al aposento del capitán, descendió los tres peldaños que le separaban de cubierta y con los nudillos tocó a la puerta. La aguardentosa voz de Basilis respondió desde el interior de la cabina.

—¿Quién va?

—Soy yo, capitán, Martí Barbany.

Desde el primer día el viejo Manipoulos había sentido un especial afecto hacia aquel audaz joven que, pese a su temprana edad, tenía el porte y el talante de un noble caballero.

Martí escuchó cómo los pasos lentos del griego se aproximaban a la puerta y ésta se abrió. El barbudo rostro de Basilis apareció en el quicio, invitándole a entrar.

—¿Os molesto, capitán?

—En modo alguno; pasad. Los días encalmados me crispan, prefiero la mar un poco más encabritada. El trabajo a bordo es bueno para todos: los hombres no tienen tiempo de pendencias, la vela y las jarcias les requieren y de esta manera no piensan ni añoran sus casas. Daos cuenta que jamás, tras un día de barullo, debo imponer castigo alguno; en cambio cuando se relajan, al día siguiente el contramaestre ha de manejar el látigo de siete colas porque ha habido alguna cuchillada.

—De esa calma quería hablaros.

El griego invitó a Martí a tomar asiento y le ofreció, en una copa de estaño, un licor de menta destilado procedente de una de las islas perdidas de las Cícladas de la que era oriundo.

—Os escucho, Martí.

—¿Cuándo pensáis, capitán, que llegaremos a Ciprius?

Basilis se acarició el mentón con parsimonia.

—Es aventurado responder a vuestra pregunta. La mar es caprichosa como buena hembra, y cuando su amante el viento la abandona se vuelve perezosa en la añoranza y demora cuanto en ella flota. De cualquier manera os adelantaré, si mi olfato no me engaña, que estamos a punto de salir de esta calma chicha y que al anochecer, máximo a la madrugada, entrará una ventolina que nos hará despertar de este letargo.

—¿Entonces?

—Si lo que auguro se cumple, a más tardar el miércoles avistaremos la isla al amanecer por Paleaphapos y estaremos atracados frente al castillo de Famagusta, si tenemos la suerte de encontrar un fondeadero, a media tarde.

—¿Cuánto tiempo demoraréis allí?

—No os lo puedo precisar. Debo ver a individuos importantes, cuyo tiempo es escaso, en Nicosia, y esta gente no dispensa audiencias fácilmente.

—Entonces aprovecharé la estancia. Quiero llegar a las minas de cobre.

—Haréis bien en comerciar con él, es metal noble, muy demandado y de fácil transporte. Desde los tiempos de los apóstoles Pablo y Bernabé, los romanos ya lo buscaban con ahínco. Amén de que puedo daros la dirección de un tratante que anda muy metido en el negocio de metales y que desarrolla su actividad en Pelendri.

—Os quedaré sumamente agradecido. La diligencia es vital, ya que en cualquier momento pueden aparecer piratas y poner los caminos de la mar muy peligrosos.

—¿Y adónde os dirigiréis al salir de Ciprius?

—Mi siguiente parada es Malta.

—Para dirigiros ahí tendréis que buscar otro barco, yo debo partir para el puerto de Sidón, en Levante.

—Nunca os olvidaré, Basilis, y en cualquier circunstancia, sabed que en Barcelona tendréis siempre un amigo.

El griego, tomando un pergamino, un cálamo y un frasco de tinta, comenzó a escribir una carta de presentación a nombre de un chipriota, Theopanos Avidis, que vivía en los aledaños de Pelendri. Después de leerlo en voz alta a fin de que Martí tuviera constancia del escrito, enrolló el pergamino y lo selló con el marchamo de su anillo.

—Excusadme, pero debo hacerlo así. Es la única manera de que mi amigo tenga constancia de que soy yo quien os presenta.

A partir de aquel instante, los días se le hicieron eternos y el viaje interminable. Deseaba cuanto antes terminar de programar el recorrido de su nave y regresar a Barcelona para poder poner en marcha su arriesgado propósito, pero antes debería preparar el camino para que su bajel no perdiera ni un gramo de carga ni una milla de viaje. Ya fuera en guerra o en paz, no por ello se detenía el comercio: los barcos arribaban desde los puertos mediterráneos a Cataluña cargados de mercancías: sedas, brocados, arquetas de marfil y en muchas ocasiones esclavos, cuyo comercio, como muy bien sabía, estaba reservado a los judíos, y partían con herrajes, guarniciones, armaduras, paños de Tolosa y curtidos castellanos. Sin embargo, todas las noches al recogerse en su yacija, antes de que le alcanzara el sueño, le asaltaba un pálpito. Algo en su interior le decía que estaba a punto de hallar algo definitivo en su vida que le convertiría en un hombre inmensamente rico y que su destino se iba a sellar en Famagusta.

44

Tortosa

Almodis le sorprendió el tumulto de voces que se escuchaban en la puerta del pabellón. La aguda de Delfín se confundía con la del capitán de la guardia, que le negaba el paso aduciendo que no tenía órdenes al respecto y que a aquella hora la señora descansaba. Una rara calma había invadido el campamento desde hacía meses, pues el grueso de la tropa había partido para preparar el asalto a Tortosa.

Al frente de sus huestes lo había hecho Ramón Berenguer luciendo su armadura de gala, rodeado por el estado mayor de sus capitanes y acompañado por su primo Ermengol d'Urgell. Recordaba Almodis la partida con una nitidez de imágenes sorprendente. Por la mañana y tras haber asistido a la misa en la explanada central oficiada por Odó de Montcada, obispo de Barcelona, había ayudado al conde, en la soledad de su cámara y auxiliada por dos escuderos, a vestir su armadura de guerra. Sobre la camisa vistió el acolchado gambax que le protegía de las rozaduras de la cota de malla de finos y trenzados eslabones; en las piernas llevaba una protección, también de malla. Una vez estuvo así cubierto pasaron todos al salón central de la inmensa tienda para que sus caballeros y ayudas de cámara le colocaran la armadura. En primer lugar le acondicionaron el peto y el espaldar; luego las hombreras, el brazal y el codal, las grebas que protegían sus pantorrillas y el faldar que salvaguardaba sus caderas. Luego le tocó el turno al quijote que cubría la parte anterior y posterior del muslo, a las rodilleras articuladas que permitían el juego de las rótulas, las espuelas y los escarpes. Por último, Guillem de Muntanyola y Guerau de Cabrera le entregaron un yelmo con morrión articulado que lucía una corona de oro cubierta por una cimera de plumas rojas y amarillas, los colores del escudo condal, que lucía el blasón de la casa de los Berenguer. El aspecto del conde de Barcelona era ciertamente impresionante, o así le pareció a Almodis. En la puerta de la tienda le aguardaban los palafreneros sujetando a un brioso corcel de guerra que piafaba excitado al oler el combate, equipado con silla de arzón, barda, petral y testera, y cuatro servidores que habrían de luchar, si llegaba el caso, junto al conde, llevando la cabalgadura de recambio debidamente equipada, espadas cortas y armadura ligera para poder ayudar a su señor a levantarse si era derribado, pues un caballero en tierra impedido por el peso de su armadura, caso de no poder alzarse y volver a montar, era presa fácil para el enemigo.

Almodis, que había negado durante aquellas semanas el ayuntamiento carnal a su amado, recordaba sus palabras antes de montar el inmenso corcel.

—Señora, tomaré Tortosa y os cederé sus parias. De no ser así, me habrán de traer muerto sobre mi escudo.

Ella, en un vistoso lance observado por todos, se deshizo del pañuelo que llevaba sobre los hombros y se lo entregó al conde. Éste se lo anudó en el antebrazo y, ayudado por sus palafreneros, montó sobre el bravo corcel, que con un ágil caracoleo y un fiero relincho que presagiaba batalla se puso al frente del bizarro ejército.

Ramón partió al frente de sus capitanes seguido por una imponente hueste capaz de amilanar con su sola presencia la más esforzada de las ciudades. En primer lugar, los escuadrones de caballería del condado de Barcelona y del de Urgell; después la música que habría de ritmar el paso, trompetas, añafiles, timbales, tambores, cuernos de órdenes; luego los infantes, equipados con pieles en las perneras ceñidas mediante tiras de cuero, con los escudos a la espalda sujetos por el tiracol, la bolsa de las vituallas en el costado, loriga con un revestimiento de tela para impedir el calentamiento de la cota de malla, y en la cabeza unos con bacinete de cuero endurecido y los más con yelmo con protección nasal; al costado, espadas cortas y lanzas. A continuación caminaban los barberos, sangradores, sajadores de miembros y fabricantes de ungüentos cicatrizantes y porteadores de parihuelas. Por último, y cubriendo la retaguardia, los arqueros con el arco a la espalda y la aljaba repleta de flechas y los honderos con sus hondas prestas y sus bolsas atiborradas de redondeadas piedras. Tras ellos cerraba la comitiva un sinfín de tropas auxiliares que se ocupaban de las necesidades propias de todo el ejército: cocineros, carpinteros expertos en fabricar torres de asalto y catapultas, zapadores, maestros constructores especialistas en puentes para vadear ríos, etc. Después, muy cerca pero a cierta distancia, avanzaba el inevitable flujo de gentes que, como las lampreas al tiburón, siguen a los ejércitos para vivir a su costa: mercaderes vendedores de mil cosas, magos, encantadores, curanderos, tahúres, prestamistas judíos y una serie de mujeres de toda índole, unas, esposas de soldados inclusive con hijos, y la inevitable multitud de rameras de flácidos senos, que portadoras muchas de ellas de ocultas enfermedades se dedicaban al solaz de la tropa cuando ésta acampaba.

De este acontecer hacía ya tres meses, la comitiva había partido en noviembre de 1053.

La tropa llegó a los aledaños de Tortosa y montó un campamento impresionante con intenciones disuasorias. Las tiendas se perdían de vista en la lejanía. Desde las almenas de las murallas, los defensores se asomaban entre los merlones de la ciudadela y comentaban con desánimo las circunstancias que presagiaban un infausto destino para los habitantes de la ciudad. El emir transmitía al rey sus impresiones y éste se lamentaba de que sus diferencias con el primo de Lérida le hubieran impedido recibir refuerzos. La duda entre defender su suerte o rendir la ciudad al invasor para evitar males mayores, le asaltaba de continuo. El sitio se presumía largo y sangriento, pero su experiencia le avisaba que cuanto más contrariedades sufriera el enemigo mayor sería su venganza al caer la plaza. La fama del conde de Barcelona era legendaria y Muhammad II no cejaba en su hábito de consultar astrólogos y adivinadores que le indicaran su destino. Las escaramuzas habían comenzado, y a las piedras que lanzaban las catapultas de los sitiadores, respondían los defensores de la ciudad lanzando sobre las huestes del atacante nubes de flechas que dificultaban cualquier intento de aproximarse a las murallas. Dos hechos influyeron en la decisión del rey. El primero fue la aparición en el campo de batalla de dos inmensas torres de asalto de tres pisos, dotadas de ruedas y cubiertas por pieles de animales sin curtir, empapadas en agua para impedir que la brea ardiente, lanzada por los defensores desde las ladroneras, hiciera presa en ellas; los ingenios iban provistos de un ariete en el piso inferior para atacar las puertas desde cubierto, en el segundo aguardaban las tropas que secundarían al primer asalto y en el último un pequeño puente levadizo que, plegado, hacía las veces de escudo protector, provisto de dientes de hierro para que al bajarlo hicieran presa en el lugar donde hubieran mordido. Estos artilugios, arrastrados por una reata de mulas, se acercaban desde la ribera del río y eran capaces de alojar a trescientos combatientes. El segundo motivo que consideraba Muhammad II era la certeza de que uno de los grandes aljibes de reserva de aguas de Tortosa había sufrido la acción de los zapadores del ejército de Berenguer, especialistas en trabajos bajo tierra, que habían agujereado su ángulo interior de manera que el valiosísimo líquido se escapaba sin remedio y el nivel del agua descendía a ojos vistas.

Una noche, una terrible pesadilla precipitó su decisión. Hizo llamar a su lado a su principal dragomán y le comunicó sus inquietudes. Había soñado que una luna preñada de sangre se hundía en la reserva que en aquel momento se estaba vaciando y teñía sus aguas de un rojo infinito que se desbordaba por las calles e inundaba todos los barrios llegando a desbordar las murallas.

El interpretador de sueños dudó un momento, pues sabía de la costumbre de Muhammad de matar al mensajero cuando éste era portador de noticias que le desagradaban. Al punto dio con la fórmula para volver en su favor la nueva y tornar el caos en beneficio.

—Señor, el cielo os envía una clara señal al respecto de lo que debéis hacer para que dentro de algunos años este mal paso se convierta en acertada decisión. El sueño os indica que la traición invade vuestro reino. Los insidiosos os acechan inundándolo todo con una marea roja, augurio, si no lo remediáis, de grandes males. Pactad con el enemigo, sufragad las parias que ajustéis, conseguidlas de las familias que no os son afectas, requisad los caudales de estos malos súbditos, dad a sus hijos en calidad de rehenes. De esta manera cobraréis de un flechazo dos piezas y os libraréis por muchos años de los ambiciosos cachorros de estos nobles. Ganad tiempo y libraos, por el momento, de este terrible enemigo.

El consejo del astrólogo fue definitivo. Al cabo de un tiempo y protegido por una bandera blanca de paz y el guión verde con la salamandra roja, distintivo de la ciudad de Tortosa, salía un escuadrón de caballería acompañando al emir que portaba las instrucciones del rey de la taifa, para acordar las fórmulas del encuentro entre ambos soberanos y ajustar las condiciones de la rendición.

Las que puso Ramón Berenguer fueron durísimas. Treinta mil mancusos de oro todos los años, doscientos esclavos varones a la entrega de la ciudad y cien doncellas vírgenes para el servicio de sus capitanes.

El emir, tras exponer las pretensiones del barcelonés a su señor, regresó para acordar las formalidades de la rendición. Muhammad II, siguiendo el consejo de su astrólogo, se deshizo de sus enemigos, requisó sus bienes y sus hijos e hijas fueron entregados en calidad de rehenes y de esclavos.

Éstas eran las nuevas que un agitado Delfín traía a su señora, a pesar de los obstáculos que, cumpliendo órdenes, le ponía el jefe de la guardia.

Almodis se asomó a la puerta del pabellón e indicó al capitán que dejara paso libre a su bufón. Delfín entró en la tienda sujeto al brial de su ama, intentando ajustar sus pequeños pasos a los de su señora. Ya en el interior, la condesa se sentó en un pequeño trono e indicando al hombrecillo que se acomodara en el escabel de sus pies le pidió que se explicara.

—Señora, las parias de Tortosa son ya vuestras. La *host* barcelonesa no ha tenido casi bajas. El rey Muhammad II se ha rendido a las tropas de vuestro esposo. Hoy, a lo más tardar por la noche, lo tendréis de regreso.

Antes de la caída del sol, por los toques de cuerno en la puerta sur, supo Almodis que Ramón Berenguer entraba en el campamento.

Dejando la tropa bajo el mando del senescal y apenas acompañado por un puñado de caballeros que se las veían y deseaban para poder seguir el tranco de su caballo, el conde de Barcelona regresaba de la guerra. Sin aguardar a que un palafrenero tomara la brida de su negro garañón que, empapado en sudor, rebosando espuma por los ollares, tascaba el bocado, desmontó y se precipitó hacia la entrada de su pabellón.

Almodis lo aguardaba sola en el centro de la estancia. La cortina se apartó y apareció ante ella su esposo con la loriga y la sobrevesta llenas de polvo, y las espuelas sujetas a los escarpes, rojas de la sangre de los ijares de su cabalgadura; su rostro era una máscara de barro y suciedad surcado por goterones de sudor. Los esposos se abrazaron apasionadamente.

—Bien hallado, esposo mío. Jamás en toda mi vida os vi más apuesto y garrido. Sois la encarnación de Aquiles en vuestra particular *Ilíada* y de Ulises el viajero en cuanto al disfraz que traéis, de vuestra *Odisea*.

—Pues, como este último, vengo a reclamar mi premio. Os he añorado mucho, mi fiel Penélope.

—Esta noche será la más hermosa de vuestra vida. Os aseguro que no la olvidaréis jamás. No permitiré que ninguna esclava os bañe y os acicale, quiero ser yo misma la que se ocupe de estos menesteres. Seré de una vez vuestra esclava, vuestro paje, vuestro copero y vuestra concubina.

Almodis, tras ordenar a su dama Lionor que únicamente ella y Delfín permanecieran durmiendo y comiendo por turnos en la antesala del dormitorio para proveer de todo aquello que la pareja condal necesitara, se dirigió a Ramón.

—Seguidme.

El conde fue detrás de su esposa y pasó al interior de la tienda. Una humeante bañera de cinc le aguardaba. Ella vertió en el agua el líquido de tres pomos que tomó de una mesilla, y cuando un olor a espliego se esparcía por la estancia, susurró:

—No hagáis nada, yo me encargo de todo.

Entonces comenzó a desnudar a su esposo. Ramón Berenguer, terror de la morisma de Tortosa, ronroneaba como un gato feliz.

A indicación de Almodis ascendió los tres peldaños situados al costado de la bañera y se introdujo en el agua.

—Relajaos y cerrad los ojos.

Cuando, a indicación de la condesa, los volvió a abrir, lo que vieron sus ojos le pareció una visión de las huríes del paraíso de las que tan encarecido elogio hacían los hijos del islam. El cuerpo desnudo de Almodis, cubierto únicamente por su rojiza cabellera y por un finísimo velo transparente, refulgía a la luz de un candelabro que iluminaba el regio pabellón con reflejos dorados.

Ramón la miró poseído por su prolongada continencia.

—Y ahora dejadme hacer a mí.

La voz de la mujer le sonó a cantos de sirena.

Al finalizar el baño y tras secar con un gran paño el cuerpo de su amado, le indicó que se trasladara al inmenso lecho de campaña. Entonces comenzó, como una gata en celo, a lamer las huellas de sus cicatrices. De esta manera se inició una jornada que enlazó tres días y tres noches y en las que Almodis siguió puntualmente las consejas de Florinda.

Cuando ya Ramón salió del dormitorio y convocó a sus capitanes, el senescal se interesó por su descanso tras la batalla.

El conde respondió risueño.

—Todas las batallas que he sostenido en mi vida, amigo mío, son pura fantasía al lado de la que he mantenido estas noches.

45

Famagusta

l *Stella Maris*, después de haber arriado todo el velamen y a la voz de «*Fondo ferro!*» del contramaestre, echaba el rezón a quinientas brazas de la costa, en una ensenada vecina, pues tras intentarlo vieron que la rada que se abría a los pies del castillo de Famagusta estaba atestada de barcos. Cuando echaron el ancla, Basilis ordenó que soltaran un largo de calabrote equivalente a cuatro veces la eslora de su nave para asegurarse de que el ancla había hecho presa en el fondo. Después, toda la tripulación deseosa de bajar a tierra se afanó en dejar el bajel en estado de revista, pues conocían bien al griego y sin este requisito nadie hubiera desembarcado. Nombradas las guardias y antes de que las dos chalupas comenzaran a hacer viajes a tierra, Basilis, desde el castillete de popa, se dirigió a sus hombres.

—Hatajo de escoria, vais a bajar a tierra a dejaros en tres días la paga de tres meses. No me importa, mejor os diré, me conviene ya que de esta guisa regresaréis a bordo sin un mal maravedí y no tendré que ir a buscaros uno por uno a las tabernas del puerto ni a las mancebías de mujeres. Procurad que ningún cornudo chipriota pretenda vengar su honor metiéndoos una cuarta de hierro en las costillas. Demasiadas mujeres hay, sin compromiso, que agradecerán que cozáis vuestro pan en su horno, aceptando gustosas el alivio de vuestras vergas sin necesidad de meteros en episodios gratuitos con sus maridos o con la autoridad, y tened muy presente que no pagaré ni un maldito dirham de rescate si alguno de vosotros queda preso en una mazmorra. Habéis puesto vuestro miserable pulgar en mi hoja de enrolamiento y hasta que el *Stella Maris* regrese a Barcelona, vuestro asqueroso culo me pertenece. Id y acabaos el vino de Ciprius si así os conviene, pero no me hagáis ir a buscaros. El que tal haga juro por mis muertos que se acordará de Basilis Manipoulos.

Y con esta diatriba el griego despidió a sus hombres.

Martí aguardó a que todo el mundo hubiera desembarcado y tras despedirse del capitán y reiterarle su gratitud, se dispuso a hacer lo propio.

Los marineros de la chalupa, con una boga sostenida fruto de muchos años de práctica, lo dejaron en la arena de la playa. Martí, tomando su hatillo, saltó ágilmente y al volverse para dar el último adiós al *Stella Maris* se sintió embargado por un cálido sentimiento hacia aquella nave que junto a otras muchas se mecía airosa en medio de la bahía, y hacia su patizambo capitán.

En lo alto del acantilado, al que se ascendía mediante unos escalones tallados en la piedra, aguardaban a los pasajeros que desearan arribar a Famagusta unas ligeras carretas tiradas por escuálidos jamelgos que por un módico precio hacían el servicio.

Martí, tras acordar el montante del pago con el auriga que ocupaba el pescante de la carreta cuyo caballo presentaba el mejor aspecto, ocupó el asiento de atrás y colocó sus pertenencias junto a él. Ya en marcha, pidió consejo al hombre al respecto de una buena posada en la que pudiera acomodar su molida persona durante la estancia en Famagusta, ya que las coyunturas de sus maltrechos huesos crujían, tras soportar el relente de tantas madrugadas, más sonoramente que las ballestas del desvencijado carromato. El hombre le recomendó el mesón del Minotauro, situado cerca de la rada del puerto antiguo y regentado por al marido de su hermana. Allí dirigió sus pasos. Martí indagó su nombre y el individuo respondió:

—Preguntad por Nikodemos y decid que os envía Elefterios.

La posada o mesón del Minotauro era una vetusta construcción cuya antigüedad databa del tiempo de la quinta satrapía, durante la dominación persa, y edificada sobre las ruinas de unos antiguos baños públicos cuyas paredes habían desafiado el paso de los años. Martí descendió del carruaje y después de ajustar lo pactado con el auriga, tomar su faltriquera y colocarse su saco en bandolera, entró en el establecimiento. Atravesó el zaguán y se sorprendió al observar las dimensiones de la entrada, que no conjugaban ciertamente con la fachada del edificio. Unos comerciantes que al escuchar su habla presumió eran griegos, ocupaban en aquel momento el espacio del fondo junto a la ventana. Avanzó hasta el mostrador y se dirigió al mesonero que atendía a los nuevos huéspedes.

—Que Dios os guarde, buen hombre. Busco a Nikodemos, creo que es el dueño del mesón. Me envía Elefterios.

—Ante él estáis, soy yo mismo. ¿De qué conocéis al bergante de mi cuñado?

—Me ha traído en su carro hasta aquí, desde el fondeadero donde ha quedado mi barco, y me ha hablado de vos encarecidamente.

El otro, ante el halago, cambió el registro al respecto de su cuñado.

—Nada tengo que decir de él personalmente, pero ya sabéis lo que son las familias: no quiso continuar el negocio de mi suegro y desde aquel momento le dieron carta de naturaleza de oveja descarriada. Como comprenderéis no voy a andar con pleitos con su hermana, que es mi mujer, porque ellos no se entiendan. Cada cual a lo suyo, ¿no creéis?

—Cierto. Así se evitan pleitos y disgustos.

Una pequeña pausa y Martí prosiguió.

—Necesito posada, por el momento, para una noche, ¿me la podéis facilitar?

—Además de venir recomendado, éste es mi oficio. ¿La queréis con ventana a la calle o no os importa que sea interior?

—Donde tenga menos ruido. Pienso cenar primero, para que el gusanillo del hambre no me despierte, y luego dormiré hasta dolerle al catre.

—Os voy a dar la última habitación al fondo del pasillo de tal manera que no oiréis ni a los que de noche vayan a aliviarse, pues nadie tendrá que pasar frente a vuestra puerta.

—¿Cuál es su precio?

—Si me vais a pagar en dinero griego, dos dracmas, también acepto dirhams.

—Tengo moneda barcelonesa, ¿la admitís?

—Todo lo que venga de esta ciudad es bien recibido: los catalanes son serios en sus asuntos y sus monedas, ya sean sueldos, dineros, mancusos jafaríes o sargentianos o libras, no fluctúan y además os haré un buen cambio.

A Martí le pareció bien la oferta y cerraron el trato.

El chipriota condujo a su nuevo huésped a su habitación. Era una pieza grande con el suelo de terrazo rojo y partida en su mitad por una arco recuerdo del antiguo destino del edificio. Un arcón para guardar objetos, una silla y un aguamanil con su correspondiente batea y debajo de él un cubo; finalmente, tras el arco, un lecho grande provisto con un abultado colchón de lana y cubierto con una buena frazada, constituían su mobiliario.

El hombre aguardó a que su huésped emitiera una opinión.

—En verdad que me place, os quedo muy agradecido.

—Entonces, si no deseáis algo más en lo que yo pueda serviros...

—Sí, si sois tan amable.

—Para eso estamos.

—Dos cosas se me ocurren.

—Mandad lo que queráis.

—Mañana he de acudir a Pelendri y me convendría que me buscarais un transporte para tal cometido.

—Puedo avisar, si os place, a mi cuñado; no me agrada deber privanzas.

—Me satisface, no había atinado, y al decirme que la relación familiar era complicada, he preferido no implicaros.

—¿A qué hora requerís el servicio?

—A media mañana.

—¿Os parece bien poco antes del mediodía?

—Me conviene.

—¿Qué otra cosa necesitáis que yo pueda facilitaros?

—Un lugar en el que pueda cenar buen marisco.

—Estáis a media legua del puerto. Id al Mejillón de Oro.

—Gracias por vuestra información.

—Perdonadme, pero os aconsejo que vayáis en carruaje, a estas horas no es recomendable deambular en solitario.

—No temáis por mí, he hecho demasiadas leguas por estos mundos, para que me sorprenda algún imprevisto.

—De día no hay embarazo, pero al anochecer merodean aves de muy diversos plumajes y no siempre con buenos propósitos.

—Os lo reitero: no os preocupéis, iré prevenido.

Cuando el hombre partió, Martí puso en orden sus cosas y tras lavarse en el aguamanil y vestirse convenientemente, tomó de su saco una daga corta de buena empuñadura de marfil, se la guardó al cinto y se dispuso a acudir al Mejillón de Oro.

46

Descubierta

l deseo era irrefrenable. Bernat Montcusí llevaba meses luchando contra su libido, mas una y otra vez caía en el mismo pecado de lujuria que acució a los viejos de la Biblia que se regodearon en el baño de la casta Susana. En los nudos de los troncos de los árboles veía los incipientes pechos de la muchacha y en la silueta de un laúd pulsado por un músico callejero que reclamaba la limosna de las buenas gentes frente al Palacio Condal, la voluptuosa curva de sus caderas. Las idas y venidas al confesonario se hacían día a día más y más frecuentes; a veces, estando en su despacho, le asaltaba la desazón de perderla y regresaba súbitamente a su mansión inquiriendo dónde había ido, en qué momento y para qué, y pagaban su malhumor sirvientes, lacayos, esclavos y hasta cualquier persona que fuera a visitarlo. Cuando por alguna inocente circunstancia Laia se retrasaba, al verla llegar, y sin tener en cuenta si había o no criados presentes, armaba un escándalo totalmente desproporcionado, avergonzando a la muchacha, que se retiraba a sus habitaciones totalmente desconsolada y hecha un mar de lágrimas.

Laia, que ya desde muy niña había sentido una rara aversión por su padrastro, no acababa de entender aquella actitud, y procuraba, en connivencia con Aixa, evitar su presencia en las comidas alegando imaginarios dolores de cabeza o alteraciones propias de mujeres que llegaron a preocupar a Bernat. Tal fue el caso que hizo llamar a Halevi, famoso físico judío, pese a la reticencia que le inspiraba el linaje de los descendientes que crucificaron al Señor. El físico acudió a la casa del notable, investido de toda la parafernalia que caracterizaba a los de su profesión. Hopalanda granate, cíngulo dorado y en el anular de la diestra una gran amatista: todo ello ayudaba a realzar su notable apariencia, cuya principal característica era la aquilina nariz y la larga y cuidada barba poblada de hebras de plata. Al físico le extrañó la rara conducta de Bernat cuando se disponía a examinar a la paciente.

—¿Es preciso que la toquéis para conocer el mal que la aqueja?

—Es lo propio, mal puedo dar un diagnóstico si no observo al paciente, sea hombre o mujer.

—He leído en su *Canon de la medicina* que Avicena tomaba el pulso a la esposa del sultán de Persia mediante un cordel encerado atado a su muñeca y a través de una puerta.

—Tal vez Avicena lo hiciera así, pero desde luego yo no soy capaz.

La cosa se quedó ahí. Luego, tras examinar detenidamente a la muchacha, que en todo momento permaneció vestida, pasó a recetarle una serie de mezclas de plantas medicinales tendentes a mejorar su estado general y a mitigarle las migrañas y los dolores de la menstruación. Ello concluido, hizo un aparte con Montcusí.

Ambos hombres se dirigieron al gabinete del influyente personaje y una vez instalados, Bernat Montcusí habló.

—¿Qué me decís, Halevi? ¿Es grave el mal que aqueja a mi hija?

—En absoluto, señor. A los padres les es dificultoso asumir que el tiempo pasa para todos y que las niñas se hacen mujeres. Vuestra hija ha crecido y, aunque la veáis delgada y frágil, los mecanismos que hacen a la mujer apta para la reproducción están ya dispuestos en su interior. De ahí sus migrañas, sus dolores ventrales y esta conducta errática de la que me dais cuenta y que es la causante de estas súbitas manías que decís le asaltan de vez en cuando y que desde luego se mitigarán en cuanto haga uso del matrimonio.

Bernat había palidecido notablemente y Halevi se dio cuenta.

—No os alarméis. No os he dado ninguna mala nueva. Simplemente os quiero indicar que llegado el tiempo podréis ser abuelo.

Sin que el judío supiera el porqué del cambio, el registro y la voz de Montcusí cambiaron bruscamente y adquirieron un tono airado, aunque contenido.

—Os he llamado para que atendáis a la salud de mi hija. Vuestras disquisiciones sobre si puedo ser abuelo están de más. —La ira reprimida explotó sin que Montcusí pudiera evitarlo—: ¡Mi hija no se casará jamás! ¿Me habéis comprendido? ¡Jamás!

—Como digáis, excelencia.

—Entrevistaos con mi administrador —prosiguió Bernat en tono algo más calmado—. Dadle la receta para que el herbolario elabore vuestras medicinas y decidle a cuánto ascienden vuestros honorarios. Él os abonará vuestros servicios. Y ahora, alejaos de mi presencia.

El buen judío no supo en qué había consistido su ofensa, pero conociendo a los cristianos, con los que tan difícil era convivir, y siendo consciente de que los repentinos cambios de humor de los poderosos acostumbraban a presagiar graves inconvenientes, partió sin dilación tras una breve inclinación de cabeza.

Montcusí se quedó cabizbajo y meditabundo en la soledad de su gabinete. Le reflexión de Halevi se le había clavado como un cuchillo en las entrañas. La sola posibilidad de que algún día Laia pudiera salir de su vida le atormentaba. ¡Jamás, nunca jamás, consentiría que eso ocurriera! Él se las apañaría para apartar de su hijastra cualquier moscón que se atreviera a importunarla, y un día, un glorioso día, sería suya.

La noche fue ganando terreno y la bóveda celeste se fue llenando de estrellas a la par que la mente del consejero lo hacía de negros presagios. Llegada la hora se dispuso a llevar a cabo las operaciones que se habían convertido en su obsesión diaria. Sin apenas darse cuenta se encontró acomodado y al acecho, habiendo ya retirado la corredera de la mirilla, a la espera de que Laia se desnudara. Aquella noche la muchacha no parecía tener prisa en acostarse; deambulaba por la estancia y, de repente, se dirigió a un canterano que tenía en el ángulo de su dormitorio. Se sentó en el escabel que había a su frente y jalando del tirador extrajo uno de los pequeños cajones del mueble, luego apretó un resorte y la tablilla de la derecha se abrió. Entonces Laia metió la mano en el hueco y de él sacó un cofre pequeño. Bernat observó que de un cordón de cuero, junto a una medalla de la Virgen, pendía una llavecilla. La muchacha procedió a introducirla en la cerradura del cofre, del que sacó varias cartas. Asombrado e iracundo, Montcusí observó cómo, tras leerlas detenidamente y posar sus labios en ellas, las volvía a colocar en el escondrijo. Invadido por la ira, el consejero se dispuso a abandonar su atalaya, pero la joven comenzó a desvestirse y la libido venció a la furia: se quedó quieto, como la rapaz que aguarda a su presa. Entonces, como dos capullos, aparecieron los rosados pezones de Laia. Él no aguantó más: cerró la trampilla y su polución se derramó sobre el entarimado.

47

Oro negro

l abrir la batiente puerta, una batahola inmensa sacudió a Martí. Era el local una construcción de ladrillo cocido que anteriormente había servido de astillero y cuyos altos techos en arco soportados por una interminable hilera de columnas contribuían a agrandar el ruido, al rebotar en ellos todos los sonidos que se produjeran. La bulla en el Mejillón de Oro era considerable. Una algarabía de palabras obscenas, gritos de mesa a mesa de los parroquianos para hacerse entender y las órdenes que los sirvientes transmitían a los fogones constituían la música de fondo del recinto. Contribuían al desbarajuste cuatro músicos que desde una tarima instalada al fondo intentaban amenizar a la concurrencia con sus instrumentos de cuerda y viento.

Cuando ya se acostumbró al ambiente, Martí avanzó por el pasillo central por ver de localizar a algún mesero que le indicara un lugar para sentarse. En ello estaba cuando un empleado en mangas de camisa y diferenciado de los demás por un mandil verde que llevaba anudado a la cintura y un fez rojo del que pendía una borla cárdena, acudió a su encuentro.

—Que Alá el misericordioso os guarde. ¿Qué deseáis, mi señor?

Por el saludo y la indumentaria, Martí coligió que era un musulmán el que lo atendía y no le extrañó al recordar que Basilis, el capitán del *Stella Maris*, le había adelantado que Ciprius era una Babel de las culturas que habían dominado la isla. Egipcios, griegos, romanos, todos habían dejado su impronta. De igual modo recordó a Baruj, cuyos conocimientos tanto le habían ayudado y que le había advertido que, en casi todos los puertos del Mediterráneo, podría entender, y hacerse entender, en latín.

—Una mesa retirada donde un fatigado viajero pueda disfrutar de algo de paz, si ello es posible, y de un condumio del renombrado marisco de la casa.

El moro dio tres fuertes palmadas y al instante acudió un sirviente cuya principal vestimenta la constituía una holgada bombacha turca, una blusa azul ceñida a la cintura mediante un fajín negro y un fez que, a diferencia del de su superior, era de color verde en lugar de cárdeno.

—Acompaña al *franji* al reservado del primer piso. Desde allí gozará de su cena: podrá ver por la escotilla, si así lo requiere, el ambiente de nuestro comedor principal sin participar en él y gozará de la privacidad que solicita.

Entonces Martí observó que al fondo de la edificación se elevaba una altura a la que se accedía mediante una rampa situada en un lateral y en cuyo frontispicio se abrían varias ventanas cubiertas por sendas cortinillas y que supuso eran para ocultar de miradas indiscretas a los usuarios de los comedores privados.

El moro, tal como suponía, le condujo hasta el altillo y le abrió la puerta de uno de los tabucos reservados para comensales selectos. Luego de tomar nota de lo que Martí deseaba cenar, desapareció. El cubículo, tapizado en una tela basta, constaba de un banco a cada lado de la pequeña mesa, en medio de la cual lucía la llama de un candil, y un trinchante lateral que debería usar el mucamo para aviar los crustáceos que allí se sirvieran.

Aprovechando el tiempo de espera, Martí apartó la cortinilla que obstaculizaba su visión y se dispuso a curiosear a la clientela del piso inferior.

Todas las razas del mundo estaban presentes y entremezcladas. Pálidos comerciantes nórdicos, morenos hijos de las orillas del Mare Nostrum, oscuros africanos, árabes… todos ellos unidos por el mar y el comercio.

Una escena al fondo le llamó la atención. Junto a la tarima desde donde los músicos intentaban hacerse oír, un hombrecillo escuálido cuyo inmenso turbante casi le ocultaba el rostro parecía discutir acaloradamente con sus vecinos, dos árabes de desmesuradas proporciones, que parecían exigirle que les cediera aquella mesa, ya que deseaban estar cerca de la orquesta para escuchar mejor su monocorde melodía. El hombrecillo se negaba a ello alegando que estaba acabando de cenar. Mientras uno de los individuos intentaba distraer al del turbante, el otro colocó su mano sobre la bolsa del hombre. Éste de un tirón recuperó su escarcela y se la colocó en bandolera; luego, mascullando maldiciones, continuó degustando su pitanza. Martí siguió inspeccionando el panorama hasta que el criado trajo su bogavante aderezado con una salsa marinera y regado por una frasca de vino chipriota. Entonces corrió la cortina y se dedicó con fruición a dar buena cuenta del suculento crustáceo y de dos jarras del vino de Ciprius, olvidando el incidente.

Terminado su opíparo banquete y tras abonar el consiguiente precio, salió del local y antes de regresar a su posada decidió dar un paseo por el puerto a fin de que el aire de la noche evaporase rápidamente el resto de los vapores etílicos que enturbiaban un punto su mente. Ya su pensamiento volaba hacia Laia: contaba los días que faltaban para volver a verla y se preguntaba qué habría ocurrido en su ausencia, cuando de súbito le pareció escuchar un sincopado chapoteo y los ahogados gritos que llegaban desde el agua. Martí se asomó al muro y, sobre el camino que el reflejo de la luna rielaba en la bocana, observó el desesperado bracear de alguien que, envuelto en su túnica, intentaba salir del agua. Martí no lo pensó dos veces: tiró su saco bajo una embarcación que estaba aupada en unos maderos y se arrojó al agua, nadando en dirección al bulto que parecía a punto de ahogarse. En cuatro poderosas brazadas llegó junto al hombre cuando éste ya comenzaba a hundirse. Por suerte la mar estaba en calma y el agua no demasiado fría. Le dio la vuelta, lo tomó por la barbilla y de este modo fue nadando lentamente hasta arrastrarlo junto al muro de piedra. Entonces surgió el problema. No tenía un mal agarre en la pared y no alcanzaba a sujetarse a algún saliente o hierro de la superficie. El hombre era delgado, pero sus amplios ropajes empapados constituían, en aquellas circunstancias, un peso respetable, amén de engorroso. Martí miró a su alrededor, verdaderamente angustiado. Ni pensar quería que su aventura y todos su proyectos finiquitaran en las aguas de aquel recóndito puerto de Famagusta. En tanto su pensamiento evocaba a Laia, alcanzó a ver, a una distancia asequible, una superficie flotante de madera de la que pendían varios cabos llenos de mejillones. Comenzó a nadar lentamente arrastrando al bulto. En ello andaba cuando el sujeto pareció volver en sí y, temblando, se le agarró como una lapa impidiéndole avanzar. No tuvo otro remedio que golpearlo con fuerza en la quijada. El hombre se desplomó en sus brazos y la tarea se tornó más factible. Un último esfuerzo y su mano libre aferró firmemente una de las cuerdas. El borde aserrado de las valvas de los moluscos laceró su palma y a punto estuvo de soltarse. Un postrer esfuerzo y él y su bulto estaban en el suelo de la batea. Su mano derecha sangraba abundantemente. Dejó al hombre con la cabeza apoyada en una improvisada almohada que hizo con su empapada túnica y palmeó sus mejillas para que recobrara el conocimiento.

Poco a poco éste volvió en sí y unas repentinas convulsiones sacudieron su frágil cuerpecillo, mientras comenzaba a expulsar agua por nariz y boca. Entonces Martí, tomándolo por los hombros, lo incorporó para que no se ahogara con su propio vómito. Luego, ya más calmado, sus ojillos vidriosos enfocaron a su salvador y en sus labios apareció una sonrisa de gratitud. En aquel momento Martí se preocupó de su lastimada extremidad, y rasgando con los dientes una tira del faldón de su camisa, procedió a vendarse la mano herida. Un rayo tímido de la luna alumbró la escena y a su pálida luz reconoció Martí al hombre al que los dos individuos habían importunado durante la cena en el Mejillón de Oro.

—¿Qué os ha ocurrido?

El individuo, con una vocecilla prácticamente inaudible, respondió:

—He sido atracado por dos bellacos, que ya me habían importunado durante mi cena, que me han robado la bolsa y me han lanzado al mar. De no ser por vos, a estas horas estaría visitando a mi Creador.

—Aguardadme aquí, regreso en un instante.

Al hablar el otro de su bolsa, Martí se acordó de la suya y partió como el rayo a recogerla. A través de una pasarela de listones sujetos mediante una cuerda que conectaba la batea con la dársena, se llegó a tierra firme y corrió hacia el lugar donde su instinto le indicó que se hallaba la levantada embarcación bajo la cual había lanzado su faltriquera, rogando para sus adentros que nadie hubiera reparado en ella, ya que si le dejaban sin sus contactos y documentos se hallaría perdido. Afortunadamente allí estaba. Cuando regresaba junto al hombre, éste ya se había levantado, y afirmándose en la soga que circundaba la superficie de la musclera, intentaba bajar a tierra.

—¿Qué pretendéis? ¿Caer al mar de nuevo?

—En absoluto. Perdonadme por las fatigas que os he causado esta noche. En verdad creí que no regresabais.

—Pues os habéis equivocado.

—Me alegro de ello porque sois responsable de mi vida.

—¿Por qué queréis ahora agobiarme además con esa servidumbre?

—En mi tierra hay un dicho que afirma que quien salva la vida a un semejante se constituye en su fiador.

—¿De dónde sois oriundo?

—De una aldea al norte de Kerbala.

—Por esta noche aceptaré esa responsabilidad. Voy a acompañaros a vuestra casa, no sea que tengáis otro mal encuentro.

—Os quedaré eternamente agradecido.

Partieron ambos, el hombre apoyado en un Martí empapado hasta los huesos, y atravesando calles y callejas llegaron a un oscuro pasaje. Ambos estaban temblorosos y ateridos. El hombrecillo, cuyo nombre era Hasan al-Malik, le fue indicando el camino. Las personas con las que se cruzaron durante el trayecto los tomaron por dos beodos que caminaban apoyándose el uno en el otro, cosa por otra parte bastante normal siendo aquél un barrio poblado por gentes del mar, proclives a abusar del alcohol. Por fin llegaron a una paupérrima construcción de dos plantas en cuyo semisótano estaba la residencia del hombre. Sujetando a Hasan por las axilas, Martí descendió por una breve escalerilla cuyo recorrido terminaba frente a una única puerta, a cuyo lado se abría un ventanuco protegido por una reja de hierro. A indicación del hombrecillo, Martí tomó una llave de una maceta que se hallaba en el tragaluz, y tras introducirla en la cerradura abrió la puerta. De nuevo, la luz de la luna y los rescoldos de fuego que aún ardían en una chimenea le permitieron hacerse cargo de la estancia. Era ésta cuadrada y todo estaba a la vista. Al costado del hogar, estaban los hierros para atizar el fuego y una parrilla para cocinar. Asimismo, y pendiendo de un gancho, vio una olla que podía alzarse o bajarse mediante una pequeña polea. En medio de la estancia había una mesa y, en su centro, un recipiente en el que se observaba una mecha flotando en un espeso y negro líquido de fuerte olor; junto a ella, tres desvencijados asientos, uno de ellos sin el correspondiente respaldo. En un rincón distinguió un catre cubierto por una manta de pelo de algún animal desconocido para Martí y, sobre la cabecera, una hornacina que alojaba el relieve de una rara imagen con una X y una P encerradas en un círculo, que a Martí le pareció un símbolo religioso. Dos de las paredes estaban cubiertas por anaqueles con alguna figurita, copas de latón, algunos portulanos y una especie de jarra con un asa orejuda a un costado y al otro una larga boquilla que debía de servir, sin duda, para escanciar su contenido.

Martí se desembarazó del hombre recostándolo en el jergón y procedió después a librarlo de su empapada vestimenta. Lo secó con una tela que encontró y después de cubrirlo con la peluda manta, se dedicó, antes de ocuparse de su persona, de aventar el fuego de la chimenea, añadiéndole algún leño de un haz que halló en un cesto. Cuando la respiración de Hasan se normalizó, Martí se desprendió de sus ropas y las puso a secar junto a la lumbre en el respaldo de una de las sillas, cubriendo mientras tanto sus hombros con una especie de bata que tomó de uno de los anaqueles y que apenas le alcanzaba a las rodillas. En un minarete cercano un muecín entonó la oración de Isha, hacia la medianoche. La habitación, al ir haciendo la novia de la noche su recorrido, iba quedando a oscuras. Martí decidió que apenas sus ropas se hubieran secado algo partiría hacia el Minotauro, pues al cabo de cierto tiempo lo había de recoger el carruaje para desplazarse a Pelendri y el cansancio, tras esta húmeda aventura y el agitado día, le había vencido. La voz de Hasan le desconcertó.

—Casi no os veo, mejor será que encendáis la mecha.

—¿De qué me estáis hablando? No veo por aquí candil alguno.

—Dejadme hacer a mí.

Hasan retiró la frazada de su escuálido cuerpo, se puso en pie y se dirigió a la chimenea. Con unas pinzas tomó una brasa del rescoldo y mientras la soplaba se acercó al centro de la mesa. Cuando la llama avivó, acercó el fuego a la mecha torcida que flotaba en el negro y denso líquido del plato y al punto, otra llama, ésta azul y brillante, alumbró la estancia.

—Soy demasiado pobre para permitirme otros lujos que no sean los básicos. Hoy me he homenajeado en el Mejillón de Oro porque mi hermano me ha enviado dinero de mi herencia desde Kerbala, que es donde reside. De modo que mañana me compraré un candil.

Martí no salía de su asombro.

—Pero ¿qué es este invento que os proporciona luz?

—También me lo envía mi hermano de vez en cuando. Es de lo poco que produce mi tierra; la pena es que casi para nada sirve.

—¿De dónde sale?

—Del mismo suelo. Junto a la casa de mis padres había un lago y de pequeños jugábamos con mis hermanos, que éramos diez conmigo, a acercar una llama a las burbujas que allí explotaban y a provocar pequeños incendios.

Algo se iba abriendo paso en la mente de Martí.

—Me habéis dicho que sois de Kerbala. ¿Dónde se encuentra esta ciudad y quién la habita?

—Está en Mesopotamia, en la ribera del Éufrates. Sólo hay calor y miseria. Es famosa porque en ella fue vencido el hijo de Ali, el yerno del Profeta, y hay gente que va en peregrinación a su tumba. Viven de la caza de animales a los que arrancan sus pieles para luego venderlas y también de la pesca en el río.

—¿Y qué hacen con el negro sebo que decís que hay allí?

—Prácticamente nada, sería complicado venderlo. ¿A quién iba a interesar comprar producto de tan difícil transporte? A mí de vez en cuando me envía algo en un odre y así me ahorro la compra de aceite de candil y velas de cera, que son caras.

A Martí la cabeza le iba como el fuelle de una fragua.

—Hasan, soy catalán y me dedico al comercio. He llegado hasta aquí para comprar cobre que embarcaré en el próximo viaje de un navío del que soy partícipe. Os quedaría eternamente agradecido si me pusierais en contacto con vuestro hermano. Me interesaría comprar este líquido negro que parecéis no apreciar. Creo que en Occidente tendría un buen uso, y de ello saldríamos gananciosos vos, vuestro hermano y yo.

—Si puedo pagaros de alguna manera lo que por mí habéis hecho esta noche, dadlo por hecho. ¿Dónde y cuándo os puedo ver?

—Parto mañana hacia Pelendri, pero pasado estaré de regreso. Me alojo en el Minotauro y cambiaré la ruta de mi periplo marítimo solamente por entrevistarme con vuestro hermano.

—Será una inmensa satisfacción el poder ayudaros en vuestro empeño.

—Entonces, Hasan, si se han secado mis ropas y os encontráis con fuerzas, partiré hacia mi posada. Mañana me espera una dura jornada y quisiera dormir un rato.

—Id en paz y que el dios de vuestro credo os acompañe. A vuestro regreso tendréis la carta para mi hermano.

Hasan aguardó a que su salvador se compusiera. Cuando éste estuvo vestido y listo, le dio un apretado abrazo y tres besos en las mejillas y luego le acompañó hasta la calle, recomendándole que a aquellas horas anduviera con mucho tiento. Martí, palpando con su diestra la empuñadura de su daga, le respondió que así lo haría. Cuando los pasos del catalán se alejaban en la noche, Hasan dio media vuelta y se refugió en su cuartucho. Mientras, la blanca luna, eterna curiosa y testigo mudo de los aconteceres humanos, observaba burlona desde lo alto del firmamento el inquieto vagabundear de aquel desazonado joven que luchaba con el destino para merecer la mano de su amada.

48

Vilopriu

orría la primavera del año 1054. La vieja condesa Ermesenda cribó sus reminiscencias en el tupido cedazo de su memoria. Cual fantasmas del pasado, fueron apareciendo ante ella los rostros de todos aquellos que ya habían partido en la barca de Caronte precediéndola en su último viaje. Sus padres, Roger I señor de Carcasona y Adelaida de Gavaldà; su querido esposo, Ramón Borrell, que en 1018 la había dejado viuda; su hijo Berenguer Ramón, el Jorobado, cuyo defecto físico tantas lágrimas le había costado. Sus otros hijos Borrell y Estefanía; sus hermanos Bernat, Ramón y sobre todo su querido Pere, que frente al obispado de Gerona y junto con el abad Oliba tantos y tan leales servicios le habían prestado. Dos de estas muertes habían condicionado su destino, la de su esposo a consecuencia de las heridas habidas en la segunda expedición a Córdoba durante la minoría de edad de su hijo y que había determinado su primera regencia, y la de éste, que a su vez la forzó a cautelar los derechos de su nieto, obligándola a ejercer la segunda regencia, y que tantos y tan grandes disgustos le había ocasionado. Todos cual blancos fantasmas se iban alejando por el estrecho pasillo de sus remembranzas llevándose con ellos retazos de su vida. En fin, el Señor no atendía sus preces ya que todas las mañanas, durante la santa misa, le rogaba que la llevara con Él considerando que su periplo en este mundo estaba cerrado: sus trabajos y sus días estaban de sobra cumplidos. Durante su larga existencia, pues ya las nieves coronaban sus sienes, había fundado más de ciento treinta conventos, acudido a Roma y tratado y discutido con el Papa la excomunión de su nieto y de la barragana con la que yacía. A fe que creía firmemente que Dios le debía un cumplido reposo.

Entonces su mente viajera se agarró a un saliente de sus recuerdos y la trasladó sin más dilación que la velocidad del pensamiento hasta el actual momento, en el que a punto estaba de dar un paso fundamental al respecto de los condados que, como herencia de su esposo, había recibido.

El lugar escogido, después de peliagudas deliberaciones, era el castillo de Vilopriu. Los representantes de la otra parte encontraban inconvenientes en casi todos los lugares y condiciones propuestas para el encuentro. Almodis de la Marca, barragana de su nieto Ramón Berenguer, había querido mostrar su poder y la influencia que había adquirido sobre él, y se había atrevido a poner dificultades en casi todas las iniciativas que la hasta ahora poderosísima condesa de Gerona y Osona había tenido a bien proponer. Finalmente, la plaza de Vilopriu, en los lindes de la influencia entre Gerona y Ampurias, había resultado elegida.

Roger de Toëny, por parte de Ermesenda, y Gilbert d'Estruc por la de Almodis habían sido los delegados que habían pactado las condiciones del encuentro. El encargado de moderar la entrevista fue, de común acuerdo, el obispo Guillem de Balsareny. Ambas mujeres se jugaban mucho en el envite. De ahí que ambas se hubieran tragado el orgullo y hubieran aceptado el verse, cosa que de alguna manera indicaba la necesidad que cada una tenía de llegar a acuerdos concretos con la otra. La circunstancia de aceptar, por parte de Almodis, aquel humilde castillo, mucho más próximo a Gerona que a Barcelona, se veía compensado por el hecho de que ambos tronos se instalarían a la misma altura y por que, además, ella entraría en segundo lugar al salón de la entrevista: la que aguardaría sería, por tanto, Ermesenda.

El origen de la construcción del castillo, como el de tantos otros, radicaba en la necesidad de fortificar los lindes que delimitaban un territorio. Alrededor de la primitiva torre se había erigido una muralla, y al abrigo de ésta había nacido una capilla. Los campesinos, sabedores de la ley que les protegía por vivir en la *sagrera*, habían ido construyendo sus humildes casas amparadas en aquel reducto que les resguardaba de ser apresados por cualquier noble bajo penas que incluían la excomunión. Las edificaciones fueron creciendo dentro de las murallas y aquel lugar fue considerado por la condesa de Gerona y por su vecino, el conde de Ampurias, como un tácito reducto neutral, de manera que no era la primera vez que Ermesenda dirimía sus diferencias dentro de sus murallas.

Ermesenda llegó con sus tropas la noche anterior; al día siguiente y en el momento prefijado, la más numerosa hueste de Almodis reclamaba paso franco junto al rastrillo de la fortaleza. Después del protocolario descanso, a la hora sexta, como habían pactado Roger de Toëny y Gilbert d'Estruc, el salón donde se habría de celebrar la entrevista estaba preparado y a punto para el acontecimiento. Al fondo, los dos tronos donde sentarían sus nobles posaderas ambas condesas, y en un plano inferior los asientos donde se instalarían sus capitanes. Entre ambos, y de espaldas a la concurrencia, frente a las dos mujeres, se había situado un atril desde donde el obispo debería desempeñar la difícil función de arbitrar y moderar la porfía; y a cada lado había pequeños despachos, con todos los artilugios propios de la escritura, para que dos amanuenses, escogidos por cada una de las partes litigantes, pudieran ir tomando fiel noticia de lo que allí ocurriere. A un costado y a lo largo de todo el espacio, los pendones de Gerona y Osona, y frente a ellos y al otro lado, los de Barcelona y la Marca. Tal como habían pactado y antes de la entrada de la condesa de Gerona, la tropa de ambos bandos fue desarmada y las espadas y dagas entregadas al señor del castillo como depositario de la confianza de ambas legaciones. Los capitanes y el obispo ocuparon sus respectivos lugares, los dos escribanos prepararon su trebejos y se instalaron junto a sus respectivos escabeles y todos permanecieron silenciosos, aguardando la entrada de ambas señoras.

Solemne y majestuosa, vestida de negro y con diadema condal, tal como correspondía a su rango, hizo su entrada Ermesenda. Mientras tomaba asiento en el trono de la derecha, una dama recogió su manto y ella, rígida, el torso recto sin apoyarse en el respaldo, descansó su enjoyada diestra en el brazo de su sitial. Almodis se hizo esperar unos instantes para mostrar a todos que la que decidía el tiempo de la entrevista era ella. Avanzó entre los presentes con el empaque de la reina de Saba, vestida de rojo con una sobrefalda gris plateada, cubiertos sus cabellos con una trenzada redecilla moteada de perlas, segura de que la vieja condesa al llegar ella a su altura se alzaría del trono para saludarla. Vana espera. Ermesenda, cual si se tratara de su camarera mayor, vio cómo Almodis subía la grada que la elevaba hasta su sitial, volvió la cabeza y reclamó a su paje un abanico, sin dirigir ni una sola mirada a su rival.

El silencio se podía palpar. Nadie se atrevía tan siquiera a emitir una tos. El obispo inició el acto.

—Pónganse en pie los presentes.

Un murmullo de voces contenidas mezclado con el roce de asientos en la tablazón del suelo y un crujido de ropas acompañó la voz del eclesiástico.

—Iniciaremos este acto rogando al Espíritu Santo que ilumine nuestras mentes para poder llevar a buen fin las diligencias que ahora emprendemos. De manera que la generosidad de miras se imponga sobre vanos egoísmos para el bien de la cristiandad y de los condados que aquí y ahora están representados.

A continuación, alzó la mirada a lo alto y entonó el Ángelus con su buena y timbrada voz, secundado por todos los presentes.

Luego, las dos condesas al mismo tiempo ocuparon los tronos y acto seguido los asistentes también hicieron lo propio, quedando en pie y a ambos costados del salón gran número de personas que carecían de asiento.

El prelado inició la sesión poniendo de relieve la importancia del acuerdo que se pretendía alcanzar y cedió la palabra a la condesa de Barcelona, quien expuso su argumentación con voz templada y contenida, como si nadie estuviera presente y se hallara a solas con su Némesis, dando un rodeo antes de entrar de lleno en el tema que tanto le interesaba.

—Condesa, estoy aquí en representación de vuestro nieto el conde Ramón Berenguer I para intentar llegar a compromisos sobre diversos temas que atañen al futuro de Barcelona.

Ermesenda, hierática, como una escultura de mármol, atendía sin mover un solo músculo del rostro.

Almodis prosiguió.

—Sois condesa de Gerona y Osona por delegación, y bien sabéis que a vuestro fallecimiento, quiera Dios que sea dentro de muchos años, ambos condados pasarán a su heredero natural, que es mi esposo. La petición que os hace vuestro nieto y que yo me limito a transmitiros es que, por el bien de la casa de los Berenguer, cedáis en vida vuestros derechos y pidáis a cambio lo que creáis sea de justicia, que sin duda se os dará. Os podréis retirar a uno de los monasterios que habéis fundado y allí vivir la vida regalada y espiritual que tanto os agrada y que os corresponde por méritos y edad.

Un silencio notable se instaló en la gran sala. Almodis aguardó tensa la respuesta de Ermesenda. Ésta no se hizo esperar.

—Señora mía —Ermesenda eludió el tratamiento—. En primer lugar soy condesa de Gerona y Osona por pleno derecho. Mi marido el conde Ramón Borrell me los cedió a título de *sponsalici* cuando pidió mi mano, y como dote de bodas. Por tanto, transmitid a mi nieto que no obro por delegación y que dispondré en mi testamento lo que a mi voluntad convenga y que los condados que poseo merecen un mejor destino que ser gobernados por un conde venal, que no merece tal nombre. Los títulos, aunque sean heredados y no ganados, se han de honrar, y por ahora mi nieto no honra precisamente el suyo sino que más bien lo vilipendia. Si quiere que Barcelona sea mal regida por un excomulgado es su problema, pero mis condados no tienen mácula y así seguirán.

Almodis respiró hondo para contenerse: era mucho lo que estaba en juego.

—De eso iba a hablaros a continuación, señora. El condado de Barcelona fue de vuestro esposo e imagino que deseáis lo mejor para sus habitantes. La excomunión que promovisteis dificulta mucho las cosas al respecto de la obediencia de sus súbditos, y vuestro nieto, que os ama profundamente, os ruega humildemente que solicitéis a Víctor II que la retire. A cambio del inmenso favor, Ramón estaría dispuesto a reconocer vuestra *auctoritas*, que no la *potestas*, sobre

Barcelona hasta el fin de vuestros días y a daros setenta mil mancusos para cooperar en vuestras pías obras.

Al oír la cifra un sordo murmullo se propagó por el gran salón.

Ermesenda mantuvo una larga pausa a fin de conseguir la atención de los presentes.

—Señora. Me ofende y ofende a la Iglesia oír la pretensión de mi nieto. Si no he mal entendido, este insensato pretende comprar su excomunión por setenta mil mancusos. Decidle que su abuela, que defendió sus derechos como una leona durante su minoría de edad, jamás hará de cómplice intermediando en un acto de simonía, que éste y no otro es el nombre que se da a la compra y venta de cosas sagradas. En cuanto a la *auctoritas* que me ofrece, debo decirle que no la necesito: moralmente ya la tengo. Si pregunta a sus súbditos, sabrá que consideran en mucha más alta estima a mi persona que a la suya. De no ser un príncipe vería cuán alto precio debe pagar un excomulgado. Estaría condenado al ostracismo, ni sus vecinos le dirigirían la palabra.

—¿Debo entender que vuestra respuesta es definitiva y no hay componenda posible? —preguntó Almodis, haciendo un gran esfuerzo por contenerse.

—Puede haberla y está en vuestras manos —dijo Ermesenda, mientras a sus labios asomaba una sonrisa despectiva.

—Os escucho.

—Decid a Ramón que su abuela renunciará en su nombre a todas sus posesiones y se retirará a un convento a rezar para la salvación de su alma impía, en cuanto vos salgáis de su lecho, os apartéis de su lado y os volváis a vuestra casa, de la que no debisteis salir jamás.

Almodis saltó como una tigresa.

—¡Mi casa está en Barcelona junto a mi esposo y se me da un adarme la opinión que ello os merezca!

Ermesenda, con un acento preñado de sorna, respondió:

—Creo que ni vos sabéis dónde está vuestra casa. En Arles, en Lusignan o tal vez en Tolosa; tengo entendido que de las dos primeras os echaron y de la última os escapasteis.

—¡Pobres condados de Gerona y Osona! ¡Tienen por condesa a una víbora! Destiláis veneno, señora.

317

—Condesas, será mejor aplazar esta entrevista hasta mañana —intervino el prelado, viendo que los ánimos se exaltaban—. La almohada es buena consejera y ayuda a moderar actitudes.

Ermesenda tomó la palabra.

—¡Obispo! Este negocio se acabará ahora, y entiendo que deberíais intervenir en los temas que atañen a vuestra Iglesia. Y, por cierto, os he notado frío y permisivo al respecto de la simonía.

—Entonces, señoras, mejor será desalojar el salón, si así os parece.

Almodis, recuperada de la invectiva, tomó de nuevo la palabra.

—Haced lo que creáis conveniente, señor obispo, pero mi capitán y mi amanuense continuarán a mi lado. Quiero que alguien sea testigo y dé constancia de tanto desafuero.

—Entonces, si os parece...

Ambas condesas inclinaron la cabeza y el prelado con una señal hizo desalojar la estancia.

La gente fue saliendo lentamente entre murmullos y comentarios. Una vez hubo salido el último, el ujier, desde fuera, cerró las hojas de la puerta.

Balsareny se dirigió a Almodis.

—Condesa, es vuestro turno.

Almodis adoptó entonces un tono sereno, aunque no exento de orgullo.

—Lo creáis o no, amo a vuestro nieto y no os consiento que juzguéis mi vida. Antes o más tarde la Iglesia cederá, como hace siempre ante una cuestión de Estado, y cuando no sea necesaria vuestra intercesión para obviar este mal paso en que andamos metidos lamentaréis no haber tenido en cuenta la generosa oferta que se os ha hecho. Os habréis de morir un día u otro, y vuestros condados pasarán a Ramón, tanto si queréis como si no. Los súbditos tienen un fino instinto para detectar lo que les conviene, y vuestro nieto se habrá ahorrado una fortuna que hubierais podido destinar a misas que alivien vuestro purgatorio que, según intuyo, y a tenor del odio que rezumáis, será largo.

—Comprendo, señora, que os resistáis a abandonar el lecho de mi nieto. Concluyamos, no tenéis a donde ir. No os preocupéis:

decid a Ramón que os dé los mancusos a mí destinados. Podríais montar una mancebía en cualquier ciudad de la Septimania. Allí estaríais mejor instalada. Ya conocéis el refrán: «Cada vencejo a su nido».

—Sois una mujer amargada e indeseable —explotó Almodis—. He venido en son de paz y me habéis buscado las vueltas. Me habéis tildado de mantenida, y qué sé yo de cuántas cosas más. Está bien, vais a saber la verdad. Pronto nacerá un hijo mío y de vuestro nieto: un Berenguer, un hijo del pecado, según vos. Cuando el niño sea mayor, su madre le explicará la opinión que de él emitió su bisabuela antes de su nacimiento. Según vos, vuestro bisnieto será el hijo de una barragana, y este hijo de ramera, que llevará en sus venas sangre de los Berenguer y de la casa de Carcasona, lo heredará todo: Barcelona, Gerona y Osona. *Sic transit gloria mundi.* Señora, mejor ríe quien lo hace en último lugar.

El obispo palideció, Roger de Toëny se puso en pie y llevando su diestra hacia la vacía vaina que pendía en su cinto hizo el gesto de empuñar la espada. Entonces, volcando pupitre y manchando de tinta el documento en su caída, uno de los amanuenses se desmayó.

49

Planes perversos

l alma de Bernat Montcusí no conocía descanso ni sosiego. Una nube roja, mezcla de rabia y de lujuria, presidía sus días y sus noches. El alba le sorprendía sentado en su adoselado lecho, recostado sobre dos cuadrantes, totalmente desvelado. Era inútil que el físico Halevi le recetara pócimas a base de láudano y adormidera. Temía meterse en la cama por si la parca le iba a visitar sin mediar aviso y su alma se condenaba por toda la eternidad. El vicio de Onán se había constituido en algo inherente a su quehacer diario, y pese a intentar reprimirse, no podía erradicar el hábito de acudir cada anochecer a su gabinete, descorrer la trampilla y gozar de la visión del cuerpo desnudo de su ahijada.

El día después de su descubrimiento, envió a Laia y a su esclava a una lejana encomienda y aprovechó la coyuntura para revolver entre las cosas de la muchacha. No le fue dificultoso hacerse con el cofrecillo. Mediante una pequeña ganzúa y con los pulsos alterados, lo abrió y se dispuso a leer las misivas. La lectura de las mismas le puso al borde de un ataque de nervios. Tras releerlas una y otra vez, las devolvió a su sitio. Cerró el cofre, lo colocó de nuevo en su lugar y se retiró a su gabinete dispuesto a meditar sobre la decisión que iba a tomar. Su avaricia se enfrentaba a sus celos y temía que su ira le precipitara hacia una medida equivocada. Aquel Martí Barbany estaba resultando para él un pingüe negocio: si nada más conocerlo su intuición le advirtió que estaba ante un caballo ganador, el tiempo le estaba dando la razón, y en aquellos momentos, dos años después de su primer encuentro, el porcentaje que le rendía su trato con aquel joven se había convertido en algo ciertamente importante. Lo más curioso era que aquello se podría multiplicar por mil en un futuro si acertaba a actuar con astucia. No, decididamente no. No era él el que debía cortar las esperanzas del joven de raíz. En su mente se iba fraguando un plan sibilino que abarcaba todas aquellas facetas a las que de ninguna manera estaba dispuesto a renunciar. En primer lugar, Laia debía pertenecerle de por vida, así que apartar a Martí de su hijastra era una tarea que debería recaer en la muchacha, de modo que el galán no se sintiera ofendido por él. Aquel joven decidido tenía que creer que la elegida de su corazón había tal vez sentido por él una pasajera ilusión de juventud, enfriada por el tiempo y la distancia. El problema se presentaba al pretender que la muchacha le transmitiera este mensaje en persona. Era fundamental que encontrara argumentos categóricos para que la niña accediera a todas sus pretensiones, ya fuera por las buenas o por las malas.

Decidió que lo mejor sería aprovechar la ausencia del galán para llevar a cabo sus planes sin que ella pudiera pedir favor ni consejo, para lo cual se dispuso a afrontar el problema aquella misma tarde.

Laia, acompañada por Aixa, había acudido en el nuevo palanquín que su padrastro le había regalado al rezo del Ángelus en Sant Miquel. Luego debían entregar un paquete de Bernat en una casa extramuros del Castellnou. Aixa, con el permiso del jefe de la escolta al que Bernat Montcusí había impartido órdenes precisas, se había alejado para ir al mercado al encuentro de Omar por si éste hubiera recibido alguna nueva de Martí, con la orden de regresar a la casa cuando hubiera cumplido su cometido y caso de que así fuera entrarla entre sus ropas para entregársela a su ama y amiga por la tarde.

Al terminar los rezos, la muchacha, que invariablemente pedía a la Virgen protección para su amado, partió, aupada en la gestatoria por cuatro esclavos de color que en sus hombros apoyaban las varas, seguida por la escolta hasta el palacio de Montcusí. Durante el traqueteante trayecto, refugiada allí dentro, oculta de las miradas de la gente por las opacas cortinillas, pensó que ni el lujo del tapizado, ni la marquetería en palo rosa que ornaba los cajoncillos, ni las frascas de perfume de la litera, ni ningún lujo del mundo compensaba la vida si no era junto a la persona amada que su virginal corazón de mujer ya había elegido.

Cuando llegaron a casa el mayordomo le comunicó que el amo había sido convocado a palacio y que debería comer sola. No podía recibir mejor noticia. Manifestó al sirviente que lo haría en la glorieta y que le prepararan un frugal refrigerio.

Aixa había regresado sin otra nueva aparte de que la siguiente etapa del viaje de Martí lo llevaría hasta Sidón, desde donde partiría hacia otros reinos y adonde regresaría para embarcarse de nuevo, y Omar le comunicaba que si antes de tres días le entregaba una carta, él se ocuparía de que la misiva estuviera puntualmente aguardando al joven antes de que éste partiera para su nueva singladura. La noticia había llegado indirectamente mediante el capitán de un bajel que había tenido noticias del *Stella Maris*, en Famagusta.

A Laia, el hecho de tener nuevas de su amado aunque fuera de un modo indirecto, la colmaba de dicha ya que pensaba que cada una de ellas la aproximaba al día que volvería a verlo. La llamada al despacho de su padrastro la sorprendió echada en su cama mientras su pensamiento volaba por cauces lejanos.

Compuso su aspecto y partió meditando lo huidiza que es la dicha y cómo alterna la vida situaciones gratas y amables con otras opuestas.

El criado que siempre velaba a la puerta de su tutor, nada más verla, la dejó pasar. Laia tocó con los nudillos en la madera y la voz agria y conocida de su padrastro respondió desde dentro.

—Pasa.

Abrió la muchacha el vano izquierdo y asomando la cabeza por el hueco, inquirió:

—¿Me habéis hecho llamar?

El consejero, sentado en su despacho, se alzó amablemente y asintió.

—Sí, hija mía. Entra y acomódate.

Laia tuvo un mal augurio y supuso que algo grave iba a ocurrir.

Atravesó la estancia con paso lento y se sentó frente a su padrastro.

Mientras tanto Bernat, siguiendo su costumbre, jugaba con un cuchillo que se hallaba sobre una bandeja de plata. Un silencio solemne se instaló entre los dos.

El viejo comenzó su discurso con voz seria.

—Me has decepcionado, Laia.

La muchacha alzó las cejas y fijó en él sus grandes ojos grises interrogantes.

—Has faltado a la confianza que me es debida como padre.

—Ya hemos hablado mil veces de ello —respondió Laia, tensa pero firme—. Vos no sois mi padre.

Bernat lanzó violentamente el cuchillo sobre la mesa.

—¡Y me alegro de ello! Tal vez me convenga más. En cualquier caso, soy responsable de tu vida: estás bajo mi techo, vives una existencia regalada y a mis expensas, y en esta casa nada puede escapar a mi control. Me has defraudado, Laia, alguien ha llenado de pájaros esta cabecita que tanto amo y has tenido la osadía de intentar tomar decisiones que a nadie más que a mí competen.

—No alcéis la voz, os oigo bien. Vivo de la herencia que dejó mi verdadero padre a mi madre y nada vuestro quiero ni necesito —repuso Laia, asombrada ante su propio atrevimiento.

—Está bien, hasta tu mayoría de edad soy tu tutor, lo que me da derecho a invertir tu herencia como mejor me plazca. Puedo hacer que ésta se volatilice de manera que heredes una ruina o unos muy bien saneados bienes. De ti dependerá.

Laia meditó durante un instante, pensando que por el momento aún desconocía la finalidad de todo aquel discurso.

—Y ¿de qué dependerá? ¿Qué es lo que he hecho que merezca esta amenaza?

—Como presumes de mujer, voy a tratarte como tal. En tu habitación y en un cofre has guardado unas cartas que desdicen la confianza que hasta el día de hoy te había otorgado.

Una palidez cadavérica invadió el rostro de la muchacha a la vez que un sudor frío inundaba su cuerpo. Tragó saliva y aguardó.

—Te hablan de amor, y por lo que deduzco responden a otras que, sin duda, has escrito tú. Ten la decencia de contestarme.

—Está bien —dijo Laia, conteniendo un suspiro—. Amo a Martí y pienso desposarme con él en cuanto tenga la mayoría de edad, tanto si me desheredáis como si habéis hecho que mi fortuna se esfume. Nada me importan los bienes de este mundo. Además —añadió con voz firme—, entiendo que es una ruindad andar escrutando en los secretos de los otros.

Bernat compuso una torcida y aviesa sonrisa.

—Es mi obligación, mal podría cumplir con la confianza que me otorgó tu madre si descuidara mis obligaciones de velar por ti, cuando todavía lo ignoras casi todo de la vida.

—¡No habléis de mi madre, que murió medio loca por vuestra culpa! Prefiero que no me cuidéis tanto si eso conlleva que no pueda escribir a quien me plazca.

—¡Insensata! Puedo hacer contigo lo que me venga en gana, desde ingresarte en un convento hasta entregarte a quien me convenga, y no tendrías más remedio que obedecer.

—Haced lo que os plazca conmigo, pero nadie mandará en mis pensamientos.

El viejo cambió su registro.

—Todo es por tu bien, Laia. En toda mi vida no he encontrado a nadie digno de ti. Si eres buena conmigo y te avienes a mis deseos, serás, a mi muerte, la mujer más rica de Barcelona.

Laia, temblando, indagó:

—Y ¿cuáles son vuestros deseos?

—Te conozco desde niña; te he traspasado todo el cariño que deposité en tu madre. Ahora te ha llegado el tiempo de merecer. Ya eres una mujer: la diferencia de edad que nos separa no es óbice, pues no es más que la de muchas parejas de estos condados y no es bueno que un hombre, todavía en plenitud, no tenga quien caliente su cama. Soy un fiel hijo de la Iglesia y jamás he sido proclive a buscar desahogos mercenarios con mujeres públicas. Hasta el conde daría su bendición y apadrinaría nuestra boda y yo me ocuparía de obviar la dificultad de ser tu padrino.

—No hay duda de que estáis absolutamente loco. ¡Jamás, me entendéis, jamás os aceptaría! —exclamó Laia, con lágrimas de impotencia en los ojos.

—Está bien. Sea. Tú lo has querido. Te he honrado proponiéndote matrimonio y lo has desechado. Atente a las consecuencias —dijo Bernat, cuya fría voz apenas conseguía ocultar su rabia.

—Os aseguro que a la menor ocasión me he de escapar aunque no tenga a donde ir.

La voz del consejero se tornó en un sonido silbante.

—No harás tal cosa. Te voy a explicar cómo va a ser todo a partir de ahora mismo. Las cartas no han venido a esta casa volando y sé quién ha sido la malhadada mensajera. De ti depende lo que le vaya a ocurrir. Voy a apartar a Aixa de tu lado y la haré encerrar. Si accedes de buen grado a lo que te requiero, te permitiré que cada día le lleves el agua y la comida. Así tendrás constancia de que sigue con vida. Escribirás una carta diciendo a tu amado que se te ha pasado el capricho: te autorizo a poner las palabras que mejor te parezcan. Ten en cuenta que deseo que este joven atribuya su desencanto a flaquezas de mujer; de ninguna manera quiero que piense que estoy implicado en el asunto, y pese a que una vez le dije que no era digno de alcanzar tu mano, me conviene que piense que por mi parte no habría problema, ya que desde entonces su situación ha variado muy mucho e intuyo que alcanzará grandes cotas de poder y de riqueza. Recalcarás, por tanto, que tu decisión únicamente es cosa tuya. Ah, y procura mantener una respetuosa actitud frente a mí. No voy a consentir que nada ni nadie menoscabe mi autoridad en mi propia casa. Ahora, puedes retirarte.

50

Pelendri

uando Martí llegó al mesón del Minotauro con sus ropas hechas un guiñapo, Nikodemos, que estaba en la escribanía, se alarmó al verlo.

—Ya os dije que el lugar era peligroso. ¿Habéis tenido un mal encuentro?

—No es lo que imagináis. Simplemente he tenido que echarme al mar para auxiliar a un pobre individuo que se estaba ahogando.

Nikodemos meneó la cabeza de un lado a otro.

—Todos los puertos son peligrosos, pero el nuestro, a ciertas horas, lo es mucho.

—Estoy bien y con la conciencia tranquila. He hecho una buena obra. Si no llego a ir a cenar al Mejillón de Oro, tal vez a estas horas una alma de Dios habría partido de este mundo.

—Me alegro por vos, pero si de mí dependiera todos los marineros borrachos de Famagusta pueden irse al infierno.

Martí dejó el tema y aclaró su cambio de planes.

—Me convendría que avisarais a vuestro cuñado a fin de que me recogiera más temprano. Debo regresar a la nave que ayer me trajo hasta aquí antes de partir para Pelendri. Me he dejado algo importante a bordo.

—No tengáis apuro, sé dónde encontrarlo. En cuanto salga el sol acudiré al encuentro de Elefterios. ¿En qué momento deseáis que venga a buscaros?

—Llamadme al caer la tarde y que venga a por mí al anochecer.

Al día siguiente, Martí madrugó, pues antes de partir para Pelendri tenía mucho que despachar en Famagusta.

El plan de Martí era claro. Partiría cuando lo hiciera el *Stella Maris* ya que su rumbo le convenía, e iría a Sidón para desde allí incorporarse a alguna caravana que le acercaran a su objetivo, Kerbala. Para ello debía contactar con Basilis Manipoulos a fin de que le aguardara.

Todo fue saliendo según sus deseos. Elefterios lo recogió puntualmente y en su viejo carromato se llegó a la rada donde estaba fondeado el *Stella Maris*. Ordenó a su auriga que le aguardara en lo alto del acantilado y por la rampa descendió hasta la playa. La esbelta figura del barco del griego se divisaba en lontananza. En la orilla, dos viejos pescadores charlaban a la espera de que alguien alquilara alguna de sus deslucidas chalupas para acudir junto a cualquiera de los bajeles allí anclados. Martí, tras ajustar el precio de la travesía, embarcó en uno de aquellos deteriorados cascanueces que lucía orgulloso en su proa la silueta de un dragón. A la boga, se puso en el banco uno de los dos viejos, mientras que el otro, con el remendado pantalón arremangado hasta media pantorrilla, se disponía a empujar la pequeña embarcación hasta que flotara en el mar. Cuando colocaba uno de los remos en la chumacera y al darse cuenta de que su pasajero observaba curioso la imagen de su mascarón, el viejo del barco dejó su tarea por un instante y dijo:

—Es un dragón. ¿Cuál es el rumbo?

—Aquella nave de casco negro y afilado que está anclada al costado del trirreme. Ya veréis al acercaros su nombre en la popa, *Stella Maris*.

Tras comenzar a remar, el viejo siguió a lo suyo.

—En mi juventud hice el corso con un berberisco que era un demonio. Draco se llamaba. Todo lo que sé del mar lo aprendí de él. En su honor hice mi mascarón.

—Es muy hermoso.

—Me place que lo apreciéis. Debe su merced ser hombre de mar.

—De alguna manera, tengo parte de un barco. Se puede decir que soy algo armador.

—En cuanto ha subido a bordo me he dado cuenta. Las gentes del mar andamos de otra manera.

—Debe de ser por los días que he estado embarcado.

—¿Sigue su merced en viaje?

—En ello estoy. Voy a ver si embarco en el *Stella*.

—¡Cómo os envidio! Cuando se ha vivido en el mar y la vejez hace que los huesos de uno embarranquen en la inmunda tierra, la añoranza llega a ser una maldición. Cualquier marino preferiría que su esqueleto quedara varado en una playa, al igual que el costillar de su barco, que ir muriendo poco a poco para acabar metido en un sucio agujero.

Martí decidió no darle más conversación al viejo a fin de que dedicara su corto resuello a la boga, de modo que, hasta que estuvieron abarloados a la nave, no volvió a emitir palabra.

Uno de los marineros que estaban de guardia reconoció a Martí y lanzó por la amura una escala de cuerda. Antes de subir por ella, Martí se dirigió al viejo de la barca y le dijo:

—Aguardadme hasta que acuda. No os preocupéis por vuestro tiempo, sabré ser generoso.

—Aquí quedo hasta que tengáis a bien regresar, capitán.

Martí sonrió para sus adentros ante el nuevo rango que le había asignado el viejo.

Cuando pisó la vieja cubierta y su olfato captó los conocidos y queridos olores, aspiró con fruición.

—¿Está a bordo el capitán?

—Lo encontraréis en su cabina.

Martí dejó al hombre siguiendo su guardia y se dirigió al camarote de Basilis.

En el momento en que iba a solicitar la venia para entrar se abrió la puerta y la entrañable figura del marino asomó en su quicio. A la sorpresa siguió la alegría, ya que entre ambos había surgido durante la travesía un fuerte vínculo de amistad.

—¡Qué agradable sorpresa! Os hacía en Pelendri.

—Ésa era mi intención pero el destino marca los caminos y un suceso acaecido ayer noche ha cambiado mis planes, de manera que el tema del cobre, del que me pienso ocupar hoy mismo, ha pasado a segundo lugar.

—Y ¿cuál es ahora esa prioridad?

—El veros a vos.

El griego entornó los ojos.

—Os escucho.

—Veréis, Basilis, si fuera posible me interesaría en grado sumo ir en vuestra nave a Sidón si es que ésta sigue siendo vuestra ruta.

—Desde luego que lo es, y asimismo os reitero que en mi barco siempre habrá un coy colgado esperando que embarquéis. Sólo veo un inconveniente.

—¿Cuál es?

—Que como os dije las gentes que tengo que ver en Nicosia son en verdad difíciles y aún no sé cuál va a ser el día de mi partida.

—No importa. Me hospedo en el Minotauro y esperaré vuestras noticias a fin de embarcar en cuanto me enviéis aviso mediante un mensajero. Excepto esta noche y tal vez la de mañana, que pasaré en Pelendri intentando negociar el asunto del cobre, cada día estaré en Famagusta.

—Nada más hemos de hablar. Ahora perdonadme, debo bajar a tierra: he de proveer a mi barco de salazones, galletas y otras provisiones y quiero controlar personalmente su embarque. Los chipriotas, amén de grandes negociantes, son gentes harto taimadas, acostumbradas a subsistir bajo el yugo de cualquiera de los pueblos que los han invadido. En cuanto pueden te dan gato por liebre. Su astucia es legendaria.

—Si os parece bien, me espera una chalupa y al llegar a la playa me aguarda un carromato: podríamos hacer el viaje juntos hasta Famagusta, luego partiré hacia Pelendri.

—Me hacéis un favor. Dejadme que dé las órdenes pertinentes a mi contramaestre y enseguida me reuniré con vos.

Ambos hombres embarcaron juntos en la chalupa. Martí, al llegar a la playa, pasó cuentas con el viejo marinero y tras darle una buena propina ascendió la rampa con Basilis y, tomando el carro de Elefterios, salieron hacia Famagusta. Allí descendió el griego y Martí partió con Elefterios hacia Pelendri.

51

La celda

Laia no acababa de creerse la amenaza de su padrastro. Lo sabía avaro, colérico e indigno de merecer los favores con los que le distinguía el conde, pero jamás hubiera imaginado que el hombre que su madre amó fuera capaz de ignominia semejante. Aixa había desaparecido de su vida, y ella sospechaba que habría sido enviada a una de las muchas propiedades de su tutor con el fin de apartarla de su lado y de esta manera dejarla incomunicada. Le habían asignado nuevo servicio y en esta ocasión totalmente afecto a su padrastro. El leve roce de unos nudillos en la puerta de su alcoba interrumpió sus pensamientos.

—Adelante.

En el hueco de la puerta apareció el rostro severo y avinagrado de la dueña que ejercía las labores que anteriormente había desempeñado su fiel y adorada Aixa.

La mujer entró en la estancia y depositó sobre la mesa una bandeja con un cuenco de sopa, un plato de un excelente guiso de liebre y un pastel de cerezas que hasta aquel día había sido su preferido.

—Comeréis en vuestro cuarto. Son órdenes del amo. Al acabar, estad dispuesta, porque vuestro padre desea veros en su gabinete.

Sin aguardar respuesta, la adusta dueña se retiró, dando por hecho que las órdenes de su señor ni se cuestionaban ni merecían comentario alguno.

Laia apenas tocó la comida y se dispuso a aguardar. Al cabo de un tiempo Edelmunda, que así se llamaba su carcelera, vino a buscarla.

—¿Estáis preparada? Ya sabéis que a don Bernat no le gusta que le hagan esperar.

Laia se puso en pie y asintió con la cabeza.

—Entonces seguidme, debo acompañaros en persona hasta el despacho.

—¿Debo pensar que estoy presa en mi propia casa?

—Me limito a seguir las instrucciones que me han sido dadas. De cualquier manera, si no hubierais abusado del mimo y confianza que os otorgó vuestro padre nada de esto hubiera ocurrido.

Las dos mujeres fueron traspasando estancias y largos pasillos hasta llegar frente a la puerta del gabinete de Bernat Montcusí.

La dueña golpeó una de las hojas con los nudillos y demandó su venia. Desde la puerta habló a su señor.

—Don Bernat, aquí tenéis a vuestra hija, tal como ordenasteis.

La ronca voz del consejero sonó en el interior.

—Hazla pasar y aguarda en el pasillo para acompañarla a sus habitaciones cuando hayamos acabado.

La dueña abatió el picaporte e indicó a la muchacha que entrara. Laia se introdujo en la estancia y aguardó temerosa a que su padrastro le indicara lo que debía hacer. Éste, soslayando su presencia, continuó escribiendo un documento con una pluma de ganso teñida de rojo que de vez en cuando mojaba en el tintero que tenía delante. Tras un largo rato y a la vez que esparcía unos polvos secantes sobre el pergamino, alzó la vista y como si en aquel momento hubiera percibido su presencia, con una voz inesperadamente amable, habló:

—¡Ah, pero si estás aquí! Pasa y siéntate, criatura. No te quedes en la puerta.

Laia avanzó hasta la altura de la mesa y se acomodó en la silla de siempre.

—Cuéntame cómo estás. ¿Qué tal van tus cosas?

Ni el tono ni la materia conciliaban con lo que Laia había sospechado y sin querer irritar al viejo, por ver si obtenía ventaja, respondió sosegadamente.

—Yo no tengo nada que contar, conocéis mi vida de cabo a rabo, y por cierto es bastante tediosa. Además, me habéis hurtado a la persona que daba color a mis días y colmaba mis afectos.

Montcusí mantuvo la calma.

—Debo velar por ti, Laia. Esa persona, que no es tal pues es una esclava, ha defraudado mi confianza y abusado de ella. No te hago responsable de lo ocurrido, eres aún demasiado niña para ello. Es ella la que con sus malas artes ha metido pájaros en esa encantadora cabecita que adoro y que hasta esa fecha no me había proporcionado más que satisfacciones.

—Lo siento, pero no tenéis razón. Ella era mi alegría, mi compañía y mi abrigo, un refugio del que desde la muerte de mi madre había carecido, y vos la habéis apartado de mi lado.

—Pero no me negarás que aunque no me hayas facilitado las cosas al negarte a decirme dónde te entrevistabas con ese hombre, la correveidile de estos encuentros era tu esclava, que fue introducida a tu lado arteramente, con esa única finalidad aunque la envoltura era su bella voz y sus dulces canciones.

Laia percibió en la respuesta un ligero cambio de actitud y, aunque defendió a su amiga, intentó no provocar a su padrastro.

—Conocí a Martí en el mercado de esclavos y nada tuvo que ver Aixa en ello, pues ése fue el día en que la subastaron. Lo que ocurre es que os negáis a reconocer que he crecido y que ya no soy una niña.

La voz del consejero adquirió un tono irónico.

—Precisamente es lo que sostengo. No cabe duda de que has crecido: ya eres una mujer. Pero vayamos al asunto de las misivas. ¿Pretendes que me crea que las cartas que guardabas en la alcancía llegaron volando a esta casa? Me pesa ser el culpable de aceptar que Aixa entrara en nuestra vida. En vez de recibir gratitud por su parte lo que recibí fue la picadura artera de un escorpión que entró a mi servicio atendiendo órdenes de su antiguo amo. Dime, ¿quién te sirvió de correo?

Laia, con la voz temblorosa, replicó:

—Me niego a decir cómo han llegado hasta mí las cartas. Sólo os diré que ella nada tuvo que ver.

—Mira, Laia. Si algo no soporto es que alguien me trate como a un tonto y menosprecie mi intelecto. Esta insensata te hizo de correo y tú caíste en la trampa como una boba inexperta. Pero quiero olvidarme de este mal paso, mi amor hacia ti y mi generosidad han de hacer que este enojoso asunto caiga en el olvido. —Bernat Montcusí adoptó un tono suave y miró a su hijastra con ojos tiernos—. Vuelvo a proponerte que aceptes ser mi esposa.

—¡Me niego a tal desatino!

El tono del hombre cambió súbitamente.

—¡Puedo obligarte!

Laia se puso en pie. Su cuerpo temblaba de ira y de miedo.

—¡Antes me tiraré de una de las almenas del torreón! —exclamó.

—Yo sabré poner los medios para convencerte.

—No perdáis vuestro tiempo. Es más fácil que el sol se apague en el cielo que vos me consigáis.

—No soy un mago, mis poderes son únicamente de este mundo.

—Entonces decidme qué haréis.

El consejero condal hizo una larga y deliberada pausa, durante la cual Laia, obedeciendo una orden muda de su padrastro, volvió a tomar asiento. Cuando lo hubo hecho, Bernat Montcusí habló con voz lenta y carente de toda emoción.

—Te explicaré lo que voy a hacer. Haré despellejar a Aixa en tu presencia. Me conoces bien y sabes que cumplo lo que prometo.

Laia se quedó sin habla.

—Que seas mi esposa requiere tu consentimiento, pero no que seas mi barragana. Como bien dices, ya eres una mujer, así que ya sabes lo que ello comporta. Cualquier noche y cuando me plazca me recibirás en tu lecho.

Laia se limitó a negar con la cabeza, con la mirada perdida.

El *prohom* se puso en pie rápidamente.

—¡Sígueme!

Salió desde detrás de su mesa con dificultad y se dirigió hacia la puerta a grandes zancadas.

Laia, sin casi saber lo que hacía, fue tras él.

Al abrirla, la dueña que estaba distraída, sentada en un banco, se puso en pie, alterada. Bernat, hecho un basilisco, resoplando, como un torbellino, atravesó, seguido de la muchacha, las estancias que le separaban de la escalera de caracol que iba hacia los sótanos del edificio y cuya entrada estaba vigilada por un guardia armado. El consejero, con gesto brusco, apartó su lanza. La niña, que jamás había pisado aquella escalera, caminaba tras sus pasos sin apenas poder darle alcance. Al llegar al segundo sótano tomó Bernat en sus manos una de las antorchas que iluminaban las húmedas paredes y se adelantó hacia el guardián que dormitaba en un escabel frente a una angosta mesilla con la cabeza apoyada entre los brazos. El consejero lo despertó de una patada.

—¿Es así como vigilas, julandrón? Voy a hacer que midan tu espalda con una vara de fresno hasta que saques las vísceras. ¡Abre inmediatamente la celda del fondo!

El hombre, pálido como un cadáver e insospechadamente ágil dada su corpulencia, se alzó del escabel como un rayo y tomando de un gancho de la pared un manojo de llaves se dirigió a la puerta del fondo, que abrió a continuación entre un chirrido de goznes, haciéndose a un lado para dejar el paso franco. La antorcha del consejero iluminó la escena.

Al fondo de la celda y sobre un banco de piedra yacía inmóvil un bulto.

La voz de Bernat rebotó en las paredes.

—¡Ahí la tienes! A ver si la reconoces.

Laia se acercó al bulto y apartó de él una manta raída que lo cubría. Una masa de cabello apelmazado ocultaba el rostro de la persona que allí yacía. La mano de Laia los hizo a un lado. Entre las sanguinolentas guedejas apareció el tumefacto perfil de su esclava. La muchacha apenas pudo emitir unas palabras.

—¿Qué es lo que han hecho contigo, amiga mía?

Aixa la miró sin reconocerla.

La voz de Bernat sonó a su espalda.

—No es nada al lado de lo que puedo hacer.

Laia saltó como una pantera.

—¡Sois una bestia inmunda! ¡Me dais asco!

—De momento aún vive y si eres juiciosa seguirá viviendo. Si no me haces caso, la desollaré viva ante tus propios ojos. Te concedo un día para decidirte. Si eres buena y razonable, salvarás su vida aunque ésta nada valga. O sea que todo queda en tus manos. Y ahora retírate a tus habitaciones y medita: me consta que aceptarás mi generosa propuesta. A partir de ese momento estate preparada, yo decidiré cuándo ha de ser la primera vez. Es algo que toda mujer recuerda de por vida.

52

El buen samaritano

l día del embarque había llegado. La cabeza de Martí rebosaba de ideas y su corazón estallaba ahíto de ilusiones. Su instinto le decía que estaba en el camino adecuado para conseguir el tan perseguido fin y que la Providencia o la fortuna habían venido a su encuentro. Si las cosas salían como intuía, en breve podría considerarse inmensamente rico. Pensó que el azar es a veces caprichoso. Las gentes andan toda la vida, como Jasón y los argonautas, tras el vellocino de oro y a él le había salido al encuentro tras hacer una buena acción, que, si todo lo que imaginaba llegaba a buen fin, resultaría que había sido premiada con creces.

La excursión a Pelendri fue provechosa y el encuentro con Theopanos Avidis, afortunado. El hombre, buen amigo de Basilis Manipoulos, estaba muy introducido en el negocio del cobre. No sólo era intermediario, sino que explotaba una mina, de tal manera que le hizo un ajustado precio en pago de varios favores que debía al griego, al que envió a través de Martí un tarro de una sustancia rojiza, perfumada y resinosa a la que llamó mirra y que, según explicó, era de extraordinario valor y muy apreciada para hacer perfume. Martí tomó buena nota de ello y le encargó, para un futuro viaje, una cantidad respetable de la que le abonó la mitad por adelantado, con la condición de que, cuando llegara el momento, el comerciante la transportara al puerto de Famagusta para su embarque.

Terminada su gestión regresó a Famagusta en el carromato de Elefterios, con el que había ajustado un precio para que permaneciera con él durante el tiempo que estuviera en Pelendri.

Llegaron al Minotauro cuando atardecía. Después de despedir a su cochero, que entró a saludar a su cuñado y a decirle que en aquel momento el que estaba en deuda era él por el beneficio que le había proporcionado aquel largo viaje, Martí preguntó a Nikodemos si había alguna novedad. El aviso de Manipoulos había llegado. El *Stella Maris* partiría al anochecer del siguiente sábado y Martí debería estar en la playa a media tarde, ya que el griego pretendía partir aprovechando la pleamar. Tenía por tanto un plazo de tres días.

Cuando tras despedir a Elefterios y tomar su bolsón del suelo, se dirigía a la escalera, sonó a su espalda la voz de Nikodemos.

—¡Ah! Y esta mañana ha venido un hombre preguntando por vos. Preguntó cuándo ibais a regresar, pues tenía que entregaros una misiva que no quiso dejar. Yo, teniendo en cuenta lo que me habíais explicado, le respondí que en muy breve tiempo. Me dijo que a partir de hoy vendría cada mañana, pero que de ninguna manera partierais sin encontraros con él.

Martí, a pesar del cansancio acumulado, no pudo conciliar el sueño. Su imaginación volaba y de un punto pasaba a otro sin pausa ni orden. Tan pronto pensaba en el encuentro con Hasan al-Malik en Kerbala, como regresaba a Barcelona y se entrevistaba con Bernat Montcusí entregando por Laia los *sponsalici* que el avaro regidor le exigiera. Nada le importaba, estaba dispuesto a pagar lo que fuera para obtener la aquiescencia de desposar a su amada, aunque el envite le obligara a comenzar de nuevo. Escuchó cada hora de aquella noche, mezcladas con las plegarias de los muecines en los minaretes, la sonora locución de las lenguas de bronce de las campanas, y su tañido le retrotrajo a su amada Barcelona.

Cuando habían acordado Nikodemos llamó a su puerta.

—¿Quién va?

—Vuestro hombre os aguarda abajo.

Martí saltó de la cama. Ni tan siquiera se afeitó, y apenas se hubo puesto los calzones, anudado la camisola y atado las botas, se precipitó escalera abajo al encuentro de Hasan, que se hallaba en el comedor de la posada. Después de darle los tres protocolarios ósculos e interesarse por su estado tras la peripecia de su postrer encuentro, el hombre extrajo de su faltriquera dos pergaminos que tendió a Martí. Ante la interrogadora mirada de éste, aclaró:

—Como os dije, no sé escribir. Cuando recibo un mensaje o he de escribir alguna epístola, recurro a un buen amigo, un monje copto que me lee las misivas y responde al dictado lo que quiero decir. Mi hermano sí entiende vuestro idioma. Mi esquela está escrita en latín de manera que vos entenderéis mi mensaje.

Martí tomó el papiro que le daba el hombre y acercándose a la ventana, leyó:

Querido Rashid:
Te escribo esta carta que demuestra que aún estoy en el mundo de los vivos. Al portador de la misma le debo el milagro. Fui atracado y lanzado al agua del puerto de Famagusta por dos truhanes y de no ser por el arrojo y decisión de Martí Barbany, portador de la presente, ya hubiera sido devorado por las criaturas que pueblan los abismos marinos.

Durante aquella larga noche en la que me llevó a mi casa en un lamentable estado, tuvimos tiempo de hablar de muchas cosas. Mi benefactor es un comerciante de uno de los condados catalanes y está interesado en traficar con el espeso fluido que de vez en cuando me envías y con el que jugábamos de pequeños con nuestros hermanos y primos, arrimando una tea encendida y haciendo explotar sus burbujas, en el lago vecino a nuestra casa. Ya le he explicado lo dificultoso de su transporte y que casi para nada sirve, pero él cree que puede rendirle beneficios y a ti también. Yo le debo demasiado y de esta manera saldaré una pequeña parte de la inmensa deuda que he contraído con él.

Atiéndelo en cuantas cosas te pida y demuestra que los sasánidas somos gentes de bien y agradecidas. Me gustaría que, ahora que has enterrado a nuestra anciana madre y ya nada te retiene en nuestra tierra, vendieras la propiedad, si es que encuentras quien te la compre, y te vinieras a Famagusta a reunirte conmigo. Ya sabes el motivo por el que yo no puedo regresar. Me alegraría saber que ya no atas tu vida a un recuerdo de juventud que el tiempo y la distancia han mitificado en tu memoria. Aquí viviríamos junto al mar; dejaríamos pasar los días y las noches evocando los buenos tiempos y acompañados por tu balalaica cantaríamos las viejas canciones de nuestra niñez. Nada me podría hacer más feliz que reunirme contigo de nuevo.

Recibe, querido mío, un abrazo infinito de tu hermano.

HASAN

Martí, apenas leída la misiva, volvió la cabeza hacia su nuevo amigo.

—Hasan, ya os he dicho que nada me debéis.

—Yo no lo creo así.

—Os habéis excedido en elogios.

—Me he limitado a explicar la verdad. ¿O no fue así?

—Cien veces que sucediera, cien veces haría lo mismo, y más aún conociendo vuestra calidad humana. —Martí le sonrió y se aventuró a preguntar—: Perdonad mi curiosidad, pero ¿cuál es el motivo que os impide acudir al lado de vuestro hermano?

Los ojos de Hasan se tiñeron de tristeza.

—Dejémoslo como está. Son cosas nuestras. Y ahora, atendedme. La manera que tenemos para autentificar nuestros escritos es una señal que ahora voy a poner en el margen del pergamino. Es un signo cabalístico que, en nuestros juegos infantiles, grabábamos en las cortezas de los árboles. De este modo sabemos que es el otro el que envía la carta. Dadme.

Martí le entregó la carta y éste, extrayendo del fondo de su bolsa un frasquito de tinta y un cálamo, apoyó el papiro en la mesa y trazó en un margen la señal de la X y la P encerradas en un extraño círculo que Martí recordó haber observado en el cuadrito de la pared del cuartucho del puerto. Cuando terminó, hizo un garabato debajo.

—Dejadlo secar.

—Mirad, Hasan, quiero que sepáis que, si lo que estoy cociendo en mi mente sale como espero, os haré el hombre más rico de Famagusta.

—Mi fortuna es haberos conocido. Además, un hombre es tanto

339

más rico cuanto menos necesita. Yo ya soy el más acaudalado de esta isla. Id con vuestro dios y que Él os acompañe.

Martí, emocionado, abrazó a Hasan y éste recogió sus bártulos y marchó hacia el puerto sin añadir palabra.

53

El cerco de la presa

os sucesos se precipitaron. Laia daba vueltas a su cabeza intentando ganar tiempo y aguardando que el milagro sucediera. Su yo más íntimo alojaba la quimera de que le llegaran nuevas de que Martí regresaba o estaba a punto de hacerlo. Mientras tanto, vagaba como alma en pena por la mansión, ideando cómo ponerse en contacto con Omar, al que había conocido en una ocasión y sabía dónde encontrarlo, y pasando, siempre que podía hacerlo, por delante de la puerta que daba a la escalera que descendía al sótano, invariablemente custodiada por un centinela.

Después de comer, unos nudillos tocaron a su puerta y, sin aguardar la venia, Bernat Montcusí se introdujo en su aposento. Laia, que estaba recostada en su cama, se puso en pie de un salto. El hombre tomó asiento en una silla y la invitó a hacer lo mismo. Sin embargo, Laia permaneció en pie.

—Me apena que no te sientes a la mesa a comer conmigo. Es una descortesía, pero no me preocupa. Lo que sí lo hace es lo que me comunica vuestra aya: que las bandejas que se te suben de las cocinas regresan intactas a las mismas.

—No tengo apetito —musitó Laia, incapaz de mirar a su padrastro a la cara.

—Es una lástima, porque había dado órdenes de que sirvieran a vuestra esclava, a la que por cierto la última vez observé muy desmejorada, la misma cantidad de alimentos que tú consumieras.

No de la misma calidad, como es obvio. Bien, si te niegas a comer, ella habrá de ayunar.

Laia sintió una oleada de ira que sacudía su cuerpo.

—Nunca fuisteis santo de mi devoción y jamás llegué a comprender cómo mi madre os aceptó como marido. Sin embargo, jamás os hubiera creído capaz de las iniquidades que estáis cometiendo.

—He de cuidar de ti, querida. Tu madre me lo encomendó encarecidamente. Si no quieres comer, debo poner los medios para obligarte a ello. No quiero que se marchite la flor de tu rostro. Un jardinero debe cuidar las rosas puestas a su cargo, y yo no hago otra cosa.

—¿Qué debo hacer para que tengáis misericordia de Aixa?

—Si escribes de buen grado la carta que te dictaré y me indicas la manera de hacerla llegar a vuestro galán, tal vez sea clemente.

Sin responder, Laia se instaló en su escritorio, dispuesta a escribir, al dictado de aquel depravado, lo que éste quisiera. Tiempo habría después para aclarar lo que conviniese. Estaba dispuesta a hacer cualquier cosa por salvar a Aixa. Aparejó los útiles de la escritura y preguntó con voz inusitadamente serena:

—¿Pergamino o vitela?

Bernat, gratamente sorprendido por el talante de la muchacha, intentó ser amable.

—Emplea el mismo papiro que solías utilizar. Nada ha de sorprender a tu enamorado.

A Laia, la frase de Bernat le suscitó una idea. Tenía por costumbre emplear tinta verde, hacer una pequeña cruz al costado de la fecha y salpicar con gotas de agua de rosas las misivas que enviaba a Martí; en esta ocasión soslayó las tres rutinas, intentando dar sentido a las mismas, en la esperanza de que él, al recibir su carta, se diera cuenta de la anomalía y de alguna manera la interpretara. Tomó de su carpeta un pergamino y abriendo un tinterillo de tinta negra mojó el extremo de la pluma de ganso y alzó su mirada aguardando las instrucciones del viejo.

—Emplea tu mejor letra. Si voy demasiado rápido, dímelo.

Apreciado amigo:

Os envío estas letras por medio de mi aya Edelmunda pues Aixa ha enfermado del pecho y mi tutor ha tenido a bien enviarla al campo a restablecerse. El tiempo y la distancia ayudan a aclarar las cosas y en muchas circunstancias nos hacen ver claramente cuán cerca hemos estado de equivocarnos. Pienso que la proximidad deforma nuestra visión.

Soy aún muy joven e inexperta, pero lo bastante mujer como para intuir que he estado a punto de cometer un error de gran trascendencia. Lo peor es que os hubiera arrastrado conmigo, haciéndoos sufrir mi torpeza, siendo como es que os tengo en gran aprecio.

Martí, mi corazón os estima como amigo mas no como otra cosa. Mi padrastro, que es extremadamente cuidadoso en ofrecer su hospitalidad y en la elección de las gentes que acuden a nuestra casa, os tiene en gran consideración y, sin saber que os he estado viendo, me ha comentado en alguna ocasión que se precipitó al negaros el permiso para cortejarme, pues sin duda alcanzaréis en Barcelona un grado de notoriedad importante. Pero soy yo, Martí, la que veo claramente que no sois el hombre que me podría hacer feliz y seguramente tampoco yo la mujer que os corresponde. Es por ello por lo que os relevo del compromiso que adquiristeis y asimismo me considero liberada del mismo. Perdonadme el daño que os pueda haber causado y sabed excusar mi inexperiencia.

Sed feliz y a vuestro regreso nada hagáis por verme. Mi decisión es definitiva.

Atentamente, vuestra amiga,

LAIA

Tras este final, el consejero, sin aguardar a que esparciera por el escrito polvos secantes, tomó en sus manos la misiva y la releyó con atención no exenta de deleite.

—Las cosas como son, Laia: has demostrado ser una muchacha juiciosa y obediente. Mi postura queda a salvo de cualquier sospecha. Dame el contraste.

Laia extrajo de la escribanía el pequeño sello y se lo entregó.

El hombre tomó una barra de lacre rojo que previamente había calentado en el pabilo encendido de una candela y dejó caer una gruesa gota en el doblez del pergamino; después tomó el marchamo y oprimiéndolo contra el lacre autenticó la misiva.

—Ahora, dime, ¿cuál es la rutina que la víbora que tengo recluida empleaba para hacerle llegar vuestras noticias?

Laia dudó unos instantes, pero la esperanza de poder mejorar la condición de la esclava pudo más.

—He de hacer llegar la nota al encargado del comercio de Martí. Su nombre es Omar.

—Muy bien —dijo Bernat con una sonrisa—. Estás remediando parte del dislate cometido. Verás las ventajas que te reporta obedecerme. Si sigues así, las condiciones de tu vida, y por ende las de tu esclava, pueden mejorar mucho. Y, para que veas que no te miento, voy a permitir que la visites. Eso sí, acompañada de Edelmunda.

Con estas palabras, y tras acariciarle la nuca, Bernat Montcusí salió de la estancia.

54

El parto

as comadres iban y venían por la estancia trajinando sus cometidos sin tener en cuenta el número y rango de los presentes. En el adoselado lecho yacía una parturienta de más de treinta y tres años, a la que todos daban por estéril a causa de la edad. De su matrimonio con Hugo el Piadoso había tenido un hijo, y de su enlace con Ponce de Tolosa cuatro, tres varones y una hembra, pero el tiempo de su fertilidad parecía ya lejano, pues en ocasiones se le había retirado el período, hasta el punto que sabios de la corte y algún que otro físico judío habían insinuado que la condesa había entrado en el climaterio. Yacía ésta sudorosa, con un rictus firme en sus labios y una decisión absoluta en su mirada. La partera era consciente de la responsabilidad que había aceptado y no descartaba un castigo cruel si por un fallo atribuible a ella algo no salía como era debido. Su larga experiencia le decía que la cuerda siempre se rompía por la parte más débil y que los físicos especialistas en partos jamás asumían culpa alguna si algo fracasaba, aunque en aquella ocasión el físico judío que asistía a la parturienta le inspiraba gran confianza. Halevi gozaba en el condado de gran predicamento, y su consejo siempre era atinado, pero de cualquier manera la manipulación de la mecánica del alumbramiento recaía totalmente en sus manos.

Frente al lecho, Ramón Berenguer I, pálido y expectante; tras él, y colocado en un sitial finamente tallado, el obispo de la catedral, Odó de Montcada, vestido de ceremonial y provisto de báculo y anillo, con la mirada torva y el gesto avinagrado ya que, si bien su cargo le obligaba a estar presente en el alumbramiento, tal escena, por las peculiares condiciones adulterinas de la pareja condal, no era de su agrado, de modo que estaba allí más en calidad de funcionario obligado a cumplir el protocolo y dar testimonio, que como obispo. A la derecha, se hallaba el notario mayor, Guillem de Valderribes, que debía dar fe de que el nato era el auténtico hijo de la condesa de Barcelona; el juez de palacio, Ponç Bonfill i March, y por último, a un lado, el confesor de Almodis, el padre Llobet, y el físico Halevi, y al otro un espacio libre, para que la partera y sus ayudantas pudieran maniobrar sin obstáculos, en el que se veía una mesa de torneadas patas cubierta con un mantel de seda y sobre ella todo el instrumental referido a los alumbramientos: cuerdas trenzadas, hierros y tenazas con las puntas envueltas en trapos para tirar de la criatura en cuanto asomara sin causarle el menor perjuicio, un rodillo de cuero para empujar en el vientre de la parturienta de arriba abajo y de esta manera colocar al feto en el canal de parto. La estancia estaba en penumbra según la costumbre; en los ángulos del lecho lucían instalados cuatro ambleos de grandes dimensiones que proporcionaban luz a la zona. A la derecha del inmenso tálamo una gran chimenea suministraba calor a la estancia; en ella, sobre los ardientes leños y soportada por unos gruesos morillos acabados en cabeza de leones, un panzudo caldero de cobre del cual las mujeres iban extrayendo el agua a cazos según requirieran la partera o el físico. Sobre la campana, ornándola, había una panoplia de grandes proporciones en la que aparecían sujetas las seis espadas de los antepasados del actual conde Ramón Berenguer I y sobre los recuadros de los ventanales lobulados del palacio, cubiertos por una tupida arpillera, lucían los escudos de la casa condal de Barcelona.

La partera introdujo sus dedos en el dilatado sexo de la condesa cubierto con un fino trapo de lino y palpó con tiento; apenas un leve parpadeo de Almodis denunció el acto, la partera se volvió hacia el físico y musitó:

—Ya quiere venir.

El físico la apartó con cuidado y se colocó de manera que pudiera controlar la aseveración. Cuando apartó la mano, dio una orden.

—Colocad a la señora en la silla de partos.

Estaba ésta apartada a un lado y de inmediato fue transportada al costado del lecho. Era una pieza grande de madera de haya, amplia, con el asiento de cuero almohadillado abierto por la parte delantera, debajo de la cual se alojaba una jofaina extraíble. De la base de sus brazos, que asimismo tenían dos abrazaderas del mismo material con sendas hebillas para sujetar a la parturienta, sobresalían dos vástagos curvos en forma de uve en cuyos extremos se afirmaban sendas formas abarquilladas en las que deberían apoyarse las pantorrillas de la mujer para facilitar así la salida del neonato mientras la placenta iba a parar a la palangana.

Las forzudas mujeres que acompañaban a la partera tomaron a la condesa por las axilas y por las corvas de las rodillas y con sumo cuidado la instalaron en la silla adecuando su postura al artilugio. Cuando le iban a sujetar los brazos con las correas, sonó la voz de ella ronca y rotunda.

—No hace falta que me atéis. La condesa de Barcelona sabrá aguantar el dolor, sea cual sea.

Y volviéndose hacia el físico y tomándolo de la ancha manga de su hopalanda, ordenó:

—Si habéis de sajar, hacedlo sin contemplaciones. No quiero que mi hijo sufra al salir como la última vez y que al fin nazca muerto o afectado de cualquier cosa debido a malos usos que debieran haberse evitado. Su vida para Barcelona es mucho más importante que la mía, y tened en cuenta que atribuiré a vuestra responsabilidad el hecho de darme a conocer en cuanto nazca cualquier detalle que ataña a la criatura. Y no me refiero únicamente a su sexo sino también a cualquier señal, característica o especial condición del nacido.

—No os entiendo, señora.

—Ni falta que hace, ya me entiendo yo.

Luego, dirigiéndose al obispo, al notario mayor y al juez de palacio, ordenó:

—Y vos, señores, si no os es molestia, en tan trascendental momento, dirigid vuestras miradas a otro lado: mi sexo no es un circo. Ya tendrán tiempo sus mercedes de llevar a cabo su cometido sin que tenga yo que sufrir el oprobio de verme observada como una res en la feria.

Almodis, sudorosa y agitada, con guedejas de pelo adheridas a su frente, volvió su rostro hacia el físico y, obediente, tragó la pócima, mezcla de láudano y adormidera que éste, en una copa de oro, acercaba a sus labios. Una nube evanescente nubló su mirada y su mente empezó a elucubrar sobre las últimas palabras que algunas noches antes dejó junto a su oído el buen Delfín, su fiel bufón, que tantas horas de tedio le había aliviado desde que llegara de Tolosa.

Apenas se instaló en su nueva morada, Almodis tuvo buen cuidado de escoger un lugar en el que se sintiera totalmente a resguardo de comidillas, miradas inoportunas e insidias palaciegas. Demandó a su esposo que le concediera una estancia para ella sola y éste le asignó una muy cerca de su cámara en un torreón aledaño que antes había sido una salita de música pero que, dadas las circunstancias y las bárbaras costumbres de las gentes de palacio, mucho más proclives a la guerra que al cultivo de las bellas artes, había caído rápidamente en desuso. El caso fue que ella dedicó sus horas a procurarse con esmero aquellos muebles y utensilios que le recordaran a su adorado país. La estancia, como casi todas las de palacio, estaba presidida por una pequeña chimenea, ante la que colocó un banco mudéjar de agradables proporciones, junto al que destacaban un sitial, un pequeño escabel donde acostumbraba a sentarse Delfín y desde el que aliviaba el tedio de su añoranza con sus charlas o tañendo la cítara; su rueca, un tambor de madera, cuyo tamaño se podía graduar según el cañamazo en el que se estuviera trabajando, un reclinatorio, un almohadón para posar sus pies durante la gélidas veladas de invierno, un facistol para soportar partituras y un salterio, amén de anaqueles para sus objetos predilectos, junto a tapices y panoplias que hicieran más confortables las frías paredes, candelabros, lámparas de corona, candiles... Allí se refugiaba para meditar, recibir visitas y atender a aquellas personas que requirieran de su mediación o consejo.

En este recuerdo se refugiaba su mente adormecida por el láudano para mejor soportar las contracciones del parto.

Aquella fría noche que su adormilada mente evocaba había nacido con una inmensa luna nimbada por un halo opalescente que anunciaba nieve. Delfín, como de costumbre, estaba acurrucado en su escabel con la mirada perdida y, cosa inhabitual en él, absorto en su silencio. Almodis trajinaba en un tapiz que deseaba terminar antes de ponerse de parto como obsequio de cumpleaños a su esposo. Recordaba que, ante el mutismo de su amigo, le recriminó cariñosamente:

—Delfín, amigo mío, eres un ser insensible. El día que más necesito de tu cháchara para distraer mis pensamientos, callas como un mochuelo dándome más motivos de preocupación que de esparcimiento.

Delfín volvió en sí de sus ensoñaciones y le dirigió una mirada que, anteriormente, ella nunca había observado.

—¿Qué ocurre? ¿Acaso te he ofendido sin darme cuenta?

El enano regresó desde sus divagaciones mentales.

—¿Cómo podéis imaginar tal cosa? Sois mi dueña y todo os lo debo a vos.

—Entonces, ¿qué es lo que te atormenta y enturbia tu mente de manera que en vez de encontrar en ti al gentil compañero que entretiene mis ocios, hallo un ser más turbado que yo misma?

—No sé si debiera… ama.

Almodis dejó a un lado el tambor de bordar y su rostro cambió de expresión.

—¿Qué es lo que ocurre? Jamás me has ocultado nada.

—No quiero que mis futilidades os preocupen.

—¡Tus futilidades, dices! Todo lo que te ocurra me interesa.

—Es que os atañe a vos.

—En mayor medida entonces. Dime ahora mismo lo que ocurre… No quisiera tener que recurrir a medios que me repugnan cuando los veo ejercidos por otras personas.

—Señora, hace tiempo que no me ocurría, pero hace dos noches tuve un agüero.

Sin saber por qué, la condesa tardó un instante demasiado prolongado en contestar.

—¿Y qué auspicio es ése?

—Señora, no me obliguéis. Seguramente serán calenturas mías... Me estoy haciendo viejo.

Las cejas de Almodis se enarcaron anunciando tormenta y sus labios se contrajeron en un rictus que Delfín conocía perfectamente, pero que había visto en contadas ocasiones.

—Me lastima tener que amenazarte, pero tu actitud me obliga a ello. ¿Recuerdas el látigo con el que fustigo a Hermosa cuando se niega a saltar? No me obligues, Delfín, te lo suplico.

El enano se removió inquieto en su escabel.

—No es por el castigo, señora, creo que os lo debo.

—¡Habla de una vez, por Dios! ¿Qué es eso tan importante?

—Señora... —El enano tragó saliva—. He tenido un pálpito: vuestro hijo nacerá y a la vez lo hará con él su Némesis,* que encarnará su fatal destino.

Recordaba Almodis en aquellos momentos que la noticia cayó sobre ella como la erupción del Vesubio. Por eso había dicho al físico que quería conocer todo aquello que atañera a su hijo y, al no haberle podido concretar Delfín cuál iba a ser la anunciada tragedia, había rogado a Dios que ésta se refiriera al cuerpo de la criatura y no a su intelecto, ya que la cordura es el principal atributo de un buen príncipe.

Los dolores del parto habían alcanzado su punto máximo, pero nada de ello parecía afectar a la parturienta: mantenía el cuerpo semiincorporado, los labios pálidos y apretados, las venas del cuello abultadas y los tendones tensos cual cuerdas de laúd. En su oído resonaban las palabras de la partera:

—Apretad ahora, señora, apretad...

Finalmente un último esfuerzo, la sensación de que se vaciaba, aunque algo en su interior le avisó de que sus dolores aún no habían terminado. Sin embargo, una languidez acompañó el vagido de un animalillo lloroso.

---

* Diosa griega que medía la desdicha y felicidad de los mortales, a quien solía proporcionar crueles pérdidas, cuando habían sido favorecidos en demasía por la fortuna.

Su oído captaba las palabras apenas susurradas a su alrededor con la diafanidad con la que el moribundo percibe las cosas que sus familiares hablan en su presencia, creyendo que ya no está en este mundo. Primeramente, la partera y el físico intercambiaron unas frases, luego este último se dirigió a su esposo. Ella escuchaba.

—Señor, ya ha nacido un príncipe. Mi consejo es que no arriesguemos la vida de la condesa: viene otro de nalgas y es de mal manipular. Lo más probable es que lo saquemos muerto, pero vuestra esposa vivirá.

Luego oyó, en la lejanía, la voz de su amado.

—Proceded como mejor os parezca. Ya tengo un heredero.

Halevi percibió que la condesa lo reclamaba con insistencia; se llegó junto a la silla de partos y arrimó su oreja a los labios de la parturienta.

—Aquí estoy, señora.

—¿Qué es lo que ocurre?

El sabio judío vaciló.

—¡Os exijo que me digáis inmediatamente qué es lo que ocurre! —dijo Almodis con voz ronca.

Entonces escuchó la voz temblorosa del físico como si le hablara desde dentro de una campana.

—Señora, habéis tenido un varón robusto e inteligente. Debo deciros que siguiendo vuestras indicaciones, os he sajado algo por abajo para evitar cualquier padecimiento, pero el niño no ha precisado ni ayudas ni hierros. Sin embargo, como me habéis indicado que, caso de percibir alguna anomalía, os lo comunicara de inmediato, debo deciros lo que ya he comunicado al conde: viene otro de nalgas y peligra vuestra vida. No puedo responder de lo que ocurra si pretendo salvar a ambos. Todo está en manos de la Divina Providencia. He hecho lo que he podido, estas cosas se escapan a la capacidad de los humanos y he pensado que debo proteger vuestra vida por encima de todo, pues ya tenéis un heredero.

El físico sintió que la mano de Almodis se aferraba a él y, como una garra, tiraba de su hopalanda obligándole a acercarse más todavía.

—¡Habéis pensado mal! Mi otro hijo está dentro y va a nacer.

Para eso os he traído, o ¿es que sois una vulgar partera? ¡Abridme en canal, si es preciso, pero sacad a la criatura! Son dos príncipes, y no sé cuál de los dos va a influir en el destino del otro; ignoro cuáles son los designios de sus respectivas estrellas. Necesito tiempo para conocerlos bien y averiguarlo, para que al heredero jamás le lleguen los idus de marzo. No quiero arriesgarme.

—Señora, deliráis. No entiendo lo que decís, el conde ha ordenado que...

La voz de Almodis era un autoritario susurro que solamente escuchaban los oídos de Halevi.

—Ni falta que hace que me entendáis. En este momento la opinión del conde me importa un adarme: lo necesité cuando fui a su campamento a que me preñara. Ahora toda decisión es mía y está en juego el destino de un pueblo. ¡Obrad!

Algo más tarde, el obispo Odó de Montcada y el notario Guillem de Valderribes daban fe de que la condesa Almodis de la Marca había parido dos príncipes. Ella yacía agotada por el esfuerzo en el gran lecho adoselado, Ramón Berenguer I observaba arrobado a los nacidos, que compartían un moisés inmenso, acurrucados y envueltos en pañales. Rubio, sonrosado y hermoso el primero; menudo, moreno y endeble, el otro. El segundo, sacudido por un llanto inconsolable, intentaba arañar con sus uñitas el cuello de su hermano.

55

Sidón

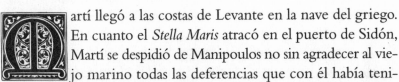artí llegó a las costas de Levante en la nave del griego. En cuanto el *Stella Maris* atracó en el puerto de Sidón, Martí se despidió de Manipoulos no sin agradecer al viejo marino todas las deferencias que con él había tenido, y éste casi se excusó por el retraso habido pero le dijo: «El hombre propone y la mar dispone». Martí, tras desearle buenas singladuras y mejores augurios y asegurarle que en Barcelona tendría siempre a un amigo, se dispuso a correr la aventura que intuía iba a cambiar el rumbo de su vida. Lo primero fue documentarse para realizar el itinerario que tenía planeado de la forma más segura y rápida. En aquella ocasión iba a ciegas, pues su alto en Sidón había sido ocasionado por el capricho de la fortuna, ya que su primera intención había sido ir a Malta.

Los comerciantes hebreos se reunían en una tienda en los aledaños del puerto y la recepción fue lo atenta que acostumbraba a ser en cada ocasión que mostraba el documento que Baruj le había entregado en Barcelona y que era como la panacea universal para abrir puertas. Inmediatamente pusieron a Martí en contacto con su preboste, cuyo nombre era, según le comunicaron, Yeshua Hazan. De no tener la certeza de que estaba en el lugar adecuado hubiera podido imaginar que se presentaba en el establecimiento de cualquier distinguido comerciante árabe. El suelo cubierto de alfombras y de gigantescos almohadones, entre ellos unas mesitas bajas en las que se veían fuentes cargadas de todo tipo de golosinas, y desde el criado que le introdujo hasta el niño que se acercó a ofrecerle un lavamanos con agua de rosas, todos lucían chaquetilla corta, holgados bombachos y cubrían sus pies con babuchas de cuero adornado de tafilete. Martí aguardó de pie la llegada del preboste. Al poco acudió a su encuentro un hombre que por su vestimenta se habría dicho que era árabe. La cara estaba ornada por un apéndice nasal en verdad notable, ojos penetrantes y expresión afable. Al entrar en la estancia, observó Martí que en su diestra llevaba la carta de Baruj Benvenist.

—Querido joven, nada puede complacerme más que atender a alguien que muestra tal credencial. Baruj es un ejemplo de probidad en todos los rincones del mundo en los que more un judío. Su nombre es reverenciado en todas las comunidades judías que pueblan el Mediterráneo. Tened la amabilidad de sentaros.

El hombre se recogió los bombachos y cruzando las piernas se reclinó sobre unos almohadones e invitó a Martí a que hiciera lo propio frente a él.

Tras tomar asiento, Martí comentó:

—No imaginaba que esta casa fuera tan distinta de las de Barcelona.

—Veréis, nuestra nación no tiene patria, así que nos adecuamos a las formas y costumbres de los reinos que nos acogen. De esta manera llamamos menos la atención de las gentes y ello es bueno para nuestra seguridad. Para muchos somos una nación que está en una tierra que no es la nuestra y evidentemente así es, pues, tras salir de la tierra de Israel, no tenemos una propia. Debemos ser útiles y sobre todo discretos, amén de que, aunque el tronco es común en el origen, en algo diferimos los que vivimos en reinos cristianos y en tierras del islam, por ejemplo. Pero, decidme, ¿cuál es la causa de vuestra visita?

—Voy a ser lo más breve posible. No quisiera entorpecer vuestro quehacer diario.

Martí explicó cuidadosamente su intención de marchar hacia Babilonia, la famosa capital que se hallaba a pocas leguas de Kerbala y se informó de la forma más rápida y segura de llevar a cabo su propósito.

—Vuestro empeño no es cosa baladí. Hay un largo trecho desde aquí hasta Mesopotamia. Deberéis atravesar Siria, y no os aconsejaría jamás que afrontarais esta ruta en solitario.

—¿Qué me recomendáis?

—Tendréis que atravesar el desierto y eso es más que peligroso; yo diría que es suicida.

—¿Entonces?

—Debéis integraros en alguna caravana que, partiendo de Damasco, se dirija a Sabaabar, y de allí, y acompañado por un experto guía que conozca los oasis, intentar la travesía.

—¿Será difícil encontrar compañeros de viaje?

—Vuestro caso es común. En Sidón, en estos instantes, pernoctan nobles señores, caballeros, mercaderes y gentes de toda laya que desean hacer esta ruta y que, conociendo el riesgo, acostumbran a unirse y aguardar a que una caravana parta, custodiada por una escolta de mercenarios, y a cuyo frente esté un capitán famoso y experimentado que haga más segura la travesía, pues los bandidos sirios, conocedores del valor de las mercancías que en ellas se transportan, no dudan en atacarlas: si no hallan otro beneficio, siempre les queda el negocio de hacer prisioneros que, o bien sirven para ser canjeados por fuertes rescates, o pueden sin duda proveer los mercados de esclavos del califa de Bagdad. Pero, si os parece bien, podéis instalaros en mi casa: la espera puede ser larga y os puedo ofrecer el alojamiento que merece vuestra condición de amigo de Baruj.

—No quisiera ocasionaros más molestias de las necesarias.

—Los amigos de Baruj Benvenist son amigos míos. La última vez que visité vuestra hermosa ciudad fui su huésped. Si no aceptáis mi oferta me daré por ofendido. Amén de que haré lo posible por invitar a cenar al capitán que está formando la escolta, de manera que podáis conocerlo.

Martí Barbany se alojó en casa del amable comerciante y al punto fue tratado con la dignidad que su condición de socio del influyente Baruj de Barcelona merecía. Compartió manteles con la familia y en una cena proyectada al efecto, trabó conocimiento con el maestre Hugues de Rogent, un caballero franco por cuyas venas corría también sangre árabe, cuya capacidad y conocimientos asombraron a Martí, y que en aquella ocasión iba a ser el jefe del grupo que partiría, Dios mediante, en dos semanas y que en aquellos días andaba reclutando a los hombres de su escolta de entre lo más granado de los mercenarios que alquilaban su hierro, su arco y su aljaba para aquellos menesteres. La espera iba a ser tediosa y en aquella velada se habló de un sinfín de cosas curiosas relacionadas con el viaje: sus paradas, la categoría de las gentes que se iban sumando y un largo etcétera, que comprendía desde los medios o los animales más idóneos hasta el equipaje necesario para afrontar con éxito la arriesgada aventura.

Una ingente y abigarrada multitud aguardaba paciente la oportunidad de la gran travesía. Las personas se alojaban según las jerarquías o los dineros que tuvieran para destinar a la espera de la gran oportunidad. Las posadas, ventas, figones de Sidón estaban repletos. A las afueras de la ciudad se había ido formando un campamento de tiendas, chamizos, cobertizos e incluso establos, que las familias de la zona alquilaban, dejando sus caballerías a la intemperie, por ver de aprovechar la coyuntura para ganar buenos dineros.

Martí empleó la espera en seguir los consejos que le dieron tanto Yeshua Hazan como Hugues de Rogent. Por la mañana del tercer día se dirigió al mercado de animales y después del consabido regateo, ya que aquellas gentes sin tal requisito negaban la venta, se proveyó en primer lugar de un buen caballo, al que escogió teniendo en cuenta más su resistencia y su carácter que su velocidad y al que pertrechó debidamente, y luego con un camello, más conocido como «la galera del desierto», para asegurarse la travesía, pues eran legendarios tanto el buen hacer de estos rumiantes en arenas ardientes, como su frugalidad en la comida y necesidad de líquidos. Contrató también a un muchacho, experto camellero, para la conducción del arisco animal. Marwan era su nombre y no era la primera vez que iba a atravesar el desierto. Aconsejó a Martí sobre guarniciones, arneses, bridas, en fin de todos aquellos efectos de los que debía dotar al jorobado animal. Finalmente se abasteció de unas buenas alforjas de esparto anudado que habrían de ir repletas con los más precisos enseres para el largo viaje. Realizado todo este trajín y a fin de aclimatarse y aprovechar el tiempo de la dilación y acompañado por su nuevo criado, se movió por el lugar mezclado entre las gentes fingiendo ser mercader e inclusive aprovechó un disfraz de árabe para pasar más inadvertido y de esta guisa adecuarse a las costumbres de aquel pueblo.

Por las noches, cuando se recogía en la estancia que la amabilidad de Hazan le había asignado, tuvo tiempo sobrado para meditar y decidió que al término de aquel viaje regresaría a casa. Antes de partir entregó dos largas misivas a Hazan para que a su vez, y en uno de los barcos de la compañía, las enviara a Barcelona: la primera para Laia y la segunda para Omar, explicándole a este que a su regreso y desde Sidón partiría aprovechando las singladuras más favorables de los barcos que le fueran acercando a Laia, para así acortar en lo posible el tiempo de su viaje, que ya resultaba fatigoso, ya que aguardar un barco que fuera directamente a Barcelona era harto dificultoso: dado que el mar entraba en tiempo de tempestades, las naves, jebeques y galeras que se aventuraban lo hacían navegando en cabotaje. La falta de noticias de su amada era un aguijón que se clavaba en Martí todas las noches y le impedía conciliar el sueño. Se consolaba pensando que tal vez las cartas de Laia se habían extraviado, pero un extraño presentimiento lo desasosegaba.

Por fin llegó el gran día.

La heterogénea caravana, al mando de Hugues de Rogent, se puso lentamente en marcha hacia Damasco. En medio de aquella culebreante muchedumbre iba Martí, convencido de que su pálpito había de ser definitivo al respecto de conseguir ser ciudadano de Barcelona y con esta ansiada condición adquirida, poder aspirar sin desdoro a la mano de Laia.

56

La flor de Laia

uando Laia pudo ver a Aixa, acompañada, claro está, por su dueña y carcelera, creyó que la caridad aún existía en aquel desquiciado mundo. Aixa, curada de sus moratones y algo cicatrizadas sus heridas, parecía una persona. La dueña se hizo a un lado y se quedó en el pasillo, desatendiendo las órdenes de su amo y lanzando exabruptos al carcelero, pues su fino olfato se ofendía ante el nauseabundo olor que se respiraba en las celdas. Laia aprovechó la ocasión para hablar con su amiga.

Las dos mujeres permanecieron abrazadas un largo rato. Luego la muchacha observó detenidamente a la esclava.

—¿Cómo estás, querida mía?

Los tumefactos labios de Aixa esbozaron una débil sonrisa.

—Estoy, que ya es mucho. ¿Y qué ha sido de vos?

Laia le contó los pormenores de su tormento, achacando su desgracia a las misivas y a las entrevistas habidas con Martí y dejando de lado las lujuriosas pretensiones de su tutor para no atemorizar a su amiga, dado que su suerte dependía de la de ella. Se refirió únicamente a su pretendido ayuno y al motivo por el que lo había interrumpido.

—Ahora comprendo muchas cosas —susurró Aixa, ahogando un suspiro—. Al cabo de poco, no puedo precisar de cuánto porque el tiempo pasa aquí abajo lento y espeso cual aceite de candil, bajó un físico que puso ungüento en mis heridas y aquel mismo día empezaron a suministrarme dos comidas cada jornada.

—La otra vez creí que te habían matado a golpes —dijo Laia, con los ojos llenos de lágrimas.

—Ojalá lo hubieran hecho. Quisieron sonsacarme las circunstancias y momentos que compartisteis con Martí, pero no consiguieron que abriera los labios. Luego me desmayé y ya no sentí. Creí que mi mente desvariaba, ya que me pareció haberos visto en sueños.

Laia acarició los cabellos de la esclava.

—Me arrastró hasta aquí para vencer mi resistencia y acepté sus condiciones, porque de no ser así me consta que te hubiera matado.

—¿Qué condiciones, Laia?

La muchacha la fue poniendo al corriente de la carta que le habían obligado a escribir y de la argucia que ella había utilizado a fin de que su amado pudiera colegir que las palabras no correspondían a lo que en verdad decía su corazón.

—Qué lista sois… Mi señor sabrá leer entre líneas.

Hubo una larga pausa en la que ambas mujeres se miraron en silencio.

—Aixa, intentaré verte siempre que pueda y haré cuanto esté en mi mano por mejorar las circunstancias de tu encierro.

—No os preocupéis por mí, no temo a la muerte. La he visto de cerca varias veces en mis días. Más me aterra el tormento. Si me queréis bien, proporcionadme un bebedizo que pueda utilizar si veo que no puedo aguantar el dolor.

Laia intentó calmar los temores de su amiga.

—Eso ya ha pasado. Sabré manejar la situación y simularé ceder a los deseos del viejo. Si renuncio a contraer nupcias y le hago creer que me quedaré a su lado para cuidar su vejez, cederá en sus arrebatos de ira y se olvidará de ti. Ya me ocuparé en su momento de que recobres la libertad, aun a costa de que te vendan y te aparten de mi lado. Cualquier amo será mejor que éste.

—De todas maneras, si podéis haceros con el bebedizo que guarda en su mesa de noche y que le ayuda a conciliar el sueño, me quedaré más tranquila.

—No creo que pueda. Edelmunda me vigila y no me deja ni a sol ni a sombra. Pero no temas, no te abandonaré en este trance. Desde que murió mi madre, a nadie había querido como a ti.

—A mí me ocurre lo mismo. Desde que fui esclava jamás tuve una amiga como vos. Tened fe, Laia, todo se arreglará.

—Si no consigo que te vendan, nada cambiará jamás. Aixa, sé lo rencoroso que es mi padrastro: estamos condenadas a permanecer entre estas paredes hasta que el Señor en su misericordia, el tuyo o el mío, lo mismo da, quiera llevarnos.

La áspera voz de Edelmunda interrumpió el diálogo.

—Señora, ya es hora de que regresemos. Me he excedido en el tiempo y no estoy dispuesta a recibir una reprimenda. Además, no hay quien aguante el hedor que se respira aquí abajo.

Laia abrazó a Aixa una vez más. Finalmente, se puso en pie y respondió:

—Pues decídselo a quien os envía: que hay gente que no es que visite, sino que vive en esta inmundicia.

—No es asunto que me concierna. Vuestro padre sabe lo que hace y cada quien tiene lo que se merece. Si os place, señora, caminad delante de mí.

Llegó la noche. El silencio dominaba la oscuridad de la mansión. Unos precarios candiles colocados en los pasillos alumbraban con su pálida luz las sombras que se cernían sobre los objetos. Bernat Montcusí cerró lentamente la puerta de su gabinete. Acababa de cerrar la trampilla a través de la cual observaba el desnudo de la niña. Aquella noche había contenido sus ímpetus y conservado su semilla. De dos zancadas se llegó hasta la puerta de la cámara de su pupila. Apenas llegado y sin llamar, se introdujo en el interior. Laia acababa de acostarse.

—¿Qué hacéis en mi aposento? —preguntó Laia, cubriéndose con las sábanas.

—Que yo sepa esta casa es mía. No tengo que llamar a ninguna puerta.

—Hacedme la merced de retiraros. Tengo sueño. Si queréis hablar conmigo, que sea mañana.

Bernat Montcusí emitió un jadeo ahogado y habló con voz ronca. Sus ojos estaban fijos en el cuerpo acostado de su hijastra.

—No he venido a hablar. Vengo a reclamar lo que me pertenece. Mejor para todos si es de buen grado.

Laia cerró los ojos y apretó las sábanas contra su cuerpo.

—Ya os dije que sería más fácil que se extinguiera el sol.

Bernat dio un paso hacia la cama.

—¡Hazme sitio a tu lado y acabemos de una vez!

—Antes muerta.

—¡Cuidado con lo que dices! Me tengo por un hombre de honor, siempre cumplo lo que digo. Mi palabra es ley en la ciudad y... ¡mucho más en mi casa!

—Si no os vais inmediatamente, gritaré.

Bernat soltó una carcajada irónica.

—Y dime, ¿quién crees que acudirá en tu ayuda?

—Quedaréis en evidencia como el viejo libidinoso que sois.

—¡Vas a ver quién soy y vas a tener constancia de quién es el que manda aquí! —gritó Bernat, dominado por la cólera.

Se acercó al lecho y tomando a Laia por la muñeca la obligó a seguirle.

La joven estaba aterrorizada. La camisa se le enredaba entre las piernas y apenas podía seguir las zancadas del hombre. Así, con Laia a rastras, llegaron a la boca de la escalera del sótano. Los gemidos lastimeros de algún desgraciado encerrado en una de aquellas mazmorras resonaban lúgubres. La voz airada de Montcusí obligó al carcelero del turno de noche a ponerse en pie.

—Abre la última celda. Sujeta a la esclava de la cadena del techo. Dame el látigo y vete al piso superior hasta que te avise.

El hombre voló a cumplir la orden de su amo.

Aixa, que yacía en el camastro, se sobresaltó ante aquel alboroto inusual. La puerta de su celda se abrió como empujada por un viento furioso. El inmenso carcelero la sujetó y obligándola a alzar los brazos la encadenó a una argolla que pendía del techo.

La voz de Bernat resonó de nuevo. Aixa, girando la cabeza, le vio entrar en la celda arrastrando a Laia. Entonces entendió que estaba perdida.

—Dame el rebenque y lárgate. Responderás con tu vida si alguien, sea quien sea, aparece por aquí. ¿Está claro?

El hombre se acercó a su rincón y, tomando el látigo, lo entregó a su amo. A continuación salió de la celda.

Aixa estaba de espaldas; su delgado cuerpo temblaba como una hoja. Aterrada, oyó la voz de Montcusí y el sonido del látigo contra el suelo.

—Y bien, querida. ¿Qué decides?

Laia se había quedado muda. Súbitamente Aixa sintió que una mano aprehendía su túnica a la altura de la nuca y la rasgaba dejando su espalda al descubierto.

—Cuando estés dispuesta a cumplir tu parte del pacto, avísame y me detendré. Mientras tanto, si quieres entretenerte contando los azotes, puedes hacerlo.

La esclava sintió cómo el rebenque le rasgaba la carne. Uno... dos... tres, la cuenta seguía, los latigazos iban cayendo uno tras otro.

Laia se cubrió la cara con las manos. Cada latigazo era un costurón que se abría en su alma. Finalmente, su voz se elevó por encima del ruido del rebenque.

—Ojalá os pudráis en el infierno. Tomadme, pero parad esta locura.

La joven, con los ojos cerrados, se dejó caer sobre el camastro.

El consejero jadeaba, cansado por el esfuerzo y la tensión. Gruesos goterones de sudor perlaban su frente y descendían por su papada. Aixa, desmayada, seguía colgada de la argolla que ceñía sus muñecas.

Ante la visión de su presa entregada, Bernat reaccionó como una bestia salvaje y comenzó a bajarse los calzones con una mano mientras con la otra arremangaba las sayas de Laia. Ésta, al sentir las grasientas zarpas del viejo sobre su carne virgen, rompió a llorar.

57

Intrigas palaciegas

A principios del año 1055, tres meses después del parto, la condesa Almodis había recuperado su figura y volvía a ser la mujer espléndida que había hecho enloquecer de amor a su esposo. Había confiado el cuidado de sus hijos a la vieja aya, doña Hilda, y se había reintegrado a sus tareas en palacio y a sus visitas a conventos. Un par de situaciones enturbiaban su felicidad y ambas tenían protagonistas diferentes.

La puerta de la alcoba condal se abrió y un Ramón Berenguer acalorado por el ejercicio físico que acababa de finalizar en la sala de armas de palacio y eufórico por las circunstancias del momento, irrumpió en la estancia, todavía vistiendo la loriga de fina malla pero con la cabeza al descubierto.

Almodis, experta conocedora del carácter de su esposo al respecto de tocar según qué temas, se dispuso a aprovechar la coyuntura.

—¿Cómo os ha ido, esposo mío, en vuestra afición de jugar a las armas?

Ramón, que había tomado una frasca de limonada del canterano de la condesa y bebía de ella directamente, detuvo su quehacer y mientras se enjugaba con el dorso de la otra mano los regueros que caían por su poblada barba, respondió:

—Admito que Marçal de Sant Jaume es diestro en el estafermo pero no soporta que yo le supere con la espada corta y la rodela, y me ha retado.

—Habéis vencido, sin duda —dijo Almodis con tono orgulloso.

—He ganado la apuesta y esta vez se la he cobrado. Así aprenderá a respetar a su señor. Mirad lo que os regalo.

Berenguer lanzó sobre el regazo de su mujer una escarcela de mancusos que en el exterior llevaba el escudo de Besora con los tres palos de plata sobre un campo azul.

Almodis examinó el obsequio y con un mohín zalamero comentó, señalando una pequeña herida que mostraba el conde en su pantorrilla:

—Ramón, os han vuelto a herir. ¿Por qué no usáis protección cuando os decidís a pelear aunque sea en combate ficticio?

El conde pareció darse cuenta en aquel momento del sangrante rasponazo y tomando una servilleta de lino que envolvía el gollete de una botella de labrado cristal y derramando en ella un poco de vino, limpió la herida al tiempo que declaraba.

—Prefiero una pequeña herida que pasar el calor que me proporciona la protección de las piernas cuando lucho en la sala de armas.

—Pues yo no lo prefiero. Ya sabéis lo que os ocurrió la última vez que no hicisteis caso del físico y la herida que teníais supuró y os produjo calenturas. Aquella herida no era mayor que ésta.

—En esta ocasión no ocurrirá. Ya veis que me estoy limpiando. Por cierto, lástima de vino, dedicarlo a tan pobre menester. ¿Os sirvo un poco?

—Sea, ¿por qué queréis brindar?

Ramón llenó dos copas y se acercó a su mujer entregándole una de ellas.

—Por nosotros, señora, por nuestra felicidad.

Almodis aprovechó la coyuntura.

—Que no es completa.

El conde dejó la copa sobre una mesilla y tomándole la mano, indagó:

—¿Qué es lo que os falta? ¿No he cumplido acaso todo cuanto os prometí en Tolosa?

—Algo me falta y algo me sobra.

—Si tenéis a bien explicaros…

—Veréis, amado mío. Nadie se atreve a decirlo y menos delante de vos, pero mientras no consigáis que vuestra abuela recurra al Papa a fin de que levante nuestra excomunión, la gente me considera vuestra concubina. Que, al fin y a la postre, es lo que soy...

—A veces pienso que sois bruja o que tenéis alguna relación con los espíritus.

—¿Por qué decís esto?

—Porque adivináis mis intenciones antes de que pueda llevarlas a cabo.

Almodis, aduladora, tomó la mano de su amante y la besó.

—Decidme, ¿qué es lo que os he adivinado?

—Veréis, a mí tampoco me satisface esta situación y he decidido hacer algo al respecto.

—¿Y qué es?

—He hablado con el notario Valderribes y con el juez Fortuny para que establezcan un acto de alcance jurídico que llene el vacío legal en el que nos hallamos hasta que consigamos el alzamiento de la excomunión y que os haga mi esposa ante toda la corte, por lo que he dotado al mismo de los correspondientes *sponsalici* cual si de una boda se tratara. En ellos constará que os he cedido el futuro señorío del condado de Gerona y los dominios que tiene en usufructo mi abuela sobre los de Vic y de Osona, cinco castillos fronterizos y las parias del rey moro de Lérida.*

—¿Y cómo me cedéis algo que todavía pertenece a Ermesenda?

—Mi abuela es como es, pero si durante sus largas regencias la nobleza no pudo conculcar mis derechos fue gracias a su amor a estas tierras. Pienso que no ha tenido más remedio que admitir que mi amor por vos es inquebrantable y en el fondo de su corazón sabe que me obligó a casarme dos veces. Ahora sus días se acaban, sus partidarios han ido muriendo; entre esto y que no quiere ser un motivo de fractura entre los condados de Gerona y de Barcelona va llegando a acuerdos conmigo a través de embajadas. Creo que puedo llegar a colmar sus ambiciones, en cuanto a dineros se refiere, a fin de que pueda dejar cubiertas las necesidades de sus con-

---

* Esta especie de boda civil la organizó Ramón Berenguer en noviembre de 1056, y comienza el escrito con las palabras: «El tercer año después de nuestra unión».

ventos. Estoy a punto de conseguir su intercesión para que el Santo Padre levante nuestra excomunión.

Almodis le dio un beso en los labios.

—Sois el mejor marido y el más cumplido caballero que haya en el mundo.

—¿Estáis contenta ahora?

—Si fuera mujer ambiciosa de dineros, tal vez lo estuviera; pero sabéis que por vos dejé Tolosa, siendo la condesa consorte, y vine a Barcelona para ser vuestra mantenida, por no darme el nombre con que el vulgo conoce a las mujeres que tienen mi condición. Y sin seguridad alguna.

—Entonces, ¿qué es lo que os perturba?

—Dos personas.

—Procedamos por partes, comenzad por la primera.

—Ya levante el Papa la excomunión, ya me deis ante la corte el lugar que creo merecer y me rinda pleitesía todo el pueblo, vuestro hijo Pedro Ramón me trata y me tratará como una usurpadora de sus derechos y jamás creo haber atentado contra ellos.

Ramón se acarició la poblada barba con mesura.

—Ya conocéis su carácter: es desabrido e iracundo, pero jamás levantará una mano contra vos.

—¡Hasta ahí podríamos llegar! Que sea montaraz, desconfiado y celoso, es cosa suya: allá él con su talante. Las gentes como él son desgraciadas, acostumbran a ver enemigos donde no hay más que sombras y terminan sus días en la más terrible de las soledades. Pero que se guarde de mí, porque si me busca me hallará.

—¡Por Dios, Almodis, no hagamos una montaña de un grano de arena! Tened compasión de mí. Al fin y a la postre soy su padre y me hallo en medio del debate. No dudéis que le reprenderé en cuanto vuelva a las andadas, pero dadme una tregua.

—Que me la dé él a mí. Estoy harta de sus intemperancias.

—¿Usurpadora de qué derechos os llama?

—Creo que toda madre debe cuidar del futuro de sus hijos. Pues bien, apenas toco el tema de proveer el futuro de Ramón, y de Berenguer también, claro está, cuando, si por un casual escucha cualquier comentario, irrumpe en mis aposentos y delante de quien haya me acusa como si hubiera pretendido robarle algo que es suyo. Me consta que es el primogénito, pero imagino que mis hijos también lo son vuestros y habrá que adecuar nuestra herencia para que todos participen de ella.

Berenguer intentó desviar la atención de su esposa hacia otro frente.

—Decidme cuál es la segunda persona que os incomoda.

Almodis dio un rodeo, pues el envite era tal vez más delicado que el anterior.

—Tolero cualquier defecto del prójimo; yo misma estoy llena de ellos, pero si algo me subleva y no acepto de un cortesano es la adulación servil por complacer a su señor y el halago gratuito. Creo que es un insulto a vuestra inteligencia. Si piensa que no os dais cuenta, es que os toma por tonto, y si por el contrario piensa que sois consciente de ello, cree que sois vanidoso. En ambos casos os está insultando.

—Intuyo a quién os estáis refiriendo, pero os equivocáis.

—Pues aguardad, porque os voy a dar más indicios. Es venal y taimado, abusa de vuestra confianza y se vale de ella para medrar a vuestra sombra; si se sirviera de estas artes honradamente, bien estaría: el mundo es de los avispados, pero tengo la certeza de que aumenta día a día su peculio con dineros que no le corresponden y que debieran estar en vuestras arcas o en posesión de sus dueños legítimos, si han sido cobrados en exceso o con malas artes.

El conde meditó unos instantes su respuesta.

—En cuanto al halago, al que aludís, con el que mi intendente me obsequia, pues es él a quien os referís, no es más que la expresión de afecto de un consejero que no es de noble cuna y tiene la humildad de expresar lo que piensa de su señor. No como algún noble cercano al trono que tiene a desdoro el reconocer la superioridad de la casa de los Berenguer y que pretende tratar al conde de Barcelona de igual a igual. Se han dado muchos casos y en más de una ocasión hemos hablado de ello. Por más que ya conozco la argucia de la intuición femenina. Si encomian mi persona es que halagan mi vanidad y si por el contrario alguien es parco en la alabanza, entonces es que la envidia le corroe y debo vigilar sus actos. Es decir, de una forma u otra siempre acertáis. En cuanto a lo segundo, debo deciros que Montcusí desempeña su misión con un celo encomiable y que es el intendente de abastos y consejero de finanzas que mejor ha cuidado mi hacienda desde hace mucho tiempo. Prefiero que engorden mis arcas y distraigan algo para su bolsa que no que, siendo honradísimos, no se pierda ni un mancuso, pero sean pocos los canales que enriquecen al condado. En una palabra: en el supuesto que me roben, que sea poco, y desde luego prefiero a un listo hábil que a un tonto honrado.

—Esposo mío, quiero entender vuestras razones, pero tened en cuenta lo que os digo: controlad la viña o día llegará que su influencia y sus dineros le proporcionen tal poder que desde la sombra pueda intentar perjudicaros. La ambición de los cobardes es infinita.

—No paséis pena por mí. Si llega tal situación veréis cómo el conde de Barcelona pone raudo remedio. El buen gobernante no tiene amigos. A la menor sospecha de que sus méritos sean menos abundantes que los beneficios que proporciona al condado durará menos en mi estima que un dulce de jengibre en la boca de vuestros gemelos.

—De nuestros hijos, querréis decir.

—Evidentemente, esposa mía.

58

Kerbala

or fin la comitiva partió de Sidón. Hugues de Rogent había ordenado aquella variopinta caravana de forma inteligente. En primera línea dispuso una avanzadilla de veteranos que acompañaban a uno de los dos guías que conocían la ruta; luego las carretas a cuyo ritmo debían acoplarse todos, ya que eran el conjunto más lento del grupo. Los seguía el grueso de la expedición, montando en diversas cabalgaduras. Hugues iba con ellos, montado en un soberbio castrado, de forma que sus órdenes, transmitidas a través de un cuerno, llegaban a ambos extremos de la formación. A su lado, atado a su mulo, se hallaba el segundo de los guías. En la retaguardia, la tropa de mercenarios dispuestos a partir en socorro de la sección que se hallara en peligro. El hábil capitán había colocado a media legua avanzadillas de exploradores que le avisarían si percibían algo sospechoso. Martí se despidió de Hazan y éste le hizo un sinfín de recomendaciones deseándole que llegara al fin de su azaroso viaje sin sufrir otras dificultades que las propias de tan larga y peligrosa travesía. No todos los componentes de la caravana tenían previsto llegar hasta el final del viaje; por tanto, el peligro de los asaltos crecía en las últimas etapas, cuando el número fuera más reducido. Martí, que había trabado amistad con el aventurero franco, cabalgaba a su lado.

—¿Cuánto creéis que tardaremos en llegar a Persia?

—Eso nunca se sabe. Siempre puede haber imprevistos: encuentros inoportunos, enfermedades… Daos cuenta de que al día de hoy, en mis otras travesías, jamás he abandonado a nadie que sufriera fiebres o heridas durante el trayecto y si ha habido muertos los he enterrado. En esto se funda el buen nombre de un conductor de caravanas.

Poco tiempo después y en sus propias carnes tuvo Martí la ocasión de confirmar las palabras del francés. La caravana había ya sobrepasado Damasco y se encaminaba al oasis de Sabaabar. Las «ratas del desierto», que así llamaban a los bandidos que habitaban aquellos parajes, se habían dejado ver en alguna ocasión. Sin embargo, el gran número de mercenarios que protegía la caravana los disuadía de lanzar un ataque. Los días eran asfixiantes y las noches heladas. Los componentes del grupo sufrían los rigores de la estación. Lo mismo ocurría con las tempestades de polvo. La gente se cubría con toda clase de holgadas prendas, pero la arena se metía por todas las rugosidades del cuerpo y los únicos que quedaban a salvo eran los sabios camellos, por su capacidad de cerrar ojos y nariz. En el oasis enterraron a tres personas que no resistieron la prueba, y a partir de aquellos días una manada de buitres agoreros seguía a la caravana. Allí tuvo Martí ocasión de comprobar el acierto de la elección de Marwan. Había plantado su tienda en el palmeral por deferencia de Hugues de Rogent, que escogía en cada ocasión el sitio más oportuno y más seguro para la acampada. Aquella noche, que iba a ser la última ocasión para rellenar los odres de agua, el jefe franco le había invitado a compartir su frugal refrigerio.

Las luciérnagas del desierto centelleaban en la oscuridad. Después de cenar, cuando se disponía a acostarse en el camastro que Marwan le había preparado, sintió en el pie derecho una picadura extremadamente dolorosa. A la luz de la llama de una vela pudo ver que bajo una piedra se ocultaba el causante del dolor. A voces llamó a su criado y le refirió el suceso. Marwan retiró el pedrusco y al hacerlo salió a toda prisa el bicho. Tras aplastarlo, el criado se volvió hacia él.

—No habéis tenido suerte, amo. Es un escorpión de las dunas. He de correr a por mis cosas, o no llegaréis a Kerbala.

Cuando Marwan regresó junto a él con su bolsa, una quemazón insoportable le ascendía por la pierna hasta la ingle.

El sirviente le ayudó a tenderse en el catre. El candil comenzó a girar ante sus ojos y, a pesar del frío nocturno, un incontrolado calor le ahogaba. Antes de que perdiera el conocimiento, Marwan le dio una pócima, tomó su navaja y sajó la picadura, hecho lo cual aplicó sus labios a los bordes de la herida y succionó el veneno, que escupió a continuación. Luego le embadurnó la pierna con una pomada que extrajo de su bolsón. Lo último que oyó antes de desmayarse fue:

—Voy a avisar al capitán. Vais a estar enfermo durante muchos días.

La profecía se cumplió. Luego supo que gracias a la diligencia de su criado había salvado la vida. Hugues de Rogent dispuso unas parihuelas que sujetó su sirviente a la grupa del camello; así tendido y atado con correas, hizo el camino. En sus delirios aparecía el rostro amado de Laia mirándole fijamente con sus ojos grises y queriendo decirle algo muy grave que no llegaba a entender; luego desaparecía y resonaba en su cabeza la carcajada sardónica de su padrastro riéndose de sus esfuerzos por conseguir el premio de la ciudadanía barcelonesa.

Un ataque de las «ratas del desierto» les sorprendió al atardecer del martes de la tercera semana. Únicamente la pericia de Rogent y la bravura de los mercenarios impidieron a los asaltantes salirse con la suya. El combate se saldó con cinco muertos: tres adultos y dos niños. Las inclemencias del tiempo, las enfermedades, las fiebres y el susodicho ataque iban diezmando al grupo. Cerca de Persia, de los trescientos sesenta que iniciaron la travesía quedaban únicamente doscientos noventa y tres. Martí, débil como un pajarillo, fue recuperando fuerzas y al salir del envite tuvo la certeza de que Dios, la Providencia o el destino le reservaban grandes cosas.

Finalmente, al llegar a ar-Ramadi, Hugues de Rogent se despidió del hombre que había comenzado el viaje siendo su subordinado y que lo había concluido siendo su amigo.

—Hasta aquí hemos llegado, Martí. Yo debo continuar mi viaje hasta Kirkuk y vos debéis desviaros hacia Kerbala. Veo que ya habéis recuperado las fuerzas. Andad con cuidado; es igualmente peligrosa la primera legua que la última y nada distingue a la una de la otra. Fijaos cuántos se han quedado por el camino. El infierno está lleno de temerarios; quien no tiene apego a la vida acostumbra a perderla.

—Jamás os podré agradecer cuanto habéis hecho por mí.

—Iba dentro del trato, únicamente he cumplido mi parte. El prestigio de un capitán de caravanas y su buen nombre depende de lo que divulguen los que han quedado para contarlo.

—Contad con ello. Y ahora, decidme, ¿qué camino debo seguir?

—No os alejéis del curso del Éufrates: éste os llevará hasta Bahr al-Milh. Desde allí hasta Kerbala tenéis poco trecho.

—¿Cuándo regresaréis? Lo pregunto por adecuar mis fechas a vuestra caravana.

—Aún no lo sé. Pero vos deberíais esperar a alguna caravana numerosa, o bien ir cubriendo etapas más cortas.

—Seguiré vuestro consejo.

Éstas fueron las sabias palabras de Rogent. Martí, tras despedirse con un abrazo del guía y darle las gracias por sus impagables servicios, partió, seguido de su camellero, al encuentro de Rashid al-Malik, que habitaba en una pequeña aldea cercana al lugar donde su camino se separaba del de la disminuida caravana a la que la muerte, la inclemencia del camino, las fiebres, las distintas temperaturas y el asalto de los forajidos habían reducido tan considerablemente. Antes de separarse, por consejo de Marwan, cambió el camello por un buen caballo que le cedió un comerciante que esperaba regresar por el mismo camino, ya que a él, en aquellas circunstancias, mejor servicio le iba a hacer una caballería.

La trocha era harto estrecha, y el firme resbaladizo. Siguiendo los recomendaciones del franco, decidió pisarla cuidadosamente no fuera a ser que tras tanta penuria sufriera un percance cuando estaba a punto de alcanzar la meta. Cuando ya la noche se le echaba encima, una pobre luz le indicó que poco faltaba para cubrir su objetivo. Un perro ladraba en lontananza y sus ladridos le ayudaron a encontrar la aldea, si aquel grupo de casuchas podían llamarse así.

59

Lujuria y avaricia

aia no era ya la muchacha rebosante de juventud que había sido. Los meses de sacrificio le comportaban una tristeza que quedaba patente en el apagado brillo de sus grises ojos. Su vida transcurría a la espera del asalto que sucedía casi cada noche. Durante el día, siempre acompañada de aquella arpía, continuaba su rutina de siempre. Su mentor había ordenado que así fuera, ya que no quería que nadie atribuyera su desmejorado aspecto a maltrato por parte de él o a otra circunstancia a él atribuible. Iba y venía a los oficios religiosos, hablaba con damas de los *prohomes* que visitaban su casa y acompañaba a su padrastro a aburridas reuniones. Las veces que alguien comentó a Bernat su aspecto, éste alegaba:

—Ya sabéis que las muchachas, al hacer el cambio, pasan por períodos de languidez. —A lo que añadía que el físico judío que la visitaba ya le había recetado elixir de hierro y otros reconstituyentes.

A la única que nadie consiguió engañar fue a Adelaida, la vieja ama de cría cuya casa visitaba a menudo, que en una ocasión comentó a Edelmunda: «Esta niña padece mal de amores». La dueña, que siempre las acompañaba en sus visitas, respondió: «Son manías de jovencitas. A mí me cuesta un padecer cada día para que coma lo que su edad requiere. Su padre, que la adora, está desesperado».

Así fueron las cosas hasta aquel día.

Edelmunda, la dueña que Montcusí había designado como celadora de Laia, temblaba en pie frente a su amo dado que la nueva de la que era portadora no era precisamente una noticia fácil de dar ni grata de recibir, y ella era muy consciente de los fulminantes ataques de ira de su patrón a quien nadie se atrevía a contrariar. Habían transcurrido cinco meses y, siguiendo estrictamente sus indicaciones, había acompañado todos los días a la muchacha en su diaria visita a la celda de la esclava. Ésta, por indicación expresa de Bernat, había sido curada y era atendida puntualmente, ya que su restablecimiento colaboraba de forma notable a tener a su pupila entregada y sumisa ante su tórrida pasión. La muchacha estaba pasando un vía crucis, ya que si bien sabía que de ella dependía no únicamente la vida, sino evitar una terrible muerte para Aixa, ignoraba cuánto tiempo iba a ser capaz de aguantar aquella ignominia. La esclava desconocía todo ello, ya que la primera vez que se cometió el sangriento desafuero, precisamente en su celda, había permanecido desmayada. Cada día se daba cuenta del demacrado rostro y de las inmensas ojeras que ensombrecían los ojos grises de su joven ama, pero lo atribuía al sufrimiento por la ausencia de Martí y al hecho de que todo el engranaje de misivas hubiera sido descubierto.

La vida de Laia era un infierno. Cada vez que su padrastro se presentaba en la cámara, temblaba, y durante el tiempo que abusaba de ella, intentaba que su mente se evadiera y vagara por otros parajes, imaginando un futuro lejos de aquel sátiro, de manera que ni tan siquiera llegaba a oír sus entrecortados gemidos. Mientras su cuerpo inmóvil sufría las acometidas del viejo, era consciente que había perdido el amor de Martí y de que su única solución era entrar en un convento y tomar los hábitos, a fin de ocultar al mundo su vergüenza. Su único asidero era saber que, mientras fuera capaz de soportar aquello, la vida de Aixa estaba a salvo.

Bernat Montcusí alzó la cabeza de los papiros y, mientras lacraba un pliego, exigió:

—¿Qué suceso tan urgente te hace perturbar mi trabajo?

La dueña permanecía en pie, retorciendo un pañuelo entre las manos.

—¡Habla, mujer!

—Veréis, señor, ha ocurrido un incidente que temo produzca incómodas consecuencias.

—¿De qué se trata? Y ¿de quién es la culpa?

La mujer temblaba.

—No es culpa, es accidente.

—¿Qué pasa, necia? ¡Habla de una vez!

—El caso es, amo... —La mujer respiró hondo y, con los ojos medio cerrados, lo dijo—: Creo que Laia está en estado de buena esperanza. Parirá en otoño de este año.

El intendente enrojeció. Su rostro, con las cejas enarcadas, anunciaba un estallido de ira realmente demoledor.

—¿Insinúas que está esperando un hijo?

Edelmunda mantenía la vista fija en el suelo.

—De no ser que padezca un mal que desconozco, es evidente.

—¡Y dices que no hay culpable!

—Señor, yo puse los medios, pero a veces las cosas no salen como esperamos.

—¿Y qué ha sido de todas las recetas de las que presumías para ganarte mis beneficios? —gritó Montcusí.

—Señor, os puedo asegurar que es la primera vez que el recurso de un trozo de tela empapado en vinagre y colocado en la entrada de la mujer no me ha surtido efecto.

Una larga pausa se estableció entre el consejero del conde y la mujer. El primero era consciente del peligro que corría caso de que aquello se supiera, y la mujer deseaba por cualquier medio deshacer aquel entuerto ya que su trabajo, si no otra cosa, peligraba.

—Señor, tengo medios para que el embarazo no llegue a buen fin.

—¡Estúpida! Si todos tus recursos son como el que presumías haberme prestado, renuncio desde este momento a todos ellos. Desaparece de mi vista. Cuando haya tomado una decisión, ya te haré llamar. Desde ahora te prohíbo hablar con nadie de este asunto. Si me desobedeces no tendrás ocasión de ver nacer el día. ¿Me has comprendido?

La mujer, creyendo que por el momento salía bien librada, asintió con la cabeza, y juró y perjuró que no abriría la boca ni para comer.

—Desde este mismo instante —prosiguió Bernat—, la esclava queda incomunicada. Nadie, absolutamente nadie, podrá visitarla.

El consejero rumió su desespero durante varios días y lentamente fue aclarando sus ideas y llegando a conclusiones.

Tras largos meses de tomar a Laia a su entero capricho, su pasión había disminuido notablemente. En primer lugar, al haber obtenido el objeto de su deseo, su libido se había atenuado; en segundo, la total pasividad de la muchacha le sacaba de sus casillas. Al principio pensó que su inexperiencia la impedía gozar del acto y creyó que al irse acostumbrando, su deseo aumentaría y un día u otro comenzaría a obrar como mujer; pero no fue así, ya que cuando la poseía creía estar haciendo ayuntamiento carnal con un cadáver. Además, su belleza se había ido marchitando día tras día. De modo que la noticia que le transmitió Edelmunda fue el golpe final y colaboró a que se hartara de su juguete. Por otra parte, la semana anterior y a través de su mayordomo, le habían liquidado un montante muy jugoso de los negocios que tenía con Martí Barbany, que con el tiempo podían ser mucho más numerosos y rentables, pues el año de anticipo había caducado. Su ausencia se acercaba al final del segundo año.

Un abanico de posibilidades se abrió en su mente. Si conseguía hacerlo ciudadano de Barcelona y le entregaba la mano de Laia, ésta tendría un padre para la criatura. No quería pensar en el aborto, pues era un pecado que desagradaba notablemente a Dios, que, en cambio, perdonaría sus debilidades de hombre. Él tendría controlado al ambicioso joven y teniendo la precaución de esconder a la esclava en cualquiera de sus posesiones, como la masía fortificada de Sallent, siempre tendría el silencio de su hijastra asegurado y su presencia cuando la requiriera. Otra medida urgía: nadie en la residencia debía conocer el estado de Laia. Para ello, la enviaría a Sallent junto a Edelmunda. Una vez recuperada su figura, permitiría que volviera a ver a Aixa, siempre vigilada por alguien, para que supiera que todo dependía de ella y que su silencio garantizaría la supervivencia de la mora. Todo ello bullía en su cabeza e iba tomando cuerpo lentamente.

Sus dudas y vacilaciones duraron una semana: dio vueltas y vueltas al asunto y, tomada la decisión, mandó aparejar su carruaje y partió en dirección de la Pia Almoina donde residía su confesor que también lo era de la condesa Almodis, el padre Eudald Llobet.

Al ver el escudo del carruaje que se acercaba, el religioso de la portería hizo avisar al padre Llobet. Bernat Montcusí se apeó sin dar tiempo al postillón a abrir la portezuela, y seguido por el vuelo de su capotillo se introdujo en el edificio. El acólito regresó al instante diciendo que el clérigo aguardaría al visitante en su despacho. Tras atravesar las estancias del inmenso edificio fue introducido a la presencia del monje.

Eudald Llobet cuidaba de cualquier feligrés que requiriera de su consejo, pero como humano tenía sus filias y sus fobias, y el sinuoso consejero, pese a que en ocasiones había hecho valer su influencia para con él, no era, precisamente, personaje de su agrado: lo hallaba viscoso y frío como una serpiente.

—Bienvenido a esta casa, Bernat. De haberlo solicitado, hubiera ido yo a visitaros.

—Las circunstancias me han urgido y he intentado ganar tiempo viniendo yo.

—Entonces acomodaos y explicadme el motivo de vuestra visita.

El consejero tomó asiento frente al canónigo.

—¿Y bien?

—Eudald, el asunto que me trae ante vos es sumamente delicado y debe ser abordado con suma cautela, pues, amén de perjudicar mi buen nombre como tutor, puede desgraciar la vida de Laia, mi pupila, a quien tanto amo, y hacer que un baldón infamante caiga sobre mi casa.

—Me alarmáis, Bernat. Os escucho.

—Bien. Empezaré contándoos lo que acontece y luego aguardaré vuestro consejo para no faltar a lo que ordena la Santa Madre Iglesia y salir de este mal paso.

El sacerdote se removió, inquieto, y aguardó a que su visitante se explicara.

—Veréis, vos conocéis la veleidad de las mujeres: inconstantes como cometas a merced del viento. Vuestra experiencia sabe de la fragilidad de sus sentimientos y el cambio que sufre su organismo al pasar de púberes a hembras hechas y derechas. Mi protegida se encaprichó en su frivolidad de Martí Barbany, el joven que vos me enviasteis para demandar mi anuencia a fin de abrir un comercio de objetos lujosos. Luego me ganó su carácter y su empuje y por vos le atendí en otras demandas y negocios que me expuso. El caso fue que en el mercado de esclavos conoció a Laia, se entrevistaron varias veces a escondidas con la ayuda de infieles servidores, y mi hijastra le hizo concebir vanas esperanzas. No olvidemos que él no la merece, ya que ni tan siquiera es todavía ciudadano de Barcelona. El muchacho vino a solicitar mi venia para cortejarla, pero a mi pesar y en contra de mis sentimientos, tuve que oponerme. No obstante, lo hice en la esperanza de que con el tiempo el amor de Laia sirviera de acicate para que él resolviera su situación y sus éxitos me permitieran dar vía libre al enlace. Pero hete aquí que vuestro pupilo partió de viaje y año y medio después de su partida, Laia acudió a mí una noche, llorando y explicándome sus furtivos encuentros y el compromiso que había adquirido. Entonces me rogó que interviniera para hacerle llegar una misiva indicándole que su relación había terminado y que ya no le amaba. Como comprenderéis, la reprendí por su frivolidad: le afeé su conducta y la reconvine diciéndole que no se debía jugar a la ligera con los sentimientos de las personas, pero sospeché que un nuevo amor rondaba por su alocada cabeza y que había caído en las redes de algún jovencito picaflor de la corte. Efectivamente, mi pálpito no iba errado. Me confesó que se había enamorado de nuevo y esta vez, para más inri, de un hombre casado: un noble de los que mariposean alrededor de los poderosos. No sé quién es ni quiere confesarlo, mas intuyo que es el hijo de algún notable cuya alcurnia la obnubiló. Ella, que ignoraba su condición de casado y que jamás podría tomarla como esposa siendo plebeya, se entregó como una estúpida y tras la coyunda quedó preñada; pero en cuanto el galán supo de sus labios el embarazo, puso pies en polvorosa y se negó a reconocer a la criatura.

La expresión de Llobet era impenetrable.

—Proseguid.

—Tengo la obligación de velar por ella, se lo prometí a mi mujer

378

en su lecho de muerte. Bien, entonces me asaltó la duda: ella se niega en redondo a acusar a quien la desvirgó; por tanto, o ponía los medios para abortar este embarazo o debía buscar a alguien digno de ella que la tomara por esposa. Vos me conocéis bien. Como hijo de la Iglesia jamás cometería asesinato semejante consintiendo un aborto. Únicamente me quedaba una solución, que a vos encomiendo y que es el asunto que me ha traído hasta aquí. Nadie de linaje la tomaría por esposa y a nadie que persiga mi dinero, pues ella algún día me ha de heredar, entregaría. Solamente me queda una solución. Vuestro pupilo, a quien ella defraudó, es un hombre que va a ser muy rico. Ya empieza a serlo, y no es noble pero sí será ciudadano de esta ciudad… Sobre todo si pongo mi empeño en ello. Si el muchacho la quiere todavía, podríais allanar la dificultad del embarazo; estoy seguro de que vuestra influencia zanjaría cualquier inconveniente. Él tomaría una esposa a la que amó hasta hace poco, sería ciudadano de Barcelona y haría de padre para la criatura que Laia va a traer al mundo; mi pupila salvaría su honra y el tiempo curaría las heridas achacando la conducta de mi ahijada a pecados de juventud.

El padre Llobet meditó unos instantes. Además de fino conocedor de las miserias humanas era un hombre experimentado, que antes de ser religioso había transitado muchos caminos: conocía profundamente al consejero y percibió que, tras aquella extraña historia, latía un misterio que por el momento escapaba a sus alcances.

—Hace mucho que no os veo en mi confesonario, Bernat.

El otro se desconcertó un punto ante la extraña respuesta.

—Cierto, tenéis razón. Mis ocupaciones me absorben y para cumplir como buen cristiano debo acudir a la iglesia de Sant Miquel, que está más cerca de mi casa. Mas no comprendo qué tiene que ver vuestro comentario con el asunto que me trae hasta vos esta tarde.

—Pensaba que mientras lo medito, os podría confesar aquí mismo en mi despacho, para que los dos, en gracia, pidamos a Dios que nos ilumine en decisión tan importante.

—Me confesé el viernes. Estoy en gracia de Dios, no necesito pedir perdón por mis faltas.

Eudald Llobet, que conocía la escrupulosa conciencia del consejero al respecto del sacramento, intuyó que guardaba en su alma secretos e intenciones que no quería exponer en una confesión.

—Bien, dejad que medite cómo abordar esta situación. Tengo entendido que Martí aún ha de tardar en llegar.

—Eso no importa, enviaré a mi hija a que cumpla su embarazo sin ver a nadie y acompañada de su dueña y de una partera de confianza, a una de mis propiedades. Allí se quedará hasta que dé a luz. Tendrá a su hijo, que crecerá fuera de la ciudad, y cuando convenga regresará… Ya veremos si en calidad de hijo, de adoptado, o de lo que se me ocurra. Para entonces todo habrá pasado y nadie sospechará nada.

60

Rashid al-Malik

ras buscar acomodo para los animales y encontrar hospedaje en una de las casas de la aldea, Martí se dispuso a comer algo, acompañado por su fiel camellero, antes de entregarse al descanso. La aldea tendría unas diez o doce casuchas, pero sus gentes, a pesar de la pobreza que se palpaba, eran acogedoras y hospitalarias. Una anciana de cabello níveo, totalmente vestida de negro y calzando sus pies con una especie de botas de cuero vuelto de algún animal peludo, los atendió. Nada preguntó al respecto de lo que querrían cenar pues únicamente había un asado de cabrito untado con miel y especias, medio dulce y rodeado de zanahorias, un pan negro de centeno que ella misma cocía en un horno de piedra que tenía en el exterior y una especie de cuenco lleno de una espesa leche agria. El frío era extremo y colmaron su apetito junto al fuego de una gran chimenea que presidía la única estancia, pero más que las ardientes brasas lo que en realidad calentó su organismo fue un licor transparente que al entrar abrasaba las entrañas pero que posteriormente era una bendición, y que la mujer sirvió en unos vasos de vidrio del tamaño de un dedal. La anciana iba y venía en silencio sirviendo la cena. Cuando ya estuvieron hartos, Martí comenzó a informarse hablando su latín de Barcelona y, para su sorpresa, la mujer le entendió en otro idioma parecido con giros diferentes.

—Dime, buena mujer, ¿conoces la casa de Rashid al-Malik?

—¡Ese viejo loco! Vive solo y únicamente viene a la aldea para proveerse en la abacería de lo que necesita para subsistir y que no saca de la tierra o de sus animales.

—¿Me podrás indicar el lugar?

—No tiene pérdida. Está a una jornada de camino a caballo: lo encontraréis junto al lago en Bahr al-Milh. No intentéis llegar cuando el sol se haya puesto, pues os recibirá soltando los mastines. Ya os lo he dicho: es un loco.

Dando las gracias, Martí se retiró a descansar en una humilde buhardilla que, atravesada por el tubo de ladrillo cocido que servía para que el humo de la chimenea saliera al exterior, conservaba el calor de la pieza de abajo. Antes de hacerlo ofreció a Marwan la opción de compartirlo con él, pero el camellero prefirió acomodarse en la cuadra de los animales según era su costumbre, y descansar arropado por el calor natural que emanaba de sus caballos y de los corderos de la buena mujer.

Antes de caer rendido por el cansancio de las duras jornadas, Martí tuvo el convencimiento de que su periplo estaba a punto de finalizar. Su mente viajó a Barcelona e hizo planes. Jofre podría ya partir hacia los puertos visitados y cargar y repartir las mercancías que él había adquirido durante aquel proceloso año y medio transcurrido desde su partida. Su barco estaría ya preparado y era su intención hacerse con otro navío en cuanto pudiera, y luego otro y después otro... Recordaba las palabras de Baruj Benvenist: «El negocio está en el mar», había dicho. Su pensamiento volaba de un sitio a otro. Debería buscar más capitanes para sus naves. Su otro compañero de fatigas infantiles, Felet, también se había dedicado al mar. Daría con él. Luego, si pudiera convencer a Manipoulos, el griego, su flota comenzaría a ser importante. Pensaba demostrar a Bernat Montcusí que era digno de la mano de Laia... En estas ensoñaciones andaba su cabeza cuando le venció el agotamiento y se durmió.

Parecía que había descansado poco tiempo cuando sintió que la mano de su camellero le despertaba.

—Amo, es media tarde. Debemos partir si queréis llegar a Bahr al-Milh antes de que anochezca.

Apenas abrió los ojos sintió el ajetreo de la mujer que ya andaba trajinando con los cacharros. El cacareo de los gallos seguido por el relinchar de los caballos y el balido de los corderos ayudaron a despejar su mente. Se puso en pie en un santiamén y después de darse unas abluciones en el agua de la jofaina que Marwan le había subido, se vistió rápidamente. Mientras tanto, su criado iba recogiendo sus pertenencias y las iba colocando en una bolsa que después cargaría en una de las alforjas de su caballería. Tras una copiosa colación y liquidar generosamente la cuenta que adeudaba a la mujer, se puso en marcha. Aprovechó el camino para cerrar un acuerdo con Marwan. Durante la larga travesía del desierto había tenido tiempo de observar sus cualidades. Era de fiar, esforzado, muy trabajador y hablaba varios dialectos.

—¿Qué vas a hacer cuando yo regrese a Barcelona?

—Amo, lo único que sé hacer: ofrecerme a otra caravana que atraviese el desierto y buscarme otro amo que no será como vos pero cuyo servicio me servirá para ir guardando dinero. Cuando sea más viejo, me gustaría establecerme en Sidón y abrir un comercio de camellos. Mi padre decía que, aunque los tiempos cambien, mientras el desierto esté donde está, la arena sea arena y el clima y los vientos sean los mismos, el camello siempre será necesario.

—Y si yo te ofreciera la posibilidad de trabajar conmigo en la distancia pagándote mucho más cada año de lo que cobrarías atravesando el desierto tres veces, ¿qué me dirías?

—¿Y qué puedo hacer yo para serviros que os pueda interesar?

—Ser aquí mis ojos y mis oídos, y mandar las caravanas que irán partiendo desde aquí hacia las escalas de Levante con el cargamento que yo te diga.

—¿Podré ir una vez al año a Sidón?

—Cuando tu trabajo te lo permita y tú lo desees.

—Es que hay una mujer, amo… —admitió el camellero con una franca sonrisa.

—No hace falta que me cuentes, sé lo que es eso.

Y de esta simple manera, Martí halló al hombre que iba a ser su álter ego en aquellas lejanas tierras, pues pese a su juventud había llegado a la conclusión de que las mayores fidelidades se anudaban más por el trato y el afecto que por los dineros.

Al atardecer llegaron a Bahr al-Milh. Un peculiar olor, que aumentaba al llegar al lago y que lo invadía todo, asaltó su olfato. Marwan preguntó por Rashid al-Malik en un dialecto que sonaba a farsi a un pastor que cuidaba de unas cabras que intentaban mordisquear unos míseros jaramagos que nacían entre las piedras. El hombre, señalando con su cayado en una dirección, cruzó unas palabras con el camellero.

—Amo, estamos al llegar. Tras aquel montículo se halla la granja de vuestro hombre. Queda media legua de camino.

Partieron de nuevo. El ansia de llegar hizo que Martí espoleara a su cabalgadura, obligando a Marwan a hacer lo mismo. Cuando coronaron la altura se abrió a sus pies la visión de un lago casi negro, y a su orilla, una construcción principal rodeada de otras menores y circunvalada por un muro de piedra. Los perros saludaron su llegada con un concierto de ladridos que hizo que un hombre barbudo de mediana edad, cubierto con un gorro de astracán, vestido con una saya parda, un chaquetón de piel de cordero y gruesas botas, saliera de uno de los cobertizos por ver quiénes eran los insólitos visitantes que se llegaban a sus tierras, y se plantara en medio del espacio con una inmensa hacha entre las manos.

Martí descabalgó y preguntó si se hallaba en la presencia de Rashid al-Malik. Ante el afirmativo movimiento de cabeza del individuo, sin añadir palabra, le entregó la misiva que traía en la faltriquera; éste, desconfiado, apoyó el mango de la herramienta en la rueda de un carro y rasgó el sello. Tras desplegar el pergamino y ver la extraña contraseña de su margen alzó por unos instantes la mirada y examinó despacio el rostro de Martí. Luego se dedicó a leer lentamente el escrito. Martí observó que al hombre le faltaba una oreja. Al finalizar y sin mediar palabra alguna se adelantó hasta Martí y le estampó los tres protocolarios ósculos, al igual que hiciera su hermano.

Al punto, en un latín chapurreado y usando vocablos de un dialecto que Marwan iba traduciendo, se fueron entendiendo. Luego de explicar una y otra vez, ya instalados en el interior de la vivienda y ante una mesa frugalmente provista, las peripecias habidas en el puerto de Famagusta, Martí comenzó a explicar el motivo de su viaje.

La visita se prolongó varios días. El hombre atendía a sus cosas durante la jornada y al anochecer iban hablando de aquel tema que tanto interesaba a Martí. Una noche en que Marwan se había ido ya a las cuadras a descansar, Rashid al-Malik relató una extrañísima historia.

—Pues os repito que tal como os he dicho, al norte del lago, apenas se profundiza una vara bajo tierra, mana un barro negro cuya única virtud es que prende, empapado en una mecha. Lo malo es que si se emplea en el interior de la vivienda, su olor es fuerte y desagradable.

—Es mi intención emplearlo en el exterior, de modo que no habrá inconveniente. El único problema será el transporte a lejanas tierras, que habrá de realizarse por mar.

—A mí lo que me interesa es comprar ganado y dedicarme a lo que sé hacer: el negro y denso líquido me es indiferente.

—Si me proporcionáis lo que mana en vuestras tierras, os haré rico en pocos años.

—Eso suena bien, pero hay algo que quisiera comunicaros y que para mí es mucho más importante que el dinero. En estos días os he conocido bien. Pienso que sois un hombre justo. Sois joven y lo que hicisteis por mi hermano avala vuestros nobles sentimientos, no quisiera que el secreto que ha guardado mi familia durante generaciones desapareciera conmigo, ya que no me he de casar y por tanto no voy a perpetuar mi clan.

A Martí le despertó la curiosidad.

—¿Por que decís que no habéis de tomar esposa? Aún sois un hombre en la plenitud.

—Es una larga historia. Ya os la contaré otro día. Pero vayamos a lo que me concierne, aprovechando que vuestro criado nos ha dejado solos.

—No alcanzo a intuir qué cosa es tan misteriosa.

—El secreto que guardo lo quisieran para sí todos los poderosos del mundo, pero siguiendo la tradición de los hombres de mi familia, que lo han ido transmitiendo de padres a hijos, solamente lo revelaremos si se rompe la cadena sucesoria. Dado que no tendré descendencia, estoy autorizado a comunicarlo a una persona que, bajo juramento, se comprometa a utilizarlo en causa justa y siempre para el bien.

—Me tenéis sobre ascuas.

—¿Conocéis lo que es el fuego griego?

—En verdad lo ignoro.

—Os lo voy a decir. Es algo tan importante que casi todos los soberanos de este mundo matarían por conseguirlo.

Martí bebía las palabras del hombre.

—Veréis: hace muchos años, allá por el 683, un sirio llamado Calínico heredó de los químicos de Alejandría una fórmula que bien empleada podría beneficiar a la humanidad, pero si cayera en manos de algún malvado podría avasallar a todos los pueblos de la tierra. La fórmula se perdió en la noche de los tiempos, pero llegó hasta mí a través de los varones de mi familia, pues un antepasado mío fue su ayudante y le proporcionaba el negro material que yace bajo el suelo de mis tierras que entonces eran suyas.

Los ojos de Martí brillaban en la oscuridad.

—¿Qué me estáis diciendo?

—Atended. Calínico inventó una mezcla viscosa, compuesta de muchas sustancias, que en contacto con el agua seguía ardiendo. Se componía de este negro aceite que venís a buscar y que hacía que el compuesto flotara en el agua; azufre, que desprendía vapores venenosos; cal viva, que en contacto con el agua desprendía tal calor que incendiaba la masa; resina, para activar la combustión, y salitre, que arde bajo el agua pues no necesita oxígeno. Con todo ello se puede preparar una mezcla que lanzada sobre un barco lo incendia sin remedio, ya que las flechas de los arqueros, envuelta su punta con una tela empapada en este producto, harán que arda sin cesar pues es casi imposible apagar el fuego, aun en el supuesto de que sobre el incendio arrojen agua de mar. ¿Os dais cuenta del poder que acumula quien obtenga la fórmula?

La mente de Martí trabajaba cual fuelle de herrero.

—Muchas preguntas se agolpan en mi cabeza. En primer lugar, ¿por qué a mí me queréis entregar tal portento?

—Ya desde pequeño, mi hermano Hasan fue mi guía. Si él habla de vos en el tono encomiástico que lo hace su carta, no es en vano;

evidentemente sois una buena persona. Nadie se acerca por estos pagos, y tal vez muera sin poder explicar el secreto que me fue confiado.

—¿Y por qué no a Hasan?

—No es la persona indicada. Tampoco tomará esposa, no lo hará por diferente motivo que el mío.

—Ante la inmensa responsabilidad que pretendéis que asuma, necesito saber cuáles son ambos motivos.

—¿Entiendo que si os convenzo podré depositar mi secreto en vos?

—Os lo aseguro.

Rashid hizo una pausa, tomó asiento y prosiguió su relato.

—Mi historia es muy triste, y sin embargo vulgar. Hace ya bastantes años, yendo con mi padre a una feria en Kerbala, conocí a una muchacha armenia que fue la luz de mis ojos nada más verla. Me atreví a enviarle un billete en el que escribí un hermoso poema; ella, al día siguiente, me obsequió con otro redactado por un escriba. Así continuamos en días sucesivos hasta que finalmente concertamos una cita. Sin que aún no haya comprendido el porqué, ella se fijó en mí. Quise pedir su mano pero nuestras familias se opusieron. Además de la distancia, nos separaba la religión: yo era cristiano de la fe de Nestorio y ella islamita. El último día de la feria nos juramos amor eterno y nos separamos. Al cabo de unos meses, un circasiano que iba de paso a Babilonia me dio un mensaje de ella; me decía que se iba a escapar y que la esperara para huir juntos. Jamás llegó. Intenté obtener noticias suyas, pero fue en vano. Nadie supo darme respuesta, fue como si la tierra se la hubiera tragado. —El hombre hizo una pausa y Martí vio asomar una lágrima que, rebasando sus ojos, se deslizaba por los surcos de la tostada piel de sus curtidas mejillas. La enjugó con la manga de su antebrazo y prosiguió—: Pero algo me dice que está viva y que un día u otro regresará. ¿Comprendéis ahora por qué no quiero irme de esta tierra? Si lo hiciera cegaría la única posibilidad de reencontrarla.

—Os comprendo, sé lo que es eso. El amor es como una obsesión, nada existe fuera del ser amado... Y ahora decidme qué fue lo que apartó a vuestro hermano.

—Aunque os parezca imposible también fue el amor. Un amor incomprendido que casi le cuesta la vida. Mi hermano Hasan tuvo que huir precipitadamente.

—¿La familia de ella tal vez?

—No, la familia de él. Quisieron lapidarlo. Mi hermano Hasan es sodomita y su amor fue un mancebo que conoció en Kirkuk. Como comprenderéis, no podrá regresar jamás, los clanes y por ende, las tribus, en esta parte del mundo no perdonan las ofensas de honor. Por eso me falta una oreja y me llama a su lado, y es asimismo el motivo de que no pueda traspasarle el secreto del fuego griego. Él jamás tendrá descendencia, vivirá libre como un pájaro, ya que desde entonces huye de la gente y jamás podrá regresar: morirá solo y en tierra extraña.

Martí adquirió el compromiso de guardar el secreto y partió a la semana, con la fórmula y las cantidades exactas que se necesitaban para fabricar el peligrosísimo producto, dejando a Marwan en Mesopotamia encargado de todas las gestiones. Su fiel camellero se encargaría de buscar un alfarero que le hiciera unas vasijas romanas acabadas en punta para que pudieran clavarse en el lecho de arena con el que se cubriría el sollado de los barcos. A partir del primer cargamento, buscaría los medios para que los envíos se sucedieran en continuidad. Pagó por adelantado la primera carga y un año de trabajo a Marwan.

61

Males mayores

Verano de 1055

rmesenda de Carcasona, recostada en el almohadillado fondo de su carruaje en una agitada duermevela, rumiaba su decisión acompañada por el rítmico traquetear de los cascos de sus caballos, el gemir de los bujes de las ruedas y los agudos silbos de su cochero. Las dudas la acosaban, y aunque en lo más íntimo de su corazón entendía que para el buen gobierno del condado de Barcelona era conveniente que el Santo Padre levantara la excomunión que pesaba sobre la pareja condal, un odio visceral hacia la barragana usurpadora de sus atribuciones le nublaba el criterio y le impedía quizá tomar la decisión acertada. En aquellas circunstancias había decidido acudir a Sant Miquel de Cuixà para despachar con su fiel amigo, el obispo Guillem de Balsareny, en cuyo recto juicio y leal proceder tantas y tantas veces había confiado.

El paso retenido de los equinos y el cambio de ruido de las ruedas al pisar el empedrado patio de la abadía le indicaron que el viaje tocaba a su fin. Retiró la embreada cortinilla y asomando la cabeza por la ventanilla, no pudo dejar de admirar la belleza de los regios muros y la majestuosa sobriedad que presidía el conjunto.

El lacayo saltó de la parte posterior del vehículo y se precipitó a abrir la portezuela, en tanto el postillón sujetaba las bridas de los dos caballos delanteros que entre las nubes de espuma de sus ollares y relinchos agudos, pateaban nerviosos.

Ya el hermano lego de la portería, que había distinguido al momento la importancia de la visita, tiraba agitadamente de la cuerda de una campana que sonaba en la lejanía dentro del convento, llamando a la comunidad a rebato. Los monjes, dejando sus cotidianos quehaceres, acudían presurosos a la convocatoria provistos de cualquier indumentaria, ya fuere desde el huerto, desde el refectorio, desde la capilla o desde la biblioteca. Cuando Ermesenda, apoyada en su bastón, alcanzaba el centro del enlosado patio, el prelado se precipitó a su encuentro, abriéndose paso entre su comunidad reunida en el soportal central del pórtico.

Ermesenda se inclinaba ya a besar la mano del obispo cuando éste la detuvo.

—Señora, no debíais haber venido. De haberlo sabido hubiera sido yo el que hubiera acudido a vuestro encuentro.

—Señor, no me hagáis sentir más vieja de lo que soy. Aún puedo correr unas leguas cuando preciso de un leal consejo, y si no fuera por esta maldita rodilla podría hacerlo a lomos de mi blanca mula.

—Jamás lo he dudado, pero ¿por qué pasar incomodidades cuando sabéis que enviando un simple mensajero hubiera acudido presto a vuestro lado?

—Tal vez porque de esta manera engaño a mis pobres huesos haciéndoles creer que aún son jóvenes.

Mientras hablaban, la pareja había llegado hasta la comunidad que, a indicación de su prior, saludó respetuosamente a la condesa y se retiró a sus avíos.

—Llevadme, abad, al refectorio y que vuestro cocinero me dé un homenaje de melindros, confitura de frambuesa y leche recién ordeñada que a lo mejor éste ha sido el motivo real de mi visita. ¿Todavía tenéis de repostero al hermano Joan?

—Todavía, condesa, y si he de seros sincero os diré que es el que manda en el convento. Hace apenas un mes debió guardar cama a causa de un rebelde catarro y la comunidad comió tan mal que tuve que calmarla contando aquel mal yantar como penitencia y liberándola luego del ayuno preceptivo.

—Entonces no nos demoremos y hagámosle una cumplida visita. Decidle que su condesa le rinde pleitesía y que ha corrido un largo camino para gozar de sus exquisiteces.

Después de una buena merienda y de haber visitado la capilla, el abad introdujo a Ermesenda al *scriptorium* y se dispuso a oír el espinoso tema que sin duda la inesperada visita le auguraba.

—Y bien, señora, decidme ahora qué es lo que os perturba para obligaros a hacer tan incómodo viaje.

Ermesenda, ya rehecha de las fatigas del camino, se dispuso a hablar.

—Mi buen Guillem, desde que murió Oliba* en nadie he confiado como en vos y os voy a decir el porqué. Sois un alma de Dios y no tenéis apetencias terrenales; las vanidades del mundo os incomodan y sé que vuestro mayor anhelo sería retiraros a Montserrat y haceros ermitaño. Es por tanto por lo que creo que vuestro consejo es leal sin apetencias de clase alguna y que únicamente os guía el buen criterio y el deseo de ayudarme.

—Me abrumáis, condesa, pero no dudéis que nada me guía si no es el afán de serviros y servir al condado.

—Pues entonces, amigo mío, voy a ir al grano. No os pongo en antecedentes pues de sobra os son conocidos. Como bien sabéis nuestro viaje para ver al Pontífice fue fructífero y la excomunión se abatió sobre mi nieto y su barragana. Fuimos como el trueno que precede a la tormenta. La autoridad del conde fue puesta en entredicho y muchos los problemas de jerarquía que tuvo y puede tener todavía. Pero me estoy haciendo vieja y tras tanta lucha no quisiera irme de este mundo dejando tras de mí un conflicto que afectara a Barcelona. Esto de una parte... De la otra está el odio que me inspira la arpía que ha sorbido la sesera a mi nieto.

—Si me pedís opinión, os diré...

—Dejadme terminar, obispo, antes de emitir vuestro consejo. Me han enviado embajadores, y más de una vez. La oferta es tentadora, más aún teniendo en cuenta que caso de no ceder lo que

---

* El abad Oliba (971-1046) fue abad de Ripoll, obispo de Vic y fundador del monasterio de Montserrat.

dejaré a mi muerte será una guerra y, de cualquier manera, Gerona y Osona pasarán a la jurisdicción de Ramón. Si cedo en vida mis derechos, las contraprestaciones serán tan sustanciosas que podré dejar arregladas las rentas de mis fundaciones casi para siempre.

—Entonces, señora, huelga mi consejo. Es evidente que debéis pactar y que Dios guarde vuestra vida muchos años.

—Eso es lo que dice la fría razón, pero mis vísceras me impelen a resistir hasta el final y que a mi muerte salga el sol por donde pueda.

—No obraríais con criterio... Y, si me permitís, añadiré otra cosa.

—A eso he venido, mi buen Guillem.

—Pues bien, señora. No sé cómo serán los hijos de Almodis, pues aún son pequeños, pero por poco que valgan, debo deciros que si de alguna manera se pudiera evitar que el condado de Barcelona cayera en manos del primogénito de vuestro nieto, mejor se presentaría el futuro.

—No me decís nada nuevo, obispo. Pedro Ramón, el mayor de Ramón y de Elisabet, tiene bien ganada fama de irreflexivo, iracundo y cruel; virtudes malas consejeras para un gobernante.

—Más a mi favor, señora; la vida es larga y si alguno de los condesitos posee las condiciones que deben adornar a un príncipe, manera habrá de saltar la línea dinástica por el bien del condado y la felicidad de sus moradores. No sería la primera vez que tal cosa sucediera.

—No me duelen prendas. Sabéis que su madre es para mí como un Satanás vestido de mujer, pero me han llegado voces de que uno de los príncipes pudiera reunir tales virtudes.

—Entonces, señora, ¿cuál es vuestra duda?

—No lo podéis entender, mi buen Guillem. Al igual que los hombres no sirven para parir, debéis comprender que el mecanismo que Dios dio a las hembras no se atrofia jamás y que los ovarios mucho tienen que ver con las decisiones que adopte una mujer, ya sea vieja, joven, princesa, plebeya o monja.

El prelado enrojeció.

—No os apuréis, Guillem, tal vez tengáis razón y haya llegado el momento de pensar con la cabeza y no con la víscera.

<h1 style="text-align:center">62</h1>

<h2 style="text-align:center">Por fin Barcelona</h2>

 esde casi el mascarón de proa del *Sant Benet*, que era el lugar de la nave más cercano a Barcelona, Martí oteaba el horizonte otoñal intentando atravesar con su vista una neblina mañanera que ocultaba el perfil de la costa. Le parecía que había transcurrido un siglo desde que partiera de la ciudad. Eran tantos los sucesos acumulados que había comenzado un cuaderno de bitácora en el que iba anotando sus experiencias, los logros conseguidos y las metas que se había propuesto por orden de importancia. A su llegada a Sidón aprovechó para visitar a Yeshua Hazan, agradecerle otra vez sus sabios consejos y darle cuenta de todos sus negocios menos, claro es, el asunto del fuego griego, que mantenía en el más absoluto de los secretos. El preboste le felicitó por su buena estrella y, tras ofrecerle su ayuda para cualquier cosa que precisara al respecto de dinero o influencias, le entregó tres cartas traídas por el capitán de uno de los bajeles que tenía negocios con la poderosa comunidad judía de Sidón. La primera era de Laia, fechada un año atrás, la segunda se la dirigía su criado Omar, y la tercera, Baruj Benvenist. Martí, en cuanto se refugió en la estancia que ocupaba en la mansión del judío, se precipitó a leerlas. Como es lógico, empezó por la de su amada. Al finalizar la lectura, quedó anonadado y tremenda fue su decepción; la releyó una y otra vez sin acabar de comprender qué había ocurrido. Luego fue haciendo cábalas y buscando explicaciones: tal vez el largo tiempo transcurrido, pues su ausencia ya iba para casi dos años, había influido negativamente en el ánimo de la muchacha. Laia era muy joven y Barcelona una gran ciudad llena de tentaciones. Mas luego, tras analizar la misiva que le enviaba Omar, fue reflexionando y comenzó a ver claros indicios de que aquel pergamino entrañaba un mensaje oculto.

La misiva de su hombre de confianza decía así:

Barcelona, 10 de octubre de 1054
Respetado amo:

El señor Benvenist ha tenido la benevolencia de escribir esta carta, para que yo tenga la posibilidad de relataros cómo están las cosas aquí.

En primer lugar, debo deciros que los negocios marchan viento en popa y cada día preciso de más ayuda para atenderlos a todos, de modo que me he atrevido a rogar humildemente al señor Andreu Codina que me diera su ayuda, ya que a mí me es imposible atender sin menoscabo tantas tareas: contratar con los campesinos la compra de productos del campo para abastecerlo, atender a los molinos y viñas de Magòria, mediar en cuantos pleitos surgieren entre nuestros arrendadores del agua conduciéndolos, tal como ordenasteis, a la presencia de don Baruj Benvenist, acudir a las atarazanas por ver de colaborar con el capitán Jofre en la tarea de poner a punto vuestro barco que ya está en el agua y a punto para partir... En fin, el tiempo pasa raudo y pese a acostarme a las doce y levantarme a las seis, el caso es que no doy abasto.

Siguiendo las indicaciones que me impartió mi señor Baruj, he entregado a un propio que vino a recogerlo la cifra que me indicasteis del porcentaje de beneficios de los mercados, y por cierto me interrogó al respecto de vuestro regreso. Otra cosa llamó mi atención: la carta que os adjunto no me la entregó Aixa ni se hizo por el conducto de siempre. Se me entregó en nuestro comercio de manos de un desconocido. Una mujer, que, la verdad, me causó una pésima impresión y que antes de partir me preguntó si tenía yo alguna misiva para darle. Como comprenderéis, respondí siguiendo vuestras instrucciones: le dije que yo no andaba en estas cosas ya que trabajo no me faltaba, que mi cometido era enviar cuantas cartas se me entregaran para mi amo, pues era el único que estaba al corriente del lugar donde se hallaba pero que él enviaba directamente sus mensajes, que quedaban retenidos en casa de un comerciante a disposición del destinatario. Así zanjé el asunto.

Veo casi diariamente a don Baruj Benvenist, y cada vez que tengo la fortuna de escucharlo, aprendo de su erudición y prudencia. Estos días, con gente del *Call*, acude puntualmente a las atarazanas. Dialoga tiempo y tiempo con el capitán Jofre y toma buena nota de la capacidad de carga de la bodega del navío, haciendo listas interminables de pormenores que a mí me parecen baladíes pero que por lo visto son muy importantes. Según he oído, el capitán ya tiene la tripulación a punto. La ha ido reuniendo con paciencia y esmero y no ha acudido, como hacen casi todos los otros capitanes, a los figones, tabernas y posadas del puerto para enrolar a una panda de borrachos, sino que ha recurrido a expertos lobos de mar con los que en tiempos compartió singladuras y tormentas. El rostro de los que yo he visto pululando por la cubierta, os puedo decir que tiene un aspecto muy inquietante: caras cortadas, pañuelos anudados, argollas en las orejas y algún que otro miembro de menos, pero me dice Jofre que así son las gentes de la mar, y que todos son de fiar y fieles hasta morir.

Bien, amo, deseo que la presente os halle en el mejor de los estados y aguardo vuestro regreso con ansia.

Recibid en mi nombre todo el respeto de las gentes de nuestra casa.

OMAR

La misiva permaneció entre sus manos largo rato. Después, tras leer otra vez la carta de Laia, se fue dando cuenta de las anomalías del pliego. La ausencia de la diminuta cruz en la cabecera, el color de la tinta, que no era el verde habitual, y la ausencia de aquel perfume de agua de rosas que embriagaba sus sentidos hicieron reflexionar a Martí. Recordaba que a la partida, otro escrito de Laia llenó sus horas de esperanza y ahora la críptica nota que releía una y otra vez, instalado en la proa del *Sant Benet*, el cuarto bajel donde viajaba en su regreso a Barcelona, angustiaba su alma de tal modo que nada conseguía aquietar su espíritu. A su llegada debía aclarar muchas cosas.

La tercera era la misiva de Baruj. Su forma de ser, lo pragmático de sus opiniones y lo conciso de su escritura volvieron a admirarle.

Enero de 1055

Estimado hermano:

Os escribo en la esperanza de que la carta llegue a vuestras manos, pues sé por Hazan que volveréis, casi con seguridad, a pasar por Sidón y que como es lógico os alojaréis en su casa.

Además de desearos la mejor de las singladuras, paso a enumeraros las cuestiones que a ambos atañen. En primer lugar daros la nueva de que vuestro bajel ya está aparejado, con la tripulación contratada y la primera carga casi a bordo. Os aplaudo la diligencia que habéis mostrado al ir enviando, de los consiguientes puertos, la lista de aquellas cosas que debían embarcarse, la cantidad y el lugar. Detecto en vos un fino instinto de avezado comerciante y estoy seguro de que con la ayuda de la Providencia, nuestro acuerdo llegará muy lejos. Siguiendo vuestras órdenes, transmití al capitán Jofre vuestros deseos al respecto del nombre con el que se debería bautizar a vuestra nave: *Eulàlia* le pareció perfecto ya que es el nombre de la patrona de esta ciudad. Estrellamos en su casco una botella del mejor mosto y nuestro común amigo Eudald Llobet se encargó de bendecirlo.

Las cosas por aquí andan turbias, y las disensiones de nuestro conde y de la condesa Almodis con la condesa Ermesenda de Gerona prosiguen sin aparente solución. Todo ello en detrimento del comercio y de la paz, ya que unos se inclinan por un bando y otros por el otro. En fin que la vida sigue, pese a todo inconveniente, pues las miserias humanas obligan a los hombres a subsistir pese a cualquier contrariedad y por tanto a seguir bregando cada quien en su oficio, de manera que el condado crece por sí solo, y a pesar de sus gobernantes, no gracias a ellos, como siempre ha sido.

Siguiendo vuestra indicación y a través de mi mayordomo, ya que sé que a su excelencia, y ya sabéis a quién me refiero, no le son gratos los de mi raza, he enviado la cantidad de mancusos que me ordenasteis en vuestra última carta. Sin embargo, debo deciros que la considero excesiva y onerosa pero vos mandáis en vuestro peculio.

Deseo ardientemente abrazaros cuanto antes y al despediros os transmito los afectuosos saludos de mi hija Ruth, que desde que sabe que os escribo no deja de insistir para que os mande recuerdos.

BARUJ BENVENIST

63

Ambiciones

amón Berenguer I, apodado el Viejo, era el único de entre los condes catalanes cuyo título, *Comes Civitatis Barcinonensis*, se remontaba en el tiempo hasta los reyes visigodos. Ejercía su mando en los condados de Barcelona, Gerona y Osona; en el primero, real, cual si de un auténtico soberano se tratara; en los otros dos, teórico. Su problema era que durante años había aguardado la renuncia o la muerte de su abuela, la temible Ermesenda de Carcasona, ya que sin ese requisito no podía obtener el poder absoluto en el condado pirenaico. La vieja dama se cuidó muy mucho de asegurar su defensa entregando la mano de su hija Estefanía, tía de Ramón Berenguer I, al normando Roger de Toëny a cambio de la protección de sus fieras compañías normandas, aunque el precio de este amparo fuera el disgusto de los súbditos de la muy noble ciudad de Gerona, por los abusos de la soldadesca. De tal manera que Ramón Berenguer I, a pesar de ser nominalmente conde de Barcelona y Gerona, no era precisamente quien mandaba en el condado del norte. Muchos eran los motivos de las desavenencias con su abuela, la condesa Ermesenda, y casi se perdía en su memoria la raíz del problema, al que luego se había añadido el carácter de la vieja dama.

En cambio, la que sí reinaba de manera absoluta en su corazón era la condesa Almodis de la Marca que regía su voluntad hasta tal punto que, a través de él, ejercía su poder sobre los barceloneses con mano de hierro. Su ambición era ilimitada e intentaba por todos los medios asegurar su futuro y el de los dos hijos gemelos habidos de su ayuntamiento pecaminoso con Ramón Berenguer de Barcelona, por si los hados del destino le eran de nuevo desfavorables y volvía a ser repudiada como le había sucedido ya en algún matrimonio anterior.

Desde el primer momento, el desencuentro del primogénito de Ramón y su madrastra fue evidente. Pedro Ramón se creía postergado por Almodis y relegado a ocupar un papel secundario en la corte e imaginaba que lo mismo sucedería en las disposiciones hereditarias de su padre, quien sin duda, a tenor de los signos externos, favorecería a uno de sus medio hermanos. Las tensiones entre ambos personajes eran evidentes y continuas, y no habían hecho más que crecer en los tres años que duraba la unión de los condes. Los gritos, las invectivas y los portazos ya no extrañaban a nadie en palacio, y los encuentros entre ambos eran cada vez más desabridos.

El día había amanecido apacible, y, sin embargo, algo flotaba en el ambiente. Las gentes de palacio iban y venían a sus quehaceres con singular silencio: todos presentían al trueno que precede a la tormenta. En el jardín de los rosales, doña Lionor, la primera dama de la condesa Almodis, que, en compañía de Delfín, en aquel momento y por orden de su ama, estaba cuidando las rosas, se alarmó ante los gritos e improperios que se oían a través del ventanal abierto. La voz de su ama era inconfundible.

—¡Estoy de vos hasta el mismísimo copete de la coronilla! Solamente Dios sabe el ejercicio de paciencia que debo realizar para soportar diariamente vuestras diatribas y vuestras faltas de respeto. Mi confesor, el padre Llobet, que siempre atiende a mis escrúpulos y dudas, es testigo de ello.

—¡Soy yo, señora, quien debe reprimirse ante los desafueros que se pretenden cometer contra el heredero legítimo de los derechos de mi padre, que por primogenitura me pertenecen!

—Nadie os niega la condición a la que aludís, pero vuestro padre hará con los bienes y posesiones adquiridas por sus méritos lo que más le convenga. Vos tenéis derecho a las posesiones y castillos que él a su vez recibió de sus mayores, y eso si él no determina otra cosa, pero no sobre los adquiridos por conquista, compra o mediante inteligentes pactos, en los que creo haber desempeñado algún papel. Mi confesor me aconseja...

—Señora, os ruego que no añadáis a vuestras arteras argumentaciones el aval de vuestro confesor. Una excomulgada no tiene derecho a los sacramentos y si lo acepta el padre Llobet es porque es un corrupto. Por tanto os ruego que no pretendáis avalar vuestros planes con sus mendaces opiniones que no son otra cosa que el intento de medrar a vuestra sombra, que al fin y a la postre no es otra cosa que la prolongación de la de mi padre.

Supo Lionor, pues conocía bien a su ama, que en aquel instante se producía entre ambos personajes una tensa pausa y que una leve coloración escarlata se insinuaría, sin duda, en una de las venas de su cuello. Luego la voz de su señora sonó de nuevo contenida, colérica y acerada.

—Pedro, estáis rebasando con creces los diques de mi paciencia. Vuestro padre ha comprado, a instancias mías, los condados de Carcasona y Razè y creo que por los méritos que habéis adquirido hasta ahora, son una cumplida herencia para cualquier noble por ambicioso que sea. No abuséis de la magnanimidad de vuestro padre porque la cuerda se romperá por el punto más débil.

—¿Os dais cuenta? ¡Me queréis desterrar y me amenazáis! Decidme entonces, ¿quién heredará Barcelona y Gerona? Vuestros gemelos... O mejor dicho, vuestro predilecto, que no es otro que Ramón, claro está. Pretendéis conculcar mis derechos de la forma más vil a fin de favorecer al bastardo de uno de vuestros hijos.

—¡No os permito que habléis así de vuestro hermano!

—¿Qué es lo que no me permitís, señora? ¿Que asigne la palabra apropiada a la situación que ha originado vuestra vida pecaminosa? Tengo entendido que los hijos habidos fuera del matrimonio con una barragana son bastardos. El término no lo he inventado yo, y tened en cuenta que he respetado la nobleza de sangre de mi padre y en su honor no he dicho adulterinos.

—¡Retiraos de mi presencia u os haré echar a cintarazos por la guardia!

Las discusiones debidas al carácter del primogénito de su marido eran continuas. La excomunión que pesaba sobre la pareja condal había impedido que el sueño de su boda se hiciera realidad. La oposición abierta de la abuela de Ramón Berenguer, la temible Ermesenda de Carcasona, había contribuido a ello. Las gentes de palacio, apenas intuida la tormenta, procuraban no darse por enterados, sin tomar partido declarado por uno u otro, pues nadie sabía lo que podía reservar el futuro y nadie deseaba comprometerse. La condesa Almodis tenía únicamente tres firmes aliados: Delfín, el enano; su dama Lionor, y su confesor, el padre Llobet, que consideraba que si el primogénito llegaba a gobernar algún día, malos tiempos se cernirían sobre el condado de Barcelona.

—Cada día que pasa temo que un desastre se cierna sobre nuestra señora.

La que de esta manera se expresaba era Lionor. Delfín la escuchaba sentado en un peldaño de la escalera, mientras con su navaja esculpía en un trozo de madera la imagen de un caballito que pensaba regalar a los pequeños condes.

—Ignoro el momento, pero sé que un día u otro, entre estas paredes se desarrollará un drama.

—¿Es premonición o mera opinión?

—Fue en su día un pálpito y ahora es una certeza.

—¿Lo sabe nuestra ama?

—Desde antes de que nacieran los condesitos.

—Eso es terrible.

—Peor aún. En palacio ocurrirá una gran desgracia, pero otra mayor se abatirá sobre el condado de manera que vendrán días de fuego y lágrimas.

—¿Cómo podéis estar seguro de estas cosas?

—Tengo un don. Nuestra ama lo ha comprobado en varias ocasiones.

—¿Y no hacéis nada para remediar tanta desgracia?

—Nadie puede hacer nada. Lo que debe ocurrir, ocurre.

—Me cuesta creer en augurios.

—¿Por qué creéis entonces en los profetas del Antiguo Testamento?

—Porque me lo manda la Santa Madre Iglesia.

Delfín se sacudió de las piernecillas las virutas de madera y descendió de un salto de su improvisado sitial.

—Allá cada cual con sus creencias, pero tened en cuenta que lo que os digo es tan cierto como que estáis aquí hablando conmigo. Os lo repito: vendrán tiempos terribles y vos y yo permaneceremos juntos. Lo único diferente será que cambiaremos de amo.

—¿Lo sabe la señora?

—Si me hubiera atrevido a relatar tal cosa ya no estaría aquí conversando con vos.

64

Soldando afectos

l padre Llobet andaba aquella mañana de octubre en el *scriptorium* de la catedral revisando códices antiguos y conversando con los hermanos que dedicaban sus esfuerzos a enriquecer la importante biblioteca de la Pia Almoina. Un equipo de competentes eclesiásticos se ocupaba de todos los menesteres. A un costado dos hermanos *percamenarius* trataban las pieles de oveja, carnero y cabra a fin de adecuarlas al destino al que habían sido designadas. El primero las sumergía en una solución de cal para eliminar las impurezas y el resto de pelo del animal, y tras mantenerlas en remojo, el segundo las tensaba en un cuadrante de durísima madera y las raspaba con piedra pómez a fin de suavizarlas. Luego venía un elaborado y complicado proceso que convertiría el resultado en pergamino. Con él se hacían los pliegos, donde posteriormente un amanuense trazaría las guías horizontales para que la escritura no se desviara, marcando en el margen vertical unos pequeños puntos a fin de que el interlineado fuera simétrico, usando para ello instrumentos como el *cincinius* y el *punctorum*. Luego, instalados frente a frente en grandes escritorios inclinados a dos aguas y bajo un atril en el que se colocaba el libro o documento que debía ser trabajado, entraban en función, cronológicamente, los copistas que dedicaban sus esfuerzos a reproducir el texto y los correctores, que pulían el escrito de faltas raspando el pergamino o aplicando una solución ácida que diluía la tinta y permitía escribir encima; posteriormente recaía la tarea en un rubricante, que en rojo u ocre trazaba las letras capitulares y los títulos, y por último el iluminador remataba el trabajo ornamentando el códice con dibujos verticales en los márgenes y adornando las letras capitulares con complicados arabescos. Para ello empleaba minio rojo y otros pigmentos, como el azul y el verde, que conseguían de restos de vegetales o minerales molidos para, finalmente y en ocasiones sobresalientes, añadir una finísima capa de polvo de oro que enriquecía y solemnizaba el trabajo. Tras este proceso se pasaba ya a la encuadernación.

Eudald Llobet trataba en aquel instante con el padre Vicenç, el bibliotecario, de la conveniencia de traducir nuevamente a Aristóteles, cuando el discreto aviso de un fámulo le indicó que una visita le reclamaba con premura en la portería. El padre Llobet se despidió de su hermano en Cristo y mientras se dirigía a la salita adjunta a la recepción de visitantes fue pensando quién sería el que sin previa cita reclamaba urgentemente su presencia. Cuando enfiló el largo pasillo que desembocaba en la pieza, pudo ver de lejos a un hombre joven que observaba con detenimiento las dos tablas policromadas que ornaban el lienzo de pared del fondo de la sala. En la figura del visitante la pareció descubrir un aire familiar. El perfil le mostraba a un hombre bien vestido que lucía una túnica de terciopelo granate que le llegaba a medio muslo; medias de estameña oro viejo y borceguíes de piel de potro y cubría su cabeza un gorro milanés. A medida que se aproximaba observó detenidamente su rostro y su corazón comenzó a latir más deprisa. Aquella nariz y el cuadrado mentón cubierto por una recortada barba traían a su memoria un semblante de otro tiempo muy lejano y sin embargo tan próximo a su memoria. El padre Llobet, cosa desusada en aquel sagrado recinto en el que siempre reinaba la paz y el sosiego, apresuró el paso mientras, con un tono enronquecido por la emoción, exclamaba:

—¡Martí! ¡Sois Martí!

El joven, al escuchar su nombre, giró noventa grados y lanzando su birreta sobre el brazo de uno de los divanes destinados a los visitantes, se precipitó pasillo adelante hasta encajarse en el abrazo del inmenso fraile. Ambos hombres permanecieron abrazados sin emitir palabra. Luego el padre Llobet apartó a Martí por los hombros para observarle mejor. Lo que vieron sus ojos le sorprendió. En lugar del joven que, iba ya para dos años, había partido de Barcelona, se encontraba a un hombre, vivo retrato del soldado que había sido su camarada. La expresión decidida, el gesto recio y un algo de misterio en el fondo de su mirada.

—¿Cuándo habéis regresado?

—Mi nave fondeó en la playa de Montjuïc ayer por la tarde. Mil asuntos me han reclamado desde la llegada, pero excepto ver a Laia, nada me ha interesado tanto como el hablar con vos.

Tomando a Martí por el brazo, el religioso le condujo hasta un rincón alejado de la entrada donde iban a poder hablar sin interrupciones.

Acomodados ambos hombres en sitiales, bajo la bilobulada ventana, comenzaron a satisfacer con detalle sus mutuas curiosidades.

—Habladme en primer lugar de vuestro viaje.

—El tema da para muchas veladas —dijo Martí, en tono más sosegado del que recordaba el canónigo—, y por mucho que me esfuerce siempre dejaré algo en el tintero.

—En algún momento deberéis comenzar: empecemos hoy.

Martí se explayó durante un largo rato, contando al sacerdote las vicisitudes de su periplo. Llobet le interrumpió pidiendo aclaraciones en muchos puntos y al final del relato el eclesiástico se había hecho una somera idea de las aventuras del hijo de su amigo predilecto.

—Tiempo habrá de que me expliquéis con detalle el tema del fuego griego. Mi curiosidad de soldado me había impelido, en infinidad de ocasiones, a explorar en los pergaminos y los códices de la biblioteca, abusando de mi condición de arcediano, la composición de tal maravilla, pero entendí que la fórmula se había perdido en la noche de los tiempos. ¿Sois consciente de lo que puede representar su conocimiento para el rey o soberano que se haga con la mezcla?

—La verdad es que únicamente imaginé su beneficio encaminado a favorecer el progreso en la vida cotidiana de los hombres.

—Pues creedme, si estáis pensando en importar el producto

haced por convencer a quien convenga que el negro y espeso fluido sólo sirve para ser quemado y proporcionar luz y calor. Nada digáis de la fórmula hallada. Hay secretos que la humanidad debe ignorar hasta su mayoría de edad y mi experiencia me dice que los príncipes maduran en cordura y sapiencia aún más despacio que los hombres del común. Y ahora, decidme: ¿habéis visitado a Baruj?

—Aún no. En la escala de mis afectos estabais vos antes; mañana he concertado a través de Omar, una cita con él. Mi visita es inaplazable. Siguiendo e interpretando las nuevas que le he ido enviando, su diligencia ha hecho que mi nave haya ya partido en este su primer viaje con la bodega llena y las instrucciones pertinentes al respecto de lo que debe cargar y descargar en los distintos puertos que vaya tocando. Jofre es un gran marino, me han informado que ha escogido la tripulación con esmero a fin de cumplir los plazos y las fechas puntualmente. Los augurios no pueden ser mejores, al punto que pienso vender alguno de los molinos de Magòria y con este dinero iniciar la construcción de dos bajeles más. Por cierto, debo daros las gracias por el bautizo de mi embarcación, intuyo que el nombre de *Eulàlia* le dará suerte.

—Nada tenéis que agradecerme, ojalá que así sea.

Tras la larga perorata, ambos hombres hicieron un receso y en el alma de Martí se abrió la verdadera puerta que había sido el botafuego que subyacía a su visita.

—Y ahora, por favor, contadme qué sucede con Laia.

Al sacerdote le extrañó la manera con la que Martí abordaba el espinoso asunto.

—Enseguida, pero antes decidme qué es lo que os impele a aseverar que soy yo la persona y no su padrastro el que os ha de poner al corriente del asunto.

—Todo mi viaje ha estado presidido por la imagen de Laia y ya no soy un muchacho. Si quiero triunfar en esta ciudad os puedo asegurara que no es por hacerme rico. El motivo que me impele a ser ciudadano de Barcelona ya lo conocéis, de manera que lo primero que he hecho apenas puestos mis pies en la arena de la playa y después de ir a mi casa a cambiarme de ropa, ha sido dirigirme a Montcusí.

—Y ¿qué es lo que os ha dicho?

—No he podido verle. Un mayordomo ha hablado en su nombre y me ha comunicado que el consejero no estaría en la ciudad durante un tiempo indeterminado pero que había dejado recado de que si me presentaba me remitieran a vos, y aquí estoy.

El padre Llobet, a quien Bernat había puesto al tanto del asunto de la misiva, meditó sus palabras con infinito cuidado antes de exponer ante Martí la cruda realidad.

—Ciertamente —suspiró el buen anciano—, de alguna manera he sido designado para hablar con vos, Martí, pero antes debo pediros que me pongáis al corriente de la carta que se os remitió. Debo saber si la recibisteis, ya que los envíos de misivas en estos tiempos son azarosos.

Martí echó mano a su faltriquera y, extrayendo de ella la ajada misiva, la entregó al eclesiástico.

—La he recibido, como podéis ver. Leedla y luego os transmitiré mis impresiones.

El religioso leyó detenidamente el ajado pergamino y antes de emitir su opinión requirió la de Martí.

—¿Qué es lo que colegís?

Martí tenía sobradamente ensayado su discurso: lo había meditado una y otra vez a lo largo de su viaje de regreso.

—Mi cabeza le ha dado muchas vueltas… Intuyo que tras las líneas se oculta algo que no sé bien lo que es, pero sí que existe.

—Decidme qué es lo que creéis ver.

—Observad: en primer lugar la tinta que siempre había empleado Laia era de color verde y en esta ocasión es negra; en segundo lugar el papiro no está impregnado de agua de rosas como todos los demás y no se debe al tiempo transcurrido, ya que las anteriores cartas aún mantienen el perfume, de lo cual infiero que en esta ocasión o no quiso o no pudo ponerlo y finalmente observad que siendo como es firme y devota cristiana, no inicia como solía el escrito con una pequeña cruz. Creedme, Eudald, Laia ha querido decirme algo que no sé ver entre líneas.

El canónigo observó con detenimiento las indicaciones de Martí y luego habló.

—No os he de ocultar que he hablado con Montcusí. Sin embargo, mi larga experiencia de rata de biblioteca harta de manejar documentos y códices antiguos me indica algo que, cuando os relate el mensaje que me ha sido confiado, tal vez os abra los ojos a otra realidad.

—Decidme lo que veis y lo que adivináis.

—En el cambio de tinta intuyo que Laia quiere revelaros que su mensaje según como se mire tiene dos direcciones, la que os indica y otra que subyace escondida: creo que se refiere a cómo ve ella el futuro, antes verde, color de esperanza, y ahora negro. Esta última expresión va unida a la ausencia de la cruz en el encabezamiento. Quiere con ello indicar que las circunstancias la han colocado fuera de la Iglesia. —Con un gesto acalló la protesta que Martí tenía en sus labios—. Y, por último, la falta de perfume quiere apuntaros que el tiempo borra las cosas y que la olvidéis porque no puede corresponderos.

—No os entiendo —dijo Martí con un tono de ira contenida—. ¿Cómo sugerís que una criatura que es todo inocencia y bondad puede estar fuera de la madre Iglesia?

Llobet sabía que debía andar con pies de plomo al ser consciente de lo peliagudo de su misión. Durante muchos días había pensado en el problema y en la mejor manera de enfrentarse a él. En ese momento decidió no decir nada de la criatura. Tiempo habría, si finalmente el consejero decidía adoptarla.

—Va a hacer casi dos años que partisteis y en este tiempo las frutas de los campos han madurado dos veces y los pétalos de las rosas han caído y han vuelto a nacer. Vos dejasteis una niña y os encontráis con que la floración la ha hecho mujer.

—Os ruego que no andéis con subterfugios y me habléis con claridad.

—A ello voy, pero antes decidme, ¿desposaríais a Laia en cualquier situación?

—Mañana mismo si ella me acepta —replicó Martí, con las mejillas rojas de emoción.

—Entonces, atended. Ha ocurrido algo imprevisible y a la vez descorazonador que habla mal de la entraña de la naturaleza humana.

Martí, sentado en el borde del sitial, bebía las palabras del canónigo.

—Un hombre casado, y don Bernat intuye que importante, tal vez el hijo de un noble, desfloró a vuestra Laia. Su padrastro me dice que la muchacha se niega a dar su nombre. En su carta os dice, u os quiere decir, que todavía os ama, ya que es consciente de que erró al dar pie a que esto ocurriera, y que no es digna de vuestro amor, de ahí el cambio de color; y os ruega que os apartéis de ella pues se considera indigna de vos y una vil pecadora: de ahí que no haya iniciado el escrito con el signo de la cruz. Don Bernat os ofrece la mano de su hija, cree que sois un joven de porvenir. Ni le pasa por las mientes buscar un pretendiente entre la nobleza: las explicaciones sobre la perdida virginidad de su hijastra serían prolijas y complicadas.

Martí estaba demudado. Un sudor helado descendía por su espalda y un nudo en la garganta le impedía pronunciar palabra alguna. Luego, con una voz ronca que le salía del fondo de las entrañas, lentamente dictó su veredicto.

—Amo a Laia. Es el ser más dulce y limpio que he conocido. El amor se debe medir en la turbación y en la desgracia. Si ella me quiere, y aunque haya errado, desde luego que la desposaré.

Eudald Llobet añadió:

—No esperaba menos del hijo de vuestro padre. Vuestra decisión os honra. No os lo he dicho antes por no ofenderos al pensar que quería compraros: Montcusí tiene la intención de interceder ante los condes para que os declaren ciudadano de Barcelona.

—En estos instantes, lo que menos me importa es el título que quieran otorgarme los hombres. Si no aquí, a lo ancho y largo del mundo, encontraré un hogar para Laia y para mí. Decid al consejero que acepto su trato.

65

Sallent

aia era una sombra. Pasaba los días ensimismada sin llegar a comprender el rigor de la desgracia que había caído sobre ella. Su cabeza iba y venía cual péndulo. Era consciente de que su mente se encerraba en un cascarón y se ausentaba al punto que en ocasiones ni respondía a quien le hablaba. A pesar de su juventud, aún no había cumplido los diecisiete, su memoria sufría lagunas insondables. En el recinto corría el rumor de que la había asaltado el mismo mal que había llevado a la tumba a su madre.

Había llegado a Sallent desde Barcelona, en la carreta de viaje de Montcusí, escoltada por una pequeña guardia, un físico, una partera y la dueña. Edelmunda le comunicó que había recibido órdenes de que permaneciera encerrada en tanto su vientre estuviera ocupado, pues nadie debía enterarse de su preñez. Le prepararon en unas dependencias con salida a un patio de altos muros, rodeado en su interior por jardineras con plantas, flores y arbustos a fin de que entretuviera sus ocios. Allí, sin poder ver a nadie que no fuera el físico, consumía sus horas creyendo volverse loca, hasta que le llegó el momento de romper aguas y parir. El trance duró casi dos días y en la nebulosa del momento, entre intensos dolores y la semiinconsciencia a la que la sumieron, le pareció ver, a los pies de su lecho, al consejero, hablando con el físico y señalando al bulto que yacía en el moisés. Luego recordaba haber oído un portazo y el silencio más absoluto. Mas cuando despertó del todo, el hombre ya no estaba allí. Inmediatamente, el físico le suministró un brebaje hecho de plantas coladas en un tamiz que impidió que le subiera la leche, y a los tres días la partera la fajó con fuerza a fin de que recobrara su figura anterior en el menor tiempo posible. Dos mujeres del pueblo recién paridas se turnaban para amamantar a la criatura. Al principio ni quiso verla ni le interesó saber cuál era su sexo. Bien es verdad que a su alrededor se levantó un muro de silencio y nadie le hablaba del neonato. Finalmente, la curiosidad la venció y cuando se dirigió al cuarto donde su retoño dormía en su moisés, presa de un tropel de sentimientos encontrados, vio con horror que el niño, pues era un varón, carecía de brazos, y de alguna manera se sintió culpable: concluyó que era el castigo que merecía por haber nacido fruto de su horrible pecado y que lo iba a tener ante sus ojos toda la vida. Aquel trozo de carne había salido de sus entrañas y ninguna culpa tenía de su origen para haber nacido deformado. Sin embargo, su mera presencia le recordaba sufrimientos terribles y situaciones repugnantes. Entonces un odio al rojo vivo le roía las entrañas y venían a su cabeza pensamientos fúnebres al respecto de la criatura, que no hizo falta que cristalizaran, pues al cabo de dos semanas el niño dejó de respirar. Nada sintió en su interior, ni pena ni quebranto, pero en su deteriorada mente se rompió otra cuerda y un pensamiento comenzó a atormentarla: estaba convencida de que nunca volvería a engendrar un hijo.

Su mente iba y venía, y en los momentos de lucidez sentía como si le hubieran clavado la hoja de una daga en las entrañas. Durante las noches se levantaba y recorría el patio vistiendo una camisa de dormir blanca y con la cabellera suelta al viento, con la consiguiente alarma de los centinelas bregados en mil batallas a los que, sin embargo, aterraba aquella sombra fantasmagórica. Lo que no había conseguido el moro en la frontera, lo lograba la superstición, y las leyendas de aquel espectro que durante las noches deambulaba por la masía hasta la madrugada crecían sin medida entre los componentes de los guardianes.

Cuando la dejaron salir de las dependencias, Laia aprovechaba el crepúsculo para zafarse de Edelmunda, su carcelera, ya que durante el día ésta no la dejaba ni a sol ni a sombra. Acostumbraba a instalarse entre dos merlones del muro que miraban a poniente y desde allí su imaginación se desbocaba. Pensaba en su bien amado y se laceraba sabiendo que la habían obligado a renunciar a su amor y que tal vez jamás volviera a verle.

Su relación con Edelmunda había cambiado. Comenzaba a sospechar que Aixa había muerto y por tanto nada podría empeorar las cosas. Y, como su destino la traía sin cuidado, trataba a la arpía con un supino desprecio.

—Señora, haced la merced de prepararos. Vuestro padre ha enviado un mensajero anunciando que llegará esta tarde.

Laia palideció. Desde la noche del parto no había vuelto a ver a Bernat.

—No voy a engalanarme ni por tu amo ni por nadie. Y ahora déjame en paz.

La dueña se retiró mascullando por lo bajo y murmurando palabras que tenían que ver con su locura.

Laia se quedó pensativa. ¿Qué querría aquel miserable? ¿Qué otras argucias emplearía su calenturienta mente para someterla ahora? Aún no había cumplido la cuarentena, aquel pequeño monstruo al que ni quiso ni repudió había muerto y sería horrible que su padrastro la requiriera de nuevo. En sus momentos de lucidez pensaba que ni el amor por su esclava, por el que tan caro precio había pagado, le impediría acabar con su vida. No creía poder aguantar por más tiempo aquella situación infamante.

Ya por la tarde se anunció la llegada del señor de la casa. Al cabo de un buen rato Laia fue reclamada. La muchacha, sin el menor asomo de afeites ni de componendas, con los revueltos cabellos en un supino y enmarañado desorden, vistiendo una bata ceñida a la cintura y calzando sus pies con unas babuchas árabes, acudió a la presencia de Bernat Montcusí. Éste parecía serio y cariacontecido; el aspecto de su pupila contribuyó a reafirmar su decisión. La avaricia y su codicia desmedida se habían impuesto a la lujuria que otrora despertara en él aquella desgreñada criatura. Sin embargo, el ramalazo de locura que reflejaban los ojos grises de la mujer le atemorizaba.

Laia avanzó a través de la veteada tablazón del suelo con la mirada retadora clavada en su padrastro y se quedó en pie sin sentir en su interior aquel temor reverencial que antes le inspirara la presencia de aquel desalmado.

—Siéntate. Soy portador de nuevas que te atañen.

La muchacha se instaló frente al hombre sin decir palabra.

—Veamos, me han dicho que no has dado ninguna muestra de dolor por la muerte de nuestro hijo.

La muchacha meditó la respuesta un instante.

—Querréis decir vuestro hijo. Yo únicamente lo parí.

—Toda mujer que pare se convierte en madre, si no estoy equivocado, y lo procedente es que una mujer que esté en sus cabales sienta la muerte de su primer vástago. Hasta las hembras de los animales gimen y pasean alrededor de sus cachorros muertos.

—Una sorna contenida subrayaba las palabras del consejero.

—Un hijo ha de nacer del amor de dos personas, no del asco infinito que os profeso. Ya veis cuáles han sido las consecuencias.

En aquel instante creyó Laia que se había equivocado al provocar la ira de su padrastro; sin embargo, nada le importó: en su interior no había espacio para el miedo, ya nada peor podía hacerle. Su sorpresa fue cuando el tono del hombre ni tan siquiera varió un ápice.

—Achácalas a tu actitud. Yo puse de mi parte cuanto corresponde a un hombre, tú no cumpliste jamás como mujer, pero vamos a olvidar agravios y rencores pasados en aras a intereses comunes. Creo que lo que ha ocurrido ha sido mejor para todos. La Divina Providencia en ocasiones allana los caminos. Aunque no lo creas, quiero tu bien y estoy dispuesto a ser generoso si te muestras dócil y obedeces mis órdenes.

Laia aguardó.

—Quiero darte una buena nueva: tu enamorado ha regresado y está en Barcelona.

Un vahído asaltó a la muchacha y sólo la fuerza interior, nacida de tantos sufrimientos, impidió su desmayo.

Con la boca seca como la estopa, indagó:

—¿Y en qué me incumbe esa noticia?

—Verás, las cosas son cambiantes según las circunstancias, y lo

413

que ayer era negro hoy puede ser blanco. A mi política le conviene más ganar un aliado que un enemigo.

El corazón de Laia galopaba. El otro prosiguió:

—Voy a ser muy claro. El caso es que si dispongo tu matrimonio, tú tendrías un esposo y yo un yerno que me proporcionará pingües beneficios. En todo caso, y que quede entre los dos, ésta es la única obligación que tiene un hombre que ha forzado a una muchacha. Según la ley, debe desposarla, a lo que te negaste; o proporcionarle un marido, y eso es lo que he hecho.

Laia no daba crédito a lo que estaba escuchando. Luego reaccionó, sospechando que tras ello se ocultaba una aviesa intención.

—No comprendo adónde queréis ir a parar, pero debo recordaros que me hicisteis renunciar a él. Mi vida ya no tiene sentido y nada vale si no es para entrar en religión. Ni Martí ni hombre cabal alguno admitiría por esposa una mujer deshonrada.

—A lo primero te diré que un trato anula otro trato, y a lo segundo, que una mujer deshonrada hará de un advenedizo, como es Martí Barbany, ciudadano de Barcelona, además de que aportarás una jugosa dote, y eso es algo muy a tener en cuenta.

—Martí no es de esos hombres que compráis y vendéis a vuestro antojo.

—Déjame hacer a mí: todo hombre tiene un precio, y si no lo tiene es que nada vale; lo procedente es dar con él.

—¿Y cuál habrá de ser el pago de esta nueva felonía? Ya que engañar a un hombre bueno tiene tal nombre.

—No habrá engaño: Martí te aceptará en tus circunstancias y no hará preguntas. Ya sabe que la persona que cometió el desafuero ocupa un lugar tan elevado en la corte que no podrás decirle jamás quién fue, ya que su venganza caería sobre todos. Cuéntale que sufriste un aborto, lo cual, en cierta forma, es verdad. Como podrás ver, en nada habrá engaño.

Un cúmulo de pensamientos se agolpaba en la mente de Laia. No podía creer que semejante propuesta partiera de aquel hombre. ¿Qué retorcida intención perseguía?

—¿Qué otra cosa deberé hacer o no hacer? ¿Cuáles son las condiciones de esta componenda?

—Me debes algo. Por tu culpa, pues lo sucedido tiene su origen en la forma de recibirme en tu lecho, he perdido a un heredero, del que era padre y abuelo a la vez. Cuando, en el banco del alfarero, se coloca buena arcilla y éste no se esfuerza en trabajarla con mimo, no es de extrañar que el ánfora salga con defectos. Por lo tanto te hago responsable de haber destrozado nuestra relación: has acuchillado mis afectos, mi pasión por ti ha terminado. Además, ¿a qué hombre apetecería una mujer con tu aspecto? ¿Te has mirado en algún espejo? Máxime cuando el recuerdo que tengo de ti es nefasto, fue como yacer con una estatua de mármol: no pusiste nada de tu parte, pese a que conocías los sentimientos que albergaba en mi corazón. Pensar que llegué hasta proponerte matrimonio me causa escalofríos.

El cinismo de aquel hombre le provocaba el vómito pero se contuvo y nada dijo. La voz de su padrastro resonó de nuevo.

—Como comprenderás, la garantía de nuestro pacto será la maldita esclava. La tengo a buen recaudo en otra de mis casas. Sabrás de ella, pero si me causas el menor desasosiego, ya puedes suponer qué le ocurrirá. Por cierto, que si no haces por reponerte y persistes en esta especie de ayuno, tu amiga correrá la misma suerte. Debes estar hermosa para el enlace: si llevo al mercado a una yegua mal alimentada nadie la comprará.

Laia hizo caso omiso del insulto y algo en su interior le dijo que tras todo aquello estaba la infinita avaricia de aquel hombre.

—¿Cómo sabré que Aixa está viva?

—Tienes mi palabra.

—No me basta, quiero verla.

Montcusí pareció meditar.

—Bien, dentro de unas semanas, y cuando estés mejor, te haré trasladar a una hermosa masía cerca de Terrassa, generoso regalo con el que premiaron mis desvelos y fidelidad el conde Ramón Berenguer y la condesa Almodis, donde la he hecho recluir. Podrás verla sin que se te ocurra decir que has parido un hijo, y si dentro del tiempo requerido abandonas este aspecto de bruja, ganas peso y estás presentable, te haré conducir a Barcelona, donde estará todo preparado para tu enlace.

A la ofuscada mente de la muchacha le costaba digerir todo aquello. Su único consuelo era que su querida Aixa vivía, aunque estuviera encerrada en las mazmorras de Terrassa. La única ventaja de su situación era que su padrastro la dejaría definitivamente en paz. En cuanto a Martí, a pesar de que el fuego de su amor permanecía intacto, pensaba, al considerarse indigna de él, hablarle con la suficiente claridad para que entendiera que su vida en común era imposible: en aquellos momentos se sentía totalmente incapacitada para pensar ni siquiera en la posibilidad de que alguien rozara su cuerpo.

Transcurrió un mes de la entrevista con su padrastro. Una noche, antes de acostarse, Edelmunda le comunicó que al amanecer del siguiente lunes partirían para Terrassa.

De nuevo en camino. Una escolta compuesta, esta vez, por un capitán y seis soldados precedían las dos carretas: en la primera, en esta ocasión y frente a ella iba la dueña, y en el pescante junto al auriga un arquero vigilante; dos damas de compañía venidas de Barcelona para suplir a Edelmunda y turnarse en la vigilancia iban en la segunda, cerrando el grupo dos hombres de la escolta. Tras hacer noche en la mansión de uno de los deudos de Montcusí situada a la mitad del camino, llegaron por la mañana a la masía fortificada cerca de Terrassa. Le asignaron los aposentos situados en una torre que hasta el momento habían ocupado el castellano don Fabià de Claramunt y su familia, por lo que éstos debieron trasladarse a otras dependencias. La verdad fue que se sintió más libre que en su anterior prisión aunque por el momento le impidieron visitar a Aixa. Su tormento llegaba al anochecer. Entonces su mente ida comenzaba a desvariar y visitaba parajes aterradores en los que se veía de nuevo asaltada por la lujuria de aquel sátiro y pariendo seres monstruosos con aspecto de sapos que salían de su vientre. Si quería evadirse de sus demonios particulares, debía saltar del lecho al instante y recorrer las almenas de la torre al igual que lo hiciera en Sallent.

Cada día, a las horas de comer y de cenar, Edelmunda le recordaba que la vida de Aixa dependía de lo que ella hiciera. Finalmente sacó fuerzas de flaqueza y, cuando le pusieron en la mesa los manjares que el físico le había prescrito, espetó a la dueña:

—No creo que Aixa esté todavía con vida; de no poder verla mañana mismo me negaré a probar bocado.

Ignoraba si su envite iba a tener consecuencias pero ya casi nada le importaba. Cuando pensaba en Martí su pensamiento se tornaba en algo inconcreto y casi metafísico. A veces le costaba un esfuerzo infinito recordar su rostro. Periódicamente su mente deliraba e iba desde vacíos insondables a cosas concretas.

Al atardecer, Fabià de Claramunt, administrador de la casa fuerte, compareció en la torre. Tras un saludo frío y protocolario comenzó su discurso.

—Me comunican que de no comprobar el estado de la prisionera os negáis a comer, lo cual empeoraría las cosas según las órdenes que he recibido.

El tono del hombre era especial, ya que si bien estaba dispuesto, aun contra su voluntad, a obedecer las disposiciones que le habían sido transmitidas, algo en su interior le avisaba que aquella muchacha de ojos grises y mirada extraviada no era una huésped común.

—Efectivamente, para que mi actitud varíe, he de comprobar personalmente que Aixa continúa con vida.

—Creo que podré complaceros. Sin embargo, debo controlar que nada comprometa mi responsabilidad. Si tenéis la amabilidad de seguirme.

Laia se puso en pie ilusionada ante la posibilidad de ver a su amiga. La dueña hizo lo propio.

—Doña Edelmunda —ordenó Fabià—, os relevo de vuestra obligación. Me hago responsable de la situación desde este mismo instante hasta que vuestra pupila regrese a sus habitaciones.

La dueña nada tuvo que objetar y más bien le alivió la decisión del administrador.

Fabià de Claramunt condujo a Laia hasta la planta baja de la vivienda y una vez en ella se dirigió a un pequeño reducto habilitado junto al puesto donde la guardia descansaba tras hacer los relevos. A Laia le extrañó el itinerario, ya que imaginaba que, como siempre, las mazmorras estarían en el sótano. Don Fabià habló con el capitán al mando de la pequeña facción y éste al punto le entregó un manojo de llaves.

El administrador tomó del aro una no especialmente grande y, abriendo una portezuela remachada con refuerzos de hierro, invitó a la muchacha a pasar.

La pequeña estancia nada tenía en su interior aparte de un banco de madera enfrentado a la pared del fondo. Ante la indicación del alcaide, Laia se sentó.

La voz del hombre resonó neutra.

—Señora, yo nada tengo que ver en esto. Mis órdenes son poner los medios oportunos para que podáis comprobar lo que parece dudáis, sin que ello quiera decir que os tengo que permitir hablar con la prisionera. Tengo esposa e hijos y mal quisiera meterme en complicaciones. Os ruego por tanto que no me busquéis problemas. Si así lo hacéis, seremos amigos y trataré de haceros más llevadera la estancia entre nosotros; en caso contrario me obligaréis a cumplir con mi obligación de otra manera.

Al principio Laia no comprendió lo que el hombre quería decir, mas luego, al ver la maniobra, entendió y pensó que mejor era hacerse un aliado.

Fabià de Claramunt se agachó ante ella y retiró de la pared una pieza de hierro. Luego, tras observar a través del agujero que se abría en el ángulo superior del techo de la celda situada en el sótano, la invitó a que le imitara.

Recostada en un banco de piedra, cubierta con una manta, yacía una mujer; le costaba reconocer a Aixa en ese rostro, con la mirada perdida, inmóvil. A su lado había una bandeja con un plato de gachas cocidas, una zanahoria, queso de oveja y un jarrillo de agua.

La voz del hombre sonó de nuevo.

—Comerá, si vos lo hacéis, el mismo rancho que la tropa. Mis órdenes son que podáis comprobar cada día que sigue bien y con vida. Pero no podréis dirigirle la palabra.

66

Ruth

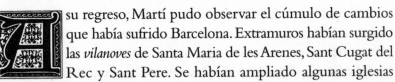 su regreso, Martí pudo observar el cúmulo de cambios que había sufrido Barcelona. Extramuros habían surgido las *vilanoves* de Santa Maria de les Arenes, Sant Cugat del Rec y Sant Pere. Se habían ampliado algunas iglesias y en las calles y mercados se oía hablar a gentes con diferentes acentos y en diversos idiomas. Omar, Naima, su hijo Mohamed, la pequeña Amina, doña Caterina, Andreu Codina y Mariona, la dueña de los calderos, le recibieron en su casa con un jolgorio infinito. Habían transcurrido dos largos años desde su partida. En tanto se ponía al día de todos sus negocios, planificaba nuevas inversiones, compraba dos barcos y visitaba a quien correspondía, su mente estaba perennemente ocupada por una única idea que le atormentaba. La historia de lo que le había ocurrido a Laia presentaba grandes lagunas que no resolvería hasta que pudiera hablar con ella. De cualquier manera, su decisión estaba tomada: en cuanto fuera posible desposaría a la muchacha, que al parecer se estaba reponiendo de unas fiebres tercianas y malignas a las afueras de la ciudad y los físicos habían prohibido toda visita hasta que hubiera transcurrido el protocolario tiempo. Esto fue lo que le comunicó Eudald de parte de Montcusí, que por lo visto seguía de viaje en comisiones que el conde le había confiado y no se esperaba su regreso hasta comienzos del nuevo año.

Una noticia luctuosa entristeció su llegada, una carta de su casa fechada tres meses antes le comunicaba que su primer maestro, don

Sever, el párroco de Vilabertràn, había fallecido y como de cualquier manera había decidido visitar a su madre, pensaba acercarse al cementerio del pueblo a rezar una última oración por el descanso eterno de su alma.

Al filo del final de la semana se halló llamando a la puerta de Baruj, al que ya había enviado recado de su llegada y que le aguardaba la tarde del *sabbat* en su casa. Las circunstancias habían jugado con su memoria y ya fuera por el tiempo transcurrido, ya porque su vista estuviera acostumbrada a grandes espacios el caso fue que la puerta de la casa del judío le pareció mucho más reducida.

Tras la consabida llamada escuchó unos precipitados pasos que se aproximaban como si alguien hubiera estado aguardando que sonara la campanilla. Sin escuchar voz alguna, ni ver que nadie intentara observarle a través de la mirilla, la puerta se abrió y le sorprendió la mirada brillante y sonriente de una muchachita a quien al principio no reconoció. Un momento después entendió que se trataba de la pequeña Ruth, que le observaba a través de las largas pestañas que embellecían sus negros y risueños ojos.

—Yahvé ha guardado vuestros pasos por los procelosos caminos del mundo, que su nombre sea alabado.

—Que Él te… os guarde, Ruth. Habéis crecido tanto que casi os confundo con una de vuestras hermanas.

—Han pasado más de dos años, Martí. También para vos.

—Pero yo ya me fui mayor y he regresado igual, vos erais una niña y os habéis transformado en una mujer.

—Cuando partisteis ya lo era. Pero pasad, mi padre volverá enseguida y me ha encomendado que os atienda. Por eso os estaba aguardando junto a la puerta.

Una voz sonó en lo alto de la escalera.

—Ruth, ¿quién ha llegado?

—Ya estoy yo, madre, es el señor Barbany y padre me ha encomendado que lo atienda mientras regresa.

Y, con un guiño cómplice, añadió:

—Pero pasad, pensaréis que soy una mala anfitriona.

—No he olvidado vuestra limonada. A lo largo y ancho del

mundo no he probado cosa igual, ¿cómo pensáis que os puedo considerar una mala anfitriona?

—Me complace que os acordéis de mí, aunque sea por algo tan banal como una limonada.

Precedido por la muchacha llegó al jardín. Allí se había detenido el tiempo: todo seguía igual como lo recordaba, aunque el invierno había secado las flores. El inmenso castaño, el brocal del levantado pozo, el banco y las rústicas sillas, la mesa de pino. Lo único que echó en falta fue el columpio que pendía antaño de una de las ramas del frondoso árbol.

Se sentaron disfrutando de los tenues rayos del sol invernal, y Martí, por romper el hielo, preguntó:

—¿Se os ha roto el columpio?

—Lo retiré hace ya tiempo. En esta casa ya no hay niños pequeños, nadie se columpiaba. Pero, decidme, ¿cómo es el mundo?

—¡Qué pregunta, Dios mío! —replicó Martí con una franca sonrisa—. Grande, muy grande, y lleno de gentes diversas.

—¡No os podéis imaginar cómo os he envidiado y cuántas veces, aquí mismo, he pensado en vos!

—Lo comprendo, a mí a vuestra edad me ocurría lo mismo: pensaba que mis horizontes eran estrechos y que jamás saldría de mis predios…Y ya veis, he rodado por casi todo el Mediterráneo. Pero os daréis cuenta de que todo llega, vuestro padre os encontrará un buen marido y dentro de pocos años veréis que vuestra vida ha dado un giro de noventa grados.

—Puede, pero creo que no me casaré jamás.

—¿Por qué decís tal cosa?

—Pálpitos de mujer.

—¿No os gusta ningún muchacho?

—Tal vez, pero él apenas sabe que existo.

En aquel instante la puerta de la galería se abrió y asomó por ella la figura inconfundible de Baruj, que se precipitó hacia Martí con el abrazo presto: todo su ser denotaba la alegría del encuentro. Éste se puso en pie y ambos hombres se abrazaron ante la mirada pícara y algo contrariada de la muchacha, a la que la interrupción había disgustado, pues le privaba de la posibilidad de seguir hablando con aquel amigo de su padre que de siempre la había tratado como una chica mayor.

—¡Qué inmensa alegría, muchacho,...! A mis años, alguna vez sospeché que tal vez ya no volviera a veros.

—Yahvé os ha guardado. Os encuentro mejor que antes de mi partida.

—El tiempo, inexorable, pasa para todos: cuando se es joven se madura, cuando se es anciano se envejece. Pero sentémonos dentro, porque el sol se pondrá pronto y hará frío. ¡Hay tanto que decir! Y a ti, hija mía, te agradezco tus desvelos, pero ahora retírate y déjanos solos.

La joven fingió no oír a su padre y entró con ellos en el salón, donde simuló entretenerse ordenando unos almohadones.

—Ruth, despídete del señor Barbany y retírate. Tengo un universo de cosas que hablar con él.

El judío remarcó lo de «señor» para indicarle a su hija que el tratamiento informal que había dado a Martí no le agradaba.

—Padre, si me lo permitís me encantaría quedarme y lo haría sin intervenir ni molestaros. Las andanzas de Martí por el mundo ampliarían mis conocimientos en mayor medida que otras cosas.

—Ruth, tienes el don de la inoportunidad. Lo que debo hablar con nuestro huésped no te atañe en medida alguna. Si quieres ampliar tus conocimientos, rogaré al rabino que te enseña nuestra religión junto a Batsheva te dedique algún tiempo a ti sola, para que tengas ocasión de preguntarle cuantas cuestiones te intriguen.

—¡Nunca me entendéis! —explotó Ruth—. Me queréis en casa como una lerda, estudiando los aburridos textos de nuestra religión, aprendiendo platos *kosher*, haciendo pasteles y realizando tareas propias de criadas.

—¡Retírate inmediatamente de mi presencia! Luego hablaremos, jovencita.

La muchacha se retiró sin despedirse ante la sonrisa burlona de Martí.

—Perdonadla, la adolescencia es complicada y para esta hija mía parece serlo más aún —dijo el anciano Baruj ahogando un suspiro.

—No os excuséis, Baruj, tiene un carácter decidido que personalmente me encanta; tal como se presenta el futuro, le va a servir de mucho.

Tras este preámbulo, ambos hombres se instalaron en el salón para compartir una charla que tenía trazas de alargarse mucho.

La tarde fue pasando y desde las aventuras del viaje hasta las increíbles puertas que el prestigio del judío le había abierto, todo fue saliendo. El judío se había provisto de un cálamo, tintero y un pliego de papel, y apoyado en la mesa iba tomando nota de cuantas cuestiones despertaran su curiosidad o bien requerían de su consejo o de su intervención.

Se trataron toda clase de asuntos. Ambos ajustaron acuerdos para el futuro de los barcos. Martí estaba resuelto a invertir la mayor parte de su capital y asimismo las ganancias que pudiera obtener de la venta de tierras y molinos, en los asuntos del mar. Abordó también la compra de una nueva casa cerca de la iglesia de Sant Miquel y para ello pidió el consejo de Baruj. Éste le indicó la zona que a su criterio era la idónea. Luego pasaron revista al comercio que, manejado por Omar, marchaba viento en popa. El asunto del fuego griego mereció un capítulo aparte.

—Ya había oído hablar de él; en alguno de nuestros antiguos códices se nombra, mas en ninguno se habla de la fórmula. Me consta que más de un príncipe ha intentado dar con ella, pero hasta el día de hoy nadie lo ha logrado.

—Yo más bien imagino las ventajas inmensas de la masa negra que arde mucho más lentamente que un hachón de sebo. Ved que la ciudad está a oscuras y que los alguaciles no se atreven ni a entrar en algunas callejas. Si se colocaran a cierta altura jaulas de hierro con un recipiente en su interior en el que ardiera una torunda o una mecha de lana podría encenderlas un solo hombre mediante una pértiga con un velón en su extremo. La luz se mantendría toda la noche y de esta manera las calles serían menos peligrosas.

—Me parece una brillante idea; si habéis preparado su embarque en la costa de Levante, problema resuelto. Deberíais hacer unos almacenes extramuros para acumular las vasijas selladas de forma que en caso de naufragio o de retraso por cualquier circunstancia, la ciudad no quedara desprovista. Contad con todas las autorizaciones para la importación del producto, me ocuparé personalmente de gestionarlas. Sin embargo, la colocación y la concesión del permiso para instalar los puntos de luz intramuros dependerán del veguer y como imaginaréis de vuestro amigo, al que no tengo acceso, pues los de mi credo no son de su agrado, el intendente de abastos, don Bernat Montcusí, y estoy seguro de que no renunciará a la parte correspondiente de tan goloso negocio.

—Eso corre de mi cuenta. Os voy a dar la primicia de algo que únicamente sabe nuestro común amigo, Eudald Llobet.

—¿Qué es ello?

—Voy a casarme con su hijastra.

A la vez que en el rostro del judío se esbozaba una sonrisa de incredulidad, una de las ventanas que daba al jardín, sobre el salón, se cerraba en el primer piso.

67

En el seno de la Iglesia

orría el mes de enero de 1056. La cámara de la condesa Almodis permanecía abierta e iluminada. La anciana Ermesenda, que había perdido apoyos a causa de la defunción de sus principales valedores, y a cambio de once mil onzas de oro, había conseguido que el Papa levantara la excomunión, que cual espada de Damocles había pendido durante más de tres años sobre la pareja condal.

A una hora que correspondía a otros menesteres y mientras las campanas volteaban alegres en sus espadañas, las gentes de palacio iban y venían acudiendo a ofrecer sus respetos y a dar los parabienes que correspondían a tan buena nueva. Los unos con auténtico regocijo y los más para congratularse con ella, ya que era de común que la que mandaba en el conde y por tanto en el condado de Barcelona, era Almodis de la Marca. La ciudad era una fiesta. La gran noticia se había esparcido cual cotilleo de comadres entre la buena gente, tranquilizando a tantos que durante esos años habían padecido diariamente dudas y angustias. Los representantes de las casas condales de menor rango portaban presentes que recordaran siempre aquella fausta jornada y quien más quien menos velaba por sus intereses e intentaba acercarse al fuego sagrado que representaba el Palacio Condal. Odó de Montcada, obispo de Barcelona, Guillem de Valderribes, notario mayor, el juez de palacio Ponç Bonfill, el secretario Eusebi Vidiella y el conde Ramón Berenguer con una copa de buen mosto en la mano comentaban el feliz suceso en uno de los rincones del salón.

Gilbert d'Estruc, gentilhombre de confianza de Ramón Berenguer I, el primer senescal, Gualbert Amat, representantes de los Montcada, Cabrera, Alemany, Muntanyola, Ferrera, Oló y un larguísimo etcétera, se iban aproximando en respetuoso turno al pequeño trono donde Almodis repartía sonrisas. Los nobles catalanes doblaban la rodilla en el pequeño escabel situado a los pies de la condesa en tanto sus esposas, recogiendo sus sayas, efectuaban una gentil reverencia. Tanto ellos como ellas se volcaban en parabienes, felicitaciones y corteses cumplidos. La gran sala estaba llena a rebosar y luego de cumplir con el protocolo cada uno buscaba a cada quien para ajustar negocios, replantearse amistades y aunar intereses a la nueva luz que amanecía sobre Barcelona. Eudald Llobet, invitado especial de la condesa, había recibido en el turno del besamanos una ligera e irónica reconvención.

—¿No os dije en su día que como siempre la Iglesia se plegaría a las conveniencias de su alta diplomacia?

Eudald no se retrajo.

—Cierto, señora. Asimismo, vos que de tan buena memoria presumís, recordaréis mi respuesta.

—En estos felices momentos, no atino, Eudald.

—Creo que os dije algo así como: «Que lo que habíais conseguido dos veces lo podríais conseguir una tercera». De cualquier manera, sabed que la persona que más profunda alegría siente ante el alzamiento de esta excomunión aparte de vos y del conde, es este humilde clérigo, que está ansioso por daros la absolución. Y sabed asimismo que como catalán me place en extremo que el condado haya ganado una condesa de vuestro fuste y carácter.

Después de este lance y dejando paso al siguiente cortesano que le seguía en la cola, Eudald alzó la vista y lanzó una mirada a lo largo y ancho del salón. Al fondo, junto a uno de los ventanales que daban a la plaza y al pie de un tapiz que representaba a Diana cazadora rodeada de perros, con arco en la mano y la aljaba a la espalda llena de flechas, el poderoso Bernat Montcusí, intendente de mercados y abastos, al que suponía fuera de Barcelona, con un imperceptible alzamiento de cejas alzaba su copa invitándole a acercarse. Con paso lento el canónigo se fue abriendo camino entre los grupos allí convocados hasta llegarse al lugar donde el consejero Montcusí le aguardaba.

—Os saludo, Eudald, en jornada tan gloriosa.

—Os devuelvo el saludo y me congratulo de vuestra llegada, no os hacía en la ciudad.

—Ni vos ni nadie. Pero una embajada de mi casa dándome cuenta del grato acontecimiento me ha hecho dejar otras ocupaciones, ante esta circunstancia menos urgentes, y acudir presto. Como comprenderéis, aquel que no se encuentre aquí esta noche para dar los parabienes a la condesa y rendirle pleitesía puede darse por despedido.

—Supongo que habéis recibido mi carta donde os anunciaba la aquiescencia de Martí.

—Desde luego. Me llenó de alegría. Explicadme los pormenores, por favor.

—Al día siguiente de su llegada vino a la seo y allí intenté cumplir con vuestro encargo, por cierto harto dificultoso, de manera que entendí que era mejor hacerlo a mi manera, de modo que le oculté parte de la encomienda. Pensé que tiempo habrá para decirle el asunto de la criatura y le expliqué únicamente que vuestra ahijada había sido desflorada, sin aclarar demasiado las circunstancias. Por cierto, aún no me habéis dicho si ha tenido varón o hembra.

El intendente de abastos miró a uno y a otro lado para asegurarse de que no hubiera alrededor oídos indiscretos. Entonces, tomando del brazo a su interlocutor, lo alejó del tapiz del fondo y lo condujo junto a uno de los ventanales.

—Habéis, como siempre, obrado con mesura y diligencia. El Espíritu Santo os ha inspirado. La criatura nació muerta. Laia es muy joven y vos sabéis que esto ocurre frecuentemente cuando se trata de primerizas. Además, contrajo unas fiebres. Por tanto, ¿a qué complicar las cosas? Mejor es que el relato quede como vos lo habéis explicado.

Eudald Llobet miró a los ojos al otro. Aunque seguía dudando de todo entendió que mejor sería dar el tema por zanjado y no andar buscando tres pies al gato. Martí le había dado su palabra de desposar a la muchacha y esperaba que el tiempo y la juventud de ambos borrara aquella triste historia e hiciera de ellos una pareja feliz, salvando de esta manera el honor de aquella criatura.

—Tal vez tengáis razón. ¿Cuándo va a regresar vuestra hija? Creo que ha llegado el momento de propiciar el encuentro de los jóvenes.

—Cierto, pero antes quiero tener una entrevista con Barbany, me interesa conocer los resultados de su viaje y estar al corriente en primera mano sobre sus futuros proyectos. Como comprenderéis, en las actuales circunstancias nuestro trato habrá de variar, de alguna manera debo considerar que va a ser mi futuro yerno.

—De cualquier manera, que los jóvenes se encuentren, es una prioridad.

—La semana próxima haré ir a buscar a mi hija. Creo que lo apropiado fuera que vos y vuestro protegido acudierais a mi casa a cenar. A la hora del postre Laia se uniría a nosotros y así ella y Martí podrían hablar, desde luego en nuestra presencia. Ya sabéis lo que dice el refrán: «El hombre es fuego, la mujer estopa; viene el diablo y sopla».

68

Las vísperas

artí había acudido, con mucha antelación, a la catedral a recoger a Eudald para ir juntos a la cena de Bernat, pero el clérigo, que sabía que el joven se había entrevistado con el consejero, pretendía que lo pusiera al tanto del resultado del encuentro.

A indicación de uno de los religiosos, Martí aguardó a Eudald en la sacristía. Compareció éste vestido con sobriedad. Sin embargo, observó Martí que el tejido era una sarga nueva y que el sacristán que se ocupaba de aquellos menesteres le había recortado la barba y perfilado la redonda tonsura.

—Os veo muy compuesto, Eudald.

—No acostumbro a cenar fuera del refectorio y ya hace mucho que prescindí de las vanidades de este mundo, pero en esta ocasión y por vos he intentado adecentar un poco mi aspecto, lo cual es harto complicado. Pero sentémonos un rato, pues tenemos tiempo de sobra, y explicadme cómo os ha ido la entrevista con Montcusí.

El canónigo condujo al joven al fondo de la gran estancia y ambos se sentaron en escabeles tapizados con piel de Ubrique, regalo de un mercenario que había guerreado con Llobet en las proximidades de Córdoba allá por 1017, en la segunda expedición del conde Ramón Borrell, abuelo del actual conde, en la que recibió tan grandes heridas que le llevaron a la tumba.

—Decidme, Martí, ¿cómo os fue la entrevista?

—Debo deciros que no comprendo las actitudes de ciertas personas.

—¿Qué me queréis decir?

—Como entenderéis, acudí a la casa de Montcusí con el ánimo inquieto. Un hombre sabe cuándo está en juego su porvenir, pero lo que más me importaba era conocer todas aquellas cosas que tuvieran que ver con Laia.

—¿Y bien?

—El consejero, adoptando una postura ambigua, me suplicó le dispensara de hablar de aquel trance ya que le retrotraía a días muy amargos. Ante mi insistencia dijo que aunque tenía buenas razones para sospechar quién era el culpable de aquella felonía, ni lo podía aseverar con certeza ni creía oportuno remover el asunto. En su opinión, Laia, en su atolondramiento y a causa de su inexperta juventud, había querido jugar con aquel hombre y éste, creyendo que el juego era un consentimiento, la había desflorado. Montcusí afirmó que pese a su condición de ciudadano de Barcelona no osaba intervenir pues creía que el culpable de la desgracia estaba emparentado con la casa condal de Barcelona y bien podía ser alguien cercano al conde Ermengol d'Urgell, primo, como sabéis, del conde Ramón Berenguer.

—¿Y qué más?

—Ahí se cerró en banda y se negó a hablar, aconsejándome a la vez que desistiera de sonsacar a Laia, pues había observado que al tocar el tema, su ahijada, que salía de una larga enfermedad, se ponía tensa y llegaba, embargada por la pena, a delirar. Luego añadió que el tiempo lo borra todo, y que tenía la certeza de que íbamos a ser muy felices.

Luego, tras una pausa, Martí indagó:

—¿Qué pensáis vos de todo ello?

El padre Llobet se quedó pensativo unos instantes y ante la insistencia del joven, respondió.

—A veces situaciones extremas dañan la mente de las personas. Creo que por el momento debéis cuidar mucho vuestro amor y dejar que el tiempo cicatrice las heridas. Algo me dice, pues la conozco bien, que Laia es inocente. Dejadla en barbecho y ella se abrirá a vos cuando llegue el tiempo y su mente haya asumido la desgracia, como las flores se abren al rocío. De todas maneras pienso que tras todo ello algo se me escapa... Pero no os impacientéis, siempre el agua encuentra un resquicio para escaparse. ¿Vos la amáis?

—Más que a mi vida.

—¿Y continuáis decidido a desposarla?

—Mañana mismo.

—Entonces tened paciencia y aguardad. Día llegará que la que deseará descargar el inmenso peso que la debe oprimir será ella misma. Tened fe.

Una larga pausa se estableció entre los dos hombres, después Martí, a instancia del clérigo, comenzó a explicar a su viejo amigo el resto de la entrevista.

—Cuando le expliqué la idea que tenía sobre el uso del aceite negro puso unos ojos como platos. Me dijo que se encargaría de convencer al veguer de las ventajas de instalar en cada esquina de las calles de la ciudad y a la altura adecuada, las jaulas con el mecanismo interior para alojar la mecha y el pequeño depósito que albergara la negra sustancia. Creo que en el pacto va incluido el que me encargue, en mi forja, de fabricar las jaulas, pero no importa, el negocio está en el suministro. Por cierto, cuando le hablé de la conveniencia de tener en la ciudad una reserva para mantener el abastecimiento, en caso de que algún viaje se retrasara, me exigió que dicha reserva se instalara en los sótanos de su casa. Supongo que es una forma de asegurarse su porcentaje.

—¿Le hablasteis del fuego griego?

—No. Esa fórmula irá a la tumba conmigo.

El sacerdote fijó la vista en un largo cirio en el que líneas rojas indicaban aproximadamente las horas del día y de la noche y que cada mañana el encargado de la sala capitular se ocupaba de encender.

—Martí, hora es de partir.

69

Negra es la noche

a cena se había preparado en el cenador cubierto de la mansión de Montcusí. A la llegada, por indicación del consejero, fueron conducidos a la pérgola donde se iba a celebrar la reunión. La mesa estaba decorada con guirnaldas de flores y provista con todo lujo de viandas. Los platos eran de porcelana veneciana, orlados sus bordes con hilos de oro y las copas y frascas de fino cristal. Además de la iluminación de la pérgola figuraban en la mesa dos grandes candelabros de plata con las correspondientes velas de cera perfumada. Bernat Montcusí, vistiendo una túnica bordada de un rico brocado, apareció por el pasillo de losas que serpenteaba entre los arriates.

—Habéis tomado posesión de esta humilde morada, consideraos en vuestra casa.

Ambos invitados se adelantaron al encuentro del consejero. Éste los saludó, estrechándoles las manos con semblante afectuoso.

—Lo de humilde vamos a dejarlo a un lado. Vuestra residencia es una auténtica maravilla —apostilló el arcediano.

Bernat Montcusí se dirigió a Martí.

—¿Y qué dice nuestro joven y audaz mercader? Fijaos bien, Eudald. A su edad ya ha recorrido medio mundo.

—Nada nuevo tras nuestra última entrevista. Contando lo que me falta para ver de nuevo a vuestra ahijada —replicó Martí, en cuyo curtido rostro se adivinaba una emoción contenida.

—Decid mejor hija, ya que así la considero, y pensad en mí a partir de ahora como si fuera en parte vuestro padre. Pero excusad mi falta de hospitalidad y pasemos a cenar. Las cosas se ven de otra manera con el buche lleno y habiendo trasegado un buen caldo.

Cediendo el paso, el consejero les indicó que se adelantaran hacia la glorieta, donde los criados aguardaban junto al respaldo de los sitiales para acomodarlos en los respectivos lugares.

Sentados en su sitio y tras un breve prólogo y luego de una sabrosa sopa de calabaza, Bernat entró en materia.

—Bien, querido Martí, creo que en esta ocasión debemos dejar de lado la cuestión de la dote ya que si bien considero que la mano de Laia tendría, en circunstancias normales, un precio totalmente fuera de vuestro alcance, dado que las cosas son como son, ni vos ni yo tenemos obligación alguna respecto al otro. Considerémonos a la par.

—Creedme, señor, que me tengo por hombre afortunado y me sentiré eternamente en deuda con vos. Para mí, poder alcanzar el honor de pretender la mano de vuestra hija era hasta hace poco una quimera. Creo que la circunstancia, los hados o la Providencia me han favorecido, hasta ese punto creo en su bondad y en su rectitud. No pretendo erigirme en juez de nadie y menos aún de la mujer que amo. Todos podemos errar y más aún en tan tierna edad. La culpa es mía por haberla dejado tan sola. Pero sé que llegará un día que todo tendrá una explicación, aunque si ella no me la da, yo jamás la requeriré.

El padre Llobet intervino.

—Habéis nombrado los hados y las circunstancias del destino, no es así. Todos formamos parte del plan del Creador, que a veces escribe recto con renglones torcidos.

El rostro del consejero adoptó un extraño rictus que no dejó de llamar la atención al arcediano.

—Sea lo que sea, os aconsejo que guardéis las penosas circunstancias que os he relatado en el arcano de vuestra memoria y jamás la importunéis evocando estos tristísimos recuerdos. He notado que le afectan hasta extremos terribles que no me atrevo a nombrar. La mera mención del tema la crispa y la hace desbarrar. No imagino cuánto tiempo puede durar esta circunstancia, pero los físicos que la han visitado recomiendan el reposo absoluto de su mente. En fin, no hay plazo que no se cumpla y día llegará en que todo lo ocurrido os parezca un mal sueño en una mala posada. Vamos a proseguir nuestra cena, luego la haré llamar. No os sorprendáis, pues la vais a encontrar sumamente delgada y muy cambiada... A veces, hasta le cuesta mantener una conversación.

Martí dirigió a Eudald una mirada preñada de preocupación.

La noche fue transcurriendo y a las viandas y hojaldres siguió un pescado frío regado por un caldo blanco. Ya en el postre y tras la espectacular tarta de limón y frambuesas, el consejero anunció:

—Ha llegado el momento. —Y, dirigiéndose al mayordomo, ordenó—: Id a buscar a mi hija.

En aquel instante creyó Martí que los pulsos le iban a reventar las venas.

Laia, acurrucada en el rincón de la balconada de un cuarto que daba al jardín, había escuchado atentamente todo el diálogo mantenido allí aquella noche. Al principio, al divisar a Martí, un castillo de fuego estalló en su pecho. El recuerdo que de él tenía era un pálido reflejo de la realidad que se presentaba ante sus ojos. Era mucho más apuesto y gentil de lo que ella recordaba. Eso, en lugar de proporcionarle una alegría, la sumió en un inmenso desconsuelo y se consideró, si ello cabía todavía, mucho más indigna que antes.

Desde que Bernat la había traído de Terrassa, dos días atrás, el abatimiento más absoluto se había instalado en su alma. La alegría de ver de nuevo a Martí se entremezclaba con un sentimiento de vergüenza, que la hacía considerarse sucia y despreciable. Su cabeza estaba a punto de estallar. A ratos imaginaba una vida plácida y feliz al lado de su amado, otros se sentía indigna de aquel amor producto del engaño y de la hipocresía. Luego, en la penumbra de su conciencia, aparecía una imagen lejana e irreal de Aixa. ¿En verdad existía o era una creación de su atormentado espíritu? La orden de su padrastro llegó nítida a sus oídos y algo se disparó en su interior. Imaginó que en aquel instante Edelmunda estaría dirigiéndose hacia sus habitaciones para ayudarla a vestirse. No había tiempo que perder.

Se puso en pie y se quedó inmóvil durante unos instantes. La decisión estaba tomada. Una escalera de piedra ascendía hasta el baluarte que daba por delante del portal del Castellvell. A ella se dirigió. Los escalones eran altos e irregulares. Casi nadie iba por aquel camino, únicamente la ronda exterior comenzaba su turno de noche por allí para vigilar la puerta de la muralla, más que la propia casa. Con la respiración agitada completó el ascenso. Un viento frío golpeó su rostro e hizo flotar su melena al viento. La luna estaba en cuarto menguante y su lechosa luz iluminaba a las gentes que caminaban por el perímetro interior de la ciudad yendo y viniendo de sus quehaceres a sus cuitas. Desde la altura oía el sonido sincopado de las risas y las voces de los vigilantes dando la hora y alabando a Dios. Respiró hondo: se dirigía a un lugar donde nadie podría hacerle más daño y en el que aguardaría a su amado expurgada su alma de toda culpa. Con paso lento recorrió el camino de ronda. Una extraña serenidad invadió su espíritu. Laia detuvo sus pasos y se asomó entre los merlones que daban al patio de la entrada. Con esfuerzo se encaramó a la melladura apoyándose en las crestas de ambos lados. Desde allí y con el viento desbaratando su cabellera, miró hacia abajo y vio cómo las sombras se difuminaban. Un grupo de guardias armados al mando de un sargento se disponía a repartir los turnos. Laia miró al cielo y cerró los ojos. Luego saltó al vacío.

El murmullo y los gritos contenidos de las gentes alertaron al dueño de la casa y a sus huéspedes. Los pasos acelerados del mayordomo resonaron en las losas del camino, y éste se presentó en la glorieta ante los comensales con la faz descompuesta y el gesto acelerado. Su semblante hizo que los tres se incorporaran.

—¿Qué es lo que ha ocurrido? —inquirió Montcusí.

—Una gran desgracia, señor —balbuceó el mayordomo.

Martí notó una punzada en el pecho.

—Laia... —musitó.

La actitud del sirviente confirmó la noticia.

—La joven señora ha sufrido un grave percance.

—Hablad, por vuestra vida —intervino Eudald.

En situaciones extremas y a pesar del tiempo transcurrido, el bronco lenguaje de los militares volvía a su boca.

El hombre recobró la compostura y anunció.

—Señor, vuestra hija ha caído desde la altura de la muralla al patio.

Los tres hombres se precipitaron en la dirección señalada. Bernat encabezaba el grupo. Tras él iba Martí y, cerrando la marcha, el arcediano.

A su llegada la barahúnda era total. Un muro de gentes armadas impedía la visión. Los guardias rodeaban un bulto que yacía en el suelo enlosado del patio. A manotazos, el consejero se abrió paso. El cuadro era aterrador.

Descoyuntado, como el de una muñeca rota, yacía el cuerpo de Laia. Alguien había colocado bajo su cabeza un lienzo que se iba tiñendo de la sangre que manaba de su oído izquierdo. La mirada de la muchacha parecía buscar a alguien. El consejero, retorciéndose las manos, comenzó a gritar enloquecido:

—¡Que alguien avise al físico Halevi!

Eudald se arrodilló a un lado y Martí, tomando su mano yerta, al otro. El arcediano acercó sus labios a la oreja de la muchacha.

—Laia, soy el padre Llobet. Estáis en grave riesgo. Dios quiera que os salvéis pero más importante que todo es la salud de vuestra alma. Preparadla para el gran encuentro por si acaso es ésta la voluntad de Dios.

Los labios de Laia temblaban en silencio. El arcediano pegó su oreja izquierda a la boca de la muchacha. Las entrecortadas palabras iban calando en la mente del sacerdote. Éste, a medida que escuchaba el susurro, observaba de reojo al consejero, que en un rincón del patio y con la cabeza envuelta en una capa que alguien le había acercado, gimoteaba como una plañidera.

—Padre, me muero…

—Tened fe, Laia. El Señor os acogerá en su seno. Arrepentíos de vuestras culpas.

—No hay perdón para mí… Padre.

La respiración se hacía cada vez más silbante y entrecortada.

—Siempre lo hay, muchacha.

—He pecado… soy impura…

—¿Consentisteis, Laia?

—Fui violada y, después, constreñida y amenazada… no caí en la lujuria pero odié al fruto de mis entrañas y desee abortar.

—¿Pero lo hicisteis?

—No, padre… parí a un ser monstruoso… que murió al poco.

A Eudald le pudo el deseo de conocer toda la trama de aquella horrible historia.

—Estáis perdonada, Laia. Decidme quién os forzó.

—No puedo, padre… Arruinaría la vida de mi amor.

—Lo que me digáis morirá conmigo, estoy bajo el secreto de confesión.

Laia llenó de aire de la noche sus pulmones y con un esfuerzo supremo habló de nuevo:

—Amo demasiado a Martí… no quiero que nadie le haga daño.

La experiencia y la fina intuición de Eudald no necesitaron más, desde donde estaba dirigió la mirada al consejero y algo en su interior le dijo que su sospecha era cierta. Entonces ató cabos y entendió muchas de las razones que había esgrimido Bernat para justificar su cambio de actitud.

Al cabo de poco las palabras cesaron y, en tanto el sacerdote impartía su absolución a la moribunda, ésta, con un notable esfuerzo, abrió de nuevo los ojos, que adquirieron un fulgor especial, y dirigió su mirada hacia su amado. A indicación de Llobet, el joven aproximó su rostro a la muchacha, y mientras una sorda congoja invadía su espíritu, sus oídos escucharon las palabras vacilantes que durante tanto tiempo había soñado.

—Mi bien… me voy a preparar nuestra casa… he debido escoger entre este mundo terrenal y el otro… He preferido ir donde tenga la oportunidad de ser digna de vos… donde nadie pueda dañar nuestro amor… Adiós, bien mío… os aguardaré toda la eternidad.

Un borbotón de sangre inundó su boca y sus ojos se cerraron. Martí aulló como un animal herido. La luz vacilante de unas antorchas precedió la llegada de Halevi. El sabio físico, abriendo su bolsa, se precipitó junto a la muchacha en el lugar que dejó vacante Eudald. El hebreo, con las yemas de su dedo corazón, tentó la gruesa vena del cuello de la muchacha. Después alzó sus párpados y miró atentamente las pupilas acercando la luz de una palmatoria, hecho lo cual palpó suavemente su cráneo y con sumo cuidado las vértebras de su cuello.

El físico negó con la cabeza, indicando que no había nada que hacer, excepto rezar por ella.

La voz de Bernat sonó destemplada.

—¿Para qué estáis aquí? ¡Haced algo, por Dios!

—Sólo soy un humilde físico judío —replicó Halevi.

Montcusí iba a decir algo cuando la voz y el tono de Llobet le contuvieron. El arcediano clavó sus ojos en el rostro del intendente.

—No oséis hablar de Dios. A veces nos llama de repente y entonces empieza un tiempo que dura eternamente. Las llamas del infierno no distinguen al rico del pobre. Recordad que cuando acaba la partida, el peón y el rey van a parar a la misma caja.

El consejero aguantó un instante la ígnea mirada del sacerdote y luego giró la cabeza.

Durante este tiempo Martí había permanecido junto a Laia, ajeno a todo lo que no fuera su agotado rostro que parecía haber recuperado la paz. Súbitamente, los ojos de la joven volvieron a abrirse y su boca musitó:

—No quiero partir sin pediros perdón... por el inmenso daño que os he causado... A vos... A Aixa... Si me habéis perdonado, besadme... sólo quiero llevar, para el camino, este equipaje.

Entonces Martí, con los ojos arrasados en lágrimas, se inclinó y posó los labios sobre los de la muchacha. Una sonrisa plácida apareció en su rostro y su vida se apagó como la llama de una vela.

CUARTA PARTE

Luces y sombras

70

Malos augurios

elfín jamás imaginó que la vida en palacio fuera tan difícil. Las facciones estaban definidas. De parte de la condesa Almodis se hallaban Lionor y Delfín, que la habían acompañado desde Tolosa; doña Brígida, doña Bárbara y el aya Hilda, que le habían sido asignadas desde el primer momento por su esposo; el grupo de fieles caballeros que la habían sacado del castillo de Tolosa; su confesor Eudald Llobet; y los cortesanos ocasionales que, dispuestos a recabar favores, se arriman invariablemente a aquellos que ostentan el poder por adquirir ventajas y medrar a costa de vender su fidelidad al mejor postor. De la otra: las casas de Barcelona afectas a la difunta condesa Elisabet, los allegados a la repudiada Blanca de Ampurias; aquellos que habían apostado, a beneficio lejano, halagando al futuro heredero, el primogénito del conde, Pedro Ramón, individuo de carácter errático y levantisco que no se preocupaba de ocultar su antipatía a la que era consorte de su padre. Los incidentes eran continuos y los motivos nimios, ya fuera la posesión de un caballo, el motivo de un regalo a un noble allegado, el orden de protocolo en un mero pergamino…, lo que obligaba al conde a mediar entre la exigencia de su hijo y la pretensión de la condesa, viendo menoscabada su autoridad en un difícil y funambulesco equilibrio.

Dichas circunstancias habían hecho que el enano hubiera adquirido la cualidad de hacerse transparente y, de no estar a solas con su ama, procuraba pasar inadvertido. Por ello al intuir, más que oír, los pasos del conde en el pasillo, se excusó al punto.

—Ama, si no me necesitáis, voy a dar de comer a las palomas.

—¿Qué mosca te ha picado, Delfín? Te conozco bien y mal puedes engañarme. ¿Por qué no me lees el final de la historia que comenzaste ayer?

—Señora, el conde está a punto de llegar.

Aunque Almodis estaba habituada a las habilidades de su bufón, no por ello dejaba de admirarse cada vez que éste presentía algo.

—No entiendo cómo lo consigues, yo no he oído nada.

—Será que sus orejas están más cerca del suelo, señora.

El jocoso comentario fue de Lionor, que en una pequeña rueca y junto a Bárbara, estaba devanando un ovillo de lana sin cardar.

En aquel instante ya las voces se dejaban oír en el pasillo.

Sin anuncio previo alguno, la puerta se abrió y la imponente presencia de Ramón Berenguer I apareció en las habitaciones privadas de la condesa. Ésta, apartando el cañamazo en el que estaba trabajando, ordenó a sus íntimos:

—Dejadnos solos.

Lionor, Bárbara y Delfín se pusieron en pie, recogieron sus cosas y sin decir nada salieron de la estancia.

Ramón continuaba loco por su mujer. A pesar del tiempo transcurrido su pasión permanecía incólume como el primer día. En esos cinco años de unión le había dado dos hijos gemelos y dos niñas, a las que bautizaron con los nombres de Inés y Sancha, y le habían enseñado la perfección del amor.

El conde, tras besarla en la frente, se instaló en el escabel al lado del sitial de su mujer.

—Almodis, he de hablaros.

—Yo también quería hacerlo, y en privado. Pensaba hacerlo esta noche, pero os habéis adelantado y deseo aprovechar la circunstancia.

—Entonces decid, os escucho.

—No, no, hacedlo vos en primer lugar. Vuestro asunto será sin duda más importante.

—Necesito que estéis tranquila —dijo Ramón—. Si algo os incomoda no me siento a gusto. Comenzad.

Almodis ahogó un suspiro e inició su relato.

—Veréis, Ramón. No quisiera enojaros y sabéis que procuro siempre soslayar las circunstancias que os perturban: cargáis sobre vuestros hombros todos los problemas del condado, que no son pocos, más las complicaciones que crea, siempre que puede, vuestra señora abuela Ermesenda. Estáis casi siempre fuera de Barcelona, si no es en campaña es arreglando algún asunto ligado a las fronteras, buscando alianzas o poniendo paz entre deudos que siempre pretenden prosperar a costa de vuestra hidalguía. Cuando regresáis, nada me complace más que constituirme en vuestro reposo evitando todo aquello que está en mi mano obviaros. Pero hay cosas que no puedo permitir, ya que de hacerlo serían en desdoro de la esposa del conde de Barcelona y, por ende, del conde.

—Almodis, os conozco bien. Dejaos de circunloquios y decidme lo que os turba.

—Sabe Dios que no es por mí. Ya me he acostumbrado a sus impertinencias y debo deciros que no me afectan; más os diré, cuando las insolencias son en privado, estoy tan hecha a ellas que ni las oigo, pero cuando está presente algún noble y ante él se me falta al respeto que se debe a la condesa de Barcelona, entonces me hierve la sangre y temo que un día ocurra algo irremediable.

—¿Qué ha hecho en esta ocasión Pedro Ramón? Porque de él se trata si no me equivoco —dijo Ramón, con semblante hosco.

—Ciertamente, y en esta ocasión estaba delante don Eudald Llobet, que es hombre, como sabéis, incapaz de mentir. Se me faltó al respeto ante una comisión de ciudadanos de Barcelona que presidía en vuestro nombre.

—¿Queréis hacerme la merced de hablar claro?

—Veréis, conde. El sábado pasado, tras la misa en mi capilla, abrí sesión del consejo, como tantas otras veces, presidiendo en vuestro nombre el tribunal. Cuando de pleitos civiles se trata, la audiencia es pública; de esta manera los ciudadanos se enteran del modo de impartir justicia de su condesa siempre asesorada por expertos en los *Usatges* y por el atinado consejo del notario mayor Guillem

443

de Valderribes y, en esta ocasión, como se trataba de una disputa por unos lindes de tierras entre un párroco y un ciudadano, también asistía el obispo Odó de Montcada. Como sabéis muy bien, la tarima en la que se sitúa el tribunal está al fondo del salón y el público se coloca en dos largas hileras a lo largo del mismo.

—¿Y bien?

—Iba para mediado el juicio cuando el párroco hizo una acusación indigna que nada tenía que ver con lo que allí se estaba litigando y que atañía al honor de la persona y no al asunto que nos ocupaba, que se decantaba a favor del ciudadano. El público se hallaba expectante y vuestro obispo, como es natural, intentaba defender la parcela de la Iglesia adoptando una postura tendenciosa y parcial. Entonces, ante una actitud tan peregrina no pude por menos que argumentar que todo aquello me parecía una farsa y literalmente dije que: «Pondría la mano en el fuego por aquel hombre».

—No debíais haberos decantado, Almodis, vos únicamente presidís el consejo.

—Lo hice para contrarrestar la argumentación del obispo, que se inclinaba claramente por el clérigo.

—Bien, concedamos a vuestra actitud el beneficio de la duda. Sin embargo no veo ofensa —dijo Ramón en tono conciliador.

—Dejadme terminar. Cuando dije lo de «la mano en el fuego», se hizo el silencio y entonces una voz entre los presentes sonó alta y clara: «Que alguien traiga ungüento amarillo», dijo, aludiendo a que me iba a quemar y que mentía para favorecer a aquel hombre. Las risas contenidas fueron el colofón de la mañana. Como comprenderéis, si para atacar a mi persona debo consentir que se haga mofa de las instituciones más respetables sólo porque el que comete estos desafueros es el hijo mayor de mi marido, intuyo que el prestigio del condado se arrastrará por el fango. No he de aclararos que la voz era la de Pedro Ramón, ¿quién otro hubiera osado?

Un tenso silencio se hizo entre los esposos.

—Hablaré con él.

—Estáis hablando con él desde que llegué, y como únicamente habláis, sus ofensas son cada día más osadas y más frecuentes —arguyó Almodis, impaciente.

444

—¿Qué es lo que queréis? ¿Que lo envíe a prisión? —preguntó Ramón, levantando la voz.

—En absoluto, pero que no solamente sean palabras. Imagino que el conde de Barcelona tendrá otros medios para contener la insubordinación dentro de palacio.

El conde suspiró.

—Tened paciencia, son cosas de su carácter. De niño ya era rebelde.

—Vos se lo permitisteis, y no olvidéis que lo que en un niño es rebeldía al crecer es subversión. Pedro Ramón es ya un joven, y si no lo atajáis, día vendrá en el que os disputará el trono de Barcelona.

—Lo tendré en cuenta, Almodis. Volveré a reconvenirle, dadme un plazo.

—Que así sea, pero sabed que es la última vez que entro en pleitos con vuestro primogénito defendiendo vuestro nombre; si estáis dispuesto a que os denigre, adelante, pero que se cuide muy mucho de ofenderme a mí: ni es mi hijo, ni estoy dispuesta a tolerarlo... —La condesa adoptó un tono de leve amenaza—. Y no quisiera que llegara el día en que os vierais obligado a escoger entre él y yo.

—Lo tendré en cuenta y creedme si os digo que tomaré las medidas pertinentes.

—Espero que así sea —cedió Almodis, no demasiado convencida.

Los esposos hicieron una pausa. El conde adoraba a su mujer: a su lado se había realizado como hombre, y su empuje y sus recomendaciones habían sido importantísimos para Barcelona. En cuanto a Almodis, tras sus fracasados matrimonios, era ésta la primera vez que ocupaba el lugar preeminente con el que siempre había soñado.

—Decidme pues, Ramón, lo que os ha traído en esta ocasión a mi lado.

—Necesito vuestro consejo y colaboración.

—Siempre lo habéis tenido y siempre lo tendréis.

—Atended. Ya sabéis que el condado, a través de sus mercade-

445

res, tiene ojos y oídos en todos los reinos de Hispania. Nuestros comerciantes son respetados aun en guerra, pues comprar y vender son las venas por donde circula la sangre del comercio y si se detuviera, el cuerpo social fallecería de inanición.

—No os comprendo.

—Es muy fácil. Podemos estar luchando en las fronteras con el moro y sin embargo el flujo de mercancías continúa.

—¿Y bien?

—Me han llegado nuevas desde Sevilla, nuevas que demandan mi ayuda para una empresa del rey al-Mutamid.

—¿Qué ayuda es ésa, contra quién y con quién?

—Aún no os puedo adelantar nada, pues lo desconozco. Sólo quiero deciros que dentro de poco más de un mes, habréis de recibir en palacio a su embajador Abu Bakr ibn Ammar, que los castellanos llaman Abenamar. Quiero que, pese a venir de la corte, más fastuosa, de Sevilla, se admire del esplendor de la casa condal de Barcelona y de la riqueza de la ciudad, de manera que entienda que viene a tratar con un igual.

—Dejadlo a mi cuidado, Ramón. De siempre las casas de allende los Pirineos hemos aventajado de largo en cuanto a festejos, trovadores y justas se refiere a los condados catalanes. Vuestro refinado embajador regresará a Sevilla y relatará a su rey cómo ha sido homenajeado en Barcelona. Ni en el mayor esplendor de la corte de Carlomagno se habrá conocido festejo semejante. Luego, cuando lo tengáis entregado, exigidle por vuestra amistad y vuestra alianza lo que queráis: os lo va a dar con seguridad.

71

Verdades y mentiras

esde la muerte de Laia, acontecida un año antes, el ánimo de Eudald Llobet andaba alterado. Daba largos paseos por el claustro de la Pia Almoina sin encontrar solución a las numerosas preguntas que lo acometían. La resignación cristiana y la humildad que predicaban sus creencias le aconsejaban ser prudente, pero las dudas que asaltaron a su conciencia aquella trágica noche se habían ido transformando durante ese tiempo en terribles sospechas, que no podía compartir con nadie. Los ojos de Montcusí, las palabras entrecortadas de Laia, la historia del supuesto noble que había desflorado a la muchacha... Los interrogantes eran muchos y el canónigo ansiaba saber la verdad.

Buen conocedor de la mente humana, Eudald aprovechó que en esas fechas se cumplía un año de la muerte de la joven para afrontar el problema y dirigirse a la suntuosa residencia de Montcusí. Estaba seguro de que ese aniversario también se habría cobrado su precio en el ánimo del consejero y se dijo que tal vez lo hallaría dispuesto a confesar la verdad.

El buen sacerdote gozaba de libertad en cuanto a las salidas de su alojamiento, pues era público y notorio que sus obligaciones respecto a la condesa ocupaban buena parte de su tiempo. Decidió ir caminando para tener ocasión de poner orden en sus pensamientos. La dificultad consistía en que, al ser una figura harto conocida en la ciudad, era común que las mujeres se precipitaran a su paso a besar su mano.

Pasó por delante del hospital de En Guitart y rápidamente llegó al Castellvell. A su llegada a la mansión de Montcusí tuvo que ceder el paso a un carruaje que, tirado por cuatro acémilas, con las cortinillas bajadas y custodiado por seis hombres, salía en aquel mismo instante y, por cierto a toda prisa, del patio de armas de la residencia de Montcusí. Hasta tal punto que, pese a los gritos del auriga y el fuerte tirón de riendas, el buje de su rueda derecha golpeó con fuerza el poyo que sostenía el arco de la entrada. Pasado el carruaje, Eudald se introdujo en el recinto.

Sin dar tiempo al centinela a que diera el aviso, el portero le salió a su encuentro. La figura del eclesiástico era harto conocida en aquella casa.

—Bienvenido, arcediano, ¿tenéis cita con mi señor?

—Lo cierto es que no. He venido a riesgo de que no esté en la casa o que no haya ocasión de verlo.

—Sí está, pero me dispensaréis si envío un propio para anunciaros. No soy yo quien debe decidir si don Bernat puede recibiros al instante.

—Lo entiendo y comprenderé cualquier circunstancia: soy yo el que he cometido la descortesía de acudir sin demandar cita con anterioridad.

—Ya sabéis que si mi señor puede os atenderá. Siempre sois bien recibido en esta casa.

A la orden breve del portero partió un criado al interior de la mansión y casi sin tiempo regresó acompañado del mayordomo de servicio.

El hombre saludó respetuosamente y se inclinó para besar la mano del sacerdote.

—Don Eudald, os he visto desde una de las ventanas del primer piso y he bajado al instante. El patio de armas no es lugar para que aguardéis. Ya me ha dicho el emisario que deseáis ver a don Bernat. Está en su despacho, esta mañana no se encontraba muy bien. Ahora está terminando de despachar asuntos con su secretario, Conrad Brufau. Enseguida os anunciaré, no creo que haya inconveniente.

—Sois muy amable.

—Seguidme, si tenéis la bondad.

Entraron ambos y el mayordomo, después de indicar al padre Llobet que aguardara en la antesala del gabinete del consejero, se dirigió al despacho de su amo.

Mientras observaba el cuidado jardín desde el ventanal del salón, Eudald Llobet pensó que habría preferido entrar en combate, como en sus tiempos de soldado, que mantener aquella incómoda entrevista con el poderoso *prohom* barcelonés.

Los pasos del criado se acercaron otra vez y le anunciaron en su premura que el intendente le iba a recibir.

—Don Bernat os aguarda. Apenas he anunciado vuestra visita y al instante ha dado su venia. Ha despedido al secretario y os puedo asegurar que no acostumbra a recibir a nadie que no haya sido citado con anterioridad.

Recorrieron ambos el pasadizo y, tras el protocolario anuncio, se halló Eudald en presencia de aquel personaje que desde la infausta noche de la muerte de Laia había sido el blanco de sus peores sospechas. Situados frente a frente, ambos sabían que aquél iba a ser un auténtico debate que se iba a desarrollar de poder a poder y de hombre a hombre. El único reparo que tenía muy presente el sacerdote era que Martí no saliera perjudicado.

—Bienvenido a esta casa, señor arcediano —dijo Montcusí, que efectivamente parecía enfermo.

—Excusad mi falta de cortesía. Os agradezco que me hayáis recibido, pero si no os viene bien y os incomodo, puedo volver en mejor ocasión. Sé que éstos deben de ser días difíciles…

Bernat asintió.

—Lo son, pero sabed que siempre habéis sido y seréis bien recibido. ¿Os apetece tomar alguna cosa?

—Gracias, pero prefiero tener la mente clara.

—Pues si me lo permitís, yo sí voy a pedir algo.

Levantó Montcusí su voluminoso cuerpo y se dirigió a la puerta, desde donde llamó a un criado, que le trajo una jarra. Montcusí tomó una copa, se sirvió una generosa ración de un líquido ambarino y regresó de nuevo a su lugar.

—¿Y bien, Eudald? Os escucho.

—Quiero aclarar en primer lugar que de no decirme vos lo

contrario me considero todavía vuestro confesor y como tal he venido.

El consejero se removió, incómodo.

—Por supuesto, aunque mejor diría yo mi consejero espiritual, ya que últimamente no he acudido a vuestro confesonario.

—Ni habéis frecuentado el divino banquete. Por lo menos en la catedral. Ni tan siquiera en la misa de Pascua que cada año se celebra en presencia de toda la corte; ni tampoco en la misa del Gallo.

Bernat Montcusí había palidecido palpablemente.

—Mi conciencia es escrupulosa y no he de negaros que estoy pasando por un trance angustioso.

—Pues qué mejor que descargar vuestra conciencia del peso de la culpa acudiendo a un representante de Cristo, sea yo u otro, y de esta manera alejar la congoja que os debe de tiranizar el alma todas las noches. Ya os dije la noche del infortunio que la parca no avisa y puede visitarnos en cualquier momento.

Montcusí preveía el peligro, pero en su astucia todavía aspiraba a salir airoso de aquel trance. Bajó la mirada y, con actitud sumisa, musitó:

—Quiero hablar con vos, padre. Ahora estoy en condiciones de hacerlo; antes no podía.

—Me alegro, Bernat. A eso de alguna manera he venido: si vaciar el saco de vuestras iniquidades alivia vuestro espíritu, habrá valido la pena mi visita.

El consejero salió de detrás de su mesa, se llegó a la puerta y pasó la balda. Luego regresó a su sitio; su mente astuta trabajaba cual aspas de molino en ventolera.

—Os escucho, hijo mío, descargad vuestra conciencia.

—Padre —susurró—, mi pecado es tan terrible que no tendré perdón.

—La capacidad de indulgencia del Señor es infinita. Todos los cristianos podemos lavar nuestras culpas por la sangre derramada del cordero. Hablad.

—Llevo sufriendo mucho tiempo. Mi alma se ha encallecido y únicamente la circunstancia de la muerte de Laia me permite abrirme a vos.

Llobet indicó con el gesto que prosiguiera.

—¿Recordáis mi visita, cuando os propuse que me ayudarais a enmendar el desastre que había ocasionado la ligereza de mi pupila?

—Perfectamente.

—Os mentí —dijo Bernat, desviando la mirada.

—No pretendo ser más perspicaz que nadie, pero era obvio que muchas piezas del rompecabezas no encajaban.

El consejero transpiraba copiosamente.

—Os ruego que desde este momento escuchéis en confesión lo que os voy a relatar.

Llobet extrajo del interior de su túnica una estola y después de besar la cruz de su extremo, se la colocó en el cuello.

—Estoy dispuesto.

—Veréis, padre, fui yo.

Una pausa preñada de incertidumbre planeó entre ambos interlocutores.

—¿Qué es lo que hicisteis, Bernat?

—Yo fui el culpable del desafuero. Cuando Laia se hizo mujer, el amor paterno que siempre había sentido hacia la muchacha se transformó en un amor carnal de hombre a mujer.

—¿Quiere esto decir que fuisteis el violador de vuestra hijastra? —preguntó el sacerdote, casi incapaz de esconder el asco que le inspiraba aquel hecho.

—No es tan sencillo, padre.

—Proseguid.

—Concebí por ella una pasión incontrolable; trasladé a Laia el sentimiento que me inspiraba su madre y, pese a la diferencia de edad, le propuse matrimonio. Luché contra esta circunstancia y al no poder recurrir a vos me confesé en infinidad de ocasiones en Santa María del Pi, aunque no obtuve la absolución.

—¿Qué es lo que ocurrió?

—Tuve constancia de que se había ilusionado con vuestro pupilo y los celos no me dejaron vivir. La obligué a escribir una carta que desengañara a su pretendiente, al que pese al incidente profeso una sincera simpatía, y debo confesaros que la forcé.

451

El padre Llobet se clavó las uñas en la palma de la mano hasta hacerse sangre.

—Es un gran pecado, ya que añadís a la gravedad del hecho vuestra responsabilidad como padrino.

—Me consta y me arrepiento de ello, pero creo que hice lo que debía para remediarlo.

—¿Sí?

—Al quedar embarazada impedí el aborto que pretendía llevar a cabo; me comprometí a hacerme cargo de la criatura, que murió al poco de nacer, y al negarse ella a aceptarme como esposo hice lo que manda la ley: busqué, y vos sois testigo, a un hombre que la desposara.

Llobet aguardó a que su corazón recobrara el ritmo normal.

—Ahora sí que encajan las piezas del rompecabezas. Proseguid.

—Todo estaba arreglado, os consta, pero la cabeza de la muchacha padecía un desequilibrio semejante al que asaltó a su madre en sus últimos días. Estas cosas se llevan en la sangre... No sé qué le pasó por la cabeza. El final ya lo conocéis.

—Habladme de Aixa.

—También eso contribuyó a su locura. Pese a que la culpo de haber metido en la mente de mi pupila una simiente envenenada, no fue responsabilidad mía que contrajera la peste. Ello me obligó a apartarla de Laia. Luego murió, y mi pequeña se sintió muy triste.

Una nueva pausa jalonó el diálogo.

—Decidme qué otras culpas os atormentan.

—Puedo decir que esto ha sido todo. Por lo demás, mi vida se consume al servicio de los condes.

—Arrodillaos, os voy a dar la absolución.

—Y con ello, la vida.

Montcusí se arrodilló a los pies del sacerdote y éste pronunció las palabras.

—*Ego te absolvo pecatis tuis...*

Luego ambos se pusieron en pie, dando por finalizada la entrevista.

Ya junto a la puerta el consejero habló de nuevo, y en su voz podía apreciarse una nota de triunfo.

—Recordad que he hablado en confesión: nadie, en cualquier circunstancia, debe saber jamás lo que aquí se ha dicho.

—Ocupaos de cumplir con vuestras obligaciones de cristiano que yo sabré ocuparme de las que me competen como ministro del Señor.

—Id con Dios, padre Llobet.

—Quedad con Él, Bernat.

Partió el arcediano harto incómodo, con la sensación de que había sido utilizado por el astuto personaje, y quedó éste habiendo tranquilizado su conciencia y en la certeza de que su ignominia quedaba a buen recaudo.

72

Ya soy una mujer

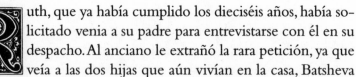uth, que ya había cumplido los dieciséis años, había solicitado venia a su padre para entrevistarse con él en su despacho. Al anciano le extrañó la rara petición, ya que veía a las dos hijas que aún vivían en la casa, Batsheva y Ruth, todos los días y a todas horas, y todo lo que se hablaba era del común conocimiento de los esposos. Un año antes, la mayor, Esther, había contraído matrimonio con Binyamin Haim, hijo de un rabino amigo, y se había ido a vivir a Besalú, de donde era originaria la familia de su esposo. Conociendo la firmeza de carácter de Ruth y sabiendo que no iba a cejar en su empeño, la citó para el sabbat siguiente, sabiendo que su mujer asistiría a la sinagoga con su otra hija y que Ruth buscaría alguna excusa para no acudir a la ceremonia de la bendición de la nueva Torá.

Benvenist, rodeado como siempre de códices y documentos antiguos, repasaba en su mesa un manuscrito que le había enviado un viejo amigo de Toledo y que pretendía mostrar a Eudald Llobet, ya que consideraba al arcediano la única autoridad notable en aquellos menesteres, debido a su cargo en la catedral, su claro intelecto y su criterio abierto poco dado a discriminaciones religiosas: lo mismo desbrozaba la traducción de unos poemas árabes de Hasan bin Zabit, una comedia del griego Aristófanes, pese a lo escabroso del tema, o un escrito de san Agustín. En ello estaba cuando el leve roce de unos nudillos en su puerta le recordó la reunión que había concertado con su hija menor.

La timbrada voz de la muchacha le alertó al instante.

—¿Puedo pasar, padre?

—Claro, Ruth.

La joven abrió la puerta y se introdujo en al amplio despacho. A Baruj no dejaba de asombrarle siempre el empaque de aquella criatura: su cimbreante cintura, el óvalo perfecto de su rostro, sus almendrados ojos y su determinación poco común a las mujeres de su entorno. Máxime cuando todo ello había salido de su semilla y de la de su mujer, que no era precisamente un dechado de belleza ni lo había sido en su juventud.

—¿Puedo sentarme, padre mío?

Algo en el tono de la muchacha lo alertó y, mientras enrollaba el pergamino, asintió.

—Por supuesto, Ruth. No vas a estar de pie comunicándome el grave negocio que te ha urgido a pedirme tan peculiar cita.

Baruj pensó que su hija comprendería su chanza y obraría en consecuencia. En su lugar, se sorprendió ante la respuesta de la muchacha.

—Me alegra pensar que habéis intuido que lo que os voy a comunicar es de vital importancia.

La seriedad del semblante de Ruth acabó de acentuar los temores del anciano.

—Me inquietas… ¿Qué te sucede, hija mía?

—Veréis, padre, no sé cómo empezar.

—Por favor, habla sin reparo. Estamos solos y tenemos tiempo suficiente.

Ruth respiró hondo y, clavando la mirada en los inquietos ojos de su padre, inició su discurso.

—Está bien. Siempre me habéis tratado como a una niña. No sé si es debido a que soy la menor de las hermanas o a qué otro extraño motivo, el caso es que siempre me habéis hecho sentir pequeña.

—Puede que tengas razón —reconoció Baruj, con una sonrisa—, y puede ser que me haya resistido en demasía a verte crecer, pero desde hace ya tiempo te trato con la misma consideración que a tus hermanas. Tal vez el excesivo amor que como padre te profeso y el deseo de que siempre fueras mi pequeña flor haya propiciado esta actitud, pero sabe que si éste es el problema, desde hoy mismo quedará subsanado.

—No es éste el problema. —Ruth apoyó ambas manos en los brazos del sitial, como si necesitara impulso para proseguir—: El inconveniente es que jamás me habéis tratado como a una mujer. Y ahora… mis problemas son de mujer, no de una niña a la que se consuela con un dulce de jengibre y se aviene a obedecer órdenes que afectan a su futuro.

—Ruth, ya te he dicho que estoy dispuesto a rectificar y te lo digo sin menoscabo de mi autoridad de padre y sin que me duelan prendas. Te lo ruego, cuéntame, si es que lo hay, tu problema y, si de mí depende, dalo por solventado.

Ruth desvió la mirada. Fue sólo un instante. Luego sus ojos volvieron a posarse sobre los de su padre.

—Padre mío. Madre me ha estado hablando de posibles candidatos de boda. —Ruth respiró hondo antes de proseguir—. Bien, quiero anunciaros que no voy a casarme con ninguno de ellos.

A Baruj parecieron derrumbársele las facciones.

Transcurrió un corto pero intenso lapso en el que se oyó hasta el crujir del maderamen del suelo antes de que el hombre respondiera.

—¿Sabes lo que estás diciendo?

—Nunca he estado tan segura de mis palabras como en este momento.

—¿Se puede saber a qué viene semejante desatino? Tal vez de momento no te complazca ninguno, pero seguro que llegará el día en que…

—Es una decisión irrevocable, padre. No voy a casarme con ninguno de esos jóvenes.

—¡Estás loca! Vienes a mí quejándote de que te trato como a una niña y luego empiezas a decirme una sarta de bobadas… Y sin ofrecer explicación alguna.

Los labios de Ruth esbozaron una sonrisa no exenta de orgullo.

—Como mujer que soy, padre, os pido que respetéis mi decisión sin hacer preguntas. Ya sabréis la verdad a su debido tiempo.

—¿Qué dices?

Las mejillas de Ruth enrojecieron y su mirada se perdió en el fondo de la estancia.

—No puedo casarme con ninguno de ellos, padre, porque mi corazón ya tiene dueño.

Benvenist se levantó del asiento que ocupaba y comenzó a caminar por la estancia con las manos en la espalda.

—¿Y puede saberse de quién se trata?

—De momento no, padre. Pero quiero ser sincera con vos y advertiros de que el hombre al que amo no es judío.

Baruj miró a su hija con expresión turbada.

—¿Sabes que ése es un amor imposible?

—Nada es imposible. —Ruth se puso en pie y miró a su padre directamente a los ojos—. Si es necesario, renunciaré a mi religión.

Baruj, sorprendido y enojado, se acercó a su hija menor con la desaprobación dibujada en su semblante. Sin desviar la mirada, Ruth prosiguió:

—Creo que me honra más convertirme por amor que por interés, como han hecho tantos correligionarios vuestros por avaricia y por medrar en la corte del conde Ramón Berenguer y la condesa Almodis, quienes, por cierto, tampoco se han tomado muy en serio su religión y han vivido, ante el escándalo de sus súbditos y durante años, en flagrante concubinato.

Baruj se precipitó a la ventana y, asustado, ajustó los postigones.

—¡Por favor, Ruth! Cuida tu lenguaje; bastantes problemas tenemos los judíos para que expreses opiniones con la ventana abierta que pueden llegar a oídos inconvenientes. Insistes en ser tratada como una mujer y hablas con la despreocupación de una niña... —Intuyendo que una reprimenda no iba a mejorar las cosas, optó por volver junto a ella y hablarle con suma seriedad—. Debo decirte que ni tu madre ni yo aprobaremos nunca semejante unión.

—Tengo dieciséis años, padre. No he venido a demandar vuestro permiso; únicamente he venido a notificaros mi decisión. Pretendo ser feliz en este mundo, no aguardar a ese otro que no he visto jamás. Ni yo, ni nadie.

—Ruth, no quería llegar a esto, pero no me dejas otro remedio. Te prohíbo que des alas a ese enamoramiento tuyo...

—No podéis prohibirme nada, padre —atajó Ruth—.Y os diré algo más: él aún no sabe que le amo, pero, si un día me corresponde, entonces tendré este cielo que pregonáis cristianos, judíos y musulmanes aquí en la tierra. Y os aseguro que no me quedaré de brazos cruzados esperando: haré todo lo que esté en mi mano por conseguirlo.

—¿Pretendes matarme de un disgusto?

—Sabed que vuestro disgusto puede ser mi dicha. Si decís que me amáis, deberéis escoger.

Tras esto, la muchacha se alzó de su asiento y con una reverencia salió del despacho, dejando a Benvenist sin habla.

73

Aclarando recuerdos

udald Llobet veía a Martí metido en sus trabajos y se alegraba de ello, ya que de esta manera sabía que el duelo para él era menor. Había reflexionado mucho sobre la confesión de Montcusí, y no se le ocultaba que su obligación como sacerdote le impedía revelar su contenido. Sin embargo, consciente de la enorme aflicción que pesaba sobre Martí, decidió montar una historia entreverada de verdades y de alguna mentira piadosa que esperaba que librara de muchas dudas al atormentado espíritu del muchacho.

La conversación tuvo lugar en la playa, donde cada atardecer acudía Martí para vigilar las cargas y descargas, siempre que fondeado frente a ella estuviera uno de sus barcos, que con el último flete andaban ya por los nueve. El padre Llobet se dirigió hacia él. Ya se había acostumbrado a la tristeza que anidaba en los ojos de su protegido y amigo: un velo de dolor que demudaba su rostro a todas horas y que no le había abandonado desde la muerte de Laia.

—¿Cómo andáis, Martí? —preguntó el buen canónigo, metiéndose las manos en su túnica para protegerlas del frío viento invernal.

—Gracias a Dios, absorto en mi continuo quehacer, lo cual me ayuda a no pensar.

—¿Van bien vuestros proyectos, entonces?

—Tan bien como mal ha ido el resto de mi vida.

El sacerdote midió sus palabras.

—La vida es un largo camino lleno de espinas y de rosas. A todos nos ocurre de todo: bueno y malo. No debemos quedarnos en los tropiezos. Las caídas no deben acobardarnos; lo importante es saber levantarse y continuar el camino. Al final, el Señor cuida siempre de sus criaturas.

—Pero evidentemente, en algunos momentos se olvida de ellas. Os digo la verdad: mi fe se tambalea.

—No ofendáis a Dios. A los hombres nos es dado ver una parte ínfima de nuestro camino. Él, en lo alto de la montaña de su inmensidad, todo lo ve. Aunque reconozco que lo que os ha ocurrido es terrible, no dudéis de que al final lo veréis lejano y constituirá una parte del cómputo total de vuestros días, que si mantenéis la fe, sin duda serán hermosos en su conjunto.

Martí guardó silencio por un instante.

—Eudald, tengo en el fondo del alma una herida que no cicatriza.

—Dadle tiempo...

—Laia me dijo las palabras más hermosas que oído humano cabe escuchar, pero me atormenta llegar a saber lo que le ocurrió para que tomara decisión tan atroz.

—Lo que le ocurrió fue tan cruel que dañó su mente. Nadie en el mundo puede juzgar con equidad el acto de un suicida, porque no se puede penetrar en su alma, pero os diré algo que aliviará vuestro espíritu.

—¿Qué es?

Un ramalazo de duda asaltó al sacerdote, ya que aquélla era la primera vez que iba a revelar algo oído en confesión.

Ante su silencio, Martí detuvo sus pasos y se enfrentó a Eudald tomándolo del brazo y obligándole a detenerse a su vez.

—¡Hablad, por Dios!

—Laia os amó desde el momento en que os conoció.

—Y entonces, ¿qué me decís de sus actos y de la carta que me envió?

—En verdad, lo único cierto es que os dejó entrever que os amaba pero no podía corresponderos.

—Pero... ¿qué y quién la pudo obligar, si así fue, a escribir lo que escribió?

—Las circunstancias, Martí, y las leyes que rigen nuestro mundo.

—Si no habláis más claro...

Llobet dudó unos instantes y se decidió a decir una media verdad.

—Laia fue forzada por alguien tan poderoso que nadie en sus cabales osaría enfrentarse a él.

—La ley es para todos.

—Sabéis bien que no es así. Bernat lo sabía y era consciente de lo difícil de esta empresa. En principio pensó en ingresarla en un convento, mas luego, al ver el deterioro de su pupila, decidió ofrecérosla como esposa creyendo que la muchacha se aliviaría y hasta quizá llegara a olvidar la afrenta. Pero su frágil mente no resistió el envite y se halló indigna de vos. Amén de otra cosa que la afectó en extremo y que no os he dicho, pues no la he sabido hasta hace poco.

—Acabad, Eudald, peor no puede ser.

—Laia parió un hijo que murió al poco de nacer.

74

Martí y Almodis

os negocios de Martí iban viento en popa y el joven pensaba que ésta debía de ser la compensación del destino para reparar su gran pérdida. La casa cerca de Sant Miquel había sido ampliada y otra vez la fortuna acudió en su ayuda. Un comerciante necesitado de cantidad de dinero estaba dispuesto a hipotecar su casa para conseguir un préstamo; conociendo la veleidad y la flaqueza de la condición humana, Martí tuvo la certeza de que al llegar la fecha del vencimiento, la deuda no iba a ser saldada y por lo tanto la prenda pasaría a su poder, como así fue. Luego, mediante buenos oficios y empleando su natural habilidad para los negocios, compró un huerto con torreón incluido, que daba a la antigua muralla y que estaba dos fincas más allá. Al poco tiempo el vecino que quedaba entre ambas propiedades entendió que mejor era cambiar de aires que estar rodeado por ambos lados de un vecino tan laborioso que le impedía el descanso, pues el quehacer comenzaba apenas despuntaba el alba y proseguía hasta altas horas de la noche. Ante la imposibilidad de dormir, decidió asimismo traspasar la propiedad, y lo hizo por cierto a buen precio pues, en este tema, su molesto vecino no se mostró precisamente cicatero.

El negocio del mar y los mercados acaparaban todo su tiempo. El número de sus embarcaciones había aumentado: tres galeras mixtas de vela latina y dos bancadas de remos, dos naves de carga y tres gabarras aptas para el cabotaje constituían ya el grueso de su flota. Jofre, Felet (su otro amigo de niñez al que Martí había podido localizar en Sant Feliu, que era el puerto de arribada de su nave que hacía la travesía hasta Sicilia y Cerdeña exportando corcho e importando especies) y el griego Manipoulos, que había aportado a la sociedad su *Stella Maris*, constituían el grueso de sus capitanes. Muchas de las raras mercancías que cargaban en lejanas tierras eran vendidas posteriormente en las ferias de los pueblos donde, en fechas señaladas, Martí desplazaba sus carromatos tirados por ocho caballerías. Era tal el prestigio de la enseña con las letras M y B enlazadas, que su naviera lucía en el mástil de sus embarcaciones, que en los puertos se arremolinaban las gentes que querían embarcar bajo su pabellón. Martí había innovado y adquirido nuevas costumbres que favorecían la vida a bordo. En cada una de sus naves enrolaba un físico que cuidaba de la salud de la marinería, inclusive de la de sus galeotes.

En cuanto a su escaso tiempo libre, Martí lo ocupaba visitando a su madre cada vez que le era posible. En realidad, se acostaba tarde y se levantaba al alba, ya que la soledad de sus aposentos lo turbaba profundamente y las pesadillas, en las que siempre aparecía el espectro de Laia, poblaban sus sueños.

Su otra dedicación durante este tiempo había sido el tema del aceite negro. Manipoulos era el principal encargado de recogerlo en los puertos de aquellas lejanas tierras, donde lo proveía Rashid al-Malik, gracias a la ayuda de Marwan, el antiguo camellero constituido en hombre de confianza de Martí. En el sollado de sus naves forrado con un fondo de arena se almacenaban las picudas ánforas y entre ellas se prensaba hierba y ramaje, para preservarlas de roturas en caso de tempestad, y se transportaban hasta el lugar donde aguardaban los lanchones, que se turnaban para traer a Barcelona el negro producto. De esta manera se perdía menos tiempo, ya que siempre que regresaba encontraba una nave preparada para hacer el trasbordo. Durante estos largos meses había dedicado sus esfuerzos a perfeccionar las aplicaciones de tan especial producto y ahora estaba listo para mostrar sus prodigios a la ciudad de Barcelona.

La relación de Martí con el consejero era la estrictamente

necesaria. Bernat Montcusí había habilitado en los ampliados sótanos de su residencia un inmenso depósito subterráneo donde almacenaba las preciadas vasijas y cuyos únicos respiraderos eran unos atanores que emergían entre la muralla y sus jardines, de manera que los vapores que desprendían éstas no se acumularan y pudieran salir a la superficie.

Martí había terminado ya el modelo de jaula y quemador en la forja de un excelente herrero recomendado por Baruj Benvenist, a fin de experimentar su invento y aguardando a que Montcusí preparara la entrevista con el veguer.

La ocasión no se hizo esperar. La condesa había citado en palacio al consejero de abastos y festejos, y al trasladarle sus deseos sobre los fastoss para la recepción de Abenamar, embajador del rey al-Mutamid de Sevilla, intuyó que la oportunidad era perfecta. Avisó a Martí, y éste, tras ser informado, fue citado por Montcusí en presencia de la condesa, quien deseaba llevar directamente la preparación de los agasajos y no quería que escapara de su alcance el más pequeño detalle.

Martí sacó fuerzas del desánimo: hacía cinco años que había pisado las calles de la gran ciudad como uno de los miles de aspirantes a abrirse camino en ella y estaba a punto de ser recibido por la condesa Almodis en persona. Lo que en otro momento habría sido una gran noticia palidecía ahora por la tristeza que empañaba todos sus días y a la que no podía sobreponerse. Aguardó con el veguer y el consejero en la antesala del gabinete privado, en tanto que Omar y Andreu Codina, el mayordomo, se quedaron en el patio escoltando un gran bulto de hierro que parecía pesado.

Súbitamente se abrieron las puertas del aposento íntimo de la condesa y el ujier, dando tres golpes con la contera de su vara en el entarimado, anunció los nombres de los visitantes.

—¡Olderich de Pellicer, veguer de Barcelona, Bernat Montcusí, consejero de palacio e interventor de abastos, y el comerciante Martí Barbany demandan audiencia!

Almodis los saludó con una leve inclinación de cabeza y a los pocos instantes Martí Barbany, impresionado a su pesar, hincaba en el suelo la rodilla derecha ante la poderosa condesa. Olderich y

Montcusí, más acostumbrados a los usos palaciegos, permanecían en pie, gorra en mano, aguardando expectantes a que la condesa abriera el diálogo.

Una vez intercambiados los saludos protocolarios, la egregia dama habló con el empaque de una reina.

—Y bien, queridos amigos, ¿qué es ese asunto que va a hacer de Barcelona la ciudad más luminosa del Mediterráneo?

Olderich de Pellicer tomó la palabra.

—Veréis, señora, el otro día nos indicasteis que era vuestro deseo que la recepción de vuestro ilustre huésped fuera una explosión de luz y colorido, de manera que a su regreso a Sevilla informara a su monarca admirado de la riqueza y solvencia del condado de Barcelona.

—Eso dije y eso es lo que pretendo.

—Bien, entonces permitid que ceda la palabra a vuestro ilustre consejero de abastos, que fue quien me indicó la posibilidad que ahora os ofrezco.

Almodis dirigió su mirada hacia Montcusí alzando sus cejas interrogantes.

—Señora, yo soy un mero intermediario; la idea es de mi joven protegido, Martí Barbany, que aún no ha alcanzado la categoría de ciudadano de Barcelona y a quien, sin embargo, he osado introducir en vuestra presencia.

Cuando Martí notó clavados en su persona los ojos verdes de Almodis sintió la fuerza que emanaba de aquella dama.

—Hablad.

—Bien, señora, soy hijo de Guillem Barbany de Gorb, que sirvió fielmente hasta su muerte en las huestes del conde y anteriormente en las de su padre. Llegué a Barcelona va para cinco años y...

—Joven, no me interesan vuestras vivencias y no tengo tiempo ahora para escucharos. Habladme de lo que concierne a la recepción que he encargado al veguer y al consejero, ya que ellos os han cedido la palabra.

Montcusí, atendiendo a sus intereses y viendo la situación complicada, intervino:

—Únicamente pretendía presentarse, señora, aunque entiendo

que no es tiempo para enojosas disquisiciones. Cuando lo tengáis y queráis saber de las cualidades del señor Barbany, sabed que su introductor ante mí fue Eudald Llobet, a quien bien conocéis.

Al oír el nombre de su confesor, la expresión del rostro de Almodis varió un tanto.

—¿Conocéis a don Eudald?

—Fue compañero de mi padre antes de ser sacerdote y albacea de su testamento.

—En otra ocasión me explicaréis esta relación —dijo Almodis, en tono más suave—. Os ruego que hoy os ciñáis al tema que nos ocupa.

Martí entendió el mensaje que le lanzaba la señora y se aplicó.

—Veréis, el caso ha sido que en uno de mis viajes tuve ocasión de entablar relaciones comerciales más allá de las escalas de Levante y me hice con un producto que, bien empleado, puede ser extraordinario y, si vos lo autorizáis, Barcelona será la primera ciudad del Mediterráneo que se haga con sus ventajas.

—¿Y cuáles son esas ventajas?

—Empapando unas hilas de lana en él, ésta arde durante mucho más tiempo y su luz es mucho más brillante que la de una candela o un hachón normales, y desde luego mucho más barata.

Montcusí intervino defendiendo sus intereses.

—Si se instalara en las esquinas de las calles y de los rabales, buscando los medios para ello, la ronda podría llevar a cabo su vigilancia en mejores condiciones y empleando menos gente, que tan necesarias son para otros menesteres.

—Todo lo cual redundaría en beneficio de las arcas municipales. —complementó Olderich.

—¿Cuándo podré ver esta maravilla?

—Ahora mismo, señora, si os place —respondió Martí.

—Vamos a ello.

—He preparado, sabiendo que es mejor ver que explicar, una muestra del invento —arguyó Montcusí.

—Bien, y ¿dónde va a producirse la demostración?

—Si no tenéis inconveniente, en el patio de caballos.

—Sea.

—Entonces, si me permitís, partiré a prepararla. Tengo en la entrada a dos de mis hombres con el artilugio dispuesto. De esta manera cuando bajéis estará listo y no perderéis ni un instante.

—Me parece bien, Martí. Un mayordomo os acompañará.

Martí Barbany se retiró de espaldas como le había indicado el consejero que mandaba el protocolo, dispuesto a llevar a cabo la demostración.

75

Edelmunda

l odio que rezumaba el corazón de Edelmunda la mantenía con vida, y sus recuerdos viajaban constantemente hacia el día en que se inició su caída hacia el abismo, un año atrás.

Para aquel funesto viaje era transportada en una carreta: iba desaliñada, con la cabellera revuelta, y en el fondo de sus ojos había una expresión de horror mezclada con un profundo resentimiento. Dos cosas la atormentaban. La primera se debía al miedo a lo desconocido, pues ignoraba adónde la llevaban y por cuánto tiempo iba a estar desterrada de Barcelona; la segunda era la sinrazón que se cometía con ella, ya que su único delito había consistido en cumplir puntualmente las órdenes de su patrón poniendo en ello su mejor saber y entender. Que las cosas no hubieran salido como había planeado no era culpa suya, y por tanto que ella pagara la intemperancia del irascible carácter de su dueño le parecía una terrible injusticia. Ninguna mujer respetable y educada debía verse tratada como una proscrita. Por la luz que entraba a través de las rendijas que dejaban los clavados listones que cubrían las ventanillas del carruaje entendió que la tarde iba cayendo y que debía de llevar allí encerrada desde el mediodía. Aumentaba su malestar la urgente necesidad de orinar que le asaltaba. El viaje no tenía trazas de detenerse y Edelmunda tomó una decisión. Se arremangó las sayas y el refajo, y a través de la tablazón del suelo vació su vejiga. Fuera escuchó las mofas y risas de la escolta que celebraba el hecho entre chanzas y burlas obscenas. No hizo caso: día llegaría en que las chirigotas se tornaran lanzas y ella, que siempre había gozado de buena memoria en la que se dedicaba a grabar con letras indelebles cuantas ofensas le habían inferido, sabría cobrarse el escarnio.

Por el bamboleo del carruaje dedujo que habían abandonado la vía principal y habían entrado en un camino, pues crujían ejes y ballestas y el balanceo era más propio de una galera en mar gruesa que de una carreta. Los silbos del auriga menudeaban y el restallar del látigo se hacía más frecuente, animando a las mulas a redoblar esfuerzos pues la serpenteante subida se iba haciendo más y más pronunciada. Edelmunda se acurrucó en la parte posterior de la carreta y allí se dedicó a rumiar su desgracia.

Desde la muerte de Laia los acontecimientos se habían ido amontonando de manera que en su memoria se confundían los recuerdos. Tras la desgracia pasaron las horas y nadie se atrevía a importunar a su señor. Éste se había refugiado en sus aposentos y las puertas permanecían cerradas a cal y canto día y noche. Ni siquiera Conrad Brufau se atrevía a importunarlo ni el mayordomo osaba ofrecer algo de comida. La vida en la casa se había detenido. Las gentes andaban desorientadas y cada cual atendía a sus obligaciones de un modo mecánico por mejor pasar inadvertidos, ya que la tormenta que se avecinaba iba a arrasar todo lo que hallara a su paso. Al cabo de dos días el conde de Barcelona en persona, acompañado de Almodis y varios personajes de su séquito, compareció a fin de presentar su más sentida condolencia a su consejero. Éste, saliendo de sus habitaciones, se presentó ante su señor vistiendo hopalanda negra, con el rostro demacrado y ceniza en la frente para mejor mostrar su dolor, y postrándose ante sus pies compungido agradeció a la pareja condal la merced que hacía a su humilde siervo al presentarse en su casa para acompañarlo en su duelo y ofrecerle su ayuda en tan delicado momento. Tras largas disquisiciones, puesto que el cuerpo de una suicida debía ser enterrado fuera del campo santo y en ocasiones decapitado, y ante la insistencia de la condesa, influida por la afirmación de su confesor Eudald Llobet, quien aseguró que la muchacha había muerto arrepentida y confesada, el obispo consintió en inhumarla en el pequeño cementerio de Sarrià.

Al siguiente día, como si con la visita de la pareja condal hubiera cumplido el tiempo de luto, la vida retomó el ritmo normal y Edelmunda fue llamada a la presencia del consejero. La mujer, acurrucada en el fondo de la carreta, recordaba el momento punto por punto.

Fue introducida a su presencia con las muñecas atadas, temblando como el azogue; la voz de su juez aún resonaba en su interior como lo hacía en el oído de un condenado la sentencia más cruel e injusta que jamás se hubiera dictado.

—Vuestro descuido me ha causado el dolor más profundo que jamás me ha ocasionado persona alguna. La muerte sería un flaco castigo que daría fin a vuestra vida y con ella a vuestros sufrimientos. Es mi deseo que penéis vuestros actos durante largos años: os condeno a vivir, pero en tales condiciones que desearéis mil veces la visita de la parca. No quiero volver a veros ni lo hará persona alguna que no sean los compañeros que desde ahora serán vuestros semejantes. Vos habéis sido la responsable de la desgracia que se ha abatido sobre mi casa. Ni la muerte de mi querida esposa me produjo un pesar más grande y por ello penaréis todo lo que el Señor os conceda de vida.

Dichas estas palabras ordenó que se cumpliera la sentencia.

Su antigua amistad con el jefe de la guardia, que estaba de servicio aquella jornada, permitió a Edelmunda, con la excusa de recoger su ropa, ir a su cuarto y hacerse con una especie de bolsa alargada en la que guardaba todos los caudales que había ido acumulando para su vejez y su sello de lacre heredado de su padre. Rápidamente se arremangó la saya y lo anudó a su gruesa cintura.

El tiempo transcurría mientras su mente estaba en ebullición; fuera la gente cabalgaba en silencio. Las horas hacían mella y algún que otro malhumorado comentario que llegaba a sus oídos le indicaba que el viaje estaba a punto de finalizar. Ahora la pendiente descendía de forma más pronunciada y el chirriar de las zapatas del torniquete del freno anunciaba que el carretero tenía que apretarlo para que la carreta no se precipitara sobre las mulas que iban delante. El frío que se colaba por los huecos de los tablones le helaba los huesos. Súbitamente sus sentidos se aguzaron. La carreta se había detenido, en el exterior se oían voces como de alguien que estuviera de guardia en la torre de un castillo y hablara con el cabeza de la escolta. Éste estaba trajinando junto a la tablazón maciza que mediante dos gruesas bisagras ajustaba la parte trasera del carromato. La portezuela se abatió lentamente y el barbudo y fatigado rostro del jefe de la tropa apareció iluminado por una antorcha que sujetaba un subalterno.

—Ponte esto.

Al tiempo que daba la orden lanzó al interior un bulto de ropas.

Edelmunda no tuvo tiempo de replicar; la puerta posterior se cerró nuevamente y la oscuridad más absoluta volvió a apoderarse del cubículo.

A tientas fue separando las prendas que le habían lanzado. Las dejó sobre el banco y como pudo se fue cambiando de ropa, teniendo buen cuidado de que ello no afectara a sus disimulados tesoros. Al palparlo le pareció que la que le daban era áspera y vulgar, tenía tacto de saco y el calzado era de esparto.

—Ya estoy lista.

Su propia voz, tras tantas horas de silencio, le sonó ajena.

La puerta se abrió de nuevo. La orden fue seca y tajante.

—¡Abajo!

Con torpeza, afectada por la inmovilidad a la que había estado sometida tan largo tiempo, desentumeció sus músculos y puso pie en tierra. La voz del que estaba al mando sonó de nuevo.

—Éste será vuestro destino. Aquí viviréis a partir de ahora y si Dios no lo remedia, aquí moriréis.

—¿Dónde estoy?

Mientras ponía el pie en el estribo de su cabalgadura, el hombre respondió:

—Tiempo tendréis de averiguarlo. Nosotros, desde luego, no vamos a pasar de aquí ni hartos de vino.

Con estas palabras y tras despedirse del vigilante del camino, volvió grupas seguido de sus hombres.

Cuando el carromato y la escolta desaparecieron portando sus antorchas, el silencio y la penumbra más absolutas se adueñaron del lugar. La noche era oscura como boca de lobo y ni una estrella asomaba en un firmamento cubierto de malos presagios. Sus pobres huesos ateridos de frío obligaban a sus dientes a un castañetear continuado cuyo eco tableteante era el único sonido que la acompañaba. El centinela que había hablado con su celador se refugió en una garita de madera que guardaba la estrecha vereda. Detrás de él se veían dos tiendas cónicas que supuso eran el refugio del piquete encargado de aquella misión. Ignoraba dónde estaba y qué era lo que anunciaba el terrible augurio que había pronunciado, antes de la partida, el jefe de la escolta. Sin embargo, consideró tarea inútil intentar sonsacar a aquel individuo una sola palabra, de manera que comenzó a caminar hacia delante. Lentamente sus ojos se fueron haciendo a aquella oscuridad. Al fondo se recortaba la silueta de un macizo montañoso que la circunvalaba por todos lados. Súbitamente su corazón comenzó a latir con premiosidad. ¡Una luz, dos, hasta tres se discernían en lontananza! Edelmunda no lo pensó dos veces y cuidando de no caer en algún hoyo o tropezar con alguna rama, encaminó hacia aquella esperanza sus vacilantes pasos.

A medida que se aproximaba, los bultos que rodeaban el primer fuego se hicieron más patentes. Una sombra avivaba la lumbre en la que se estaba calentando una olla, en tanto que la otra, con un tosco cucharón de madera, removía el guiso. Los aromas la hicieron salivar. Hacía muchas horas que no había probado bocado.

El ruido de una rama al partirse alertó a los que cocinaban. Las dos figuras alzaron la cabeza y dirigieron su mirada hacia ella. A la luz del resplandor de la hoguera pudo observar que ambas iban encapuchadas y que, precipitadamente, recogían sus bártulos y tomando cada una de las asas de la olla, se metían en una de las grutas que se abrían en el fondo rocoso de la falda del monte y desaparecían de su vista. Edelmunda se llegó hasta las brasas de la abandonada hoguera. Un escalofrío recorrió su espalda cuando, desde las bocas de varias cuevas, se sintió observada por algunos pares de ojos. Una alegría inmensa la invadió. ¡No estaba sola allí! En aquel lugar habitaban otras gentes. Sin dudarlo se encaminó hacia la luz.

—¡A mí! ¡Por caridad, ayudad a una cristiana necesitada!

Un sonido horrible, cuyo significado conocía perfectamente, detuvo sus pasos. Las gentes de las grutas, al oírla, hacían sonar carracas de hueso y golpeaban con palos calaveras huecas para indicarle que estaba en una colonia de leprosos.

En aquel instante vinieron a su mente las palabras del jefe de la escolta que en principio no había comprendido y la frase retumbó en su cerebro: «Nosotros, desde luego, no vamos a pasar de aquí ni hartos de vino»; asimismo, el significado de las ropas que le habían sido suministradas. El saco y la arpillera eran las vestimentas propias de los leprosos. Todos los sufrimientos acumulados se hicieron patentes; sintió que sus rodillas se doblaban y perdió el conocimiento.

Al cabo de no supo cuánto, despertó. Sentía apenas el roce de algo húmedo en su rostro. Cuando abrió los ojos observó un bulto vestido de pardos ropajes que, con un palo en cuya punta había una esponja humedecida, frotaba suavemente su frente. Edelmunda se incorporó.

—¿Quién eres?

La sombra, con una voz cascada y seca, respondió:

—Eso no importa.

—Entonces, ¿dónde estoy?

—En la colonia de leprosos de la ladera del Montseny.

La sangre dejó de circular por las venas de la mujer. Lo que únicamente había sido una sospecha se confirmaba ahora. Entonces entendió el terrible mensaje que encerraban las palabras de Montcusí.

La sombra prosiguió:

—Un delito terrible debes haber cometido cuando te condenan a un castigo peor que la muerte.

Edelmunda sollozaba.

—Mi pecado es haber obedecido como una perra las órdenes de un amo que de esta manera me ha castigado.

—Mal amo es éste.

La mujer había avivado los rescoldos de la hoguera y poco a poco las sombras embozadas se iban aproximando, sin entrar en el círculo de luz que se iba acrecentando al chisporroteo de las vacilantes brasas.

—Si tienes hambre, podemos darte de comer. El que para en este lugar tarde o temprano adquiere el mal que a todos aqueja. De

473

aquí no se sale: un solo camino cruza las montañas y está vigilado día y noche por hombres del conde, que de alguna manera también están castigados. Unos por haber desertado en combate y los más por reyertas con muertos. Si vives aquí fuera, morirás de frío a la intemperie. Si entras en las grutas, morirás de lepra, pero más tarde. Tú dirás lo que prefieres.

Edelmunda sollozaba; después hizo una pausa y protestó:

—En la ciudad hay leprosos, salen a la anochecida haciendo sonar sus calabazas huecas.

—Ésos no han de cumplir penas. Aquí estamos los condenados. Al ingresar en esta cárcel no todos teníamos la lepra. Aquí la adquirimos.

—Pero eso es peor que la muerte.

—No lo veas así. Se vive, o mejor dicho, se mora o habita, ya que esto no es vida, y mientras esto dure, nadie envidia a nadie: hay más leprosos de espíritu en la ciudad que aquí. Cuando te habitúes verás que entre nosotros no existe la envidia. No hay señores ni vasallos y todo es de todos. Pero decídete. El relente de la noche, si no encuentra carne, se mete en los huesos y hora es de que éstos descansen en paz.

Edelmunda se decidió rápidamente.

—Iré contigo, viviré en la esperanza de vengar lo que me han hecho.

—El odio ayuda a mantener la vida. Aunque es vana necedad pretender salir de aquí. Nadie ha salido jamás.

—Yo lo haré y alguien pagará lo que me ha hecho.

76

Barcelona

quella primavera, la ciudad era una fiesta. Las noticias corrían deformadas aumentando de boca en boca. Si en una calle se comentaba que la hueste que acompañaba al embajador de al-Mutamid de Sevilla era de trescientos lanceros con las corazas de plata, al llegar a otra el número y el boato habían aumentado: los hombres eran quinientos, de oro eran sus petos y de seda y pedrería las gualdrapas de sus caballos. El veguer había ordenado pregonar distintos bandos en los que se anunciaba cualquier cosa que tuviera relación con ellos y los pregoneros recorrían la ciudad acompañados por cuerno y tamboril deteniéndose en cada esquina para, rodeados de la alegre comparsa de la chiquillería, impartir las oportunas órdenes que afectaban a todos los ciudadanos. En alguna ocasión tuvo que intervenir el jefe de la *host* municipal ya que algunas de las disposiciones podían perjudicar sobremanera a unos menestrales. Cuando se ordenó que las ánforas con los orines almacenados para blanquear la ropa se guardaran en el interior de las casas para evitar el fuerte olor a amoníaco que de ellas se desprendía, casi se armó un motín, ya que al concentrarse bajo techado los gases desprendidos, el hedor era insoportable y en alguna ocasión debió acudir el físico, pues más de una mujer había llegado a perder el conocimiento.

Las fraguas de los herreros habían trabajado día y noche a fin de tener a punto la cantidad de fanales requerida. Barcelona vibraba aquellos días con ritmo trepidante y las gentes se asombraban ante la actividad de los dirigentes del municipio. En las esquinas de las calles y plazas y a una altura de dos veces y media del tamaño de un hombre, se estaban colocando una especie de jaulas de hierro abiertas por la parte superior y que en su centro alojaban un depósito del que sobresalía una mecha que se estiraba mediante unas pinzas hasta ajustarla al nivel requerido. Las gentes hacían cábalas sobre la utilidad de los artilugios. Sin embargo, cuando al cabo de unas semanas el invento se puso en marcha, las exclamaciones de admiración resonaron por todo el perímetro de la muralla. Al atardecer, unas brigadas municipales se dispersaron por toda la ciudad armadas con unas pértigas que en su extremo tenían una pinza que se manejaba desde la base mediante una guita y que servía para ajustar las mechas, y una torcida de lana encendida que las prendía, empapadas en el negro aceite que alojaba el depósito del artilugio. Cuando las sombras de la noche invadieron la ciudad, el aspecto de Barcelona había cambiado totalmente. La condesa, acompañada por un reducido séquito en el que se incluían Delfín y su primera dama Lionor, salió a las calles en litera cerrada para cerciorarse de que el aspecto de la urbe era tan fastuoso como le habían prometido. Salió de palacio, pasó por el *Call* y, por la puerta del Bisbe, se dirigió hasta el Palau Menor, desde donde regresó a palacio totalmente satisfecha de lo que sus ojos habían visto. A su costado y ajustando el paso de sus caballerías al ritmo de los portadores de la litera, caminaban el veguer, Olderich de Pellicer, y un ufano Bernat Montcusí, que no cabía en su pellejo de puro contento.

En cuanto los portadores ajustaron las falcas de las parihuelas de su litera sobre el enlosado patio de armas, la condesa descendió seguida de Delfín y de Lionor.

—Veguer, debo felicitaros. Apenas hubiera podido afirmar que la ciudad que han recorrido mis ojos es la Barcelona de siempre.

—Señora, me abrumáis, pero no soy yo el responsable de esta maravilla. Cargádselo al crédito de vuestro consejero de abastos; de él ha sido la idea y la realización.

Almodis, girando su rostro hacia el consejero, arguyó:

—Está bien, Bernat, una sola duda me asalta. ¿Qué ocurrirá si nos acostumbramos a este bienestar y por las circunstancias a las que siempre nos expone el destino nos quedamos sin reservas de este maravilloso producto?

Montcusí estaba reventando las costuras de su túnica.

—Mal podría ser un buen servidor si no hubiera ya previsto esta circunstancia. Las reservas para cuatro o cinco meses están ya a buen recaudo, y así será siempre.

—Transmitid mis parabienes a vuestro joven amigo. Si todo sale como espero, al finalizar los fastos de la recepción del embajador del rey de Sevilla tendréis todos cumplida prueba del agradecimiento de vuestra condesa.

Y tras estas palabras Almodis de la Marca se introdujo en el Palacio Condal seguida por el apresurado paso de su bufón. Éste, tirando de su capa la detuvo.

—¿Qué quieres ahora, Delfín?

—Señora, desconfiad. La iniquidad asoma en la mirada de este hombre.

—Lo sé, Delfín... Pero no puede negarse que sus servicios nos resultan útiles.

Y tras este último comentario, Almodis desapareció hacia sus aposentos.

Ruth estaba hecha un manojo de nervios. Las visitas de Martí a la casa de su padre se hacían más y más frecuentes. Los asuntos que éste y su progenitor compartían eran muchos —el depósito en el sótano de su casa, la compra de una nueva propiedad, los fletes de los barcos y un largo etcétera— y por lo que deducía, a él le agradaba llegar a la cita un poco antes para poder dedicar un rato a charlar con la hija de su amigo. Ella cada día era más consciente de que su finalidad en la vida era amar a aquel hombre y de que todo lo demás poco le importaba: no se conformaba con las migajas de aquel banquete. Su mente había urdido una historia que sin que lo sospechara el hombre, era la suya propia, y de ella se valía para pedir consejo y ver de aproximarse a él lo más posible.

Aquella tarde, como casi siempre, se había presentado con tiempo. Ruth lo vio llegar desde la ventana de la habitación que compartía con Batsheva. Ésta, que también lo había advertido, al ver la premura con que su hermana se precipitaba ante el espejo de latón y se arreglaba la trenza, argumentó:

—Se ve que te place soportar la charla de la gente mayor. Ni te corresponde por edad, ni es judío. No se me imagina dónde va a parar esta fijación.

—Dedícate a tu labor de espiar desde la galería de mujeres de la sinagoga al soso de Ishaí Melamed, para hacerte la encontradiza a la salida. Tal vez consigas ser otra aburrida esposa judía, guisar comida *kosher*, el sabbat *haroset*,* criar un montón de mocosos y cantar dulces canciones en la Fiesta de las Luces. A mí me place más quedarme soltera y conversar con quien me apetezca.

Tras estas palabras se precipitó hacia las escaleras y al cabo de un momento estaba bajo el castaño bebiendo las palabras de Martí.

—Entonces, me confesáis que os gusta un muchacho —decía él en aquel momento.

—Así es, pero no me hace caso y además es un amor imposible.

A Martí la alegre conversación y el desparpajo de la muchacha le entretenían y disipaban su pena.

—No cejéis, que no hay castillo que no se rinda ante la acometida de Cupido.

—¿Me aconsejáis entonces que no renuncie?

—No soy quién para dar consejos a una jovencita, pero en la guerra y en la vida, siempre triunfa el que porfía.

—Algo he ganado en vuestra consideración: antes siempre era una niña, ahora ya soy una jovencita.

A Martí las respuestas de Ruth siempre conseguían desconcertarle.

—Quiero decir que las contrariedades deben superarse en todo orden de la vida. Es un consejo general el que os doy; siempre y en cualquier circunstancia os hará bien.

* Mezcla de frutas troceadas, nueces y especias.

—¿Y cuando los obstáculos son muchos?

—Más empeño deberéis poner.

La muchacha pareció dudar un momento.

—Y si además de otros inconvenientes nos separara, por ejemplo, la religión, ¿cuál sería entonces vuestro consejo?

—Es muy difícil aconsejar a otra persona. Sólo os puedo hablar de mí. Yo amé desesperadamente a una muchacha adorable que no me correspondía ni por categoría ni por condición, y sin embargo no desistí.

—¿Ya no la amáis?

—Sigo amando su recuerdo.

Ruth, que conocía el drama vivido por Martí, habló con la mayor precaución.

—Bienaventurada ella que vivió un amor tan intenso. Le tengo envidia.

Una sombra se proyectó sobre la mirada de Martí.

—Mi Dios también se enamoró de ella y pudo más que yo, por eso se la llevó. No le tengáis envidia: a vos os queda todo por hacer y ella ya no puede hacer nada.

—Envidio el amor que ha inspirado en vos hasta después de muerta.

Martí reparó en aquel instante bajo otro prisma en el óvalo perfecto del rostro de la muchacha, circunvalado por la pañoleta blanca, y sus oscuros y almendrados ojos y pensó que el hombre que la desposara sería un ser afortunado.

En aquel momento la puerta de la galería se abrió y apareció la noble figura de Baruj Benvenist.

Martí percibió algo en el tono de voz del cambista cuando éste se dirigió a su hija.

—¿Cómo debo decirte, Ruth, que cuando un huésped llegue a esta casa, y una vez le hayas acomodado y atendido, debes retirarte y dejarlo solo? Es de mala educación obligar a las personas a entablar conversaciones sobre temas baladíes que nada importan.

Martí intervino en defensa de la muchacha.

—No me importuna; muy al contrario, me entretiene.

—Sois muy gentil —replicó Baruj con gesto adusto—, pero ella sabe a lo que me refiero.

La muchacha, cosa que extrañó a Martí, se retiró sin responder a su padre.

—Se hacen mujeres, querido amigo, y ningún hombre debe pretender coger una rosa sin clavarse una espina.

77

Abenamar

ra viernes. La muchedumbre se había arrojado a las calles. El pueblo quería ver si cuantas maravillas se habían dicho de aquel cortejo eran ciertas o meras fantasías. Las ventanas de las gentes pudientes estaban engalanadas con damascos rojos, y con telas más sencillas y multicolores las ventanas de las casas del pueblo llano. El aparato de pompa y lujo que se había planificado desde palacio debería marcar indeleblemente la mente del conspicuo embajador para que así se lo transmitiera a su monarca, el ilustre al-Mutamid de Sevilla. La multitud, ataviada con sus mejores galas, llenaba la ruta por donde estaba anunciado el paso de la comitiva. Por expreso deseo de la condesa, se había acordado que la entrada del séquito fuera hacia la caída de la tarde para que de esta manera luciera con todo su esplendor la luz artificial que se iba encendiendo en calles, plazas y portales de la muralla. Los habitantes de la ciudad habían invitado a sus parientes del campo a fin de que éstos tuvieran ocasión de presenciar aquel acontecimiento que, junto a la nueva iluminación, iba a significar un antes y un después en la vida de la ciudad. La entrada del cortejo sería por el portal de Castellnou a fin de dirigirse bordeando el *Call* hacia la iglesia de Sant Jaume; desde allí, ascendería en dirección al portal del Bisbe hasta el Palacio Condal, que estaba a su derecha. Los alguaciles no daban abasto para contener a la abigarrada multitud que desplazaba, a fuerza de intentar mejorar su visión, las vallas de madera alineadas a lo largo del recorrido.

En los aledaños del palacio apenas se podía abrir un pasillo por donde fueran llegando los invitados, que en carros, palanquines, sillas de mano o literas, acudían a palacio como las moscas acuden a un tarro de miel. Los pajes corrían de un lado a otro ayudando a los cocheros, que tascaban frenos de las engalanadas cabalgaduras, de crines aceitadas y relucientes y peinadas colas, nerviosas ante tanta luz y tanto trasiego. Todas las familias allegadas a los Berenguer que pretendían ser alguien en la corte estaban presentes: los Besora, Gurb, Cabrera; los Perelló, Alemany, Muntanyola; los Oló, los Montcada, los Tost, los Cardona, Bernat de Tamarit, Ramón Mir, los Queralt, los Castellvell, los Tous... todos se disputaban el honor de ser los más brillantes y mejor vestidos del festejo.

En la puerta principal el veguer, Olderich de Pellicer, rodeado de maceros, que en sus túnicas de gala lucían el ajedrezado escudo de los Berenguer y cubrían sus cabezas con bonetes de terciopelo, recibía a los invitados que ascendían por la alfombrada escalera, entre dos hileras de chisporroteantes hachones, para ser anunciados antes de su entrada en el gran salón.

Martí había acudido a primera hora para asegurarse de que la luz de sus faroles funcionaba correctamente. Un salvoconducto de la condesa le permitía moverse por donde quisiera como encargado de la iluminación general. A lo lejos divisó a un compuesto Eudald Llobet que, junto al obispo de Barcelona, el deán de la seo y otros clérigos de las diferentes parroquias de la ciudad, aguardaba a un costado del vacío trono a que los invitados fueran ocupando los lugares ordenados por el rígido protocolo.

El clamor del populacho anunció, antes de que lo hicieran las trompas y los añafiles, que el cortejo se acercaba.

Ruth y Batsheva, envueltas en sus capas, aguardaban el paso de la brillante comitiva, mezcladas entre el gentío. Su padre no había podido acompañarlas porque tenía que estar junto a su madre, pero, debido a lo extraordinario de la circunstancia, había accedido a que sus hijas pudieran acudir a ver el paso del cortejo, con la condición inexcusable de que en el momento fijado regresaran a la casa sin falta, pues comenzaba el sabbat. Las acompañaba Ishaí Melamed, hijo de un buen amigo de la sinagoga. Los tres se habían refugiado en unos soportales aguardando a que la cabalgata asomara por el extremo de la calle. El clamor de la multitud anunció que el séquito estaba a punto de doblar la esquina. El gentío estiró el cuello como un solo hombre. El ruido era ensordecedor. Al frente de la comitiva caminaba una banda de música tocando toda clase de instrumentos, muchos de ellos desconocidos para el enfervorizado gentío. Liras, albogues y otros instrumentos alegraban el desfile, pero lo que realmente captó la atención de todo el personal fueron dos jinetes que, montados en soberbios corceles árabes revestidos con gualdrapas verdes y doradas, golpeaban unos grandes timbales situados a ambos lados de los cuartagos con dos baquetas en cuyo extremo se hallaban sendas bolas de piel de cabra, que marcaban el paso del cortejo. Luego una escolta de treinta hombres al mando de un moro inmenso rodeaba un palanquín de laca china y panes de oro cuyo tejadillo recordaba la picuda forma de un minarete, portado por diez hercúleos y relucientes númidas. En él, con las cortinillas abiertas, se veía al embajador Abenamar* saludando.

Batsheva estaba nerviosa.

—Ruth, se ha puesto el sol. Vamos a llegar tarde y nuestro padre nos reprenderá.

—Ahora es imposible pasar, Batsheva. Además, hemos salido a ver las nuevas luces y hasta que se haga de noche no van a lucir.

—Va a comenzar el sabbat, debemos partir.

Ishaí acudió en su ayuda.

—Batsheva, vuestro padre comprenderá. Es imposible pasar al otro lado. Estamos ante un acontecimiento tan extraordinario que deberemos contarlo a nuestros hijos. Yo me hago responsable.

Batsheva insistía:

—Al anochecer los judíos no podemos estar fuera del *Call*, tenemos el tiempo justo...

---

* El autor se permite la licencia de adelantar los hechos de Abenamar, que sucedieron durante el reinado de Ramón Berenguer II Cap d'Estopa, al de su padre Ramón Berenguer I el Viejo.

—Hoy han retrasado el toque de campanas. Veréis como también retrasan la queda.

El cortejo había llegado a su altura y el ruido impedía oír una palabra a menos que se hablara al oído del vecino.

La comitiva pasaba en aquel instante delante de los tres jóvenes. Ruth, al ver el noble rostro del embajador sevillano, tocado con un turbante amarillo en cuyo centro lucía una gran esmeralda, sus oscuros ojos y su blanquísima dentadura, y la fina y recortada barba que remataba su mentón, tuvo conciencia de que era testigo de un hecho histórico y trascendental y sintió el orgullo de que la magnífica luz que lucía en su ciudad fuera la obra de su amado.

Martí ya había visto todo cuanto deseaba ver y su presencia en palacio era innecesaria. La comitiva del embajador ya había entrado y las grandes puertas del salón de recepciones se habían cerrado. Pensaba acudir al día siguiente a la seo para que Eudald le explicara los acontecimientos y pormenores que allí dentro se iban a suceder, pero un irrefrenable deseo de ver su ciudad bajo la aureola de la nueva luz le asaltó de repente. Tomó su capa y, despidiéndose del oficial que vigilaba la entrada, se embozó en ella y quiso mezclarse entre la muchedumbre y perderse entre la algarabía y el jolgorio de sus conciudadanos de Barcelona. Era prácticamente imposible seguir una ruta prefijada. Había entrado en la turbulenta corriente y no tenía otro remedio que seguir hacia donde le llevara la marea de gente. Todo le parecía nuevo bajo la luz. Las viejas piedras adquirían tonos y matices desconocidos, cada rincón conocido se convertía en un descubrimiento. Mientras se abría paso, se dio cuenta de que su vida había sido un puro milagro. Su mente empezó a recordar y llegó a la conclusión de que todo aquello se debía a que una vez y en un lejano puerto en Famagusta, llevado de su buen corazón, rescató de las aguas a un hombre. Luego le entró una angustia infinita recordando a la persona a quien no había podido salvar... Era un hombre rico, sus barcos recorrían los puertos del Mediterráneo, su casa cerca de Sant Miquel iba tomando trazas de convertirse en mansión, había ampliado su comercio y sus carros acudían a las ferias comprando al por mayor nuevos productos.

La multitud avanzaba incontenible y los alguaciles se las veían y deseaban para contenerla. Parecía que aquella noche valía todo. El vino había animado a la muchedumbre y en alguna que otra esquina habían asomado dagas y cuchillos por nimiedades. Por fin consiguió llegar a los alrededores de su casa. El corazón le dio un vuelco. Allí, sentada en uno de los poyos de piedra que sostenían un arco, acurrucada hecha un ovillo, le pareció ver a una figura vagamente familiar. Atravesó a brazo partido la riada humana y apartando a un grupo de mozos que se habían detenido junto al bulto les conminó a que siguieran adelante. Fuere por su gesto, fuere por su actitud decidida o fuere porque el vino había hecho mella en sus sesos, el caso fue que pensaron que mejor sería divertirse en otro lado. Al oír su voz, aquella figura asustada había alzado la cabeza. Los oscuros ojos de Ruth, la hija menor de su amigo Baruj, se clavaron en él suplicantes.

Martí la tomó por los brazos y la alzó a su altura. El gentío la oprimió junto a él. La muchacha lo miró como una aparición.

—¿Qué estáis haciendo aquí?

Ruth, con voz entrecortada y entre lágrimas, le explicó lo sucedido.

—El caso es que cuando pudimos, intentamos regresar. Ishaí iba delante, de su mano iba mi hermana y detrás de Batsheva iba yo. Al llegar a una esquina se interpuso un grupo y tuve que soltar su mano. Vi cómo sus cabezas se perdían entre las gentes al igual que la de un ahogado desaparece entre los remolinos de un río. Batsheva gritaba y hacía ademán de regresar, pero Ishaí no la soltó. Llegué al cabo de mucho a las puertas del *Call*:* ya estaban cerradas. Aguardé pensando que mi hermana y su acompañante aún no habían llegado, pero no

---

* El autor ha optado aquí por la versión popular, y más extendida, de un *Call* amurallado, aunque cabe recordar que el debate entre historiadores y arqueólogos sigue vigente; la autenticidad de dicha versión no está contrastada y no se ha encontrado ningún resto, ni arqueológico ni documental. Se sabe de la existencia de una comunidad judía desde 850, pero en ningún caso se habla de muralla, si bien es cierto que aparecen a menudo referencias a puertas y al recinto cerrado.

fue así. Por lo visto consiguieron entrar a tiempo. Entonces, sin saber qué hacer ni adónde ir, empecé a andar por la ciudad en dirección a vuestra casa… No conozco a nadie más… Esperaba veros llegar en algún momento.

—Habéis cometido una imprudencia terrible. Ya sabéis cómo ocurren estas cosas: en una noche como la de hoy, si la gente descubre a un judío fuera del *Call*, puede pasar cualquier cosa.

—Dentro conozco casas amigas, pero fuera me siento perdida y no sabía dónde acudir —sollozó Ruth.

—No os soltéis de mi mano y seguidme.

Ruth asió la mano que le tendía Martí y al hacerlo, pese a los terrores que la habían asaltado, a punto estuvo de bendecir aquella circunstancia. Luego, ambos se dispusieron a cruzar entre el gentío hacia la plaza donde estaba Sant Miquel.

Cuando Martí observó en la puerta de su casa a Omar, a su mayordomo Andreu Codina, a Mohamed, que ya había crecido lo suficiente para parecer un mocetón, y a un grupo de criados que vigilaban la entrada, portando hachones y gruesos garrotes, su corazón se ensanchó. Presionó con más fuerza la mano de la joven y la advirtió.

—Vamos a atravesar ahora. No os soltéis, por el amor de Dios.

Los ojos de la muchacha respondieron por ella. Omar los había divisado y seguido de dos criados se metió entre la masa abriendo camino.

Finalmente se hallaron todos a salvo tras los cerrados portalones del caserón.

Omar habló asustado.

—Amo, jamás vi cosa igual: la gente está enloquecida, la iluminación los ha desquiciado, hasta han pretendido entrar en el patio y los hemos tenido que sacar a palos. Dicen que en algunas zonas ha habido desórdenes en las calles. He temido por vos.

—No ha pasado nada, gracias a Dios. —Luego, viendo la mirada inquisitiva de su hombre, añadió—: Ya conoces a Ruth, la hija menor de mi amigo Baruj. Han cerrado por precaución las puertas del *Call* antes de tiempo y, al separarse de su hermana, se ha quedado fuera. Si no la llego a rescatar, no sé lo que hubiera sucedido. Esta noche la pasará aquí. Llama a Caterina: que entre ella, Naima y Mariona preparen el cuarto de la terraza del primer piso y di a la dueña que ponga un par de criadas a sus órdenes para que le suministren cuanto necesite. La noche va a ser larga, esto no ha hecho más que comenzar. Acompáñala, Omar.

El moro observó a la muchacha y a su amo alternativamente y con el gesto la invitó a seguirle.

—Si tenéis la bondad…

Ruth clavó sus almendrados ojos en Martí y, pese a ser consciente del tremendo problema que estaba creando, bendijo su suerte.

78

La alianza hispalense

l conde de Barcelona, Ramón Berenguer el Viejo, y su consorte Almodis estaban en aquel momento reunidos con el embajador sevillano en el salón de audiencias del Palacio Condal. En una larga mesa y frente por frente se habían instalado ambas delegaciones. De parte de los condes y asesorándolos, su consejo privado, compuesto por el veguer de Barcelona, Olderich de Pellicer, el senescal Gualbert Amat, el consejero de finanzas y abastos Bernat Montcusí; el notario mayor, Guillem de Valderribes; el obispo de Barcelona, Odó de Montcada; el secretario de turno Guerau de Cabrera y el intrépido Marçal de Sant Jaume, prominente figura del condado, buen conocedor de cuestiones árabes y cortesano hábil. La representación del rey sevillano la constituían su embajador y renombrado poeta Ibn Ammar, o Abenamar; ar-Rashid, hijo mayor de al-Mutamid; el capitán de su hueste Aben Zaiden y cinco acompañantes, cada uno de ellos experto en su parcela. Al extremo de la mesa, dos «lenguas» iban traduciendo simultáneamente lo que allí se decía a fin de que todos se enteraran del asunto que se estaba tratando, aunque el embajador hablaba latín y conocía los giros propios de las hablas del condado.

El aspecto del enviado de al-Mutamid era magnífico, pero por encima de su indumentaria lo que realmente llamaba la atención era su empaque natural, lo calmo de su lenguaje y un encanto que subyugaba a propios y extraños. Antes de comenzar la reunión había

entregado a la condesa una carpeta de piel taraceada con pequeñas piezas de nácar que contenía un conjunto de pergaminos donde
se leían sus mejores composiciones, la última expresamente dedicada a Almodis en una loa a sus verdes ojos y a su roja cabellera,
traducida a lengua provenzal. Al finalizar el panegírico ar-Rashid
la obsequió, en nombre de su padre, con un hermoso estuche de
caoba africana en el que lucía un aderezo de verdes esmeraldas
engarzadas en un soberbio collar de oro rojizo propio de los orfe-
bres sevillanos que entroncaba con las metáforas del elogioso poema. Al conde le entregó una cota de malla del mejor acero, ligera
cual si fuera de terciopelo y sin embargo mucho más fuerte que el
hierro.

Tras prolijas y adornadas fórmulas propias de toda embajada proveniente de al-Andalus, los visitantes parecieron dispuestos a entrar
en materia.

—Poderoso conde Berenguer de honorable linaje; conocida es
entre las gentes de mi ciudad la hidalguía de vuestra estirpe. Mi rey
y señor os honra enviando en su representación a su propio hijo,
para que podáis percibir lo legítimo de sus peticiones y lo serio e
importante de la misión. Hemos sido enemigos en tiempos lejanos,
pero las épocas de Almanzor ya terminaron, dejando sin embargo
en vuestra bella Barcelona muchas raíces que ahora nos unen. Por
eso venimos en son de amistad y demandando franca colaboración
para un asunto que tiene para mi soberano un interés político y que
a vos os reportará gloria y buenas rentas.

Tras este florido preámbulo, el conde respondió:

—Mi querido visir, os hemos recibido como amigos que somos.
Ayer os pudisteis dar cuenta de la cariñosa acogida que os prestó
Barcelona. Mi esposa, mis consejeros y yo mismo estamos ansiosos
de escuchar vuestra propuesta para, si es en provecho de mis súbditos, aceptarla al punto.

Ambos discursos iban siendo traducidos por los respectivos «lenguas» con voces neutras e inertes.

—La empresa que desea emprender mi rey es ambiciosa y
requiere la colaboración de la esforzada infantería franca, sin la cual
mi señor no se internaría en tan incierto empeño.

La delegación catalana estaba al tanto de la manera de presentar los proyectos de las gentes del islam y atendía atenta.

—Mi señor desea reivindicar sus derechos sobre la taifa de Murcia donde reina el usurpador, Muhammad ibn Ahmad Thair. Deseamos que al-Andalus esté unido bajo una sola enseña, cosa que mi señor espera conseguir conquistando posteriormente Córdoba. Entonces tened por cierto que tendréis un solo y sólido aliado en el sur que os será fiel y de gran utilidad en vuestras posibles futuras guerras, si a la muerte del prudente Sulaiman ben Hud al-Mustain de Zaragoza sus belicosos hijos no siguen la política de paz de su progenitor.

Berenguer atendió el discurso del moro hasta el final.

—Entiendo bien que lo que me proponéis es beneficioso para mi pueblo. No hay mejor negocio que la guerra para recabar parias y asegurar fidelidades. Pero entended que si entro en tan sorprendente empresa es más por vuestro interés que no por el mío, ya que me son más deseables y cercanas las taifas de Lérida y Huesca que la de Murcia. Sois un hombre entendido en la materia: la forma de trasladar mis tropas ha de ser compensada.

—Lo que os propone mi señor es lo siguiente: vos acudiréis con vuestras huestes y aportaréis al cerco de Murcia vuestra infantería junto con la sabiduría necesaria para fabricar las torres de asalto. Mi señor aportará la caballería, los especialistas para la fabricación de catapultas y otras máquinas y desde luego el personal que atienda la intendencia para alimentar a toda la hueste.

—El gran beneficiario de la empresa será sin duda vuestro rey al-Mutamid. Él es el que se coronará rey de Murcia. A mí, influencia tan remota nada me interesa. La compensación deberá ser económica y no circunscrita a esa acción en concreto.

La discusión fue larga y dura la porfía. Las sesiones se fueron alargando varias jornadas. Almodis escuchaba atentamente y luego en la intimidad del dormitorio aconsejaba al conde.

—Debéis andar con los ojos muy abiertos: el embajador es sumamente listo. La propuesta económica deberéis aumentarla hasta la cifra de diez mil maravedíes, pagaderos en dos partes: la primera antes de iniciar la campaña, la segunda al finalizarla. Deberéis conseguir el derecho del primer botín al entrar en la ciudad, y finalmente algún gran señor, como el excelente Marçal de Sant Jaume, deberá figurar como rehén invitado, en tanto que ar-Rashid, el hijo del monarca sevillano, se incorporará a vuestro séquito antes de iniciarse el cerco, en igual condición. Como comprenderéis, vais a tener mejor garantía. No es lo mismo un hijo que un aristócrata, por muy encumbrado que esté; más aún si éste acostumbra, dada su intrepidez, a crear problemas.

Finalmente, tras la firma de los acuerdos del compromiso, la brillante embajada mora partía de Barcelona ovacionada por el pueblo, que intuía que el sellarse la alianza para una escaramuza por demás lejana no implicaría riesgo alguno para el condado; en cambio aportaría a la ciudad un río incontenible de dinero que, inyectado en las arcas municipales, se repartiría posteriormente por los sectores interesados y a través de ellos revertiría en sus ciudadanos.

79

La ausencia de una hija

artí aguardaba nervioso y cabizbajo en la antesala del gabinete de su amigo y protector Baruj Benvenist. La encomienda, conociendo la idiosincrasia de los moradores del *Call*, no era fácil. Los sucesos del viernes quedaban ya lejanos. Las gentes habían vuelto a sus quehaceres diarios y en palacio seguían los agasajos y las reuniones. Todos comentaban con elogio la luz que al anochecer iluminaba la ciudad, y el nombre de Martí iba de boca en boca.

Más de un día llevaba Ruth en su casa, y el domingo por la mañana llegó el momento de afrontar el problema. Martí ni lo intentó el sábado, pues tratándose del festivo de su religión, sabía que la tentativa hubiera sido en vano.

La tarde anterior comentó todo lo sucedido con la muchacha. Por la mañana la dejó dormir, pues creyó que necesitaba un buen descanso. Cuando después de comer la vio comparecer en la terraza, serena pero asustada, pensó que el momento era el apropiado.

—Ruth, ¿habéis descansado?

—Gracias por todo, Martí. Sin vuestra intervención no sé lo que habría sido de mí. Sí, he descansado y hubiera dormido tres días seguidos.

—Sentaos. Hemos de hablar de muchas cosas.

La muchacha, ante la indicación de Martí, obedeció haciéndolo en el borde del banco.

—Cometisteis una imprudencia muy grande. Vuestro padre

estará pasando una angustia terrible. He intentado acercarme esta mañana pero el *Call*, como siempre, el sabbat está cerrado a cal y canto. Mañana en cuanto despunte el día acudiré para tranquilizarlo e intentaré explicar lo ocurrido.

—Martí, soy consciente del embrollo que he ocasionado, pero creedme si os digo que no fue mi culpa: ya os conté ayer lo ocurrido. Adoro a mis padres y adivino lo que estarán pasando. Batsheva les habrá contado lo ocurrido hasta donde ella alcanza, pero ignora el desenlace. Es sabbat, nada se puede hacer hasta mañana.

Martí recordaba esta conversación cuando Baruj, luciendo una hopalanda negra y un gorro del mismo color, ambas prendas de riguroso luto, apareció a su lado. El cambista parecía haber envejecido varios años en poco tiempo.

—*Shalom*, Martí, querido amigo, y gracias por todo lo que habéis hecho por esta familia.

—Entonces, ¿conocéis los hechos?

—Tengo maneras de saber todo lo que ocurre en la ciudad puertas afuera aunque sea sabbat y esté encerrado en el *Call*. Pero pasad; hablaremos en mi gabinete.

El anfitrión se anticipó abriendo la puerta y Martí entró tras él en el despacho, que tan bien conocía, y se quedó de pie a la espera de que Baruj abriera los postigos que daban al jardín.

Luego, sentados frente a frente, comenzaron a aclarar las circunstancias que habían jalonado los sucesos de la noche del viernes.

—Pues ya veis que lo sucedido, hasta el cierre de las puertas tras la entrada de mi hija Batsheva y su acompañante en el recinto del *Call*, lo supe por ellos; a partir de este momento han sido mis buenas relaciones con los cristianos de allende los muros las que han hecho que supiera que mi hija ha estado a resguardo en vuestra casa, algo que no viviré años suficientes para agradecéroslo —dijo Baruj.

—Entonces ya conocéis los hechos. Ruth está sana y salva, ha descansado y mañana la tendréis a vuestro lado.

—Tristemente para mí no es tan fácil.

—No os comprendo.

El cambista se retrepó en su sitial y acomodándose las mangas de su túnica comenzó a explicarse.

—Veréis, Martí, somos un pueblo muy antiguo que ha resistido los embates y las vicisitudes de los tiempos gracias a conservar férreamente sus costumbres y tradiciones. No tenemos patria y si lo que os digo no nos uniera, ya nos hubiéramos disgregado en un mundo de gentiles y no seríamos nada.

—No entiendo qué tiene que ver lo sucedido con...

—Dejadme terminar. Yo, por el cargo que ocupo y por lo que represento, soy el que menos puede faltar a nuestra tradición sin que en ello medie escándalo. Nuestras leyes son estrictas. Hasta que no es entregada por su padre en matrimonio concertado una muchacha judía no puede pasar una sola noche fuera de su casa, y mucho menos fuera del *Call*. Mi hija Ruth ha deshonrado a su familia y sería un escándalo que pretendiera no hacer caso. Si la acojo en mi casa, la que quedará manchada será mi honra y asimismo mi estirpe, de manera que sin culpa alguna mi otra hija Batsheva no encontrará a ninguna familia judía que apruebe el enlace de uno de sus hijos con alguien de mi casa.

—¿Qué queréis decir?

—He de reflexionar. Por un lado mi corazón de padre sangrará porque pierdo a mi hija querida, pero por otro mi obligación de *dayan*, y además preboste de los cambistas, me impide tomar otra decisión que no sea la correcta.

—Nadie tiene por qué enterarse —argumentó Martí.

—Ya se han enterado: ésta es una comunidad pequeña y las comadres lo son en toda circunstancia. Mi mujer, que está sufriendo lo que no está escrito en los anales de nuestras escrituras, me comunicaba ayer al salir de los rezos nocturnos del sabbat que en la galería de mujeres se le acercó más de un alma caritativa para indagar por la salud de Ruth, pues al no estar presente en fiesta tan señalada, suponían que debía de estar enferma.

—Entonces, ¿qué vais a hacer?

—Tengo parientes en otras aljamas, tal vez encuentre allegados que la acojan aun haciendo de criada.

—Baruj, perdonad si os digo que no alcanzo a entender una religión que pueda ser tan estricta al juzgar un suceso casual que a nadie puede achacarse.

—No es momento para entablar una controversia sobre la religión judía, pero os recordaré que la vuestra todavía lapida a las adúlteras. No puedo salirme de la norma ni para salvar a mi hija.

Martí meditó un instante.

—Perdonadme: dije lo que dije sin pensar y llevado por el afecto que me inspira vuestra pequeña.

—Nada hay por lo que me tengáis que pedir perdón. Tras lo de la noche del viernes, siempre estaré en deuda con vos. Os ha hablado el *dayan*. Mi corazón de padre sangrará siempre y mi problema es qué hacer en tanto intento resolver esta embarazosa situación.

—¿Qué teníais pensado?

—De momento, hablar con nuestro común amigo Eudald Llobet. Confío en su justo criterio y en las influencias que tiene fuera de estas paredes. Dentro del *Call* no hay solución.

—Si me queréis decir que el problema reside en dónde tiene que alojarse Ruth en tanto hacéis las gestiones oportunas, os diré que en mi casa tendrá siempre cobijo y ayuda.

El cambista quedó un instante pensativo y Martí intuyó que su corazón vacilaba.

—Sois muy amable, pero no creo que sea una buena solución para nadie.

—En verdad, Baruj, que ahora no os entiendo.

Un gran suspiro acompañó la respuesta de Benvenist.

—Martí, sois mi amigo y socio, y la deuda que he contraído con vos es de tal calibre que no la amortizaré en toda mi vida. Eudald encontrará un alojamiento momentáneo para Ruth; si le abrierais las puertas de vuestra casa siendo judía arrostraríais un sinfín de dificultades.

—Baruj, desvariáis. ¿Queréis separar a vuestra esposa de su hija menor? Al menos en mi casa, Rivká podrá seguir visitándola.

—Ése es el precio que deberá pagar... —murmuró Baruj, aunque su corazón temblaba ante la perspectiva.

—Os repito que en mi casa estará bien y a salvo de cualquier peligro. La podréis ver cuantas veces queráis y me gustará saber quién es el imprudente que se atreva a intentar perjudicarla. No quiero pecar de inmodesto, pero a pesar de que aún no gozo de la ciudadanía de Barcelona, no soy un cualquiera y todavía más desde que la condesa Almodis me ha otorgado su beneplácito. Creedme, no habrá peligro alguno.

Viendo que Baruj vacilaba, Martí, casi sin saber por qué, insistió:

—Va en ello mi honor, amigo mío. Juro, y apuesto en ello la salvación de mi alma, que la cuidaré como si de una hermana mía se tratara. Confiádmela, no hará falta que busquéis acogida en otro lugar. Podréis verla cada día si es vuestro gusto, empeño mi palabra que no ha de pisar las calles fuera de las horas autorizadas y desde luego podrá seguir practicando en sus aposentos los ritos de vuestra religión.

—Existe otro inconveniente: sois un hombre soltero y las comadres son siempre comadres; mi hija deberá estar, si pretendo conservar la honra que le queda, bajo la férula de una dueña que cuide de ella.

—Tampoco es problema. Caterina, mi ama de llaves, cuidará de ella a todas horas y ni una sola noche se apartará de su lado. Si alguna persona pretende comprobarlo enviadla a mi casa y podrá aseverar que vuestra Ruth tiene una dueña que no la abandona ni a sol ni a sombra. Además —añadió Martí con la voz quebrada—, vos sabéis que el tiempo transcurrido no me ha cambiado: Laia sigue estando en mi mente como el primer día.

En la forja del alma de Baruj brotó una lágrima que asomó por sus cansados ojos deslizándose por los surcos de sus mejillas. El anciano se puso en pie y dando la vuelta a la mesa de su despacho abrazó a Martí.

80

El soborno

l amanecer, el frío agarrotaba los miembros de Oleguer, el centinela que había facilitado la salida de Almodis de palacio y que por sus reiteradas faltas de disciplina había sido condenado a aquel triste lugar, en la falda del Montseny. La niebla mañanera le impedía prácticamente ver a un palmo de sus narices. Le faltaba un buen rato todavía para ser relevado. El sueño cerraba sus párpados y su mente elucubraba la manera de cortar aquella agonía urdiendo mil planes para regresar a Barcelona. Súbitamente las matas se movieron. Oleguer observó que el viento estaba calmo y que no se movía ni una brizna de hierba. Sus ojos intentaron penetrar la espesura y entonces se dio cuenta de que por ella asomaba una larga rama de la que pendía un reducido saquito hasta rozarle prácticamente las calzas. Rápidamente se hizo a un lado, extrajo una flecha de la aljaba, la colocó en el arco, tensó la tripa y echándoselo a la cara, apuntó a la espesura.

Su voz resonó áspera en la madrugada:

—Si no salís de ahí inmediatamente y os veo la cara, daos por muerto.

Una voz de mujer, cascada y vacilante, respondió en tanto que el boscaje se abría un poco.

—Favor inmenso que me haríais. Es infinitamente mejor morir que vivir aquí dentro.

Un bulto pardo, vestido con harapos de tela de saco, se asomó al camino. Bajo el casco y la cota de malla, el rostro de Oleguer adquirió la palidez de la muerte. La persona que había osado acercarse al camino era uno de los enfermos de la colonia.

—¡Idos para las grutas si no queréis encontraros con un dardo metido en las costillas!

—Cuando se ha adquirido esta enfermedad pocas cosas hay que puedan empeorarla —dijo Edelmunda—. Tened la bondad de atenderme que, sin duda, esto redundará en beneficio mutuo.

El hombre dudó unos instantes.

—Sea, no os acerquéis. ¿Qué es lo que pretendéis?

—Abrid la bolsita que cuelga de la punta de la pértiga.

—No os mováis ni un pelo.

Oleguer destensó la cuerda y, apoyando el arco en el tronco de un árbol, desenfundó el puñal que llevaba en el cinto y con él cortó la guita que cerraba el saquito de piel que pendía en el extremo de la rama. Con el primer rayo de sol brilló con cegadora luz media onza de oro.

La voz de Edelmunda resonó de nuevo.

—Hace ya casi dos años que vivo aquí. Tengo buenos dineros que allá donde viven las gentes tienen mucho valor, pero que aquí dentro nada valen.

—¿Y bien?

—Si me hacéis un favor yo os haré rico.

—¿Y cuál es ese favor?

—Veréis, mientras no adquirí la enfermedad me mantuvo la esperanza de que la persona que injustamente me condenó se arrepintiera de la injusticia y me sacara de aquí. Por eso guardaba mis dineros; pero desde que me sé condenada, lo único que me mantiene con vida es el ánimo de venganza. Lo que os pido es muy simple: vos me ayudaréis a que ésta se cumpla y yo, os lo repito, os haré rico.

—¿Cuánto de rico y cuál es mi compromiso?

—No correréis riesgo alguno. De momento, os he dado media onza y sabéis que tres son el sueldo del alcaide de un castillo de frontera. Vuestra misión será proporcionarme pergamino, cálamo, tinta y un lacre para mi sello, para escribir y sellar un mensaje que posteriormente entregaréis a quien os diga.

—¿Es eso todo?

—Eso es todo.

—Puedo tomar vuestros mancusos y largarme con ellos.

—Estoy enferma, pero no soy estúpida. El dinero que os he entregado vale para el pergamino y los útiles que os he demandado. Luego, el día que libréis, llevaréis una misiva donde os diga y la entregaréis a quien os diga. A cambio reclamaréis un conforme sellado por la persona. Cuando me lo entreguéis, yo os daré otra onza y media que, con lo que os he entregado, harán dos. ¿Os parece bien?

Los ojos del hombre brillaban de avaricia. Dos onzas eran una auténtica fortuna y bien administrada le permitiría sobornar a su jefe a fin de que accediera a dejarle ir un día en su compañía a Barcelona, pagar la multa que le librara de aquel servicio, dejar la milicia, comprar un buen carro y dos buenos caballos y una tierra, todo lo cual bien empleado le proporcionarían un buen vivir.

—Sí.

—Dentro de tres días os aguardaré aquí a la misma hora.

Edelmunda suspiró. La hora de la venganza había llegado. La colonia la componían en aquel momento catorce desgraciados, pero cuando ella llegó eran diecinueve. Muy de tarde en tarde llegaba un nuevo elemento, ya fuere como castigo por algún delito cometido o porque en el exterior hubiere contraído la maldita enfermedad. Mucho más frecuente era que alguno de los componentes de la colonia emprendiera el camino del que jamás se regresa; aquel día los demás lo envidiaban y de alguna manera lo celebraban. Después de hacer un hoyo, lo cubrían de tierra y colocaban en el montículo una cruz de basta madera; luego se repartían sus pertenencias y si algún familiar de buen corazón había dejado alguna provisión en los límites del campamento o alguien había cazado algún animalejo, lo atravesaban con un espetón y sobre una hoguera lo asaban y organizaban la despedida del duelo.

Al principio, Edelmunda quiso hacer vida aparte, pero enseguida se percató de que era imposible. A su llegada intentó resguardarse del frío en la boca de la cueva pero poco a poco, en el crudo invierno, se fue arrimando al fuego, y la necesidad de hablar con alguien la empujó a integrarse en aquella doliente y famélica comunidad.

Llevaba un año en aquel tremendo destierro cuando una noche descubrió que su cuerpo comenzaba a llenarse de pústulas purulentas; en vez de rebelarse, se sintió casi liberada. Aquel día comenzó a germinar en su alma un sentimiento que le ordenaba que su única obligación, antes de irse con la parca, era tomarse cumplida venganza de la persona causante de su mal. Uno de aquellos desgraciados, que había sido en su otra vida un salteador de caminos, que había ingresado en aquella comunidad sano de cuerpo y allí se había contagiado de la terrible enfermedad, fue el portavoz de su odio y le dio el consejo que en aquel momento era el norte de su vida: «En tanto el odio te caliente las entrañas, tendrás un motivo para subsistir; después ya todo te dará igual». Noche a noche fue explicando a Cugat las vicisitudes de su condena y a través de su consejo fue perfeccionando el plan.

Una noche, entrada ya la primavera, estaban junto a las brasas tomando una taza de hierbas que recogía el individuo y que inducían al sueño. Los demás ya se habían recogido y una pareja de aquellos miserables copulaba bajo una manta.

—Dichosos ellos que aún pueden —comentó Cugat—. A mí ya se me ha podrido la verga y el trozo que me queda ya no se hincha.

—A mí lo único que me hace vibrar es el odio. He de encontrar la manera de echarlo fuera: quisiera salir un solo día para matar a ese canalla. Luego, ya nada me importará —repuso Edelmunda con voz ronca.

—No es preciso estar en el sitio. Directamente no puedes vengarte; por tanto has de poner los medios para que alguien lo haga por ti.

—No te entiendo, Cugat.

—Es muy fácil: sólo hace falta encontrar a un sicario que haga el trabajo; teniendo dineros, como me has dicho que tienes, no habrá dificultad.

—¿Qué puedo hacer desde aquí? —preguntó Edelmunda, moviendo la cabeza en señal de impotencia.

—Dar argumentos a ese hombre al que tu enemigo ha robado su amada y que sin duda lo odia más que tú misma.

—¿Y cómo consigo llegar hasta él?

—Seguro que alguno de los guardianes admite sobornos. El día que está de guardia un tal Oleguer, deja que mi compadre se acerque hasta el margen del arroyo e incluso me ha permitido hablar con él.

—Pero mi enemigo es poderoso y está en Barcelona rodeado de guardias.

—Ese otro es igualmente poderoso; proporciónale los motivos pertinentes.

—¿Cómo voy a hacerlo desde este agujero?

—Envíale una misiva explicando los hechos. Él decidirá lo que hay que hacer.

—¿Y quién puede ser el mensajero?

—Me enteraré de las guardias de Oleguer para que puedas acceder a él; estoy seguro de que, si le pagas bien, puede ser tu correo.

—Y ¿cómo sabré que no se queda mi dinero y se deshace de la misiva?

—Oblígale a traer un recibo con la firma del destinatario.

—Lo malo es que no conozco la rúbrica de la persona que ha de recibir el recado.

—Pero él no lo sabe —contestó Cugat, y el amargado corazón de Edelmunda se llenó de esperanza.

81

La amarga nueva

os últimos meses del año 1057 fueron para Ruth una de las épocas más felices de su vida. Los días pasaban maravillosamente iguales y a ella le bastaba estar cerca de su amado. El único inconveniente era que veía en contadas ocasiones a su madre y a su hermana Batsheva. Su padre, enojado con ella, la castigaba con su ausencia, pero la vida cerca de Martí la compensaba de cualquier sentimiento de nostalgia. Por las mañanas, Martí le permitía acompañarlo, siempre con la debida indumentaria y teniendo en cuenta el lugar y las gentes que tuviera que ver. Las dos cosas que más placían a la muchacha eran las salidas hacia la puerta de Regomir camino de las atarazanas, a cuya altura echaban el hierro los bajeles de la naviera que lucían orgullosamente en su estandarte la M y la B entrelazadas, y al caer la tarde, las conversaciones que mantenía con aquel hombre que le había robado el corazón desde que era una niña.

—¿Os dais cuenta de que el destino es voluble y caprichoso?

—¿Por qué decís esto, Ruth?

—A vuestro regreso siempre me faltaban horas para escuchar los relatos sobre vuestros viajes y ahora soy la única interlocutora de los mismos. ¡Me gusta tanto poder vivir en vuestro mundo en vez de estar constreñida por las costumbres de mi pueblo, dentro del *Call*!

—Es una circunstancia pasajera, vuestro padre hallará los medios para que con el tiempo las aguas vuelvan a su cauce.

502

—¡Qué poco conocéis al pueblo judío! La tradición es una losa pesada que gravita sobre nuestras vidas, en especial sobre la de las mujeres.

—En vuestra religión hay tradiciones ventajosas; lo que ocurre es que nunca llueve a gusto de todos.

—Decidme alguna. Mirad a mis hermanas, pendientes de que padre apruebe su matrimonio con hombres que ni siquiera saben si aman o no...

—Me consta que vuestro padre lo hará con más criterio por su experiencia y conocimientos. La llamada de la pasión, que todo lo consume y que es lo que guía a la juventud, es un resplandor pasajero. Entre mi gente, también ocurre, tal vez sin el rango de ley que entre los vuestros tiene, pero sometido al peso de la costumbre. Y la costumbre con el paso del tiempo se convierte en ley.

—Entonces, ¿insinuáis que vuestra bella historia de amor, de haberse consumado, hubiera sido un fracaso?

El fino sentido de la polémica de Ruth, heredado sin duda de su progenitor, conseguía turbar a Martí, que sin embargo aguardaba con deleite todo el día a que llegara la noche para entablar aquellas enriquecedoras charlas con su protegida.

En aquel brete estaba cuando apareció en el quicio de la puerta de la terraza la entrañable figura de Omar.

—¿Puedo, señor?

—Tú siempre puedes, Omar.

El moro se adelantó y, como de costumbre, se detuvo a unos pasos de donde estaba su amo.

—Dime, ¿qué te trae por aquí a estas horas en vez de estar con los tuyos descansando? Vas a conseguir que Naima, Mohamed y la pequeña Amina me odien.

—Bien sabéis, amo, que mi familia ruega a Alá en la última oración de la noche que os conserve la vida muchos años.

—Durante mucho tiempo nada me importó perderla, pero el bueno de Eudald, como casi siempre, tuvo razón: los más bellos sueños quedan atrás y nacen otros. La vida puede mucho. —Si Martí hubiera observado los ojos de Ruth, habría percibido un brillo especial en sus pupilas—. Y bien, Omar, te escucho.

—Veréis, amo. El caso es que esta mañana estaba en el comercio cuando Mohamed me avisó que un hombre deseaba hablar conmigo de algo importante. Alguien que querrá pedir trabajo o algún parroquiano que deseará elevar una queja por el trato recibido, pensé. Le hice pasar. Al punto, subiendo la escalerilla que da al altillo, se presentó un individuo que por su actitud se veía su calidad de soldado, pero vestido como un comerciante.

»"¿Sois Omar, el apoderado de Martí Barbany?", me espetó.

»"El mismo", respondí. "¿Quién sois vos?"

»"Eso no importa. Traigo una encomienda de suma importancia para Martí Barbany y se me ha ordenado que se la entregue a un tal Omar. Se me da una higa su contenido y no me interesa que sepa nadie que he sido el mensajero, tal vez porque debía estar ahora mismo en otra parte. Si no la aceptáis, allá vos, siempre que me signéis una rúbrica que asevere que yo he estado aquí y que os la he querido entregar. A partir de ahí nada me incumbe."

»Al escuchar sus palabras intuí que de algo importante se trataba y que la persona que la enviaba os conocía. El caso es que rubriqué un papiro y acepté la entrega.

—¿De qué se trataba?

Omar rebuscó en el fondo de su faltriquera de cuero y de ella extrajo un rollo de pergamino sellado, que entregó a Martí.

Éste se alzó de su silla y tomando de las manos de su criado el pergamino, se acercó a un candil, observando el sello de lacre con detenimiento sin reconocerlo. Rompió el contraste y desplegó el pergamino.

A medida que sus ojos recorrían las apretadas líneas de letras su rostro se iba ensombreciendo.

15 de diciembre de 1057

Señor:

No me conocéis, pero yo os conozco bien. Lo que os voy a relatar es la pura verdad y en estas líneas encontraréis las garantías de que lo que os refiero es cierto como cierto es que el sol sale todos los días. Cabría que imaginarais que la que esto suscribe anida en su corazón afanes de venganza, lo que es totalmente injusto, ya que, estando próxima mi última hora, lo único que pretendo es poner mi alma en paz con Dios.

Vuestra amada Laia, como bien sabéis, murió lanzándose al vacío desde el muro de la residencia del consejero del conde, Bernat Montcusí. Vos cenabais allí aquella malhadada noche. Los motivos que la impulsaron a tan desesperado acto os son desconocidos, pero no para mí, que viví su locura día a día. Sé con certeza cuáles fueron esas razones: el violador fue quien más y mejor debía haber cuidado de ella. Bernat Montcusí fue esa persona y el estupro no ocurrió una sola vez, sino que se prolongó durante largo tiempo. El ascendiente que sobre ella tenía como marido de su pobre madre fue una cosa más, pero no la definitoria. Su alegría y su compañera era Aixa, la esclava que vos le regalasteis, ¿vais coligiendo cómo puede una desconocida estar al tanto de todas esta cosas, si no fuera porque son verdad y porque estuve muy próxima? Pues bien, la esclava fue encarcelada y sometida a tormento y a un sinfín de vejaciones, que incluyeron un perenne ayuno para obligar a Laia a acceder a la torpe pasión de su padrastro. Perdió la flor de su virginidad en el altar de la concupiscencia de un sátiro que la quería para él y solamente para él. Pero las cosas se tuercen y no siempre ocurren como se planean. Laia concibió un hijo deforme que perdió al nacer, pero durante el tiempo de la gestación a Montcusí, que ya había obtenido el logro de su deseo, le interesó que vos la desposarais y adoptarais a la criatura. La razón la desconozco.

Todo mi aserto os puede sonar a patrañas de vieja, pero lo que os diré a continuación os hará entender que es cierto, ya que lo uno sin lo otro no tendría sentido.

Se os dijo, y todo el mundo lo creyó, que vuestra esclava Aixa había muerto de peste. Pues bien, no es así: Aixa estaba encerrada, no sé si lo está todavía, en la casa fortificada de Terrassa, propiedad de Bernat Montcusí. Si allá os dirigís y no la encontráis viva os podrán dar razón de lo ocurrido. Demandad a su alcaide, Fabià de Claramunt, para que os diga dónde está la esclava que se hallaba en las mazmorras de la fortificación. Si lo que os cuento de Aixa no es verdad, podéis pensar que lo anterior tampoco lo es, que es una farsa y que yo puedo ocultar una aviesa intención hacia el consejero condal, pero si mi aserto resulta verdadero, entended que el resto de la historia también lo es.

Haced con esta información lo que os plazca. Yo ya puedo morir en paz.

EDELMUNDA, antigua sirvienta
de don Bernat Montcusí

El color huyó del rostro de Martí, al punto que Ruth se alzó de su asiento y se acercó presta, mientras Omar, que reclamaba a gritos que alguien trajera un vaso de vino, le sujetaba por los brazos y le obligaba a sentarse.

82

La charla de la seo

l día siguiente, un palidísimo Martí, vestido completamente de negro, aguardaba en la sala capitular de la seo a que Eudald Llobet, a la luz de una candela, terminara de leer la carta que le había entregado. Aquella noche había sido una de las más largas de su vida. En cuanto leyó la carta, y a pesar de la inquietud de Ruth, se había retirado a sus aposentos. La imagen de su querida Laia, violentada por su malvado padrastro mientras él disfrutaba de su aventura por el mundo, llenó su corazón de remordimiento. Como una fiera enjaulada, había dado rienda suelta a su ira golpeando con furia puertas y muebles, hasta que el agotamiento y el llanto le hicieron postrarse. Ahora, pasado un tiempo, esa ira se había convertido en un rencor sordo, y en sus enrojecidos ojos anidaba la llama obsesiva de la venganza y el dolor.

El canónigo apartó los ojos del pergamino y alzó la mirada hacia su amigo.

—¿Qué me decís, Eudald?

El sacerdote dudó.

—Sería muy largo de explicar y es muy complejo.

—¿Entiendo entonces que vos sabíais algo de todo esto?

—Bien, lo que un sacerdote escucha en confesión queda en el más absoluto secreto.

—¡Pero vos sois mi amigo! —replicó Martí, alzando la voz.

—Ello no me exime de mis obligaciones para con mis votos. Cristo es mi mejor amigo y al único que no puedo desairar.

—Me habéis decepcionado, Eudald.

—Tuve una difícil elección: erais vos o mis obligaciones como eclesiástico. Creedme, Martí, he sufrido mucho y cumplir con mi deber me ha costado muchas horas de sueño.

—Pero entonces... ¿Debo creer que admitís una monstruosidad semejante sin tomar partido?

—El hábito que visto es mi partido. Yo no debo admitir nada ni rechazar nada; mi misión es odiar el pecado y compadecerme del pecador, y de ser posible procurar la paz a su conciencia. No puedo defraudar la confianza que, como religioso, ha depositado en mí Pedro, a través de la Iglesia, otorgándome el poder de perdonar los pecados a aquellos que acudan a mí arrepentidos, y mucho menos relatar a alguien lo oído en confesión.

—Entonces, ¿admitís haber oído tamaña felonía?

—Martí, no me obliguéis a faltar a mis votos. Os repito que no está en mi mano juzgar a nadie: mi misión es perdonar. Lo único que me cabe hacer es, a partir de este documento, darme por enterado.

A Martí le temblaban las manos y parecía dispuesto a cometer cualquier acto.

—Cuidad las decisiones que, a partir de ahora, pretendáis tomar. El consejero es uno de los *prohomes* de Barcelona, el conde lo tiene en gran estima y sus tentáculos llegan a todas partes.

—Si no obro en conciencia, como vos, no podré volver a mirarme a un espejo sin que la náusea venga a mi encuentro.

—¿Qué pretendéis hacer?

—Me gustaría matarlo con mis propias manos —dijo Martí, con el rostro contraído por la ira.

El padre Llobet lo miró con severidad.

—Lo sé, lo sé —murmuró el joven—, ¿qué vais a decirme vos, sino que obre con prudencia?

—Puedo deciros, además, que el consejero no se halla en la ciudad. Ha partido con la comitiva del conde a Murcia —aclaró el religioso, dando gracias a Dios por ello—. Y por lo que sé, la campaña será larga...

Martí bajó la cabeza, intentando disipar el rencor que le corroía las entrañas.

—Muy bien, esperaré. Pero os prometo algo: de momento, ni un solo mancuso de todo lo que negocie o haga revertirá en sus arcas. El mero pensamiento me repugna.

—A mí me repugna tanto o más que a vos, pero tened en cuenta que las consecuencias pueden ser graves, no únicamente para vos sino para todo lo que os atañe, tanto bienes como personas.

Martí se puso en pie.

—Ha llegado la hora de definirse, padre. ¿Puedo contar con vos o no?

—En todo aquello que no afecte a mis votos. Como hombre y como padrino vuestro que me siento, desde luego.

Pese a que sus ojos se llenaron de lágrimas, el tono de Martí se mantuvo firme.

—Entonces os propongo que confirmemos si es o no verdad que Aixa vive o murió de peste. ¿Tenéis alguna idea al respecto?

—Se me ocurre que hace mucho que tengo colgadas mi espada y mi adarga y tal vez haya llegado el momento de desempolvarlas.

Las sombras embozadas iban llegando por separado a la puerta de uno de los almacenes de la playa de Montjuïc mirando a uno y a otro lado, como conspiradores. Tras un toque en la misma dado con la empuñadura de algún puñal o daga, Omar la abría y, sin decir palabra, indicaba con el gesto que pasaran al fondo. Uno tras otro iban entrando los conjurados, aproximándose hacia una mesa que, iluminada por dos candiles, soportaba encima de ella un plano labrado sobre una inmensa vitela. Al ir descubriendo los rostros, Martí, que ejercía de anfitrión, fue reconociendo a Eudald Llobet, que vestía ropas de paisano, a Manipoulos, el capitán griego que había aportado el *Stella Maris* a su sociedad, y a Felet y Jofre, sus ahora socios y amigos de la infancia. Omar, que había cerrado las puertas del almacén donde se guardaban las herramientas propias de los carpinteros de ribera, calafateadores, herreros y caldereros, también se acercó.

—Amo, todo está en calma. Cuando queráis podéis comenzar, yo me quedaré fuera vigilando. Si oís mi silbido es que alguien se acerca.

—Bien. Amigos, acercaos todos —musitó un pálido Martí.

Los recién llegados dejaron sus pertenencias sobre los escabeles que quedaban junto al tabique y se aproximaron.

—Si os parece, Eudald, explicad el asunto para el que han sido llamados mis capitanes. No quisiera que, al hacerlo yo, se vieran presionados.

El corpulento canónigo tomó la palabra.

—En primer lugar, me gustaría agradeceros la premura con la que habéis acudido al aviso de Martí. Más aún tratándose de una aventura que nada tiene que ver con la mar ni con los compromisos adquiridos. Él quiere que os sea muy bien explicada, ya que sus consecuencias pueden ser desagradables.

Jofre tomó la palabra en nombre de los tres.

—Creo poder afirmar que lo único que nos obliga es la amistad y devoción a nuestro amigo. Por lo demás, somos hombres. No creemos que en tierra nos aguarde un peligro mayor que los que hemos sufrido, y sin duda sufriremos, en la mar.

—Hay muchas clases de peligros: los unos son evidentes y los otros soterrados. Un escorpión bajo una roca puede ser infinitamente más peligroso que un lobo que viene de frente.

—Dejaos de circunloquios e id al meollo de la cuestión, aquí lo único que no sobra es tiempo —intervino Manipoulos.

—Bien, señores, se trata de deshacer un entuerto y reparar una injusticia. Pero sin duda en el lance torceremos la voluntad de alguien muy poderoso.

Un grupo compuesto por diecisiete personas —cuatro de ellas montadas en buenos caballos y el resto en dos carretas— avanzaba por caminos secundarios camino de Terrassa. Había evitado cruzar por poblado, ya que su aspecto era cualquier cosa menos tranquilizador. Cada uno de los tres capitanes había escogido para aquella empresa a los cuatro mejores hombres y lo más granado de sus patibularias tripulaciones. Eran gentes de la mar y si bien no hubieran diferido en demasía de los siniestros sujetos que poblaban cualquiera de los puertos del Mediterráneo, si hubieran viajado de día por el interior de Cataluña habrían llamado poderosamente la atención. Si no otra cosa, los habrían tomado por una partida de bandoleros a cuyo frente galopaba un gigantesco capitán. Eudald Llobet, que había excusado su ausencia alegando la comisión de un servicio de la condesa Almodis, comandaba la expedición montado en un poderoso garañón rememorando sus tiempos de soldado. Martí, Jofre y Felet cabalgaban a su lado, en tanto que Omar y Manipoulos, que había preferido no cabalgar ya que sobre un caballo se sentía mucho más inestable que en la cubierta de su barco en una tempestad, conducían las carretas en cuyo interior se hacinaba la peculiar tropa, cargada con una serie de aparejos que iban a ser necesarios para la arriesgada misión.

Entrada la noche llegaron a su destino. Éste no era otro que una masía fortificada en las afueras de Terrassa. En un bosquecillo de abedules desde el que se veía su objetivo los cinco descabalgaron y cambiaron impresiones. Eudald, que llevaba la voz cantante ya que era el entendido en materia de asaltos a fortalezas, emitió su opinión.

—Si obramos en silencio y con cautela, no hemos de tener problema alguno.

—Explicaos —dijo Martí en un susurro.

—Éste no es un recinto inexpugnable: es más bien una masía fortificada donde reside sin duda el alcaide encargado de cobrar los impuestos del territorio. Fijaos que la misma torre que se destaca en el ángulo norte ni siquiera es almenada.

—¿Entonces?

—Mi consejo es el siguiente. En el extremo de dos de los lienzos de la muralla podéis observar que hay unos puestos que tendrán un par de adormilados centinelas. Hay que subir hasta ahí y, de una manera discreta, anularlos. Luego, los hombres que hayan ascendido deberán descender hasta el puesto de guardia en donde hallarán, dormidos o jugando a los dados, al resto de la vigilancia. En tanto dos o tres los controlan, el cuarto abrirá las puertas para que los demás puedan entrar. El resto será ya coser y cantar.

En aquel instante intervino Jofre.

—Martí, si me lo permites, esto es asunto mío.

Martí se volvió hacia su amigo.

—¿Qué piensas?

—Es fácil: lo he hecho con el mar revuelto en más de una ocasión. En las carretas he traído ganchos de abordaje. Déjame escoger a los hombres apropiados; los hay que suben por las jarcias como monos. En un santiamén estaremos arriba. Lo otro será como reducir a una tripulación sorprendida: espera junto a la puerta y todos estaréis dentro antes de que cante el gallo.

—Para lanzar los ganchos sin que el ruido del metal contra la piedra avise a las gentes de dentro, aprovechad las campanadas de maitines que sin duda sonarán —dijo Eudald—: son el último toque obligado. Luego, ya no volverán a repicar hasta el alba.

—Vamos pues, escoge a tus hombres —apostilló Martí, dirigiéndose a su amigo Jofre.

—Únicamente debes buscar a tres, yo también voy.

—Está bien, Felet. Nosotros aguardaremos aquí, entre la arboleda, hasta que se abra a la puerta. Entonces en una corta carrera estaremos dentro. Y una cosa más: recordad ambos que nadie debe nombrar a nadie. Quiero ser el único responsable de esta acción.

Todos asintieron.

Jofre se acercó al grupo que estaba aparte aguardando órdenes. Habló brevemente con ellos y enseguida salieron de él tres voluntarios: Beppo, un pisano, Jonat, al que llamaban el Mono por su facilidad para encaramarse por las jarcias, y Sisquet, un menorquín que andaba con él desde los tiempos dedicados a la piratería. El resto se apostó tras la primera fila de árboles.

Coincidiendo con el tañido de maitines, tres ganchos de abordaje mordieron los merlones de la muralla y por las cuerdas que de ellos pendían treparon como simios los asaltantes. Martí aguardó: el tiempo parecía haberse detenido. No se oyeron gritos ni ruidos. Finalmente la reforzada puerta de la entrada comenzó a abrirse y el resto de los conjurados, a cuyo frente desmintiendo su edad corría Eudald, accedió al interior del pequeño patio de armas en absoluto silencio. Jofre, con un dedo sobre los labios, reclamó la atención de Martí.

—Ha sido pan comido. En uno de los puestos no había nadie

512

y en el otro había un adormilado centinela que está amordazado; Sisquet le está haciendo compañía.

Por la ventana del cuerpo de guardia se veía la pálida luz de un hachón. La puerta estaba ajustada. Cinco hombres descansaban en los jergones y otro intentaba calentarse un trozo de carne en las brasas de una pequeña chimenea.

Contando con el factor sorpresa, Eudald dio una patada a la puerta y se plantó en el centro de la estancia. Apenas se habían despertado aquellos infelices cuando al que intentaba calentar la carne se le cayó el plato de estaño al suelo y del tabuco del fondo apareció el oficial de guardia en camisa y ajustándose los calzones inquiriendo a voces qué era lo que estaba allí ocurriendo.

—No ha ocurrido ni va a ocurrir nada, siempre que seáis prudente y obedezcáis mis instrucciones.

Para quien no conociera su oficio de eclesiástico, el aspecto del padre Llobet era verdaderamente atemorizador por su gran corpachón; portaba en la diestra una enorme maza de combate rematada en su extremo con una bola de puntas de hierro.

—¿Quiénes sois y qué pretendéis?

—Soy yo el que da órdenes y hace preguntas.

El oficial miró a su alrededor y ante el aspecto del grupo dio por perdida la partida.

—¿Cuánta tropa tenéis a vuestras órdenes y dónde están?

—Veinticinco soldados, que duermen en el sótano del caserón.

—El lugar ¿tiene puerta? Y si así es, ¿se puede cerrar por fuera?

—Tiene puerta de dos hojas que se cierra ajustando un travesaño.

—Enviad a uno de vuestros hombres al que acompañarán dos de los míos. Si su imprudencia le guía a intentar avisar a sus compañeros, él y vos sois hombres muertos.

—Yo me ocupo de esto. —El que así habló fue Manipoulos.

El oficial mandó a uno de aquellos aterrorizados individuos a que cumpliera el cometido.

—Ahora nos vais a acompañar hasta los aposentos del alcaide, sin demora.

—En esta casa no hay alcaide, sólo un administrador. Digamos que el que está al mando militar de la guarnición soy yo. El que se ocupa de administrar los bienes del amo está en el dormitorio de la torre.

—Pues conducidnos hasta él.

El hombre pidió permiso para vestirse, cosa que hizo en presencia de otros dos de los asaltantes. Luego, ya adecentado, partió acompañado de Llobet, Martí y Jofre, en tanto el resto quedaba al cargo de Felet y sus hombres.

El lugar era un pequeño castillo de frontera con espacios reducidos y una sobria torre del homenaje de armazón de madera, alzada sobre un estribo de piedra. Subieron la escalera y se hallaron frente a la puerta del dormitorio del administrador.

Martí susurró las órdenes al oído del hombre.

El oficial golpeó con los nudillos la gruesa puerta y al poco una voz adormilada respondió desde dentro.

—¿Qué ocurre a estas horas?

—Don Fabià, tenemos un pequeño fuego en las cocinas, deberíais salir.

Un trasiego de ropas, las voces de dos personas, una de ellas femenina, y el arrastre de algo por el entarimado se escuchó desde el exterior. La puerta se abrió y con un candil en la mano apareció en el quicio la figura de un hombre apenas vestido, el cabello despeinado, que, sorprendido, intentó volver a entrar en el dormitorio, cosa que impidieron Jofre y Martí.

El hombre se dio por vencido. Sin embargo, y sin perder la compostura, argumentó:

—Señores, aquí adentro está mi esposa. Os ruego que procedáis como seres civilizados; yo haré lo que convenga.

—Nadie tiene intención de nada. Obrad con prudencia tal como decís y todo habrá sido un mal sueño.

Desde dentro se escuchó una voz femenina.

—¿Qué es lo que ocurre, Fabià?

—Nada, mujer, descansad. Un pequeño fuego en las cocinas de la tropa.

Martí con voz queda, ordenó:

—Llevadnos donde podamos hablar sin que nadie nos interrumpa.

El caballero abrió el paso y condujo a los inesperados visitantes hasta el salón principal, donde mandó a uno de sus hombres que avivara el fuego de la chimenea. Luego se volvió hacia sus nocturnos visitantes.

—¿Y bien, señores?

Martí tomó la palabra.

—Mi nombre es Martí Barbany. No es necesario que conozcáis ningún otro. Excusadnos ante tan extraña intromisión. Somos gentes de bien, nada habréis de temer si no intentáis interferir en nuestras intenciones.

El administrador respondió irónicamente.

—¿Gentes de bien que asaltan predios ajenos amparados en la noche? Raro me parece... Tened en cuenta que el brazo del amo de este lugar es largo.

—Conocemos bien a don Bernat Montcusí —apostilló Eudald.

El otro, al percatarse de que, a pesar de conocer el nombre de su señor, habían osado asaltar una propiedad que además era un regalo del conde de Barcelona, intuyó que el asunto tomaba otro cariz y que sus visitantes no eran precisamente unos cualquiera. De todas maneras, replicó:

—Las gentes de bien llegan por el día y llaman a las puertas. De todas maneras díganme lo que desean vuestras mercedes.

Ahora habló Martí.

—Veamos, ¿cuántos presos tenéis en las mazmorras de este castillo?

El hombre frunció el entrecejo. Algo raro intuía.

—En este castillo, que no es tal, hay dos mazmorras: una la empleamos para guardar forraje para el invierno y en la otra hay un preso.

—Mejor diréis: una presa.

—Efectivamente, así es.

—¿Cuánto tiempo lleva encerrada?

—No lo sé bien: unos tres años más o menos.

—Vais a conducirnos hasta ella.

Don Fabià nada respondió. En el fondo, el asunto de la presa le repugnaba y si algo sucedía que interrumpiera aquel desafuero, su corazón iba a alegrarse.

—Seguidme.

El grupo se puso en marcha. Después de descender de la pequeña torre, atravesaron el patio de armas, dejaron atrás el cuerpo de guardia y llegaron frente a una pequeña puerta. Allí el administrador ordenó al oficial que acercara el hachón de cera y que abriera la puerta. Un olor a forraje invadió el pasillo que se abría ante ellos. En la primera celda, tal como había anunciado el administrador, se amontonaban debidamente ligadas unas balas de paja y otras de alfalfa. Al final se veía una puerta de la que salía un ligero resplandor. A ella se dirigieron. El del cirio detuvo su paso y alumbró con la luz su interior. Martí y Eudald se asomaron a la reja. En un banco rebullía un bulto que intentaba levantarse. Vestía un saco de esparto pasado por la cabeza y anudado a la cintura mediante un cíngulo de cuerda. La mujer, pues era una mujer, se puso en pie y apartó las guedejas del enmarañado cabello de su rostro. Martí, al divisar el terrible aspecto de su antigua esclava, prácticamente irreconocible, se tambaleó y tuvo que apoyarse en la húmeda pared.

—¡Abrid la puerta!

La orden que dio Llobet fue tajante.

El oficial tomó de un gancho del muro una gruesa llave e, introduciéndola en la cerradura, giró la falleba. La puerta crujió sobre sus goznes y a un empujón de Eudald se abrió del todo. Martí se precipitó hacia el interior y apenas tuvo tiempo de sujetar a Aixa, cuando ésta se desmayó en sus brazos. La recostaron en el camastro y con un cucharón que acercó uno de los hombres le dieron agua.

—¿Qué te han hecho, amiga mía? —interrogó Martí, suplicante.

La mujer no respondió. Al sentir una presencia, dirigió hacia él las vacías cuencas que habían alojado sus negros ojos. Luego, lentamente, con sus manos palpó su rostro como si fuera una aparición e intentó esbozar algo que quiso ser una sonrisa. Una corriente desconocida atravesó el cuerpo de Martí.

—¡Habladme por Dios!

Los labios de la mujer se entreabrieron y un ronco sonido salió de su boca.

Pese a todas las calamidades que había visto en su larga vida de soldado, Eudald Llobet no pudo reprimir un grito mezcla de horror e indignación. A la muchacha, además de cegarla, le habían cortado la lengua.

QUINTA PARTE

Dinero y honor

83

La campaña de Murcia

orría el año 1058. La *host* catalana estaba acampada en las inmediaciones de Murcia aguardando a que se uniera a ella la caballería de al-Mutamid. Hasta allí habían llegado pasando penurias y contrariedades, entre pactos y amenazas, atravesando varias taifas morunas que, o bien se habían asociado a ellos o no habían osado oponerse a tan aguerrida y numerosa tropa. La condesa no había cedido y acompañaba a su consorte, llevando en su séquito a su pequeña corte, Lionor y Delfín. Doña Brígida y doña Bárbara se habían quedado en Barcelona cuidando de sus hijos, los dos gemelos y las pequeñas Inés y Sancha. Con gran disgusto por su parte, una inoportuna y sospechosa gripe había apartado de su lado en aquella ocasión a su confesor Eudald Llobet.

El talante de Ramón Berenguer estaba alterado y, cosa extraña en él, hacía pagar a los demás su mal humor. El mal tiempo contribuía a ello. Desde que habían plantado el campamento la lluvia no los había abandonado ni un momento. Las tiendas, el forraje de las bestias y las ropas de la *host* barcelonesa estaban empapados; las armaduras llenas de óxido, y un hedor a moho lo invadía absolutamente todo. Era dificultoso mantener el fuego de las hogueras, de manera que el rancho se daba en frío y una disentería galopante había atacado a la tropa hasta el punto de obligar a los ingenieros a practicar nuevas cloacas. Por si todo ello no fuera suficiente, la inactividad y el hecho de estar encerrados en las tiendas era motivo de discusiones y peleas, ya fuere por un juego de tabas o por otras pequeñeces. Para que nada faltase, el ejército de desheredados que acostumbraba a seguir a la soldadesca padecía del mismo mal. La hambruna había hecho presa en ellos y más de un cadáver aparecía cada amanecida junto a la empalizada. El motivo no era otro que haber intentado robar un embutido, una pata de cordero, u otra cosa aún más baladí.

La charla se desarrollaba en la tienda de Almodis, instalada junto a la del conde pero en esta ocasión aparte, ya que en la principal todos los días se desarrollaban consejos entre el senescal y los capitanes, cosa que hacía imposible el descanso.

La luz que entraba por la abertura de la cónica tienda era pobre, ya que las cortinillas de cuero embreado debían estar echadas para que el agua no inundara el interior. Pese a ello, algún que otro recipiente de barro estaba estratégicamente instalado en el suelo para impedir que una gotera formara un charco y deteriorara la alfombra. Dos candelabros de cinco brazos proporcionaban la claridad suficiente para verse y poder hablar pero no para dedicarse a la labor o a la lectura. Delfín estaba a los pies de las dos damas acomodado en su pequeño escabel, taciturno y malhumorado, pues la humedad representaba un tormento para sus afligidos huesos.

—¿Qué piensas de todo esto, Lionor? —preguntó la condesa.

—Que nos hemos metido en un mal paso, señora. La guerra es ya de por sí una terrible incomodidad; si además la adobamos con un tiempo infernal y una espera indefinida, como comprenderéis la situación es cualquier cosa menos halagüeña.

—Y tú, Delfín, amigo mío, ¿a qué conclusión has llegado?

Delfín, mientras movía las brasas del inmenso brasero con una badila, respondió:

—Señora, antes creceré yo que lleguen los refuerzos del moro.

—¿Qué insinúas?

—No insinúo, afirmo. Y no de ahora, antes de salir de Barcelona yo sabía que esto habría de acabar en desgracia.

—Y ¿por qué no me dijiste nada?

—¿Quién soy yo, pobre de mí, para intentar detener una expedición que tan buenos augurios despertaba? ¿Creéis acaso que alguien hubiera hecho caso de un bufón corcovado? Si llego a levantar la voz para impedir la empresa hubiera sido, como mínimo, apaleado, si no otra cosa peor.

—Siempre he hecho caso de tus advertencias.

—Sí, si se han referido a vuestra persona, pero detener todo esto porque haya tenido un pálpito el bufón de la condesa escapa a cualquier razonamiento. Se iban a ganar parias y honores, el pueblo estaba entusiasmado y las tropas olían a botín y a buenas pagas. ¿Qué otra cosa quedaba hacer más que seguiros hasta la muerte?

—¿Y qué es lo que vaticinas?

—El moro no se va a presentar y locura fuera intentar esta aventura solos y sin ayuda. Acometer así la empresa sería el descrédito de las armas catalanas: Murcia es ciudad almenada y bien defendida, y eso sin contar con la ayuda que puede provenir de otras taifas.

Apenas dichas estas palabras, un revuelo anunció que, a la llamada del cuerno, al pabellón del conde se iban aproximando gentes de armas.

Lionor se asomó a la puerta de la tienda de su ama, a fin de observar de qué se trataba el toque, y al punto regresó alarmada.

—Señora, el senescal y todos los capitanes se están reuniendo. Ha llegado una embajada mora; en la puerta han dejado sus caballerías enjaezadas a la manera musulmana.

Al anochecer y bajo el incesante repiqueteo de la lluvia en la tensa lona, Almodis y Ramón conversaban, mientras él daba grandes zancadas de un lado a otro de la estancia.

—Dice el embajador que la crecida del Guadiana ha detenido a la caballería con todos los carros que transportaban los enseres para aguantar el sitio y que es imposible pasar al otro lado. ¿Qué os dice vuestro buen juicio, señora?

—Hemos escogido malos socios, esposo mío. Nosotros hemos cumplido la parte de nuestro compromiso y a fe mía que no ha sido fácil llegar desde Barcelona hasta aquí. Nunca se puede confiar en el infiel: son ladinos e imprevisibles, hoy son vuestros aliados y mañana se venden al mejor postor o a quien mejor les convenga.

—Debéis considerar que hemos bajado con más de seis mil hombres y que ruina fuera desandar lo andado sin beneficio. La caballería era arma a considerar en caso de que los defensores de la ciudad salieran a campo abierto. Sin embargo, para preparar un largo asedio, me bastan las fuerzas que he traído conmigo.

—No creo que fuera la decisión más acertada. A vos, nada os va en Murcia; es una taifa alejada y difícilmente defendible en caso que se negaran, tras levantar el sitio, a dejar de pagar las parias. En un año tienen tiempo para recabar ayuda, e inclusive hacerlo concediendo mercedes a los almorávides africanos, y en este caso fuera temeridad indisponerse con ellos.

—Yo no puedo regresar a Barcelona sin sacar beneficio de esta aventura. Sería una ruina para el condado y un descrédito.

—¿Quién os dice que no se puede sacar provecho de este lance?

—De no rendir la ciudad, no veo cómo.

—Tenéis un rehén: usadlo.

—Es el hijo del rey de Sevilla, y su tropa está en camino.

—Los pactos son los pactos y reúnen un montón de condiciones: están en camino pero no han llegado. El plazo era de veinte días y lo han sobrepasado con creces. En cuanto a que es hijo de al-Mutamid, lejos de ser inconveniente es ventaja. El rey sevillano tendrá buen cuidado de pagar el rescate que marquéis para liberar a su hijo.

—También tiene él a Marçal de Sant Jaume.

—Ya cuento con ello. ¿No es Abenamar un apasionado jugador de ajedrez?

—¿Y bien?

—Cambiadle un peón por una torre, saldréis ganando en la permuta.

La suerte estaba echada. Tras una larga deliberación con sus capitanes de guerra, al frente de los cuales iba su senescal, Gualbert Amat, y luego con sus consejeros jurídicos y económicos, Ponç Bonfill i March y Bernat Montcusí, decidió seguir el consejo de su mujer: salvaría el honor de aquella fallida aventura y al menos no perdería dineros.

La entrevista con Abenamar se llevó a cabo a la tarde del siguiente día.

El moro se presentó ante Ramón, impecablemente vestido cual si estuviera gozando de las comodidades del alcázar hispalense. Al lado de los rudos capitanes de la *host* catalana parecía un personaje sacado de las pinturas de un retablo.

El momento no daba para frases altisonantes. Muy al contrario, Ramón tenía que mostrarse ante el ilustre huésped duro como el pedernal, como un ofendido monarca al que hubieran querido engañar sus socios, y siendo como era el más fuerte no estaba dispuesto a dar cuartel.

—Y bien, amigo mío, entiendo que vuestro rey no puede mandar a las fuerzas de la naturaleza al igual que yo mismo. Sin embargo, yo me he mostrado como un gobernante prudente y digno de confianza mientras que él ha jugado a la improvisación, tal vez fiándose de la buena estrella.

El moro respondió con voz grave y ponderada, consciente, como buen diplomático, de que su condición era precaria.

—Como bien decís, el hombre está sujeto a las leyes inmutables del destino. Desde hace más de veinte años no se recordaba crecida igual de las aguas del Guadiana. Nuestro ejército está allí detenido; si no lo creéis, podéis enviar exploradores que os lo certifiquen.

—No dudo de vuestra palabra, pero no es allí donde debería estar a estas horas. Mi ejército ha bajado desde Barcelona, luchando contra mil adversidades: está roto y mojado, pero con la moral alta y dispuesto para el asalto. Lo podéis ver con sólo asomaros a la puerta de mi tienda. ¿Pretendéis acaso que regrese a casa sin lucro alguno explicando a los condes que allá aguardan y a todos los súbditos de mis condados que bajaba muy fuerte el Guadiana? ¿Cómo cumplo con mis aliados?

—No he dicho tal cosa: tengo orden de mi rey para que se os abonen los diez mil maravedíes pactados para que de esta manera podamos separarnos como amigos y aliados.

—Me tomáis por lerdo, embajador. ¿Quién me pagará las parias de Murcia y los beneficios del botín?

—Mi rey también habrá tenido pérdidas cuantiosas y está dispuesto a hacerles honor. Creo, señor, que la cantidad que os ofrezco es justa. Ha sido un mal negocio para todos, así son las circunstancias.

—No provocadas ni por mi ineptitud ni por mi indolencia.

—Entonces, ¿cuál es vuestra pretensión?

—Treinta mil maravedíes, para nada ganar pero tampoco perder. Justo es que pague quien sea responsable del fracaso.

La faz del embajador palideció levemente.

—No tengo atribuciones para aprobar semejante abuso.

—Me fío de la palabra de vuestro rey. Os aguardaré en Barcelona confiando que me hagáis llegar la suma que con tanta justicia reclamo.

—Ninguna de las partes de un pleito debe constituirse en juez del mismo. La suma reclamada me parece desmedida y fuera de toda consideración.

—Os entiendo: no sois vos ni vuestro rey el que debe abonar las soldadas de seis mil hombres.

—No soy quién para decidir tan espinoso asunto, pero conociendo como conozco a mi monarca dudo que quiera autorizar tan desmesurada suma.

—Entonces nos resignaremos a que Marçal de Sant Jaume pase un tiempo en Sevilla como rehén de al-Mutamid.

Abenamar comprendió la indirecta y su rostro acusó la impresión.

—¿Insinuáis entonces que el príncipe ar-Rashid permanecerá en Barcelona?

—No lo insinúo, embajador. Lo afirmo, y padecerá o gozará de los mismos favores que goce mi yerno.

—Pero ar-Rashid es el príncipe heredero.

—Marçal es como un hermano para mí. Conque ya lo sabéis: en menos de una semana levantaré el campamento y os aguardaré en Barcelona deseando poder ofreceros a vuestra venida los mismos homenajes que os prodigué la última vez que os llegasteis a mí en demanda de favores.

84

Malas nuevas

ernat Montcusí había regresado de la fracasada expedición a Murcia de un humor de perros. No era hombre de guerra: odiaba las incomodidades, su ausencia le había impedido ocuparse de sus negocios y además nada había sacado en limpio para sus arcas. La única ventaja de todo ello era que había dejado la impronta en toda la negociación, afianzando su posición como mano derecha del conde en asuntos económicos.

Los domésticos, sin embargo, no podían haber ido peor durante su ausencia. La noticia se había adelantado al mensajero: estaba al corriente del asalto sufrido en su posesión de Terrassa, pero ignoraba hasta el momento los detalles y las consecuencias, que iba a conocer de primera mano aquella tarde, pues el que fuera alcaide y ahora reducido a administrador, don Fabià de Claramunt, había solicitado audiencia.

Conrad Brufau, su secretario, que era el que le había anticipado las malas nuevas, anunciaba en aquel instante la presencia del recién llegado. Era éste un eficaz colaborador, que tenía la virtud de desconcertarle, ya que ante él no adoptaba la postura servil de tantos otros sino que, sin dejar de mostrar sus respetos, emitía su opinión, que, por cierto, no siempre era favorable.

—Don Fabià de Claramunt aguarda en la antesala.

—Hazlo pasar, Conrad.

Salió el secretario y al punto entró en la estancia el puntilloso individuo.

—Buenas tardes tengáis, Claramunt.

—Lo mismo os deseo, señor.

—Pasad y acomodaos. Enseguida estoy con vos.

En tanto el personaje tomaba asiento, Bernat recogía los útiles de escritura que tenía desparramados sobre su escritorio, cruzaba sus manos sobre la barriga y dirigía la mirada sobre su hombre.

—Malas nuevas han arribado a mis oídos, Fabià. Deseo que me aclaréis las circunstancias y asimismo conocer vuestra opinión al respecto.

—Mientras aguardaba en la antesala he estado departiendo con el señor Brufau, que me ha dicho que os ha puesto al corriente del asunto, así que para no caer en repeticiones que se harían tediosas y os harían perder el tiempo, intentaré ser escueto. Veamos. Sucedió durante la noche del último viernes del pasado mes.

Durante una hora larga, el de Claramunt puso al corriente a su señor de lo acaecido en la noche del rescate de la esclava.

—Debo entender que la vigilancia era escasa y la atención mínima.

—Confieso que así fue, señor, pero tened en cuenta que Terrassa no es ya una masía fortificada, por más que la rodee un muro, y que me siento mucho más recaudador de vuestros impuestos que otra cosa. Estamos en paz con nuestros vecinos y en todos estos años jamás había ocurrido nada digno de mención.

—Eso no excusa vuestra negligencia.

—Querréis decir la negligencia del oficial que pusisteis al frente de la guarnición; la vigilancia escapa a mi negociado. Ya sabéis que dejé de ser alcaide hace años. De cualquier manera, creyendo interpretar vuestros deseos, he castigado al jefe de la guardia por su molicie.

Por el momento Bernat dejó de lado el tema de la grave falta y se adentró en otros parajes que le eran mucho más interesantes.

—¿Nadie os resultó conocido?

—Era noche oscura. Me sorprendieron en el primer sueño, no hubo daño ni se derramó una gota de sangre. Por más que no era necesario indagar, el que parecía llevar el mando del grupo no hizo nada por ocultar su nombre.

—¿Y quién dijo ser?

—Se presentó como Martí Barbany de Montgrí y dijo que os conocía bien.

Fabià de Claramunt observó unos gruesos goterones de sudor que comenzaban a resbalar sobre el enrojecido rostro del consejero. Éste se sobrepuso y ordenó:

—Proseguid.

—Eran unos quince o veinte hombres, a cuyo mando iba un corpulento individuo. El que se dio a conocer asumió la total responsabilidad de la acción.

—¿Entonces?

—Entonces, señor, me obligaron a abrir la celda donde estaba recluida la esclava, y antes de llevársela me demostraron que la mujer era quien decían, pues en el documento notarial de manumisión que presentaron y que databa de varios años figuraba la anomalía que mostraba bajo su axila derecha: un pequeño trébol de cuatro hojas, perfectamente dibujado.

—¿Decís que estaba manumitida?

—Eso he dicho.

—¿Qué ocurrió después?

—Pidieron ropas para ella, que me ocupé personalmente de entregar, y partieron no sin avisar que nadie saliera tras ellos ya que, de hacerlo, los obligaríamos a defenderse.

—¿Y eso fue todo?

—Eso fue todo.

Bernat Montcusí guardó silencio un instante; luego se alzó de su sitial y comenzó a dar grandes zancadas por la estancia.

Súbitamente se dirigió a su visitante.

—Como comprenderéis, no vais a salir indemne de este trance. Aunque, debido a vuestra dimisión incomprensible del cargo, no erais el responsable de la seguridad de Terrassa, vuestra autoridad estaba por encima del oficial designado para ello. La prueba es que, con muy buen criterio, lo habéis castigado.

El hombre respondió serenamente.

—No era mi misión vigilar el predio. Y si consideráis que es insuficiente motivo dimitir cuando no se está conforme con una acción que repugna los sentimientos cristianos más íntimos, entonces evidentemente juzgáis con criterios diferentes a los que me enseñaron.

—Nada hay por encima de la ley, y la nuestra dice que un administrador debe obedecer las órdenes de su señor.

—Perdonad que disienta. Por encima de la ley está la conciencia de cada uno y a la mía repugna el sacar los ojos a un semejante y cortarle la lengua. En cuanto a nuestro pacto, recordad que no era el de un siervo con su señor: soy un hombre libre y acepté un cargo.

—¡Entonces daos por despedido y ateneos a las consecuencias!

—No es necesario. Antes de venir ya había pensado devolveros las llaves de Terrassa.

Y dejando un aro con todas las llaves de las dependencias de la masía, Fabià de Claramunt salió de la estancia.

85

La voz silenciosa

on los meses, Aixa se iba reponiendo lentamente de los años pasados en aquel infierno. El físico Halevi acudía todas las mañanas a visitar a la deteriorada criatura y se admiraba de la resistencia de su cuerpo y de la fortaleza de su espíritu. Nadie hubiera sobrevivido en aquellas condiciones infrahumanas de soledad y con el sufrimiento que debería haber representado la terrible ceguera y la amputación de su lengua. Su único contacto humano durante este tiempo había sido la visita de su carcelero, que cada día le traía la sopa con toda la vianda desmenuzada dentro. Era evidente que Bernat Montcusí deseaba que viviera largos años aquel tormento. Cuando Martí le explicó cuál había sido el final de Laia, una lágrima temblorosa afloró de sus cuencas vacías y un gemido lacerante se escapó de su garganta.

Ruth sufría en silencio y su buen corazón la impelía a ocuparse de aquella desvalida, adivinando sus deseos y anticipándose a ellos. Entre la historia que le relató Martí, y un lenguaje codificado que mediante un leve tacto en el dorso de la mano y asentimientos de cabeza por parte de Aixa, con el paso del tiempo, habían establecido las dos mujeres, se fue haciendo cargo de su drama y captó el inmenso sacrificio que, por amor a su amiga, había llevado a cabo Laia. Llegó de esta manera a la conclusión de que su tarea iba a resultar quimérica. Hubiera preferido disputar el amor de Martí a una mujer de carne y hueso antes que luchar con el recuerdo de aquel espectro adornado por el perfume imperecedero de la ausencia y el sacrificio.

Como de costumbre, después de la cena Martí y Ruth departían bajo los soportales de la elevada terraza desde la que se divisaba el arenal donde, en aquella ocasión, estaban varados dos de los bajeles de la flota de Martí, que se componía ya por entonces de doce barcos. En aquellos años se habían perdido dos embarcaciones: una debida a una tempestad en el golfo de León y la otra a causa de un asalto pirata.

—No puedo dejar de considerar hasta dónde llega la maldad de los hombres, Martí. Las bestias salvajes matan para comer, pero no se recrean en el odio llevando a cabo crueldades gratuitas como la sufrida por Aixa.

—Sois una niña, Ruth. El hombre es más brutal que los lobos. El solo hecho de la esclavitud me repugna y si bien no puedo ir contra la costumbre establecida y tengo esclavos, intento mejorar su condición en la medida de lo posible. Bien sabéis cómo son tratados en esta casa.

—Mi padre siempre ha sostenido lo mismo. Además, en los tiempos que corremos el que ahora es libre puede mañana acabar en esta triste condición ya sea por un accidente en el mar, una algara de piratas en la costa o a consecuencia del pillaje de una guerra en la frontera. Por cierto, me han dicho que la expedición a Murcia ha regresado. ¿Habéis tenido noticias del consejero?

—Aún no, pero las espero con ansia —dijo Martí, con los ojos llenos de rabia.

—Tened cuidado, Martí. Ese hombre ha demostrado lo que es con Aixa: acumula mucho poder y puede haceros un daño irreparable.

—Parecéis el padre Llobet. No tengáis miedo: ya no soy el muchacho que llegó hace seis años a Barcelona. He recorrido medio mundo, he atravesado mares y desiertos. Sé cuidarme bien. A él no le interesa que esto se sepa, porque caería en el deshonor.

—Las cosas hay que demostrarlas, no es suficiente que os consten a vos. Tengo miedo.

Martí le acarició la barbilla.

—Hablemos de vuestras cosas. Me ha dicho Andreu que ha venido a veros vuestra madre.

—Apenas habíais salido, después de comer. Andaba, por cierto, algo preocupada y me ha dicho que mi padre quería veros.

—¿Os ha dicho para qué?

—Nada me ha dicho, aparte de que no era urgente. Por cierto, está muy feliz de que pueda seguir los ritos de mi religión bajo vuestro techo. De cualquier manera me ha recomendado que lo haga con mucha discreción.

—Cuando la vea se lo diré yo mismo, pero si no, decidle que no pase cuidado: nadie de mi casa os delatará.

Andreu Codina, el mayordomo, llamó discretamente a la puerta de la terraza.

—Dime, Andreu.

—Señor, en el zaguán os espera un mensajero del *officium* de abastos.

—¿A estas horas? —preguntó Ruth, extrañada.

—Así es, señor. ¿Queréis que os excuse?

—Muy al contrario. Lo estaba esperando y no os podéis imaginar con qué ansias.

—¿No os lo decía, Martí? ¡Tened mucho cuidado! —exclamó Ruth.

Martí se alzó de la silla y acudió al vestíbulo. Un mandado del negociado de abastos y mercados le aguardaba con un mensaje en la mano.

—¿Don Martí Barbany de Montgrí?

—Estáis hablando con él.

—Traigo para vos un mensaje que os debo de entregar en mano.

—Pues no os demoréis.

—Debéis hacer constar que lo habéis recibido.

Al decir esto, el individuo le entregó un documento que Martí leyó atentamente y que luego, tras ordenar a Andreu que le suministrara un cálamo y un tinterillo, rubricó y devolvió al hombre. El mensajero, cumplido el requisito, entregó la notificación oficial.

Apenas se hubo ido, Martí rasgo el sello de lacre y se dispuso a leer. A diferencia de la correspondencia que había mantenido hasta entonces con Bernat, era ésta una notificación que ordenaba oficialmente su presencia, sin excusa, en el *officium* el jueves día 6 a primera hora de la mañana.

86

Descubriendo el juego

 artí se acicaló y compuso para la ocasión. Hacía mucho tiempo que no había visto al consejero y el hacerlo tras conocer todo lo que ahora sabía despertaba en él intensos sentimientos.

Desde la muerte de Laia sus vestimentas eran siempre negras. En aquella ocasión tuvo un cuidado especial para que ni una nota de color luciera en su indumentaria. Inclusive las calzas y los escarpines de piel de gamo que lucía reflejaban el luto que llevaba en el alma.

Cuando estuvo compuesto y tras la enésima recomendación de Ruth partió hacia la esperada encomienda, con el corazón encogido por el odio.

Apenas salió de casa, no pudo impedir que su memoria le devolviera a la primera vez que acudió al negociado de mercados y de abastos. ¡Cuán lejana y diferente era la circunstancia! Gracias a la herencia de su progenitor, empleada con sagacidad y tesón, a su buena estrella y a su coraje, Martí se había convertido en un hombre muy rico y pensó que si no para otra cosa, los dineros y las posesiones le habían servido para darle una seguridad y un aplomo de los que carecía la lejana vez de su primera visita.

El trayecto desde su casa cerca de Sant Miquel hasta la oficina de mercados y abastos le sirvió para ir repasando mentalmente todas las medidas que había adoptado para cubrirse en previsión del paso que iba a dar. El consejero podía convertirse en un terrible enemigo y cualquier precaución era poca. Cuantos menos argumentos pudiera esgrimir en su contra mejor le irían las cosas. Hacía cosa de un mes había traspasado todos sus negocios en el pequeño comercio y las ferias a un hombre llamado Tomàs Cardeny, que era el mayor tenedor de esclavos de Barcelona; en cuanto a las viñas y a los molinos de Magòria, los había vendido y comprado nuevas embarcaciones, además de invertir en la ampliación de sus astilleros, dotándolos de fundiciones y herrerías así como también de dos tinglados que podían alojar dos naves antes de armar los aparejos, de manera que ahora todos sus negocios se hallaban extramuros y por tanto no dependían de las autoridades de la ciudad. Finalmente, en la costa, al lado del cementerio judío situado en la falda de la montaña de Montjuïc del lado del Llobregat, había habilitado unas cuevas donde almacenaba las ánforas del aceite negro fuera de la ciudad, teniendo en cuenta lo peligroso de su trasiego y lo delicado de su almacenamiento; en su entrada había edificado una caseta en la que se alojaban los guardianes que cuidaban de la vigilancia de tan arriesgado producto.

Llegado a su destino, tenso pero decidido, subió la escalera de mármol con balaustres de hierro que conducía a la galería porticada del primer piso.

En el pasillo y junto a las dependencias apreció el trasiego humano de siempre. Las gentes iban y venían a sus negocios, pero en aquellos años la cantidad de demandantes se había multiplicado. Apenas llegado a las puertas de las dependencias del consejero, su secretario Conrad Brufau lo divisó. El hombre, pálido y nervioso, anunció a Martí que el intendente había dado órdenes de que en cuanto llegara fuera introducido a su presencia; por la actitud del individuo, Martí intuyó que la entrevista iba a ser definitiva. El secretario lo condujo hasta el despacho y se retiró, cerrando las puertas al salir.

Nada había cambiado allí. La chimenea, el inmenso reloj de arena, la gran mesa. La sangre le empezó a hervir en las venas cuando observó que sobre el cuero de la gran mesa continuaba el pequeño caballete que soportaba el cuadrito con la imborrable imagen de la muchacha de los ojos grises que parecían querer decirle algo.

La pequeña puerta situada detrás de la mesa se abrió y apareció en su quicio la oronda y odiosa figura de Bernat Montcusí.

Los dos hombres se midieron en la distancia.

Luego el consejero avanzó y se sentó en su elegante sitial indicando a Martí, con el gesto, que hiciera lo propio.

Una pausa tensa como el odio que embargaba el alma de Barbany se hizo patente.

—Mucha agua ha pasado bajo los puentes desde la última vez que tuve el placer de recibiros —dijo Montcusí.

—Y muchas cosas han sucedido en este tiempo —replicó Martí, intentando controlar el temblor de su voz.

—Y no todas buenas.

—Desde luego.

Otra pausa. El consejero, que continuaba con la inveterada costumbre de sostener entre sus dedos una pluma de ganso antes de acometer una cuestión peliaguda, tomó de la bandeja que había a su derecha un cálamo de verdes tonalidades y se puso a juguetear con él.

—Comencemos por el principio. Ignoraba que os dedicarais a asaltar predios ajenos amparado en la nocturnidad y capitaneando una cuadrilla de malandrines.

—No os debe extrañar que alguien pretenda recuperar algo que le pertenece, y sois consciente de que el único camino para lograr el fin era éste.

—¿No creéis que mejor procede aquel que insta a la persona que recibió la prenda a reclamarla, si es que cree que tiene derechos?

—No, cuando el usufructuario sostiene que tal prenda no existe pues murió de peste.

—Equivocáis el verbo: decid mejor propietario. Si no recuerdo mal, me regalasteis la esclava.

—Tenéis mala memoria: regalé a vuestra hijastra la voz y el arte de Aixa. De vos solamente solicité autorización para ello.

Montcusí lanzó violentamente sobre la mesa la pluma de ganso.

—¡Dejaos de sutilezas y tened presente que nadie puede reírse de mí gratuitamente en todo el condado!

La voz de Martí sonó suave pero preñada de amenazas.

—El tiempo en que os consideraba una persona cabal pasó a la historia. Sé lo que hicisteis con Laia y no quiero decir la opinión que me merecéis por ello. El muchacho que vino a veros murió hace mucho. Sé lo poderoso que sois, pero no me asustáis y si intentáis algo contra mí hallaréis la debida respuesta.

—¿Qué es lo que hice con Laia además de ofrecérosla como esposa y cuidar de ella desde que perdió a su madre?

—No añadáis el cinismo a la perfidia y no me hagáis hablar.

—¡Si pretendéis que sabéis algo, decidlo! —gritó el consejero.

Ahora el que levantó la voz fue Martí.

—¡Me la ofrecisteis en matrimonio porque la habíais preñado! Eso fue en realidad lo que pasó. Antes de embarcarme no era digno de ella, y por ello la obligasteis a escribirme una carta en la que se desdecía de la palabra dada, y a mi regreso, en cambio, casi apadrinabais la boda a fin de ocultar así vuestras depravaciones —espetó Martí.

Mientras, Montcusí intentaba imaginar cómo había dado Martí con el paradero de Aixa. Y la esclava, a pesar de su mudez, ¿había conseguido contarle lo sucedido con ella, con Laia...? ¿O acaso era el padre Llobet el que no había sabido guardar el secreto de confesión? Qué más daba, no tenía pruebas...

—¿De dónde habéis sacado semejante despropósito?

—En Barcelona, vos no sois el único que está bien informado.

—Mentiras y calumnias. Cuando alguien ocupa los cargos que tengo yo, lógico es que se granjee muchos enemigos.

—¿Mentiras? ¿Quién mintió aquí diciendo que Aixa estaba muerta? ¿Por qué ordenasteis que le cortaran la lengua y la cegaran? —gritó Martí.

—¡Dejémonos de chanzas! ¡Jamás podréis probar tantas estupideces ante un tribunal!

—Ni lo pretendo. Lo que sí puedo demostrar, si llega el caso, es que ordenasteis cortar la lengua a una sirviente que era una mujer libre, amén de hacerle sacar los ojos.

—Para mí era una esclava, y por cierto artera e infiel. Además, ¿para qué quería la lengua si ya no iba a poder entonar sus canciones, ya que reconocéis que el obsequio era para mi hija y ésta había muerto? En cuanto a los ojos, os diré que el privar a un traidor de ellos no lo he inventado yo. Ya en las guerras púnicas cortaban la lengua y vaciaban las cuencas de cualquier cartaginés que intentara el espionaje… ¡Y yo fui espiado en mi propia casa!

—¡Sois un cínico!

—¡Tened cuidado con lo que decís! Me limité a impedir que quien tanto daño me había hecho con la palabra, pudiera en adelante volver a hacérmelo. Además, a nada conduce seguir polemizando sobre una esclava que por otra parte habéis recuperado. Os propongo que demos el asunto por zanjado. Tenemos demasiados intereses en común para que no sepamos separar la amistad de los negocios.

—Teníamos, ya nada nos une aparte del asco que siento por vos. Únicamente os anuncio que os podéis despedir de las prebendas que habéis obtenido hasta ahora de mí. Se acabaron las sinecuras y se terminó vuestra gabela sobre el aceite negro. El primero lo he vendido y ya no me pertenece. Como comprenderéis, no le he dicho al nuevo propietario que cargara sobre los productos una gabela fija ya que el intendente de abastos reclamaría su parte, y sobre el segundo tendréis que ir a demandárselo al veguer con el que ya he negociado el servicio para los próximos cinco años.

—Entonces se habrá terminado vuestra posibilidad de comerciar en la ciudad.

—No me hace falta vuestro consentimiento. No olvidéis que la mercancía llega en mis barcos.

—¿Debo entender que me desafiáis?

—Tomadlo como queráis.

—Si pretendéis salir indemne tras asaltar un predio de mi propiedad, robar una esclava, que pese a lo que decís puedo demostrar que servía en mi casa, e intentar perjudicarme, es que estáis loco.

—Loca volvisteis a Laia y a su madre. Conmigo no vais a poder.

—¿Os atrevéis a declararme la guerra?

—Tomáoslo como gustéis. Hasta ahora vuestro quebranto únicamente ha sido económico, pero sabed que no he de cejar hasta que vea arrastrado vuestro nombre por la riera del Cagalell.

Y dando media vuelta, Martí Barbany recogió su negra capa y

salió del despacho del consejero consciente de que había iniciado una batalla de incierto final. A su espalda sintió clavarse unos ojos grises entreverados de amor y gratitud que le observaban desde un mudo retrato.

87

El intercambio de rehenes

odas las campanas de la ciudad, siguiendo a la de Santa Eulalia en la seo, comenzaron a repicar furiosamente reclamando la presencia de las gentes armadas en la zona de la sinagoga. Las calles se llenaron de paisanos provistos con toda clase de armas: horcas, azadones, arcos, lanzas, cuchillos, mazas… y las cofradías se iban alineando en los lugares que tenían asignados. Los aledaños de las plazas eran un hervidero de hombres que acudían sin saber el porqué de la orden. Lo único evidente era que las campanas habían convocado a sacramental y la obligación de cada cual era obedecer las directrices que se dieran al somatén. Las filas de paisanos iban aumentando.

Martí, que era jefe de los trabajadores de las atarazanas (calafateadores, herreros, torcedores, carpinteros de ribera, cordeleros, remachadores, etc.), se dispuso a partir en cuanto oyó el toque de campanas. Omar, Andreu y Mohamed, ya un mozalbete, seguían a su patrón.

Una azorada Ruth se presentó sin casi llamar a la puerta de sus habitaciones.

—¿Qué es lo que ocurre, Martí?

—Sé tanto como vos. Lo único que me consta es que en el menor tiempo posible debo estar armado en la plaza cerca de la sinagoga el frente de mis trabajadores.

—¿Y luego?

—La puerta que nos corresponde es la de Regomir. Si no mandan otra cosa, allá deberé estar para defenderla.

—¡Pero si a vos no os compete! ¿No están los nobles feudales para este menester? Si no, ¿para qué otra cosa sirven? El trabajo los denigra en tiempo de paz, y cuando hay que combatir piden ayuda a todos los ciudadanos. ¿A qué vienen, entonces, tantos privilegios?

—Sería muy prolijo, Ruth. Pretendéis que os resuma la gloriosa historia de esta ciudad en un rato, precisamente ahora que debo partir y no tengo tiempo.

Sin embargo, la muchacha no cejaba en su interpelación y quiso saber más.

—Los de mi raza tienen muchas desventajas en cuanto a ciudadanos; sin embargo, en situaciones como la actual, deben quedarse en el *Call* como si nada fuera con ellos.

—Precisamente porque no son considerados ciudadanos de Barcelona. Y es ésta una consideración tan excepcional que no se da igual en ningún otro lugar de la península. Tendríais que visitar Venecia, Génova o Nápoles y ni allí encontraríais parangón semejante en cuanto a privilegios se refiere.

—Es la primera vez que creo que ser judío representa alguna ventaja.

—Alcanzadme la espada que fue de mi padre —ordenó Martí con una seña.

La muchacha tomó entre sus manos la vaina del arma y se la ciñó a Martí en la cintura, aprovechando la coyuntura para mantenerlo por unos instantes rodeado entre sus brazos. Él la intentó separar. Luego súbitamente, la muchacha se puso de puntillas, alzó su rostro hasta la altura del de Martí y depositó en sus labios un beso tímido y leve, como el aleteo de una mariposa.

—¿Qué hacéis, Ruth? —indagó Martí cuando ella separó su boca de la de él, en tanto que un fuego interior desconocido hasta aquel momento le mordía las entrañas.

Ruth lo miró de frente y dijo en voz alta y clara:

—Os vais a la guerra y os despido. Os amo desde que era una niña y tiemblo solamente de imaginar que os pudiera pasar algo.

Martí se dio cuenta de que la niña había crecido y que la que estaba plantada frente a él era una hermosa y turbadora criatura.

Asimismo tomó conciencia de su deber hacia ella y recordó el juramento dado a su padre.

El hombre, hecho un manojo de nervios, argumentó:

—Ruth, yo también os profeso un gran afecto pero esto no debe volver a suceder nunca más. Vuestro padre me ha confiado vuestra protección. Os ruego que no hagáis las cosas más difíciles.

Tras estas palabras, y tomando el bacinete de encima del lecho, partió Martí llevando en la cabeza un autentico revoltijo de ideas.

Junto a sus criados, armados todos hasta los dientes, llegó al punto indicado justo a tiempo. Jofre ya estaba allí, no así sus otros capitanes, que en aquella señalada ocasión estaban de viaje. Martí se colocó frente a su gente, aunque tenía la cabeza en otra cosa.

Finalmente el repiqueteo de campanas cesó y el veguer, desde el palacio, arengó a la inquieta multitud. Olderich de Pellicer, tomando una bocina de latón que le entregó un consejero y llevándosela a los labios, habló:

—*Sou atents?*

La tropa respondió con una sola voz:

—*Som atents!*

—¡Vecinos de Barcelona! Hemos sabido a través de las señales de las hogueras y del sonido de los cuernos, y por los emisarios de otras poblaciones, que una fuerza sarracena considerable se está acercando a las murallas de la ciudad. Ignoramos cuáles son sus intenciones pero debemos estar preparados para cualquier eventualidad. Que cada uno acuda a la puerta de la muralla que tiene asignada y se ponga a las órdenes del jefe militar de ella. Las mujeres que se apresten a transportar agua y a mantener los fuegos encendidos y los niños que cuiden de transportar piedras para alimentar las catapultas. Vecinos, ¡viva Barcelona! ¡Viva santa Eulalia!

Tras esta proclama la muchedumbre se disgregó ordenadamente. Guiados por sus jefes, todos fueron recibiendo a las huestes que debían defenderlos. Martí llevó a los suyos hasta la puerta de Regomir y allí aguardó a que el jefe militar correspondiente le diera las órdenes pertinentes. Instintivamente llevó el dorso de su diestra hasta sus labios e intentó borrar el beso que la muchacha había depositado en ellos y que aún le quemaba.

En el Palacio Condal la actividad era febril. Después de escuchar a los mensajeros, el conde se había reunido con el senescal, el veguer y los consejeros áulicos entre los que se hallaba el intendente Bernat Montcusí.

Ramón Berenguer ocupaba la presidencia de la larga mesa a punto de dar instrucciones a sus capitanes.

—La situación, señores, es la siguiente. Una fuerza selecta, por más que no excesivamente numerosa, ha atravesado el Llobregat y se acerca a la ciudad por el flanco sur. La cosa en sí carece de importancia si supiéramos que esta hueste no es una avanzadilla de otra mayor. Debemos, por tanto, estar preparados. Gualbert —dijo Berenguer, dirigiéndose al senescal mayor—, tomaréis el mando de la operación de defensa de la ciudad en tanto que yo mismo, al frente de doscientos jinetes, saldré a su encuentro.

Todos callaron, pues conocían desde siempre cuál era su misión en caso de que algún enemigo intentara asaltar Barcelona. No estaba claro quiénes iban a acompañar al conde en la avanzada. Gilbert d'Estruc, Bernat de Gurb, Guerau de Cabrera, Perelló Alemany y Guillem de Muntanyola aguardaban expectantes que recayera sobre ellos el honor de acompañar al conde llevando el estandarte.

Una voz sonó al fondo de la asamblea.

—Padre, creo que ha llegado la ocasión de que me otorguéis el mando de la expedición y que aguardéis protegido dentro de las murallas de la ciudad. A vuestra edad es más aconsejable que permanezcáis a buen resguardo en lugar de salir a campo abierto.

La voz era la de Pedro Ramón, primogénito de Ramón Berenguer, fruto de su primer matrimonio con la fenecida Elisabet de Barcelona.

Todos los presentes dirigieron las miradas al viejo conde, imaginando una firme y contundente respuesta.

Éste respondió armado de paciencia.

—Tiempo tendréis, hijo mío, de mandar. Vuestro padre aún no

ha dimitido de sus obligaciones y no olvidéis que la legitimidad de un linaje se basa en que quien ostente el poder lo haga cuándo y cómo le corresponde. Vuestro tiempo aún no ha llegado, y seré yo quien decida el cuándo y el cómo.

La respuesta del hijo sonó áspera y desabrida.

—El cuándo será cuando faltéis vos pero no el cómo. Mi primogenitura es inalienable: nadie debe saltarse ese orden. Os ruego que no lo olvidéis, y que se lo recordéis a vuestra esposa, ya que pretende raras maniobras a fin de colocar a vuestros gemelos, mejor dicho a uno de ellos, en el trono del condado de Barcelona, soslayando mis derechos.

Tras estas palabras el iracundo joven abandonó la estancia.

La voz de Bernat Montcusí, consejero económico del conde, interrumpió la tensión del momento.

—No hagáis caso, señor. Dejad que el gallito afile los espolones y no le tengáis en cuenta sus palabras.

El astuto Montcusí quería dejar constancia de que había roto una lanza a favor del heredero, ya que sin duda su acción llegaría a sus oídos y un día u otro podría sacar rédito de su defensa.

Después de escoger a los capitanes que le iban a acompañar en la descubierta, el conde Ramón Berenguer se puso al frente de la tropa que iba a salir al encuentro de Abenamar, que se acercaba para intentar rescatar a ar-Rashid, primogénito de al-Mutamid de Sevilla, pagando el menor coste posible.

Las almenas se veían totalmente ocupadas y entre los merlones asomaban temibles los arcos de largo alcance de los defensores. En las plataformas de las torres lucían amenazadoras las catapultas de torsión, cuyo tensor estaba formado por tripas de caballo trenzadas y calentadas en aceite de palma, y los onagros* con las cucharas cargadas de un montón de piedras de regulares proporciones que al ser lanzadas, se esparcirían provocando una gran mortandad entre las tropas de los asaltantes. A menos de una legua se divisaba la fuerza enemiga. Se componía ésta de unos quinientos jinetes o más, montados en soberbios corceles árabes.

* Especie de catapulta más pequeña usada desde la antigüedad.

La puerta del Bisbe se abrió, y acompañando a Ramón Berenguer, conde de Barcelona, salió una tropa de jinetes que formó bajo la muralla enarbolando el pendón cuatribarrado, rojo y amarillo, en cuyo centro lucía la imagen de santa Eulalia.

Al divisar a las fuerzas catalanas, la tropa sarracena adelantó una embajada de seis jinetes que avanzó bajo dos estandartes, el verde de la ciudad de Sevilla, en cuya mitad y en letras doradas figuraba la leyenda «Alá es grande», y otro blanco que indicaba que avanzaban en son de paz. La embajada mora se detuvo a media legua y allí aguardó a que los catalanes enviaran a sus representantes.

Ramón Berenguer se volvió hacia sus capitanes.

—Hete aquí que temíamos lo peor y que lo que intuyo que nos llega es el precio que nos debe pagar el moro por el fiasco de la campaña de Murcia. Vamos pues a su encuentro.

El conde eligió a seis de sus acompañantes, entre los cuales, y como hombre entendido en números, se hallaba Bernat Montcusí, cuyo caballo sufría el peso de sus excesivas carnes, y su hijo Pedro Ramón, al que quiso halagar en compensación de la violenta escena habida en los salones de palacio.

Las dos avanzadas se encontraron a medio camino. En esta ocasión el diálogo no fue lo florido y considerado de la vez anterior. Comenzó el discurso Abenamar, que iba al frente de la legación hispalense.

—Señor conde de Barcelona. Vengo en representación de mi rey y amigo al-Mutamid de Sevilla a rescatar a su primogénito, al que retuvisteis contra su voluntad y que nos obliga al pago que exigisteis en nombre de no sé qué derecho.

El conde, avezado diplomático, acostumbrado a pactar en infinidad de ocasiones a fin de mantener el delicado equilibrio existente entre los diferentes condados catalanes, no entró al engaño y habló sereno sin provocar al moro, consciente como era de que lo que convenía al condado era cobrar el rescate y no entrar en guerras dialécticas que a nada conducirían. Cuando iba a responder, sonó detrás de él colérica y acalorada la voz de su hijo.

—No comprendo, padre mío, cómo os dejáis faltar al respeto en vuestras tierras por este moro, contra quien, si de mí dependiera, habría azuzado a los perros y echado a cintarazos —exclamó Pedro Ramón, a quien los años habían dado apostura, pero ni una pizca de diplomacia.

Abenamar, que encajó el exabrupto sin que un solo músculo de su rostro se moviera, aguardó hasta ver la reacción del padre. Ésta no se hizo esperar.

—¡Pedro Ramón! Mucho os falta para entender cómo debe comportarse un buen gobernante. Cuando dos legaciones se hablan bajo la bandera blanca, sagrado símbolo de la paz, nadie es más que nadie y el respeto debe mediar entre unos y otros.

—¿De qué respeto habláis? ¿Del que os ha tenido este infiel que os acusa de haber obrado contra derecho?

—¡Basta ya! Os conmino a que os retiréis ahora mismo. No sois digno de formar parte de esta embajada.

Pedro Ramón, con el rostro descompuesto y escupiendo en el suelo, volvió grupas y partió raudo, fustigando sin clemencia a su caballo.

El conde se dirigió de nuevo a su interlocutor.

—Os pido excusas. Ya sabréis perdonar su intemperancia.

—Todos hemos padecido esta maravillosa enfermedad que es la juventud y que solamente cura el paso del tiempo. Pero vayamos a lo nuestro, ¿cómo va a ser el intercambio de rehenes?

De nuevo una voz sonó entre las gentes del conde. Era Bernat Montcusí.

—Señor, si me permitís…

—Hablad, Bernat.

—Antes de proceder a ello, hemos de contabilizar una suma considerable de maravedíes. Lo cual es prolija tarea que no se concluye en un momento.

—¿Qué es lo que proponéis?

—Mañana al amanecer, antes de que salga el sol, nos volveremos a reunir aquí. Nuestros deudores acudirán con las arcas que contengan los dineros acordados, y nosotros lo haremos con eficientes contadores y con dos carretas para transportar tan delicada mercancía.

—¿Entonces?

—Cuando todo esté conforme y antes de que acudan los respectivos rehenes, las carretas pasarán a nuestra retaguardia, que estará compuesta por cincuenta caballeros; entonces y solamente entonces, cada uno traerá el rehén del otro.

—¿Os parece bien? —interrogó el conde.

—Sí. Únicamente propondría que, si os parece, y aprovechando que hoy hay luna llena, podríamos adelantar la operación a esta noche. Cumplida mi tarea debo partir para Sevilla, y ya sabéis que la distancia es considerable.

Berenguer intercambió una somera mirada con su consejero y con el senescal. Ante el consentimiento de ambos, respondió:

—Si éste es vuestro gusto, sea. Al fin y a la postre, cuanto antes acabemos este enojoso asunto mejor para todos.

Tras estas palabras, ambas legaciones se retiraron hacia sus respectivos cuarteles.

La luna salió puntual, hermosa, redonda y blanca, y al conde le pareció un claro augurio del buen trato pecuniario que estaba a punto de realizar. Los habitantes, por consejo de Montcusí, se habían retirado de las murallas ante la certeza de que la hueste del enemigo era muy inferior. Únicamente soldados profesionales aguardaban tras los merlones de la fortificada ciudad.

En el momento acordado, se abrieron de nuevo las puertas y salieron por ellas los elementos necesarios para llevar a cabo tan delicada maniobra.

Apenas traspasada la muralla, el grupo de caballeros que custodiaba a ar-Rashid se detuvo esperando órdenes.

El grueso de la embajada avanzó cercada de hachones que habrían de iluminar toda la operación. A la vez y del otro lado comenzó a desplazarse una numerosa comitiva de luciérnagas.

Ambos grupos se encontraron a medio camino. El diálogo fue escueto: todos tenían ganas de terminar rápidamente y con bien la transacción.

Unos porteadores, cuyas frentes brillaban de sudor bajo el pálido reflejo de la luna, depositaron en el suelo las parihuelas que transportaban dos inmensos cofres de roble. Luego se hicieron a un lado y a una breve orden, regresaron a su campamento. Entonces

Abenamar, con gesto solemne, descendió de su cabalgadura y sacando de entre sus ropajes una llave de oro, la introdujo sucesivamente en las cerraduras de ambos arcones y dando una palmada ordenó a dos siervos que abrieran las combadas cubiertas.

Ante la atónita mirada de aquellos rudos soldados aparecieron, iluminados por la lechosa luz de la luna, una cantidad jamás vista de maravedíes de oro, que cegó a los presentes.

—Ahí tenéis lo convenido —habló el moro.

—Bernat, obrad: confío en vuestra capacidad.

A la orden del conde, Montcusí, que en aquella ocasión había acudido en uno de los carromatos, llamó a cuatro de sus hombres que rápidamente desplegaron sendas mesas. Ayudados por dos servidores que manejaban los ábacos, comenzaron a contar maravedíes y a anotar en pliegos de vitela con cálamos de caña, ristras y más ristras de números.

La operación fue farragosa. Tras un buen rato y cuando la luna estaba en el cenit, procedieron a intercambiar los rehenes. De ambas retaguardias acudieron los grupos. Marçal de Sant Jaume y ar-Rashid cambiaron de bando. Las carretas que transportaban el tesoro habían partido custodiadas por los hombres que habían acompañado al conde. Ya se iban a despedir las embajadas, cuando la voz enconada del hijo de al-Mutamid rasgó la noche dirigiéndose a Ramón Berenguer:

—¡Que la maldición de Alá, el único, el más grande, el justiciero, caiga sobre vuestra cabeza! Que vuestra sangre se derrame en luchas fratricidas, que vuestros hijos sean los asesinos de vuestros hijos y que vuestra estirpe se agote sin dar frutos, como un árbol seco.

Los caballeros catalanes de la escolta ya iban a echar mano a las espadas cuando la voz de Abenamar templó los ánimos.

—Sabed perdonar, conde. ¿No habéis reconocido hace un rato que la juventud es imprudente? Pues ahí tenéis otra muestra.

Y, tras estas palabras, la delegación mora se perdió en la noche.

88

Pláticas de familia

a noche del siguiente sábado las luces del primer piso del Palacio Condal estaban encendidas. Tras los lobulados ventanales, se veía trajinar a los sirvientes portando bandejas de manjares selectos y copas llenas de excelentes mostos del priorato. El conde Ramón Berenguer había convocado una *Curia Comitis** para resolver consultas y al finalizar celebraba, acompañado de sus más íntimos colaboradores, el triunfo que representaba, para su esquilmada hacienda, aquella riada de maravedíes venidos a las arcas condales. En aquella señalada ocasión los tronos de ambos cónyuges estaban separados y cada uno recibía a sus respectivos deudos en un extremo del salón. Al fondo estaba el conde rodeado de los suyos: el veguer, Olderich de Pellicer; el senescal, Gualbert Amat; el obispo de Barcelona, Odó de Montcada; el notario mayor, Guillem de Valderribes; los jueces, Frederic Fortuny i Carratalà, el honorable Ponç Bonfill i March y el ilustradísimo Eusebi Vidiella i Montclús, que mediaban en las *litis honoris*, o pleitos que versaban sobre el honor y los derechos de los ciudadanos notables; por supuesto, también estaba su consejero Bernat Montcusí, además de los Cabrera, Perelló, Muntanyola y un largo etcétera de nobles familias del condado.

Junto al gran balcón, se hallaba Almodis rodeada de su pequeña corte. Su confesor Eudald Llobet, el capitán de su guardia personal

---

* Asamblea de grandes vasallos.

Gilbert d'Estruc, la primera dama doña Lionor, doña Brígida, doña Bárbara, Delfín, y vestidos como dos hombrecitos los jóvenes príncipes, Ramón y Berenguer. Finalmente, a sus pies y vigiladas por la que fuera su vieja aya doña Hilda, gateaban las pequeñas.

El ruido de las conversaciones iba in crescendo cuando una campanilla manejada por el conde hizo enmudecer al personal. El silencio avanzó como una ola y la voz de Ramón Berenguer I, conde de Barcelona, llegó hasta los últimos rincones del gran salón.

—¡Albricias, amigos míos! Demos gracias a Dios. Lo que amenazó con ser un profundo fiasco ha devenido en gran victoria y, como suele decirse, «bien está lo que bien acaba». Aun suponiendo que el botín de Murcia hubiera sido excelente, jamás hubiera llegado a alcanzar la suma que ha representado el rescate del rehén que ha sido nuestro real huésped durante este año. Os doy las gracias a todos por vuestra fe y vuestra paciencia. Ahora, una vez contabilizado el montante, llegará el momento de saldar deudas y de dar a cada uno lo suyo. La Iglesia, que nos apoyó con sus oraciones en los momentos de zozobra y tribulación, recibirá un generoso óbolo. —Al oírlo, el obispo inclinó levemente la cabeza—. La ciudad, y en su nombre su veguer, gozará también de nuestra generosidad. —Ahora el que alzó su copa fue Olderich de Pellicer—. Y, cómo no, también los condes amigos que pusieron a sus huestes bajo mis pendones serán debidamente recompensados.

La voz de Ermengol d'Urgell resonó al fondo.

—¡Larga vida al conde de Barcelona!

—¡Larga vida! —respondieron todos a una.

—Únicamente os ruego un poco de paciencia. Hacer el arqueo de esta aventura no es tema baladí, y hasta que mis contables no den la cifra exacta del beneficio no podré comenzar a pagar mis deudas. Pero tened por seguro que ello repercutirá en favor de todos.

Y entonces, alzando su copa, anunció:

—Por futuras y rentables conquistas, y por grandes pactos que redunden en provecho del condado, y esta dedicatoria va por vos, mi dilecto consejero Bernat Montcusí, que con tanta sagacidad como clarividencia habéis velado por el compromiso.

El consejero, hinchado como un sapo, aceptó los parabienes de los presentes que secundaron el brindis de su señor, si no por convencimiento sí al menos por pleitesía. Únicamente dos personas no alzaron sus copas. La primera fue Eudald Llobet, confesor de la condesa, que, con el rostro sereno, mantuvo el gesto digno. La segunda fue Marçal de Sant Jaume, que había sufrido los sinsabores de la condición de rehén y que en aquella ocasión se sentía mal pagado, postergado y humillado.

Las gentes, finalizada la velada y con exceso de licor en sus estómagos, fueron abandonando el palacio.

Ya en la intimidad del tálamo, la pareja condal conversaba tranquilamente. La condesa, sentada ante un espejo, cepillando su roja cabellera con un peine de coral y púas de marfil, se dirigió a su esposo, que ya acostado la aguardaba en el lecho a fin de celebrar el final de un día perfecto.

—Ramón, esposo mío, aplaudo vuestro gesto y celebro que todo aquel cúmulo de desventuras que padecimos haya acabado de modo tan brillante y provechoso para el condado.

—Os lo agradezco. Daos cuenta de que nos corresponde un tercio del total: diez mil maravedíes. Con ellos pagaré lo que nos queda de la adquisición de Carcasona y Razè y con el resto ajustaré las cuentas con la tropa y los aliados, que verán que el conde de Barcelona siempre paga sus deudas. —El conde se incorporó en el lecho y contempló el reflejo de su amada esposa en el espejo—. Almodis, me consta que siempre puedo contar con vuestra ayuda. Os portasteis como un soldado; sois mucho más que el reposo de un guerrero.

—Si así me consideráis y teniendo en cuenta que queréis saldar vuestra deuda con todo el mundo, ¿cómo es que no habéis pensado en entregarme una recompensa?

—¿Qué puedo ofreceros? Todo lo mío os pertenece.

—Eso me consta —dijo Almodis con una sonrisa—, pero yo también tengo compromisos.

—Y ¿cuáles son esos grandes compromisos?

—Débitos contraídos con mi gente, a los que debo atender: la sopa de los pobres que cada día se reparte en la seo representa un costoso dispendio para mi pequeña economía, las monjitas de los conventos de los que soy protectora, y finalmente, aunque nada os diga, también me agradan las veleidades que tiene toda mujer.

—¿En cuánto valoráis mi deuda?

—Me daré por satisfecha con la vigésima parte de vuestro beneficio.

—Eso es mucho dinero, esposa mía.

Almodis se puso en pie, y despojándose de su verde bata de brocado, con la roja cabellera suelta como única vestimenta, se acercó al gran lecho.

—En él incluyo el placer con el que os voy a obsequiar esta noche.

—Como siempre, me habéis convencido, querida, amén de que esta noche en particular, no me hubiera agradado tener que dormir en la antecámara de nuestra alcoba.

89

Las monedas de Judas

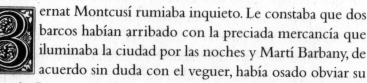ernat Montcusí rumiaba inquieto. Le constaba que dos barcos habían arribado con la preciada mercancía que iluminaba la ciudad por las noches y Martí Barbany, de acuerdo sin duda con el veguer, había osado obviar su influencia. Lo que tomó en su momento por baladronada de joven ambicioso se había convertido en realidad. Por otra parte, el nuevo propietario del comercio continuaba con la actividad sin pagarle el canon acordado con Martí. Si aquel insolente creía que se iba a reír de él, se equivocaba de medio a medio. Nadie en todo el condado hubiera osado, anteriormente, burlarse de Bernat Montcusí y mucho menos en su actual situación, en la que los hados le habían sido propicios y las constelaciones se habían concertado de tal modo que habían hecho que gozara, si cabe, de una influencia mucho mayor, después de que el conde en persona hubiera brindado por él delante de las más influyentes familias del condado.

Las amenazas que había proferido en su presencia aquel insolente carecían de fundamento y ningún juez, caso de que osara denunciarlo, se atrevería a emitir una sentencia acusatoria. Además, nadie que no tuviera la categoría de consejero condal o escudo de nobleza podría litigar con él. Sin duda iba a tener que mostrarle su poder a aquel insensato a fin de obligarle a retornar al buen camino. No estaba dispuesto en forma alguna a renunciar a los beneficios del aceite negro, que si ya eran importantes, su instinto le decía que en el futuro lo serían mucho más.

Bernat conocía el flanco débil de su conde y aquella tarde iba a aprovechar la cita que con él tenía para halagar su ego y apuntarse una baza que iba a ser muy importante en el arriesgado juego que estaba a punto de emprender.

Llegó a palacio lujosamente ataviado y apenas recibido e introducido en la antecámara del salón de recepciones, aprovechó la espera para pasear bajo el artesonado techo, consciente de los comentarios que sobre su persona hacían los diversos grupos que aguardaban audiencia. Puso buen cuidado en colocarse en el punto más alejado de la estancia, de manera que, al ser convocado por el chambelán de cámara, la concurrencia tuviera tiempo de comentar que el conde había ordenado en su honor que se saltara el turno de espera e inclusive el orden de protocolo.

Se abrieron las puertas y, con paso que intentó fuera gallardo, atravesó la gran estancia hasta detenerse respetuoso, haciendo gala de una gran modestia, a la justa distancia que marcaba la pleitesía ante la más alta personalidad del condado. Inclinó su oronda anatomía, aguardando a que Ramón Berenguer le conminara a alzarse.

—Alzaos, mi buen consejero, vuestro señor se enorgullece de súbditos tan preclaros que cuiden de los intereses del condado con la misma dedicación y celo con que miran los propios.

Bernat, alzando su figura, respondió:

—Más aún, señor. He descuidado mis negocios para asistiros en todo y creo que todavía puedo rendiros mejor favor si ponéis en práctica la idea que se me ha ocurrido esta mañana pensando en serviros mejor.

La astuta mirada del conde examinó cumplidamente a su consejero.

—Sentaos, amigo mío, y creed que sabré premiar vuestros desvelos.

Al decir esto señaló una banqueta que se hallaba a su derecha.

Montcusí fue consciente del honor recibido y de lo rápido que correría la noticia, ya que era raro que Ramón Berenguer invitara a sentarse en su presencia a alguien que no fuera de noble estirpe.

—Explicaos, mi buen Bernat.

—Ved, señor, que habéis recibido una importante cantidad de dinero, que debéis guardar a buen recaudo en tanto no lo destinéis a aquellos pagos que, tal como dijisteis, debéis cumplir.

—Lo que decís no es nada nuevo. Aquí, en palacio, no dudéis que estarán bien guardados.

—Es obvio, señor, pero en tanto cubrís vuestros compromisos estos dineros no os darán beneficio alguno.

—¿Qué proponéis? —preguntó, interesado, el conde.

—Veréis, señor, si procuráis demorar vuestros pagos al máximo y los maravedíes los depositáis en manos de los cambistas judíos. Ellos pueden dar intereses, cosa que cualquier buen cristiano tiene vetada.

Berenguer lo observó con curiosidad.

—¿Qué me decís de la seguridad?

—El sótano de su preboste, Baruj Benvenist, es conocido de sobra. Vuestra familia siempre lo ha usado. Os puedo asegurar que los dineros estarán más seguros allí que en palacio.

—¿Qué queréis decir?

—Que si ocurriera una desgracia como un incendio, por ejemplo, o cualquier otra adversidad, él y los suyos se hacen responsables de los capitales allí depositados.

—Me gusta vuestra idea.

—Pues aún hay más.

—Proseguid.

—En tanto, si conseguís demorar vuestros pagos durante un año, vuestro capital se irá incrementando de manera que cuando venza el plazo, se habrá acumulado una cifra descomunal que os dejará un buen remanente.

En los ojos del conde había aparecido un brillo de avaricia.

—Eso está muy bien, mi buen consejero.

—Todavía no he terminado.

—¿Qué otra cosa se os ocurre?

—Veréis, señor. El conocimiento que de vos tengan las ciudades del Mediterráneo redundará en beneficio de vuestra estirpe, pues cuantas más gentes conozcan la importancia de los Berenguer mayor será el prestigio de la casa de Barcelona.

La atención del conde, para la satisfacción del consejero, era absoluta.

—Y esto ¿cómo se consigue?

—¿No fue vuestro padre el que otorgó a los judíos el derecho de acuñar moneda?

—Ciertamente.

—Ordenad entonces que fundan los maravedíes del moro y obligadles a acuñar una moneda con vuestro perfil en un lado y el escudo de la ciudad en el otro. Vos no viajaréis por el mundo en persona, pero sí vuestra imagen, creando, allí donde os lleven las rutas del comercio, prosperidad y negocio. Por ello seréis bendecido y recordado como merecéis y vuestro prestigio alcanzará cimas insospechadas.

—Bernat, siempre os tuve por persona clarividente y sutil, versada en las cosas de los números, pero si esta idea cristaliza tal como apuntáis, considerad que habréis alcanzado un título de nobleza. Hora es ya que se acceda a ella por los caminos de la inteligencia y no de la guerra.

—Me abrumáis, señor.

—Poneos a ello con diligencia y sin pérdida de tiempo. Mientras tanto me ocuparé de demorar cuantos pagos pueda con la excusa de que estoy acuñando una moneda que celebre el acontecimiento.

—Así será. Y no dudéis que sacaré del judío un saneado rédito. Esos maravedíes os proporcionarán un suculento beneficio.

90

Los problemas de Baruj

a reunión se celebraba en casa de Benvenist, que aquel año había sido nombrado preboste de los cambistas, cargo que iba a conciliar con el de *dayan* del *Call*; había convocado a Martí y a Eudald para comunicarles algo de suma importancia.

En tanto aguardaban en el gabinete la llegada de su anfitrión, ambos conversaban sobre los temas que andaban en boca de las gentes y que de alguna manera les concernían.

—Y, como os decía, durante el camino la condesa Almodis me preguntó por vos y me ha encargado que os comunique que os quiere ver en palacio el viernes a mediodía —dijo Eudald, en un tono que no conseguía ocultar el orgullo que le inspiraba su protegido.

—Me asombra tal honor. No creo merecerlo. Además, nada tengo ahora entre manos que le concierna.

—En el tono que me lo dijo intuyo que es algo que os favorece. De cualquier manera, que la condesa llame a alguien en esa tesitura siempre es positivo. ¡Cuántos quisieran…!

—¿Me acompañaréis?

—Sin duda, allí estaré con vos.

Después de una pausa en la que Martí meditó unos instantes las ventajas de tener tan poderosa aliada, cambió de asunto.

—La ciudadanía está revuelta, Eudald. Las familias intuyen que está a punto de ocurrir algo que va a crear prosperidad en Barcelona. Mucha gente estuvo en las murallas y a nadie escapó que el moro se acercó bajo bandera blanca y asimismo que se retiró al día siguiente. Es vox pópuli que vino a rescatar a nuestro ilustre huésped y que el intercambio, que se produjo por la noche, no debió salirle de balde.

—Estáis en lo cierto. Ignoro la cantidad, pero es innegable que el sábado nuestro conde celebró el festivo acontecimiento anunciando que la expedición a Murcia había rendido pingües beneficios.

—De lo cual se deduce que...

—Para vos algo negativo: el consejero de finanzas ha aumentado sus cotas de poder. La otra noche el conde alzó su copa en su honor. El único que no acompañó el brindis es este que os habla.

—¿Conocéis el motivo? —preguntó Martí.

—Parece ser, o por lo menos esto se murmura, que fue Montcusí quien llevó el peso de las negociaciones con Abenamar y que por lo tanto se ha cobrado la pieza.

Martí volvió a meditar unos instantes y su mente transitó por complicados vericuetos hasta llegar a la conclusión de que todo aquel que le ayudara se granjearía la inquina del consejero, y temió por su amigo.

—Me dijisteis que nadie acusó los días de vuestra ausencia cuando me acompañasteis a rescatar a Aixa.

—En las casas de los canónigos, que al fin y al cabo es lo que es la Pia Almoina, la alta política también se cultiva y se respeta la veteranía.

—Aclaradme los términos, por favor.

—Bien, todos conocen la dignidad que ocupo cerca de la condesa. Sus llamadas pueden ser a deshora. El obispo me exime hasta de los rezos nocturnos y no me pregunta si he de asistir a una recepción o si Almodis ha requerido confesión a altas horas de la noche, cosa que por otra parte ha ocurrido en alguna ocasión. A nuestro regreso, tras cambiar en vuestra casa mi hábito de guerrero por el de religioso, retorné a mi alojamiento y aún llegué a tiempo para el rezo de laudes de la tercera noche.

—Me alegro de que así fuera. No quisiera que asociaran el hecho del rescate de Aixa con vuestra persona. Bastantes sospechas despierta la amistad con la que me honráis.

—Sin embargo, ahora más que nunca temo por vos: el conde ha ensalzado a Montcusí públicamente, y si antes gozaba de una posición de preeminencia en la corte, ahora todavía ha ascendido más alto en la consideración del viejo. No os descuidéis, Martí: su ambición no tiene límites y ha demostrado ser un malvado, goza de gran predicamento y os puede dañar. Amén de que su prestigio de componendas de las finanzas se ha acrecentado entre la plebe, que sospecha que la lluvia de maravedíes que va a caer sobre la ciudad, se debe en parte a él. Todos adecentan sus establecimientos intuyendo que algo de toda esta riqueza irá a parar a sus arcas. No olvidéis que en la reunión del sábado iban y venían los criados de palacio atendiendo a los invitados, y muchos de ellos tienen parienta y la que apoya la cabeza en la almohada de un hombre goza de gran influencia. Contad con que la noticia correrá de boca en boca entre las comadres e irá ganado en ponderaciones, y lo que ayer era cien hoy es mil y mañana diez mil. Tened cuidado, os repito.

—Mejor que se preocupe él. Yo no necesito más dinero, y en estos momentos ni siquiera me preocupa la amistad del conde, máxime teniendo la de la condesa.

—La juventud es osada, pero no debéis ignorar que un enfrentamiento con los poderosos siempre es muy aventurado y que un decreto o una nueva ley puede limitar vuestra actividad y reducirla a la nada. Procurad no saltaros el menor de los reglamentos; si os puede atrapar en algo, lo hará y si me permitís un consejo, no olvidéis que quien planea una venganza deberá preparar dos tumbas.

—Descuidad, Eudald, no temáis por mí. Ya no soy tan joven y sabré defenderme.

—Sois hijo de vuestro padre —dijo el padre Llobet con un suspiro—. Entrando en combate decía las mismas cosas.

En aquel instante se abrió la puerta del gabinete y Baruj Benvenist, tras cerrarla con sumo cuidado, se adelantó hacia sus amigos. Eudald y Martí se alzaron de sus respectivos asientos y tras los saludos de rigor se dispusieron cómodamente para lo que iba a ser una larga tarde.

El anciano cambista parecía haber envejecido diez años desde la marcha de Ruth.

—¿Cómo está mi hija, Martí?

—Ya os lo he dicho en mil ocasiones: nada debéis temer.

—No es por mí, Martí, a mí me sostienen mis creencias judías...
Pero mi esposa Rivká, aunque es una auténtica *Eshet Jáil*,* sufre en
silencio, todos los días, la ausencia de su pequeña.

—Comprendo la angustia de ambos al no gozar de su compañía, pero tened la certeza de que es feliz y de que a mi lado estará
siempre segura. Veréis cómo llegará el día en que todas estas tradiciones se atenúen. Esta mañana la ha recogido su hermana y se
han ido a la *micvá* de Sant Adrià, ya que a la del *Call* no puede asistir
y en la Barcelona de los gentiles no se encuentran tales instala-
ciones.

—Son nuestras costumbres. La mujer debe purificarse después
de estos días. Pero mejor hablemos de lo que nos concierne, ya que
debo consultaros a ambos algo que ha ocurrido y que me preocupa.

—Somos todo oídos —apuntó Eudald.

El cambista se retiró la *kippá* y extrayendo del bolsillo de su
túnica un pañuelo se lo pasó por la húmeda calva.˙

—Veréis, hermanos míos, debo ser prudente, ya que las decisiones que tome como preboste de los cambistas, cargo que ostento
durante este año, pueden tener fuertes repercusiones en toda la comunidad.

Ambos interlocutores se dispusieron a escuchar atentamente las
alegaciones de Baruj.

—Ayer tarde se presentó en mi casa el intendente de abastos
acompañado de dos secretarios. Acudió en nombre del conde.
Expresó algo que era más una orden que una petición.

Las miradas de ambos hombres indicaban la atención que ponían en el relato.

—El caso es que hemos de dejar mi sótano expedito al servicio de la casa de los Berenguer. En esta semana pondrán a nuestra
disposición una cantidad inmensa de maravedíes, que son sin duda
el beneficio del trato con el moro.

---

* «Mujer de valor» alabada en el libro de los Proverbios como ama de casa
virtuosa.

—¿No os decía que las noticias corren muy deprisa? —comentó el canónigo.

—¿Y en qué nos afecta el pacto al padre Llobet y a mí?

—Al padre Llobet en nada. Sí a vos, que habréis de retirar el cofre de vuestros depósitos, ya que el conde exige la total exclusividad del espacio.

—Y los otros que tienen allí sus caudales, ¿también deberán retirarlos?

—Por supuesto, pero además he convocado esta noche una reunión del *muccademín* para determinar cuál ha de ser el interés que deberemos ofrecer al conde por disponer durante un año sus dineros.

—No os preocupéis por mí. Mañana mismo acudiré con hombres de mi casa y me llevaré mis caudales.

—Aún hay más —prosiguió Baruj—. Sabéis que los judíos son los únicos autorizados para acuñar moneda. Pues bien, el conde quiere conmemorar la efeméride y nos ordena fundir los maravedíes y fabricar mancusos que lleven estampado en un lado el perfil de su rostro y en el otro, el escudo condal.

—Hay que reconocer que es buena medida para prestigiar su casa y el nombre de Barcelona —apostilló Eudald.

—Bien, es como decís, pero eso nos va a dar un trabajo extremadamente complejo: aparte de fundir las monedas y convertirlas en lingotes, habrá que hacer troqueles nuevos según el tamaño de la moneda. Habrá que hacer también matrices nuevas, y eso lleva tiempo.

—Que es lo que desea el conde para excusar sus pagos. Nadie se negará a algo que prestigie la ciudad, y como nosotros deberemos avalar sus pagarés ante los condes acreedores, todo redundará en su beneficio.

—Sin embargo, algo no me encaja. Sabéis el encono que siente el consejero por los de mi raza. La idea sin duda ha sido suya y nada puede venir de este hombre que sea bueno para mi pueblo.

—Si por ganar los favores de la casa de los Berenguer debe favoreceros, mal que le pese, así lo hará. Como comprenderéis, él no puede acuñar moneda: os necesita.

La tarde fue transcurriendo lentamente y el judío invitó a su mesa a sus amigos. Rivká se reunió con ellos. Baruj presidía la mesa y después de rezar el *Ha Motz* ordenó que se distribuyeran las viandas; Martí y Eudald degustaron aquella cena *kosher* con verdadera fruición y sin reparo alguno.

91

Las dos hermanas

n la pequeña y vecina población de Sant Adrià, a la orilla derecha del Besós, existían desde los tiempos de Roma unos pequeños baños escasamente frecuentados que estaban alimentados por aguas corrientes, condición indispensable para que cumplieran las normas prescritas en los libros sagrados de los hebreos relativas a la purificación de las mujeres. Así pues, los judíos los habían transformado, pagando al conde el canon preestablecido, a fin de adecuar su uso a tal fin, ya que los gentiles de las clases menos favorecidas eran poco dados a la higiene corporal.

Ruth y Batsheva, que acompañaba a su hermana en aquella ocasión, allá se dirigían, pues la primera había terminado su ciclo púrpura y al no poder entrar en el *Call* de Barcelona, debía llevar a cabo la purificación descrita en la Torá. Iban en un carruaje de la casa de Martí, tirado por dos mulas castañas y conducido por Mohamed, el hijo de Omar, que ya había cumplido los trece años. Las hermanas charlaban en el interior de la carreta desinhibidas y sin temor de que sus palabras llegaran a oídos del muchacho, cosa harto improbable ya que amén del traqueteo, el carromato tenía la banqueta del pescante instalada en el exterior, y el muchacho andaba muy entretenido en la conducción de las mulas.

—Batsheva, jamás entenderé ciertas leyes de nuestro pueblo.

—¿A qué leyes te refieres, Ruth?

—Por ejemplo, a la que me obliga a acudir a los baños a purificarme cuando terminan los días de la mancha roja.

Batsheva hizo un gesto de exasperación. Conocía la afición de su hermana a cuestionarlo todo.

—Y ¿qué es lo que no comprendes?

—¿No hizo Yahvé a la mujer?

—Ésa es nuestra fe.

—¿Crees entonces que Yahvé pudo hacer algo imperfecto?

—No.

—Entonces, ¿de qué mancha debo hoy lavarme si nada tenemos que ver las mujeres con lo que nos ocurre todos los meses?

Batsheva se sorprendió.

—Piensas demasiado, hermana. Deja eso para los ancianos que son los que interpretan el Pentateuco. Dedica tus afanes a las tareas que nos son más propias.

—No me conformo, hermana. No quiero ser como una acémila que no se cuestiona las órdenes que recibe.

—Deja las disquisiciones para los sabios. Ellos las discuten todos los días hasta la extenuación.

—Éste es el mal de nuestro pueblo: las mujeres no pensamos y los hombres se pasan la vida en vanos razonamientos que a nada conducen, para acabar sometidos al pueblo que nos acoge.

—En verdad, eres incorregible... Desbarras, Ruth. ¿No cambiarás nunca?

—Te quiero mucho, Batsheva, pero no me he de conformar con ser una sumisa esposa judía. Antes lo sospechaba y ahora lo sé con certeza. Fuera del *Call* existe otra vida infinitamente más apasionante, y ahora que la he conocido me niego a enclaustrarme de nuevo.

—Sé que siempre tuviste un grano de locura, pero a esa locura deberé mi bien. Por tanto, bendita sea.

—¿Qué quieres decir? —se sorprendió Ruth.

—Tengo algo que contarte: esta semana acudirá a nuestra casa el casamentero de los Melamed a fin de concertar el matrimonio con nuestro padre.

Los ojos de Ruth se abrieron como platos.

—¡Cuánto me alegro por ti, Batsheva! De manera que el soso de Ishaí Melamed se ha decidido.

—Lo han nombrado *chazán*.* Eso le proporcionará un nuevo ingreso y ya podrá independizarse.

—Nada me debéis, muy al contrario, yo estoy en deuda con vosotros.

—Ahora la que nada entiende soy yo.

—Si la noche de Abenamar, entre aquella inmensa barahúnda, no llegáis a soltar mi mano y no llego a perderos, jamás hubiera conocido la felicidad.

—¿De qué estás hablando?

—Hermana, amo a Martí Barbany con todas las fuerzas de mi corazón, y de momento me conformo con poder respirar el mismo aire que él el resto de mis días.

—Pero Ruth, siempre creí que esa fijación tuya era cosa de niña; él es cristiano y nuestra ley jamás te permitirá ni siquiera soñar con él.

—Si fuera necesario y tuviera la dicha de que reparara en mí, no me importaría hacerme de su religión y renegar de nuestra ley.

—Nuestro padre se moriría.

—No te preocupes: te he hecho una confidencia que no ha de ocurrir, tristemente para mí. Pero no lo dudes, seré de él o de nadie.

—La compasión de Yahvé caiga sobre ti y te ilumine.

El silbido de Mohamed deteniendo a las acémilas les indicó que habían llegado a su destino. Ambas muchachas descendieron de la galera y tras indicar al joven que las aguardara fuera, se introdujeron en la instalación. Era ésta una construcción de piedra compuesta de cuatro cuerpos, tres de ellos en tierra firme mientras que el cuarto tenía su mitad prácticamente introducida en las aguas del río Besós. Una mujer de mediana edad estaba al cargo del recinto. Las dos hermanas se acercaron al mostrador.

—Alabado sea Yahvé, Señor del universo.

—Alabado sea el Único y el Perfecto. ¿Qué se os ofrece?

—Venimos a la purificación.

—¿Ambas?

* Encargado de conducir los cantos en la sinagoga.

—No, solamente yo —dijo Ruth.

—¿Traéis lo necesario?

—Lo traigo.

Al decir esto último mostró Ruth una bolsa de lona en la que portaba los pomos con los aceites requeridos para el rito que marcaba el culto.

—Si gustáis, podéis aguardar en la sala adjunta —dijo la mujer dirigiéndose a Batsheva—. Y vos, seguidme.

—No te haré esperar mucho, hermana, enseguida termino.

Ruth siguió a la mujer y llegó a una estancia en una de cuyas esquinas había una jofaina alzada sobre patas de hierro; arrumbados a la pared había sendos bancos de piedra y sobre ellos una hilera de cuernos de venado invertidos podían utilizarse como perchas.

—Cuando hayáis terminado, tocad la campanilla y acudiré a buscaros, no vaya a ser que os encontréis a la salida con otra que venga a lo mismo y que se avergüence de verse en tal circunstancia. Ya sabéis que la ley exige practicar la ceremonia en solitario.

Tras este parlamento, la encargada se retiró silenciosamente cerrando tras de sí la gruesa puerta.

Ruth se quedó sola y pensativa. Se sentó en uno de los bancos y se desprendió de las *sankas*;* luego, ya descalza, se puso en pie y fue despojándose de la túnica, la *almejía*** y finalmente de la camisa y las calzas. Después de colgar todas las prendas en las perchas, tomó los aceites indispensables para la ceremonia y los dejó en el borde de la inmensa bañera de piedra excavada en la roca. Finalmente se introdujo en el agua corriente que entraba por un agujero y salía por otro. Pese a que ya era junio un escalofrío recorrió su cuerpo esbelto como un junco e hizo que los picos de sus senos se irguieran orgullosos cual rojas cerezas, y sin saber por qué su mente evocó las manos de Martí y el roce del agua le pareció una caricia.

---

* Chapines con suelas de madera para evitar la humedad.

** Ropaje abierto por los laterales que se colocaba encima de la camisa y bajo la túnica y que las mujeres ricas sustituían por el pellote.

92

Marçal de Sant Jaume y Pedro Ramón

n el solemne salón de trofeos y armaduras del Palacio Condal tenía lugar una oscura reunión. En ocasiones singulares el lobo puede pactar con el zorro, si de matar ovejas se trata. Los conspiradores eran dos personajes de noble sangre aunque pocas gotas de auténtica nobleza corriera por sus venas. Ambos habían acudido al encuentro aguijoneados por un motivo común.

El primero era Pedro Ramón, hijo mayor del conde de Barcelona, el segundo Marçal de Sant Jaume, poderoso aristócrata y rehén durante meses del rey moro de Sevilla al-Mutamid. Ambos, instalados en un lejano rincón de la estancia junto a una de las ventanas por la que entraban los últimos rayos del sol de junio, comentaban y se consolaban mutuamente de sus desdichas.

—Harto estoy de aguantar impertinencias y creedme si os digo que un día me habrán de hallar con mal cuerpo y ese día puede ocurrir cualquier cosa.

El que así hablaba era Pedro Ramón.

—Y eso lo decís vos, que habéis podido dedicar este último año a lo que os ha convenido. Imaginaos que sin comerlo ni beberlo os halláis rehén de un infiel que os coarta vuestra libertad. Me han utilizado como moneda de cambio y a mi regreso, y ante toda la corte, ni siquiera he sido nombrado en el capítulo de gratitudes.

—Tened paciencia. En esta corte manda una ramera que tiene sorbido el seso a mi padre.

—¿Paciencia, decís? Mi oscuro sacrificio en nada me ha favorecido, pero en cambio ha rentado un montón de maravedíes a las arcas condales. Pues bien, la otra noche ni siquiera fui mencionado.

—No os quejéis: a mí ni se me invitó. Imagino que caí en desgracia la noche del intercambio. Mi padre está viejo y permitió que el moro le faltara al respeto ante toda la legación, y porque le aconsejé delante de todos que tratara al infiel como debía, fui reprendido en público y vejado. Esto es lo único que he sacado de todo el negocio.

—¿Ya sabéis lo que se murmura? —dijo Marçal de Sant Jaume, después de una pausa.

—Tantas cosas… ¿A cuál os referís?

—Al reparto de beneficios.

—Imagino que servirán para pagar las soldadas de la hueste y saldar las deudas adquiridas con los condes que acompañaron a mi padre a la aventura.

—Y a regalías para la condesa, que ha sacado para sus caprichos una suma desorbitada.

La mirada de Pedro Ramón se ensombreció.

—¿Quién os ha dicho eso?

—Es vox pópuli. Ese enano entrometido que le sirve a la vez de bufón y de nigromante va propalando la buena nueva por palacio, y presumiendo de las calzas nuevas y de la túnica que ha sacado él de la aventura.

—Y yo, el primogénito, hambreando acá y acullá unas monedas para cumplir con los compromisos a los que me obliga el mantenimiento de mis derechos.

—¿A qué compromisos os referís?

—A los de ganar devotos para mi causa. ¿Acaso creéis que los futuros cortesanos son gratuitos? Sin ir más lejos, el otro día, el consejero de abastos, Bernat Montcusí, rompió una lanza en mi favor. Esos gestos cuestan sinecuras y mercedes, y todo se resume en buenos dineros. Mi manera de recaudar no consiste precisamente en abrirme de piernas, que es lo que hace la condesa para obtener prebendas para su gemelo preferido, al que sin duda pretende exaltar a costa de mis derechos.

—Tenéis mucho tiempo: todavía es pequeño.

—Hay que ocuparse ahora de él. Luego crecerá y puede volverse peligroso.

—Pues cuando llegue el momento, contad con un incondicional más, eso sin pedir nada a cambio. Creo que los conocimientos adquiridos durante este largo tiempo sobre las maneras de hacer de los infieles os pueden rendir grandes servicios.

—No dudéis que sabré compensaros por vuestra fidelidad, pero antes debo reclamar mis derechos. ¿Sabéis el montante que ha sacado la ramera a mi padre?

—Se habla de quinientos maravedíes.

Por la tarde, un malhumorado Pedro Ramón accedía a las estancias privadas de la condesa sin dar tiempo a ser anunciado.

Almodis estaba acompañada por tres de sus damas; la primera de ellas, Lionor, jugaba con las pequeñas Inés y Sancha, y en su pequeño escabel, hueco como un pavo real, ataviado con su túnica nueva, estaba Delfín, que en aquel momento leía en voz alta para deleite de todos una novela bizantina. Al abrirse la puerta violentamente, las llamas de los candiles y candelabros que iluminaban la estancia parpadearon haciendo que la luz vacilase.

El exaltado joven avanzó hasta situarse a menos de tres pasos del pequeño trono y bruscamente espetó:

—¿Cuál ha sido el precio que le habéis sacado a mi padre en esta ocasión?

—Buenas noches, Pedro. ¿A qué debo el gusto de vuestra visita? —replicó la condesa, que pretendía dar al primogénito de su marido una lección de modales ante todos sus fieles.

—Dejaos de vacuas ceremonias. Vos y yo lo tenemos todo hablado.

Almodis se negó a dejarse provocar y ordenó a sus damas que se retiraran llevándose a las pequeñas. Cuando iban a hacerlo Lionor y Delfín, la condesa dijo en voz alta:

—Vosotros quedaos, necesito que alguien sea testigo de lo que aquí ocurra. No vaya a ser que este desconsiderado acuda después a su padre aduciendo palabras que aquí no se hayan pronunciado. No sería la primera vez.

—Me ponéis a la altura de vuestros sirvientes, pero no importa: ya estoy acostumbrado a vuestras desconsideraciones y desplantes. Mis quejas son tan numerosas como las estrellas de los cielos y vuestros ultrajes tan abundantes como las mismas. Lo que tengo que deciros está en boca de todo el personal de palacio, por tanto no importa que vuestros criados estén presentes. Imagino que la correveidile que os trajisteis de Francia y el aborto que entretiene vuestras veladas estarán al cabo de la calle de todo lo que se rumorea en las cocinas.

Lionor y Delfín habían ocupado sus respectivos lugares y, sin dejar de mirar a su ama, escuchaban, boquiabiertos, las venenosas invectivas que aquella boca iba lanzando contra ellos.

—Todo el mundo conoce vuestro talante y a nadie escarnecen vuestros sarcasmos —respondió Almodis—. Ya sabéis que no ofende quien quiere sino quien puede. Acabemos de una vez. ¿Qué es lo que os ha movido, en esta ocasión, a entrar en mis aposentos sin llamar y sin haber sido convocado?

Cuando los nervios le acuciaban, Pedro Ramón bizqueaba notoriamente.

—El verme una vez más postergado y humillado ante toda la corte.

—No entiendo adónde queréis ir a parar. Nada ha dependido de mí y en todo caso deberéis reclamar a vuestro padre, que es sin duda el ofendido por vuestro comportamiento en la jornada del rescate, según me han informado.

—Os han informado mal. Nada hice en mi provecho. Confundís la dignidad de la defensa de los intereses del condado, que me impulsó a impedir la humillación de nuestro estandarte, con mezquinos intereses personales.

—Suponiendo que las razones que alegáis sean como decís, las perdisteis en la forma que empleasteis.

—Señora, es muy fácil juzgar unos hechos desde la tranquilidad de vuestros aposentos. La situación no era ésta. La tensión embargaba a todos los componentes de la legación y fue entonces, en aquel momento, cuando había que preservar la reputación del condado. Además, no sé por qué intento explicaros situaciones de guerra: sois una mujer con las limitaciones que esta condición comporta, y no he venido a eso.

Almodis se iba hartando de la situación y no estaba dispuesta a tolerar más impertinencias.

—Esta mujer, a la que tratáis con tanto descomedimiento, ha aportado ya a Barcelona más ventajas de las que aportaréis vos en toda vuestra vida.

—Sobre todo si se me margina totalmente y se intenta cercenar mis derechos.

—Todavía no ha llegado el momento de ejercerlos, suponiendo que vuestra conducta no lo impida.

—Eso es lo que procuráis lograr desde que habéis entrado en la vida de esta familia.

—Bien, acabemos con esta bufonada. ¿Qué pretendéis en esta ocasión?

—Tengo entendido que mi padre, el conde, ha tenido a bien pagaros no sé qué servicios aunque lo sospecho. Bien, creo que puede hacer lo que quiera con sus dineros, pero no con los míos. Por tanto os requiero que me devolváis la parte que me corresponde.

La condesa meditó profundamente su respuesta.

—Lo que vuestro padre pueda hacer con sus dineros, como decís, no es de mi incumbencia y si ha tenido a bien considerar mis desvelos por todo lo que he hecho y hago por el condado, a él deberéis reclamar. En cuanto a mí, todo lo que puedo hacer por vos es dar orden de incluiros en la lista de mis menesterosos que reciben, cada mediodía, la sopa de los pobres en las puertas de la seo, puesto que lo que sois es un pobre de espíritu. Ahora, si no tenéis nada más que decirme, os ruego que me dejéis con las gentes que me proporcionan invariablemente mejores ratos que los que gozo cada vez que venís a decirme algo.

Delfín tuvo la desgracia de encontrarse en medio del paso cuando Pedro Ramón, rojo de ira, abandonó la estancia. El pequeño bufón acompañado por su diminuto escabel cayó al suelo a causa de la brutal patada que le propinó el irritado príncipe.

93

Viernes a mediodía

El viernes, cuando el volteo de las campanas anunciaba el Ángelus, un nervioso Martí Barbany acompañado del confesor de la condesa traspasaba las puertas del Palacio Condal invitado por Almodis. Eudald Llobet, que conocía el motivo de la cita, sonreía para sus adentros, ponderando la inmensa alegría que la nueva iba a proporcionar a su protegido. En tanto ascendían la escalinata de palacio, el buen clérigo meditaba sobre la gran diferencia que mediaba entre el jovencito que fue a su encuentro seis años atrás, y el hombre pleno y maduro que le acompañaba en aquella señalada ocasión. La diligencia, el incansable esfuerzo, la tenacidad, y por qué no decirlo, su buena estrella, habían catapultado a Martí hasta las cimas alcanzadas hasta aquel momento en los negocios. Sin embargo, en lo relativo a lo personal, la vida había sido dura en verdad con él. Martí mantenía el negro en sus ropajes desde la muerte de Laia y el cruel recuerdo de la terrible escena presenciaba sus insomnios.

—¿Tenéis idea del porqué de esta cita? —indagó Martí mientras avanzaban por los pasillos precedidos por un mayordomo de cámara.

—Lo desconozco, pero mi intuición basada en mis experiencias en palacio me avisa de que es para algo positivo.

—Dios lo quiera. Pero temo a esta gente. Son como el sol: hay que respetar siempre las distancias. Lejos de ellos te hielas y demasiado cerca te abrasas. En la corte es mejor pasar inadvertido.

—Vuestro aforismo no es del todo cierto. Yo mismo frecuento los aposentos de la condesa y vedme, tranquilo y relajado.

—Sin duda sois la excepción que confirma la regla.

En ésas andaban cuando se encontraron frente a las puertas que daban paso a los aposentos privados de Almodis.

El ujier de servicio, al ver al sacerdote que tenía paso franco a todas horas en palacio, abrió la puerta sin previo anuncio denotando con el gesto la alta consideración que merecía el eclesiástico entre todos aquellos que rendían servicio a la condesa.

Eudald Llobet se adelantó seguido de Martí. El hecho era el común de todos los días. Las visitas íntimas de Almodis se hacían sin tener en cuenta el rígido protocolo de palacio. Su primera dama, doña Lionor, doña Brígida y doña Bárbara, Delfín y un perro de aguas reciente regalo de su esposo iban a ser testigos de la escena.

Eudald se dirigió a la condesa desde el quicio de la entrada.

—Con vuestra venia, señora.

Almodis, dejando a un lado la labor que estaba haciendo, sonrió amablemente.

—Adelante, mi buen amigo. Vuestra presencia siempre es augurio de unos momentos amables. Veo que venís acompañado de una de las pocas personas de esta ciudad con las que me hallo en deuda.

Ambos hombres inclinaron la rodilla al llegar al escalón que antecedía al trono.

Nervioso, aunque sin embargo espontáneo, Martí no pudo impedir el responder al halago de la señora.

—Señora, el deudor siempre seré yo.

A Almodis le sorprendió el desparpajo de aquel vasallo.

—En este caso no es así. Una cualidad indispensable para un gobernante es recordar las promesas que hace a sus súbditos, y desde luego cumplirlas.

Martí se mantuvo expectante.

—¿Recordáis la promesa que os hice cuando la llegada del embajador del rey de Sevilla?

—Ciertamente, señora. Pero no fue un compromiso: más bien me lo tomé como una expresión de alegría ante la esperanza de que la ciudad mostrara un aspecto solemne y novedoso.

—Pues fue una promesa que tras los informes recibidos he decidido ampliar, y lamento que haya transcurrido tanto tiempo. Las responsabilidades del conde, mi esposo, y la campaña de Murcia han retrasado en demasía este momento tan trascendente.

Aquí, como avezada estadista, hizo una pausa para dilatar el efecto, y después de captar la atención de ambos visitantes, prosiguió:

—He recabado referencias exhaustivas sobre vos y debo decir, si trato de ser justa, que jamás recibí tanto elogio sobre una persona. Dicho lo cual procedo a declararos a pleno derecho ciudadano de Barcelona, con todo lo que este título conlleva.

—Señora, yo...

—¿No os ha indicado vuestro mentor, que está avezado en las costumbres palaciegas, que no es correcto interrumpir a la condesa? Bien, dada vuestra bisoñez en estos avatares, no os lo voy a tomar en cuenta. Prosigo: habiendo requerido de la generosidad del conde un gesto que subrayara este acontecimiento, os hago entrega en este instante de la condecoración que avala vuestro nuevo estatus, y además, aunque me consta que precisamente a vos no os hace falta, os entrego un saquito de monedas para que las repartáis en mi nombre entre los servidores de vuestra casa, para que celebren también vuestra buena estrella. El padre Llobet os informará de las ventajas que habéis obtenido desde este momento.

La condesa dio una breve palmada y compareció al punto un paje portando sobre un almohadón carmesí una medalla de oro y esmalte pendiente de una cinta de seda con las cuatro barras amarillas y rojas, y a su lado un saquito de terciopelo carmesí en el que figuraba bordado el escudo condal.

—Venid, acercaos.

Un asombrado Martí, empujado por el codo del canónigo, se acercó al estrado inclinando la cabeza.

Almodis, con gesto solemne, pasó la cinta alrededor de su cabeza y le hizo entrega del saquito.

Un orgulloso Martí retrocedió hasta la altura del sacerdote y apenas osó decir:

—Señora, todo esto es inmerecido.

—Pues haced por merecerlo, porque espero de vos grandes cosas.

Un orondo Llobet y un asombrado Barbany se retiraron despacio sin dar la espalda a la condesa. Ya en el pasillo, Martí preguntó a su amigo:

—¿Vos sabíais algo de todo esto?

El canónigo, socarrón, aclaró:

—La Iglesia siempre debe estar informada. Pero retiraos la condecoración y ved su reverso.

Martí hizo lo que le indicaba su amigo y dando la vuelta a la medalla leyó:

A Martí Barbany, que ha dado a la ciudad una nueva luz para alegría de sus habitantes y admiración de los extraños.

Almodis de la Marca, que espera todavía de él más grandes prodigios.

Al leerlo, Martí no pudo evitar pensar en lo mucho que habría deseado vivir este momento años antes y un escalofrío le enturbió la mirada.

94

Baruj y Montcusí

En la antesala del consejero de abastos, tres personajes destacaban entre la abigarrada clientela que aguardaba pacientemente ser recibida. Todos los presentes conocían la prevención con que Bernat Montcusí trataba a los componentes del *Call* y lo poco que le agradaba recibir judíos en el tiempo que destinaba a los ciudadanos de Barcelona. Las ceñidas túnicas, los picudos gorros y los ornados borceguíes llamaban poderosamente la atención. En uno de los bancos del fondo, Baruj Benvenist, *dayan* del *Call*, Eleazar Bensahadon, que hasta el año anterior había ejercido como preboste de los cambistas, y Asher, tesorero de los mismos, cuchicheaban quedamente en tanto aguardaban nerviosos y expectantes a ser recibidos por el poderoso personaje.

Eleazar Bensahadon interrogaba al tesorero.

—Y ¿cuándo os han dado cuenta de la calamidad?

—Ayer por la noche me enviaron desde la fundición recado del desastre y sin pérdida de tiempo fui en busca de Baruj. Era ya tiempo de queda y las puertas del *Call* estaban a punto de cerrarse, el mensajero tuvo que dormir en mi casa.

La voz del ujier sonó poderosa, convocando a la embajada judía.

Los tres hombres se levantaron y, seguidos por el murmullo de los presentes, se adentraron en el artesonado pasillo que conducía a las dependencias del consejero de abastos.

Conrad Brufau, que como buen secretario conocía la animadversión que las gentes de aquella raza provocaban en su jefe, los trató adustamente, como si el asunto fuera de su incumbencia.

—Sus mercedes han acudido con urgencias intempestivas y sin ser citados. Esperemos que el argumento tenga el fuste que decís. De no ser así temo traiga malas consecuencias. Descubríos, y aguardad, voy a consultar si podéis pasar ahora.

Los tres judíos dejaron sus picudos sombreros en un banco y aguardaron nerviosos y cariacontecidos a que el consejero diera su venia.

Al poco regresó el secretario comunicándoles que su señor, Bernat Montcusí, les aguardaba.

Baruj, Eleazar y Asher, por este orden, fueron introducidos en el soberbio despacho del poderoso personaje, y permanecieron junto a la puerta, respetuosos y expectantes. Montcusí les esperaba sentado detrás de su escritorio, fingiendo leer un inacabable pergamino. Súbitamente alzó el rostro, como si en aquel momento se diera cuenta de que alguien aguardaba, y comentó con un falso engolamiento:

—Pero pasen sus señorías... No os quedéis ahí como criados.

Los tres hombres avanzaron, y a una indicación del consejero dejaron sus capas sobre el brazo de sus respectivos asientos y se sentaron.

—Y bien, señorías, ¿qué urgente negocio me ha obligado a recibiros fuera de tiempo y de lugar?

Baruj Benvenist, sereno y comedido, tomó la palabra.

—Excelencia, un incidente muy enojoso para nosotros nos ha obligado a importunaros en momentos, como decís, inconvenientes. De no ser algo tan delicado, sabed que conocemos nuestro lugar y lo escaso de vuestro tiempo.

—Entonces no me obliguéis a perderlo en futilidades, e id al grano.

—Está bien, excelencia. El caso es que cumpliendo con vuestro encargo nos dispusimos a fundir los maravedíes del reino de Sevilla para convertirlos en mancusos catalanes con la efigie de nuestro conde en una de las caras y en la otra las armas del escudo de Barcelona.

—¿Y?

Prosiguió Bensahadon:

—Para ello tomamos del sótano de don Baruj todas las sacas y en una galera vigilada por nuestros mejores hombres, las condujimos a una fundición.

El rostro del consejero iba adquiriendo un tinte blanquecino.

—Proseguid.

Otra vez habló Baruj.

—Como no ignoráis, para poder estampar moneda nueva, lo primero es fabricar la materia prima necesaria para el trabajo. Para ello necesitamos fundir los maravedíes en un horno, separar el oro puro y mezclarlo con la necesaria plata para conseguir granalla, ya que si no las monedas resultantes serían en extremo maleables y no servirían para el uso a que está destinado el circulante.

—Y bien, ¿qué problema halláis en ello?

—Veréis, excelencia: al volcar las sacas en el horno vimos que era tan escaso el oro que recubría los maravedíes y tan abundantes los metales que constituían su esencia que es imposible destinarlo al uso que nos habéis encomendado.

—Escoria de plomo y cobre —añadió Asher.

Un silencio ominoso se abatió sobre la estancia.

—¿Me estáis diciendo que los maravedíes no valen?

—Son falsos, excelencia.

Bernat Montcusí abandonó el refugio de su macizo escritorio y comenzó a medir la estancia a grandes zancadas. Súbitamente se detuvo junto al inmenso reloj de arena y se encaró con Baruj.

—Creí que vuestro sótano era el lugar más seguro del condado.

—Y lo es, excelencia.

—¿Y me decís que los hombres que condujeron los maravedíes hasta el horno son de toda confianza?

—Lo son, excelencia. El tesorero acompañó la expedición y no hubo novedad remarcable.

—Y los hombres que manejan el horno, ¿también son de fiar?

—Pondría por ellos la mano en el fuego.

—Entonces, ¿dónde sospecháis que se produjo el cambio?

Los judíos se removieron inquietos en sus asientos.

—¿De qué cambio habláis, excelencia?

—Es evidente que en algún instante se produjo la permuta.

—Excelencia, ¿no insinuaréis que el hecho es responsabilidad nuestra?

—¿Tal vez vos insinuáis que la moneda que os entregué y que vos admitisteis no era de ley?

—Excelencia, nos dijisteis que el cobro del rescate se hizo de noche cuando ya la luna estaba muy alzada. ¿No es extraño que el infiel os quisiera pagar aquella misma noche y no, como se suele, al día siguiente? ¿No intuís que quizá quisiera aprovechar la oscuridad para sorprenderos en vuestra buena fe y de esta forma estafaros tan cuantiosa suma?

—¿No es menos cierto que los doctos prebostes de los cambistas admitisteis la moneda como buena y firmasteis los recibos pertinentes? ¿O es que intentáis sugerir que fui engañado por el moro perjudicando con mi incuria a mi señor?

—Nosotros, excelencia, nada sugerimos ni nada pretendemos ocultar, pero lo que es inapelable es que los maravedíes son falsos.

—Alguien habrá de responder de este desafuero.

La voz del consejero sonó, a oídos de los tres judíos, como el silbido de un áspid.

95

El chivo expiatorio

os maravedíes fundidos denunciaban que el astuto moro había engañado al conde. De no mediar un milagro las pérdidas iban a ser ruinosas, pues Ramón Berenguer debería atender a sus aliados con su propio peculio; su prestigio y su buen nombre era más importante que la riqueza y la pobreza.

Montcusí se presentó en el Palacio Condal sin dilación, dispuesto a lidiar con aquella incomodísima situación. Su crédito peligraba y debería jugar diestramente sus cartas si quería conseguir que, de nuevo, aquellas cañas se tornaran lanzas.

Precedido por uno de los ujieres de cámara fue atravesando los pasillos que tan bien conocía.

Cuando hubo llegado a la gran puerta, el capitán de la guardia, tras rogarle que aguardara un momento, se introdujo en la cámara para demandar al senescal la venia para el consejero de abastos. Apenas unos instantes después salió el hombre anunciándole que tenía el paso franco.

Bernat Montcusí, con un mohín compungido y descubierta la testa, avanzó por la larga alfombra hasta llegar al pie del estrado que sostenía el adoselado trono.

Ramón Berenguer, que en aquellos momentos estaba despachando con dos de sus *prohomes* de confianza y con el senescal Gualbert Amat, le saludó afablemente rememorando sin duda los beneficios que la astucia de su consejero económico le había granjeado.

—¿Qué buena nueva os trae por aquí a esta hora y sin previo aviso?

—Me temo, señor, que en esta ocasión soy portador de malas noticias.

El rostro del conde cambió de expresión.

—Hablad, mi buen amigo. Lo único irremediable es la muerte y a esta mala embajadora todavía pretendemos hacerla esperar.

—Señor, a veces las circunstancias nos procuran enojosas situaciones que nos perjudican seriamente. No son la muerte, pero nos entorpecen la vida.

—Decid, Bernat, que todo tiene remedio.

—Obedeceré, señor, pero el asunto requiere de la máxima discreción, no por mí sino por el bien del condado.

—¿Insinuáis que debo despedir a hombres de mi absoluta confianza?

—Creo que cuantos menos oídos escuchen lo que tengo que deciros, el secreto quedará a mejor recaudo.

Ahora la expresión del conde había cambiado absolutamente.

—Os haré responsable del desaire si no quedo satisfecho de vuestra explicación.

Y añadió a continuación:

—Senescal, señores, si tenéis la amabilidad de aguardar en la antecámara, en cuanto haya terminado con tan grave asunto os requeriré de nuevo.

Los dos componentes de la *Curia Comitis* abandonaron la estancia precedidos por el senescal y cuando las puertas se cerraron, el tono de voz que empleó Ramón Berenguer se había tornado serio y distante.

—Está bien. Tomad asiento y decidme ahora qué cuestión me ha obligado a desairar a mis hombres de confianza.

Montcusí se sentó en una banqueta a la diestra del conde y comenzó a desgranar su relato. El soberano le escuchaba atentamente. La explicación se alargó un buen rato.

—De manera, señor, que amparado en la prisa y en la oscuridad, el astuto moro nos endilgó una moneda perfectamente acuñada de una paupérrima aleación de oro de tan baja ley que es imposible fundirla para acuñar nueva moneda.

—¿Y cómo nadie se dio cuenta?

—Os repito, señor, era tan grande la prisa por acabar con el asunto y era tan perfecta la falsificación que nadie pudo sospechar. Tened en cuenta que sus forjas son famosas y los mancusos jafaríes y sargentianos son muy apreciados y de uso común.

El conde se acarició la barbilla despacio.

—Si no damos con la fórmula para aliviar el daño, el quebranto de nuestras arcas puede ser espeluznante.

Bernat esperaba la reacción de su señor para intentar hacer méritos que restablecieran en parte su perdido crédito y le devolvieran su papel de salvador.

—Se me ocurre que tal vez haya un medio, y es por ello por lo que os he indicado que sería mejor quedarnos solos.

—Os escucho, Bernat.

—Hagamos por un momento la composición de lugar. Si propongo algo que no os parezca bien, hacédmelo saber, señor.

El conde asintió y el astuto Montcusí esbozó su plan.

—Está claro que, amén de recobrar los dineros, debemos poner a salvo la honorabilidad del condado y el prestigio de la casa de Barcelona.

—No os detengáis, os lo ruego.

Bernat percibió que volvía a dominar la situación.

—El moro nos hizo morder el anzuelo y nos dio gato por liebre. Bien, pero eso está por demostrar. Los judíos son los auténticos entendidos en la acuñación de moneda, ya que vuestro abuelo les concedió tal privilegio.

—¿Adónde queréis ir a parar?

—Los cambistas judíos aceptaron los maravedíes como buenos y os dieron un recibo, pactando además un interés.

—¿Y bien?

—Ellos son los únicos que han podido manejar los dineros, ellos los han fundido y ellos son los que dicen ahora, cuando hace ya más de una quincena que están en su poder, que la moneda es falsa.

A Ramón comenzaron a brillarle las pupilas.

—¿Me seguís? —murmuró el astuto consejero.

—Creo que voy captando vuestra idea.

—Es fácil —dijo Bernat, adoptando un tono más firme—: no vais a aceptar sus excusas. Los maravedíes que entregasteis eran de buena ley, lo atestigua vuestro recibo, y si alguien ha dado el cambio, es su problema, no el vuestro.

—Bernat, siempre supe que erais una eminencia para los números y ahora lo ratifico.

—Hay más, señor.

—¿Todavía?

—Haremos correr el bulo entre las gentes de que los hebreos han intentado defraudar al condado perjudicando los negocios de sus moradores. Cuanto más ocupados estén vuestros súbditos con los judíos, cosa que por otra parte siempre ha constituido su mejor entretenimiento, menos tiempo tendrán para protestar de otras cosas.

—¿Y entonces?

—Reclamaréis el pago del dinero y de los intereses. Ellos se verán obligados a responder del desafuero y de la pretendida estafa y pagarán durante años la codicia de sus dirigentes. Como comprenderéis, entre la disyuntiva de elegir entre su conde y los odiados judíos, el pueblo optará por vos y todo castigo les parecerá poco.

—Si salimos de ésta con bien, Barcelona estará en deuda con vos, amigo mío; sin embargo, me asalta una duda. No quisiera que las gentes del *Call* se indispusieran con su conde: son unos súbditos harto rentables.

—No lo harán, les gusta demasiado el comercio y que los dejen vivir en paz, y en Barcelona lo han conseguido. Se embarcarán en interminables disquisiciones, como suelen hacer, y finalmente culparán a aquel o aquellos a los que atribuyan su ruina. Tened en cuenta, además, que jamás se ha sublevado ni una sola comunidad de ninguna de las juderías de Castilla: son dóciles como corderos y están acostumbrados a huir desde tiempos de Tito.

—¿Y a quién creéis que endosarán la culpa?

—Al mismo que vamos a acusar: a Baruj Benvenist, *dayan* del *Call*. Es el judío de más prestigio. Si cercenáis la cabeza de la serpiente, se acabará el problema.

—¿Qué alegaréis para articular toda la operación?

—Señor, en el *Liber judiciorum* y ahora en vuestros *Usatges* está perfectamente legislado que «el cambista que no pudiera cumplir con sus compromisos será colgado frente a su mesa de cambio». Pues bien, ¿qué horca no merecerá aquel que con malas artes ha querido engañar a su conde?

Ramón Berenguer no se lo pensó dos veces.

—Poned en marcha el plan.

—Señor, os aconsejo que actuemos con tiento. No conviene pecar de premura ni que parezca que no se han guardado todas las garantías de la ley. Dadles tiempo, bueno es que se confíen y crean que habéis asumido la pérdida.

—Sed discreto, Bernat —rogó el conde.

—Señor, recordad que he sido yo el que os ha propuesto que mantuviéramos esta conversación sin testigos incómodos.

—Id a vuestros negocios y sabed que vuestro conde, si sale con bien de este mal paso, se hallará en deuda con vos.

Montcusí intentó inclinar sus adiposidades con algo parecido a una reverencia y se retiró de la estancia con más libras de peso de las que tenía a la entrada, seguro de haber restaurado su buen nombre.

La suerte estaba echada. Baruj Benvenist iba a ser el chivo expiatorio de aquel mal paso, y los judíos iban a ser, como siempre, los grandes culpables de aquel fiasco.

96

La boda de Batsheva

a *juppá** se había montado junto al pozo y la gran mesa del convite estaba instalada bajo el inmenso castaño donde otrora Baruj, durante las noches de estío, entablara con Eudald Llobet interminables controversias sobre temas de filosofía o religiones comparadas y diera consejos a Martí sobre la mejor forma de llevar sus negocios.

Los invitados a la ceremonia iban llegando a la casa. La hija mayor, Esther, que estaba en estado de buena esperanza de cinco meses, y el marido de ésta, Binyamin Haim, que habían venido expresamente desde Besalú, los iban recibiendo mientras Rivká, la madre, se dedicaba, junto a las criadas, a vestir y a peinar a su hija mediana para el rito. El cambista y el canónigo se habían reunido en el despacho a requerimiento del primero, que aguardaba aquel día con una mezcla extraña de felicidad y de tristeza. El casar a Batsheva con un buen muchacho al que conocía desde su *Bar Mitzav* le colmaba de satisfacción, pero la ausencia de su pequeña Ruth le ocasionaba un gran desasosiego. También contribuía al mismo el silencio del conde sobre el tema de los maravedíes. Aunque justo era admitir que cuantos más días pasaban más seguro se sentía, pues era evidente que nada tuvieron que ver los suyos en el desgraciado suceso y la ley era la ley para todo ciudadano de Barcelona, fuera cual fue-

---

* Pequeña tarima cubierta por un baldaquín y abierta por los cuatro costados que representaba la hospitalidad de un hogar judío.

se su condición. De cualquier manera, de ello estaba hablando con Eudald Llobet, al que tenía en gran consideración, aguardando el aviso de que todo estaba listo para comenzar la ceremonia.

—Pues ved, querido amigo, que la felicidad nunca es completa. Acompaño a Batsheva en el día más feliz de su vida y como contrapartida tengo a mi hija pequeña desterrada y lejos de mí.

—Terminad la frase: «Por un estúpido incidente».

—Así son nuestras leyes. De haberla recibido en mi casa, esta boda que hoy vamos a celebrar no se llevaría a cabo.

—Entiendo vuestra postura y aquí, al resguardo de vuestro gabinete, os reconoceré que los cristianos también tenemos leyes que mi parvo intelecto se niega a entender. Pero dispensad si os digo que la palabra «desterrada» no describe correctamente la situación de Ruth.

—¿No es cierto que las circunstancias la han obligado a residir fuera de su hogar?

—Evidentemente, pero permitidme que os diga, sin que ello represente una falta de consideración hacia vos, que si la dejarais elegir creo que optaría morar donde lo hace en estos momentos.

—Doy gracias a Elohim por haberme otorgado la gracia de tener un amigo de la calidad de Martí Barbany.

—Jamás hubierais encontrado para vuestra hija mejor refugio que ése.

—Mi miedo no es por él, querido amigo. Me constan su respetabilidad y su rectitud, pero ella es joven y está enamorada. He decidido que en cuanto case a Batsheva, y pese a quien pese, la reintegraré en mi hogar. Luego ya justificaré con quien convenga mi decisión.

Benvenist, tras hacer una pausa, cambió de tema.

—¿Qué pensáis, Eudald, del infausto asunto de los maravedíes?

Llobet a su vez preguntó:

—¿Habéis tenido noticias?

—Ha transcurrido una semana y nada han dicho desde palacio.

—Por un lado, parece buen augurio el hecho de que no tengáis respuesta. Ya sabéis lo que dice el proverbio: «Falta de noticias, buenas noticias». Sin embargo, dado que conozco bien al consejero de abastos, me cuesta creer que no intente sacar ventaja de la situación.

—¿Qué ventaja queréis que obtenga de todo el embrollo? —preguntó un asombrado Baruj.

—No sé, se me escapa... Tal vez pretenda multaros por no haber detectado a tiempo que los maravedíes eran falsos.

—Eso sería tomar el rábano por las hojas. A la delegación que trató el rescate correspondía comprobar la moneda a fin de que no fueran engañados. Yo fui simple depositario de los tres arcones. Cuando se trató de acuñar nuevas monedas fue cuando pudimos detectar el fraude. En todo caso, el delito es de aquel que intenta pasar moneda falsa; nosotros fuimos meros receptores.

En aquel instante unos ligeros golpes en la puerta avisaron al cambista que los componentes del *miñán* habían llegado.

—Querido amigo, voy a firmar la *ketuvá**** de mi hija a fin de que podamos iniciar la ceremonia.

Gracias a los cuidados de Ruth, a la alimentación y a su fortaleza, Aixa se recuperaba poco a poco de todas las vicisitudes y privaciones que su mutilado cuerpo había soportado. Las heridas del alma cicatrizaban mucho más lentamente y algo que le ayudaba a ello era sin duda volver a tañer su *oud*, cosa que hacía casi todos los días en el pequeño saloncito del primer piso donde Martí había decidido instalar una cámara dedicada a la música, debido a que el ángulo que formaban dos paredes de piedra rematadas por una pequeña bóveda contribuía a que la sonoridad fuera excelente. Después de cenar, el joven tenía por costumbre reunirse allí con Ruth y escuchar las melodías que las hábiles manos de su antigua esclava iban desgranando y que le traían lejanos recuerdos de su periplo mediterráneo. A Ruth, aquella hora mágica la embrujaba y a veces, acompañada

---

* Contrato indispensable para la realización del matrimonio judío en el cual se especifica la dote y las condiciones en caso de viudedad, hasta el punto de que de perderse y hasta no renovarlo se consideraba que los esposos deberían dormir separados.

por Aixa, entonaba dulces melodías aprendidas de sus mayores que habían llegado hasta ella a través de la tradición que se había mantenido de una a otra generación por las gentes de su pueblo. A Martí le divertía sobremanera una vieja canción judía que relataba las siete maneras de cocinar un guiso de berenjenas, y siempre la pedía. Sin embargo, aquella noche no lo hizo porque percibió que el humor de la muchacha no estaba para letras festivas. La música sonaba quedamente y la pareja conversaba acomodada en escabeles de cuero moruno, una de las últimas adquisiciones de Martí.

—¿Qué es lo que os acongoja, Ruth?

—Nada, son cosas mías.

—Os conozco bien, ya hace mucho que somos amigos. ¿No me queréis explicar lo que os ocurre?

Ruth calló unos instantes.

—Después de todo lo que habéis hecho por mí no tengo derecho a agobiaros con mis naderías.

—A veces, cuando se expone en voz alta lo que nos parece un problema, éste toma una dimensión mucho más ligera. Hay ocasiones en que incluso se deshace como una bola de nieve.

—No me hagáis caso, a veces me dejo llevar por los sentimientos.

—Eso me consta —dijo Martí con una sonrisa—, pero decidme lo que os acongoja y veréis cómo de aquí a un momento me cantáis lo de las berenjenas y nos reímos los dos.

Ruth lanzó un hondo suspiro.

—El caso es que a pesar de haberme pasado la vida entera discutiendo con Batsheva, siento no poder acudir a la ceremonia de su boda. En la de Esther, era una niña según mi madre y me enviaron a comer a las cocinas con los hijos de nuestros parientes, y ahora que soy una mujer y que podría hacer el papel que corresponde a la hermana de la novia, las circunstancias me impiden hacerlo. ¿Por qué son tan complicadas nuestras leyes?

—Comprendo vuestra pesadumbre y lamento que no esté en mi mano resolver el tema, pero dad por seguro que os explicaré con pelos y señales todo lo que ocurra durante la ceremonia y os prometo que pondré los medios para que podáis ver a vuestra hermana vestida de novia.

Los ojos de la muchacha se iluminaron adquiriendo un brillo especial.

—¿Haréis eso por mí?

—Si vuestro padre lo autoriza, antes de que los novios salgan, los meteré en un carruaje cerrado y os los traeré hasta aquí a fin de que os podáis despedir.

—Si hacéis eso por mí, estaré en deuda con vos de por vida.

Y al decir esto la muchacha ganó el pequeño espacio que mediaba entre ambos y rodeándole el cuello con sus brazos, comenzó a cubrirlo de besos.

La música del arpa de Aixa sonaba lejana, y la ciega, con ese sexto sentido que adorna a los invidentes y tal vez recordando a su perdido y lejano amor de juventud, al darse cuenta de que el murmullo de la conversación había cesado, cambió el registro y comenzó a tocar una dulcísima melodía oriunda de su lejana tierra.

La sangre de Martí comenzó a hervirle en las venas. La muchacha se ceñía a él y al pasar, inconscientemente, el brazo por su espalda, sintió el junco de su cintura. Un montón de pensamientos se agolparon en su mente: el cuerpo que tenía entre sus brazos no era el de una niña y en aquel instante mágico se dio cuenta del peligro que representaba su presencia si pretendía mantener el juramento que había hecho a su padre. Sus labios susurraron:

—Ruth, por lo que más queráis...

La joven se apartó un instante y musitó:

—Lo que más quiero sois vos.

—Es que he jurado...

—Yo no.

Los latidos de su corazón se aceleraron y casi sin darse cuenta comenzó a corresponder a las caricias de la muchacha. La nube oscura que no le había abandonado desde la muerte de Laia comenzó a desvanecerse. Todos sus sentidos caminaban en la negada dirección que marcaba su reprimida juventud. Había tomado el óvalo del rostro de la bella mujer entre sus manos.

—Yo también os... —De repente, la sensatez se apoderó de él—. No puede ser, Ruth... Estoy atado por el juramento que hice a vuestro padre. No pongáis las cosas más difíciles.

Tras decir estas palabras, se puso en pie y abandonó la estancia notando en su rostro la quemazón intensa de los labios de la muchacha, todavía sorprendido por las palabras que había estado a punto de pronunciar, sorprendido por sus propios sentimientos. Jamás pensó que sería capaz de volver a amar.

Mientras, la melodía del arpa de la ciega sonó como un canto de gloria en los oídos de Ruth.

Todos los invitados estaban alrededor de la *juppá*. Los seis músicos y el coro entonaban el canto de la Hatán Torá. El rabino con el manto colocado y con las filacterias en la frente y enrolladas en su brazo izquierdo, en perfecto orden, aguardaba paciente la llegada de la novia del brazo de su padrino, mientras el novio permanecía a un lado del templete junto a su madre. Eudald Llobet y Martí ocupaban un discreto lugar sabiendo que era una excepción que dos cristianos asistieran a la celebración de una boda judía. Desde el fondo el murmullo les hizo estirar el cuello para tratar de ver. Llobet, que sobrepasaba una cabeza a todos los presentes, aclaró:

—Ya vienen.

El cortejo de la novia, con una Batsheva bellísima del brazo de Baruj, seguida de sus damas y del niño que portaba las arras, avanzaba con paso lento y el rostro cubierto hacia el lugar donde la aguardaba el novio.

La música cesó y comenzó la ceremonia. Todos los trámites se fueron cumpliendo. El novio retiró el velo transparente que cubría el bello rostro de Batsheva, ésta entregó el *tallit* a fin de que el celebrante lo colocara sobre los hombros de ambos contrayentes; luego dieron siete vueltas a la *juppá* y se leyó la *ketubá*, y por fin se entregaron los anillos. El novio rompió con el pie derecho la copa de cristal, augurio de buena suerte, en tanto los asistentes gritaban «*Mazel tov!*».*

Todo el mundo se repartió entre el jardín y los dos salones de la hermosa casa. Eudald y Martí departían con todos los invitados que conocían las peculiares relaciones de amistad y negocios

* «¡Buena suerte!»

que unían a Baruj con los dos hombres. Los criados acudían prestos a servir bebida y comida a los diversos grupos que se fueron formando por edades y afinidades. Los novios se habían retirado a una habitación preparada al efecto para recogerse un rato, en un simbolismo que quería significar que los esponsales se habían consumado.

Martí aprovechó un instante en que el viejo cambista se había apartado para dar instrucciones a uno de los mayordomos.

—Baruj, atendedme un instante.

—Claro, querido amigo.

—No sé si es posible, pero si así fuera me gustaría que aprobarais algo que ha de hacer muy feliz a Ruth.

—¿De qué se trata, Martí?

—Veréis, ayer por la noche intuí que estaba afligida y después de sonsacarla me confesó que la entristecía sobremanera el hecho de no poder presenciar la boda de su hermana. De modo que me comprometí, si es que lo autorizabais, a llevarle a los novios a mi casa para que pudiera verlos y despedirse de ellos antes de que partieran de viaje.

Baruj meditó durante un instante, y por fin decidió:

—Creo que hoy puede hacerse una excepción. En cuanto bajen, que ya mi mujer ha ido a buscarlos, y antes de que se incorporen a la fiesta, los haré salir por la puerta de las cocinas y si sois tan amable de acercar el carruaje al patio, podrán partir con vos a ver a su hermana y cuñada.

—Gracias. Mil gracias en nombre de vuestra hija. Os aguardaré junto a la salida.

—Decidle que me hace muy feliz el complacerla y que mañana acudiré con su madre a vuestra casa por la tarde para verla. Hora es ya de que el pájaro vuelva a su nido.

Un alegre Martí llamó a su cochero y éste colocó el carruaje junto a la cancela para evitar curiosas miradas. Al cabo de poco comparecieron Batsheva e Ishaí felices y radiantes.

El joven consorte exclamó orgulloso:

—¡Qué gran idea! Gracias, señor. Mi esposa y yo estábamos pesarosos al no poder despedirnos de nuestra hermana.

El postillón abrió la portezuela del carromato y cuando los tres se hubieron instalado en su interior, se encaramó en la parte posterior de un ágil brinco. El tiro de caballos impecablemente lustrado y con los arreos brillantes y el escudo de la naviera grabado en sus gualdrapas partió hacia la casa de Martí con un trote ligero animado por los silbos del auriga y el restallar del látigo.

La fiesta seguía animada. Caía la noche: el jardín olía a limón y a verbena, las antorchas clavadas en el césped alumbraban a los jóvenes que bailaban en el entarimado, haciendo una gran rueda y cogidos por los hombros, al son de una orquesta que iba desgranando una música que se iba acelerando progresivamente.

Los mayores se habían ido colocando por grupos en el interior de la gran casa. Eudald se entretenía junto al padre del novio, el rabino Melamed, curioseando entre los documentos de Baruj.

De soslayo y sin pretenderlo observó cómo, discretamente, uno de los criados se acercaba donde estaban Baruj y Rivká y al oído del *dayan* del *Call* desgranaba un corto recado.

Benvenist cruzó una angustiada mirada con su esposa y tras decirle unas palabras, siguió al criado hacia el recibidor.

A la vez que el cambista cruzaba la puerta que separaba el gran salón del pasillo, Rivká se levantaba presurosa y acudía atosigada junto a él. Eudald, excusándose con su acompañante e intuyendo que algo grave pasaba, cruzó el espacio que le separaba de la esposa de su amigo y fue a su encuentro.

—¿Qué ocurre, Rivká?

—Nada os puedo decir, salvo que Baruj me ha encomendado que os buscara y os pidiera que acudierais al vestíbulo sin dilación.

El canónigo dejó la copa que llevaba en la mano y se precipitó hacia el pasillo.

Las voces se escuchaban contenidas, como guardando el respeto que requería la ocasión. La de su amigo sonaba angustiada y temerosa, la otra más fuerte y sobre todo autoritaria.

—Pero ¿cuál es el motivo?

—Lo ignoro. Me limito a cumplir órdenes.

—¿No puedo acudir mañana cuando se me indique? —preguntó el anciano Benvenist—. Hoy es la boda de mi hija. Tengo la casa llena de amigos que extrañarán mi ausencia.

—Lo siento. Yo soy un simple oficial de la *host* de Barcelona, y las órdenes que tengo son que debéis acompañarme ahora mismo.

—Pero ¿adónde?

—Ni me incumbe, ni os incumbe. Lo sabréis enseguida.

La voz atronadora de Llobet sonó al fondo del corredor.

—¡A mí sí me incumbe!

En un instante cubrió la distancia que mediaba entre el salón y el recibidor y su imponente presencia llenó la estancia.

—Y vos, señor, ¿quién sois y quién os da vela en este entierro?

—La vela me la tomo yo, y la condesa Almodis, de la que soy confesor, os pondrá mañana al corriente de quién soy.

El otro, que a la luz de los candelabros de la entrada reconoció al personaje, rebajó el tono.

—Excusadme, en la penumbra del pasillo no os había reconocido. Sé bien quién sois.

—Entonces aclaradme qué urgencia es esta que dispone de un padre el día de la boda de su hija.

—Os aseguro que ignoro cualquier otra cosa que no sea la de requerir al *dayan* del *Call*, don Baruj Benvenist, a que me acompañe hasta el Palacio Condal. Aquí acaban mis obligaciones.

—Está bien —dijo el padre Llobet, y añadió, dirigiéndose a Baruj—: Os acompaño.

El oficial interrumpió.

—No procede, señor. El carro es una galera de presos. En el interior sólo pueden ir el detenido y los retenes encargados de su custodia.

La tez del rostro del cambista había adquirido la palidez del alabastro.

—¿Me queréis decir que don Baruj está detenido? —indagó Eudald.

—Ésas son mis órdenes.

—Pero esto es una infamia…

—Repito que únicamente cumplo órdenes.

La mirada del viejo Benvenist era enternecedora.

—Eudald, decidle a Rivká que no sufra y avisad a Avimelej, mi cochero, que acuda con mi carruaje al Palacio Condal a recogerme.

—Algo me dice que no vais a necesitar vuestro carruaje en algún tiempo —añadió el oficial.

—Pues algo me dice a mí que alguien pagará muy caro este absurdo despropósito —replicó Llobet.

Afuera, en la calle, aguardaba una galera con la puerta posterior abierta; dos hombres, chuzo en mano, aguardaban a que el preso subiera la escalerilla.

Un relámpago de ira estalló en el pecho del canónigo y a la vez un mal pálpito acudió a su mente: alguien quería cobrarse la estafa del moro a cuenta, como siempre, de los judíos.

97

El prendimiento de Baruj

ara el que no conociera la mansión de Martí Barbany, la impresión era grande. La inmensa casona, los artesonados techos, el lujo de sus estancias y la suntuosidad que rezumaba todo el conjunto sólo podían hallarse en el Palacio Condal o bien en las diversas casas que la nobleza del condado tenía entre los muros de la ciudad. Martí Barbany, armador y propietario ya de diecisiete barcos, almacenes y atarazanas, podía permitirse cualquier lujo, aun a costa de despertar la envidia de una apolillada nobleza cuyos rancios escudos estaban, en aquella pujante Barcelona, mucho menos cotizados que los monetarios de aquel esforzado ciudadano. Ishaí Melamed y Batsheva supieron apreciar todos los detalles en la visita que llevaron a cabo para despedirse de Ruth. A Martí, la sola visión del arrebolado rostro de la muchacha al darse cuenta de que él había cumplido su promesa y la gratitud de su mirada, le compensaron con creces. El encuentro fue en el salón mudéjar del primer piso, al que Omar llamaba el «del aceite negro», ya que su mobiliario se adquirió justamente a la arribada del primer barco que llegó a Barcelona trayendo en su bodega las ánforas en las que se envasaba tan cotizado producto. Sin tener en cuenta la presencia de los demás, ambas hermanas se abrazaron, se tomaron de las manos y comenzaron a girar velozmente, como habían hecho durante los hermosos y no tan lejanos días de su niñez, riendo como si todavía fueran dos chiquillas. Luego se detuvieron y Ruth besó en la mejilla a su ya cuñado.

—Cuidádmela mucho, Ishaí. Si no lo hacéis, acudiré donde estéis y os pediré explicaciones.

—No os preocupéis —repuso el nervioso recién casado—. Vuestra hermana estará cuidada como una flor y ya que estáis ambos presentes quiero agradeceros a vos y a don Martí el inmenso favor que me habéis hecho guardando las formas ante la comunidad. De haber vuelto en aquellos días a vuestra casa y conociendo bien a mi padre, pienso que nuestra boda hubiera sufrido grandes retrasos.

Martí intervino:

—Quizá ahora eso no sea tan grave. Además, me consta que muchas de las gentes del *Call* conocen la situación.

—Lo sé, don Martí. Pero las formas son las formas y los estudiosos de la ley todavía no se ponen de acuerdo al respecto de ciertas cosas y el hecho de que una muchacha judía que ha pasado una noche fuera de su casa, aunque sea por accidente, regrese a ella, aún no es aceptado y la situación hubiera generado grandes tensiones en la sinagoga.

—Bueno, olvidemos esta cuestión, el gran beneficiado de la alegría de Ruth he sido yo. Por cierto, Ruth, vuestro padre me ha dado un mensaje para vos... Pero ahora no perdamos tiempo, vuestros invitados os esperan y he prometido a Baruj que no nos entretendríamos mucho. Regresemos.

En estas disquisiciones andaban cuando un apresurado Omar acudió; por la expresión de su rostro, Martí advirtió que algo ocurría.

—Amo, el padre Llobet os aguarda en vuestro gabinete.

Tras decir a los jóvenes que regresaba enseguida a buscarlos, salió al encuentro de su amigo. En cuanto entró en el despacho, Llobet le espetó al rostro la noticia.

—Martí, ha ocurrido una catástrofe. Cuando apenas habíais partido, ha venido la guardia y se ha llevado a Baruj.

—¿Qué me estáis diciendo?

—Lo que oís.

—¿Qué motivo han alegado?

—Todavía ninguno, pero intuyo que detrás de todo esto está el tema de los maravedíes... y la larga mano de Montcusí.

—¿Creéis que esa víbora habrá osado responsabilizar a Baruj del asunto?

—Y a todo el *Call* si es preciso.

—¡Hay que hacer algo!

—En primer lugar, hablar con él y si es necesario recurrir a la condesa.

—De lo primero me encargo yo. Ahora lo urgente es regresar junto a Rivká y ver qué consecuencia tiene todo esto.

—Pues no perdáis tiempo.

—Recojo a los novios y parto con vos. No digáis nada por el momento, no alarmemos innecesariamente a las dos hermanas.

Tras las consabidas despedidas, regresaron sin dilación a la casa de Baruj. Apenas llegados al patio de caballerías se hicieron cargo de lo anómalo de la situación: los carruajes partían precipitadamente y casi sin saludarse unos a otros, como quien huye de un incendio. Ishaí y Batsheva quisieron saber lo que ocurría y no hubo otro remedio que ponerlos al corriente. Una vez hubieron descendido del carruaje se dirigieron al interior. Casi no quedaba nadie: la noticia se había esparcido como por ensalmo. La esposa del rabino Melamed y Esther consolaban a Rivká, que en señal de gran infortunio se había rasgado el vestido y lloraba amargamente. El rabino, al ver a su hijo y a su ya nuera, salió a su encuentro.

—¡Hijos, qué desgracia tan grande! ¡Y ha tenido que ser en día tan señalado! ¡Maldita la hora y la circunstancia que obligó al pueblo de Israel a vivir entre cristianos! Lo que tenía que ser una jornada venturosa se ha convertido en un día trágico.

Las preguntas se sucedían sin pausa ni respiro. Batsheva, que estaba junto a su madre, intentaba, entre sus lamentos, entender a su hermana mayor que pretendía ponerla al corriente del infausto suceso.

—Pero ¿por qué? ¿Qué motivo han alegado para tamaño desafuero?

Un silencioso Martí se había acercado al corro y ayudó a incorporarse a la recién casada, que estaba de rodillas a los pies de Rivká.

La profunda voz de Eudald se abrió paso lentamente dominando los lamentos y las conversaciones del grupo:

—De momento nada hay que hacer sino intentar descansar para lo que vendrá mañana y en los días sucesivos. Se ha cometido sin duda una terrible equivocación, pero nada ganaremos agotándonos con llantos. Hemos de ser fuertes para afrontar lo que venga. Y para ello lo mejor es descansar. He avisado al físico Halevi, para que recete a quien convenga algo para calmar los ánimos.

Las sabias palabras del canónigo tuvieron un efecto persuasivo y finalmente, apoyada en sus dos hijas, Rivká se alzó y, tras agradecer a todos su ayuda, se retiró a su alcoba, en tanto arribaba el físico. Mientras tanto los hombres se reunieron en el despacho del *dayan* del *Call*.

Eran el rabino Shemuel Melamed, su hijo Ishaí, el padre Llobet, Martí, Eleazar Bensahadon, que hasta aquel año había sido preboste de los cambistas, y Asher Ben Barcala, el tesorero.

Una vez sentados, Eudald Llobet tomó la palabra.

—Señores, hemos de ser prudentes. Se ha cometido un gran desafuero pero conocemos las servidumbres que comporta la relación con los poderosos.

Shemuel Melamed, que estaba completamente desorientado acerca del motivo que podía haber originado la detención de su consuegro, indagó sobre el asunto.

Asher Ben Barcala, que no advirtió la seña que le enviaba el arcediano, explicó, con pelos y señales, la desgraciada historia de los maravedíes.

—Y hete aquí que sin culpa alguna los cambistas judíos nos hemos visto implicados en un feo asunto del que sin duda nos exigirán responsabilidades.

—¡Elohim nos asista! Temo que las consecuencias de este desgraciado despropósito salpiquen a toda la comunidad —exclamó Melamed.

—Esperemos que no sea así. Mañana por la mañana, Eudald, deberéis entrevistaros con la condesa Almodis. A más tardar al medio día, podremos informaros.

—La audiencia que proponéis con la condesa tendrá que esperar. Si no me han informado mal, ha partido esta mañana hacia Santa María de Besora con cierta premura.

98

Santa Maria de Besora

l carruaje condal, tirado por un tronco de seis caballos y escoltado por doce jinetes, volaba más que avanzaba, entre el polvo de los caminos. El marqués de Fontcuberta, que había llegado la noche anterior a Barcelona portando la noticia, había añadido que de no ponerse en camino de inmediato, Ramón Berenguer no alcanzaría a ver con vida a su abuela. Ermesenda de Carcasona agonizaba en el castillo de Besora, por ella fundado.

En cuanto se supo la mala nueva, el conde envió por delante a tres caballeros que le habrían de facilitar el paso por tierras de condes amigos que le habían rendido *convenientia*, así como caballos de repuesto, pues en cada etapa destrozaba las caballerías. En La Garriga, en El Figaró, en la falda del Tagamanent, en Vic y en Sant Hipòlit hicieron un alto para reponer fuerzas y llegaron a su destino, tras vadear el Ter que iba crecido, a media tarde del segundo día. Era 1 de octubre del año del Señor de 1058.

El camino había sido largo y los esposos tuvieron mucho tiempo por delante para conversar, cosa inhabitual ya que en palacio, constreñidos por sus respectivas obligaciones, poco tiempo tenían para poder ordenar sus cosas.

—Entonces, esposo mío, estamos ante un terrible inconveniente.

—Así es, Almodis. Pensad que la pérdida de tal cantidad de maravedíes no es cosa baladí.

—¿Y decís que los cambistas y su preboste son los responsables?

El conde desvió la mirada hacia el camino y bajó la voz.

—Tiene que serlo, ya que de no ser así la responsabilidad caería sobre el condado. No hace falta decir que el buen nombre de Barcelona está por encima de todo.

—No os entiendo.

—Es claro, esposa mía —murmuró Ramón—. El moro nos engañó. De ahí su interés por terminar el asunto aquella misma noche. La falsificación era perfecta, al punto de que ni los astutos judíos, acostumbrados a manejar cualquier circulante, notaron nada. Si hubiéramos puesto las monedas en circulación tal como las aceptamos, nadie habría observado la falsedad y, caso de hacerlo, el descrédito hubiera sido para el que las acuñó, ya que la efigie de al-Mutamid de Sevilla iba en su anverso. Pero a Montcusí se le ocurrió que redundaría en el prestigio del condado que los dineros fueran buenos mancusos barceloneses, además con mi imagen acuñada en ellos y el escudo condal en su reverso. Fue al fundirlos para llevar a cabo la nueva acuñación cuando se notó que la calidad del oro era tan baja y tan innoble la aleación, que el asunto ya no tenía remedio.

—¿Y qué vais a hacer para salir de este mal paso?

—La política, Almodis, siempre deja cadáveres en el camino. Como comprenderéis, el conde de Barcelona no puede ser engañado por un infiel.

—¿Entonces?

—Hay que buscar un chivo expiatorio, y el que nos conviene es el judío. Si hay alguna comunidad que pueda reintegrar la deuda y que se avenga sin rechistar a cualquier cosa con tal de poder seguir viviendo en Barcelona, ésos son los verdugos de Cristo. El pueblo, como siempre, lo verá con agrado: le regocija sobremanera apalear judíos, y nosotros salvaguardaremos el honor.

—Entiendo, pero observad que si a ellos se les achaca descuido al recibir los dineros, este mismo fallo lo cometió anteriormente vuestro consejero económico, del que ya sabéis lo que opino.

—No es de eso de lo que se les acusa. Argumentamos que los maravedíes que les entregamos eran buenos y que ellos arteramente los fundieron quedándose el oro y ahora pretenden hacernos creer que eran falsos para justificar el montón de plomo que quieren endosarnos.

—Y ¿no será ganarse un solapado enemigo si cargáis el peso de la culpa a la totalidad del *Call*, sabiendo como sabéis que nada tendrán que ver la mayoría de sus moradores?

—Siempre he admirado vuestra sutileza. Evidentemente, no puedo culpar a todos. Ni siquiera a todos los que recibieron los dineros: eso sería descabezar a la parte económica del *Call* y no me conviene que todos los que manejan las finanzas queden como culpables ante sus conciudadanos. Lo que debemos hacer, y Montcusí abunda en ello, es responsabilizar a su cabeza visible, que no es otro que el actual preboste de los cambistas, y que cargue con todo el peso de la ley. He de proporcionar a sus conciudadanos un chivo expiatorio; luego se enfrascarán en discusiones estériles: unos lo apoyarán y otros no. Los dividiremos y haremos que se enfrenten, en su división radicará nuestra fuerza, pero al fin pagarán con intereses la deuda. Ignoro de dónde los sacan, pero los semitas siempre acaban pagando, tanto el dinero como las consecuencias.

—¿Y a quién habéis escogido en esta ocasión para que sea el que pague el convite?

—Creo que su nombre es Baruj Benvenist.

Allí tuvieron que terminar su charla El barullo exterior y la marcha lenta del carruaje indicaron que su trayecto llegaba a su fin. Ramón apartó la cortinilla embreada de la ventanilla y ante sus ojos apareció la pétrea mole del castillo.

En cuanto la avanzada pisó el puente levadizo, la guarnición precedida por el alcaide salió a su encuentro.

Entre los silbidos del auriga, el tascar de frenos y un piafar de caballos, la comitiva se detuvo y la pareja condal se dispuso a descender del carruaje. El alcaide, seguido de parte de sus hombres; se adelantó y saludó a los condes respetuosamente, pero con aire de gran dignidad.

—Excelencias, nuestro capellán está rezando por la condesa, y el físico que la asiste no se ha separado de su lado ni un instante, pero temo que no lleguéis a tiempo.

—Entonces, señor, no nos demoremos.

Y diciendo estas palabras, Ramón Berenguer I, conde de Barcelona, Gerona y Osona, se precipitó hacia el interior precedido por un paje que hacía sonar una campanilla, seguido por Almodis y el capitán de su escolta.

La estancia donde se hallaba Ermesenda estaba en un ala del edificio opuesta a las dependencias de la guarnición.

Al verlos llegar, el hombre que vigilaba la puerta se hizo rápidamente a un lado. La gran estancia estaba en penumbra y al conde le costó hacerse a la oscuridad. Cuando sus ojos se hubieron acostumbrado divisó el mínimo bulto que yacía en aquella inmensa cama con dosel y cuyo rostro parecía esculpido en alabastro. A un costado, un personaje que, a juzgar por su hopalanda y por la gruesa amatista que adornaba el dedo anular de su diestra, debía de ser el físico, que en aquel instante, tomando la muñeca de la moribunda entre el pulgar y el índice de la misma mano, comprobaba la frecuencia de sus pulsaciones. Al otro lado estaba un sacerdote, que rezaba y aún sostenía en la mano el frasco con los santos óleos

En aquel instante el físico dejó suavemente la mano de la agonizante reposando sobre el lecho y, girando el rostro hacia la concurrencia, negó con la cabeza.

Ermesenda se moría, pero en el inapreciable lapso que medió entre el último latido del corazón y la salida de su espíritu del cuerpo, su intensa vida pasó como un relámpago por su memoria.

Los rostros de sus padres Roger I y Adelaida de Gavaldà se le aparecieron para acompañarla en tan duro trance; la imagen de su querida Carcasona, adornada su memoria por el perfume de su niñez. La presencia etérea de su esposo, Ramón Borrell, a quien acompañó tanto en sus tareas civiles, presidiendo tribunales y asambleas, como en sus campañas militares, que los llevaron hasta al-Andalus. Sus dos regencias: en primer lugar la de su hijo Berenguer Ramón el Jorobado, y después la de su nieto Ramón Berenguer I, que tantos disgustos le había reportado. Sus otros hijos, Borrell y Estefanía, cuya boda le sirvió para pactar con aquel normando Roger de Toëny, al que cabía reconocer, a pesar de los disgustos que le había causado, el hecho de acabar con la piratería en el Mediterráneo, sobre todo la que protegía y alentaba al-Muwafaq, el reyezuelo de Denia. El rostro de su vecino Hugo de Ampurias, con el que tantos pleitos mantuvo por los terrenos de Ullastret. Las presencias de tantos fieles colaboradores, unos ya fallecidos y otros sirviendo ahora a su nieto, su hermano Pere Roger al que había hecho obispo de Gerona, el abad Oliba, obispo de Vic y abad de Ripoll, su senescal Elderich d'Oris, su mortal enemigo Mir Geribert, sus queridas fundaciones, la masculina de Sant Feliu de Guíxols y la femenina de Sant Daniel de Gerona. Pero la figura que en aquel postrer instante adquiría el relieve más odioso era la de Almodis de la Marca, a la que se había visto obligada a defender delante del Papa para el buen gobierno de los condados. ¡Cuántos hermosos sueños rotos y cuánto esfuerzo desperdiciado! Desde el fondo de su corazón sabía que en aquel momento supremo en el que iba a morir a una vida para nacer a otra, debía perdonarla: el necio orgullo que ya no servía para nada no le iba a impedir postrarse incólume en presencia del Altísimo. Con un inmenso esfuerzo, desde el interior de su alma, trazó la señal del perdón: no estaba dispuesta a que aquella barragana se saliera con la suya y le impidiera alcanzar la gloria eterna.

Ramón Berenguer había despedido a todo el personal. Almodis era la única que se había quedado a su lado. No quería que nadie fuera testigo del momento y viera su rostro transido por la pena y adivinara la más ligera sombra de remordimiento. Era consciente de que debía sus condados al sueño de grandeza de su familia que había alimentado aquella mujer, pequeña de cuerpo pero inmensa de espíritu, y a los denodados esfuerzos que había llevado a cabo durante su niñez con una pasión y entrega sin límites, y que él tan mal había correspondido. Aquella reducida figura, que apenas si se dibujaba debajo del adornado cobertor, ocultaba una fuerza, un tesón y una voluntad que para sí quisieran los más conspicuos y esforzados hombres de sus tierras. Ramón Berenguer tomó un crucifijo y lo colocó entre sus manos. Luego, tras un profundo suspiro, habló con voz entrecortada y ronca.

—Ermesenda de Carcasona, abuela querida, descansad en paz.

La voz de Almodis sonó a su espalda.

—Descansad en paz y dejadnos descansar en paz a los que aquí quedamos. Que el Señor en su misericordia os acoja en su seno, pero que se guarde de vos: no vaya a ser que pretendáis gobernar el cielo como quisisteis gobernar vuestros condados. —Luego, en un tono casi inaudible, susurró—: Ahora todo es mío, señora.

99

La sentencia

l juicio fue sumarísimo. A las dos semanas de su detención, Baruj fue condenado. La sentencia conmovió a
todo el *Call* y la lectura consiguió dividir las opiniones de
sus moradores. Unos pocos seguían siendo fieles a la familia Benvenist, pero la gran mayoría, consciente de que la deuda y sus
intereses iban a repercutir durante años en toda la economía de la comunidad, habían optado por abandonar al *dayan* a su triste suerte.

Martí estaba sobrecogido y el hecho de asistir un día sí y otro
también al desmoronamiento de Ruth, que andaba como alma en
pena por la mansión, le ocasionaba una desazón insoportable. La
muchacha estaba abatida y su llanto, continuo y silencioso, le des-
componía. El colmo fueron los bandos que por orden del veguer
se pregonaron por calles y plazas de Barcelona, anunciando el veredicto. Dicha acción provocó hasta tal punto la ira del pueblo que
obligó a reforzar con hombres armados las entradas del *Call*, para
evitar disturbios y asaltos.

Este aparente contrasentido de arrojar por una parte la culpa a los
judíos y por la otra exonerarlos venía dado por orden condal, que si
bien buscaba la recuperación del dinero ejemplarizando el castigo,
quería, sin embargo, eximir de culpa a la comunidad, ya que si permitía
que fueran perjudicados físicamente, mal podría cobrar la deuda. Por
tanto, para el buen gobierno de Barcelona, tanto Eleazar Bensahadon como Asher Ben Barcala, prósperos comerciantes y respetados
miembros de la comunidad, respectivamente, deberían ser intocables.

El edicto que estaba pregonando decía lo siguiente:

En Barcelona a 4 de octubre del año del Señor de 1058

Yo, Ramón Berenguer I, conde de Barcelona, Gerona y Osona por la gracia de Dios, hago saber:

Que habiéndose incoado procedimiento sumarísimo contra Baruj Benvenist, *dayan* del *Call* de Barcelona, por defraudación de depósitos condales, por valor de treinta mil maravedíes, intento de estafa, apropiación indebida y destrucción de moneda.

Sometido a la jurisdicción de la *Curia Comitis*, presidida por el honorable Ponç Bonfill y según las reglas contenidas en el *Liber judiciorum*, debo condenar y condeno al antedicho Baruj Benvenist a la pena de horca, a la confiscación de todos su bienes y al destierro de la ciudad de toda sus familia, en el plazo máximo de treinta días a partir de la ejecución.

Dado el destacado cargo que ocupa el inculpado en la comunidad hebrea, condeno solidariamente a ésta a la reparación de la deuda y de los intereses que devengue la misma, durante los diez años que mi gracia ha concedido para su devolución. Sin embargo prohíbo expresamente cualquier agresión o ataque contra persona o bienes pertenecientes al *Call*, y quien osara desobedecer mis órdenes será públicamente castigado con cincuenta azotes.

El ciudadano de Barcelona Baruj Benvenist será colgado del cuello mediante una cuerda de cáñamo hasta que expire. El patíbulo se levantará frente al portal de Regomir, y la ejecución se llevará a cabo el 10 de diciembre del año 1058, después del mediodía.

Firmado:
RAMÓN BERENGUER, conde de Barcelona

El conocimiento de la sentencia lanzó a Martí a una actividad desenfrenada. Cuando escuchó el terrible edicto el cielo se desplomó sobre él. Ruth se encerró en su habitación, deshecha en llanto, y Martí se dirigió a la casa de Benvenist, donde se había desencadenado el drama en toda su intensidad. Los hombres intentaban colocar en cestos los enseres personales, que era lo único que se les permitía llevarse al destierro. Rivká estaba acostada en su lecho y Esther le suministraba un pomo de sales, mientras los criados iban y venían en silencio. Unos oficiales del fisco vigilaban que nadie tocara nada del despacho del cambista. Batsheva se le acercó y en un susurro le preguntó por su hermana.

—Id tranquila, confiad en mí. Mañana intentaré ver a vuestro padre y se hará lo que él diga; decidle a vuestra madre que no se preocupe ahora por este asunto.

En esas y otras cosas andaba cuando el rabino Melamed le indicó que deseaba hablar con él. Ambos se dirigieron al castaño del jardín, testigo mudo de tantos ratos felices.

—Bien, amigo mío —comenzó a decir el suegro de Batsheva—, como comprenderéis, la misión que me ocupa no es plato de mi gusto. Sin embargo, como padre de Ishaí y rabino es mi obligación desempeñarla con la mayor diligencia posible.

—Os escucho.

—Nadie habla de esto, pero la gente sabe.

—¿Qué es lo que sabe?

—Somos un pueblo discreto y experto en callar; entre otras cosas la supervivencia enseña a no inmiscuirse en la vida de los demás.

—No os comprendo.

—Tal vez en Barcelona la situación pueda pasar inadvertida, pero no dentro del *Call*.

—Si no me habláis con más claridad, no adivino adónde queréis ir a parar.

—Es fácil: nos consta que Ruth, la hija pequeña de Baruj, está acogida en vuestra casa. Hasta ahora a nadie ha incumbido el hecho ya que, dada la resolución de Baruj de apartarla de su casa tras el incidente que vos bien conocéis, el honor de los Benvenist ha estado a salvo. Pero el apresamiento de mi consuegro agrava en mucho las cosas. Esta mañana ha venido a mi encuentro Binyamin Haim, el esposo de Esther, al que le ha caído el cielo encima. Su familia es muy conocida en Besalú y está dispuesto a acoger en su casa a Rivká, su suegra, pero lo que no quiere aceptar es la presencia de su cuñada Ruth. Las noticias corren más que vuelan y sobre el deshonor de ser yerno de un ajusticiado, por injusta que sea la condena, caería la ignominia de alojar en su hogar a una mujer que de alguna manera ha deshonrado a los suyos. En cuanto a Batsheva, desde el instante de su boda pertenece, como mujer casada, a la familia del esposo, al igual que Esther a la de los Haim: para ellas no reza la sentencia.

Martí palideció.

—No sé dónde queda la solidaridad de algunas gentes, ni quiero atribuir a todo el pueblo judío esta mezquina actitud, pero decid a quien competa que no se preocupe: yo me haré cargo del problema.

—No lo toméis a mal. Los ánimos están muy encrespados. Tal vez, cuando se calmen las cosas...

—Entiendo, no os lo tengo en cuenta. Vos solamente sois el emisario.

Después de esta charla Martí partió de la casa, tras decir a Rivká y a Batsheva que regresaría.

Tenía abiertos tantos asuntos que era difícil acudir a todos a la vez. De manera que al salir del *Call* se dirigió sin demora a la seo para entrevistarse con Eudald.

El canónigo, informado ya de todo el drama, le recibió en la intimidad de su habitación.

—Tiempos terribles, querido amigo —dijo con un suspiro el buen sacerdote.

—Y grandes injusticias. Alguien ha escogido a Baruj como chivo expiatorio.

—Sospecho la identidad de ese alguien, aunque mi experiencia acerca de los poderosos me dice que podría haber sido cualquiera. Ya sabéis que la victoria tiene mil padres y la derrota es huérfana.

—Ese hombre es la más falaz y rastrera alimaña que he conocido. Creo que la rabia que me inspira es mayor que el odio que me tiene: no alcanzo a comprender cómo se ha ganado la voluntad del conde.

—Yo os lo diré. El halago ha sido su arma, como lo es de todo cortesano que quiera prosperar en la corte. Los poderosos pueden estar un mes sin comer, una semana sin beber y un día sin ser lisonjeados. Pero os lo repito: guardaos de él y no le perdáis de vista; os tiene presente en el inventario de su memoria, le consta que vos ardéis en deseos de venganza y cuando pueda, querrá cobrarse la pieza. Pero vayamos a lo que nos concierne. ¿Qué pensáis hacer?

—Tengo tantos fuegos prendidos que no sé a cuál acudir, de ahí que, por mejor proceder, recurra a vuestro sabio consejo. En verdad os digo que no sé por dónde debo comenzar a sofocarlos.

El buen clérigo hizo una pausa para meditar unos instantes y procedió con cautela.

—En primer lugar está Ruth. Sé que la apreciáis y no sería conveniente, si las circunstancias no fueran tan adversas, que dejarais pasar la segunda oportunidad que os brinda la vida pisoteando vuestra dicha; sin embargo, las cosas son como son y el camino está lleno de dificultades, hoy por hoy insalvables.

Martí quedó un momento perplejo.

—Pero yo jamás os he confesado que...

—He hecho guardia en muchos puestos y peino demasiadas canas, Martí, y sería por más lerdo si no supiera darme cuenta de la enfermedad que a todo hombre ataca, antes o después. Me consta que amasteis a Laia, pero Laia murió y la vida sigue su curso.

—Bien, os lo confieso, Laia fue un sueño de juventud adornado por la dificultad y la distancia al que tal vez me aferré en demasía. Su muerte fue para mí algo terrible que me marcó profundamente y cuyo recuerdo llevaré en mi corazón de por vida, pero cuando menos lo esperaba esta criatura ha despertado en mí sentimientos que jamás creí volvieran a renacer. He de admitir que jamás he conocido, tan íntimamente y día a día, a alguien que tuviera las cualidades de Ruth, su sentido de la justicia, su determinación, su alegría de vivir y saber entrever de cada circunstancia algo positivo; su carácter ha hecho que mi hogar sea hoy una fiesta cuando ayer era un páramo, su presencia ha despertado en mí algo que ya creía muerto. —Aquí Martí hizo una pausa—. Sin embargo, todo lo dicho nada vale, es como si no existiera. Hay demasiados problemas insolubles.

—Éste lo conozco, otros no y es mejor que desembuchéis lo que lleváis dentro.

—En primer lugar, como os consta, juré a su padre que la respetaría siempre y que a mi lado estaría segura. Si abusando de su confianza renegara del juramento y aprovechara la circunstancia de que está alojada en mi casa para defraudarle, me convertiría en un bellaco y en los momentos que vivimos el peso de la culpa y el remordimiento no me dejarían un instante en paz.

El canónigo asintió con un gesto.

—Os comprendo, y aunque Baruj va a morir no podéis, sin causa mayor, violar un juramento; no os toca otra que sepultar vuestra dicha. Además, ella es judía y vos cristiano.

—Evidentemente, aunque si solamente fuera éste el impedimento, no se me alcanza saber cuál fuera mi decisión al respecto.

—¿Os jugaríais la eternidad?

—Mi eternidad está aquí y ahora; ya cuidaré de la otra cuando llegue, si llega. Si por una entelequia he de renunciar a una realidad, baje Dios y lo vea. ¿No dice san Agustín de Hipona «Ama y sé feliz»?

—No me hagáis responder, no es momento para digresiones filosóficas ni vanas disquisiciones en las que ni los padres de la Iglesia se han puesto de acuerdo, amén de que no puedo ser juez imparcial porque os quiero demasiado. Y ahora decidme, ¿qué otros fuegos hay que debáis apagar?

Martí, en breves palabras, puso al corriente a su amigo de la conversación que había mantenido con el rabino Melamed.

—Como podéis ver, cuando a un navío se le abre una vía de agua a la vez se le rompe el gobernalle.

—No los culpéis: son buenas gentes, pero están asustados. Cuando todo vuelva a su lugar sin duda verán las cosas de otra manera. Ved que las dificultades nunca vienen solas, pero no olvidéis que tras la tempestad viene la calma y que Dios aprieta pero no ahoga. Pero decidme, ¿cómo quedan vuestros tratos con Baruj? Creed que si hay un resquicio os buscarán la vuelta.

—No hay caso: tengo tratos con los cambistas, pero no son socios de mis negocios; únicamente aseguran de alguna manera mis barcos y mis mercancías; es probable que del dinero que me cobran deban pagar al conde una gabela fija, pero a mí en nada me afecta. Si todos los que negocian con los hebreos se ven obligados a prescindir de sus servicios y cortar sus relaciones, la vida comercial del condado se hundiría. No os preocupéis por mí ahora, mejor pensad qué podemos hacer por Baruj.

—Una sola cosa se me ocurre: deberé acudir a la condesa para que me conceda un salvoconducto que os incluya a vos y nos permita visitarlo; es mi amigo, lo han condenado injustamente y está en necesidad. Creo que son suficientes motivos.

100

El salvoconducto

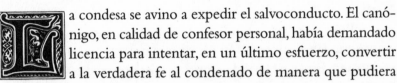a condesa se avino a expedir el salvoconducto. El canónigo, en calidad de confesor personal, había demandado licencia para intentar, en un último esfuerzo, convertir a la verdadera fe al condenado de manera que pudiera salvar su alma inmortal, y el ciudadano Martí Barbany le asistiría en calidad de acólito, por lo cual libraba el documento.

Los dos hombres, apenas salido el día, se presentaron a las puertas del Palau Menor, en cuyas mazmorras habían confinado a Baruj.

En la entrada, el centinela tomó el documento en sus manos y al ver el sello de la condesa, tras indicarles que aguardaran, se introdujo en el cuerpo de guardia para avisar a su superior. Era éste un viejo soldado ascendido a oficial por méritos que atestiguaban dos pálidas cicatrices que cruzaban su rostro en sendas direcciones y que salió a su encuentro con el pergamino en la mano.

—¿Os conozco?

Se dirigía a Eudald.

—Tal vez: en esta Barcelona de mis pecados nos conocemos todos.

—Pero no os veo como sacerdote.

—No nací siéndolo.

—¿Por dónde arrastró sus huesos vuestra merced, antes de ahora?

—Por diversos caminos y en muchas circunstancias.

El hombre insistía.

—Yo os conocí de otra guisa. ¿No anduvisteis en las algaradas de Mir Geribert?

—Tal vez, pero no de clérigo.

Al hombre se le iluminó la cara.

—Vos combatisteis en los hechos de Vallfermosa.

—Ahí y en otros muchos lugares, y lo hice en compañía del padre de mi amigo.

El hombre observó a Martí con detenimiento.

—Recordadme su patronímico.

—Guillem Barbany de Gorb.

El hombre lo observó como si hubiera visto a un aparecido. Primeramente se dirigió a Llobet y luego trasladó su atención a Martí.

—¡Por las barbas de san Pedro! Ahora caigo: erais uña y carne, siempre andabais juntos... El día en que una azagaya me hizo ésta —dijo, señalándose la pálida cicatriz—, vuestro padre me sacó del lío. Tiempos gloriosos aquellos y no los de ahora, que cualquier paniaguado hace más meritos de lindo aquí en la corte que los que pudimos hacer nosotros en todas las guerras de la frontera.

—Me alegro de haberos encontrado. Siempre es bueno hallar viejos conocidos.

—Aquí me encontraréis, a los tullidos no se nos requiere para otra cosa que no sea vigilar prisioneros inofensivos o hacer rondas. Vos lo acertasteis, mejor me hubiera ido a mí también de clérigo: habría sido la manera de asegurarme la sopa boba en mi vejez, que se me presenta magra y harto desprotegida, teniendo que soportar, además, a una bruja en casa y a tres hijos.

—Tal vez la vocación no os llamó para hombre de Iglesia.

—Aun sin ella me hubiera convenido más que seguir haciendo guardia en cualquier puesto.

Eudald cortó la verborrea del viejo soldado pensando que bueno era tener allá dentro un aliado.

—Me ha complacido el reencuentro, pero venimos a hacer un servicio y no debemos demorarnos.

—Adelante: uno de mis hombres os acompañará hasta la celda y, siempre que esté de guardia Jaume Fornolls, tendréis el paso libre.

—¿Cuáles son vuestros turnos y cuáles vuestros días?

—Estoy todos los días, entre prima y tercia.

—Lo tendremos en cuenta, para no tener que pedir permisos cada vez. Y ahora, si sois tan amable...

El centinela de la entrada los condujo por varios pasillos hasta la celda que ocupaba Baruj. Llegaron ambos con el ánimo encogido ignorando el cuadro que iban a encontrar. A través de la reja de la puerta observaron al cambista. La estancia era una habitación con verja de hierro en la entrada, pero más parecía un aposento de mala posada que una celda al uso. Una mesa y dos sillas destartaladas componían el mobiliario, completado por un banco arrumbado a la pared que servía a la vez de jergón. En él estaba sentado Benvenist, absorto en sus pensamientos, contemplando la luz del naciente sol que entraba por el ventanuco de la pared y en cuyos pálidos rayos bailaban miríadas de pequeñas motas de polvo. El cambista, si eso era posible, parecía todavía más enjuto y disminuido. Baruj, al notar una presencia en la puerta, giró el rostro hacia ellos y sus ojos acuosos expresaron una mezcla de gratitud y alivio. Lentamente se puso en pie y acudió a la puerta con la misma expresión bondadosa y atenta de siempre.

El encargado abrió la reja y los tres hombres se fundieron en un abrazo.

—Me han ordenado que os deje a solas. Cuando queráis salir, golpead la reja y acudiré a abriros.

Tras estas palabras, el hombre se alejó pasillo adelante.

Ya solos, se sentaron en las sillas Martí y Eudald, en tanto Baruj lo hizo en el camastro.

El canónigo rompió el pesado silencio que, sin quererlo, se había establecido entre los tres.

—Baruj, amigo mío, qué gran desgracia.

—Y qué gran injusticia se está cometiendo en vuestra persona —añadió Martí.

—Los designios de Yahvé son indescifrables e incomprensibles para los humanos. Cuando nacemos tenemos asignados el número de latidos que deberá dar nuestro corazón.

—Pero toda muerte que no venga por caminos naturales y haya

sido forzada inicuamente por los hombres es una muerte ruin y sin sentido.

—Perdonad, Eudald, cuando una muerte evita daños mayores, bendita sea. Sirva la mía para aplacar la ira de los poderosos y salvar a mi comunidad de mayores desgracias.

—Imagino que sabéis el cuándo y el cómo.

—Han cumplido el protocolo escrupulosamente. El juez en persona acompañado por dos testigos se ha presentado en esta celda y me ha leído la sentencia. Han sido muy atentos conmigo y a la vez muy hábiles: me colgarán de manera que nadie de los míos acudirá a despedirme, y me alegraré de que así sea. Nadie debe profanar el sabbat por algo tan nimio como una muerte, suceso que, por otra parte, acontece todos los días.

Al ver la resignación y la templanza de su amigo, Martí explotó.

—¡No comprendo cómo podéis tomaros con esta calma tamaña injusticia!

—Y ¿a qué conduciría? Todo está escrito y nadie puede cambiarlo: la muerte nos ha de llegar a todos. La mía sólo se ha adelantado un poco.

—Este fatalismo ha condenado desde hace siglos a vuestra raza: cada Pascua en el *séder** os felicitáis diciendo «el año próximo en Jerusalén», pero con esta actitud de paciencia resignada ante cualquier contrariedad os auguro que jamás retornaréis.

—Martí —reconvino Eudald—, hemos venido a consolar a nuestro amigo, no a desmoronarlo.

—Perdonad, Baruj, pero es la impotencia mezclada con ira la que me inspira tales palabras. La verdad es que hemos venido a reconfortaros y a hablar de otras cosas.

—Pues dejad a un lado vuestra ira y atendedme primero a mí, que tengo que daros mis postreras voluntades y no hay mucho tiempo.

Eudald y Martí se dispusieron a seguir puntualmente las instrucciones de Benvenist.

---

* En la cena se consumen cuatro copas de vino que se refieren a la promesa de redención divina al pueblo de Israel y se expresa en cuatro verbos en primera persona: os sacaré, os liberaré, os redimiré y os tomaré.

—Dentro de nada ya no estaré en este mundo, pero los que más quiero sí estarán. Mis bienes han sido incautados y mi familia, dentro de treinta días, ya no tendrá, en esta Barcelona que tanto amé, hogar donde acogerse y ni siquiera techo donde resguardarse. El destino de mi esposa Rivká y de Ruth me preocupa en grado sumo, no así el de mis otras dos hijas, que ya pertenecen a las familias de sus esposos. Ahora viene, Martí, lo que os concierne. Mi hija pequeña me consta, pues la conozco, que se negará a seguir a su madre por no apartarse de vos…

—Baruj, yo haré lo que…

—Dejadme terminar, Martí, he tenido tiempo de meditar profundamente, tal que si tuviera que entablar con vos, Eudald, una de las controversias que inspiraban nuestras noches de estío. —El anciano se tomó un respiro—. Martí, yo sé que Ruth os ama desde que era una niña. Un padre sabe leer en el corazón de una hija por más que no me haya dicho nada. Primeramente pensé que eran cosas de niña, pero me equivoqué, Ruth es ya una mujer. Tuvisteis la amabilidad de acogerla en vuestra casa salvándome en aquel momento de una situación que hubiera deshonrado a mi casa y obstaculizado, si no impedido, la boda de Batsheva, pero creo que no debí aceptar vuestra oferta, que de no mediar vuestro juramento, jamás hubiera admitido, pero soy consciente de que mi venia ha agravado las cosas. Ahora las circunstancias son tales que no admiten componendas; deberéis obligar a Ruth a seguir a su madre, sin excusa ni subterfugio alguno, a fin de que pueda yo marchar de este mundo con el ánimo tranquilo. Sois la única persona a la que tal vez haga caso.

Eudald y Martí intercambiaron una mirada cómplice que no pasó inadvertida al astuto cambista.

—¿Qué es lo que ocurre? ¿Qué se me oculta?

Martí, con voz queda y apesadumbrada, habló de nuevo.

—Lo que pedís es imposible.

—¿Por qué?

—Lo que voy a revelaros es muy duro: ni vuestro consuegro ni el marido de Esther quieren a Ruth en Besalú. Dice que peligrarían todos y, entre ellos, vuestra mujer.

Baruj Benvenist se envolvió la cabeza con la arrugada túnica y de esta guisa permaneció en silencio unos instantes.

—No os desmoronéis. Yo no os dejaré en este trance colmando vuestro cáliz con esta angustia.

—¿Qué se os ocurre? —indagó el canónigo al tiempo que el cambista retiraba la prenda de su cabeza.

—Ruth quedará a mi cargo tan segura como si estuviera en vuestra casa en tiempos más felices.

—Todo ello comporta un riesgo que no puedo aceptar.

—Mi buen amigo, tristemente no estáis en condiciones de decidir.

—Estaréis en peligro, Martí —apuntó Llobet.

—Lo he estado otras veces por motivos mucho más fútiles y por personas a quienes apenas conocía.

Dijo esto sin pensar, recordando a Hasan al-Malik braceando en las aguas del puerto de Famagusta.

El buen clérigo insistió.

—Tened en cuenta que estará incumpliendo, no una ley judía sino una orden de destierro firmada por el conde, y que vos seréis cómplice. Alguien la puede ver y entonces nada ni nadie os podrá auxiliar.

—Dentro de mi casa no hay peligro alguno: dispondré el último piso para ella sola y el jardín del torreón será el suyo, haré que Omar, que como sabéis es un experto en la traída de aguas, habilite en el jardín unos baños. No necesitará pisar la calle ni nadie estará autorizado para pasar a donde se halle, y todo ello hasta que cambien las cosas. ¿No decís que es la Providencia la que gobierna el mundo y no los hombres? Pues pienso que vuestro Yahvé o Nuestro Señor Jesús proveerán.

—No me queda otra. Martí, os bendigo y que vuestro Dios os ayude. Marcharé de este mundo con el ánimo tranquilo.

—Queda tiempo todavía; decidme, ya que no es posible intentar que veáis a todos los vuestros, a quién queréis que intente traeros.

—Mi esposa, Eudald, moriría al verme aquí, mis dos hijas mayores tienen ya sus maridos. Si podéis, traedme a Ruth…

—Descuidad, que si está en mi mano, así lo haré.

Martí, transido por una agitación incontrolable, habló con una voz preñada de ternura y de afecto.

—Baruj, me habéis confiado vuestro mayor tesoro. No os defraudaré, va en ello mi honor.

Al abandonar el siniestro lugar, Martí sintió por enésima vez una oleada de odio hacia aquel mal hombre que hacía daño a cuantos le rodeaban. Ignoraba cómo, pero la iniquidad de Montcusí pedía a gritos justicia... y tarde o temprano encontraría el medio de calmar su sed de venganza.

101

El albino

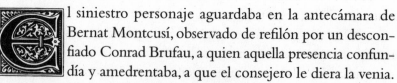l siniestro personaje aguardaba en la antecámara de Bernat Montcusí, observado de refilón por un desconfiado Conrad Brufau, a quien aquella presencia confundía y amedrentaba, a que el consejero le diera la venia. No era común ver individuos de aquella índole en la sala de espera del intendente, donde acostumbraban a verse *prohomes* barceloneses y desde luego de aspecto mucho más noble.

Túnica, calzas y borceguíes negros. Observando detenidamente, se podía ver que frisaría los cuarenta años aunque su media calvicie indicaba alguno más, de talla más bien alta que baja, manos huesudas y cuerpo de una delgadez extrema, pero lo que destacaba del conjunto era su cabello albino y unos ojos azules de una palidez exagerada, circunvalados por unas cejas y pestañas casi transparentes, hundidos en un rostro picado por la viruela.

El hombre denotaba una tranquilidad propia de alguien acostumbrado a pisar alfombras. Seguro de sí mismo, como aquel que ofrece un producto que sabe exclusivo y que si no se le compra a él, no se encuentra en otro comercio.

En el despacho se escuchó el agudo son de una campanilla y el secretario partió presuroso hacia el interior para regresar al punto junto al extraño visitante, que se había ya puesto en pie seguro de que la llamada era para él.

—Mi señor os aguarda.

El converso Luciano Santángel tomó su capa y un portadocumentos y se introdujo, siguiendo a Conrad Brufau, en la cámara del consejero condal Bernat Montcusí.

Salió éste a su encuentro artificioso y atento, y tomándole del brazo le condujo hasta el banco situado bajo el ventanal.

—Mi querido amigo, en primer lugar os agradezco la atención que representa el que hayáis acudido tan prestamente a mi llamada, constándome como me consta lo solicitados que están vuestros servicios.

El contraste entre ambas naturalezas era notable: el visitante tenía el porte alargado de un huso y el consejero la redondez de un tonel.

Luciano Santángel, mientras colocaba su capa en el asiento junto a su portafolios, respondió a su demandante.

—Ya sabéis que cada vez que habéis requerido mis servicios he acudido con la premura del buen lebrel.

Ambos hombres tomaron asiento en el banco y el visitante aguardó a que el intendente de abastos se explicara.

Éste, tras acomodar su generosa naturaleza, adecuar los pliegues de su túnica y proferir un ruidoso suspiro, comenzó la conversación con los acostumbrados circunloquios a los que tan proclive era.

—Decidme, Luciano, antes de que os cuente mis cuitas. ¿A qué otra misión habéis renunciado para acudir con esta presteza a mi cita?

—No la he abandonado: mejor decid que he confiado la cacería a podencos de mi cuadra, adoctrinados por mí, que conocen mi manera de trabajar y que tengo ahormados a mi gusto.

—Pero contad.

—Os diré solamente el asunto, no el patrocinador: mis clientes siempre han confiado en mi discreción. Tened la certeza de que las paredes de este despacho serán los únicos testigos de vuestro relato, otra cosa no ha de salir de mi boca. En esta cualidad radican mis éxitos. Pero en fin, por complaceros os diré que uno de los condes vecinos de Barcelona está tramando el repudio de su mujer y no acaba de saber quién es el noble de su casa que le adorna la testa cual si fuera el rey de los cérvidos. Ella es dama de prestigio y su padre es importante, tiene tíos obispos y algún que otro primo abad conocido. Debe por tanto cuidar los detalles al respecto, no fuera a equivocarse provocando con su yerro un incidente diplomático de graves consecuencias.

—No me digáis quién es, me lo supongo, y nunca deja de admirarme la futilidad del ser humano, aunque siempre he mantenido la teoría que los apéndices córneos duelen cuando salen, pero luego ayudan a vivir. Sin embargo, mi consejo es que el poderoso que no desea tener que pagar gabelas fijas a rufianes desaprensivos, debe ser célibe cual monje, y monje casto, se entiende, ya que si no se verá sometido a coerciones que únicamente ahorra una trayectoria impoluta como la mía.

—Ésa es la mejor manera de evitar sobresaltos en el turbulento mundo en el que vivimos. Pero decidme cuáles son vuestras cuitas y el fin último de vuestra llamada.

—Mi buen Luciano, de sobra conocéis las dificultades que comporta el cargo que ostento. De un lado mi inquebrantable lealtad al conde despierta recelos. La nobleza me ataca pues, como bien sabéis, no soy uno de ellos, mi tarea recaudatoria para el bien de Barcelona, al tener que esquilmar algún que otro bolsillo, suscita animosidades, y mis iguales, ciudadanos de Barcelona menos distinguidos por el favor del conde, ansían mi puesto. Estoy por tanto eternamente suspendido sobre varios fuegos.

—Os entiendo, pero nada nuevo me dice vuestro razonamiento: lo que me explicáis siempre ha sido así. La envidia es una de las flaquezas de la condición humana.

—Tenéis razón, y es por ello por lo que he requerido vuestros servicios. La confianza que despierta en mí vuestra discreta profesionalidad me ha impelido a recabar vuestra ayuda.

—Soy todo oídos.

—El caso es que, pese a estar acostumbrado a las intrigas palaciegas, en esta ocasión me ha salido un enemigo de consideración al que mi prudencia obliga a tener en cuenta. Quiero buscar las fallas que pueda tener su vida a fin de que no me coja de improviso cualquier maniobra que pudiere llevar a cabo contra mí, buscando mi ruina.

El albino tomó el portafolios de su lado y abriéndolo extrajo de su interior una vitela, un tinterillo y un cálamo e indagó:

—Y ¿cómo de importante es vuestro enemigo?

—De momento os diré que la mismísima condesa Almodis en persona se saltó la norma y le concedió la ciudadanía de Barcelona. Su casa es de las más suntuosas de la ciudad, fue y es el importador del aceite negro que sirve para alumbrar nuestras calles y posee más de veinte naves.

El hombre, destapando el tinterillo y mojando en él la punta del cálamo, se puso a escribir.

—Os estáis refiriendo sin duda a Martí Barbany.

—Evidentemente.

—Su actividad es de sobra conocida. Celebro vuestra prudencia, a los enemigos poderosos hay que eliminarlos antes de que lo sean más. El miedo guarda la viña. Y ¿qué es lo que deseáis saber?

—Cualquier cosa que lo debilite: su familia, sus amigos, las gentes que frecuenta, si paga lo que debe, si ha contravenido las normas de la importación y exportación de productos, los tratos que pudiera tener con judíos u otras malas gentes. En fin, todo aquello que pudiera ocasionar una fisura en sus defensas.

—Aunque no me ataña, me gusta conocer los motivos por los que mis clientes demandan mis servicios.

—Es muy sencillo: nada hay que me desagrade más que la ingratitud, y nada hay que despierte en mayor medida mi odio que aquellos que muerden la mano que les dio de comer. Este individuo, cuando no era nadie, vino a mí en demanda de favores que yo me esforcé en conseguir. No asimiló, hay que reconocerlo, el éxito que acompañó sus empeños y tuvo la osadía de solicitar la mano de mi ahijada, que era la luz de mi vida y el sueño de mi vejez. Yo, reconociendo sus méritos, le indiqué que hasta que no fuera ciudadano de Barcelona, no podría acceder a su demanda. Con malas artes y a través de una esclava infiel a la que tuve posteriormente que castigar, sedujo el tierno corazón de mi Laia, que así se llamaba la criatura, y cuando forzado por las circunstancias, consentí en su matrimonio, él defraudó mi confianza rechazando el enlace, lo que sumió a mi hijastra en un desconsuelo tal que acabó con su vida.

—Lo que explicáis es grave.

—Pues no es todo. Infeliz de mí, fui el introductor de su persona ante el veguer a fin de que la ciudad le comprara todo el aceite negro que importara, y cuando tuvo el paso franco en su casa, se deshizo de mí y se ha negado a pagar el favor.

—Y ¿qué es lo que pretendéis saber de él?

En este instante el consejero no pudo reprimir su ira.

—Hasta el color de sus heces me interesa: he de conocer sobre todo la relación que pueda tener con las gentes del *Call*.

—Descuidad, todo se sabrá pero particularmente lo relativo a su relación con los judíos: no olvidéis que soy converso y que no hay peor cuña que la de la misma madera.

—Y ¿en el caso de que además de saber conviniera entrar en acción? Me refiero, claro es, por vericuetos ocultos. Hay cosas que es mejor hacer con discreción: los caminos directos ya están a mi alcance.

—Tengo las gentes apropiadas para ello, pero como debéis suponer cuanto más sigilo, más precio.

—Por eso no paséis pena; os consta que pago bien a mis colaboradores.

102

El último adiós

A l mismo tiempo que el siniestro visitante se reunía con Bernat Montcusí, Ruth debatía con Martí la conveniencia de visitar a su padre.

—¿Sois consciente del riesgo que corréis?

—Martí, me habéis prometido que lo intentaríais. Si no puedo verle moriré de pena.

—Infringiréis varios mandatos: tendréis que pisar la calle a horas vetadas para los judíos y vestiréis de hombre, porque de mujer sería insensato que intentarais visitar una prisión.

—Si no es de esta manera, marchará de este mundo sin el consuelo de verme, y me consta que es lo que más desea. Todo lo asumo; si algo me ocurre, no os haré responsable.

—Está bien, sea. Os lo prometí y no será culpa mía si no lo conseguimos.

Martí consiguió que Eudald buscara a Jaume Fornolls y que acordara, cumpliendo un código no escrito de viejos camaradas de armas, que al día siguiente, cuando él entraba de guardia, se presentaría Martí con el hijo mayor del detenido a visitar al reo, con la condición de que no llevaran cuchillo ni daga alguna. Al rezo de vísperas sonando en el campanario de la seo y batiéndose las sombras en retirada, bajo el resplandor de la luz de los faroles de Martí, una pareja entraba en la plaza donde estaba el Palau Menor. Junto a la garita del centinela se veía a lo lejos una silueta midiendo a lentas zancadas las losas de la entrada. Fornolls no quería testigos de su favor. Súbitamente el hombre detuvo su deambular al observar que unas sombras se acercaban buscando la cobertura del arbolado de la plaza. Tras un rápido examen, el jefe de la guardia se cercioró de que nadie estuviera a la vista. Las sombras se transformaron en gentes y Martí, a cara descubierta, y Ruth embozada, se llegaron hasta el lugar donde aguardaba el inesperado amigo.

Fornolls, habló quedo y claro.

—Han sido vuesas mercedes muy precisos.

—El padre Llobet nos encareció la puntualidad. Sabemos que nuestra suerte depende del instante que entráis de guardia y que nuestra salida deberá ser poco antes de que os hagan el relevo. Faltaría que pagara a vuestra merced perjudicándoos.

—Me alegra poder devolver el favor al hijo de un compañero de armas con el que estaba en deuda, pero me juego mucho en el envite.

—No lo ignoro y de alguna manera quisiera compensaros.

Diciendo estas palabras Martí rebuscó en la faltriquera que llevaba colgada al hombro y tras extraer una bolsita de piel sin curtir, se la alargó al hombre.

—¿Qué me dais? Nada quiero por el favor.

Y al decir esto intentó devolver la escarcela a Martí. Éste le detuvo el brazo.

—No pretendo nada, el favor ya estaba hecho. Me dijisteis que tenéis mujer e hijos, tomadlo como la atención de un hombre agradecido.

En la penumbra, Jaume Fornolls desató el cordoncillo de cuero que cerraba la embocadura del saquillo y metió la mano en su interior.

—¡Pero estáis loco! Aquí hay por lo menos la paga de medio año.

—No es nada comparado con lo que hacéis por nosotros.

Al referirse a ambos, Fornolls observó con detenimiento al pequeño embozado que acompañaba a Martí.

—¿Es su hijo?

—Así es, y como el condenado únicamente tiene otras dos hijas, el muchacho, a pesar de su corta edad, será responsable de ambas y de su madre. Ya sabéis cómo son los judíos.

—En atención a vos no le voy a registrar, pero debéis asegurarme que no intentará proveer al preso de arma alguna.

—Registradlo si eso os deja más tranquilo.

—Me basta con vuestra palabra. Os ruego que seáis breve.

—El tiempo de recibir le bendición de su padre y alguna escueta y concisa recomendación, antes de partir para el destierro.

Fornolls les indicó que le siguieran.

Al pasar junto al cuerpo de guardia donde dormitaban sus hombres ordenó a uno de ellos que fuera a la garita exterior.

—No hay cuidado, es de mi confianza —aclaró.

La emoción embargaba el pecho de Ruth. Se había desprendido del embozo y cubría únicamente su cabeza con la capucha de su capa.

El trío avanzó por el angosto pasillo y al llegar a la cancela, Fornolls abrió la reja, y tras recordar a Martí que no se demoraran demasiado, los dejó a solas.

Baruj, apenas sintió los pasos de varias personas, adivinando que su querida hija llegaba a despedirse, se había puesto en pie. Ruth se abalanzó a su encuentro y como hacía cuando era pequeña se refugió en sus brazos, ciñéndolo por la cintura, deshecha en llanto.

Martí aguardó a un lado a que ambos regresaran de su soñado reencuentro teniendo muy presente que era el último abrazo de los dos y que a partir de aquel día la memoria de Baruj habitaría para siempre, como una desdibujada y borrosa ilusión, en el corazón de su hija.

Se separaron sin llegar a soltarse y se instalaron en el camastro arrumbado a la pared sin dejar de mirarse a los ojos, soslayando completamente a Martí. Al cabo de poco, Baruj retornó al mundo.

—Otra vez gracias, amigo mío. Suponiendo que poseyera todo lo que me han requisado y os lo entregara, no os pagaría el precio del favor que me habéis hecho.

—Baruj, recordad que entre los consejos de mi padre, al que tan bien servisteis, el que primero figuraba era el de que hiciera honor siempre a mi palabra. Os prometí que os traería a Ruth, y eso he hecho.

Nadie se atrevía a hablar y un silencio preñado de angustia y desconsuelo dominó la estancia. Ruth comenzó a sollozar.

—No os acongojéis, bien mío, soy un hombre afortunado. La parca puede sorprender al hombre en un mal momento en el que esté enemistado con Yahvé. A mí me ha sido concedido el don de conocer el día y el momento. ¡Aleluya!

Martí, asombrado de que en aquella terrible situación nada quebrase el ánimo del cambista, exclamó sin poder contenerse:

—Os admiro, si fuera posible, más aún que antes. Hay pocos hombres capaces de mostrar la entereza que vos mostráis en estos espantosos momentos.

—Queda poco tiempo y hay que emplearlo bien. Vayamos a ocuparnos de los que aquí quedan, a mí ya me hacen falta pocas cosas. Si no os importa, apartaos... Hay cosas de las que debo hablar con Ruth a solas.

Martí se alejó. Desde donde se hallaba pudo oír los murmullos de Baruj y el llanto incontenible de Ruth. Fueron sólo unos instantes.

—Martí, venid —dijo Baruj—. Hay algo más que deseo pediros.

La voz de Martí sonó opaca y grave.

—Todos vuestros deseos se cumplirán, amigo mío. ¿Qué otra cosa os acongoja?

—Id a mi casa, ya que Ruth no podrá acercarse a ella, y bajo la *mezuzá* hallaréis una llave que abre la puerta del huerto. Conservadla, hija mía; un día u otro regresaréis y en ese día de gloria mi honra será reivindicada ante los míos. Entonces, Ruth, buscad a vuestra madre y reintegradla al hogar que jamás debió abandonar. No guardéis odio en vuestro corazón, el odio es una hiedra maligna que al trepar seca el alma del que la sufre. Y ahora voy a daros mi bendición, arrodillaos.

Cuando se pusieron en pie, los pasos de Jaume Fornolls resonaban en el corredor.

103

La horca

a horca se había levantado frente al portal de Regomir, pues era éste uno de los más alejados del *Call*, y si bien era de esperar que, guardando el sabbat, ningún judío saliera de su casa, mejor era prevenir cualquier inconveniente que tener que remediarlo después. La sentencia dictada por el conde a instancias de su consejero, Bernat Montcusí, al que había premiado por hallar tan brillante solución al ingrato asunto de los falsos maravedíes, se iba a cumplir inexorablemente. El consejero de abastos y mercados había aprovechado el acontecimiento para sacar provecho a la fiesta. Desde la madrugada se estaban acondicionando los espacios que había alquilado previamente a los comerciantes que iban a ocupar los puestos de venta de arropes de miel, pequeños muñecos pendientes de horcas diminutas, juglares venidos de lejanas tierras, saltimbanquis y hasta un teatrillo ambulante, donde se iba a representar la detención de un actor caracterizado de judío al que la guardia sorprendía hurtando los dineros del conde, en tanto un vocero iba pregonando la hazaña y unas mujeres vestidas pobremente vendían a la concurrencia una mezcla de frutas y verduras podridas que la plebe podría arrojar al actor que representaba en la tragicomedia el papel del hebreo. Todo ello para mayor regocijo y entretenimiento del populacho mientras aguardaba el principal atractivo de la fiesta. En el centro mismo del patíbulo se alzaba el tétrico artilugio del que pendía la cuerda de cáñamo con la fatal lazada en un extremo. En medio del entarimado, unos carpinteros estaban dando los últimos toques a la escalerilla por la que tendría que ascender el reo, mientras otros artesanos cuidaban de rodear con un largo faldón negro el borde de la plataforma a fin de ocultar a las miradas curiosas el armazón. En la pared de la casa que daba a la fachada del portal y bajo un baldaquín, se había levantado un palco engalanado con colgaduras y alfombrado con tapices, desde donde los condes y sus invitados iban a presenciar la ejecución. Al otro lado, frente por frente, la tribuna de los magistrados, que debía alojar a los cinco jueces y al obispo de Barcelona. La algarabía iba creciendo. Una sección de la *host*, armada con lanza y adarga y luciendo en la sobrevesta, que cubría su cota de malla, los colores rojo y amarillo de la casa de Barcelona, fue ocupando todo el espacio del descampado para apoyar a los alguaciles que rondaban, chuzo en mano, poniendo orden entre la multitud apretujada tras los soldados. Los artesanos se habían ido retirando y únicamente un hombre encapuchado permanecía en lo alto del patíbulo.

Un clamor creciente como la marea de plenilunio anunció la llegada del carromato, una plataforma de tosca madera sobre cuatro ruedas, en la que descansaba una jaula a través de la cual, atadas a la espalda las manos y calzados sus pies con alpargatas negras, encogido como un pajarillo asustado, se veía al reo vestido con un saco de esparto al que se le habían hecho tres agujeros por los que asomaba la rala cabeza y unos brazos secos como sarmientos. Venía el artilugio tirado por cuatro mulas, precedido por guardias a caballo, y rodeado por hombres de a pie que se iban abriendo paso entre la turba encrespada. El grupo, al llegar a la altura del cadalso, se detuvo y los sayones ayudaron a descender al cambista entre las risotadas del pueblo y un clamor de voces exaltadas.

A Martí, que había acudido al lugar embozado en una capa, creyendo cumplir con una obligación, le pareció ver en lontananza, rondando cerca del cadalso, la imponente figura de Eudald Llobet. Baruj lo observó a la vez. Una mueca descarnada, que quiso ser una sonrisa, apareció en sus labios. Eudald ya estaba a su lado, subiendo entre los guardias los cinco escalones que llevarían a la muerte a Benvenist.

—¿Qué hacéis aquí? Os estáis poniendo en evidencia y os puede costar caro.

—Me importa un bledo, y me río de las conveniencias: mi conciencia no me dejaría en paz de por vida si en trance tan amargo no acompañara al amigo. Esto lo dice vuestra religión y la mía.

—Hacedme la caridad de retiraros: no queráis aumentar mi pena con vuestra desgracia.

—No insistáis.

En la tribuna ya se había instalado la pareja condal rodeada de su corte.

—¿No es aquél vuestro confesor? —inquirió Ramón Berenguer a su mujer.

—Sí.

—Y ¿qué hace allí?

—Imagino que intentar rescatar un alma del infierno.

El oficial que mandaba la escolta, reconociendo a Llobet, le espetó:

—¿Es éste vuestro lugar?

—Yo voy donde me manda la condesa. Si lo dudáis, allá la tenéis: id a preguntárselo.

El cielo se cerró y una lluvia fina comenzó a emborronar el paisaje.

El verdugo colocó el lazo en el cuello del cambista, que se estremeció al notarlo. El oficial ordenó despejar el patíbulo.

Eudald acercó sus labios al oído de Baruj.

—Que Metatrón* acompañe a vuestra *neshamá*** para que se encuentre hoy con Elohim.

—Gracias, Eudald, por reconfortarme en la religión de mis mayores.

—Todas llevan al mismo Dios, si nuestros actos han sido buenos.

El oficial tomó a Eudald por el codo indicándole que bajara.

—Adiós, amigo mío, hasta pronto.

Un mensajero trajo al oficial un pergamino desde la mesa de los jueces, éste dirigió la mirada al juez principal. El magistrado inclinó la cabeza. El oficial entregó el manuscrito a un pregonero que

* Ángel custodio de los judíos que contabiliza las buenas obras.
** El alma.

desde lo alto del cadalso dio lectura al fallo. Al finalizar, un sonoro redoble de tambores solemnizó el momento. Luego se hizo el silencio. El juez principal se puso en pie y con voz atronadora, mirando al verdugo, emitió la terrible orden.

—¡Cúmplase la sentencia!

El verdugo retiró de una patada el apoyo sobre el que descansaba el reo. Baruj quedó balanceándose en el extremo de la cuerda como un muñeco roto. En aquel instante se abrieron los cielos y la lluvia arreció.

Un hombre justo había muerto.

SEXTA PARTE

Verdad y traición

104

El duelo

l cuerpo sin vida de Benvenist permaneció colgado durante un día entero. El domingo, a fin de evitar cualquier incidente con su comunidad, fue descendido y entregado a la familia gracias a la gestión que había llevado personalmente Eudald Llobet con la condesa. A partir de aquel momento comenzaba el plazo de treinta días, finalizado el cual la familia y los criados deberían marchar al destierro en cumplimiento de la sentencia.

En un carro sencillo conducido por Avimelej, el fiel cochero de Baruj, y tirado por un percherón alazán, intentando pasar inadvertidos, se presentaron en el depósito de los ajusticiados Eudald Llobet, Martí, Eleazar Bensahadon, el antiguo preboste de los cambistas, y Asher Ben Barcala, el tesorero, con el fin de hacerse cargo del cadáver. Binyamin Haim, el esposo de Esther, así como también los Melamed, padre e hijo, prefirieron aguardar en la calle frente a la casa, para no comprometerse.

Esther y Batsheva esperaban en la casa rodeadas de plañideras que con sus sincopados llantos mostraban el dolor de la familia durante los días de duelo, y preparaban el sudario mientras su madre, Rivká, acompañada por sus íntimas y rota por el dolor, apenas podía atender a los deudos que iban llegando para el velatorio.

El traqueteo del carromato en el empedrado avisó a los presentes que el terrible instante había llegado. Todos se precipitaron a la entrada posterior para recibir el cuerpo sin vida del esposo, padre y

635

amigo. Las hijas sujetaban a la madre por los brazos para evitar que cayera desmayada. Eudald, Martí, Eleazar y Asher tomaron las asideras de las parihuelas en las que se asentaba la humilde caja de pino y la condujeron a lo que había sido su dormitorio. Allí, a petición de Rivká, Llobet y los ancianos se quedaron para preparar el cuerpo de Baruc a fin de que pudiera ser visitado por todos, durante los tres días que iban a mediar antes del sepelio que se habría de llevar a cabo en el cementerio de Montjuïc.

Cuando todos los preparativos hubieron concluido, la familia decidió, aconsejada por los ancianos, que el sepelio se llevaría a cabo el miércoles, día de trabajo, a fin de evitar las posibles algaradas. Aquella noche se quedaron sólo los íntimos, que iniciarían de aquella manera los tres días de luto.

Martí decidió regresar a su casa y reintegrarse a sus tareas, ya que aquel triste suceso le había apartado de sus negocios y la urgencia de tomar decisiones acerca de fletes y destinos era de todo punto inaplazable.

Los dos inmensos faroles que alumbraban su puerta le permitieron ver a Omar cautelando la entrada de carruajes junto a dos criados armados. No le extrañó, ya que desde la fracasada transacción de los maravedíes, la atmósfera de la ciudad se había tornado irrespirable. Las gentes, que anteriormente intercambiaban risas y saludos entre ellos, se retiraban a sus casas a toda prisa y mirando por encima del hombro por si alguien les seguía los pasos. Pese a la iluminación de las calles, los atracos habían vuelto a proliferar y la ronda no daba abasto para retirar de la circulación a los amigos de lo ajeno. Se decía que los calabozos del Palau Menor estaban a rebosar y todos los bandidos que se apresaban en los caminos eran conducidos rápidamente a las dos cárceles recién terminadas allende de las murallas, sin que los jueces tuvieran casi tiempo de leer los cargos de los acusados.

Omar acudió presto a su encuentro.

—Señor, no debéis andar a estas horas solo por las calles. Tengo hombres de sobra para que os escolten y el día menos pensado nos vais a dar un susto. Bien está el no ser medroso, pero no es aconsejable ser imprudente. Tenéis demasiados enemigos y vuestra privilegiada situación despierta mucha envidia. Si algo os acaeciera, más de uno se alegraría.

Martí desestimó las palabras de su fiel sirviente con un gesto.

—Lo que menos falta me hace ahora, Omar, son monsergas de vieja. Dime, ¿qué nuevas me traes? ¿Cómo está Ruth?

—En vuestro despacho os aguarda el capitán Jofre y en cuanto a la señora, no sale de sus habitaciones y ni ha tocado lo que le ha preparado Mariona, y eso que le ha cocinado sus platos predilectos.

—¿Ha salido al jardín?

—Un momento al atardecer, en compañía de Aixa, pero ni el tañido del arpa logra extraerla de sus aflicciones. A través de su puerta se escucha el llanto.

Llegaron hasta la puerta. Los dos hombres que la cautelaban saludaron al amo y siguieron su paseo, mientras en los elevados puestos de la muralla también se adivinaban sombras vigilantes.

Atravesaron el patio de caballos y comenzaron a subir por las escaleras de mármol.

—¿A qué hora ha llegado el capitán Jofre?

—Su nave ha echado el hierro al mediodía. Alguien le ha comentado la desgracia que nos aflige, y en cuanto ha comenzado a descargar su bodega y las chalupas han comenzado su ir y venir del *Eulàlia*, ha venido a daros sus condolencias sin pérdida de tiempo, y a poneros al corriente de las novedades de su viaje.

—Dile que ahora mismo le veré. Voy primero a visitar a Ruth.

En el amplio distribuidor del primer piso se separaron y Martí, antes de dirigirse a sus habitaciones, se detuvo ante la puerta de la cámara de la muchacha.

Golpeó suavemente con los nudillos y un rebujo de ropa le advirtió que Ruth se levantaba del lecho a fin de abrir la puerta.

La voz sonó contenida y enronquecida por el llanto.

—No necesito nada, Omar.

—No soy Omar, soy yo. Haced la merced de abrir la puerta.

Tras un breve ruido de pestillos corriéndose, la puerta se abrió un poco. Martí se quedó impresionado ante la visión de la cara de Ruth. Una madeja de sueltos cabellos enmarcaba un rostro pálido y demacrado en el que resaltaban unos ojos irritados por el llanto.

—¿Me permitís?

La muchacha se hizo a un lado para cederle el paso.

Nada más entrar en la estancia, Martí se hizo cargo del drama que atenazaba el corazón de aquel ser indefenso y frágil. En aquellas circunstancias hubiera dado una vida por poder tomar el amado rostro entre sus manos y cubrirlo de besos, pero aquello era lo único que no podía hacer. En el colchón de la elevada cama todavía se percibía el hueco caliente que su cuerpo había dejado y sobre la mesa permanecía intacta la bandeja que Andreu Codina, el mayordomo, había subido desde la cocina de Mariona, escogida de entre lo más selecto de sus manjares.

—Ruth, esto no puede ser, desde el viernes no habéis probado bocado.

—Por favor, Martí, no me obliguéis. No puedo hacer nada que no sea recordar a mi padre.

—Pero lo que querría vuestro padre es que tomarais algo, no que os dejéis morir.

—¿Cuándo es el entierro?

—El miércoles por la tarde.

—Quiero ir.

—Ya sabéis que es peligroso, no debéis…

—Me consta que no puedo regresar junto a los míos, a la casa de mi padre, sin deshonrarlos, pero nada me impide acudir a Montjuïc a dar el último adiós a sus restos.

—No es aconsejable: crearéis una razón más para que los enemigos de los Benvenist se ceben en ellos.

—Mi madre y mis hermanas van a ir. Sé que no soy grata a sus maridos pero no me importa, quiero dar el último beso a mi padre, aunque sea de lejos, y si cabe echar sobre su caja los pétalos de una rosa blanca del rosal del jardín que tanto amaba.

Tras emitir un profundo suspiro, Martí asintió.

—Bien, sea. No tengo fuerza moral para negaros lo que me pedís, pero a condición de que comáis algo y que descanséis.

—Os prometo que lo haré si me juráis que me permitiréis que acuda.

—Está bien, os lo juro. Pero será a mi manera.

—Sea como sea. Con poder asistir me conformo.

—Pues comed y descansad, ahora tengo que ver al capitán Jofre que hace poco ha sujetado los amarres del *Eulàlia* a uno de los muertos* que tiene la compañía frente a la playa.

—Me gustaría verlo.

—Hoy no, mañana; hemos quedado que vais a descansar.

—Gracias por todo, Martí. Si sois tan amable, decid a Aixa que suba. Su presencia y su música me confortan.

—Que descanséis entonces.

—Buenas noches.

Tras dejar a Ruth sumida en su dolor, Martí descendió al primer piso y se dirigió al salón principal donde le aguardaba su amigo Jofre. El marino, curtido por los vientos de todos los mares, estaba en aquel momento mirando por uno de los ventanales. Al oír a su espalda los pasos de alguien se volvió, y al sonreír una miríada de pequeños surcos aparecieron en su moreno rostro cercando sus ojos. Ambos hombres se abrazaron en mitad de la estancia.

Pasado el primer instante y después de acomodarse se dispusieron a ponerse al corriente de las vicisitudes que habían acompañado a sus respectivas vidas durante su separación.

—La condena de Baruj me parece la felonía más grande que puede cometer un juez y su sangre caerá sobre todos aquellos que hayan tenido algo que ver con el crimen.

—Entonces mi amigo Bernat Montcusí descenderá a los infiernos chorreando —comentó, triste, Martí.

—¿Ha tenido algo que ver?

—Él ha sido el principal instigador, y tengo el honor de ser uno de sus blancos preferidos desde que cerré la espita de sus comisiones.

—Ándate con los ojos bien abiertos, Martí. Llevarás a tu espalda la sombra de la muerte.

—No te preocupes, sé cuidarme.

—Pero dime, ¿cómo está Ruth?

* Inmensas rocas ancladas en el fondo marino de las que sobresalía una cadena sujeta a una boya que servía para amarrar los barcos que tenían un lugar asignado frente a las playas.

—Deshecha en llanto. No encaja la muerte de su padre ni atiende a razones en cuanto se refiere a no dejarse ver por Barcelona. Para colmo, las familias de sus cuñados tampoco la admiten junto a ellos. Lo que me apura es que se expone a grandes peligros.

—Vivir es un riesgo constante y tú sabes algo de ello.

—Ciertamente, pero sobre los peligros comunes están las añagazas que preparan tus enemigos y si es por méritos contraídos, lo entiendo, lo que no me cabe en la cabeza es que por ser de una raza o profesar una religión y sin haber ofendido a nadie, quieran matarte.

—Eso sucede acá y acullá, amigo mío, creo que va implícito en la condición humana. Si eres cristiano en tierra de moros, ocurre lo mismo. ¿Cuándo es el entierro?

—El miércoles por la tarde en Montjuïc, cuando los judíos estén dedicados a sus actividades.

Una pausa se estableció entre ambos y en la reanudación, Martí expuso el problema que en aquellos momentos le acuciaba.

—Ruth quiere asistir.

—Eso sí que es buscar complicaciones.

—Va a ir, con todo, mucha gente; su aparición pondrá en evidencia a su familia y sobre todo a sus cuñados.

—De lo cual se infiere que su presencia deberá pasar inadvertida.

—Evidentemente.

—Debes convencerla para que desista.

Martí negó con la cabeza.

—Es inútil.

Hubo otra pausa.

—Se me ocurre algo —dijo Jofre, dirigiendo a su amigo una mirada de complicidad.

—¿Qué es?

—Verás, Martí. Durante dos días estaremos transportando ánforas de aceite negro desde la playa hasta las grutas.

—¿Y?

—Que una procesión de carretas tiradas por una recua de mulas irá cargada y regresará de vacío.

—No entiendo adónde quieres ir a parar.

—Pues que en una de las carretas, cubierta por una lona, podría acomodarse Ruth. Al llegar al cementerio abandonaría la fila y se colocaría en lugar discreto. Desde allí vería, algo apartada, eso sí, el entierro de su padre y cuando los deudos se alejaran y con el pretexto de estar extenuada, Rivká podría acercarse a descansar. De esta manera podría despedirse de su hija.

—Es una idea brillante. Déjame que lo piense dos veces.

Después de un rato más de charla, Jofre se disponía a marcharse cuando, ya en la entrada, añadió:

—Por cierto, me comunicó Rashid al-Malik que ya están trabajando para ti en la explotación de la laguna negra más de cien personas y que no quisiera morir sin antes venir a Barcelona para darte las gracias, en su nombre y en el de su hermano, por todas las bienaventuranzas que has traído a sus vidas.

105

El entierro

a lúgubre caravana había salido del *Call* por el portal de Castellnou y desde allí, y atravesando la riera del Cagalell, se dirigía a Montjuïc. La comitiva no era en exceso numerosa, ya que muchas familias judías habían optado por mantenerse apartadas de los Benvenist. Las campanas habían anunciado la hora nona, por lo que el camino y la ceremonia no podían durar más de cuatro horas pues todos los judíos deberían estar de regreso al *Call* antes de completas. Llegados a la falda de la montaña descendieron de las carretas para hacer el resto de trayecto a pie. Caminaban delante la viuda y las dos hijas casadas del difunto, junto al rabino que iba a dirigir los salmos; tras ellos iban los maridos de Esther y Batsheva, delante de Eleazar Bensahadon y Asher Ben Barcala, Eudald Llobet y Martí Barbany. A cierta distancia avanzaban las familias políticas, seguidas inmediatamente por las diez plañideras: desgreñadas, rasgándose las vestiduras y arañándose el rostro, en tanto entonaban su desgarrado y monocorde llanto. Por último, cerrando el grupo, unos cuantos hombres que en vida habían sido auténticos amigos de Baruj. El cortejo avanzaba lentamente pues era aquélla una vía muy transitada. Los carros que se dirigían a las canteras, los hombres que a pie y a caballo acudían o regresaban de las mancebías, los grupos de mendigos que entorpecían el paso a todos los itinerantes, los carros que se alejaban con los sobrantes del mercado instalado en los aledaños de la muralla… Todo este trajín contribuía a que el avance fuera lento y el tránsito comprometido.

Poco contribuyó una columna de carretas, casi todas descubiertas, que llegaba a dar la vuelta a las atarazanas y que tiradas por reatas de mulas de paso cansino, cargadas de ánforas clavadas en balas de paja, se juntaron a la comitiva provenientes de la ribera para dirigirse a las grutas de la montaña donde se guardaba el aceite negro que iluminaba la ciudad. Finalmente, el grupo, al llegar a las puertas del camposanto judío, se introdujo en el recinto.

De haber habido un espectador curioso hubiera observado que una carreta cubierta que iba en la fila se apartaba de ella y se colaba en el cementerio por una puerta lateral, deteniéndose a una distancia prudente de la tumba donde se iban a inhumar los restos del cambista. La ceremonia se desarrolló sin demora, pues el tiempo urgía y las gentes intuían que aquél no era un entierro convencional, sino una trágica despedida de la que la mayor parte de asistentes quería retirarse lo antes posible. Aparte de ellos, se veía a un hombre que, amarrado su caballo a un ciprés, con un gorro calado hasta las orejas y de medio escorzo, parecía leer un libro de salmos frente a una tumba vecina.

Al finalizar la ceremonia, Martí se acercó al banco donde descansaba la viuda de Baruj acompañada de sus hijas.

—Señora, si me acompañáis, veréis a alguien que aliviará vuestra pena.

Rivká alzó su mirada interrogante hasta él.

—Id, madre —aconsejó Batsheva.

La mujer se levantó y siguió a Martí hasta el apartado carruaje. Cuando llegaron, él la ayudó a subir por la parte posterior.

Cuando Rivká adivinó más que vio la imagen de su hija pequeña, se abalanzó en sus brazos en un mudo intercambio de amor sin reproches. Luego ambas se sentaron, una frente a la otra, en los bancos laterales del carruaje.

—Hija mía, dentro de la inmensa desgracia que se ha abatido sobre nuestra casa, Yahvé en su misericordia me ha otorgado la gracia de volver a verte antes de mi partida.

—También a mí me ha sido concedida, además de la de acompañar a mi amado padre en su último viaje.

—¿Qué va a ser de ti, hija mía?

—No paséis pena, madre, mi deber es cumplir con lo que me ha tocado vivir.

—Eres aún muy joven, y nada me placería más que tenerte a mi lado, pero sabes que una viuda es menos que nada y que estoy en manos de los que ahora deciden por mí.

—Os lo ruego, madre, no os preocupéis. Sé que un día todo esto pasará y nos volveremos a reunir.

Un leve rasgueo en la lona les indicó que Martí avisaba desde fuera.

Su cabeza apareció por una hendidura de la cubierta.

—Rivká, debéis regresar junto a vuestras hijas. No sufráis por Ruth: cuidaré de ella como lo haríais vos misma. Vuestro esposo me la confió y no defraudaré su confianza. De vez en cuando, os haré llegar noticias.

Las dos mujeres se abrazaron de nuevo. Luego, a la vez que Rivká descendía del carro, se dirigió a Martí.

—Gracias en nombre de Baruj. Siempre os tuvo como amigo predilecto, y debo decir que habéis superado con creces la buena opinión que de vos tenía.

Cuando ya la mujer se hubo alejado, la voz de Jofre resonó desde el pescante.

—¿Regreso ya, Martí?

—Hazlo, pero ten la precaución de no ir a las cuadras. Que baje dentro del patio de casa y que antes cierren las puertas; después, que un criado conduzca la carreta hasta las atarazanas y la deje en nuestro astillero.

—Descuida, que así se hará.

Antes de partir, la voz de Ruth se escuchó a través de la lona.

—Martí, ya que no me permitís hacerlo a mí, cuando haya partido esparcid mi recuerdo sobre la tumba de mi padre.

Y diciendo esto asomó por la hendidura posterior su blanca mano y ofreció a Martí un cestillo lleno de pétalos de rosa.

106

Planes de venganza

os condesitos tenían ya casi cinco años. Nadie, de no saberlo, los hubiera tomado por hermanos. Eran el anverso y el reverso de una misma moneda. Ramón era apuesto, espigado y rubio, de carácter gentil y extrovertido; por el contrario, Berenguer mostraba un físico achaparrado y cetrino, tenía un carácter imprevisible, dado a la holgazanería y a súbitos ataques de ira. Almodis pugnaba por acercarlos y se esforzaba en que compartieran tareas y juegos.

De hecho, aquella mañana los ataques de furia de Berenguer amenazaban la tranquilidad de su madre, ya que no dejaba de pelear con su hermano y de arrebatarle cualquier juguete que el otro tuviera. La voz de Ramón sonó en sus oídos, distraída como estaba leyendo un breve libro de horas, regalo de su confesor Eudald Llobet.

—Señora, ved que Berenguer no me deja jugar en paz.

Almodis, dejando el libro sobre el almohadón de raso que estaba a su lado, se dispuso, como tantas veces, a mediar. Berenguer, al ver la acción de su madre, de un manotazo rompió el juguete que era objeto de la disputa.

—Eso está mal, Berenguer... Los caballeros deben aprender a compartir con sus iguales.

—¡Siempre le dais la razón! —protestó el niño.

Almodis se ablandó.

—Está bien, jugad a otra cosa. Veamos... ¿qué os parece al escondite con Delfín?

A ambos hermanos les encantaba jugar con el enano, pues su ingenio y su inventiva les proporcionaba siempre buenos ratos. La idea de su madre era que no pelearan, por lo que procuraba asociarlos en cualquier aventura y que el contrario fuera su bufón.

Delfín, que pese a los buenos oficios del físico de palacio andaba renqueante a causa de la patada que Pedro Ramón le había propinado, intentó zafarse del mandato. No le apetecía rondar por el palacio buscando un nuevo escondrijo para tener a ambos hermanos entretenidos en un común empeño.

—Señora, dispensadme pero mis pobres huesos no están hoy para contorsiones y mi corcova está tan dolorida que no voy a hallar escondrijo seguro para ella. Además, estos bribonzuelos conocen hasta el último rincón de palacio.

—Delfín, tómalo como una orden.

—Si ése es vuestro gusto, sea; pero dadme un margen, cuando suene la hora del Ángelus, para la que falta poco, soltad a los lebreles. Ignoro dónde voy a meter mis tristes huesos.

—Voy a daros un incentivo a todos. El premio será un mancuso: si no te encuentran, para ti, Delfín, y si lo hacen, para los niños. El tiempo acaba en el momento de empezar a comer, por tanto han de hallaros entre el toque del Ángelus y ese momento.

Los muchachos estaban encelados.

—¡Prepárate, Delfín, eres pieza cobrada!

Bernat Montcusí había citado a su informador en el Palacio Condal al mediodía, ya que por la mañana tenía que acudir a una *Curia Comitis* convocada por Ramón Berenguer a la que asistirían grandes vasallos, y en aquel momento se haría una pausa para tener tiempo de deliberar.

A la llegada a palacio, Luciano Santángel fue introducido, por orden del consejero económico, en la sala de trofeos y armaduras, situada en el ala oeste del palacio, que por lo general estaba vacía y donde podrían hablar con tranquilidad.

El maestresala que le acompañó, antes de cerrar la puerta, le anunció que el muy honorable Bernat Montcusí acudiría sin tardanza ya que el consejo se había suspendido hacía unos momentos y ahora se iba a servir un refrigerio a todos los convocados. El albino, pese a estar acostumbrado a visitar castillos y palacios por toda la Septimania, tuvo que reconocer que el rango y la categoría del condado de Barcelona superaba en mucho al más encopetado de sus vecinos, tanto de la península Ibérica como de sus vecinos septentrionales. El salón era una pieza alargada ornada con armaduras tanto de combate como de torneo, que habían pertenecido a los ancestros de la casa de los Berenguer. En las paredes colgaban panoplias y cuadros, adargas y alabardas cruzadas de diversas épocas y asimismo distintas clases de lorigas, guanteletes, petos y espaldares. Entraba la luz en la estancia a través de seis ventanales, y entre ellos seis armaduras, simétricamente dispuestas: cuatro de ellas completas y dos montadas a medias en sendos estrados tapizados con ricas telas, con los morriones en forma de pico de pato y las celadas bajadas.

La espera no se hizo larga. La puerta se abrió de súbito y entró en la estancia como un tornado, el consejero real, extenuado por la caminata, enjugándose con un pañuelo los goterones de sudor que descendían desde su frente. Cerró la puerta a su espalda mientras se excusaba con el albino.

—Perdonadme, querido amigo, y achacad a la larga perorata del conde mi retraso. Nada ha habido esta mañana en el consejo que me interesara más que vuestras noticias, pero las obligaciones inherentes a mi cargo me han demorado.

—Soy vuestro servidor y el tiempo que os dedico está bien remunerado. Huelgan vuestras explicaciones, excelencia.

Montcusí había llegado a la altura del otro y sin pérdida de tiempo lo arrastraba hacia uno de los bancos del fondo junto a una de las medias armaduras.

Después de tomar asiento, Luciano abrió el diálogo.

—Hermoso lugar. Lástima que el pueblo llano no pueda admirar estas maravillas.

—Entre estas cuatro paredes yace la historia viva de este condado, pero no lamentéis que no esté al alcance del populacho, tampoco le interesa. A las gentes habladles del yantar o del fornicio, es lo único que les cabe en la cabeza. Pero dejémonos de vanos subterfugios e id al grano que no dispongo de mucho tiempo.

Santángel tomó el cartapacio que descansaba a su lado y de él extrajo unas notas.

—Veamos qué tenemos por aquí… Procedamos con orden. En primer lugar, quise comprobar yo mismo la importancia de la posesión que conserva nuestro hombre cerca de Gerona y que regenta su madre. Podemos decir que es una muy cuidada tierra de una extensión de doce o trece *feixas* y varias *mundinas*, cultivadas por unos diez o doce aparceros con sus familias. Todo se observa perfectamente labrado, y los productos que allí se recolectan se llevan a las ferias y mercados de los pueblos vecinos. Hay cuadras, establos, corrales y apriscos, con toda clase de animales. El sujeto acostumbra a ir allí a menudo a ver a su madre, que por lo que he indagado se niega a bajar a Barcelona. Bien, pasemos a sus negocios. Ahí debo confesar que me ha sorprendido. Posee una flota de más de veinte bajeles y tiene cinco en construcción en los astilleros de Barcelona, Iluro, Blanes y Sant Feliu. Tres capitanes se encargan de todo lo referido a la flota: dos amigos de su niñez, cuyos nombres son Jofre Ermengol y Rafael Munt, al que llaman Felet, y un griego, Basilis Manipoulos, que ya no se hace a la mar y es el encargado de sus atarazanas. De alguna manera que aún ignoro está asociado con los judíos del *Call* e importa muchos más productos además del que tanto os interesa, entre otros mirra de Pelendri que envía directamente a Córdoba y a Granada, pues los musulmanes son mucho más proclives a los baños y a los perfumes que los cristianos y la mirra es la base de muchos de los mismos. Nada de todo ello atraviesa las murallas de la ciudad aparte del aceite negro, pero tiene buen cuidado de no mercar con nadie que no sea el veguer, para no devengar impuestos que dependan de vuestro *officium*.

Montcusí rebulló inquieto en su asiento.

—Proseguid.

—Vayamos ahora al tema de los judíos. Tras ponerme al día de los últimos sucesos acaecidos en Barcelona y sabiendo de la ejecución llevada a cabo el último sábado, me interesé por cuándo sería el entierro del *dayan*. Cuando la supe, alquilé caballos para mí y para

tres de mis hombres y me dediqué a fisgar todo aquello que llamó
mi atención. Como es de lógica, lo primero fue repartir los cometidos de manera que cubriéramos el acto en su totalidad. El camino
de Montjuïc está muy transitado, pues en su ruta confluyen muchos ocios y oficios. Entre los primeros están aquellos que a todas
horas acuden a las mancebías que se hallan al otro lado de la ram-
bla del Cagalell, y en las rabizas descargan sus malos y buenos humores, y entre los segundos todos los que trabajan en las canteras,
los que acuden a los hornos de fundición, todo el personal de los
cementerios cristiano y judío, y lo que a mí más me interesaba: las
carretas tiradas por mulas que transportan el aceite negro de los barcos a las grutas de la montaña, que hacen de almacén, y desde éstas a la ciudad, cuando el veguer lo requiere. El cortejo fúnebre, seguido por deudos y amigos, salió por el portal de Castellnou; al rato
se le unió una caravana de carros atiborrados de balas de paja y
clavadas en ella las ánforas puntiagudas que tan bien conocéis, que
había partido desde la puerta de Regomir. Lo que llamó mi atención fue que una de ellas tenía echada la lona ocultando el interior.
Llegados al camposanto comenzaron la serie de interminables ritos con los que los hebreos despiden a sus difuntos. Yo me armé de
paciencia y, valiéndome de un subterfugio, aguardé acontecimientos.
Súbitamente observé que la carreta, que como os he dicho traía la
lona echada, se había separado del grupo y aguardaba detenida junto
a una pequeña arboleda. Entonces entendí que había entrado en el
cementerio por una puerta menos transitada. Después de enterrar
al ajusticiado y tras finalizar las oraciones, antes de partir, observé
que la viuda del difunto fue requerida y acompañada al carro cubierto por nuestro hombre, que la ayudó a subir a su interior y allí
pasó largo rato. En el duelo figuraban las dos hijas del ahorcado con
sus maridos pero no la otra hermana, cosa que llamó mi atención.
Cuál no sería mi sorpresa al observar que al finalizar la ceremonia
y tras descender la mujer, una mano salía del interior de la carreta y
entregaba a nuestro hombre un cestillo de rosas que éste esparció
sobre la reciente tumba. Luego pude comprobar que el carromato, en vez de seguir la ruta habitual, se dirigía a la ciudad y entraba en el patio de la residencia de Barbany y que tras él se cerraban

las puertas. Ahí estaba yo al día siguiente sobornando a uno de los vecinos que tiene un palomar, y encaramado entre el guano y el zureo, rodeado de amables palomas, me fue dado observar sin duda alguna cómo una mujer, que parecía judía por sus vestiduras, paseaba entre los frutales del jardín posterior de la casa en compañía de una mujer muda y sin duda ciega.

El intendente palideció sensiblemente.

—Si lo que me contáis es cierto, tengo a este insensato en mis garras. Ha osado desobedecer las órdenes del conde.

—No vayáis tan deprisa, señor. Hasta dentro de dos sábados no vence el plazo que marca la sentencia y en tanto la judía no sea hallada en la calle a horas prohibidas, por el momento, no cometerá falta contra la ley, ya que si pernocta o no en el *Call* es cosa que atañe a la honra de los suyos y que deberá juzgar su gente. Otra cosa sería si fuere varón, que para ellos sí reza la orden de estar en el *Call* al caer la noche. Pero cuando pase el tiempo que marca la sentencia, y si Barbany no insta a la muchacha a abandonar la ciudad, entonces considerad que estará en vuestras manos como cómplice y como encubridor.

Bernat Montcusí esbozó una aviesa sonrisa.

—Sabré esperar mi momento como el águila aguarda en lo alto de un picacho a que el cordero se aleje del rebaño. Si consigo atraparlo, doblaré la gratificación que os he prometido.

—Soy vuestro humilde servidor.

—Y ahora, con gran disgusto, debo abandonar tan interesante conversación pues mis deberes me reclaman.

Tras estas palabras el consejero, seguido de su interlocutor, se puso en pie y se dirigió a la entrada. Llegando a ella y antes de abrir la puerta, comentó:

—Creo que vuestra siguiente tarea va a ser abonar los campos de Barbany, allá en el Empordà. ¿No dicen que el bosque quemado fertiliza la tierra?

—Eso dicen.

—Entonces no dudéis que la próxima cosecha será espléndida. Pasad mañana por mi casa, al anochecer, y mi mayordomo os proporcionará los medios para que vuestro trabajo sea más sencillo. Bien, querido amigo, aquí nos separaremos. No es bueno que nos vean juntos, aguardad unos instantes y salid luego.

Apenas hubieron salido, un demudado Delfín asomaba tras la celada de una de las medias armaduras que ornaban el salón; acuclillado en el borde, saltó de la tarima y aguardó a que la circulación de la sangre recomenzara a correr de nuevo por sus venas, pues el temblor incontrolado de sus pequeñas piernas, tanto rato encorvadas, le impedía caminar derecho.

107

La añagaza

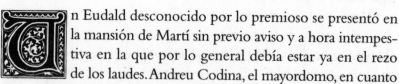n Eudald desconocido por lo premioso se presentó en la mansión de Martí sin previo aviso y a hora intempestiva en la que por lo general debía estar ya en el rezo de los laudes. Andreu Codina, el mayordomo, en cuanto fue avisado, acudió a su encuentro sin demora, y halló al canónigo midiendo el inmenso vestíbulo a grandes zancadas.

—Padre Llobet, ¿ocurre algo?

—Muchas cosas y nada bueno. ¿Está el señor?

—Don Martí está en su gabinete...

—¡He de verlo con urgencia!

—Mejor pasad a la estancia principal del primer piso, allí aguardaréis mejor.

El sacerdote siguió al mayordomo por los pasillos que tan bien conocía y, una vez en el salón, se dispuso a aguardar a su amigo.

Éste acudió al punto mostrando en su rostro la inquietud que el mensaje de su mayordomo le había transmitido.

—¿Qué ocurre, Eudald, qué grave cuestión os trae a mi casa tan a deshora?

—Decís bien, algo muy grave... Pero mejor sentémonos, pues la explicación puede ser larga y de seguro me obligaréis a que sea prolija.

Los dos hombres se acomodaron junto a la apagada chimenea; Martí, debido a su ansiedad, lo hizo en el borde de un arcón moruno que presidía el espacio.

—Os escucho, Eudald. Hablad, me tenéis sobre ascuas.

—Sobre ascuas estaréis cuando os lo cuente.

—Más motivo para que no os demoréis.

—Está bien, voy a hacerlo desde el principio.

Martí era todo oídos.

—Como bien sabéis, las casualidades, que para mí son siempre la Providencia, rigen nuestras vidas, y esta tarde he tenido una clara muestra de ello.

—Por favor, no os demoréis en los preliminares.

—Hoy, después de comer, he acudido a palacio requerido por la condesa. Ya la conocéis, es caprichosa e imprevisible, y cuando algo bulle en su cabeza, todos hemos de estar a su servicio.

Martí asintió con un gesto.

—A la salida de la reunión, cuyo contenido ni os afecta ni viene al caso, me ha detenido Delfín, su bufón, que a mi criterio es mucho más que eso. Algún día el condado agradecerá los servicios que de forma muy discreta ha realizado y realiza para el mejor gobierno de la ciudad. Ignoro si es debido a su tamaño o a la facilidad que tiene para confundirse con el entorno, el caso es que estoy seguro de que es el personaje mejor informado de la corte. Me ha llevado a la pequeña cámara que está junto al gabinete de Almodis y me ha explicado una historia sorprendente.

Martí seguía concentrado en la narración que le contaba su amigo y benefactor.

—Hoy por la mañana, y obligado por la condesa, estaba jugando con los condesitos al escondite y se había ocultado en una de las medias armaduras que ornan la sala de trofeos de palacio. Allí encogido, debería aguardar a que lo descubrieran antes de comer y de no conseguirlo ganaría el pequeño premio metálico con el que la condesa incentiva el espíritu de colaboración de sus hijos pequeños. En ello estaba, en postura por cierto harto incómoda, cuando fue introducido en el salón un personaje, según me ha relatado, de aspecto muy inquietante, albino y por lo visto poseedor de unos ojos de un azul pálido casi líquido, al que jamás había visto por palacio. Al cabo de poco llegó el consejero de abastos, que lo trató con grandes miramientos. Sentados ambos junto a la armadura, su fino

653

oído, acostumbrado a escuchar entre cortinajes, detectó la conversación que ahora os desvelaré.

Llegado a este punto el arcediano relató a su amigo los pormenores de la conversación entre el consejero y su esbirro.

—Pero, por desgracia, Delfín no pudo oír el final de la misma pues llegado a un punto se levantaron para irse y continuaron su charla junto a la puerta lejos del oído del bufón. ¿Os dais cuenta del riesgo que comporta todo ello?

Martí se hizo cargo al instante de las implicaciones que representaba el hecho de que todo aquello fuera conocido por su enemigo.

—Soy consciente.

—La única ventaja es que él no sabe que vos lo sabéis.

—A mí no me amedrenta, aunque reconozco que es mal enemigo... Pero me preocupa Ruth.

—En ella principalmente he pensado al acudir a vos con tanta premura.

—Habrá que reflexionar y ver qué armas nos quedan.

—Yo ya lo he ido haciendo.

—¿Qué se os ocurre?

—Procedamos por partes. Ruth estará dentro de la ley hasta dentro de casi dos semanas. Tenemos por tanto catorce días para adoptar soluciones. Cuando se haga efectiva la sentencia únicamente le quedarán dos vías. ¿Me seguís?

—Perfectamente, proseguid.

—La primera, marchar al destierro junto a su madre.

—Olvidadla: las familias políticas de sus hermanas no la quieren, ni ella querrá irse.

—La segunda es algo compleja de explicar.

—Cuanto antes comencéis, antes terminaremos.

—Si Ruth se convirtiera a nuestra religión, aunque fuera falsamente, y un cristiano la desposara, sería a la vez cristiana y pertenecería a la familia de su esposo, por lo cual no habría incumplido sentencia alguna.

Martí entendió al instante la propuesta de Llobet.

—El juramento que le hice a Baruj invalida vuestra proposición.

—No, si yo os eximo de él para evitar un mal mayor. Mi primera obligación es salvar a Ruth. Vuestro juramento puede ser levantado. Si no hacemos lo que os propongo, la muchacha, como os he dicho, deberá marchar al destierro o será encarcelada...

—Y ¿qué dice vuestra escrupulosa conciencia al respecto de cometer un quebrantamiento de la ley que roza olvidaros de vuestros principios?

—Voy a ir contra ellos, pero si consiente en ser una falsa conversa me prestaré a la comedia y la bautizaré, por mor de salvar su vida, a fin de que se pueda realizar el resto del plan. Tal como están ahora las cosas, todos estáis en peligro.

—Y ¿cuál es el resto del plan?

—Es evidente que deberéis desposarla, y antes de que la sentencia sea firme. Siendo vuestra esposa, el destierro no la afecta. Ya sabéis cómo son las leyes. La judía que se convierte y se casa con cristiano es cristiana a todos los efectos y ninguna ley, ni orden, ni sentencia que afecten a la comunidad hebrea la atañerá a ella. Una única condición os exigiré.

—¿Cuál es?

—La ley hebraica no reconoce el matrimonio en tanto no sea consumado. Por eso no deberéis yacer con ella. De esta manera, todo se cumplirá sin que medie ofensa para ninguna de las dos religiones y para que el juramento que hicisteis a Baruj siga vigente. Cuando haya escampado la tormenta, podéis repudiarla alegando que ella se negó a consumar el himeneo; de esta manera ambos quedaréis libres.

Martí quedó unos instantes pensativo.

—Por mi parte no tengo inconveniente alguno, Eudald, pero hemos de contar con su consentimiento.

—No os preocupéis, yo hablaré con Ruth. ¿Vos aceptáis?

—Desde luego.

—Entonces os relevo en este momento de vuestro juramento y os pido que la desposéis como falsa conversa permitiéndole continuar con sus ritos dentro de vuestra casa. Ahora atendamos a esta emergencia. Luego, Dios dirá...

Esa misma noche, Llobet se reunió con la muchacha bajo los soportales de la terraza del segundo piso a la que se abrían todos los dormitorios principales. Ruth, tras la muerte de su padre, había adelgazado notablemente. Ataviada con un vestido blanco, parecía un espectro. Eudald la aguardaba en una de las ligeras sillas que había en el mirador consciente de la responsabilidad que en aquel momento adquiría, sin embargo seguro que era lo que procedía, pues su primera obligación era amar al prójimo, y su acto, pese a que arañaba a su conciencia, era el único que podía salvar a aquel ser desvalido, juguete del viento del destino. Una luna nimbada por un halo traslúcido iba a ser el mudo testigo de un suceso que cambiaría la vida de dos personas.

La joven se llegó hasta su altura y con una voz que se había roto a efecto del llanto, indagó:

—¿Me habéis hecho llamar?

—Sí, Ruth. Siéntate a mi lado y escúchame con atención.

El religioso, que la conocía desde que gateaba por el jardín, entre las piernas de su padre, la seguía tuteando.

—Estás muy desmejorada, Ruth; tu padre no querría verte de esta manera.

—Mi padre, don Eudald, ya no me puede ver ni de ésta ni de ninguna otra manera.

—Claro está, pero igual que él cumplió con su destino expresándote sus últimas voluntades como creyó que era su obligación, la tuya precisamente, porque fue su deseo antes de dar su vida, debe ser vivir.

—Nada puedo hacer; me vienen a la memoria todas las veces que le afligí y daría media vida por poder hablar con él un rato. No fui una buena hija, padre, y aunque él me perdonó, me consta que no correspondí al amor que siempre me prodigó con excelencia.

—Él, aunque no lo creas, te está viendo desde detrás de esta luna y tú, para complacerle, debes hacer lo que él dispuso. Además, hay algo más que debes tener en cuenta, y es la seguridad de Martí.

Al oír el nombre, algo se abrió paso en su mente y sus ojos reflejaron un interés que antes no tenían.

—Os escucho.

—En primer lugar, él ha ido a retirar la llave de vuestra casa, tal como le solicitó tu padre. —El arcediano respiró hondo antes de proseguir—: Verás, Ruth, todo es complejo. De una parte y sin duda debemos proteger tu vida, y por la otra Martí no olvida el juramento que hizo a tu padre antes de morir.

—No os entiendo.

Al cabo de un rato Eudald había explicado punto por punto toda la trama que había puesto al descubierto Delfín, los peligros que se cernían sobre su cabeza y todo lo maquinado con Martí.

Ruth, con una expresión jamás advertida anteriormente por el clérigo, respondió:

—Mirad, padre Llobet. ¿Os ha dicho Martí que antes de morir mi padre habló a solas conmigo? Sus palabras no se me olvidarán nunca. Me dijo que aceptaba su destino porque en su interior sabía que había actuado con honradez, y me pidió que, pasara lo que pasase, yo hiciera lo mismo. —Ruth hizo una pausa, y sus ojos se llenaron de lágrimas—. Pues bien, os voy a decir algo que sé que vuestro corazón conoce desde hace mucho tiempo. Desde que vi a Martí por primera vez, no he vivido para otra cosa que para amarlo, he soñado con él despierta y dormida, ausente o presente. Sé que estas cosas raramente ocurren y en menor cantidad cuando se es tan niña como era yo, pero ocurrió y es inamovible. Martí es mi vida, mi norte y el motivo de mi existencia. Ahora me ofrecéis ser su esposa ante los hombres, un hecho que colmaría todos mis sueños... En otras circunstancias.

—¿Qué quieres decir?

El rostro de Ruth mostraba ahora una belleza serena y su tono de voz no admitía réplica.

—No voy a vivir en contra de mi verdad, padre Llobet. Si Martí me ama y quiere hacerme su esposa, seré la mujer más feliz del mundo, pero no aceptaré un matrimonio fingido, aunque eso me cueste separarme de él. Además, no quiero ponerle en peligro de contravenir la ley albergando a una proscrita, y dentro de unos días lo seré...

—Ruth, piénsalo bien...

—No hay nada que pensar, padre. Ésa es mi decisión. Pero os

pido un último favor: los míos ya no me quieren, y no deseo ser una carga para mis hermanas ni para nadie. No pienso seguir profesando una religión que me repudia: ésa es mi verdad, y sé que mi padre la aceptaría. Bautizadme, os lo ruego.

Y el padre Llobet, con mano temblorosa y el corazón encogido ante el valor de la muchacha, accedió.

Aquella tarde, antes de que Martí regresara de sus quehaceres, una delgada Ruth, vestida de negro, abandonaba la casa de la plaza cerca de Sant Miquel acompañada por el buen sacerdote.

Martí llegó a su casa, esperando hallar en ella al religioso, para que le informara sobre lo acontecido con Ruth. En su lugar, un entristecido Omar le comunicó que Ruth se había marchado, aunque el sacerdote había dejado recado de que no se preocupara, ya que se lo explicaría todo esa misma noche. Cuando todavía no se había recuperado de la sorpresa, la voz alterada de Andreu Codina interrumpió sus pensamientos:

—Señor, ha llegado un mensajero desde Empúries; antes de caer desmayado de su caballo ha dicho algo.

—¿Y qué ha dicho? ¡Por Dios bendito, Andreu!

—Señor, al parecer han quemado las tierras de vuestra casa de Gerona. Mateu ha muerto y vuestra madre está muy grave por los humos inhalados.

108

La despedida

abalgando día y noche y cambiando monturas llegaron a la masía Barbany al atardecer del día siguiente. Martí abría la marcha y tras él iban Llobet y Jofre. Un olor a humo y a tierra calcinada les asaltó mucho antes de que sus ojos, desde el altozano, se posaran en aquel desastre. Todo lo que eran construcciones aparecía carbonizado: cuadras, graneros, la carpintería, las porquerizas y, lo que era peor, la vivienda. Los bosques de alrededor aún humeaban y en la lejanía se divisaba la primera construcción que se tenía en pie. Clavando cruelmente las espuelas en los ijares de su caballo, Martí se precipitó hacia la casa. A su llegada ladró un can. Casi sin detener su cabalgadura saltó de la silla y se precipitó hacia la aldaba del portalón. Apenas la había golpeado un par de veces cuando la mirilla de la puerta se abrió y los ojos atemorizados de uno de sus aparceros le observaron con desconfianza. El ruido precipitado de pestillos y pasadores le anunció que había sido reconocido.

—¿Dónde está mi madre, Manel?

—Arriba, señor, acostada en nuestro dormitorio. Mi mujer, mis hijos y yo mismo nos hemos arreglado junto al hogar.

De un par de saltos ganó Martí los cinco peldaños que separaban la planta del primer piso, y asomándose al arco de la única habitación pudo observar a una mujer prácticamente irreconocible que, acostada en un humilde catre con las guedejas de su cabello gris desparramadas sobre el cobertor, pugnaba trabajosamente por respirar.

Todos se agolparon en la entrada. Martí se arrodilló a su lado y tomando la mano que pendía a un costado, comenzó a hablarle quedamente.

—¿Qué os han hecho, madre, qué os han hecho?

La mujer alzó los párpados y giró la cabeza hacia su hijo, mientras sus ojos intentaban enfocar el rostro del que le hablaba.

Algo parecido a una sonrisa amaneció en sus resecos labios.

—Sabía que vendrías, Martí, ya me puedo morir.

—Aquí no se va a morir nadie, madre.

Hubo una pausa en tanto las frazadas se agitaban impulsadas por la respiración agotada de la mujer.

Un leve apretón de la mano de su madre indicó a Martí que la agonizante quería decir algo.

—Eran seis o siete encapuchados… llegaron en plena noche… montaban caballos y portaban en sus manos antorchas encendidas… dos de ellos derramaban el líquido de unas ánforas antes de que los otros actuaran… Era fuego del infierno y alguien parecido a Satanás andaba por medio… ni el agua ni el golpeo de las ramas de todos los que acudieron en medio de la noche lograron apagarlo… era horrible… La techumbre de la cuadra cayó sobre el pobre Mateu, que había entrado para intentar soltar a los animales…

Un súbito ataque de tos impidió continuar a la mujer.

—Madre, ¿pudisteis ver algún rostro, algo, un indicio que me dé una pista?

—Los ojos… Martí, los ojos del que parecía mandar… se le cayó la capucha… eran glaucos… de un azul pálido casi líquido… el cabello más claro que la paja… y el rostro marcado por la viruela, pero no te demores, hijo mío, ve a buscar al cura, tengo una charla pendiente con Dios y no quisiera llegar tarde.

Al oír estas palabras, el padre Llobet, que aguardaba en el quicio del arco, se abrió paso hasta la cama mientras con un gesto ordenaba a todos los presentes que se retiraran. Martí le cedió su puesto y se colocó discretamente a un lado. El clérigo se sentó en el borde del lecho de la moribunda, tomando su mano. La expresión interrogante del rostro de la mujer indicó a Eudald que pese al tiempo transcurrido, le había reconocido.

660

—Ya veis, Emma, cómo el Señor hace que nuestros caminos se entrecrucen de nuevo.

—Gracias por cuidar de mi niño tantos años.

—Vuestro difunto marido cuidó de mí mucho mejor. Yo sólo intento saldar una deuda.

—Con él me voy a reunir si es que no está en el infierno.

—Allí no hay nadie, existe, pero está vacío. El Señor, que ama infinitamente a sus hijos no permite que oveja alguna se pierda.

La respiración se hacía por momentos más y más entrecortada.

—Os voy a dar la absolución.

—No os he confesado mis pecados.

—No tenéis pecados.

—Sí, padre. He odiado mucho.

—¿Y quién no, hija mía?

La respiración era casi agónica.

Emma cerró los ojos mientras Eudald le daba la absolución.

Martí se aproximó por el otro lado y le tomó la mano derecha.

Los ojos de su madre le miraron por un instante fijamente.

—Me hubiera gustado mucho irme de este mundo y verte al lado de una mujer que me diera nietos.

Fue en ese instante cuando Martí tuvo la plena certeza de que sólo había una mujer en el mundo con quien deseara tener hijos. Pero Ruth, según le había explicado Llobet en un alto en el camino, no había aceptado el ofrecimiento de un matrimonio blanco y había dejado la protección de su casa para no ponerlo en peligro.

La moribunda murmuró un «que Dios te bendiga» y luego cerró los ojos y ya no volvió a decir palabra. Sólo exhaló un suspiro más hondo que los anteriores; y luego una paz infinita se instaló en su rostro.

Martí se puso en pie y la expresión de su mirada asustó a Eudald.

—¡Juro por Dios vivo que quien haya cometido esta iniquidad la pagará con su vida!

Eudald lo miró con una expresión indefinible. El clérigo se enfrentaba al guerrero.

—No es bueno, Martí, que viváis con este reconcomio dentro. La venganza desagrada a Dios.

—No es venganza: es justicia, Eudald. Además, la Biblia dice: «Ojo por ojo y diente por diente».

La voz de Jofre resonó a su espalda.

—El padre Llobet tiene razón, un refrán de los hombres del mar dice así: «Hay marinos vivos y marinos muertos y los hay prudentes y los hay temerarios; lo que no hay son temerarios vivos». Deja, Martí, que los muertos entierren a los muertos. Tu madre ya se ha reunido con tu padre, descanse en paz.

Al día siguiente y después de enterrar a Emma y al viejo Mateu en el cementerio que estaba junto a la iglesia de Castelló d'Empúries, Martí quiso inspeccionar todo lo que habían sido sus tierras. Entre los restos de la antigua cuadra halló un fragmento de una de las vasijas de loza en las que transportaba el aceite negro de allende los mares con la fecha y su señal grabadas.

—Eudald, he aquí la prueba de la mano que está detrás de todo esto. Sólo existen dos personas que dispongan de este tipo de ánforas: otro y yo. En cuanto llegue a Barcelona, si sois mi amigo me conseguiréis una entrevista con la condesa; quiero mostrar a las gentes del condado la calaña del consejero del conde y ponerlo en la picota.

—Haré lo que dispongáis, pero os repito que será un formidable enemigo.

—Si no hago esto por mi madre, por Laia, por Baruj... no podré considerarme un hombre. Me habéis dicho que respetabais la decisión de Ruth porque ésa era su verdad. Pues bien, ésta es la mía.

—Sea como queráis.

Martí, tras acudir al notario a fin de repartir las tierras del predio de su madre entre las personas que habían compartido su vida con ella, regresó a Barcelona junto a sus dos amigos. En su corazón anidaban dos sentimientos encontrados: junto al amor que ahora tenía la certeza que profesaba a Ruth y la necesidad de convertirla en su esposa para siempre, anidaba un odio feroz hacia el ser que mayor daño le había causado a lo largo y ancho de su vida: el consejero del conde, Bernat Montcusí.

109

En palacio

adie aguardaba en la antesala. Un ujier había introducido al visitante avisado por el confesor de la todopoderosa Almodis. Sin poderlo remediar, un nervioso cosquilleo ascendió por las vértebras de su espalda. Siempre que había tenido ocasión de visitar a la condesa, le sucedía lo mismo.

Al cabo de un breve tiempo, una puerta lateral se abrió y la corpulenta figura del canónigo ocupó el quicio en su totalidad.

—Podéis pasar, la condesa ha dado su venia.

Martí se puso en pie y tomando su capa del banco donde la había dejado, se dispuso a seguir los pasos de su protector. Mientras caminaban por un estrecho pasillo que daba al gabinete privado, Eudald le puso al corriente de las novedades.

—Recordadlo: deberéis ser breve y conciso. No habléis hasta que ella lo haga y, cuando os interrogue, no os andéis por las ramas. Os dirá sí o no, en todo caso no deberéis insistir, y sobre todo no se os ocurra intentar lisonjearla, le molestan sobremanera los cortesanos aduladores.

—Descuidad, no es mi estilo, ni con la condesa ni con nadie.

—Otra cosa, aunque ella os lo insinúe no le digáis que vuestras sospechas provienen de su bufón. Al entrar, Delfín me ha hecho un gesto significativo. No lo delatéis: perderíamos un aliado.

En éstas estaban cuando llegaron ante la pequeña puerta medio disimulada que se abría en la tapizada pared del gabinete.

Eudald se introdujo en primer lugar y tras él fue Martí.

La condesa Almodis, rodeada de su pequeña corte, entretenía su sobremesa oyendo el sonido de una cítara tañida por Lionor, en tanto el bufón jugueteaba con su perro de aguas y doña Brígida y doña Bárbara andaban enfrascadas en una partida de ajedrez.

Ante una ligera señal del clérigo, Martí se detuvo a prudente distancia y ambos aguardaron inmóviles a que la serenata finalizara y que Almodis tuviera a bien dedicarles su atención.

La cítara dejó de sonar y la condesa, como si no se diera cuenta de que aguardaban visitantes, se dirigió al enano, cosa que acostumbraba a hacer para desconcertar a la gente que acudía a solicitar algo.

—Delfín, ¿es en verdad muy difícil conseguir que cuando escucho música dejes al perro en paz?

El corcovado, irónico y mordaz como de costumbre, respondió:

—Decídselo al perro. Él es el que me provoca; ha tomado afición por mis pantorrillas y si no me defiendo puedo morir. Para vos quizá sea un perro faldero, pero para mi tamaño resulta un lobo.

—Está bien, pues ahora mis damas, tú y el lobo me vais a dejar. He de despachar con mi confesor y el señor Barbany.

La pequeña corte partió y una vez cerradas las puertas un silencio hondo se instaló entre ellos, provocado expresamente por la condesa que tanteaba de esta manera el proceder de sus visitantes.

Unos instantes después, Almodis se dirigió a ellos, como si fuera una sorpresa la presencia de extraños en su alcoba.

—¡Qué agradable encuentro! Sed bienvenido, Martí Barbany. El padre Llobet siempre logra sorprenderme. ¿Qué asunto os trae hasta mi presencia?

—Me he atrevido a molestaros para solicitar algo que es de estricta justicia y que a la larga o a la corta reportará beneficios al servicio del conde —empezó Martí.

—No me respondáis con acertijos a los que soy poco dada, ni pretendáis crearme expectativas. Es mejor para todos que vayáis al grano.

Martí se maldijo por haber olvidado una de las reglas básicas que Llobet le había recomendado.

—Está bien, señora. Hay en la corte gentes que miran más por su propio provecho que por el bien de Barcelona.

—Nada nuevo me decís —dijo la condesa con una sonrisa—. Sé bien que en un jardín y entre las rosas hay espinas y entre la fruta gusanos.

—La comparación sirve al caso, y no sería importante si no fuere que la persona a la que aludo es muy cercana al conde y me atrevo a decir que su talante no es el de un buen y leal consejero.

Almodis, lenta y deliberadamente, haciendo hincapié en el tono, respondió:

—En la corte, señor mío, hay leales súbditos y cortesanos mendaces. Sé bien quién es mi amigo y partidario, y a quién debo soportar porque divierte o entretiene al conde, halagándolo. No todos son de mi gusto: a unos los frecuento y a otros los tolero. Pero incluso yo debo ir con cuidado con mis acusaciones. No voy a cometer la torpeza de privar a mi augusto esposo de un juguete con el que está encaprichado. Si tenéis algo concreto que decir, hacedlo.

Eudald cruzó con Martí una rápida y significativa mirada.

—Está bien. El consejero de abastos sirve al condado en tanto se sirve a sí mismo y para ello no repara en medios. Debo acusarlo y lo acuso de haber incendiado una masía de mi propiedad, provocado la muerte de mi madre y de un fiel sirviente y también de ser el causante del suicidio de su propia hijastra.

Almodis clavó fijamente sus verdes pupilas en el rostro de Martí.

—Lo que decís es muy comprometido, y debéis tener pruebas antes de hacerlo público.

—No es todo, y no quisiera abrumaros con mis cuitas.

—Habéis venido a hablar. Hacedlo.

—Está bien; cegó y cortó la lengua a una liberta, sin derecho a hacerlo, y carga la mano en el reparto de puestos en el mercado, desviando cantidades ingentes a su bolsa.

Tras otra larga pausa, la condesa preguntó:

—¿Y qué pretendéis que haga?

—Que me autoricéis a demandarlo en vista pública y ante todo el pueblo.

—Eso no está en mi mano. Como consejero condal no puede ser demandado por un súbdito.

—Entonces, ¿los maleantes están protegidos si son poderosos?

—No es exacto, mas si el pueblo llano pudiera litigar con los consejeros, los motivos serían la envidia y la venganza, y al igual que un plebeyo no puede querellarse contra un noble, a un consejero únicamente puede acusarlo otro consejero. Es una ley que no puede dejarse de lado.

—Bernat Montcusí es ciudadano de Barcelona y vos me concedisteis igual honor.

—¿Qué insinuáis?

—Que según las leyes de las que me habláis, un ciudadano deberá poder querellarse contra otro ciudadano.

—No, si éste es de rango superior.

—Entonces, señora —dijo Martí en un duro tono de voz—, permitidme deciros que ley que no atiende a la razón de los débiles, no es ley.

—A fe mía que sois tenaz, Martí Barbany.

—La razón y la Biblia me asisten.

—Tal vez exista una solución, pero es harto arriesgada…

—No me importan los riesgos.

Almodis le indicó con una mirada que se calmara.

—Veréis, un ciudadano puede entablar contra otro ciudadano, aunque éste sea de rango superior, una *litis honoris*.

—Y ¿en qué consiste?

—Es una batalla dialéctica y pública donde el ofendido acusa al ofensor, pero únicamente afecta, tal como dice el título, al honor de ambos —explicó Eudald.

—¿Por qué de ambos?

—Porque el acusado no únicamente puede defenderse, sino que también tiene el derecho de acusar.

—Entonces, ¿ofendido y ofensor están en iguales condiciones?

—No, Martí. El ofensor sólo puede acusar en su propia defensa y deberá hacerlo sobre las cuestiones que haya puesto sobre la mesa el ofendido.

—Mirad bien si os conviene —terció Almodis—. En el supuesto

de que convenciera a mi esposo, cosa harto improbable, podéis salir trasquilado. Bernat Montcusí tiene fama de ser un polemista aguerrido y asaz bien informado.

Martí recapacitó.

—Y ¿cuál es la condena en caso de que pueda demostrar mis acusaciones?

Eudald aclaró:

—Únicamente el conde deberá considerar, asesorado por los jueces, si hay mentira y falta al honor. En caso de que así fuere, la única pena son el destierro temporal y la reposición del daño si éste afectara al conde.

—Lo que os ofrezco es harto importante —añadió Almodis—. La consecuencia de una falta al honor de un consejero se considera un baldón infamante que lo inhabilita para posteriores empleos y cargos.

Eudald volvió a explicarse:

—Se hace una vista pública. Todas las gentes de igual rango que los litigantes podrán asistir; la nobleza ocupa un estrado, el clero otro y los ciudadanos de Barcelona el tercero; el conde y los tres jueces presiden las sesiones, que duran varios días hasta que, finalmente, el tribunal da por cerrado el tema.

—¿Continuáis deseando que le pida a mi esposo esta licencia?

—No solamente lo deseo, sino que jamás olvidaré esta gracia.

—Tened en cuenta, amigo mío, que las cañas se pueden tornar lanzas. El consejero, en una *litis honoris*, puede llegar a ser un terrible rival y es tan notorio el lance que en toda mi vida he sido espectadora de tan sólo uno. Os aseguro que algo así paralizará la ciudad.

—Señora, hasta ese día no descansaré.

—Entonces, si deseáis eso, que así sea. Pero debo deciros que si no os sale como es vuestro deseo, no podré volver a recibiros en audiencia.

—Si no consigo que caiga sobre él el baldón infamante del deshonor, el que marchará de esta bendita ciudad seré yo, y nada me importará el lugar donde entierren mis huesos.

110

Preparando la vista pública

as voces del consejero económico del condado se escuchaban a través de las paredes. Un aterrorizado Conrad Brufau estaba atento en su mesa de la antecámara por si era llamado súbitamente y, al no acudir de inmediato, pagara el pato de algo que todavía ignoraba.

La campanilla sonó insistentemente y el secretario se precipitó hacia el interior.

—¿Habéis llamado, señor?

—¡Estoy llamando, necio! ¿Es que no lo oyes?

—He acudido al instante, señor.

—Tráeme todos los permisos que le otorgué a Martí Barbany para que pudiera abrir su maldito almacén, todas las prórrogas, todos los negocios que requirieron mi aprobación y el resumen de sus visitas. Voy a acabar con este mal nacido.

Brufau conocía a su jefe y sabía cuándo tenía ganas de hablar.

—¿Ha ocurrido algo?

—¿Que si ha ocurrido algo, dices? —El consejero medía a grandes pasos su despacho—. Este hijo de mala madre ha tenido la osadía de demandar del conde una *litis honoris* contra mi persona, lo que es del todo nefando y por más inconveniente. Pero lo peor es que el conde ha accedido.

—¿Y cómo ha sido posible que se haya autorizado?

—Estoy seguro de que tras todo ello anda la condesa, que es quien de verdad manda en estas tierras.

—Pero ¿cabe tanta ingratitud?

—Ya ves, Conrad, cría cuervos y te sacarán los ojos.

—A lo largo de mi vida había oído hablar de ello, cuando los acuerdos de Mir Geribert con el monasterio de Sant Cugat, pero jamás pensé que en los tiempos actuales siguiera persistiendo esa antigua costumbre.

—Pues sí existe, y ahora se intenta implicar en una al más fiel y entregado servidor de los condes. Pero te juro que este mentecato osado y lenguaraz va a salir trasquilado de este envite y no voy a parar hasta que lo eche de Barcelona. ¡Y pensar que estuve a punto de consentir que fuera mi yerno! Por cierto, busca a Luciano Santángel y dile que necesito verle urgentemente.

La noticia corrió por la ciudad cual riera desbordada. El acontecimiento comenzaría el 3 de febrero poco después de la hora tercia y se prolongaría las fechas que fuera necesario. Una *litis honoris*, además pública, era un acontecimiento extraordinario. Desde los salones de las mansiones, pasando por el palacio y descendiendo hasta el mercado, todos se hacían lenguas del suceso. Al tratarse de dos personajes muy conocidos, de inmediato se crearon dos bandos. A Martí se le quería y respetaba, pues había traído a los habitantes de la ciudad una era de prosperidad marcada por un sinfín de ventajas incuestionables, comenzando por los molinos que habían acercado el agua a Barcelona, siguiendo por el almacén que había facilitado la vida a las mujeres y sobre todo por la iluminación que había proporcionado una seguridad nocturna de la que anteriormente la ciudad carecía. De otra parte, los que habían sido beneficiados por el consejero y sobre todo la clientela que todos los días acudía a sus dependencias en demanda de favores se ponían de parte de Montcusí.

Almodis, que conocía el carácter errático de su esposo, aprovechó la coyuntura de un comentario negativo al respecto del consejero de mercados, para meter una cuña en su coraza y hacerle dudar de su honorabilidad. Ramón, que era muy impulsivo, cedió con cierta perversidad ansiando saber cómo se saldría el astuto Montcusí de aquel mal paso. De lograrlo, subiría en su consideración y en caso contrario lo apartaría de su lado durante un tiempo.

Los jueces Ponç Bonfill March, Frederic Fortuny i Carratalà y Eusebi Vidiella i Montclús, constituían el tribunal. El notario mayor Guillem de Valderribes y el veguer Olderich de Pellicer fueron los encargados de organizar el acontecimiento, que iba a durar varios días. La demanda de licencias para acudir al mismo fue desorbitada. A pesar de que los menestrales, obreros, trabajadores del campo y gentes de la ribera tenían vetada la entrada, el número de ciudadanos de Barcelona que demandaron asistencia, curiosos e intrigados por acontecimiento tan inusual, desbordó cualquier previsión. Por su parte, la nobleza y el clero iban a saturar, con creces, el espacio a ellos destinado.

El acto se iba a celebrar en un principio en el salón del Palacio Condal, pero dada el gran número de gentes que quería asistir se habilitó un espacio en la Casa de la Ciudad donde se podían reunir más de trescientas personas, y quedó constituido según las normas preestablecidas. En la presidencia se instalarían los tronos de la pareja condal y bajo ella la mesa en la que los jueces se iban a acomodar; a un costado y a otro, dos pequeñas tarimas con atriles en donde se colocarían ambos contendientes, y a su lado sendas mesillas para disponer los documentos que cada uno precisara. Luego, en frente y en abanico, se instalarían tres tribunas: la de la nobleza a la derecha y la de la ciudadanía a la izquierda, separadas ambas por la correspondiente al clero. El trajín de carpinteros que montaban tarimas, tapiceros que forraban tronos y estereros que cubrían el suelo de alfombras y de tapices las paredes era continuo, y ante la premura del acontecimiento se trabajaba día y noche.

Martí había adquirido la costumbre de visitar a Eudald al caer la tarde a fin de comentar con él las acusaciones que pensaba hacer buscando los flancos débiles de su enemigo. La luz de la ventana del primer piso, perteneciente al aposento del clérigo, lucía prendida hasta altas horas. Eudald le aconsejaba indicándole sobre todo la actitud que debería adoptar ante los jueces, que sin duda estarían mediatizados por el poder del consejero.

—Recordad si llamáis a testigos, que yo no podré refrendar cosa alguna por mi condición de confesor de Montcusí.

—¿Deberá defenderse de mis imputaciones personalmente o puede comparecer acompañado de un licenciado?

—Él y vos sois los únicos que podéis subir al estrado; ello no es obstáculo para que le acompañe en la mesa, a título de consultor, quien considere oportuno.

La cabeza de Martí bullía de ideas a las que trataba de poner orden, ya que una acusación debería ir detrás de otra, teniendo en cuenta que antes de cerrar el tema sería interpelado e interrogado por su oponente, que intentaría confundirle.

De noche cerrada, salía de la Pia Almoina para regresar a su casa y continuar despierto en su escritorio, dando vueltas a las mil implicaciones que se abrían todos los días, llegando a la conclusión de que el tema se había convertido en un monstruo de siete cabezas que cuando creía tener una cercenada, salía otra en su lugar. Cuando, ya de madrugada, se dirigía a sus habitaciones para caer rendido durante unos momentos, al pasar por delante de la vacía alcoba de Ruth, pensaba en la triste suerte que representaba el haber tenido tan cerca a la mujer que ahora evocaba en sueños y se prometía que, en cuanto finalizara la vista, iría en su busca.

En el despacho de Montcusí, éste y su siniestro invitado ultimaban sus planes.

—Disponéis de nueve días de tiempo. El ciudadano Barbany deberá tener un percance que le impida acudir a la *litis* en la plenitud de sus capacidades mentales.

—Y ¿si tal vez no pudiera acudir a parte alguna nunca más?

—Mejor me lo ponéis. Sin embargo, debo aclararos que el hecho nada debe tener de extraordinario: deberá ser un contratiempo vulgar que pudiera ocurrirle a cualquier ciudadano.

—Cuando el sol se pone todos los gatos son pardos y quién sabe lo que aguarda a los noctámbulos.

—¿Qué insinuáis?

—¿No me encomendasteis que lo siguiera? Pues eso he hecho, suponiendo que mis obligaciones no habían finalizado.

—Admirable diligencia la vuestra.

—Hace muchos años que ejerzo el oficio, y la experiencia me dice que una misión no termina hasta que no se resuelve el problema. El mero hecho de informaros no implica que a vuestro enemigo se lo haya tragado la tierra.

—¿Entonces?

—Pues que cuando se me encarga proseguir el trabajo, cosa que ya habéis hecho, intento tener la tarea adelantada.

—Decidme, pues, adónde os han llevado vuestras indagaciones.

—A saber que cada anochecer se desplaza hasta la Pia Almoina y allí permanece hasta medianoche.

Montcusí no pudo evitar una sonrisa.

—Proceded como gustéis. La recompensa os permitirá retiraros al campo, lo que según me habéis dicho, es vuestra máxima aspiración.

—Efectivamente, la vida bucólica me complace. Odio el ajetreo de esta Barcelona que se está poniendo imposible. Soy un hombre sencillo, de austeras costumbres. Añoro el sonido del viento entre las hojas y el murmullo de un arroyo cristalino sobre unas lascas de piedra. Aspiro a terminar mis pacíficos días como un campesino, yendo a las ferias a vender los productos de la tierra.

—Pues hacedme este último servicio y yo convertiré vuestro sueño en realidad.

—Dejadlo de mi mano y dormid tranquilo, sería la primera vez que saliendo de cacería no cobrara una pieza.

—Cuando la tengáis en el zurrón, dejad transcurrir unos días antes de acudir a mí a recoger el fruto de vuestro trabajo. No quiero que nadie asocie vuestra presencia con los luctuosos hechos que anunciáis.

Y tras estas palabras, Bernat Montcusí respiró complacido en tanto que Luciano Santángel, asesino profesional, sonreía para sus adentros.

111

El ataque

legó febrero, y el día 2 se pagaban las licencias para presenciar la *litis honoris* del día siguiente a precios de escándalo. No únicamente se negociaban entre los ciudadanos de Barcelona sino incluso, y bajo mano, algún noble venido a menos intentaba cambiar el lustre de sus escudos nobiliarios por otros de menor abolengo pero de común circulación que aligeraran las penurias de sus apolilladas arcas. Los curiosos que no iban a tener derecho a presenciar el acto transitaban cerca de la Casa de la Ciudad para hacerse eco de las comidillas que entre dimes y diretes circulaban entre los corros que se arremolinaban en las escaleras de la casa grande, mientras lanzaban sus opiniones en voz alta como si fueran uno de los jueces togados que iban a dirimir las razones de uno y otro bando. El veguer, Olderich de Pellicer, había colocado a casi toda su gente en los aledaños de la plaza, armados de chuzo de punta de hierro y adarga, descuidando otros rincones de la ciudad en los que suponía que aquella jornada no debería haber problemas ni incidentes notorios.

Al caer la noche, un hombre embozado se dirigía desde la bajada de Viladecols hacia los arcos del pasaje de l'Infant, que limitaba con la parte sur de la Pia Almoina. Allí, tras observar detalladamente la calleja mirando a uno y a otro lado y asegurarse de que no había nadie en ella, se detuvo junto al soporte de hierro que sustentaba la jaula donde ardía la mecha empapada en el preciado líquido, y extrajo de debajo de su capa una pértiga de madera que se alargaba dotada en su extremo de un capuchón de cobre, extendió el brazo y lo colocó encima de la llama, dejando sin aire el fanal que al instante apagó su luz y sumió el pasaje en la más absoluta oscuridad. Tras esta operación se ocultó en uno de los portales que se abrían al pasaje y comenzó la paciente espera que tan pingües beneficios le iba a reportar.

—Mejor que os retiréis a dormir, Martí. Mañana, mejor dicho dentro de un rato, os espera una tarea harto complicada. Deberéis tener la cabeza clara y el espíritu sereno y bueno será que intentéis dedicar un tiempo al descanso.

—Seguiré vuestro consejo por complaceros. Voy a estar dando vueltas en el lecho hasta que salga el sol.

Sólo había otro asunto que le quitaba el sueño a Martí.

—Decidme, Eudald, ¿qué nuevas tenéis de Ruth? —En ese momento la echaba en falta más que nunca.

—Tranquilo. Ya os dije que se encuentra bien. No temáis por ella —respondió el sacerdote—. Ahora tomaos una tila e intentad reposar, pues nada conseguiréis velando y os conviene tener la mente diáfana. Vais a tener ante vos un enemigo taimado que se juega su crédito en el envite y que antes de caer en desprestigio ante la corte y el conde, se defenderá como gato panza arriba y a no dudar recurrirá a cualquier artimaña por sórdida que sea.

Martí recogió su capa del perchero y se la colocó, ajustándola al cuello. Antes de salir, dijo:

—He repasado con vos más de cien veces las alegaciones, me he hecho mil preguntas sobre los posibles argumentos de alguien que, en su desespero, empleará cualquier argucia, y siempre encuentro alguna brecha por donde pueda escaparse y en la que no había pensado. No quiero que tal cosa ocurra. Se lo debo a mi madre, a Laia y a Ruth...

El sacerdote, que le acompañaba hasta la puerta de su despacho, argumentó:

—Si la *litis* fuera dentro de cien días, seguiríais pensando cien noches más. Id en paz y descansad. Mañana, poco después de la hora tercia, dará comienzo el negocio más arriesgado que hayáis emprendido a lo largo de vuestra vida y del que va a depender vuestro futuro. Recordad la recomendación de vuestro padre en la hora suprema de su muerte: «El único bien que un hombre debe defender hasta morir es el honor».

—También a él se lo debo. Adiós, Eudald.

—Hoy es una noche especial; dadme un abrazo, hijo mío.

Ambos hombres se dieron un fuerte abrazo y luego Martí partió hacia la entrada de la Pia Almoina, donde un adormilado lego le saludó desde detrás de una mesa alumbrada por una triste candela.

La noche era tibia. Un cielo cubierto que amenazaba lluvia cubría la ciudad. Martí dobló la esquina del pasaje de l'Infant y, con la mente ocupada en la tensa situación que le esperaba en unas horas, se internó en él. Algo inusual llamó su atención. Acostumbrado como estaba a controlar sus faroles, observó distraídamente que el que debía alumbrar la travesía estaba apagado. Se le ocurrió que si coincidía con la ronda daría el aviso para que se reparara y sin más continuó su ruta.

Luciano Santángel aguardaba paciente a que su presa asomara por la esquina. Desde la oscuridad del zaguán y apoyado en el quicio observaba atentamente la embocadura. En el momento en que la silueta de Martí se dibujó en el extremo de la calleja, todos sus músculos se pusieron en tensión. Su mano diestra palpó instintivamente la empuñadura de asta de ciervo del puñal de doble hoja, su herramienta preferida, con la que nunca había fallado un golpe. Conociendo los procedimientos del cazador experimentado, aspiró profunda y lentamente el aire y lo expulsó de sus pulmones hasta tres veces. La sombra de su presa avanzaba lenta pero inexorablemente. Llevaba los escarpines forrados de saco de modo que su asalto fuera silencioso y rápido. La táctica la había empleado en infinidad de ocasiones y no tenía posible fallo. Aguardaba quieto en la sombra hasta que el incauto rebasara el lugar donde se ocultaba, entonces salía tras su huella y al llegar a su espalda sacaba de debajo de su capote el puñal de emponzoñado filo y asestaba con él un golpe seco entre las costillas del lado del corazón, siempre de abajo a arriba; cuando la víctima se desplomaba, realizaba una rápida incisión en el cuello a fin de que no gritara pidiendo auxilio.

El momento ya había llegado. Dejó que el hombre le sobrepasara y cuando lo hubo hecho se lanzó a la calle. En dos silenciosas zancadas estuvo a su espalda. Una aviesa sonrisa asomó en sus labios pensando en su soldada y la hoja plateada brilló en su diestra.

112

Litis honoris

n ingente número de ciudadanos se apelotonaba en el gran salón de la Casa de la Ciudad. Desde primeras horas de la mañana se había ido formando una cola interminable cuyos integrantes aguardaban pacientemente a que se abrieran las puertas para conseguir el mejor sitio posible. La nobleza y el clero tenían acceso por una puerta lateral, pero dos horas antes del anunciado acontecimiento sus tribunas ya se veían atestadas. Las damas lucían sus mejores galas, compitiendo entre ellas en riqueza y distinción como si de un fasto urbano se tratara. Briales magníficos, sobrepellices ornados de pasamanería, pellotes de rico damasco, adornos de perlas y corales, tocas y cofias sujetas bajo la barbilla mediante pañoletas bordadas de encaje, diademas y demás aderezos. Los caballeros lucían recamados terciopelos en sus túnicas, recortados los cuadrados escotes con dorados adornos, embutidas sus piernas en calzas de seda y calzando finos borceguíes, ceñían su cintura con tahalíes del mejor cuero cordobés de los que pendían espadas y dagas cuya empuñadura de asta o marfil era una auténtica obra de arte. También en la tribuna del clero se observaba el celo por lucir los atributos propios de cada cargo, sin pecar de soberbia pero cuidando de dejar clara la condición de cada cual.

La luz entraba por los ocho ventanales laterales que se abrían en los muros de piedra en forma de embudo, cual gigantescas troneras, reforzada desde los techos por doce grandes coronas de hierro forjado, sujetas al centro por cuatro radios pendientes de una cadena que soportaban doce inmensos cirios. Al fondo del salón se había montado una gran tarima sobre la que se veía la mesa de torneadas patas tras la que se sentaba el tribunal; a ambos costados se hallaban los atriles y pupitres de los litigantes y detrás de estos, los bancos de la *Curia Comitis*. Detrás de los jueces, en un nivel más elevado y sobre un damasco de fondo de estrechas franjas rojas y gualdas, se alzaban los adoselados tronos en los que se iban a sentar Ramón Berenguer y Almodis de la Marca.

Ya se había sobrepasado la hora tercia y los guardias tuvieron que cerrar las puertas por las que entraban los ciudadanos de Barcelona, pues en su tribuna ya no cabía un alma, ya fuere porque se habían facilitado más entradas de las que permitía el aforo o porque alguna ciudadana con faldas muy voluminosas ocupaba más espacio del que le correspondía.

Al dar las campanas el toque de los tres cuartos, los jueces y los componentes de la *Curia Comitis* entraron por la puerta del fondo del salón y se dirigieron a su lugar; poco después, entre el murmullo creciente del público, hizo su entrada, orondo y tranquilo, el consejero económico Bernat Montcusí, que tras saludar pomposamente con la mano alzada a sus partidarios fue a ocupar el espacio a él asignado.

Dos personas particularmente tenían la vista clavada en el atril todavía vacío tras el que se situaría Martí Barbany. A un costado y sin haber recurrido a su influencia para ocupar un mejor lugar en la tribuna de clérigos, un corpulento clérigo, con el hábito de su orden; era el confesor de la condesa. Y al otro lado, junto a una de las barandillas laterales que limitaban la grada, una mujer de mediana edad, discretamente vestida y medio embozada en una capa verde, con el pelo recogido en dos gruesas trenzas que se anudaban en su coronilla mediante un prendedor de carey y cuyos ojos no cesaban de recorrer el salón.

Los tronos de la pareja condal no iban a ser ocupados hasta que ambos litigantes y todo aquel que algo tuviera que ver con el acontecimiento no estuviera en su lugar correspondiente.

Bernat Montcusí estaba de espaldas charlando relajadamente con uno de los nobles que constituían la *Curia Comitis* e incluso parecía sonreír despreocupadamente.

El secretario, Eusebi Vidiella i Montclús, golpeó con un mazo la superficie de la mesa. Al punto se hizo el silencio y con su bien timbrada voz anunció que el tiempo límite de la presentación de los contendientes, que no debía ser muy prolongado, comenzaba a transcurrir, y al decirlo dio vuelta al huso de cristal de un reloj de arena que estaba a su lado sobre el tapete que cubría la mesa. Un murmullo se propagó entre la concurrencia al darse cuenta de que el querellante, sin duda el más interesado en el asunto, aún no había llegado.

Dos veces había ya bajado el mazo el secretario, y Bernat Montcusí continuaba su charla ajeno a todo, como si nada de aquello fuera con él. Cuando faltaban escasos granos de arena para que se diera por concluido el tiempo, la puerta lateral se abrió y, precedido por un ujier, hizo su entrada en el salón Martí Barbany, mostrando el rostro sudoroso y desencajado y en el brazo diestro un aparatoso vendaje. La exclamación de sorpresa de Montcusí no le pasó inadvertida al padre Llobet.

La noche anterior, en cuanto Martí abandonó su aposento, Eudald se dispuso a rezar las oraciones pertinentes. Cuando ya había tomado en sus manos el breviario y se dirigía al reclinatorio, cayó en la cuenta de que Martí, atosigado sin duda por sus preocupaciones, había dejado olvidada en el perchero la gorra genovesa con la que se cubría al anochecer. Rápidamente hizo la composición de lugar. En aquel momento debería estar saliendo del edificio, si no había ya dado la vuelta a la esquina. Llobet tomó en sus manos la prenda, y contando con que su ventana se abría en el primer piso, justamente a medio pasaje, abrió los postigos y asomó su inmensa cabeza entre las ramas de sus rosales, con la idea de lanzarle el adminículo por la ventana. Su mente de soldado se hizo cargo al instante de la situación. Un maleante embozado, de los que tanto abundaban en la ciudad, pretendía asaltar a su amigo que, absorto en sus pensamientos, no había atinado a darse cuenta del ataque. Eudald no lo pensó dos veces: al tiempo que el bellaco sacaba, de debajo de su

679

capote, algo parecido a una daga su potente voz emitió un «¡Martí!» que resonó en la noche como un trueno, y tomando en sus manos una de las grandes macetas de piedra que reposaban en el alféizar de su ventana, la lanzó sobre la sombra que iniciaba el asalto. Martí, al oír el estentóreo aviso de su amigo, se giró e, intuyendo más que viendo el peligro, se cubrió con el antebrazo diestro, que recibió una cuchillada. El asaltante cayó abatido por el peso de un tiesto lleno de tierra que pesaría sus buenas libras.

El cura y el portero salieron en busca del herido. El asaltante yacía a sus pies, todavía con la daga en la mano. Sin demorarse un instante, Eudald se arrodilló a su lado y procedió a desenmascararle. En cuanto le retiró el embozo, lo que más impresionó a los tres hombres fue el glauco reflejo de sus ojos muertos, el color albino de sus lacios cabellos y las profundas marcas de viruela de sus mejillas. No llevaba documento alguno.

Martí llegó a la casona de la plaza cercana a Sant Miquel bien pasada la medianoche, y apenas golpeó la aldaba del portón, cuando una algarabía de voces sonó en el interior. Rápidamente se descorrieron los cerrojos y el ruido de la falleba le anunció que su gente le había estado aguardando en el patio, pues era ésta una hora muy avanzada para retirarse a descansar sabiendo que al día siguiente iba a celebrarse el acto más importante de su vida. La portilla que se recortaba en una de las hojas del gran portón se abrió y Martí se introdujo en su casa. Caterina, demudada, salió a su encuentro y tras ella fueron apareciendo los rostros angustiados de Omar, Andreu Codina, Naima y el resto del personal de su casa, que iba asomando tras las columnas del patio. Aixa, algo más retirada, se acercaba a tientas hacia donde le conducía el sonido del grupo.

—Dios bendito, Martí, ¿qué ha sucedido? ¡Os han herido!

—No es nada, un mal encuentro.

Omar indagó.

—Dejadme ver.

Todos fueron subiendo por la escalera y se dirigieron a la sala central del primer piso.

Martí se desplomó en uno de los divanes y una rara laxitud invadió su espíritu.

Omar cortó el vendaje con una tijera y procedió a descubrir la herida.

—Os han dado una buena cuchillada, ¿tenéis idea de quién ha sido?

—Desconozco su nombre, pero por la descripción que hizo mi madre del hombre que asaltó su masía diría que era el mismo. Los albinos no son comunes y menos aún si tienen los ojos pálidos como el agua y están picados de viruela.

—¿Dónde os ha ocurrido el incidente?

—En el pasaje que hay saliendo de la Pia Almoina, cuando salía de hablar con Eudald.

—Y ¿dónde está el agresor? —preguntó el mayordomo.

—En el depósito municipal. Llobet le arrojó una maceta que por lo menos pesaría un quintal desde la ventana de su aposento. La vigilancia nocturna se hizo cargo de él.

—Y ¿quién os ha realizado la primera cura?

—En la enfermería del convento, el físico de los religiosos me ha suministrado una taza de hierbas y tras desinfectar la herida, la ha vendado.

Omar había ordenado a uno de los criados que acudiera al Viejo Tritón en busca del capitán Jofre, ya que éste, en compañía de Manipoulos, tenía la costumbre de tomar la última antes de «levar anclas» y recogerse. Los dos hombres llegaron poco después y se precipitaron junto al herido.

El griego examinó la herida con atención; su larga experiencia de hombre de mar le aconsejaba prudencia.

—El que os agredió dominaba el oficio, la daga tenía sin duda el filo emponzoñado, tenéis los bordes blancos; si no obramos con presteza podéis tener complicaciones.

—Pero ¿no decís que os han curado en el convento? —preguntó Jofre, con voz temblorosa.

—La herida sangrante y una somera cura es lo que me han hecho, pero el hermano enfermero no ha atinado a ver el veneno que dice el capitán Manipoulos.

—¿Qué vamos a hacer?

—Ir a buscar al físico Halevi —respondió Omar.

—Hasta el atardecer el *Call* permanecerá cerrado y para entonces puede ser tarde —alegó Jofre.

El griego, dirigiéndose a Martí, tuvo una idea.

—En el *Stella Maris* tengo un pote de sanguijuelas y una pomada que me regaló un marino sirio al que salvé la vida y que mata todo lo que toca; en la mar hay mucho bicho que destila veneno para defenderse ya por su cola, por su mordedura o por sus púas, y este remedio no me ha fallado jamás. Habrá que abrir la herida, colocar en sus bordes los bichos para que chupen la sangre toda la noche, y pedir cada uno a su dios que el ataque de fiebre que os acometerá sin duda sea lo más débil posible.

—Pues haced lo que proceda —musitó Martí—. Mañana por la mañana tengo la cita más importante de mi vida.

Manipoulos partió a caballo, escoltado por tres criados, para embarcarse en la chalupa que le aguardaba todas las noches para regresar a su barco. Los criados quedaron en la playa cuidando las caballerías. Poco después, la rápida boga de los remeros depositaba a su capitán de vuelta en la orilla; los bateleros se quedaron doblados sobre los remos tras el esfuerzo realizado. Los hombres partieron hacia la puerta de Regomir, donde los soldados de la guardia no opusieron objeción alguna. El salvoconducto de la naviera de Martí Barbany era un documento que debía tenerse en cuenta.

Cuando regresaron al caserón de Martí el cuadro era alarmante. El aspecto del herido había empeorado notablemente. Omar le secaba el sudor que perlaba su frente con un pañuelo empapado en agua. Manipoulos se puso manos a la obra ayudado por Jofre, Omar y Andreu Codina. Después de obligar a Martí a beber una generosa ración de orujo, le metieron entre los dientes un taco de madera para que lo mordiera y entre los tres hombres le sujetaron. Mariona iba y venía del hogar de la chimenea trayendo en una bandeja trapos de hilo empapados en agua caliente. Cuando todo estuvo como quería Manipoulos, el griego comenzó a sajar cuidadosamente los bordes de la herida hasta dejarla en carne viva. Martí gemía quedamente mordiendo el taco de madera, hasta que finalmente se desmayó.

—Mejor así —apostilló Manipoulos, mientras prendía con sumo cuidado los bichejos en los bordes de la herida, observando cómo a medida que se atiborraban de la sangre emponzoñada de Martí se iban inflando como pequeños globos. Luego cubrió con ungüento los bordes y el interior del costurón y tapó la sutura con un trapo limpio de lino.

Al terminar, observó atentamente su obra y apuntó:

—Va a tener fiebre cada día hasta que venza la infección. Las primeras horas son las peores, y luego, si no me engaño, cada tres o cuatro años podrá tener recaídas. En el mar hay picadas de medusas, de rayas y morenas, que producen efectos semejantes.

—¿Cómo creéis que le han inoculado el veneno? —preguntó Omar.

Jofre respondió esta vez.

—En muchos lugares se extrae de arañas o escorpiones y con él se untan puñales y puntas de flecha; de esta manera se asegura la cuchillada. En Hispania se recurría a la viuda negra. El veneno de esta araña, llegado el caso, puede tener consecuencias irreversibles. Me lo contó una noche Eudald Llobet. En sus tiempos de soldado ya se hacía.

La voz de Martí sonó apenas audible.

—He de descansar, amigos míos. Si no muero esta noche, mañana he de estar en la Casa de la Ciudad. Mi negocio no admite espera…

113

Los prolegómenos

artí ocupó su lugar en el atril correspondiente y a requerimiento del secretario respondió:

—Señores jueces, ilustrísimos consejeros, excusad mi tardanza, esta madrugada he sido atacado y herido junto a la Pia Almoina. La mano que lo hizo descansa en paz, no así la mente instigadora que estoy seguro pertenece a alguien que está buscando mi ruina desde hace tiempo.

Un murmullo se extendió ante las palabras del ciudadano Barbany. Todas las miradas convergieron sobre el atril que correspondía al consejero económico; éste estaba pálido y sus ojos denotaban la sorpresa que le causaba la presencia de Martí y sus palabras. Sin embargo, supo contener el gesto e hizo como si todo aquello nada tuviera que ver con él.

El juez Frederic Fortuny se puso en pie y, golpeando la recia mesa con el mazo, reclamó silencio.

—¡Póngase en pie la concurrencia para recibir a los muy nobles condes de Barcelona, Gerona y Osona, Ramón Berenguer y Almodis de la Marca!

El rumor de pies deslizándose sobre el maderamen de las tribunas inundó el salón.

Cuando todos los presentes se hubieron alzado y los caballeros hubieron descubierto sus cabezas, hizo su entrada en el salón, solemne y mayestática, la pareja condal, que ocupó al punto sus tronos. Ramón vestía túnica escarlata recamada en oro viejo, calzas carmesíes y manto con el borde orlado de armiño. En la cabeza lucía la corona condal con el centro cubierto de terciopelo rojo. Almodis iba ataviada con un vestido verde esmeralda, con las mangas de color gris perla y un ceñidor plateado que rodeaba sus caderas y descendía por delante realzando su espléndida figura. Su cabeza estaba adornada con la corona condal, recamada en sus puntas por pequeñas perlas. El conde, después de acomodarse, hizo un leve gesto con la cabeza dando venia para que la *litis honoris* diera comienzo.

El juez Fortuny prosiguió:

—Excelentísimos y amados condes, preclaros componentes de la *Curia Comitis*, distinguidas casas nobles, clero de la ciudad y ciudadanos de Barcelona. Va a dar comienzo la *litis* que promueve el ciudadano Martí Barbany de Montgrí contra el ilustrísimo Bernat Montcusí i Palau. Ocupen sus sitios y guarden silencio.

Entre el crujido de faldas y el tintineo de metales producido por el roce de los tahalíes y las puntas de las vainas de dagas y espadines, la nobleza, el clero y las gentes fueron ocupando sus plazas y un sobrecogedor silencio se instaló en el salón.

El juez Frederic Fortuny cedió su lugar a Eusebi Vidiella, que actuaba como secretario, y él se sentó tras la mesa. El segundo tomó la palabra.

—Póngase en pie el demandante.

Martí se levantó de la mesa y se dirigió a su atril.

—Tenga en cuenta el denunciante las reglas que rigen este tipo de litigios que exclusivamente afectan al honor de las personas y que no son juzgados por las comunes leyes de nuestros *Usatges*. Únicamente en caso de que alguna de las partes cayera en manifiesto perjurio, el conde nuestro señor dictaría la sentencia. Los jueces estamos aquí para aconsejar y para indicar lo que proceda, pero no para juzgar, y los testigos que fueren llamados a declarar solamente podrán certificar hechos, no intenciones.

Tras estas palabras convocó a los litigantes para que, frente al obispo, profirieran su juramento.

Desde la entrada del fondo avanzó el obispo Odó de Montcada acompañado del notario mayor Guillem de Valderribes; con paso lento y solemne se dirigieron a la mesa de los jueces, que ostentaba en su parte derecha un crucifijo sin imagen y a la izquierda una Biblia.

El secretario convocó a los dos adversarios. Éstos acudieron a la llamada desde sus respectivos pupitres.

Guillem de Valderribes habló dirigiéndose al público, ya que muchos de los presentes ignoraban cómo era la ceremonia que se iba a desarrollar ante sus ojos.

—Es ésta una *litis honoris*. Por tanto, procederé a tomar juramento a estos distinguidos ciudadanos cuyo único delito sería el de faltar a la verdad. Otra cosa no juzgamos en esta ocasión, ya que un ciudadano de Barcelona no puede, sin pertenecer a la nobleza, abrir una querella contra alguien que está desempeñando un cargo condal. Yo, como notario mayor, daré fe del acto y si alguno cometiere perjurio, nuestro conde en persona dictará el veredicto.

Tras estas palabras convocó en primer lugar a Bernat Montcusí, que se acercó a la mesa engolado y pomposo.

—Colocad vuestra diestra sobre la Biblia, señor, y repetid conmigo: «Yo, Bernat Montcusí i Palau, consejero económico del condado de Barcelona e intendente general, juro solemnemente por mi honor declarar la verdad y solamente la verdad en cuantas cuestiones sea solicitado mi testimonio. Si lo cumplo, que Dios Nuestro Señor me lo premie y si no, que Él o mi señor en la tierra, Ramón Berenguer, conde de Barcelona, me lo demande».

El consejero, tras repetir la fórmula y firmar en el libro de actas que le presentó el notario mayor, regresó a su lugar. A continuación Martí Barbany hizo lo mismo. La vista iba a comenzar.

114

La vista

n cuanto los litigantes hubieron vuelto a sus lugares respectivos, el juez Frederic Fortuny inició el acto.

—Tenga la vez y la palabra el querellante y ponga a esta mesa en antecedentes de todo aquello que quiera demostrar.

Martí se puso en pie con esfuerzo notable, de modo que de nuevo el juez mayor intervino.

—Dado vuestro estado, si preferís hacer vuestra exposición sentado, tenéis la venia.

—Prefiero hacerlo de pie, señoría.

—Comenzad entonces.

—Yo, Martí Barbany de Montgrí, ciudadano libre de Barcelona, acuso al consejero económico Bernat Montcusí de los siguientes cargos: en primer lugar, de haber cegado y cortado la lengua a una liberta de mi casa, sobre la que no tenía derecho alguno; en segundo, de la quema de un predio de mi propiedad, a causa de lo cual fallecieron mi madre, Emma de Montgrí, y un siervo de la casa, Mateu Cafarell; en tercer lugar, de la muerte de su hijastra, Laia Betancourt, que si bien se suicidó como es sabido, cometió ese terrible acto por culpa de su padrastro.

El silencio era total. El ruido de un pergamino que cayó al suelo resonó en toda la sala.

El juez presidente Ponç Bonfill intervino.

—Proceded por partes. Empezad por el primer cargo.

—Está bien. Conocí a Laia Betancourt en el mercado de esclavos recién llegado a Barcelona. Subastaban una esclava en la Boqueria, cuyo nombre es Aixa, y ella y yo mismo fuimos los últimos optantes de la puja. La hijastra del consejero me pareció tan bella criatura que hice por conocerla e irresistiblemente me enamoré de ella. Teniendo que partir a un largo viaje de indefinida duración y siendo mi esclava Aixa una excelente cantante y tañedora de instrumentos, la manumití y le rogué que en mi ausencia dedicara su arte a mi amada Laia, para lo cual demandé el correspondiente beneplácito a su padrastro, al que también solicité venia para cortejarla. Me respondió a lo segundo que era tarea vana si no llegaba a ser ciudadano de Barcelona, cosa harto difícil, pero sin embargo autorizó el obsequio. A mi regreso se me comunicó que Aixa había muerto de peste. Tras la muerte de Laia, de la que hablaré con detalle más adelante, una confidencia me reveló que vivía prisionera en Terrassa. Con el documento pertinente de su manumisión me dirigí a rescatarla y cuando la hallé, la encontré presa en una mazmorra repugnante, en estado deplorable. Había sido cegada y le habían cortado la lengua.

La tensión crecía por momentos entre las gentes y cada cual miraba receloso a su vecino por ver si admitía las acusaciones o bien las rechazaba.

La voz del juez principal rasgó el silencio.

—Ilustrísimo consejero. ¿Qué tenéis que alegar ante dicha acusación?

Martí se retiró a su lugar en tanto que Bernat Montcusí, con el temple que le caracterizaba, se puso en pie y trasladó su voluminosa humanidad desde su mesa hasta el atril, con paso medido y lento. Una vez allí inclinó la cabeza ante los condes y mirando al publico comenzó con voz solemne su alegato.

—Excelentísimos condes de Barcelona, colegas de la *Comes*, nobles señores, clero en general y sobre todo queridos conciudadanos. ¡Cuán largo es el camino que se debe recorrer para construir una reputación y con cuánta facilidad se puede destruir! Hete aquí a un advenedizo que creyó que con sus dineros podía conculcar la verdad y destrozar la honra de un súbdito que ha dedicado su vida al servicio de la comunidad, y para ello se atreve a sembrar la incertidumbre entre gentes, sin duda bienintencionadas, aunque fácilmente influenciables. Nada hay peor que una media verdad, pues un aserto semejante tiene visos de que si no es, bien pudo ser. Ved cómo en un momento puedo echar por tierra sus falacias y muestro la otra cara de la moneda. El señor Barbany acudió a mí solicitando un sinfín de favores para realizar negocios en Barcelona. Viendo que beneficiaban a la economía de sus habitantes y que no contravenían las leyes establecidas, los autoricé sin reservas. No hace falta que indique de qué negocios se trataba, pues sus señorías los conocen perfectamente. También es verdad que, en mi inocencia, le ofrecí mi amistad incondicional, creyendo que sabría apreciar en su justa medida lo que ello representaba. Incluso llegué a abrirle las puertas de mi casa en varias ocasiones y le prodigué mi hospitalidad. Cierto que conoció a mi querida hija en el mercado de esclavos y cierto que se atrevió a pedir permiso para cortejarla. Podía haber rechazado de plano su demanda pero, vive Dios que siempre admiré la osadía de la juventud y su empuje, de modo que condicioné mi respuesta a que obtuviera la ciudadanía de Barcelona. Él partía entonces para un largo viaje y admito que no supe ver el alcance y lo astuto de su demanda. Solicitó mi venia para ofrecer a una esclava que tenía grandes dotes para el canto a fin de que alegrara las veladas de mi Laia. Imagino que sus señorías han captado perfectamente lo artero de su intención. Lo que hacía el señor Barbany era meter en mi casa el huevo del escorpión a fin de ganarse la voluntad de mi querida hija. Pasó un tiempo y, entregado a mis trabajos en beneficio de la ciudad, soy consciente de que tal vez descuidé mi labor de padre. No supe ver que la serpiente que había deslizado cerca de mi Laia iba metiendo en su cabeza la simiente de un mal amor. La tal Aixa, avezada alcahueta, encubrió y facilitó las entrevistas de mi hija con Martí Barbany, antes de su partida, en casa de su antigua aya que colaboró a propiciar los encuentros, aunque tal circunstancia no la supe hasta mucho más tarde. Transcurrieron varios meses y el antedicho partió hacia un largo periplo. Fue entonces, y a raíz de un incidente casual, cuando me enteré de todo el asunto.

»Reprendí a mi hija y la conminé a dejar aquella locura, para lo cual la obligué a escribir una carta en la que reconocía su yerro y daba la relación por concluida. Como comprenderéis, aparté a aquella mala pécora de su lado y habiéndola tomado por una esclava, pues ése y no otro fue el sentido del obsequio, la mandé encerrar y en mi derecho la cegué y enmudecí como castigo que la ley admite aplicar al esclavo infiel. Habiendo fallecido Laia, que en su bondad siempre intercedía en su favor, no tenía sentido hacerla volver y la dejé encerrada a fin de que purgara su pena.

»¡Cuál no sería mi sorpresa cuando un día me llega la nueva de que un grupo capitaneado por Barbany ha hollado la casa donde la tenía recluida, y se ha atrevido a liberarla, con nocturnidad y avasallando a su administrador, don Fabià de Claramunt! Y, permítanme que les haga una pregunta: si alguien presume de tener la razón de su parte, ¿por qué se presenta de noche como un ladrón y asalta una propiedad privada con alevosía, en lugar de venir a reclamar su derecho de día y en la forma correspondiente? Traslado a sus señorías la pregunta y les invito a recapacitar sobre el hecho.

»Por el momento ésta es mi respuesta, sin embargo me reservo el final de esta historia que relataré a tenor de las acusaciones que contra mí se hagan.

Había transcurrido un largo rato y la tensión se podía cortar con un cuchillo.

Fortuny intervino:

—Aténgase a la respuesta el litigante y cíñase al tema antes de pasar al segundo aspecto.

Martí desde su lugar observó los rostros del público e intuyó que la hábil respuesta de Montcusí había calado hondo entre los presentes. La fiebre le asaltaba de nuevo y tuvo un mal presagio. Se alzó de su asiento y lentamente se llegó al atril portando en la mano el documento de la manumisión de Aixa.

—Voy a intentar ser breve y aclarar algún punto que hábilmente mi oponente ha dejado en el aire: en ningún momento hablé de regalar una esclava. Caso de haberlo hecho, ¿no es cierto que siguiendo los usos y costumbres, debería haber acompañando la entrega con el documento que certifica la correspondiente compra por si su nuevo amo deseara venderla? ¿No es menos cierto que de haber acudido por la vía normal a reclamar a la mujer corría peligro de que ésta desapareciera o lo que es peor, que a fin de impedir situaciones comprometidas, se le quitara la vida? Ésta y no otra es la razón por la que acudí de noche al lugar donde se hallaba recluida y sin causar perjuicio alguno en los bienes ni en las personas y portando el documento correspondiente, que ahora muestro, reclamara al administrador del lugar, don Fabià de Claramunt, que me la entregara.

Una pausa y Fortuny intervino de nuevo.

—Ujier, portad hasta la mesa el documento que muestra el declarante y citen para mañana a don Fabià de Claramunt, que antes de comenzar la sesión se personará en mi despacho. La vista se da por suspendida hasta mañana.

Todo el mundo puesto en pie aguardó a que los condes y sus consejeros abandonaran el salón. Las gentes, tras aquella intensa jornada, salieron comentando los lances del apasionante debate. Oculta en la puerta, Ruth, que no había conseguido entrar en la sala, escuchaba conversaciones a medias. Enterarse de que Martí estaba herido le encogió el corazón y se prometió a sí misma introducirse en el juicio al día siguiente sólo para verlo.

El consejero se ausentó rodeado de su clientela, repartiendo sonrisas y apretones de mano a diestro y siniestro, en tanto que un Martí enfebrecido se unía al torrente que caminaba hacia el vestíbulo, donde el padre Llobet le aguardaba alarmado por su mal aspecto. Una mujer los observaba con atención desde la puerta del palacio y cuando pisaron la calle fue tras ellos a prudente distancia hasta que ambos se introdujeron en el patio de la residencia de Martí. Entonces, cuando estuvo cierta de que aquél era el lugar, dio media vuelta y se perdió entre la multitud.

115

El segundo día

i cabe, la audiencia había aumentado o eso parecía. En la tribuna de ciudadanos no cabía un alfiler y, dado el interés de la vista, era notorio que el dinero había vuelto a cambiar de manos, pues por los comentarios se deducía que alguno era nuevo en la plaza.

Los condes habían ocupado sus sitiales y en el rostro de Almodis se reflejaba una divertida curiosidad. El de Martí lucía una palidez cadavérica en tanto que el consejero se mostraba orondo y tranquilo. El secretario requirió la presencia del ciudadano Fabià de Claramunt y tras tomarle juramento le indicó que ocupara plaza en el banco de testigos que se había instalado entre los dos pupitres.

El juez Frederic Fortuny, que desde el comienzo era proclive al consejero, comenzó el interrogatorio.

—¿Sois en verdad don Fabià de Claramunt, ciudadano de Barcelona?

—El mismo.

—¿Fuisteis nombrado alcaide de una casa fuerte próxima a Terrassa por el consejero Bernat Montcusí?

—No fui nombrado, accedí al cargo por contrato y así lo mantuve hasta que mis intereses no coincidieron con los de mi contratador.

—¿Estabais el 23 de diciembre en dicha casa fuerte?

—Estaba, pero en calidad de administrador.

—Dejemos a un lado el cargo que desempeñabais la noche de autos, es irrelevante. ¿No es cierto que una tropa que admitió haber comandado el ciudadano Barbany asaltó la casa a fin de rescatar a una esclava que teníais custodiada en la fortaleza?

—No exactamente.

—Explicaos.

—Un grupo de hombres se introdujo entre los muros de la fortaleza. La forma no fue la ortodoxa, pero debo decir que nadie recibió daño y que tras mostrarme la documentación que portaban, entendí que se estaba reteniendo a una persona sin derecho alguno.

—No sois quién para decidir estas cosas. Vuestra obligación era custodiar el bien recibido.

—De haberlo hecho, podía haber corrido la sangre y no quise que una sinrazón originara algo que repugnaría a mi conciencia de por vida. No entro en las formas, pero sí en el fondo. La mujer retenida y atormentada no merecía aquel sufrimiento.

El juez Vidiella intervino.

—No estamos juzgando hechos que no ocurrieron, no es éste ni el momento ni el lugar oportuno y el señor Claramunt está aquí en calidad de testigo, no de inculpado. Diga el testigo: ¿cuál fue el título y la comprobación que se realizó en aquel momento?

—El documento era una carta de manumisión hecha ante un notario y la comprobación de personalidad era una señal en forma de trébol de cuatro hojas que la prisionera tenía bajo el brazo derecho.

Ahora fue el turno del juez Bonfill i March.

—¿Cuál era la situación de la esclava?

—En contra de mi opinión, la habían cegado y cortado la lengua. Eso motivó mi dimisión como alcaide. Aquel acto me repugnó.

Los ojos de Montcusí eran como dos carbones encendidos que de haber podido hubieran fulminado a su antiguo subordinado.

La sombra de la duda planeó sobre la sala. Nadie se atrevía a asegurar adónde podría ir a parar todo aquello.

La voz del secretario resonó desde su sitial.

—Podéis abandonar el estrado. No saldréis de la ciudad sin demandar el correspondiente permiso, no hablaréis con nadie de lo tratado en nuestro despacho y permaneceréis a disposición de este tribunal por si sois requerido. Acompañe el alguacil al testigo.

Un ujier se personó junto a Claramunt y le condujo hasta una de las puertas laterales del salón.

La voz de Bonfill resonó nuevamente.

—Consejero Montcusí, poneos en pie y responded a las preguntas de la mesa.

Lo hizo Bernat con gesto displicente, como el que otorga una gracia.

—¿Ignorabais que la tal Aixa era una liberta?

—¿Con qué derecho se toma alguien la autoridad de regalar a una liberta?

—Os he preguntado si conocíais el hecho.

—Desde luego que lo ignoraba.

Ahora fue Vidiella.

—¿No reclamasteis la documentación pertinente por si se os ocurría venderla un día u otro?

—¿Quieren decirme vuestras señorías quién es el que demanda la documentación de un regalo? ¿No sería acaso una imperdonable descortesía?

—¿Por qué no disteis cuenta del asalto de vuestro predio si lo considerasteis un atropello?

—Creo que la justicia condal está para asuntos importantes, no para que yo la agobie con un asunto menor que estorbe en los tribunales y que, al no haber habido sangre, carece de importancia. La vida de esa esclava, que por lo visto estaba manumitida, no valía la pena.

—¿No sería porque creeríais haber cometido una injusticia?

El consejero respondió sulfurado.

—En todo caso, de ella sería culpable el ciudadano Martí, que con su falso e intencionado regalo me indujo al yerro.

Los tres jueces se miraron y, tras una pausa, remitieron a su lugar al consejero y reclamaron la presencia de Martí.

Bonfill preguntó en esta ocasión.

—¿No es cierto, señor Barbany, que vuestro acto constituye un delito? ¿Sois consciente de que si éste fuera un juicio normal podríais ser acusado de asalto a la propiedad ajena con nocturnidad, alevosía y en cuadrilla?

—De cualquier manera habría salvado la vida de una inocente, por más que un asalto sin beneficio, sin robo y sin daño entiendo que tiene buena defensa. Os aseguro que habría pagado, muy a gusto, la multa correspondiente.

Eusebi Vidiella intervino de nuevo reconviniendo a su compañero.

—No es éste el tribunal correspondiente. Pasad, si así parece a mis doctos colegas al cargo siguiente.

Martí se trasladó del centro de la sala hasta su atril sintiendo el palpitar de la fiebre en sus sienes.

Desde allí paseó la mirada por la sala y se dirigió a la mesa de jueces.

—Señorías: hace apenas cuatro meses, la heredad de mis mayores fue atacada de noche por una cuadrilla de facinerosos que redujeron lo que era una masía preciosa a ceniza. Esto es lo menos grave, todo lo que es material se puede volver a construir, pero en esa cobarde agresión fallecieron mi señora madre, Emma de Montgrí, y un viejo criado, Mateu Cafarell, que desde que yo era niño siempre estuvo en mi casa. Mi madre falleció ahogada por las inhalaciones venenosas del humo de aquel extraño incendio. Antes de morir, me describió el único rostro que le fue dado ver al caérsele la capucha al que parecía mandar la cuadrilla, pues todos aquellos cobardes actuaron embozados, y era tan particular que su descripción quedó grabada en mi memoria.

»Hace tres noches, casualmente la anterior al comienzo de la *litis*, fui asaltado y herido por un individuo de las mismas características y ésa es una casualidad que no puedo admitir como tal. La misma persona que atacó a mi madre quiso acabar conmigo. Únicamente la fortuna, o la Providencia, impidieron que el suceso acabara como el anterior.

El juez Eusebi Vidiella intervino.

—¿Cuál era la tan notable característica que hace que sospechéis que el asunto no fue una mera coincidencia?

—Veréis, señorías: las peculiaridades son lo que diferencian a los individuos. El hombre que atacó a mi madre y el que quiso matarme tenía el cabello albino como la paja blanca; sus ojos eran de un glauco cuasi líquido y su rostro estaba picado por la viruela. Decidme, ¿cuántas personas así residen en el condado?

—Explicaos —requirió el juez Ponç Bonfill.

—Antes de expirar, como os digo, mi madre me describió exactamente a este individuo. Bien, la otra noche a la salida de la Pia Almoina, en un oscuro pasaje, fui agredido por alguien de estas características mediante un puñal emponzoñado que no me causó la muerte gracias a la intervención providencial del confesor de la condesa, el padre Eudald Llobet, que certificará esta circunstancia. De no ser por él, esta *litis* no se hubiera celebrado. Y concluyo. ¿A quién interesaba que este acto no se celebrara? ¿Quién es la única persona que tiene ánforas de aceite negro a su libre disposición aparte del ilustrísimo veguer de la ciudad y de mi persona?

Eusebi Vidiella se interesó sobremanera por este último detalle.

—El testimonio del padre Llobet es innecesario, ya que tenemos el informe del alguacil que mandaba aquella noche la ronda. En cuanto al último punto que habéis tocado, haced la merced de aclararlo.

—Vuestras señorías juzgarán: entre los restos calcinados de las cuadras del predio de mi madre hallé esto. —Martí trajo de la mesa auxiliar un trozo de ánfora con una fecha grabada en la que se podían leer unos números romanos y unas letras, y lo depositó ante los tres jueces—. El incendio tenía unas características tales y era tan difícil de dominar que al punto entendí que aquel fuego que tanto costó apagar, no era normal porque estaba alimentado por algo singular.

Tras observar detenidamente el objeto pasándolo de mano en mano, Bonfill habló:

—Explicaos.

—Señorías, las ánforas en las que importo el aceite negro de lejanas tierras vienen todas debidamente numeradas e identificadas. Se hace de esta manera para tener un control desde su origen hasta su desembarco en Barcelona. En principio, y antes de cerrar un acuerdo con el ilustrísimo veguer de la ciudad, se requería, para ser introducido en Barcelona, la rúbrica del intendente de abastos que me exigió que una reserva se almacenara en su residencia. Este trozo de ánfora corresponde a uno de estos cargamentos al que únicamente él tenía acceso.

El más absoluto silencio se instaló en el salón.

El juez Fortuny, tras una breve consulta con sus colegas, se dirigió al intendente.

—Señores litigantes, a fin de evitar la pérdida de tiempo se os autoriza a declarar desde vuestros pupitres y únicamente en caso que se señale se os requerirá a que lo hagáis desde los respectivos atriles.

Martí agradeció la facilidad, pues el dolor de cabeza era inaguantable.

—Ilustrísimo consejero, ¿qué tenéis que alegar ante las pruebas que aporta el señor Barbany?

Bernat Montcusí acusó levemente el golpe, pero rápidamente se rehízo.

—Sus señorías pueden comprobar cómo el exceso de celo al servicio del condado comporta no pocos enojos y desazones. Hete aquí cómo se quiere retorcer la verdad para justificar algo que ni de lejos me roza. Mi artero oponente conoce perfectamente cuál era la finalidad de almacenar el negro sebo en mi casa, con las correspondientes molestias y peligros que ello comporta, pues así se lo dije. Sin embargo, ahora lo alega para intentar manchar mi nombre cambiando el sentido de las cosas. Cuando consideró que su trato debería ser con mi ilustre colega, el veguer de Barcelona, don Olderich de Pellicer, para de esta manera ahorrarse el tributo que rinde todo aquel artículo que se negocia intramuros, le obligué a dejar en el gran sótano que adecué para ello una reserva de ánforas por si en alguna ocasión fallaba una entrega. Como comprenderéis y dado que era indiferente, ordené a un sirviente que las contara, pero estaréis conmigo que igual daba que tuviera un número u otro. Bien, el señor Barbany sostiene que este trozo de vasija corresponde a una que estaba en mi poder; y digo yo: ¿no será una de las suyas? No es extraño que tuviera diferencias con su madre, ya que me consta que, siendo hijo único, vivía ésta apartada en su masía del Empordà pudiendo vivir y espléndidamente en nuestra ciudad. Decidme, honorables jueces, ¿qué mujer prefiere vivir duramente en el campo, trabajando de sol a sol, a hacerlo con todas las comodidades que alguien pueda desear en una de las mejores casas de la ciudad? No es la primera ni será la última vez que desavenencias familiares desembocan en un crimen nauseabundo.

»Rechazo de plano cualquier acusación al respecto de la insidiosa imputación de haber intentado quemar el predio de nadie y declaro que ni siquiera conozco al personaje albino que dice fue el causante. Si el querellante puede demostrar lo contrario, que lo diga.

Tras esta última declaración el tribunal, tras disolver la asamblea, se retiró a deliberar dando por cerrada la sesión de la segunda jornada.

Martí, comido por la fiebre y en compañía del padre Llobet, se dirigió a su casa, seguido de nuevo por la extraña mujer que ya lo había hecho el día anterior.

Al ver el lamentable estado en que llegaba, Omar se asustó y salió al encuentro de ambos.

—Tenéis un aspecto deplorable. Este asunto os va a causar la muerte.

—Os lo he dicho un millar de veces, el bocado es demasiado grande y ni alguien tan tenaz y dispuesto como tú lo puede deglutir.

—Señor, por lo que más queráis, dejad este asunto que os va a matar. Nada se puede hacer ya por vuestra madre ni por nadie, los poderosos siempre consiguen evadirse —insistió Omar.

—Antes de comenzar ya le advertí que iba a ser vana tarea y tal como van las cosas me reafirmo en ello, pero qué queréis, es tozudo como una mula —dijo el clérigo.

—¿Cómo ha ido hoy?

—Es sinuoso como un zorro y escurridizo como una anguila, pero no dudéis que al final lo atraparé —afirmó Martí.

—Lo que vais a hacer es meteros en la cama —repuso Eudald—. He avisado al físico Halevi y está a punto de llegar.

Martí ascendió la escalinata de su casa apoyado entre Omar y Eudald, y al llegar a su habitación se derrumbó sobre la cama.

Cuando llegó el físico, el criado se retiró. La fiebre había subido notablemente y en algún momento la imagen de las cosas se le tornaba borrosa.

El sabio Halevi apartó el apósito de la herida y la examinó detenidamente: su opinión fue inmediata.

—El que os hizo la primera cura sabía lo que se hacía. La herida está desinfectada y el corte se ve limpio. —Procedió entonces a palparle el rosario de los ganglios del cuello; con una lanceta le extrajo una gota de sangre de la punta del dedo corazón de su diestra y llevándosela a los labios, la probó; observó a continuación y con atención la pupila de sus ojos y el color amarillento de los mismos y finalmente extrajo de un pequeño frasco una gota de un líquido morado y la mezcló con su orina, observando la mezcla al trasluz. Su diagnóstico no pudo ser más conciso y claro—: Vuestra sangre está envenenada y hasta que vuestro cuerpo no haya eliminado la ponzoña que habita en vuestros humores, tendréis episodios de fiebre que se sucederán esporádicamente y durante los mismos hasta podéis perder el conocimiento.

—Y ¿cuál es el remedio, señor? —preguntó el sacerdote.

—El tiempo, padre, el tiempo y beber mucha leche de cabra.

—Pero señor… Martí está metido en el mayor envite de su vida y en él se juega algo más que la salud. Dadle algo que le ayude a afrontarlo.

—Tened mucho cuidado, padre Llobet. Voy a daros una droga que no debiera, pues en según qué dosis puede matar. Se extrae del haba de San Ignacio y de la nuez vómica: le suministraréis exactamente una gota el primer día, dos el segundo y el tercero tres; de ahí no pasaréis. Este antiguo remedio incentivará su corazón, fortalecerá su espíritu y le ayudará momentáneamente a recuperarse, pero no equivoquéis la dosis.

El físico se dirigió a su bolsa que estaba encima de una mesa y tras abrirla le entregó al angustiado sacerdote un frasquito de tapón de vidrio esmerilado que él recogió como si fueran pepitas de oro puro.

116

El tercer día

a expectación había llegado al paroxismo. Los partidarios de uno y otro bando se enfrentaban en ácidas dialécticas, y hasta en algún figón hubo cuchilladas; se decía que un barbero había rajado con la navaja el cuello de uno de sus parroquianos.

La pareja condal seguía con interés las alegaciones de los protagonistas y hasta entre ellos había discrepancias.

A petición de Martí, la *litis* iba a proseguir con sus actores sentados en sus respectivos asientos, atendiendo a la patente debilidad que le asaltaba.

Ya todos estaban en sus respectivos lugares cuando la voz del juez Fortuny abrió la sesión.

—Se abre el litigio por tercer y último día. Recuerden los querellantes que están bajo juramento. Al finalizar, nos reuniremos los jueces y atenderemos las opiniones de los componentes de la *Curia Comitis* para deliberar el consejo que debemos dar a nuestro señor Ramón Berenguer, para que él dictamine la sentencia que crea procedente. Antes de las conclusiones, las dos partes tendrán opción de aportar las últimas pruebas, si las hubiere.

Martí ordenó sus papeles y se dispuso a abrir la *litis* en cuanto el juez le diera la palabra, cosa que sucedió de inmediato.

—Tiene la vez el ciudadano Barbany; escucharemos lo que tenga a bien exponer. Recordad que luego lo hará el ilustrísimo consejero Bernat Montcusí y que posteriormente ambos podrán volver a ser interrogados por la mesa de jueces a fin de aclarar lo que fuere necesario.

Tras el saludo de ritual hacia los condes, Martí comenzó.

—Excelentísimos jueces, ilustres consejeros, tribunas de la nobleza, del clero, honorables ciudadanos de Barcelona. Mi postrera acusación es tan grave que hasta a mí me cuesta pronunciarla. Incriminé al consejero condal por la muerte de su ahijada sin precisar la causa, pues no era el momento oportuno para ello. Sin embargo, hoy ha llegado este momento.

La tensión había alcanzado su punto máximo. Las gentes rebullían inquietas en sus asientos presintiendo que les iba a ser entregado un secreto terrible, como así fue.

—Acuso solemnemente a Bernat Montcusí de haber deshonrado a Laia Betancourt, de haberla vejado infinidad de veces hasta el punto que éste y no otro fue el motivo de su posterior suicidio.

Un grito contenido se dejó oír en la tribuna de ciudadanos y un murmullo general se expandió por el salón, en tanto que el color abandonaba el semblante de un Bernat Montcusí, que tuvo que dar aire a su rostro con el pliego de pergaminos que tenía sobre la mesa.

El mazo del secretario apenas podía gobernar aquel tumulto y el juez principal tuvo que amenazar con desalojar la sala. Finalmente el alboroto cesó y las aguas volvieron a su cauce.

—Ciudadano Barbany, vuestra acusación es de tal gravedad que si no lográis probarla podréis ser reconvenido por este tribunal, que aconsejará al conde que os aplique un castigo ejemplar. Proceded.

Martí Barbany, creyendo que el momento supremo había llegado, se dispuso a quemar las naves, y señalando con el índice a su enemigo gritó más que habló:

—Este hombre que mancilla el cargo que ostenta se aprovechó de la influencia que ejercía sobre su pupila, la deshonró con la amenaza de matar a su amiga Aixa, abusó de ella en incontables ocasiones y la preñó. Luego, habiéndose cansado de su juguete, la repudió y para soslayar el problema, intentó que yo la desposara, cosa que hubiera hecho sin reparos pues la amaba intensamente y era consciente de la limpieza de su corazón. Ella, considerándose mancillada, en un ataque de enajenación se lanzó desde lo alto del lienzo de muralla de la casa de su padrastro, acabando con su vida. Aquí está la prueba de cuanto digo.

Y diciendo esto último se llegó hasta la mesa de jueces y depositó en ella la carta de Edelmunda.

La esquela pasó de mano en mano y cuando los tres jueces la hubieron leído, Eusebi Vidiella puesto en pie, pasó a dar lectura, en voz alta, del contenido del escrito.

Cuando finalizó la lectura, un escalofrío recorrió la sala. Luego exigió a Martí que se explicara, a fin de que el consejero pudiera escuchar sus razones para poder refutarlas y los condes, sus consejeros y las tribunas supieran el fundamento de su acusación.

Martí comenzó su disertación.

—Señorías, cuando la misiva llegó a mis manos mi intelecto se negaba a admitir lo que leían mis ojos. Cierto que pedí la mano de Laia antes de mi partida y es cierto asimismo que el consejero, a pesar de negármela, me dio esperanzas supeditándolas a que obtuviera la ciudadanía de Barcelona; en esta esperanza intenté hablar con Laia en cuanta ocasión me fue posible y supe de su amor hacia mí. Estando ya de viaje recibí una carta de mi amada que se desdecía de todo lo hablado entre nosotros y me aconsejaba que renunciara a nuestro amor. Sin embargo, observé en el escrito flagrantes contradicciones y signos clarísimos que indicaban todo lo contrario a lo que la mera letra decía. Como luego pude ver, los hechos fueron muy otros. Ved cómo este hombre abusó de su propia ahijada, la sometió a un sinfín de vejaciones y mediante amenazas la apartó de mí, sometiéndola, mediante coacciones que mucho tenían que ver con la vida de Aixa, a su voluntad. A mi llegada hubo un cambio de actitud por su parte que, pese a no entender, agradecí, pues suponía su consentimiento a nuestra boda. Pero todo se frustró la malhadada noche en que mi amada decidió por propia voluntad abandonar avergonzada el mundo de los vivos. Entonces no entendí el motivo hasta que un buen día llegó a mis manos la carta del ama de llaves del consejero, que es la que se ha entregado a vuestras señorías y que posteriormente se ha leído en voz alta. Laia tuvo un hijo de este hombre, que murió apenas nacido, pero durante el embarazo, este individuo maquinó la conveniencia de buscar un padre para la criatura y además hacer un pingüe negocio. Por eso me ofreció a su hijastra en matrimonio. Pero los dados de la fortuna son caprichosos y cayeron mal los números. Si esta prueba no es suficiente, empezaré a creer que en el condado hay dos tipos de justicia.

En esta ocasión ni un suspiro rompió el silencio de la sala antes de que la voz del juez Bonfill ordenara a Martí que se sentara de nuevo, y dirigiéndose al consejero anunció:

—Señor Montcusí, estáis en posesión de la palabra.

Con el rostro cariacontecido pero decidido a luchar hasta morir, Bernat Montcusí se dirigió a su atril.

—Señorías, permitid que en esta ocasión y ante tan grave circunstancia, ya que está en peligro mi credibilidad y con ella mi prestigio, me defienda de tanta insania desde este atril y en pie.

»Es puro desvarío querer retorcer los hechos hasta el extremo de confundir la buena fe de las personas, amparando la argumentación en falsas verdades y en testimonios guiados por el odio y la venganza.

Aquí hizo una ostentosa pausa y emitió el profundo suspiro del hombre que clama al cielo por una flagrante injusticia.

—Ciertamente, tuve a mi servicio un ama de llaves que me sirvió fielmente durante años. Pero desgraciadamente contrajo la lepra y no sólo tuve que prescindir de sus oficios sino que me vi obligado a encerrarla. En verdad que la tal Edelmunda, que así se llamaba, se había ganado mi confianza, pero mi deber hacia la ley es mucho más fuerte que mis posibles afectos y me vi, contra mi voluntad y a pesar de su malquerencia, forzado a enviarla a la leprosería vigilada que se halla a las faldas del Montseny. Esta carta no es otra cosa que una venganza fruto de su aversión y su malevolencia hacia mi persona. Sin embargo, observaréis que en ella dice una sola verdad y, como lo es, la recalca varias veces. Nombra a la tal Aixa como lo que era, una esclava, ya que como tal entró en mi casa. Lo demás quiero pensar que es una fabulación fruto del odio que pudo germinar en su pecho. Pero decidme, conspicuos jueces: ¿qué podía hacer un fiel servidor de la ley por dolorosa que fuera la decisión? La mujer pretendía quedarse en Barcelona y se negaba a llevar la campanilla de madera que anuncia a un leproso. Ésta es la única razón de esta misiva. Pero ya que se ha puesto en el filo de la duda mi honorabilidad, voy a contar los hechos tal como ocurrieron, cosa que no hice anteriormente porqué pensé que el buen nombre de mi querida hija, en tan tristes circunstancias fallecida, bien merecía un poco de respeto y sobre todo discreción. Ahora el enredo es demasiado grande para no poner todo al descubierto.

En una buscada pausa, el consejero se dirigió a su mesa y tomando lentamente una frasca escanció agua en una copa y dio un largo sorbo aguardando a que sus palabras fueran calando en el personal. Luego regresó al atril y prosiguió su exposición.

—Ahora, queridos conciudadanos, atended y juzgad si no es más coherente la verdadera historia que voy a explicaros que la sarta de embustes que el odio manifiesto que me profesa el ciudadano Barbany le ha inspirado. Como sabéis, condicioné la boda de mi ahijada con el antedicho, exigiendo únicamente que fuera ciudadano de esta maravillosa ciudad. Pues bien, él quiso asegurar la flecha y sedujo en varias ocasiones a la única flor de mi jardín y lo hizo con la connivencia de la esclava Aixa, y recalco lo de esclava, y en casa del ama de cría de mi hijastra, de mala memoria, cuyo nombre era Adelaida, cosa que como comprenderéis, no supe hasta más tarde.

»Cuando Barbany partió, y prescindiendo como buen padre de familia de aquella oferta de matrimonio que no tenía pies ni cabeza, comuniqué a mi hija que había llegado el momento de buscarle marido y me dispuse a ello sondeando entre los hijos de las familias de mi rango que yo consideraba apropiadas para ello. Pues bien, imaginad mi asombro cuando Laia se presenta en mi despacho una mañana y me dice que no es virgen porque aquel osado mozalbete, con su consentimiento, ha mancillado su doncellez. Fijaos que no afirmo que la forzara. Reconozco que me llevaron los demonios y una santa ira se instaló en mi alma. La amenacé, bien es verdad, con perjudicar a la verdadera culpable de aquel negocio, que no era otra que la esclava Aixa, y tomé buena nota de Adelaida, que había brindado el nido para la coyunda. Entonces la conminé para que dejara claro que se había equivocado y di por terminada la relación, y desde luego aparté de su lado a la esclava.

»Imaginé que con esta decisión todo habría acabado, pero me equivoqué. Al poco tiempo Laia acudió de nuevo a mi despacho y me amenazó con entregarse al primero que encontrara si no le dejaba proseguir con aquellos amores insensatos. Hice caso omiso de la amenaza y me mostré inflexible. Al cabo de un tiempo compareció otra vez ante mí comunicándome su estado de gravidez. Ahí comenzó mi calvario. Estuve noches y noches sin dormir, la envié al campo a fin de que meditara y cumpliera el tiempo de parir con el menor escándalo posible y no pude reclamar al padre de la criatura, ya que ella se negó en redondo a dar su nombre. Ved lo que es un padre desesperado; mi religión me prohíbe que la hiciera abortar y mi amor por ella me empujaba a ayudarla a salir de aquel mal paso con el menor daño posible. Finalmente se me ocurrió una solución que aunque mala era la única. Recurrí para ello a mi buen amigo y confesor, el padre Llobet, que bien sé que por su condición no podrá testificar... Como comprenderéis, nunca osaría decir algo que no se ajustara a la verdad, ya que me consta que está en la sala. Fui una tarde a visitarle a la Pia Almoina y le rogué para que, a la vuelta de su protegido, que ya se anunciaba, intercediera para que cumpliera como hombre, ya que al fin y a la postre había sido Barbany el ladrón de la honra de Laia, y, tragándome un sapo, le supliqué que me ayudara a convencerle para que desposara a mi hija y asumiera el papel de padre de la criatura. En el ínterin las cosas se pusieron mejor, ya que el crío tristemente nació muerto. Como siempre, el padre Llobet me ayudó en el trance. En cuanto este hombre —señaló displicentemente a Martí— regresó de sus viajes, quedamos una noche para hablar del asunto. En tanto, ordené que trajeran a Barcelona a mi niña y en cuanto llegó le anuncié que consentía en su boda y que próximamente iba a acudir su galán a mi casa para concertar el pago de la dote. Aún se me enturbian los ojos cuando veo su carita feliz e ilusionada tras tan amargos trances.

»Llegó la fecha señalada y en el cenador de mi casa me reconcilié con él y le di mi bendición de padre. Transcurrió la velada sin nada notable a reseñar; quizá lo único fue que noté que este hombre libaba vino en demasía. Llegando al postre y ya un tanto ebrio, se atrevió a pedirme una dote desproporcionada a todas luces para consentir la unión. Ante mi justa ira, argumentó que cargaría con una mujer deshonrada y que la cosa tenía un precio. No os cuento mi respuesta, ya que no la hubo. Acudió al punto mi mayordomo anunciando una gran desgracia. Mi pobre hija, que había escuchado, oculta tras los balaustres del primer piso, el precio que a su honra ponía el galán de sus sueños, se encaramó a la muralla y se lanzó al vacío. El resto de la historia ya la conocéis, es pública y notoria.

La concurrencia estaba sobrecogida, y los bandos bien delimitados: en la tribuna de ciudadanos se apoyaba a Martí, en la de la nobleza se optaba por la versión del consejero; el clero dudaba. Tras otra larga pausa Bernat habló de nuevo.

—Soy consciente de que el argumento jurídico que aportaré a continuación no despertará precisamente simpatías, pero dará a entender a los ilustrísimos jueces que también en este campo, la razón me asiste.

»Vamos a elucubrar admitiendo que realmente he sido el causante de toda esta desgracia. ¿No ha admitido mi oponente que pretendí que desposara a mi ahijada? ¿Cuál es la obligación de un violador, estuprador o no, al respecto de reparar su yerro? ¿No es cierto que consiste únicamente en buscar esposo para la violada y dotarla dignamente? Pues eso, y además sin culpa alguna, señores míos, es lo que hizo este humilde servidor del condado de Barcelona.

Y tras estas palabras regresó a su lugar, seguro de haber sembrado al menos una duda razonable entre los miembros del ilustre tribunal, sin hablar del pueblo llano, al que siempre consideró sumamente manejable.

Los tres jueces se miraron y juntando las cabezas efectuaron consultas. Luego Bonfill se levantó.

—Consejero Montcusí, vamos a llamar a vuestra antigua ama de llaves para que, con las debidas precauciones, acuda a declarar.

—Entiendo, señor, que sería de gran ayuda, pero si no enviáis a los infiernos al alguacil a buscarla, no creo que pueda acudir. Tuve noticia que la tal Edelmunda falleció de lepra el invierno pasado.

117

La Providencia de los justos

a reunión se celebraba, al caer la tarde, en la residencia de Martí. Los convocados eran el padre Llobet, los capitanes Jofre y Felet, éste llegado de su postrer viaje, el griego Manipoulos y Omar, que en aquella ocasión y dado el ascendiente que con los años había adquirido en la casa, ocupaba ahora un lugar más próximo a la amistad que al mero cargo de administrador.

A medida que iban llegando, los huéspedes eran conducidos al salón de música del primer piso por el mayordomo Andreu Codina. Alrededor de la gran chimenea y en un círculo de cómodos sitiales en torno de un catre para Martí, se instalaron todos.

Eudald tenía en aquel momento la palabra.

—Ved, queridos amigos, que el fiel de la romana está en el centro. Me atrevería a decir que las espadas están en alto. La ciudadanía está con vos, Martí, pero no así la nobleza, y el clero, al que conozco bien, no se definirá hasta que la cosa esté clara.

—No es ninguno de los estamentos los que han de dictar sentencia; si no estoy mal informado, es el conde —argumentó el capitán Jofre.

El astuto Manipoulos sentenció:

—No debemos olvidar que únicamente algunos privilegiados pueden susurrar al oído de los poderosos, y aunque los ciudadanos del pueblo llano estén de vuestra parte, éstos no entran en palacio ni toman parte de consejo alguno.

—El único consejo admitido oficialmente es el de los jueces y a éstos parece que vuestra argumentación ha calado hondamente.

Llobet se retrepó en su asiento y respondió:

—No a todos, Felet. Me consta que al menos uno de ellos es proclive al consejero.

—Decidme, Eudald. ¿Qué consecuencias podría tener para Martí una sentencia negativa? —preguntó Falet, que desconocía los detalles de lo sucedido debido a su viaje.

—Terribles, hijo mío, terribles.

—¿Cómo de terribles?

—La *litis* es un tribunal de honor; caso de perderla, se supone que en alguna cuestión Martí habría mentido, por lo que la indemnización que exigiría el consejero podría equivaler a una ruina.

—Y viceversa —apuntó Jofre.

—Evidentemente. Sin embargo, me temo que de no aportar alguna prueba irrefutable, las cañas se pueden tornar lanzas. Ya os avisé varias veces durante vuestras visitas a la Pia Almoina de que os metíais en un avispero, Martí. Hay que reconocer que Montcusí es habilísimo. Me nombra sabiendo que no puedo testificar y extrae de vuestros argumentos datos positivos para sus intereses. Ved que de la misiva de Edelmunda ha sabido recalcar ante los jueces que Aixa era una esclava… Tenéis el asunto muy torcido. Rezad para que Dios os ilumine.

La fiebre había regresado y gotas de sudor perlaban la frente de Martí.

—Debéis descansar, Martí —dijo el griego—. De no hacerlo, poco importará que ganéis o perdáis el envite. Los únicos vencedores serán los gusanos del cementerio.

—Pasado mañana es el día de la última oportunidad, no voy a poder descansar, lo sé, es inútil. Y quiero que sepáis todos que nada me importa lo material. Muy poco hace falta para ser feliz en este mundo; si pierdo todo lo que gané, comenzaré de nuevo y con vuestra ayuda, saldré adelante.

La voz de Andreu Codina interrumpió la sesión.

—Señor, la misma mujer que estuvo ayer tarde dos veces, desea veros. Y esta vez trae compañía.

—Decidle que el señor Barbany no está en condiciones de recibir a nadie, que vuelva otro día —respondió Eudald.

—Creo que deberíais verla, señor. Viene con la señora Ruth.

Al oír ese nombre, el color volvió al rostro de Martí.

—Decidle que entre… ¡Ya!

Los hombres allí congregados contemplaron cómo Ruth, visiblemente delgada pero con ademán decidido, entraba en el salón. La extraña se quedó fuera, aguardando.

—¡Martí! —exclamó la joven al verlo en cama.

Corrió hacia él, y se echó a los pies del catre donde estaba recostado.

—¡Es una imprudencia que hayáis venido, hija mía! —dijo Llobet.

—No he tenido más remedio. Encontré a esta mujer en las puertas de la casa. No la dejaban entrar; entonces me presenté y, cuando supe el recado que traía, ordené a los criados que abrieran la puerta. Creo que lo que viene a deciros será de gran interés. Os espera fuera.

Martí acarició el cabello de Ruth, e intentó expresar con sus ojos el amor que sentía.

—Dejadnos solos, amigos, por favor.

Los hombres se fueron, no sin antes despedirse con un abrazo de su amigo.

Cuando hubieron partido, Martí ordenó a Codina:

—Decid a la mujer que pase.

Mientras esperaban, Martí besó con pasión a Ruth en los labios.

—¡Os he echado tanto de menos…!

La muchacha, con los ojos llenos de lágrimas y una sonrisa en su rostro, replicó:

—No tenéis que preocuparos. No volveré a separarme de vos.

La muchacha tomó asiento a su lado en el catre y ambos aguardaron a que llegara la visita.

El mayordomo precedió a su aparición. Compareció en la puerta una mujer de mediana edad vestida como una viuda, con blusa y saya de negro color, que cubría su cabeza con una pañoleta de fino encaje, sujeta al pelo con un prendedor de asta de ciervo. Su mirada era serena y en absoluto impresionada ante tanta riqueza.

—Antes que nada, os pido mis excusas por presentarme así en vuestra casa, tan a deshora.

—Por favor, sentaos y exponed vuestros motivos —dijo Martí.

La mujer ocupó una de las banquetas frente a la pareja y apretó firmemente entre sus manos una pequeña escarcela que parecía ser la razón de sus cautelas.

—Sois sin duda don Martí Barbany.

—Ése soy.

—Estoy aquí cumpliendo una promesa que hizo mi madre a Laia Betancourt.

Martí miró a Ruth con la esperanza dibujada en el semblante.

—¿Quién sois?

—Nada os dirá mi nombre. Me llamo Àurea. Permitid que primeramente siga el hilo de la historia. Adelaida, mi madre, que en paz descanse, fue ama de cría de Laia Betancourt y su vida era un bálsamo. El alto personaje con el que estáis litigando hizo imposible la vida en la ciudad a mi madre cuando supo que os reuníais con Laia en su casa. Yo para entonces estaba ya casada en Montornés con el guarnicionero del pueblo y gozaba de una posición desahogada, pues a los de su profesión, con tanto caballo y bestia de tiro, trabajo no les faltaba. Cuando el señor de Montcusí supo de vuestras citas, la presión a que fue sometida obligó a mi madre a huir de Barcelona y a refugiarse en mi casa. Hace cuatro años ella y mi esposo fallecieron en un breve intervalo. Las penurias económicas y la obligación de sacar adelante a mis hijos hizo que postergara sus últimas voluntades. La noticia de lo que sucede en Barcelona llega a los pueblos y al oír vuestro nombre lo asocié al encargo que me hizo mi madre antes de fallecer. «Busca a Martí Barbany», me dijo, «y entrégale estas dos cartas; él sabrá qué hacer con ellas». Y a eso he venido.

Al decir esto último la mujer tiró del cordoncillo que cerraba la embocadura de la escarcela y extrajo de su interior dos sobres, uno cerrado todavía y con el sello de lacre incólume y el otro con el suyo ya rasgado.

Ruth se precipitó a tomarlas y rápidamente las entregó a Martí, que a efectos de la fiebre, del calor y de la emoción, sudaba copiosamente. A continuación y en tanto él leía el primer documento, ofreció a la mujer una bebida demandando excusas por no haberlo hecho antes.

La misiva cuyo sello había sido ya rasgado decía así:

> Querida Adelaida, no sé si ésta llegará a vuestras manos. Estoy en grave dificultad e ignoro si volveré a ver a mi amado. Si no volvéis a saber de mí, o peor, os llegan nuevas de que he muerto, os ruego que al regreso de su viaje tengáis a bien hacer que la segunda misiva que os entrego junto a ésta llegue a sus manos. Si consigo burlar la vigilancia de Edelmunda os la entregaré yo misma. Si no, ya industriaré la forma de hacérosla llegar.
>
> Siempre vuestra, recibid el cariño y la gratitud de vuestra
>
> LAIA BETANCOURT

Por la expresión del rostro de su amado, supo Ruth que el mensaje era de importancia capital.

La mujer indagó:

—¿Era importante, señor? Excusadme por no haber acudido antes, mi conciencia me remordía el alma. He aprovechado mi condición de ciudadana de Barcelona, que heredé de mi padre, para acudir a la *litis* cada día y seguiros a la salida hasta vuestra casa, debía asegurarme antes de intentar cumplir con el deseo de mi madre, aunque en el empeño he gastado todos mis ahorros. Ayer, vuestros criados no me dejaron pasar, y hoy habría sucedido lo mismo de no haberme encontrado en la puerta con esta joven.

—No os preocupéis por ello, dejadme acabar de leer.

Ruth acercó un cuchillo a Martí y éste lo tomó con mano temblorosa, rasgó el lacre, y comenzó a leer.

> Barcelona, 10 de febrero de 1055
>
> Mi bien amado Martí:
>
> Ignoro si esta carta llegará a vuestras manos, y en caso de que así sea, si estaré viva o habré muerto. No hagáis caso de cualquier mi-

711

siva que os haya llegado anteriormente, se me obligó a escribirla contra mi voluntad. Os amo con todo mi corazón y nada hubiera llenado mi vida como ser vuestra, pero era demasiada la belleza y no estaba hecha para mí.

Soy el capricho de mi padrastro, me ha deshonrado y me viola siempre que se le antoja, bajo la sempiterna amenaza de despellejar a Aixa ante mis propios ojos.

Cuando ello ocurre yazgo como muerta y mi pensamiento corre desbocado a vuestro encuentro. Ignoro cuánto tiempo podré aguantar esta situación, pero sabed que mi corazón os pertenece y que mi último aliento será para vos.

Os ama hasta el sacrificio,

Laia Betancourt

La mano de Martí cayó a un lado, inerte; Ruth recogió el escrito y lo leyó.

—Señora, me habéis dado la vida y la muerte en un solo envite. Sabed que, mientras viva, os estaré eternamente agradecido. Aguardad aquí y permitidme que Ruth, mi prometida, os entregue la prueba de mi gratitud.

Los ojos de Ruth brillaron al oír esa palabra.

—Nada quiero, señor. El recuerdo de mi madre es lo que me ha impulsado a cumplir con mi deber.

—Me habéis dicho que sois viuda y que os habéis casi empeñado para acudir en mi ayuda. Quiero que sepáis que nunca jamás os ha de faltar nada, ni a vos ni a vuestros hijos.

La mujer se arrodilló llorosa, intentando cubrir de besos la mano de Martí. Éste la alzó por los hombros.

—¡Alzaos, por Dios! Soy yo el que no podrá saldar jamás la deuda contraída. Y ahora, señora, sabed excusarme, pero debo retirarme.

Y dirigiéndose a Ruth, cuyos ojos reflejaban el asombro gozoso que la embargaba y a la vez el inmenso tormento que aquel mensaje despertaba en su memoria, le apuntó:

—Avisad a Omar y a Andreu para que os ayuden a llevarme a la cama; voy a perder el sentido.

Ruth, ayudada por los dos hombres, acompañó a Martí hasta la alcoba y tras dejarlo en la penumbra de un solo candil, velado por

Aixa y casi delirando, se dispuso a cumplir las instrucciones que atropelladamente le había impartido en tanto lo acostaban.

La mujer había confesado sus dificultades y Martí había decidido premiar su fidelidad y esfuerzo, aliviando sus penurias.

Ruth se acercó al arcón de flejes cruzados que había sido del padre de Martí; colocando las llaves en las cerraduras opuestas, hizo que los cierres cedieran. A punto estaba de tomar los mancusos que debía dar a la mujer, cuando la visión de algo familiar que estaba en un ángulo del arcón hizo que en su mente comenzara a germinar un plan que podía ser determinante. Las sienes le palpitaban y luchaba para ordenar el montón de ideas que la asaltaban. Tenía sólo dos días para llevar a cabo su cometido y el riesgo que ello comportaba era nimio a cambio del beneficio inmenso que podía representar para su amado que, enfebrecido y casi inconsciente, no estaba en condiciones de aprobar o impedir su plan. Cerró el cofre y tras colocar de nuevo los flejes, salió al encuentro de la mujer. Aguardaba ésta en la salita de música en pie junto al arpa que ornaba una de las esquinas y al ver a Ruth se adelantó a su encuentro.

—Tomad. —Y acompañando la palabra con el gesto alargó a la mujer una abultada bolsa.

—Señora, ¿qué me dais?

—Cincuenta dineros, lo que ha ordenado mi prometido —dijo Ruth, recreándose en esa palabra—; y ha añadido además que cada año volváis y se os entregará la misma cantidad.

Las lágrimas de la mujer descendían incontenibles por sus mejillas.

—Señora, no puedo aceptar semejante suma.

—Id con Dios. No podéis imaginar el beneficio que habéis traído a esta casa.

—Os voy a bendecir todos los días de mi vida.

Ruth, haciendo caso omiso de las muestras de gratitud de la visitante, cortó sus palabras diciendo:

—Os voy a hacer acompañar en un carro por un criado. No es bueno que andéis por las calles de Barcelona a estas horas, con esta suma encima.

Partió la mujer bendiciendo su suerte y tan pronto lo hubo hecho, Ruth convocó a Omar en la salita.

La reunión duró un buen rato. El fiel criado, pese a ser consciente del beneficio que el plan de su ama podía representar para Martí, no pudo por menos de advertirla del gran peligro que podía correr caso de ser descubierta en medio de la noche, en su situación, vestida de hombre y portando encima tan peligrosa mercancía.

Pasada la medianoche, provisto de uno de los salvoconductos que dejaban paso franco a todo el personal del astillero del armador Martí Barbany, un joven jinete atravesaba la puerta de Regomir y se dirigía al paso, para no llamar la atención, hacia el final de la playa junto a la falda de Montjuïc, donde el resplandor de las fraguas se veía desde Barcelona.

Cuando hubo llegado desmontó del caballo y después de atarlo a una barra a ello destinada, se acercó a las hogueras donde algunos herreros descansaban de su turno de forja mientras tomaban un ligero condumio y trasegaban una bota de vino.

—¿Conoce alguna de vuestras mercedes al capitán Jofre?

—Acabo de verlo en la fragua número cinco; si allá vais allá lo encontraréis.

—Dios guarde a vuesas mercedes, que tengáis buen turno.

Y tras despedirse, Ruth dirigió sus pasos a la fragua número cinco que distaba apenas un centenar de metros.

El ruido de los martillos golpeando el caliente metal sobre la cama de los yunques llenaba la noche de extraños ritmos. Cuando la muchacha, con la venia del celador encargado de vigilar la entrada, atravesó la cancela de la fragua, la visión de los hornos escupiendo chispas y el rojo resplandeciente del ambiente reflejado en los torsos desnudos de los herreros, la transportó a la ceremonia de un aquelarre en el mismísimo averno. El ruido era ensordecedor. Ruth se acercó a dos muchachos cuya misión consistía en recoger en grandes capazos de esparto las limaduras que quedaban junto a los grandes soplillos de cuero que aventaban los recortes de metal para volver a meterlos en los hornos.

En medio de aquel tumulto y haciéndose oír a fuerza de gritar junto a la oreja de uno de ellos, demandó por el capitán Jofre, encargado, entre otras muchas cosas, de revisar el trabajo de los hornos donde se fabricaban las piezas de hierro que precisaban las embarcaciones.

El muchacho señaló con el dedo una cabina levantada al fondo de la fragua, a la que se llegaba mediante una escalerilla de madera que ascendía al altillo. Ruth atravesó la estancia seguida por la mirada ardiente de aquellos hombres, que detectaban un elemento extraño en su medio natural.

Jofre la vio llegar y se asomó al instante, creyendo que algo malo era lo que motivaba tan anómala visita. Ruth intentó tranquilizarle, pero era tal el ruido que hasta que la tomó del brazo y, tras hacerla entrar en el cuartucho, cerró la puerta, fue imposible explicarle el motivo de su visita.

A medida que el marino se enteraba del asunto sus ojos se iluminaban progresivamente.

—¿Dónde está el paquete?

—Aquí lo tenéis.

Ruth extrajo del interior de su ropa el pequeño saco y se lo entregó a Jofre; éste se dirigió a la mesa del centro iluminada por un candil y volcó en ella el contenido.

—¿Es todo?

—No, la otra mitad la he dejado en casa a buen recaudo; ésta es solamente para que experimentéis.

—¿De cuánto tiempo disponemos?

—La última vista es para pasado mañana. Por lo tanto, nos resta un día.

—Entonces no perdamos tiempo y vamos a ello.

118

Las piezas del rompecabezas

El ambiente había alcanzado un estado de exaltación extremo. Si cada uno de los días anteriores, el lleno había sido absoluto, en esta ocasión, teniendo en cuenta que en aquella jornada se dirimía todo, se podía decir que hasta los soldados habían negociado sus guardias para hacerse un lugar en el inmenso salón. Todos querían poder decir a vecinos, amigos y parientes llegados de otros condados: «Yo estuve allí aquel día». De cualquier manera, un espectador ajeno a todo que hubiera tenido que emitir un juicio de valor dejándose llevar por los signos externos, se hubiera decantado con seguridad a favor del consejero condal. Los saludos, los parabienes y los agasajos indirectos hacia su persona por parte de clientes y deudos que intuyéndolo vencedor buscaban aproximarse, eran muy superiores a los que recibía un Martí pálido, que en la mesa y apenas repuesto de su último acceso de fiebre, aguardaba extrañamente sereno a que el acto diera comienzo.

Ya todos estaban en su lugar: las tres tribunas totalmente atestadas, los jueces en su mesa, los contendientes frente a frente, cuando los añafiles de plata, regalo del rey moro de Tortosa, y las trompetas anunciaron la llegada de los condes de Barcelona, en esta ocasión acompañados del hijo mayor de Ramón Berenguer, Pedro Ramón, que iba a ocupar un trono situado un escalón más bajo que el de su padre y su madrastra.

Cuando el juez Vidiella anunció que la *litis* quedaba abierta por último día y que de allí saldría el veredicto del conde, una tensa calma se estableció entre los presentes y las miradas se dirigieron alternativamente de uno a otro contendiente.

—Don Martí Barbany de Montgrí tiene la vez. Exponed aquí y ahora cualquier argumento final, ya que no habrá otra ocasión.

Martí rebuscó en una bolsa de cuero que tenía frente a él, y extrajo una misiva, que puso a la vista de todos.

—Demando permiso a sus señorías para acercarme a la mesa para aportar nuevas pruebas que corroborarán cuanto he dicho hasta ahora.

—Proceda, pero diga antes cuál es su pretensión —intervino Frederic Fortuny.

—Pedir a mi oponente que autentifique un escrito.

—Adelante.

Salió Martí de su lugar pausadamente. Los cuidados del físico Halevi iban causando su efecto, pero lo que más temía en aquella ocasión era que le acometiera uno de lo temidos y súbitos accesos de fiebre que le dejara paralizado e incapaz del menor esfuerzo. Finalmente llegó a la mesa de jueces y al entregar el documento aclaró:

—Es ésta una misiva que recibí ha mucho y desearía que el ilustre consejero dijera si la conoce y reconoce en ella la caligrafía de su ahijada.

La carta pasó de mano en mano por los tres jueces, quienes tras ordenar a Martí que regresara a su lugar, llamaron a la mesa a Bernat Montcusí.

Se acercó éste pomposo y lento como correspondía a su dignidad y a su tamaño.

El juez Bonfill le alargó el escrito. El otro, calándose un monóculo, lo observo con atención.

—Desde luego que sí, y por cierto ya hablé de ello. Ignoro adónde quiere llegar mi oponente, pero esta misiva corrobora mi aserto: es la letra de mi hija y el escrito fue dictado por mí cuando pretendí cortar de una vez aquellos malditos amores que desencadenaron la tragedia que todos conocéis.

El juez Fortuny apostilló:

—¿Queda satisfecha la curiosidad del demandante?

—Sí, señoría. Mi único interés es que quedara patente que la letra es la de Laia Betancourt.

—Ha quedado manifiesto; retírese su excelencia y prosiga el demandante.

—Señorías, tengo aquí otro escrito que quisiera mostrar y que evidentemente procede de la misma mano que el anterior.

—Acercaos.

En esta ocasión la expresión del rostro del consejero mostraba un aura de curiosidad mezclada con desconfianza.

Martí se llegó de nuevo a la mesa y entregó la misiva. Al verla pasar de mano en mano entre los tres jueces y detectar los reservados comentarios que éstos hacían en voz baja, la muchedumbre intuyó que había llegado el momento crucial del proceso. Hasta los condes se mostraron intrigados por la demora de los magistrados y los componentes de la *Curia Comitis* se miraron inquietos.

Eusebi Vidiella, en calidad de secretario, se puso en pie.

—Dada la gravedad de la prueba, llamamos de nuevo a don Bernat Montcusí.

En esta ocasión la actitud del consejero difirió en grado sumo. Retiró violentamente su sitial y a grandes zancadas se acercó a la mesa. Se colocó nuevamente el monóculo y al leer el escrito su rostro fue adquiriendo un tinte cerúleo.

—¡Ignominia, burdas mentiras! ¡Exijo que esta falsa prueba sea reprobada de inmediato!

Tras una breve consulta se alzó el secretario.

—Vamos a considerar en privado este testimonio y posteriormente...

La voz del conde interrumpió el discurso.

—Léase en voz alta el escrito. Se ha convocado esta *litis* en pública concurrencia pues no queremos privar a los ciudadanos de Barcelona de su derecho a conocer todas las circunstancias.

El juez Bonfill se puso en pie y ante un silencio sepulcral dio lectura en voz alta a la carta de Laia, con la grave acusación contra su padrastro que se desprendía de esas amargas líneas.

Al finalizar la lectura, Montcusí se puso en pie y comenzó a gritar como un energúmeno.

—¡Mentiras, absurdos embustes y calumnias! ¡Exijo a Martí Barbany que confiese la falsedad de esta maledicencia con la que intenta desacreditarme!

—Excelencia, os recuerdo que no estáis en posesión de la palabra —recordó Bonfill, y añadió—: Ciudadano Martí Barbany de Montgrí, estáis a tiempo de rectificar. Tenéis la palabra.

Martí se puso en pie lentamente; por vez primera era consciente de que llevaba la iniciativa en el proceso.

—No retiro del mismo ni una tilde ni una coma. Ni el ciudadano Montcusí ni yo estamos capacitados para afirmar que este escrito lo escribió Laia Betancourt. Pero dado que mi oponente ha certificado que la otra carta era de su puño y letra, propongo a la sala que encargue a los distinguidos sabios de la *Escola scriptorum* de la seo la certificación de su autenticidad.

Los tres jueces estaban deliberando cuando la recia voz de Ramón Berenguer dominó el murmullo de la sala.

—¡Sea, hágase de esta manera! Y como excepción y ante esta demora impensada, aplazaremos esta vista hasta que los reverendos sacerdotes anuncien su dictamen. Señor secretario, levantad la sesión.

Cuando el mazo del juez subió y bajó tres veces, cerrando la causa y mientras Martí cruzaba la mirada con Llobet, que salía de la sala para abrazar alborozado a Jofre, Omar y Manipoulos, el pateo de los presentes había alcanzado un nivel que recordó al viejo marino el fragor de una tormenta.

119

La justicia divina

El dictamen de los sabios fue concluyente. La mano que había escrito ambas cartas era la misma. Cuando la voz del secretario lo leyó, el silencio de los presentes era total. La certificación había puesto de manifiesto la evidente falta al honor de Montcusí. El conde, desde su trono, lo miraba adusto y ceñudo. Lo que había comenzado como un divertimento, algo así como una prueba para ver la agudeza y astucia de su consejero, tenía trazas de acabar en drama. Se veía a Bernat en su mesa mirando al vacío con una expresión perdida en el semblante. La voz del juez Fortuny devolvió a la realidad a los presentes.

—Diga el demandante, ¿hay algo más que queráis reivindicar antes de cerrar esta *litis*, y que tenga que ver con el demandado?

—Sí, señorías.

—Proceded pues.

—Reivindico la honorabilidad del preboste de los cambistas Baruj Benvenist, ajusticiado en la plaza pública con muerte, por demás infamante.

La voz de Martí hizo el efecto del rayo que precede al trueno. La tormenta estaba a punto de desencadenarse, ya que la acusación de Martí implicaba indirectamente al conde de Barcelona.

La voz del juez Fortuny sonó neutra, y sin embargo preñada de amenazas.

—¿Sois consciente de que implicáis en este envite a la justicia de nuestro señor?

720

—Soy consciente de que únicamente el Dios del cielo es infalible.

—Vuestra respuesta es baladí. De no aclarar vuestras palabras tal vez ganéis esta *litis*, pero os veáis implicado en un proceso mucho más grave.

Barbany se dispuso a entablar su postrera batalla. El consejero, que había visto una fisura en su defensa, estaba presto a aprovechar su coyuntura.

Martí dirigió la mirada hacia los tronos condales y habló como si únicamente a ellos se dirigiera.

—Excelentísimos condes, ilustres jueces. Yo no nací de noble cuna y mi educación no la recibí de nobles tutores ni de sabios profesores de la escuela catedralicia. Nací de humilde condición y me ilustró un modesto cura de pueblo, que sin embargo supo inculcar en mí los principios de la equidad y de la justicia. Sé que la vuestra es legendaria y que no distingue entre nobles, ciudadanos de Barcelona y gente de la plebe. Por eso vuestro pueblo os ama y presume de tener por guía al más preclaro príncipe de la cristiandad. Pero la justicia, señor, se basa en pruebas y testimonios, y cuando éstos, por circunstancias ajenas a vuestra persona, no son fidedignos, más aún, son falseados, puede ocurrir que sea castigado un inocente y eluda la pena algún culpable.

Martí había captado la atención de los presentes y el tenso ambiente se podía cortar con un cuchillo. Después de una pausa, pensada para que sus palabras calaran en el auditorio, prosiguió:

—Hace unos meses condenasteis a la horca al preboste de los cambistas, Baruj Benvenist, y lo hicisteis, no por haber errado al admitir como buenos unos maravedíes de falso metal, sino por haber intentado defraudar al tesoro condal quedándose para su beneficio el oro fundido de los mismos, alegando que se le había entregado moneda falsa; de ese modo intentó engañar al consejero económico del condado, que no es otro que el demandado, Bernat Montcusí. Bien, excelencias: traigo conmigo la prueba irrefutable del desafuero que se cometió con él y que restaurará sin duda la honorabilidad de tan buen servidor y asimismo la de la comunidad hebrea del *Call* de la ciudad.

Con gesto solemne, Martí extrajo de su atestada escarcela dos saquitos, uno de burdo cordobán y otro de fina gamuza con el escudo condal de las cuatro barras bordado en él y los colocó sobre la mesa. Las gentes seguían sus maniobras con la atención que los niños ponen en la magia de cualquier encantador en la plaza mayor de un pueblo. En esta ocasión Martí se dirigió al público en general que poblaba las tres tribunas.

—Ved, señores, lo que aquí traigo. Mi señora Almodis tuvo a bien nombrarme ciudadano de Barcelona, como premio por haber iluminado la ciudad antes de la llegada del embajador de Sevilla, recompensándome además con una faltriquera de monedas de oro, a fin de que las distribuyera entre los servidores de mi casa, conmemorando así tan feliz efeméride. Pero hete aquí que no quise malbaratar tan hermoso recuerdo y recompensé a mi gente con mancusos de curso legal, guardando en lo más profundo del cofre de mis recuerdos el saquito con el escudo condal, que os presento y que contiene todavía los maravedíes con los que fui premiado. Hace dos noches alguien lo halló entre mis objetos de valor y decidió tomar una porción de ellos y llevarlos a la fragua que poseo en la ribera del mar, para hacerlos fundir y de esta manera comprobar la calidad de la aleación. ¡Señores, la amalgama era falsa! Y estas monedas no habían tenido contacto con Benvenist ni con los cambistas del *Call*. Aquí está la prueba.

Entonces, tan despacio como pudo, volcó en la mesa de los jueces el contenido del segundo saquillo, y unas irregulares piezas de un oscuro metal rodaron sobre la superficie.

El conde palideció notablemente mientras que la gente, puesta en pie, aplaudía, vociferaba, discutía. El salón se había convertido en un pandemonio de gritos y denuestos entre la tribuna de los nobles y la de los ciudadanos de a pie; la del clero guardaba una actitud neutral aguardando el devenir de los acontecimientos.

Cuando ya se restableció el orden, el juez principal ordenó proseguir.

—Por lo tanto, excelentísimos condes, es ésta la prueba de que todos los maravedíes que entregó el embajador Abenamar, de ingrata memoria, para rescatar a ar-Rashid, hijo de al-Mutamid, rey de Sevilla, eran falsos y por tanto la pena que pagó por ello el malhadado Baruj Benvenist fue injusta. Por lo cual y desde aquí y ahora, reivindico la honorabilidad de su nombre y la restitución de todos sus bienes a sus descendientes, ya que por él nada ya se puede hacer.

»Pero quiero ir más allá en mi alegato. El consejero tiene ante sí dos opciones: confesar su ineptitud y su terrible descuido al admitir como buena moneda falsa perjudicando seriamente al condado, o lo que es peor, habiéndose dado cuenta del engaño, pretender cobrar réditos de su irresponsabilidad acusando de fraude a los cambistas judíos y cargando la responsabilidad sobre sus espaldas, culpándolos de haber pretendido robar al conde, para quedarse el oro alegando que lo que habían recibido era plomo.

Esta vez, al finalizar su ardiente defensa, la influyente tribuna del clero se arrancó en aplausos y tras ellos siguieron los más irreductibles partidarios del consejero. La prueba era irrefutable.

Cuando se calmaron los ánimos, el juez Frederic Fortuny, dio la palabra a Montcusí.

—Señor consejero, tenéis la palabra para defenderos de la postrera acusación.

Bernat Montcusí se dispuso a morir matando. Se llegó al estrado, y desplegando su oronda humanidad frente al atril, buscando complicidades entre las gentes, comenzó a fabricar su escapatoria.

—Excelencias, señorías, nobles señores, clero de Barcelona, ciudadanos en general. Siempre fui un exacto cumplidor de la ley y conozco mis derechos y mis limitaciones y sé que en una *litis honoris*, el demandado tiene que ceñirse a los términos y asuntos que el demandante ponga sobre el tapete sin sacar a colación otros debates. Pero bien sabe Dios que el tema de los cambistas, él lo ha sacado y de él voy a hablar.

Entonces, empleando la voz tonante de un predicador, comenzó su diatriba.

—¿Cómo se atreve este insensato a acusarme de nada cuando él ha acogido en su casa a alguien que está desobedeciendo flagrantemente una sentencia firme dictada por el conde de Barcelona? ¿Cómo se puede dar crédito a tanta felonía cuando el señor Barbany es cómplice de ultrajar la ley, la cual cosa le invalida para acusar a nadie?

Entonces con el grueso índice de su diestra señaló a Martí.

—Señor Barbany, ¿no os enseñó ese maestro al que habéis aludido que el que encubre a un reo de desobediencia ultraja a los jueces y se convierte a su vez en cómplice del delito? Yo os acuso de encubrir y ocultar en vuestra casa a la hija menor del condenado Baruj Benvenist, que debería haber partido junto a su familia, a la que la magnanimidad de nuestro señor Ramón Berenguer sentenció al destierro. Judía, por tanto, convicta, y por más escarnio y deshonra de los de su raza, ya que ha estado viviendo lejos del *Call*.

»No sois quién para acusarme de nada: la acción que habéis cometido os invalida para incoar una *litis* contra un ciudadano honrado y fiel cumplidor de la ley. Por tanto, todas vuestras acusaciones carecen de validez por defecto de procedimiento.

Las gentes dirigían sus miradas alternativamente del uno al otro y de éste al trono de los condes.

—Si tenéis respuesta a tanta indignidad y tanta perfidia, os cedo la palabra para que intentéis justificar lo injustificable. Señores jueces, exijo la invalidación de todo el proceso ya que quien lo ha incoado no tenía derecho a hacerlo.

Y recogiéndose la túnica y dando una ostentosa vuelta, se dirigió a su asiento.

Martí, a quien sin duda la tensión del lance había proporcionado un acceso de la temida fiebre, se dispuso a dirigirse a su atril y al hacerlo un mareo incontenible le retuvo en su asiento.

Fue entonces cuando el padre Llobet, alzado en la tribuna, tomó la palabra, y dirigiéndose a la condesa, solicitó su permiso para intervenir. En tanto descendía y se dirigía al estrado, la expectación era absoluta.

—No he venido aquí a hablar del consejero, pero sí a rebatir ciertos hechos que me consta que son falsos. Cierto es que Ruth Benvenist, hija menor del preboste de los cambistas, ha vivido bajo el techo del señor Barbany hasta cierto tiempo atrás al cuidado de una aya. Pero ahora Ruth Benvenist es conversa: fue bautizada antes de que venciera el plazo de la sentencia de destierro. Yo mismo oficié su bautismo y la alojé en un convento hasta que toda esta situación se aclarase. Me consta además que pronto se convertirá en la esposa de Martí Barbany... —añadió, lanzando una sonrisa hacia su protegido—. Y entiendo que los cargos contra el preboste Baruj y su familia van a quedar sin efecto según las pruebas aquí presentadas.

Bernat Montcusí se derrumbó en su asiento.

La sesión se levantó y las gentes salieron a la calle excitadas, comentando los avatares de tan apasionante jornada y haciendo cábalas sobre cuál iba a ser la decisión del conde. Mientras tanto, Ramón Berenguer abandonaba el salón con el entrecejo fruncido, preocupado por el difícil problema que se le venía encima. Sin embargo, sobre todas las cosas algo era primordial: ni su honra ni las finanzas de sus condados deberían resentirse.

Aquella noche el diálogo entre los esposos era tenso.

—No entiendo vuestra ligereza, Almodis. ¿Cómo comenzasteis a repartir sin consultarme los dineros que mi generosidad os entregó con el consiguiente perjuicio que habéis proporcionado a Barcelona?

Almodis saltó como un áspid: la mejor defensa había sido, desde siempre, un buen ataque.

—¿Insinuáis que debo pedir vuestra venia para asistir a mis gentes? ¿Pretendéis que mis desheredados dejen de percibir la sopa de los pobres porque no conviene a vuestro intendente? ¿No os dije acaso el destino que pensaba dar a los maravedíes que me entregasteis? Además, nadie podía imaginar el mal paso en que os iba a meter la incuria y la incapacidad de vuestro consejero, que por cierto jamás fue santo de mi devoción.

—Pero ¿cómo queréis que justifique mi flaqueza?

—Sois el conde de Barcelona, a nadie debéis rendir cuentas de vuestros actos. Sin la sinrazón que cometió el intendente jamás os podían haber responsabilizado de nada. Los maravedíes hubieran corrido de mano en mano, siguiendo su camino, porque el dinero no tiene padre ni madre, y caso de achacar a alguien el origen de la falsedad, el desprestigio hubiera caído sobre el rey hispalense, ya que era su efigie y no la vuestra la que figuraba en el anverso de la moneda. Comenzad a meditar vuestro veredicto y esta vez hilad fino, pues debéis inculpar al responsable de tanta malevolencia. Barcelona debe permanecer incólume por encima de todo, caiga quien caiga, y que cada cual asuma su tanto en culpa. Mejor os diré, vuestra honra quedará más limpia si el pueblo llano percibe en el arbitraje de su señor que éste no tiene en cuenta al poderoso en detrimento de cualquier súbdito, máxime que don Martí Barbany no es cualquier súbdito: os ha rendido, y puede rendiros en el futuro, copiosos beneficios.

—Señora, agradezco vuestro consejo, pero olvidáis que cuando os conocí era ya conde de Barcelona. Sé que un gobernante se debe a su pueblo y que lo que es bueno para la mayoría es lo que procede. Soy consciente de que hay momentos y circunstancias en que la prudencia aconseja cosas que obligan a poner aparte los afectos y las lealtades y no dudéis que si he de escoger entre el corazón y la cabeza, será esta última la que dictará la última palabra. Si para que flote el barco hay que lanzar al mar la mercancía, se hará. De modo que cuando alguien se convierte en lastre, por amargo que resulte hay que deshacerse de él. Pero sabed que es por mi voluntad, no por vuestro consejo, voy a obrar de esta manera. Os recuerdo, además, que fuisteis vos quien me convencisteis para autorizar esta *litis*… De no haber sido por vos, nada de esto hubiera sucedido.

Almodis se quedó inmóvil. Estaba segura de que esta discusión pronto sería sabida en todo el palacio. Con la mirada puesta en el conde avanzó hacia él y le tomó de la mano. Sus labios esbozaban la sonrisa seductora que tantas veces había logrado ablandar los malos humores de su esposo.

Pero esta vez no fue así. Éste retiró la mano y repuso:

—Ahora, si me permitís, me gustaría estar solo para mejor meditar mi decisión.

Y, tras una inclinación de cabeza, el conde salió de la estancia.

Almodis permaneció en pie unos instantes. Luego se llegó hasta el canterano y de una frasca se sirvió una generosa ración de hipocrás. Con la copa en la mano, se instaló en una silla, junto a la pequeña ventana que daba al huerto y, tras beber un buen sorbo, se dijo que era la primera vez que el conde la rechazaba. Se palpó el rostro, notó las arrugas, y una lágrima rebelde asomó a sus ojos.

Había sido en Barcelona donde había culminado su vida. Ella, repudiada dos veces, había conseguido llegar a la cumbre y ello no era cuestión baladí. Sabía que las gentes atribuirían el hecho a su ansia de poder, pero sus íntimos, que tan bien la conocían, sabían que la lucha entablada no había sido en su beneficio sino para preservar el porvenir de sus hijos. Recordaba todavía la jornada en que conoció a su bufón y el efecto que le causó su oráculo acerca de que ella iba a ser el origen de una dinastía allende los Pirineos. Siempre supo que al destino había que ayudarlo, y ella no había reparado en esfuerzos.

Muchos habían sido los obstáculos. A su mente acudió el espectro de Ermesenda, y no pudo evitar una sonrisa. No cabía duda de que la terrible anciana había sido una rival de su talla y que, siendo sincera, su desaparición le había restado estímulos. La batalla que la mujer emprendió para conseguir la excomunión de la pareja condal, pese a que fuera en su contra, despertaba en su interior un punto de admiración, pues indicaba un arrojo formidable. Tuvo que reconocer que hasta su muerte fue una temible enemiga a la que tuvo que enfrentarse con determinación no exenta de diplomacia, ya que el conde, en el fondo de su corazón, la quería y respetaba, reconociendo que su empeño y tesón por restablecer su autoridad en los condados había sido en su beneficio.

Luego vinieron a su encuentro los denodados esfuerzos que había hecho para ser madre, cuando ya nadie lo esperaba. Había deseado, sobre todas las cosas, darle un heredero a su marido pensando que su nacimiento soldaría para siempre su matrimonio. Aunque aún no sabía si para bien o para mal, habían nacido dos y desde aquel momento se había jurado a sí misma que jamás volvería a ser repudiada.

Un solo obstáculo se alzaba ahora en su camino y debería ser cauta si pretendía eliminarlo sin sufrir daño. Pedro Ramón, el primogénito del conde, se hallaba entre ella y su destino. Lo que a su llegada tomó como desplantes propios de un jovencito celoso de sus atribuciones y de sus derechos, se había convertido con los años en un enfrentamiento en toda regla. Estaba segura de que esta noche se hallaría satisfecho, al haber presenciado cómo su madrastra quedaba en evidencia ante su esposo.

Dio otro trago y suspiró. Ya se ocuparía de Pedro Ramón… Una sonrisa de orgullo se dibujó en sus labios al pensar en sus hijos. Ramón Berenguer, el rubio de sus gemelos, tenía las hechuras de un príncipe. Debía ser, y sería, el siguiente conde de Barcelona, pesara a quien pesase. Levantó la copa en el aire y la vació de un trago.

—Por ti, Ermesenda, mi querida enemiga. Tu ejemplo me iluminará de ahora en adelante… Si no puedo usar ya mis armas de mujer, usaré las de una reina.

120

La sentencia

l finalizar la última sesión las gentes ya intuían el resultado de la *litis*. Martí, durante el trayecto que mediaba entre la Casa de la Ciudad y su residencia, fue literalmente abordado por grupos de personas para él desconocidas que le daban sus parabienes, le palmeaban la espalda y le acosaban a preguntas. La humanidad de Eudald Llobet y el bastión que formaron a su alrededor sus tres capitanes y las gentes de su casa le permitieron abrirse paso a través de aquella muralla humana que le acosaba.

Viendo el final de tan largo túnel, al llegar al patio de caballos de su casa, las fuerzas le flaquearon y cayó inerte. Una crisis producida por la terrible tensión acumulada y los restos del veneno le sumieron en una desazón con puntas de fiebre altísimas que le hicieron perder el conocimiento y delirar durante algunos días. Le instalaron en su dormitorio con las finas cortinas de su adoselado lecho perennemente echadas, la luz de los velones apagada y el gran ventanal entreabierto para que entrara el fresco de febrero. Ruth se hizo traer un catre y se instaló a los pies de la cama. Allí pasaba los días y las noches ocupándose de que tomara los remedios que le suministraba el físico Halevi, revisando los condimentados caldos que desde las cocinas le enviaba Mariona, y que ella intentaba hacerle tragar en los pocos ratos que pasaba despierto. En algún momento, cuando Ruth necesitaba descansar, era relevada por Aixa. La ciega se instalaba al lado del enfermo y cada cierto tiempo posaba su sensible mano en la frente del abatido Martí para controlar su temperatura. Las únicas personas que invariablemente tuvieron, durante este intervalo, paso franco fueron Eudald, Jofre y Manipoulos, y naturalmente el físico Halevi. El capitán Felet había partido con dos de las naves de la compañía hacia el Bósforo.

Así transcurrieron casi treinta días durante los cuales en Barcelona acaecieron muchas cosas.

La sentencia fue promulgada y los estamentos de todas las clases sociales se hicieron lenguas comentando la justicia del conde.

El *Call* quedaba exonerado de toda culpa. El buen nombre del preboste de los cambistas y su honor quedaban restaurados en cuanto a la acusación de haberse apropiado del oro, no así su responsabilidad por haber admitido, sin las debidas comprobaciones, moneda que se admitía como falsa. Por ende, su familia quedaba liberada de la pena de destierro. El consejero de abastos Bernat Montcusí era considerado asimismo primer responsable del infortunado suceso al haber admitido como buenos los nefastos maravedíes. Sin embargo, no era éste el principal delito; también quedaba probada su culpabilidad en haber mentido al no reconocer las vejaciones a las que sometió a su hijastra, pero lo más grave era que, estando bajo juramento, había intentado engañar al conde, su señor, y ese escarnio no admitía perdón.

El consejero fue despojado de todos sus cargos y fueron embargadas todas sus posesiones, respondiendo juntamente con Baruj del reembolso de los maravedíes. Y por haber faltado al honor y haber intentado inculpar a los cambistas, fue desterrado fuera de los condados de Barcelona, Gerona y Osona, durante un tiempo no inferior a cinco años.

Los nobles celebraron el veredicto, ya que al no pertenecer a una de las grandes familias no era persona grata; la Iglesia se abstuvo de todo comentario y los ciudadanos de Barcelona a los que había perjudicado y esquilmado en infinidad de ocasiones se alegraron del fin del influyente personaje. El pueblo llano, que vio que por una vez el ser poderoso no era obstáculo para ser castigado, sintió que su señor trataba por igual a todos sus súbditos, y lo comentaron festivamente en figones y posadas.

<h1 style="text-align:center">121</h1>

<h2 style="text-align:center">El fuego purificador</h2>

as campanas de las iglesias de Barcelona comenzaron a voltear enloquecidas en medio de la tarde. Ruth, que estaba velando a Martí, se asomó a las galerías del patio central buscando a alguien que le explicara el motivo de aquel desusado y alborotado concierto que podía importunar a su enfermo. Apenas lo hubo hecho cuando a vista de pájaro observó que la puerta principal se abría y entraba en el patio de caballos un alterado Omar que intentaba explicar al mayordomo algo que desde la altura no alcanzaba a oír.

Desde la balconada de madera, Ruth interrogó al administrador.

—¿Qué ocurre, Omar?

—Señora, ya subo.

Cuando la muchacha vio cómo el hombre se precipitaba en tromba hacia la escalera, se dirigió a la embocadura de la misma en la sala central del primer piso.

Omar llegaba sin resuello subiendo los peldaños de dos en dos.

—Pero ¿qué ocurre?

—Fuego, señora, un fuego terrible. Si os asomáis al balcón que da a poniente veréis las columnas de humo subiendo al cielo.

—Pero ¿dónde es?

—Dicen que hacia la puerta del Castellvell, y en estas circunstancias las consecuencias pueden ser terribles.

—Y ¿qué hemos de hacer?

—Se ha convocado a la gente de a pie ante la iglesia de Sant

Jaume, para que acudan armados con hachas, azadones, picos y cuantas herramientas grandes tengan a su alcance; y se ha dado orden de que se requisen todos los carros, galeras y carretas tiradas por mulas y caballos que se puedan encontrar en el perímetro de la ciudad y en los arrabales, y que todos se dirijan a la puerta del Castellvell, cargados con barriles, botas, cubas, toneles... En fin, todo aquel recipiente que pueda cargar agua.

A la misma hora, en el salón de plenos del Palacio Condal, Ramón Berenguer había reunido alrededor de la gran mesa a los componentes de la *Curia Comitis* junto con el veguer de la ciudad, Olderich de Pellicer, y con el senescal, Gualbert Amat.

—Informad, Olderich, de lo que ocurre.

Todas las cabezas de los presentes se dirigieron al lugar que ocupaba el veguer.

—Veréis, señor, esta tarde se ha presentado en mi despacho el jefe de alguaciles que estaba hoy de guardia y me ha comunicado que la casa del consejero... perdón, de Bernat Montcusí ardía por los cuatro costados.

Ramón Berenguer dio un respingo.

—¿Cómo es posible que una casa de piedra y recostada en la muralla esté ardiendo?

—Intuyo, mi señor, que el fuego ha sido provocado.

—Y ¿a qué se debe vuestra deducción?

—Mi señor, según parece ha comenzado por tres sitios a la vez y el humo es de una espesura y tan negro que semeja talmente fuego del infierno.

Gualbert Amat intervino.

—¿Qué medidas se han tomado?

Olderich, dirigiéndose al conde, replicó:

—He convocado a los hombres ante la iglesia de Sant Jaume provistos de todo aquello que sirva para atajar el fuego y a todos los que posean carros o galeras, en fin, cualquier medio de acarrear botas, toneles o recipientes grandes que puedan llenarse de agua para que se reúnan en la puerta del Castellvell. Allí mis hombres les ordenarán ir a cargar agua al mar, o al Rec Comtal, o al Besós, o al Llobregat, donde lo vean más procedente. Los que no tuvieren vasijas para el agua, que carguen sus carros de arena de la playa, y que una vez cargados, se dirijan hacia la puerta del Castellvell.

Toda la ciudadanía se puso a la tarea de acabar con el incendio. Vano intento; los expertos llegaron a la conclusión de que aquella hoguera estaba alimentada por el mismísimo Satanás y que las llamas eran un trasunto del infierno. La ciudad, construida en gran parte de madera, estaba en peligro. Mientras los hombres luchaban por apagar las llamas, las mujeres se dirigían a las iglesias de la ciudad y, dirigidas por sus sacerdotes, hacían rogativas manteniendo el Santísimo presente día y noche. Los carromatos que traían agua se sucedían al pie de la muralla y sus bocoyes eran subidos con poleas para lanzar su líquido cargamento sobre el centro de las llamas y sobre las paredes de las casas vecinas. Desde el otro lado del camino de ronda se arrojaban sacos de arena húmeda... Todo en vano. El encargado de los fuegos de la ciudad dio la orden de desguazar las vigas de las casas cercanas y de retirar cualquier objeto que pudiera arder para impedir que las llamas pudieran seguir mordiendo. Al cabo de nueve días con sus noches, el incendio fue sofocado. El aspecto de todo el perímetro era desolador. El fuego había sido provocado y había comenzado simultáneamente por tres sitios casi a la vez, pero el foco principal fue hallado en el sótano donde el consejero había almacenado las vasijas de aceite negro. Del hombre no quedó ni rastro, y por más que el conde dio la orden de buscarlo entre los restos del desastre, nadie dio con su voluminoso cuerpo. En cambio, varios servidores de su casa perecieron carbonizados, sobre todo en las caballerizas donde se almacenaba la paja que ardió como yesca, en un vano esfuerzo por liberar a los animales.

Ramón, en la intimidad del dormitorio, hablaba con Almodis.

—Nada ha quedado en pie; parece una maldición.

—Lo que demuestra es que vuestro consejero ha preferido entregar sus riquezas al fuego antes que a su señor. ¿Y decís que no ha sido hallado entre los restos?

—He ordenado remover todo, es como si se lo hubiera tragado el infierno.

—Imagino que es el lugar que le correspondía. De cualquier manera nos ha proporcionado gran quebranto, ya que la casa requisada tenía gran valor.

—Es mucho más lo que poseía allende los muros: he ordenado un inventario a mis contadores y me ha sorprendido la cantidad de fincas, de predios en arriendo y molinos que poseía fuera de la ciudad.

—Y vos regalándole fortalezas en Terrassa y Sallent… A veces, señor, cuando os encapricháis con alguien, convertís vuestra generosidad en dispendio, en tanto a mí me regateáis unas monedas para mis obras pías.

Martí había salido del mal paso. El tiempo, su fortaleza y los cuidados de Ruth habían obrado el milagro. Pero sobre todo debía su recuperación a esa emoción incontenible que le embargaba. El haber podido reconocer su amor por Ruth ante sí mismo, ante la joven y todo su entorno, le había dado alas. Volvió a revivir el momento mágico de la noche anterior, cuando rebullía inquieto en su cama sin conseguir conciliar el sueño. De pronto las dos hojas de la puerta de su cámara que daba a la terraza, apenas cubiertas por un sutil visillo que permitía que la brisa fresca entrara en su cuarto, se abrieron; una sombra apartó las cortinillas y la luz de la luna perfiló de plata el cuerpo desnudo de una Ruth desconocida hasta aquel momento, que llegaba junto al lecho. Martí quedó hechizado. Jamás hubiera imaginado, cubierto por mil refajos, que el cuerpo de la muchacha fuera el que ahora contemplaban sus ojos. La negra melena sobre los hombros, la cintura breve, las cadenas rotundas, las largas piernas y los altivos senos, todo el conjunto recordaba la silueta de una esbelta cítara.

La muchacha retiró la manta que cubría el cuerpo de Martí y temblorosa, se acostó a su lado.

—«Y desde donde esté os enviaré mi bendición.» ¿Recordáis? Los hechos valen más que las palabras. Sois vos, Martí, el único valedor del honor de mi padre. Ahora creo que es hora de que nos entreguemos a nuestros sentimientos. Quiero sentiros carne adentro y que los dos seamos uno. Así se cumplirá lo que estaba escrito en las estrellas, desde el primer día que mis ojos tuvieron la dicha de veros.

Luego, la muchacha le ofreció sus labios entreabiertos; un latigazo de vida recorrió el cuerpo de Martí y ya no pudo sujetar sus sentimientos tantas veces contenidos y, a la luz de la luna, se desbordó en ella.

Cuando aquella mañana Llobet le puso al corriente de la sentencia y de las circunstancias del incendio de la casa del intendente, una idea comenzó a germinar en la cabeza de Martí.

—Entonces decís que el hecho ha causado grave quebranto a las arcas condales.

—Evidentemente. La casa era parte del pago que debía entregar a la ciudad para cumplir con el veredicto y ahora ha quedado hecha un solar; más aún: el fuego destruyó un cinturón de viviendas que se vieron afectadas y que las arcas municipales deberán sufragar a sus poseedores.

—¿Veis a la condesa últimamente?

—Con frecuencia. ¿Por qué?

—Se me está ocurriendo algo.

—Miedo me dais.

—Dejadme que lo consulte con Ruth y mañana os diré algo.

—¿Y decís, mi buen Eudald, que el ciudadano Barbany está dispuesto a comprar lo que había sido la casa del consejero a fin de hacer un jardín que además regalará a la ciudad para que los niños puedan jugar en él? —preguntó, asombrada, la condesa.

—Eso he dicho. Una única condición ha puesto.

—¿Y cuál es esa condición?

—Deberá llamarse Jardín de Laia y en el centro deberá instalarse un crucero que la recuerde.

—Tendré que consultarlo con mi esposo, pero dadlo por hecho.

—Existe otra condición. Se le deberá otorgar una licencia para entrar en el perímetro de la ciudad toda clase de arbustos, árboles, plantas, animales y pájaros de todo el mundo sin pagar cánones y asimismo la traída de aguas para su regadío. Él tiene al experto para desarrollar el trabajo y a sus barcos para importar de tierras lejanas cuantas especies hagan falta.

—¿Le parecerá bien al señor Barbany que en algún lugar se recuerde que el Jardín de Laia se debió a la intercesión de la condesa Almodis?

—Estará orgulloso de ello, señora.

Un año y medio después

arcelona presumía del Jardín de Laia. El resultado había sorprendido al propio Martí, que jamás hubiera imaginado que el trabajo de Omar alcanzara tanta belleza. Lo que había sido la residencia de Bernat Montcusí se había convertido en un lugar único. Se habían trasplantado árboles y arbustos ya crecidos, tapices de hierba; un regato, como un pequeño riachuelo, lo recorría de punta a punta. Estaba todo él cercado por una reja de hierro fabricada en las forjas de las atarazanas, regalo de sus operarios. Apenas hacía un mes lo había inaugurado la condesa Almodis acompañada de las altas jerarquías de la ciudad a cuyo frente estaba su veguer, Olderich de Pellicer.

Aquella mañana, una espléndida Ruth, a la que la maternidad había embellecido, caminaba llevando un rebujo, dentro del que iba una hermosa niña. Acompañaba a Martí, que no entendía el interés de su esposa, pues ya había visitado el jardín en varias ocasiones. «Hoy es un día especial», había dicho Ruth.

—Ya tienes que dar de comer a Marta y aquí no puedes —protestaba un Martí, padre reciente, enamorado de su hijita.

—No te preocupes de esta pedigüeña, que ya exige más que la condesa.

—Pero ¿adónde me llevas?

—Ya lo verás.

Recorrieron un sendero que serpenteaba entre los sicomoros y llegaron a la altura del crucero de mármol gris y basalto, levantado justamente donde años antes se había consumado la tragedia.

Martí se acercó curioso, porque en su base divisó algo que en su anterior visita no estaba. La lápida la había encargado Ruth al mejor cantero de Montjuïc. En letras de bronce encastadas, pudo leer:

DESDE AQUÍ VOLÓ AL CIELO LAIA,
QUE SIEMPRE VIVIRÁ EN EL RECUERDO
DE QUIENES LA CONOCIERON.
LOS ÁNGELES DEBEN ESTAR CON LOS ÁNGELES.

Una lágrima asomó en los ojos de Martí. Él, que tantas vicisitudes y peligros había corrido, no podía dejar de emocionarse ante la muestra de generosidad de Ruth.

—¿Qué puedo hacer por ti para corresponder a tanto amor y a tanta grandeza de espíritu?

Ruth lo miró enamorada y luego dirigió su mirada a la pequeña que, ignorante de la situación, pataleaba alegremente.

—Dame una tierra, amor mío, en la que cualquier hombre pueda vivir libre, practicando su religión, y en la que no haya ni amos ni siervos. Una tierra en la que todos los ciudadanos sean iguales ante la ley y donde nadie pueda esclavizar a nadie, para que en ella puedan crecer libres y felices los hijos que el Dios que rige nuestros destinos quiera enviarnos.

—No lo dudes, esposa mía. Te daré esa tierra.

Nota del autor

El siglo XI catalán es tan absolutamente novelesco que al lector de este libro le podrá parecer que lo que fue historia es novela y lo que es novela fue historia.

El protagonista de una novela histórica acostumbra a ser fruto de la imaginación del autor. En este caso no es así: el personaje de Martí Barbany está inspirado en la vida de Ricard Guillem, caballero estudiado por el catedrático medievalista José Enrique Ruiz-Domènec, cuya importancia fue tal que el poderoso *Call*, cuando lo nombra en sus escritos, lo llama Ricardus Barcinonensis (Ricardo de Barcelona). Un resto del muro de su mansión en la actual plaza de Sant Miquel se conserva todavía en el sótano del bar El Paraigües, junto al ayuntamiento.

La Barcelona del siglo XI rondaba los dos mil quinientos habitantes; el mayor de los logros en aquella sociedad era conseguir la categoría de «ciudadano», para lo cual, además de poseer una casa, se necesitaba el respeto de los vecinos avalado por una trayectoria intachable. El poseedor del título gozaba de una serie de privilegios, de manera que a los tres estamentos característicos —la nobleza, el clero y el rey, o el conde en Cataluña— se añadía el de ciudadano.

Nuestro protagonista, Martí Barbany, llega a Barcelona dispuesto a conquistar un lugar en la sociedad y lo hace en unas circunstancias apasionantes caracterizadas por las luchas terribles entre dos mujeres singulares, Ermesenda de Carcasona, dos veces regente del condado y abuela de Ramón Berenguer I, y la concubina y posterior esposa de éste, Almodis de la Marca (las tumbas de ambos están una frente a la otra a media altura en el muro derecho de la catedral de Barcelona), por la que el conde sintió un amor fulminante y a la que raptó del castillo de su marido, el conde Ponce de Tolosa. Los esfuerzos del joven, sus retos, sus viajes, sus trabajos, sus logros y sus amores, obstaculizados por un enemigo encarnizado, padrastro de su amada, así como las costumbres de la época, la navegación, los negocios de los hebreos y las intrigas palaciegas, llenan las páginas de este libro.

Una salvedad quiero remarcar para no inducir al lector a engaño. Me he permitido alguna licencia dentro de un contexto histórico que respeto en términos generales. En primer lugar he jugado con alguna fecha por mejor cuadrar el relato. Por ejemplo, he adelantado la visita del poeta Abu Bakr ibn Ammar, Abenamar, embajador de al-Mutamid de Sevilla, al reinado de Ramón Berenguer I el Viejo cuando tal cosa, incluido el engaño de los falsos maravedíes, sucedió años más tarde. La manera de enriquecerse de nuestro protagonista, al punto de llegar a ser el ciudadano más rico de Barcelona, nada podía tener que ver con el petróleo, aunque evidentemente el «fuego griego» ya se conocía en la Antigüedad.

No debe olvidarse que este trabajo no pretende ser más que una novela que haga pasar un buen rato a mis lectores y que, a ser posible, despierte en ellos el interés por la historia.

Agradecimientos

Quiero dedicar esta novela a mis lectoras Marta Poal, Bea Alvear, Eli León y Mercedes Ribed, que siempre me estimularon con su apasionada opinión. A mi notario Enrique Jiménez Duart, cuya amable crítica, siempre constructiva, me sirvió de guía en el proceloso mar de la escritura. A Carlos Maciá Aldrich, hurgador de documentos antiguos, amigo de los buenos, que me orientó sobre temas de la marina catalana de siglos pasados y que, durante cuatro años, en nuestras excursiones en bicicleta por la Cerdaña, aguantó mis dudas y desalientos. A José Antonio Merino, que desde el cielo de los justos, en el que sin duda ahora habita, podrá leer esta dedicatoria, y a Amalia, su viuda. A Juan Alberto Valls, amigo incondicional, que fue el camino que me llevó hasta José Enrique Ruiz-Domènec. Y para acabar, *last but not least*, a mi sobrino Rafael de Mueller-Barbat y a mi médico, y amigo con igual intensidad, Juan Claudio Rodríguez Ferrera.

Y mi expreso agradecimiento a José Enrique Ruiz-Domènec, insigne catedrático medievalista, cuyo estudio sobre Ricard Guillem me inspiró el protagonista de esta novela y de cuyos consejos e informes extraje un material impagable.

A Pepa Bagaría, documentalista inestimable, que no solamente me aportó los datos que le pedí sino que, conociendo mi manera de escribir, me proporcionó otros que su instinto de gran profesional le sugirió.

A Patxi Beascoa, que me abrió las puertas de Random House Mondadori.

A Ana Liarás, que se excedió en mucho en su papel de editora: contagió su entusiasmo, tras la lectura del manuscrito, a todo el equipo de Grijalbo, me propuso nuevos capítulos para la mejor comprensión de la novela y me recondujo los tiempos de la misma; asimismo, a la gente de redacción por su puntillosa labor.

Al equipo de marketing, que tanto se ha esforzado por que estas letras lleguen a los lectores.

A los responsables del diseño de la portada, la cual es lo primero que contagia al lector del gozo de leer.

Al equipo de producción, que ha sabido cuidar con esmero la calidad de esta edición.

Al departamento comercial, que tanto ha hecho por introducir el libro en el circuito de ventas.

Y para terminar, a quienes se han encargado de la difusión de mi libro en los medios de prensa.

Bibliografía

Abadal i de Vinyals, Ramon d', *Els primers comtes catalans*, Vicens Vives, Barcelona, 1983.

Adro, Xavier, *Pre-Cataluña: siglos IX-X-XI*, Edicions Marte, Barcelona, 1974.

Aurell, Martín, *Les noces del comte: matrimoni i poder a Catalunya (785-1212)*, Omega, Barcelona, 1997.

Aventín, Mercè, y Salrach, Josep M., *Història medieval de Catalunya*, Edicions de la Universitat Oberta de Catalunya, Barcelona, 1988.

Bagué, Enric, *Llegendes de la història de Catalunya*, Barcino, Barcelona, 1937.

Balañá i Abadia, Pere, *L'islam a Catalunya, segles VIII-XII*, Rafael Dalmau, Barcelona, 2002.

Batet, Carolina, *Castells termenats i estratègies d'expansió comtal: la marca de Barcelona als segles X-XI*, Institut d'Estudis Penedesencs, Vilafranca del Penedès, 1996.

Batlle i Gallart, Carme, y Vinyoles i Vidal, Teresa, *Mirada a la Barcelona medieval des de les finestres gòtiques*, Rafael Dalmau, Barcelona, 2002.

Bolòs i Masclans, Jordi, *Catalunya medieval: una aproximació al territori i a la sociedad de l'Edat Mitjana*, Pòrtic, Barcelona, 2000.

—, *Cartografia i història medieval*, Primer seminari, Institut d'Estudis Ilerdencs, Fundació Pública de la Diputació de Lleida, 2001.

—, *Diccionari de la Catalunya medieval, segles VI-XV*, Edicions 62, Barcelona, 2000.

—, *La vida quotidiana a la Catalunya en l'època medieval*, Edicions 62, Barcelona, 2000.

Campany de Montpalau i Surís, Antoni de, *L'antiga marina de Barcelona*, Barcino, Barcelona, 1937.

Campàs, Joan, *La creació d'un estat feudal: l'Alta Edat Mitjana: segles XI-XIII*, Barcanova, Barcelona, 1992.

Cantalozella, Assumpció, *El falcó del comte*, Proa, Barcelona, 2003.

Català i Roca, Pere, *Llegendes cavalleresques de Catalunya*, Rafael Dalmau, Barcelona, 1986.

Cuadrada, Coral, *L'aixada i l'espasa: l'espai feudal a Catalunya*, Arola, Tarragona, 1999.

Díaz Borrás, Andrés, *El miedo al Mediterráneo: la caridad popular valenciana y la redención de cautivos bajo poder musulmán: 1323-1539*, Institució Milà i Fontanals, CSIC, Barcelona, 2001.

Fernández y González, Manuel, *Doña María Coronel (episodio del reinado de don Pedro el Cruel)*, Librería de Salvador Sánchez Rubio, Madrid, 1874.

Ferrer i Mallol, Maria Teresa, y Mutgé i Vives, Josefina (eds.), «De l'esclavitud a la llibertat: esclaus i lliberts a l'Edat Mitjana», en *Anuari d'Estudis Medievals*, anexo 38, Departament d'Estudis Medievals, Institució Milà i Fontanals, CSIC, Barcelona, 2000.

Fluvià, Armand de, *Els primitius comtats i vescomtats de Catalunya*, Enciclopèdia Catalana, Barcelona, 1989.

Heers, Jacques, *Esclavos y sirvientes en las sociedades mediterráneas durante la Edad Media*, Edicions Alfons el Magnànim, València, 1989.

Hernando, Joseph, *Els esclaus islàmics a Barcelona: blancs, negres, llors i turcs: de l'esclavitud a la llibertat (s. XIV)*, Departament d'Estudis Medievals, Institució Milà i Fontanals, CSIC, Barcelona, 2003.

Oriol Granados, J., et al., *Guia de la Barcelona romana i alt medieval*, Institut Municipal d'Història, Ajuntament de Barcelona, 1995.

Pladevall i Font, Antoni, *Ermessenda de Carcassona, comtessa de Barcelona, Girona i Osona: esbós biogràfic en el mil·lenari del seu naixement*, s.n, Barcelona, 1975.

Reparaz i Ruiz, Gonçal de, *Catalunya a les mars: navegants, mercaders i cartògrafs catalans de l'Edat Mitjana i del Renaixement,* Mentora, Barcelona, 1930.

Reynal, Roser, *La Catalunya sarraïna: Abú-Béquer, el tortosí,* Graó, Barcelona, 1990.

Riera Mells, Antoni, *Senyors, monjos i pagesos: alimentació i identitat social als segles XII i XIII,* Institut d'Estudis Catalans, Barcelona, 1997.

Riu i Riu, Manuel, *La Alta Edad Media: del siglo V al siglo XII,* Montesinos, Barcelona, 1989.

Ruiz-Domènec, José Enrique, *L'estructura feudal: sistema de parentiu i teoria de l'aliança en la societat catalana: c. 980- c. 1220,* Edicions del Mall, Barcelona, 1985.

—, *Ricard Guillem o el somni de Barcelona,* Edicions 62, Barcelona, 2001.

Sadurní i Puigbó, Núria, *Diccionari de l'any 1000 a Catalunya: l'abans i el després d'un tombant de mil·leni,* Edicions 62, Barcelona, 1999.

Salicrú i Lluch, Roser, *Esclaus i propietaris d'esclaus a la Catalunya del segle XV: l'assegurança contra fugues,* Institució Milà i Fontanals, CSIC, Barcelona, 1998.

Shideler, John C., *Els Montcada, una familia de nobles catalans a l'Edat Mitjana: 1000-1230,* Edicions 62, Barcelona, 1987.

Sobrequés i Callicó, Jaume (dir.), *Història de Barcelona,* vol. 2; Ainaud, Joan, *et al., La formació de la Barcelona medieval,* vol. 9; Alberch i Figueras, Ramon, *et al., La ciutat a través del temps: cartografia històrica,* Enciclopèdia Catalana y Ajuntament de Barcelona, 1991-2001.

Sobrequés i Vidal, Santiago, *Els grans comtes de Barcelona,* El Observador de la Actualidad, Barcelona, 1991.

Tatché, Eulàlia, *Artesans i mercaders: el món urbà a l'Edat Mitjana,* Barcanova, Barcelona, 1991.

Vinyolas i Vidal, Teresa, *et al., Història medieval de Catalunya,* EUB, Barcelona, 1997.

VV.AA., «Alimentació i societat a la Catalunya medieval», en *Anuari d'Estudis Medievals,* anexo 20, Unitat de Investigació d'Estudis Medievals, Institució Milà i Fontanals, CSIC, Barcelona, 1988.

Te daré la Tierra, de Chufo Lloréns
se terminó de imprimir en julio de 2008 en
Quebecor World, S.A. de C.V.
Fracc. Agro Industrial La Cruz
El Marqués, Querétaro
México